De Topman

3093

Van dezelfde auteur

De uitverkorene

Jonathan Rabb

De Topman

Zwarte Beertjes
Utrecht / Amsterdam

Oorspronkelijke titel: The Overseer

This translation is published by arrangement with
Crown Publishers, Inc., New York
Vertaling: Rogier van Kappel

Dit is een uitgave van A.W. Bruna Uitgevers B.V.
in samenwerking met Zwarte Beertjes.

ISBN 90 461 1012 5
NUR 313

Tweede druk, september 2004

Drie executeurs en een curator maakt samen vier dieven.

\- Oud Engels gezegde

In de zomer van het jaar 1531 werd de obscure Zwitserse monnik Eusebius Eisenreich in opdracht van paus Clemens VII doodgemarteld door soldaten van de Medici's. Wat Eisenreich hun weigerde te onthullen, was de plek waar ze een manuscript konden vinden.

De paus heeft het nooit weten te vinden.

Proloog

Wolf Point, Montana 1998

Het maanlicht dat tussen de boomkruinen door viel, hulde het bos in een onheilspellend licht en gleed in brede banen over de armen en benen van de drie gedaanten die nu snel en zonder enig geluid tussen de bomen door renden. De bijtend koude nachtlucht striemde ongenadig over de weinige onbedekte delen van hun gezicht, maar ze hadden geen tijd om zich om dergelijke ongemakken te bekommeren. De weg. Zie de weg te bereiken! Hun strakke jonge lijven, fit door urenlange training en strenge oefeningen, hadden geleerd zich af te sluiten voor de loodzware vermoeidheid in hun ledematen. Twee weken vorst hadden de bosgrond veranderd in een moeilijk begaanbare mengeling van boomwortels en keiharde aarde, maar toch schoten ze goed op. Nog tien minuten en dan zouden ze erdoorheen zijn.

Geen van drieën hadden ze goed nagedacht over wat er daarna zou moeten gebeuren. Ze beseften echter wel dat ze dan alleen zouden zijn, buiten het kamp, ver van de idyllische wereld die ze de afgelopen acht jaar hadden bewoond: een plek waar jonge jongens en meisjes leerden hoe ze zichzelf en anderen konden overtreffen en toch deel uit konden maken van een groter geheel. Geïsoleerd van en beschermd tegen de boze buitenwereld, omringd door anderen die al even veelbelovend waren, grootgebracht met een doel, een lotsbestemming. Dat was wat de oude man de kinderen had geleerd en wat zijzelf ook geloofden. Herinneringen aan hun levens vóór Montana – hun familie, hun vriendjes en vriendinnetjes, hun ouderlijk huis – waren al lang geleden vervaagd. Alles wat ze nodig hadden, iedereen die ze nodig hadden, was er altijd voor hen geweest. Ze hadden nooit reden gehad om hun blikveld te verruimen.

Geen enkele reden. Tot deze drie wat verder hadden gekeken dan de gebrulde bevelen, wat verder dan hun behoefte om hun leraren tevreden te stellen. Misschien kwam het gewoon omdat ze volwassen waren geworden: meisjes die waren uitgegroeid tot vrouwen. Wat de reden ook mocht zijn, ze waren gaan begrijpen wat de oude man van hen verwachtte, wat hij van iedereen verwachtte, en dat hadden ze niet alleen verwarrend, maar ook angstaanjagend gevonden. Omdat ze niet langer bereid waren zonder vragen alles te aanvaarden, waren ze er met elkaar over gaan praten, en daarna waren ze vragen gaan stellen.

'Niet vragen,' had hij gezegd, 'maar dóen! Begrepen?'

'Nee,' hadden ze gezegd. 'Dat begrijpen we niet.'

De straf was snel en streng geweest. 'Een vriendelijke herinnering' had hij het genoemd. Maar het waren niet de dagenlange opsluiting en de honger geweest, noch de slaag, die ertoe hadden geleid dat ze twijfels waren gaan koesteren over de wereld die ze zo lang hadden gekend, en al evenmin de toch niet bepaald subtiele hint dat niemand onmisbaar was en dat ze dus maar beter geen vragen meer konden stellen. Het was dat antwoord van hem geweest. Niet vragen. Maar dóen! Met vier woorden had hij hen beroofd van hun autonomie. Was dat al die tijd al de boodschap geweest? Was dat de overtuiging die hij er bij hen in had willen stampen? Nee. Daar lag geen uitdaging in, geen aansporing om anderen te overtreffen: dat was alleen maar een grove bedreiging.

En dus hadden ze besloten ervandoor te gaan.

Ze waren kort na middernacht vertrokken. Een stille vlucht uit drie afzonderlijke hutten had hen samengebracht. De jongste had op haar veertiende al veel verstand van elektronica, en had de struikeldraden onklaar gemaakt. Een paar draden net iets anders laten lopen, dat had hun voldoende tijd gegeven om zich door het hek te wurmen en te verdwijnen in de beschutting van het bos. Toch was het even een dubbeltje op zijn kant geweest, want net toen de twee lichtbundels weer de andere kant op zwaaiden, was er een bewaker langs komen lopen, op nog geen twintig meter afstand. De drie meisjes waren als verstard blijven liggen, met hun gezicht in het bevroren gras, maar hij was doorgelopen zonder de drie gedaanten op te merken die in de schaduw verscholen lagen. Kennelijk hadden hun gitzwarte leggings, coltruien en capuchons hen vrijwel onzichtbaar gemaakt.

Nu verliepen de eerste minuten in het bos betrekkelijk probleemloos. Een paar onverwachte gaten in de bevroren grond vormden een zware belasting voor hun enkelbanden en voortdurend zwiepten er takken tegen hun zachte wangen, maar ze kwamen snel vooruit: drie lijven die zich moeizaam een weg baanden door het struikgewas. Het maanlicht dat zo nu en dan tussen de bomen door viel, zorgde ervoor dat de gaten in de grond gemakkelijker waren te zien, maakte alles gemakkelijker te zien. Als er ook maar één bewaker rondliep in de buitenste rand van de bewaakte zone rond het kamp, zouden ze weinig of geen kans hebben om erdoorheen te komen. Ze hadden gehoopt dat het pikdonker zou zijn, of zwaar bewolkt, maar dat was tegengevallen. In elk geval liepen ze heuvelafwaarts. Dat ging lekker snel.

Toen ze een kleine open plek betraden, was de achterste de eerste die het hoorde. Eerst van veraf, maar het geluid kwam snel dichterbij. Rennende voetstappen. Achtervolgers. Even dacht ze dat het een echo was, maar de cadans was onregelmatig en met elke pas werd het tempo hoger. Het was niet nodig om de anderen er iets over te vertellen. Ze hadden het ook gehoord. Alle drie versnelden ze hun tempo. De bewegingen van hun armen en benen werden minder beheerst, hun knieën begonnen te knikken. Plotseling streken felle lichtbundels kriskras over de bomen rondom hen. Zonder erbij te hoeven nadenken bukten ze zich en baanden zich met hun hoofd als stormram moeizaam een weg door de steeds feller naar hun gezicht klauwende takken.
'Opsplitsen!' fluisterde het voorste meisje zachtjes, maar wel zo luid dat de andere twee het konden horen. Ze hadden het hier al weken geleden over gehad. Ze hadden begrepen dat één van hen moest zien te ontsnappen om de buitenwereld te vertellen wat hier gebeurde, en als ze nu alleen verdergingen, zou hun kans van slagen het grootst zijn. Zonder zelfs maar even om te kijken renden ze alle drie een andere kant op. De weg! Naar de weg! Een ogenblik later klonken de eerste schoten.

Peinzend tuurde de gekromde gestalte naar de nachtelijke hemel. Om nog wat extra warmte te krijgen, had hij zijn handen over elkaar geslagen op zijn borst gelegd. Het dunne gebreide vest dat hij om zijn oude schouders had geslagen, was het enige kledingstuk dat hij zo snel onder handbereik had gehad toen het bericht was gekomen. Om de een of andere reden genoot hij echter van de koude. Misschien wel als straf voor zijn falen. De jongedames waren over de omheining heen geklommen. Hij had het voorzien en het team zat ze al op de hielen. Maar toch voelde hij dit als een verlies. Hij had gehoopt dat ze hun lesje geleerd zouden hebben. Deze ogenblikken had hij altijd al vervelend gevonden. Die weinige gelegenheden waarbij het noodlot hem dwong om de jacht te openen op zijn eigen pupillen. Die drie jongens in Arizona. Die twee in Pennsylvania. En nu dit. En dan nog wel op dit moment. Er was nu geen tijd voor dit gedoe. Maar was er een andere keus? De meisjes waren dom geweest. Ze hadden het niet begrepen. Of misschien was hij er niet in geslaagd om hun duidelijk te maken wat er kon gebeuren.
Er klonk een krakende stem uit de radio in zijn hand.
'We hebben er twee omsingeld. Afmaken?'
Langzaam bracht de oude man de radio naar zijn mond. 'Je hebt opdracht om ze tegen te houden en hier terug te brengen.' Zijn stem klonk afgemeten, zonder ook maar een spoor van emotie. 'Het maakt niet uit hoe.'

Er dient altijd ruimte te zijn voor opoffering.
De woorden die hij zo lang geleden had gelezen en waarvan hij de waarheid onmiddellijk had onderkend, kwamen ineens weer in hem op. Maar al waren ze nog zo waar, om de een of andere reden konden ze niet verklaren waarom het altijd de meest begaafden waren, de meest veelbelovenden, die uiteindelijk zo teleurstelden. Het noodlot leek telkens weer met hem te spotten.
Er klonken een paar schoten. Vuursporen tekenden zich af tegen de onbewolkte sterrenhemel. Met zijn ogen op de bomen in de verte gericht, bleef hij staan wachten. Het was nu weer volkomen donker. Een ogenblik later werd het stil. Afgelopen. Hij knikte en draaide zich om naar het huis, waar nu een licht aanging in de logeerkamer op de eerste verdieping. Hij had gehoopt dat hij ze niet had hoeven lastigvallen met dit kleine voorval, maar het maakte niet uit. Ze hadden altijd begrip getoond. Ze hadden hem nooit teleurgesteld. Ze zouden opnieuw begrip opbrengen.

De kogels van de eerste vuurstoot sloegen in een boom nog geen anderhalve meter naast haar. De stukken schors vlogen alle kanten op en terwijl ze zich plat op de grond liet vallen, schampte er een stuk langs haar dijbeen. Een ogenblik later kwam er een tweede vuurstoot. Deze keer leken de kogels niet meer dan een paar centimeter over haar hoofd te schieten. Ze wilde het uitgillen, maar haar keelspieren waren zo verkrampt dat ze niet meer wist uit te brengen dan wat gepiep. Haar borstkas zwoegde op en neer in abjecte doodsangst. Ze wilde wegrennen, maar opnieuw sneed een reeks kogels door een boom vlak vóór haar. De weg. Zie de weg te bereiken. Ze probeerde zichzelf eraan te herinneren dat ze voor dit soort dingen was opgeleid, dat ze nachtenlang in de vrieskou hadden doorgebracht om zich op dergelijke ogenblikken voor te bereiden, maar nu haar eigen leven op het spel stond, lag ze stokstijf, niet meer in staat om zich te bewegen, niet meer in staat om te denken. Nu zou ook de weg haar geen veiligheid meer bieden.
Opnieuw een vuurstoot, maar deze keer ging het geratel vergezeld van een gedempte gil rechts van haar. Ze keek om en een ogenblik later zag ze hoe er iemand van achter een boom vandaan kwam strompelen. Daar, met haar handen omhoog en grote ronde ogen van angst stond de jongste van de drie. Er lag een vreemde glimlach op haar gezicht. Ze keek verdoofd, bijna vredig, en bij elke stap wankelde ze even, een heel klein beetje maar. Het was onmogelijk om niet naar haar te staren terwijl ze de helling op liep. In het maanlicht was nu duidelijk te zien dat haar hele lichaam onder het bloed zat. Terwijl ze naar een tak greep om niet te val-

len, ging er een laatste reeks kogels dwars door haar kleine lijf, zodat ze bijna van de grond werd getild voordat ze aan de voet van de boom in elkaar zakte. Alleen aan de armen om de dikke stam was nog te zien dat dit ooit een mens geweest was.

Alle zaklampen leken ineens op de levenloze vorm gericht te worden. Ogenblikkelijk verschenen er gedaanten hoger op de helling, die naar beneden liepen om het werk af te maken. Een paar seconden lag het meisje dat van dit macabere tafereel getuige was geweest nog naar het lijk van haar vriendinnetje te staren, zonder zich daarvan los te kunnen rukken. Na een eeuwigheid sprong ze echter op en klauterde snel over de steile helling naar beneden, door het struikgewas en tussen de bomen door, waarbij ze haar vingers diep in de aarde duwde om extra houvast te krijgen. Ze was te druk bezig om aandacht te kunnen besteden aan de lichtbundels die ineens rondom haar waren verschenen. Het enige waarvan ze zich bewust was, was het vage beeld van een grens, en de weg daarachter die haar naar zich toe trok.

De eerste kogel ging dwars door haar bovenarm. De schok was zo groot dat ze de pijn eerst niet opmerkte, maar toen, een paar seconden later, voelde ze een ijzige vlam door haar maag gaan. De volgende kogel boorde zich in haar dijbeen, zodat haar benen met een klap onder haar weggeslagen werden en ze met haar hoofd en bovenlijf op de keiharde grond smakte en over de dikke boomwortels rolde tot ze met haar borst tegen een boomstam sloeg.

Toen werd het stil.

Ze bewoog zich niet meer, maar ze was zich nog wel bewust van de koortsachtige activiteit achter haar. Ze hield haar blik op de weg gericht, die hier niet meer dan een meter of vijf van haar vandaan lag. De weg. Vóór zich zag ze een lichtschijnsel. Eerst dacht ze dat het de zaklampen van boven op de heuvel waren en terwijl ze met de weinige kracht die haar nog restte, op haar knieën ging zitten en zich omkeerde naar haar achtervolgers, verwachtte ze de onderzoekende lichtbundels uit hun lantaarns over haar gezicht te voelen strijken. In plaats daarvan zag ze echter niets dan duisternis. Een ogenblik begreep ze het niet. Licht op de weg. De koplampen van een auto. De hele linkerhelft van haar lichaam was nu doortrokken van een hevige, kloppende pijn, maar toch dwong ze zich verder te kruipen. De met gras begroeide berm lag vlak achter de bosrand. Ze keek naar rechts en zag de koplampen snel dichterbij komen. De wagen was nu niet meer dan een halve kilometer van haar verwijderd. Ze probeerde op te staan, maar haar been wilde haar niet meer gehoorzamen.

De laatste golf kogels doorboorde haar rug en duwde haar plat in het

gras. Vreemd genoeg voelde ze dat echter niet. In plaats daarvan leek de pijn juist uit haar lichaam te trekken. Het gras was nu warm en uitnodigend en het licht van de lampen een zachte liefkozing. Alles was licht, stil en onbeweeglijk.
Het enige dat ze nog voelde, was de zoete smaak van het bloed op haar lippen.

'Konden jullie dan helemaal niets doen?' vroeg de oude man. 'De chauffeur is gestopt voordat jullie er waren en jullie zagen geen kans het lijk op te ruimen.'
'Nee.'
'Juist.' Hij trok het kussen wat hoger onder zijn rug en nam een slokje water uit het glas op zijn nachtkastje. 'En de twee anderen?'
'Die wel.'
Hij knikte. 'Ze was dus al dood?'
'Ja.'
'Maar nog niet toen de chauffeur haar vond?'
'Ik zei dat ik niet heb kunnen controleren of ze echt...'
'Ja, ja,' viel hij de ander in de rede, voor het eerst met iets van ergernis in zijn stem. 'Je zei dat je niet kon bevestigen dat een meisje van zestien dat jullie net een paar keer in de rug hadden geschoten ook werkelijk dood was.'
'Als ze nog niet dood was toen die auto stopte, moet het toch binnen een minuut daarna bekeken zijn geweest. Op zijn hoogst.'
'Geweldig, hoor.'
'Het was stom toeval dat die wagen...'
'Probeer je incompetentie niet te verdoezelen. Je hebt haar tot op anderhalve meter van die weg laten komen. Toeval of niet, die auto wás er en dat betekent dat die jongedame van ons nu ergens onder het toeziend oog van een plaatselijke diender in een zieken- of lijkenhuis ligt. Dat is niet bepaald wat ik jullie had gevraagd.' Stilte. 'Jullie vertrekken hier onmiddellijk. Allemaal, met al jullie wapens en kleding. Zorg dat het terrein goed wordt opgeruimd en dat er geen enkel spoor achterblijft dat hierheen zou kunnen leiden. Begrepen?'
'Ja.'
'Daarna blijven jullie weg tot ik jullie weer laat roepen. Is dat ook duidelijk?'
'Ja.'
'Goed.' De oude man leunde weer tegen het kussen. De korte tirade was voorbij. 'Jullie vergissingen zullen natuurlijk wel te corrigeren zijn. Het zal niet makkelijk worden, nee, maar onmogelijk is het niet.' Hij knikte.

'En met de andere twee hebben jullie goed werk geleverd.' De jongere man knikte. 'Dat is, misschien, wel iets waard.'
Een minuut later lag de oude man weer in het donker. Zijn oogleden waren zwaar, maar hij kon de slaap nog niet vatten. Toeval, dacht hij. Stom toeval. Hoe vaak had hij die woorden al gehoord. *Opnieuw heeft het noodlot zijn troefkaart uitgespeeld.*
Terwijl hij in slaap viel, wist hij dat dit ook zijn laatste troef zou blijken.

Deel een

1

De macht dringt zich op aan degenen die haar vermogen tot het zaaien van tweespalt onderkennen en die tweespalt ten eigen voordele weten te benutten.

***Over de heerschappij,* hoofdstuk I**

'De mislukte putsch in Jordanië tijdens dat oorlogje van Bush.' Arthur Pritchard keek op van zijn bureau. 'Wie zag dat al aankomen, lang voordat wij er lucht van kregen?' Zoals altijd gaven zijn lange gezicht en borstelige wenkbrauwen hem het uiterlijk van een boze ooievaar die klaarstaat om tot de aanval over te gaan.

'De putsch?' vroeg de man tegenover hem, en toen het plotseling tot hem doordrong over wie zijn chef het had: 'Néé, Arthur, je weet best dat dat niet gaat.'

Pritchard gaf een knikje. Het gebaar had een soort Nieuw-Engelandse verfijning. 'Dat is waar, maar toch...' Hij liet een korte stilte vallen, een van zijn meest geliefde tactieken. Hoewel hij op de juiste scholen had gezeten en lid was van alle clubs en verenigingen waar een heer van stand lid van dient te zijn, was Pritchard beslist niet de wat dommige WASP, een blanke protestantse man uit een familie van Engelse herkomst, die zijn familie en vrienden zo graag van hem hadden willen maken. Toen hij zich als vrijgezel van veertig was gaan realiseren dat hij weinig had om naar uit te zien behalve nog dertig jaar bij de zeer gerenommeerde Bostonse firma Digby & Combes, had hij een grote stap genomen en gesolliciteerd bij het Ministerie van Buitenlandse Zaken in Washington. Die stad had altijd al een bepaalde aantrekkingskracht op hem uitgeoefend. Zou dat iets met macht te maken hebben? Hij had het zich vaak afgevraagd. Als dat zo was dan had zijn bliksemcarrière hem daar meer van opgeleverd dan hij zich vroeger in zijn stoutste dromen had kunnen voorstellen.

Zelfs de slachting van '74 had hij doorstaan. Op de een of andere manier was hij erin geslaagd om zich afzijdig te houden van het strijdgewoel en toen alles weer wat tot rust begon te komen, was hem een wel zeer ongewone post aangeboden.

Het Comité van Toezicht. Een nevelige titel voor een geesteskind van

Truman, dat was opgericht tijdens – tja! – de opheffing van de rassenscheiding binnen het leger. Een geheime afdeling van het Ministerie van Buitenlandse Zaken dat erop diende toe te zien dat de regels worden nageleefd. Zoals voor hem gebruikelijk was, had Truman het Comité heel veel speelruimte gegeven bij het interpreteren van die opdracht en het bovendien vergunning gegeven om zich daarbij te bedienen van alle noodzakelijke middelen. In de loop der jaren had het COS zich van een groot aantal moeilijke taken gekweten en met elke nieuwe onderneming had het Comité zijn macht zoveel mogelijk uitgebreid. Tijdens de machtsstrijd in de jaren zeventig en tachtig, toen de CIA en de NSC verwoed strijd met elkaar leverden om de status van meest begunstigde organisatie, was het COS er op de een of andere manier – Nicaragua, Sarajevo, Irak – in geslaagd om zich de behendigste van de drie te tonen. Daarmee had de dienst een speciale positie voor zichzelf weten te creëren, waarin hij niet alleen volkomen zelfstandig kon opereren maar ook boven de concurrentie verheven was. In feite was er in Washington maar een handvol mensen die begreep hoe ver de grote macht van het Comité wel reikte en Arthur Pritchard was een van hen. Dat was de reden dat hij het dossier-Montana nu op zijn bureau had liggen.

'Ze is hier geknipt voor,' vervolgde hij. Het raam achter hem bood uitzicht op Washington kort voor zonsondergang. Boekenkasten tot aan het plafond, eikenhouten lambrisering en antiek meubilair droegen bij aan het imago dat Pritchard wilde creëren. Het licht uit de enkele lamp viel op het vrijwel lege bureau. 'Ze is vertrouwd met de dynamiek, de motivatie.' Hij leunde achterover in zijn stoel, en liet die een halve slag draaien om nog even te kunnen genieten van de laatste stralen zonlicht. 'Waarom niet?'

Bob Stein ging even verzitten en kneep met zijn dikke, bleke vingers diep in het groene leer. De vorm van zijn hoofd deed wat denken aan die van een peer, net als zijn romp, en die indruk werd nog versterkt door een klein plukje kortgeknipt haar rondom zijn kruin. Bob voelde zich het best op zijn gemak als hij urenlang naar zijn computerbeeldscherm of satellietuitdraaien zat te turen en intussen zakken vol kaaskoekjes en talloze blikjes Cola Light wegwerkte. Hij legde zijn handen in zijn schoot en zei: 'Hoor 's, ik wil ook dat dit verder wordt uitgezocht, maar zij is niet...'

'Ja?' vroeg Pritchard.

'Ik geloof gewoon niet dat ze... nog capabel is. Zo simpel ligt het.'

'Capabel?' Pritchard liet zijn stoel weer draaien en glimlachte. 'Ze hoeft alleen maar even een paar stenen om te keren en te kijken wat eronder zit. Dat was toch waarom we daar in Montana zaten?'

'We zaten dáár,' zei Stein, 'om een paar foto's te maken van de eerbiedwaardige senator Schenten, samen met een paar mensen met wie hij helemaal niet zulke goede maatjes wordt verondersteld te zijn. Vervolgens wilden we hem dan eens vragen waarom hij – de voorman van nieuw-rechts – gesprekken voert met de heren Votapek, Tieg en Sedgewick, en daarna zouden we dan wel verder zien.'

'Wat achtergrondinformatie,' zei de derde van het driemanschap, die het zich behaaglijk had gemaakt op de bank tegen de achterwand van het vertrek en daar aandachtig een paperclip uit elkaar zat te buigen. Hoewel hij berucht was om zijn schotsgeruite overhemden en korte, brede, crèmekleurige dassen, was Gaelin O'Connell een van de beste analisten van het COS. Hij was een beer van een man, meer dan één meter tachtig lang en met een gewicht van ruim honderd kilo, waarvan een in de loop der jaren steeds groter wordend gedeelte tijdens het lopen zachtjes heen en weer wiegde. In het verleden was hij actief geweest voor zowel het NSC als de CIA en hij werkte al sinds Watergate voor Pritchard, die hem destijds had binnengehaald voor het afhandelen van een paar van de wat neteliger problemen waarvoor een regering die op de rand van de afgrond had gestaan zich gesteld zag. Het was een kortetermijndetachering geweest, die nu al meer dan twintig jaar duurde, en waarvan hij er vijftien in het veld had gewerkt. Samen hadden de twee mannen een gedisciplineerd korps agenten weten te vormen, mannen en vrouwen die over de sluwheid en behendigheid beschikten om zich ook in uiterst riskante situaties staande te houden.

En in hun eentje. Dat was vanaf het eerste begin het doel geweest. De agenten in het veld vlogen solo – een paar woorden over de telefoon, een bevel op een computerbeeldscherm – geen van hen wist zelfs maar vanuit welk gebouw hun opdrachten afkomstig waren. Voor hen was de organisatie niet meer dan de gezaghebbende stem van een onbekende. O'Connell had het vaak wat wrang gevonden dat er in het Comité voor teamspelers geen plaats was. Zowel Pritchard als hijzelf had echter al in een vroeg stadium ingezien dat een dergelijke regeling van essentieel belang was voor de veiligheid van het COS, en ze hadden er vele lange uren aan gewerkt om een infrastructuur op te zetten die het de agenten mogelijk maakte om volkomen onafhankelijk van de organisatie hun werk te doen.

Het was dan ook niet verrassend dat de twee mannen in de loop der jaren bevriend waren geraakt. In feite was het Pritchard geweest die O'Connell uiteindelijk zover had weten te krijgen dat hij zijn terlenka pantalons opgaf. Aan die dassen van hem werd nog gewerkt. 'Een kleine operatie om ervoor te zorgen dat de financiële kant van het politieke leven boven elke verdenking verheven blijft.' Het lijzige Ierse accent was onmiskenbaar.

'Precies,' zei Stein. 'We sporen ze op, treffen ze aan in elkaars aanwezigheid en beginnen vragen te stellen. Dat was de bedoeling. En dan, whám, zitten we ineens met een dood meisje. Het klinkt misschien een beetje raar, maar gezien Anton Votapeks voorgeschiedenis vind ik niet dat we dit zomaar over het hoofd kunnen zien. Ik heb toch al gezegd dat we hem meteen hadden moeten oppakken toen we hem daar aantroffen.'
'Oppakken?' vroeg Pritchard wat ongelovig. 'Waarom? Vanwege iets wat bijna dertig jaar geleden is gebeurd soms? Een paar kinderen zijn uit hun dak gegaan tijdens de *summer of love* en jij denkt dat dat hier iets mee te maken heeft?'
'Het Tempsten-project was in '69, en niet tijdens de *summer of love*,' verbeterde Stein hem.
'Hij heeft gelijk, Bob,' zei O'Connell. 'Los van het jaartal dan. Op een klein achterafweggetje in Montana wordt een dood tienermeisje aangetroffen: op hooguit een kilometer van de plek waar we nu al een week aan het observeren zijn, om redenen die helemaal niets met dat meisje te maken hebben. Laten we vooral niet vergeten dat ze daar helemaal níets mee te maken had. Ze is helemaal doorzeefd met kogels, en juist op het moment dat ze neerploft in de berm komt er een volslagen onbekende langsrijden. Hij zet zijn wagen langs de kant en voordat ze in zijn armen sterft, heeft ze nog net de tijd om één woord uit te brengen. Eén woord maar.' O'Connell smeet de paperclip op het salontafeltje. 'Ik zie niet wat dat met die gebeurtenissen van dertig jaar geleden te maken heeft.'
'Oké,' wierp Stein tegen. 'Maar waarom zijn er dan nergens gegevens over dat meisje te vinden? Nog geen zeven uur na het incident is zowel het proces-verbaal als het ziekenhuisdossier verdwenen. De vent die haar heeft zien liggen, is spoorloos. Het lijkt wel of dat meisje nooit heeft bestaan: geen verleden, geen familie, zelfs geen tandartsgegevens. Als we hier niet toevallig van gehoord hadden, zou dit hele incident inderdaad geen enkel spoor hebben achtergelaten. Ik blijf erbij dat ik dit, gezien Votapeks voorgeschiedenis, wel een beetje al te toevallig vind.'
'Votapeks voorgeschiedenis,' herhaalde Pritchard. 'Tjonge. En daarom denk jij dat onze conservatieve senator en zijn vriendjes jonge meisjes doodmaken.' Hij draaide zijn stoel zo dat hij Stein recht kon aankijken. 'Wat zijn voorgeschiedenis ook mag zijn, Bob, dat kan ik maar moeilijk geloven.'
'Waarom zijn al die dossiers dan ineens weg? Waarom worden alle sporen uitgewist?'
'We kunnen het Schenken altijd vragen,' zei O'Connell met een glimlach. 'Neemt u me niet kwalijk, meneer de senator, maar we hebben toevallig een dood meisje bij u in de buurt gevonden. Hebt u soms com-

mentaar?' Hoofdschuddend pakte hij de paperclip weer op. 'We hoorden daar eigenlijk al helemaal niet te zijn. Je zult het hierbij moeten...'

'Toegegeven,' zei Stein. 'Maar we hebben wél dossiers over de mensen die daar aanwezig zijn geweest: Votapek, Tieg en Sedgewick. We zullen toch in ieder geval even moeten kijken of er een verband bestaat tussen hun komst en dat meisje.'

'En dan is er natuurlijk dat laatste woord van haar.' O'Connell schudde zijn hoofd. 'Wat was dat ook weer, Bob?'

Stein aarzelde. 'Eerlijk gezegd waren de audiovisuele vervormingen nogal ernstig. Onze mensen zaten daar meer dan honderd meter vandaan.'

'Laat de technische excuses maar achterwege. Wat heeft ze gezegd?'

'Het beste wat we ervan kunnen maken is *Enreich*.'

'Enreich,' zei O'Connell. 'Nou, daar hebben we wat aan. Dat kan dus iedereen zijn. Is het eigenlijk wel een persoon?'

'Hebben we iets onder die naam?' vroeg Pritchard.

'Er was een Oost-Duitse dissident met die naam, Ulf Peter Enreich, die is in het voorjaar van 1963 verdwenen,' antwoordde Stein. 'Het lijk is geïdentificeerd in 1974. We zijn nog steeds aan het zoeken, en wie weet vinden we nog wel iets, maar Gael heeft gelijk. Dit is waarschijnlijk een doodlopende weg.'

'Zoals u weet, heren, hou ik niet van doodlopende wegen. Helemaal niet.' Pritchard pakte het dossier van zijn bureau en liet zich weer in zijn stoel zakken.

'We kunnen Tieg en Sedgewick onder druk zetten,' zei Stein, 'en dan eens kijken waar dat toe...'

'Vanwege dat meisje?' zei O'Connell verwijtend. 'Wat haal je je nou in je hoofd? We hebben zelfs geen idee wat de connectie is tussen Schenken en die drie mánnen, en wat ze onderling met elkaar te maken hebben, is al helemaal duister. Wat Votapek betreft, we hebben geen enkele reden om aan te nemen dat hij iets te maken heeft met de dood van dat meisje. Het is misschien nieuw voor je, Bob, maar een conservatief politicus is niet automatisch een gestoorde samenzweerder.'

'Alleen maar iemand die de wereld vanuit een onjuist perspectief bekijkt.'

'Wat onze jonge Mao hier er ook van mag vinden,' ging O'Connell verder, 'het enige dat we zeker weten, is dat ze regelmatig bij de senator op bezoek komen. Eén keer in augustus, twee keer in oktober en nu twee dagen geleden wéér. Laten we niet uit het oog verliezen dat dit een tamelijk onbelangrijke operatie was. Wat foto's maken en wat vragen stellen, meer niet.' Hij richtte zijn blik op Stein. 'Waarom ze die sporen hebben uitgewist, Bob? Misschien dat de plaatselijke sheriff wel eens naast de

pot pist. Dat is een beetje uit de hand gelopen en hij wilde niet dat iemand daarachter zou komen. Prima materiaal voor een tv-film, maar niet iets wat hoge prioriteit heeft voor het Comité. Sorry jongens, maar ons kort geleden gestorven vriendinnetje is helaas...'
'Een doodlopende weg,' viel Pritchard hem in de rede. Hij liet het dossier weer op het bureau vallen. 'En dat brengt ons weer bij mijn eerdere suggestie.'
Het was even stil. Toen zei O'Connell: 'Ik dacht dat we hadden afgesproken...'
'Om haar met rust te laten?' antwoordde Pritchard. 'Ze heeft inmiddels voldoende tijd gehad om er weer bovenop te komen.'
'Erbovenop te komen?' De Ier leek even met stomheid geslagen te zijn. Toen zei hij, alsof hij iets heel elementairs moest uitleggen: 'Ze maakt nu deel uit van de afdeling Onderzoek, Arthur. Bij het reguliere deel van het ministerie...'
'Daar zit ze zich ongetwijfeld rot te vervelen.'
'En dat is vermoedelijk heel goed voor haar.' O'Connell wachtte op een reactie, en toen die uitbleef, zei hij: 'Daar valt ze niet onder het gezag van het Comité. Je kunt haar geen opdrachten geven, zelfs al zou je dat willen.'
'We weten allebei dat dat niet waar is.' Hij stond op en liep naar de bar. 'Ze gaat daar gewoon eens wat rondneuzen. Eens even haar vleugels uitslaan. Waarschijnlijk is dat juist goed voor haar.'
'Arthur, luister je wel?' O'Connells stem klonk nu heel wat dringender. 'Het maakt niet uit hoe eenvoudig de opdracht is. Haar weer het veld in sturen, is...'
'Ze is perfect. Haar werk in Jordanië is nog steeds een schoolvoorbeeld.'
'Ze wás perfect, Arthur. Dat is verleden tijd.' Hij keek toe hoe Pritchard een slokje van zijn borrel nam. 'Of ben je soms vergeten hoe ze eraan toe was ná Amman?' Hij wachtte tot Pritchard hem weer in de ogen keek. 'Dit staat niet ter discussie, Arthur. We laten haar verder rustig haar eigen leven leven.'
'Weet je... Ze beschikt eigenlijk al over een deel van de informatie.'
'Wát?' Dit keer was het Stein. 'Dat is allemaal uiterst vertrouwelijk materiaal...'
'Maak je niet druk, Bob,' vervolgde Pritchard terwijl hij O'Connells blik ontweek. 'Het is niet meer dan het minimaal noodzakelijke. De namen van een paar organisaties en een paar van de betrokkenen. O, ja, en ook dat woord... Enreich. Met een beetje geluk komt ze er in elk geval achter wat dat ermee te maken heeft. Het is allemaal geregeld via onze contacten bij de afdeling Onderzoek, dus er is geen enkele manier waarop ze

dat in verband kan brengen met onze organisatie.'
'Onze organisatie kan me niet schelen!' snauwde O'Connell.
'Het verslag dat ze heeft gekregen, ziet eruit als een routineus dossier met achtergrondgegevens over nieuw-rechts,' ging Pritchard verder. 'Er staat niets in over Schenken, niets over ons en niets over dat meisje...'
'Wát?' O'Connell deed nu geen enkele moeite meer om zijn woede te verhullen. 'Nog los van hoe ze er geestelijk aan toe is, heb je haar hier op afgestuurd zonder behoorlijke achtergrondinformatie?'
'De inhoud is zo samengesteld dat ze denkt dat ze bezig is met een update van een algemeen dossier. Maak je maar geen zorgen, er staat niets bij wat ook maar enige argwaan zal wekken.'
O'Connell keek zijn oude vriend lang aan. 'Hoewel ik het volledig met je eens ben dat Bob de ernst van deze zaak zwaar overdrijft, zijn dit wél grote jongens, Arthur. Dat ze vriendjes zijn is één ding, maar als die moord hier iets mee te maken heeft, als deze figuren tot zoiets bereid zijn, dan moeten we ons afvragen waarom. Dan komt ze in een situatie terecht die wel eens veel gevaarlijker zou kunnen zijn dan Amman.'
'En juist daarom is ze zo geschikt.' Pritchards stem klonk nu een stuk nadrukkelijker. 'Als blijkt dat dit allemaal een storm in een glas water is, dan hebben we wat van haar tijd verspild en onszelf heel wat meer tijd bespaard omdat we geen complete operatie hoeven op te zetten. Als er wel iets ernstigs aan de hand is, dan weet ze zich wel te redden.'
'Dat laatste is nog maar de vraag.'
De twee mannen keken elkaar strak aan. Toen rechtte Pritchard zijn rug en keek uit het raam. Flarden roze en rood licht schenen hier en daar door het wolkendek en smolten samen tot één brede lichtbundel die op de koepel van Capitol Building viel. 'Weet je, ik kan echt genieten van dit uitzicht. Ik heb erop gestaan dat ik dit kantoor toegewezen zou krijgen. Het slimste dat ik ooit heb gedaan.' Het ijsklontje in zijn glas knapte, zodat er wat whisky over de rand van zijn glas spatte. Hij draaide zich weer om. 'Jullie zullen echt wat meer vertrouwen in me moeten stellen, jongens. Zo goed kennen jullie me intussen toch ook wel weer.' Hij nam een grote slok. 'Ik zal haar voortdurend goed in de gaten houden, en als het erom gaat spannen, haal ik haar terug. De kans dat het allemaal niets om het lijf heeft, is heel reëel, maar ik denk dat we het allemaal eens zijn dat onze dossiers over dit illustere drietal wel wat dikker zouden mogen wezen.' Hij zette zijn glas neer. 'Gezien de gebeurtenissen tot nu toe, zullen we toch vroeg of laat wel iets...'
'Vinden?' O'Connell had dat zinnetje al zo vaak gehoord.
Pritchard glimlachte. 'Precies, en zodra dat gebeurt, halen we haar terug. Dat is toch niet onredelijk? Hoor eens, het spel is toch al begonnen. Als

er iets aan de hand is, hoeft ze alleen maar even haar wenkbrauwen te fronsen. Zo moeilijk kan dat toch niet zijn?'

Met haar weekendtas en haar koffertje was Sarah Trent net een advocate die bezig was met haar wekelijkse reis naar New York. Haar zware winterjas danste speels op en neer boven haar knieën, en onthulde zo een paar nogal fraaie benen. Met haar één meter zevenenzestig lange, slanke en atletisch gebouwde lijf was Sarah wel gewend aan omkijkende mannen en lange, indringende blikken, en terwijl ze over het perron naar een *niet roken*-wagon liep, lachte ze vriendelijk terug, zodat haar diepbruine ogen oplichtten. Voor een donderdagmiddag was het bepaald niet druk in de sneltrein. Ze wist dat ze waarschijnlijk wel ergens twee lege plaatsen naast elkaar zou kunnen vinden, zodat ze lekker onderuit kon zakken en van de drie uur durende rit naar New York zou kunnen genieten. Dat ze de trein had genomen in plaats van het vliegtuig kwam omdat ze de dossiers nog niet uit had. Twee dagen was niet voldoende gebleken om al het materiaal in zich op te nemen dat ineens op haar bureau was gedumpt. Een dossier bijwerken. 'Gewoon wat achtergrondinformatie voor het nieuwe systeem,' had er op het briefje gestaan. 'We hebben nou eenmaal ruimte over en dus moet die gevuld worden.' Een typisch bureaucratische redenering.
Halverwege de wagon zag ze een vrije bank. Met een zwaai zette ze haar tas en haar koffertje op de plaats aan het raam en ze liet zichzelf in de stoel aan het gangpad vallen. Terwijl ze haar jas open knoopte, richtte ze haar blik alweer op het koffertje.
De afgelopen twee dagen had ze voortdurend zitten telefoneren om erachter te komen wat de onderlinge verbanden waren tussen de gegevens in de drie afzonderlijke dossiers. Ze had echter niet veel gevonden. Het gros van de mensen die ze had gebeld, wist nog minder over de drie namen dan zijzelf en telkens als ze had geprobeerd wat dieper op de zaken in te gaan, had een ongemakkelijke stilte, die werd gevolgd door een kortaf antwoord, haar wel duidelijk gemaakt dat het niet de bedoeling was dat ze dieper op dit onderwerp inging. Toch waren er zo nu en dan namen gevallen die haar aandacht hadden getrokken: organisaties die min of meer in dezelfde categorie leken te vallen als verschillende rechtsextremistische groeperingen maar die net niet over de schreef gingen.

Tijdens de gesprekken was ook telkens weer dezelfde naam opgedoken. Alexander Jaspers, een academische veelschrijver die de afgelopen jaren het ene artikel na het andere had gepubliceerd over het zogenaamde Nieuwe Fatsoen in het conservatisme. Zíjn woordkeus. Nadat Sarah een paar van zijn artikelen had doorgebladerd, had ze zich gerealiseerd dat dit de man was die ze zocht en ze had hem gebeld voor een afspraak. Na haar recente ervaringen was zijn kantoor een aangename verrassing voor haar geweest. Er was opgenomen door een vriendelijke mevrouw met een zwaar Duits accent die het geen enkele moeite had gevonden om op heel korte termijn een afspraak voor haar te regelen. Mevrouw Huber had haar in zijn agenda gezet voor halfvier vanmiddag.

Toen de trein het station uitreed, sloeg Sarah het dossier op dat haar terwijl ze het snel even had doorgelezen, het interessantst had geleken. Het was dat van Tieg, de beruchte presentator van *Tieg Tonight*, een van de meest populaire avondprogramma's op de televisie. Ze wist dat nieuwsgierigheid niet de enige reden was waarom ze het dossier nog eens wilde lezen. Jaspers had Tieg in twee van zijn artikelen met name genoemd en zou vermoedelijk veel over de man weten. Ze had zich nooit zo op haar gemak gevoeld met wetenschappers, een beetje geïntimideerd zelfs, maar Sarah was vast van plan om zich niet te laten overdonderen door *Herr Doktor* Jaspers. Zelfs die naam klonk al wat onheilspellend, maar als ze Tiegs dossier nog een paar keer doorlas, zou dat haar wel het benodigde zelfvertrouwen geven. Ze nestelde zich behaaglijk op de bank en nadat ze haar schoenen op de vloer had laten vallen, was ze klaar om het dossier eens aandachtig door te werken.

De eerste pagina's waren standaard: geboren in 1933 als kind van Hongaarse immigranten, openbare scholen, plaatselijk kampioen worstelen, een beurs naar St. John's College. Niets ongebruikelijks tot 1951, toen er binnen zes weken ineens een heleboel was gebeurd. Na de dood van zijn vader was Tieg gestopt met studeren en had hij de boot naar Europa genomen. Zonder enige uitleg.

> Wat er tijdens deze jaren is voorgevallen, moeten we aan de verbeelding van de lezer overlaten.

Niets. Zelfs niet de naam van de stad, of steden, waar hij had gewoond. Het dossier ging verder in 1954 en beschreef Tiegs carrière binnen de in die tijd florerende televisieafdeling van NBC. Hij was op een laag niveau begonnen, maar had het al snel tot manager bij de afdeling Programmering gebracht. In 1963 was hij centraal contactpersoon voor verschillende regionale zusteromroepen en werd hij beschouwd als een van de toekomstige topmanagers van NBC.

> Tiegs plotselinge ontslag in 1969 en het feit dat hij daarna door alle andere grote televisiemaatschappijen

op de zwarte lijst is gezet, vormt een tweede witte vlek in zijn biografie.

Sarah nam even de tijd om een paar aantekeningen te maken en sloeg daarna de laatste pagina's op. Na 1969 was alles wat erin stond, algemeen bekend. Nadat hij een aantal plaatselijke radio-omroepen had opgekocht – met beginkapitaal waarvan de herkomst onduidelijk was – had Tieg ze omgevormd tot televisiemaatschappijen, zodat hij in 1973 de grootste mediamagnaat van de zuidwestelijke Verenigde Staten was. In 1975 had hij zijn aandacht verlegd naar de telecommunicatie en was hij naar Washington getrokken om klanten te werven. Wat hij precies met de eerste stadia van Reagans *Strategic Defense Initiative* te maken had gehad, was onduidelijk, maar tegen de tijd dat Star Wars op zijn hoogtepunt was, had hij al zijn connecties met Washington verbroken. Tegenwoordig onderhield hij nauwe betrekkingen met bedrijven in Europa, Zuid-Oost-Azië en Zuid-Amerika. In 1992 had de kort geleden opgerichte Tieg Broadcasting Service, hoofdkwartier in San Francisco, naar schatting vijf tot zeven stukken hoog technologisch vernuft in een baan om de aarde cirkelen.
Daarna was hij verdergegaan, al even snel als hij zich destijds een plaats in de telecommunicatie-industrie had verworven. Deze keer had hij zijn aandacht op *Tieg Tonight* gericht, het praatprogramma dat in 1993 begon met kijkcijfer 4 en dat in 1997 op 22 stond, een geweldige stijging. Dankzij deze hoge kijkcijfers was Tieg nu de belangrijkste politieke *showman* van de omroepindustrie.
Er was haastig een laatste pagina aan het dossier toegevoegd. Sarah las:

> Het is zijn doel om een imago op te bouwen als voorvechter van de man in de straat. Met behulp van de Centrist Coalition heeft hij daar de afgelopen vijf jaar veel meer publiciteit voor weten te krijgen dan daarvoor. Sinds zijn uiterst bescheiden start is de Coalitie uitgegroeid tot een baken van de klassiek-Amerikaanse kleinstedelijke normen en waarden. Tijdens de grote overstromingen in het Midden-Westen van een paar jaar geleden hebben vrijwilligers van de Coalitie voedsel, geneesmiddelen en medisch personeel overgebracht naar enkele van de geïsoleerd gelegen gebieden. Tieg zelf is op meer dan twintig verschillende locaties gesignaleerd; niet als iemand die toespraken hield, maar gewoon als een van de vele helpers. Hoewel de meeste

commentatoren het erover eens zijn dat hij op dat moment nog geen politieke ambities koesterde, lijkt het nogal voor de hand te liggen dat zijn aarzeling geen lang leven beschoren zal zijn. In een recente tussenverkiezing ter vervanging van een parlementslid in Iowa hebben bijna veertienduizend kiezers Tiegs naam eigenhandig op hun stembiljet gezet, en dat terwijl Tieg niet eens inwoner van die staat is.

Daarmee hield het dossier op. Sarah legde het op schoot en deed haar ogen dicht. Ze had de laatste paar bladzijden niet de aandacht gegeven waarvan ze wist dat ze die verdienden, en had in plaats daarvan aan die witte plek van drie jaar in Tiegs levensbeschrijving zitten denken. Drie jaren van anonimiteit. De vraag was wie – of wat – hem in staat had gesteld om zich veertig jaar na dato te onttrekken aan de scherpe blik van de grondigste inlichtingendienst ter wereld. Hoe hadden die drie jaar verborgen kunnen blijven? Drie jaar waarover hij geen verantwoording hoefde af te leggen.
Plotseling kwamen er herinneringen uit haar eigen verleden in haar op. Er braken beelden door uit een ander bestaan, een vorig leven, die nu ineens akelig dichtbij kwamen. Háár jaar van anonimiteit, háár jaar waarover ze geen verantwoording kon afleggen, de witte plek in háár dossier. Een werkelijkheid die bestond uit schimmen, een dekmantel die was gecreëerd door het Comité, waaronder ze stilletjes de waanzin was binnengeglipt van een Midden-Oosten dat zich op de rand van de ineenstorting bevond. En wat was het haar snel gelukt om zichzelf te vergeten, om Sarah Trent te laten voor wie ze was en zich te schikken in een leeg bestaan zonder persoonlijke banden! Een leegte die geweld angstig gemakkelijk had gemaakt, een troost zelfs. De herinneringen waren nog zo vers. Het verstrijken van de tijd deed ze niet vervagen, maar maakte ze er alleen maar scherper en indringender op.
Amman.

'BWI.' De schrille stem van de conducteur deed haar opschrikken uit de beelden van geweld die door haar hoofd spookten. 'Dames en heren, over enkele minuten arriveren we op BWI Airport.'
Ze had het koud en toen ze haar jas pakte, merkte ze dat haar handen trillen. Ze nam niet de moeite om haar armen in de mouwen te steken, maar sloeg de zware wollen jas om haar schouders en trok hem om zich heen. Haar ogen voelden gezwollen aan. Ze pinkte even een traan weg, haalde eens diep adem en terwijl ze haar hoofd tegen de zachte rugleu-

ning liet rusten, richtte ze haar aandacht op het geleidelijke afremmen van de trein. Het doffe, bonkende gevoel in haar slapen werd al weer minder. Ze begon te leren hoe ze deze aanvallen in bedwang moest houden.

Washington, 26 februari, 12.43 uur

De diskette sprong uit de sleuf; veertig seconden om de informatie te downloaden en twintig om de vertragingsprocedure in gang te zetten. Alles verliep precies zoals gepland. De jongeman aan de computer pakte de diskette en stak hem in zijn zak. Hij had een overall aan. De gebruikelijke werkkleding voor het onderhoudspersoneel van Hodge Wenthworth, al sinds meer dan honderd jaar bankiers voor de Washingtonse elite. Vier uur geleden had hij de kleding aangetroffen op het droppingspunt; de diskette en de identiteitskaart die hij op zijn borst had gespeld, hadden gisteren bij de post gezeten.

Hij zette de computer uit en nadat hij was opgestaan, haalde hij een gloeilamp uit zijn zak en draaide die in de lege fitting. Dat was per slot van rekening de reden dat hij hierheen was gestuurd en waarom de beveiligingsmensen hem toegang hadden verleend tot de tiende verdieping. Hij smeet de oude gloeilamp in de prullenbak en keek of de lamp het deed. Perfect.

In de kelder stond op dat ogenblik een andere jongeman, met dezelfde soort overall aan en met soortgelijke instructies. Hij stond voor iets wat eruitzag als een grote medicijnkast vol snoeren en computerchips: de modem- en telefoonlijnen van het gebouw. Twee daarvan had hij doorgeknipt en nu stak hij het koperen uiteinde van het tweede snoer in een kleine zwarte doos. Een paar seconden later begon het lampje op de doos te knipperen, eerst groen en toen geel. Hij plakte een stuk dubbelzijdig plakband op de achterkant van het doosje, duwde het tegen de zijwand van de kast en deed de deur dicht.

Drie minuten later stapten de beide mannen in de lobby uit twee afzonderlijke liften. De overalls zaten nu in hun diplomatenkoffertje en aan een zilveren kettinkje om hun nek hing een nieuwe identiteitskaart. De kaart van de ene was van de Wereldbank, die van de andere van de Federal Reserve Board. Hun blauwe blazer en grijze broek maakten iedereen duidelijk dat dit mensen waren die hier thuishoorden, en niemand besteedde dan ook maar enige aandacht aan hen toen ze door de draaideur naar buiten liepen, waar een wagen met een jonge vrouw aan het stuur op hen stond te wachten.

Het had hun zevenentwintig minuten gekost, vier minder dan waarop ze gerekend hadden. Dat betekende dat ze vier minuten extra hadden voor hun uitstapje naar Dulles Airport.
Toen ze bij de wagen waren, smeten ze hun koffertjes op de stoel naast de bestuurster en gingen achterin zitten. Ze trokken allebei hun jasje uit en begonnen hun das los te trekken. De vrouw gaf hun allebei een plastic tas.
Twee nieuwe overalls. Twee identiteitskaarten. Een zwart doosje en een diskette. Terwijl ze wegreed, keek ze in de achteruitkijkspiegel naar de twee halfnaakte jongemannen op de achterbank.
'Geniet je van het uitzicht, Janet?' De twee mannen lachten.
Ze glimlachte. 'Niet half zoveel als jullie ervan genieten dat ik kijk.'
'Wat zou je papa hiervan zeggen?'
Ze keek op haar horloge. Om twee uur zouden ze in het vliegtuig naar Montana zitten.

Om 14.45 uur reed de trein het station binnen, precies op tijd. Sarah was toen volkomen verdiept in de dossiers en was daarom een van de laatsten die uitstapten. Ze stopte de dossiers weer in het koffertje, trok met enige moeite haar weekendtas uit het bagagerek en liep met grote stappen het spookachtig lege perron op. In de wirwar van trappen en gangen onder Penn Station liep ze een paar keer de verkeerde kant op voordat ze het opgaf en een passerende conducteur de snelste weg naar de metrolijnen naar het westen vroeg. Toen hij zonder iets te zeggen naar een bord drie meter verderop wees, recht voor haar neus, geneerde ze zich een beetje. Ze was al te vaak in New York geweest om nu de toerist te gaan uithangen.
Toen ze vijfentwintig minuten later de laatste paar treden van de trap naar de straat opliep, zag ze de ijzeren poorthekken van Columbia University en snoof ze de geur van gepofte kastanjes op. De dikke rook die opsteeg van het venterskarretje, walmde traag omhoog, zodat het naderen van de schemering nog wat versneld werd. Ze liep de poort door en de campus op, die zo op het eerste gezicht bestond uit grote lappen bruin gras met daartussenin een aantal hoge, imponerende gebouwen. De plotselinge stilte vormde een schril contrast met het straatrumoer. Rechts van haar wierp een wel honderd meter lang bouwwerk haar met zijn ene oog – een venster op de eerste verdieping, dat over de hele lengte van het gebouw liep – een dreigende blik toe. Dit was een bouwwerk dat serieus genomen wenste te worden, dat bleek al uit de namen die met enorm grote, haut-reliëf letters in de gevel waren gehouwen: PLATO, CICERO, HERODOTUS. Links van haar rees een trap zo breed als een boulevard op naar

een nóg indrukwekkender gebouw, waarvan de koepel leek op te gaan in de nu leisteengrijze en gestaag donkerder wordende hemel. De rest van de rechthoek die de campus van Columbia vormde, werd begrensd door andere, al even strenge gebouwen.
Sarah volgde de aanwijzingen van mevrouw Huber op, sloeg aarzelend linksaf en liep naar de smalle trap naar de brug over Amsterdam Avenue: een plaat beton die de hele Avenue overdekte van 116th Street tot aan 118th Street. Boven aan de zoveelste trap voelde Sarah plotseling de kille wind die over de open vlakte waaide. Tegen een plotselinge rukwind in liep ze moeizaam naar de reling. Ze zag de kilometers lange Amsterdam Avenue in de verte steeds smaller worden en uiteindelijk uit het zicht verdwijnen. De langsscheurende taxi's leken vanuit haar verheven gezichtspunt ineens een stuk minder haast te hebben en toen ze zich afkeerde van het drukke verkeer, merkte ze op dat de overkapping een soort uitloper had die haar aan een schiereiland deed denken. Ze liep erheen en zag het gebouw dat naar ze aannam het Institute for Cultural Research was. Een eenvoudig bord rechts van de deur bevestigde dat vermoeden.

Het gebouw waarin het instituut gevestigd was, was een huis met twee verdiepingen in 'New-England'-stijl, compleet met witte houten dakspanen, dat tussen de modernere gebouwen aan weerszijden sterk uit de toon viel. De pittoreske aanblik ervan riep bij Sarah echter herinneringen wakker aan haar eigen studententijd en de krakende en piepende houten huizen in Prospect Street in New Haven, met hun vage geur van vochtig hout. Ze duwde de eikenhouten deur open en liep een van ramen voorziene vestibule binnen, met links van de ingang de traditionele paraplubak. Door de kille witte tegels op de vloer leek de kou nog heviger, zodat ze snel doorliep naar de tweede deur en een schemerige hal binnenstapte. Er lag een tapijt op de vloer en een brede houten trap met een bocht erin en een hoge leuning leidde naar de eerste verdieping, waar ze een paar elektrische typemachines hoorde. In de zitkamer links van haar zag ze een paar oude geleerden in een paar grote lederen fauteuils zitten. Ze gingen volkomen op in hun verhitte debat, dat half werd overstemd door het ruisen en knappen van een groot haardvuur.
Plotseling kwam er een jongeman met een dienblad tevoorschijn uit de bocht in de trap. Hij leek er erg op belust te zijn om zich in het strijdgewoel te mengen: en zo te zien waren eten en drinken het middel daartoe. Terwijl hij langs haar probeerde te glippen, zei Sarah: 'Ik zoek het kantoor van een zekere doctor Alexander Jaspers.' De thee in de kopjes klotste bijna over de rand toen de jongeman abrupt bleef staan. 'Jaspers?'

vroeg hij met opgetrokken wenkbrauwen. 'Juist.' Ineens werden zijn ogen groot en rond. 'Boven, op zolder.' Hij spitste zijn oren. Het was duidelijk dat hij niets wilde missen van de discussie in de zitkamer. Toen glimlachte hij. 'Hij heeft het helemaal mis, weet u,' zei hij op vertrouwelijke toon tegen Sarah, en hij knikte naar de twee bij het haardvuur. 'Helemaal mis. Maar u wilde Jaspers spreken. Deze trap op.' Hij gaf een knikje in de gewenste richting. 'Op de eerste verdieping de trap aan het eind van de gang. Clara zit altijd boven. Of liever gezegd: meestal. U vindt haar vanzelf wel. Ik moet nu echt verder. De thee wordt koud.' En na die woorden liep de man snel de kamer binnen en ging in de stoel tussen de twee geleerden zitten. Terwijl hij, of liever gezegd zijn thee, met groot enthousiasme werd begroet, liep Sarah de trap op.
De tweede verdieping bestond uit een grote open ruimte, waarvan alle wanden in beslag werden genomen door grote boekenkasten. In het midden van het vertrek stonden een paar stoelen. Dit zou wel de Instituutsbibliotheek zijn, dacht ze, of wat daarvoor door moest gaan. Een bibliotheek voor een klein en uiterst select gezelschap. Voor elk van de acht ramen stond een bureau. Het prachtige uitzicht op New York tegen zonsopgang moest voor mensen die daar probeerden te werken wel een grote afleiding vormen. Op dit moment was echter slechts een van de bureaus bezet, en de man die daar zat, was zo te zien volkomen verdiept in een enorm dik en groot boek. Vlak achter de stoelen bevond zich een trap omhoog en aan een van de leuningen was een kartonnen bordje bevestigd met het opschrift JASPERS en daarnaast een pijl omhoog. Sarah merkte dat ze nerveus begon te worden en terwijl ze de laatste treden opliep, zag ze voor haar geestesoog beelden opdoemen van een oud en verschrompeld wezen dat krom over zijn bureau gebogen zat en haar met zijn kille en indringende blik dreigend aanstaarde. Ze klemde het handvat van haar koffertje wat steviger vast en liep verder.
De zolder was een heel stuk groter dan Sarah had verwacht. Hoewel het scheve plafond de ruimte natuurlijk wel kleiner maakte, was er nog voldoende ruimte voor een groot bureau – er stond een klein houten bordje met de naam van mevrouw Huber op – plus twee luie stoelen voor mensen die een afspraak hadden en een achterwand die de hele zolderverdieping in tweeën deelde. De deur links in de achterwand was voorzien van Jaspers' naambordje en stond op een kier. Rechts daarvan stond een kleine, druk zoemende kopieermachine die op dit moment bediend werd door een lange jongeman die gekleed ging in een spijkerbroek, een tweedjasje en een paar gymschoenen. Het was duidelijk een ouderejaarsstudent die hier wat bijverdiende, dacht Sarah, en die daarmee ook nuttige contacten legde voor de toekomst. Sarah keek eens op haar horloge,

realiseerde zich dat ze een paar minuten te vroeg was en ging zitten om op mevrouw Huber te wachten. Terwijl ze zich in de leren stoel liet zakken, trok het uitzicht uit het kleine, ronde raampje haar aandacht. Morningside Park in de avondschemering. Even vond ze dat er heel verlokkend uitzien.

'Wacht u op doctor Jaspers?' zei de jongeman terwijl hij de papieren die hij zojuist had gekopieerd op een stapel legde.

'Ja,' zei Sarah en ze zette het koffertje naast zich op de vloer. 'Ik heb een afspraak om halfvier. Kent u hem?'

'Heel goed,' zei de jongeman met een glimlach, terwijl hij de stapel papier op het bureau van mevrouw Huber legde en een paar instructies op het bovenste vel krabbelde. Hij legde het potlood neer en stak haar zijn rechterhand toe. 'Alexander Jaspers. U bent zeker mevrouw Trent.'

Sarah zette grote ogen op en kon een wat gegeneerde glimlach niet onderdrukken. 'U bent doctor Jaspers?' zei ze terwijl ze snel opstond om hem een hand te geven. 'Neemt u me niet kwalijk... Ik had verwacht dat u wat... ouder zou zijn.'

'Dat weet ik,' zei hij lachend terwijl hij op de rand van zijn bureau plaatsnam en Sarah wenkte dat ze weer kon gaan zitten. 'Clara stáát altijd op dat doctor Jaspers-gedoe en daarom krijgt iedereen altijd een verkeerde indruk.' Ondanks zichzelf moest Sarah glimlachen. Jaspers sloeg zijn armen over elkaar en vroeg: 'Wilt u soms iets drinken? We hebben koffie, thee, water en vlugzout.'

Lachend schudde ze haar hoofd. 'Nee, dank u wel. Sorry dat ik wat te vroeg ben.'

'Geen probleem, hoor.' Net toen hij opstond, kwam mevrouw Huber de trap opgelopen.

Het knotje op haar hoofd leek ongenadig strak aan haar zwarte haar te trekken, zodat de verraste uitdrukking op haar gezicht extra geaccentueerd werd. 'O hemeltjelief, u bent er al!' Het zware Duitse accent was nog opvallender als je haar in levenden lijve voor je zag. 'Ik was even in de keuken om een paar koekjes voor u te halen, ziet u, maar die zijn op. Neemt u me toch vooral niet kwalijk. Ik had hier willen zijn als u kwam, maar ik had u pas om halfvier verwacht.' Inmiddels was ze bij haar bureau aanbeland en begon ze koortsachtig dingen recht te leggen. 'Dan had ik u even kunnen voorstellen. Dit is vreselijk...'

'Clara,' viel Jaspers haar in de rede. 'Het is goed, hoor. We zijn erin geslaagd om ons zonder ongelukken aan elkaar voor te stellen. Mevrouw Trent, dit is Clara Huber.' Mevrouw Huber bleef zwijgend staan en toen Sarah hallo zei, maakte ze wat verlegen een buiginkje.

'Zegt u maar Sarah, en dank u wel dat u zo vriendelijk tegen me bent

geweest over de telefoon. Dat was een aangename verrassing.'
'O?' De licht gekwelde uitdrukking op mevrouw Hubers gezicht maakte plaats voor een brede glimlach. 'Heel vriendelijk van u. Ziet u, *Herr Doktor* Jaspers is een expert...'
'Clara is van onschatbare waarde,' viel Jaspers haar wat gegeneerd in de rede, 'en ik weet dat mevrouw Trent – Sarah – nu graag zou willen beginnen. Maar omdat de koekjes op zijn,' voegde hij er met een snelle knipoog naar mevrouw Huber aan toe, 'hoop ik dat u er geen bezwaar tegen hebt om dit af te handelen bij een kleine coffeeshop niet ver hiervandaan. Ik ben een echte zoetekauw, weet u, en om vier uur eet ik graag iets lekkers. Dat zit in de familie. Ik hoop dat ik u kan overhalen om...'
'Ja.' Sarah glimlachte terug. 'Een kopje thee, daar ben ik eigenlijk wel aan toe.'
'Fijn. Ik pak even mijn jas. O, en laat uw tas maar staan. Clara is hier voorlopig toch nog niet weg.' Jaspers liep zijn kantoor binnen en kwam even later weer terug met een oude jas van grijze scheerwol die duidelijk betere tijden had gekend. Hij duwde zijn handen in zijn zakken en bleef even staan. 'Goed. Het materiaal over Domberg moet naar Bill Shane in Chicago en wil je ook proberen Lundsdorf te bereiken? Als het mogelijk is, wil ik hem morgen voor mijn vertrek graag nog even spreken. Vóór drieën dus, verder maakt het niet uit hoe laat.' Clara knikte, en Jaspers richtte zijn aandacht weer op Sarah. 'Neem me niet kwalijk.'
'Nee, hoor.'
'Mooi. Nou, op naar de thee dan maar.'
Jaspers haalde zijn hand weer uit zijn zak en gebaarde naar Sarah dat ze voor kon gaan. Mevrouw Huber was al druk aan het werk toen Sarah haar gedag zei en met Jaspers in haar kielzog snel de trap af liep. In het voorbijgaan griste hij nog snel even zijn das van de trapleuning. Zwijgend liepen ze naar beneden tot ze op de begane grond kwamen, waar het debat nog steeds in volle gang was. 'Nog iets meenemen?' vroeg Jaspers terwijl hij zijn hoofd om de hoek van de deur stak. 'We hebben geen koekjes meer.' De drie hoofden draaiden zich om en de jongste zei: 'Wat van die kleine knapperige, met die groene stukjes erin. Dat zou lekker zijn.' Jaspers knikte. 'Maar doe vooral geen moeite,' zei een van de oudere mannen. 'Alleen als je er toch komt. Maar inderdaad, de knapperige, uitstekend idee.' Jaspers deed een stap achteruit en keek haar grijnzend aan.
'Nee, hoor. Dat is geen enkele moeite. Hij trok de buitendeur open en liep achter Sarah aan de vestibule door en de kille buitenlucht in. 'Een nogal indrukwekkend driemanschap,' zei hij terwijl ze over de overkapping liepen. 'Ze zijn alle drie briljant. Als je iets over het Midden-Oos-

ten wilt weten, moet je bij hen wezen.' Sarah knikte en terwijl ze de trap naar het universiteitsterrein afliepen, trok ze de kraag van haar jas op.
'En alle drie dol op koekjes.' Eigenlijk wilde ze van onderwerp veranderen. 'Toen ik binnenkwam, hadden ze net een nieuw pak aangebroken.'
'Wist u dat dan niet?' zei Jaspers. 'Dat is typisch iets voor academici. Als een grote koekjesfabriek als Entenmanns of Nabisco failliet gaat, komt heel het raderwerk van het hoger onderwijs in dit land langzaam tot stilstand.' Hij wilde nog iets zeggen, maar toen zag hij niet ver van hen vandaan een bekende gestalte lopen. 'Professor Lundsdorf!' riep hij en hij versnelde zijn pas, zodat Sarah moeite moest doen om hem bij te houden. 'Neemt u me niet kwalijk. Dat is degene die ik morgen wil spreken en ik kan me wat tijd besparen als ik nu even een afspraak met hem maak. Ik hoop dat u daar geen bezwaar tegen hebt. Het duurt maar even.' Haastig liepen ze verder.
'Waarom rent u niet even vooruit?' zei ze terwijl ze langzamer ging lopen. 'Met hoge hakken is dit nogal moeilijk.' Jaspers keek omlaag en zag haar schoenen, keek haar weer aan, en wierp haar een verontschuldigende glimlach toe. 'Maakt u zich maar geen zorgen,' zei ze. 'Ik haal u wel in.'
Toen hij wegrende, zag ze zijn jas opbollen in de wind. Terwijl ze langs een klein fonteintje naar het middenpad liep, zag Sarah hoe de twee mannen druk stonden te praten. Toen ze wat dichterbij kwam, zag ze de oudere man zijn hand op Jaspers arm leggen. Een ogenblik later stonden ze allebei hard te lachen. Net toen Sarah binnen gehoorsafstand was, hoorde ze: '... niet zonder het parlement. Anders zou je dat inderdaad tirannie kunnen noemen.'
'Dat lijkt me wel, ja. Dat is wel zeker. Je zult wel zien hoe het loopt.'
Sarah kwam nu naast Jaspers staan.
'O, neem me niet kwalijk,' zei Jaspers. 'Professor Lundsdorf, dit is Sarah Trent van het Ministerie van Buitenlandse Zaken. Om de een of andere reden denkt ze dat ik haar nuttige informatie kan geven over nieuwrechts hier in dit land.'
Dit was nou eindelijk de oude verschrompelde professor die ze in Jaspers' kamer had verwacht, maar ook nu waren al haar angsten snel verdwenen toen de niet meer dan één meter zestig lange Lundsdorf haar een hand gaf en een kleine buiging maakte. Het tenger gebouwde mannetje was dik ingepakt in verschillende lagen kleding en maakte door zijn hoge leeftijd bovendien een wat kwetsbare indruk.
'Aangenaam,' zei hij. Uit de twinkeling in zijn groene ogen bleek maar al te duidelijk dat de doctor zichzelf ooit als een groot vrouwenversierder had beschouwd, en zelfs nu was Sarah er niet helemaal zeker van of de eerbiedwaardige oude geleerde nou met haar stond te flirten of niet.

'Het genoegen is wederzijds.'
'Ach, wat vriendelijk,' zei hij. 'De naam is *Hermann* Lundsdorf. Ik ken deze jongeman hier nu al vijftien jaar, waarvan zeven – nee, acht – als collega, en hij staat er nog steeds op om me aan te spreken als "professor".' Hij knipoogde naar Jaspers, die onder zijn scherpe blik nerveus begon te draaien. 'Op een goede dag misschien, als hij me eindelijk niet meer zal zien als een angstaanjagend oud mannetje. Maar goed, daarvoor bent u bij hem aan het juiste adres, en ik moet helaas alweer afscheid van u nemen. Dit weer is echt te koud voor me.' Hij knikte haar nog eens toe en zei tegen Jaspers: 'Morgenmiddag om twee uur, dat is uitstekend.' Een kort buiginkje en terwijl hij wegliep, riep de oude geleerde met zijn schrille stem nog over zijn schouder: 'En vergeet je jas niet. Als je net zo oud wilt worden als ik, kun je die maar beter dichtknopen.'
Hij stak zijn hand op en wuifde nog even. Jaspers begon zachtjes te lachen.
'Daar gaat mijn mentor, en mijn moeder. Die combinatie is soms een beetje eigenaardig.' Samen liepen ze door de poort naar buiten en staken Broadway over. 'Het ene ogenblik staat hij iets uit te leggen over de gang van zaken in het Duitse parlement en even later zegt hij dat ik mijn jas moet dichtknopen.' Hij schudde zijn hoofd. 'Ik hoop dat dit ijs op het trottoir niet lastig voor u is, met die schoenen.'
'Nee, hoor. Het leek me een heel vriendelijk oud mannetje.'
'Heel vriendelijk, en heel streng. Hij heeft me gedwongen om binnen drie jaar te promoveren. Ik heb in mijn hele leven nooit zo hard gewerkt als toen.'
'Dat is wel een beetje snel, hè?' zei Sarah.
'Ja, dat kunt u wel zeggen, maar Lundsdorf stond erop.' Jaspers stak zijn handen nog wat dieper in zijn zakken. 'Hij had het allemaal al voor me uitgestippeld. Vanaf de dag dat ik hier ben aangekomen. Gemiddeld duurt zoiets een jaar of acht. Dus, het was eigenlijk wel behoorlijk snel.'
'Indrukwekkend. Dus u bent nu...'
Jaspers glimlachte. 'Drieëndertig. En zo indrukwekkend is het nou ook weer niet. Ik heb een ongelooflijk slecht proefschrift geschreven. Lundsdorf en ik zijn anderhalf jaar bezig geweest om het om te werken tot een boek. Hij zei de hele tijd: "Zorg dat je promoveert, zorg nou eerst maar dat je promoveert." En hij had gelijk. Ik ben gepromoveerd, heb een baan gevonden en kon toen rustig het boek afmaken...' Hij wachtte even en er verscheen een wat verstrooide blik in zijn ogen. Toen begon hij weer te glimlachen. 'Daarna kon ik me met werkelijk interessante zaken gaan bezighouden.' Hij bleef staan. 'Hier is het.' Hij duwde

de deur van een kleine coffeeshop open waar het naar sterke, zwarte koffie rook, en hij wachtte tot ze naar binnen zou stappen.
'U hoeft de deur niet voor me open te houden,' zei ze.
'Inderdaad,' zei hij, zonder door te lopen. 'Dat hoef ik niet. Het komt allemaal door die Duitse beleefdheid van Lundsdorf. Hij heeft me te goed opgeleid.'
Sarah glimlachte. 'In dat geval kan ik u alleen maar vriendelijk bedanken.' Ze liep de schemerige ruimte binnen en zag achterin een vrij tafeltje. Ze ging voorop en terwijl ze zich een weg zocht tussen de dicht op elkaar gezette tafeltjes, moest ze goed opletten om alle uitstekende ellebogen en benen te ontwijken. Terwijl ze moeizame pogingen deed om zich uit haar jas te bevrijden, trok Jaspers snel de zijne uit en hing die over de rug van zijn stoel. Hij ging echter pas zitten toen ze klaar was.
'Is dat Lundsdorfs invloed?'
'Natuurlijk.' Ze gingen zitten. 'Een lekkere kop thee en een stuk frambozen-chocoladetaart, dat is wat ik zou aanbevelen, maar niet iedereen is zo dol op chocolade als ik.'
'Nee, dat klinkt heerlijk.' Wat leuk en prettig allemaal, dacht ze: het idee om samen thee te gaan drinken, dit grappige kleine cafeetje dat zo zijn best deed om beelden van Parijs of Berlijn op te roepen... en dan het gezelschap. Deze doctor Jaspers had een heel ontspannende uitstraling. Iets wat heel... onacademisch aandeed. Dat was de enige manier waarop ze het wist te omschrijven. Jaspers zwaaide even naar de ober, stak twee vingers op en keek haar weer aan. 'Ik... ik bestel altijd hetzelfde,' zei hij verontschuldigend. 'Ik ben vaste klant hier.'
'Wat leuk.'
'Tja... ik denk van wel.' Hij glimlachte en veranderde van onderwerp. 'Clara heeft gezegd dat u van het Ministerie van Buitenlandse Zaken bent en dat het over een van mijn artikelen ging. Ik vermoed dus dat we het over nieuw-rechts en de opkomst van het conservatisme hebben.' Door de lichte zelfspot in de manier waarop hij die woorden uitsprak, moest Sarah opnieuw glimlachen. 'Dat is de titel van een heel saai artikel dat ik ooit heb geschreven.'
'Zo saai vond ik het niet.'
Jaspers zette grote ogen op. 'Hebt u het gelézen?'
'Dat is mijn werk, doctor Jaspers...'
'Xander,' viel hij haar in de rede. 'Zeg maar Xander. Dat doet iedereen.'
Weer die glimlach. 'Zeg jij dan maar Sarah. Ik heb er een heleboel gelezen... Xander. Allemaal heel interessant en ook heel anders dan de andere artikelen over dit onderwerp. Je benadering is... hoe moet ik dat formuleren...'

'Uniek?' Ze moesten allebei glimlachen. 'Waarschijnlijk komt dat door de bron die ik heb gebruikt.'
'Lundsdorf?' De ober kwam twee glazen water brengen.
Jaspers grijnsde en haalde een dun en beduimeld boekje uit zijn jaszak. Het werd bij elkaar gehouden met een paar elastiekjes. 'Ouder nog.' Hij legde het op tafel. Op het omslag stond *De heerser*. 'Ik heb het altijd bij me.'
'Machiavelli?' vroeg ze.
'Zo verrast hoef je daarover niet te zijn. Ze waren best slim, hoor, die zestiende-eeuwers. En hij was waarschijnlijk de slimste van het hele stel. Kijk het maar eens in.'
Sarah pakte het boekje op en trok voorzichtig de elastiekjes eraf. Het voorplat zat volkomen los en de eerste pagina werd geheel gevuld door een opdracht: *Ik zal altijd bij je zijn, Fiona*. Ze keek op en zag dat Jaspers strak naar die woorden zat te staren. Van die glimlach van hem was nu geen spoor meer te bekennen. Ze wachtte even en zei toen: 'Als jij het zegt, zal het wel zo zijn.' Nadat ze het boekje terug had gelegd, legde ze snel het voorplat er weer op. 'Dat hij de slimste was, bedoel ik.'
Hij keek op en knikte. 'Ja.' Hij stak zijn hand uit en pakte het boek op. 'Dat was hij ook.'
'En nu is hij geen zestiende-eeuwer meer, maar iemand die van alle tijden is,' zei ze terwijl Jaspers het elastiek weer om de gerafelde bladzijden trok. Hij begon nu langzaam weer te glimlachen.
'Het aardige van theorie is dat je die overal op kunt toepassen.' Hij stak het boek weer in zijn zak. 'Het gaat om de manier waarop je die toepast.'
'En jouw vriend Machiavelli past toevallig goed bij nieuw-rechts?'
'Hij past ook goed bij de handel in termijnobligaties, bij verschillende andere vormen van speculatie, en zelfs bij een separatistische organisatie in Idaho. Ik ben trouwens niet de enige die dat heeft opgemerkt. Alleen houd ik het bij theorie en brengen alle anderen die in de praktijk.'
'Legt u eens uit, doctor... Xander... Ik ben er niet zo goed in thuis als... jij.' Ze glimlachte. 'Hoe kun je zo'n boek gebruiken om...'
'O, gij van zwak geloof...' viel hij haar in de rede. 'Je zou versteld staan. Zo is er tegenwoordig een groep jonge honden die ervan overtuigd is dat ze van Machiavelli kunnen leren hoe ze succes kunnen hebben op de aandelenmarkt. Een van hen heeft net een boek geschreven: *The Machiavellian Manager*. Goeie titel, alleen een beetje te grappig.'
'En jij bent daar niet zo zeker van?'
Jaspers haalde zijn schouders op. 'Laat ik het zo zeggen: dat is niet de Machiavelli die *ík* ken. Theorieën zijn op allerlei manieren te interpreteren. Dat is wat ze zo verleidelijk maakt. Ik ben me er maar al te goed van

bewust, beter dan de meeste anderen, wat de implicaties van Machiavelli's theorie zijn voor de praktijk. Soms kunnen die heel overtuigend zijn. Maar op een gegeven moment moet je ook de beperkingen van zijn theorie onder ogen kunnen zien en daar zijn ze in Wall Street nog niet aan toe. Ze denken dat het over brute macht gaat, en over misleiding...'
'Beter gevreesd dan geliefd,' zei ze.
'Nu ben ik onder de indruk. Maar dat is niet het hele verhaal.'
'Nee, dat had ik ook niet verwacht,' zei ze speels. Zijn vriendelijke lach en zijn brede, zij het wat verlegen grijns maakte duidelijk dat dat een schot in de roos was.
'Breedvoerigheid hoort bij het vak, mevrouw Trent.'
'Ik zal eraan denken, doctor Jaspers. Dus het ligt helemaal aan de context...'
'Precies,' zei hij. 'Machiavelli heeft *De heerser* geschreven als een... doe-het-zelfhandboek voor het uitoefenen van politieke macht. Waar hij werkelijk op uit was, was een baantje bij de de Medici: de familie die in Florence aan de macht was. Met zijn boek wilde hij de aandacht op zich vestigen door duidelijk man en paard te noemen. Dat was in die tijd heel gedurfd.'
'Maar wel specifiek voor die tijd.'
'Je bent hier inderdaad goed in.'
'We doen ons best.'
'Dan zul je je ook wel herinneren dat het zestiende-eeuwse Italië politiek gezien zeer instabiel was. Het was niet meer dan een losse verzameling stadstaten, die allemaal hun eigen doeleinden nastreefden.'
'Ja, dat weet ik inderdaad nog wel,' zei ze plagerig.
Jaspers moest lachen. 'Zal ik het eenvoudig houden? Machiavelli wilde Florence beschermen en tegelijkertijd de aanzet geven tot wat meer onderlinge samenhang. Zijn oplossing daarvoor was een leider die moeilijkheden kon zien aankomen en die in staat was om op effectieve wijze de macht uit te oefenen. Eigenlijk vond hij de meesten niet te vertrouwen en meestal ook niet al te snugger. Een beetje wreedheid hier, een beetje vriendelijkheid daar, en dan liep de zaak verder vanzelf wel.'
'En dat,' vroeg Sarah, 'gaat ook op voor de aandelenmarkt? Dat is wel een beetje vergezocht, hè?'
Jaspers nam een slokje water. 'Niet als de mensen die op die markt actief zijn, denken dat Machiavelli hun vertelt wat ze moeten doen. *De heerser* is hun bijbel en wie ben ik om te zeggen dat hun interpretatie onjuist is? Je moet toegeven dat het wel intrigerend is.' Hij boog zich voorover en leunde met zijn ellebogen op tafel. 'Machiavelli is de eerste die de duistere zijde van het politieke bedrijf heeft beschreven, meer niet, en met zijn

beschrijving heeft hij een aantal zeer interessante punten aangeroerd over macht en misleiding: dat je de mensen moet vertellen wat ze willen horen als je aan de macht wilt blijven, bijvoorbeeld. De moderne implicaties daarvan liggen voor de hand.'
'Zolang als het theoretisch blijft,' zei ze. 'In de praktijk...'
'Dat is nou het punt waarop die jonge honden in Wall Street de mist in gaan. Machiavelli was een genie, maar wel een *zestiende-eeuws* genie en wij zitten met twintigste-eeuwse vragen. Hij heeft het over wreedheid en opzichtig militair vertoon...'
'En wij hebben het over grote bedrijven en populisme.'
'Precies.' De ober kwam bordjes en kop en schoteltjes brengen. Achter hem liep een tweede ober met twee potjes thee. 'Dus jij denkt dat zijn theorieën in het heden slechts beperkt geldig zijn?'
'Je moet me niet verkeerd begrijpen,' zei Jaspers. 'Ik ben dol op die ouwe vent, maar hij is een springplank, meer niet. Ik hecht weinig waarde aan het oordeel van degenen die hem als een onfeilbare gids beschouwen.' Toen de obers wegliepen, lachte hij haar vriendelijk toe. 'Een modern equivalent van het machiavellisme, voor mij althans, is wat nieuw-rechts de afgelopen jaren aan het doen is. Op één punt na: in plaats van rechtstreeks het volk te benaderen maken zij gebruik van diverse belangengroepen om greep op het volk te houden. De theorie erachter is machiavellisme, maar in de praktijk is het...'
'Het "Nieuwe Fatsoen in het Conservatisme".'
'Juist.'
'De Centristische Coalitie,' voegde ze daaraan toe.
'Het is duidelijk dat je je huiswerk hebt gedaan.'
'Zoals ik al zei: we doen ons best.' Ze trok een schrijfblok uit haar tas en zocht nog naar een pen toen Jaspers een nogal aangevreten balpen uit zijn jaszak viste.
'Let maar niet op de tandafdrukken,' zei hij. 'Dat is een beroepsrisico.'
'De mijne ziet er al net zo uit.' Ze trok de dop van de pen.
'Eerlijk gezegd, ben ik nog maar net begonnen met mijn onderzoek naar de Coalitie, maar dit is een uitstekende invalshoek om mee te beginnen.' Sarah sloeg een leeg vel op en keek hem weer aan. 'Praktisch gesproken, dus.'

Washington, 26 februari, 15.51 uur

De klas liep door de museumzaal. Het belangrijkste stuk hier was een schilderij van Veronese. Alle kinderen waren druk in de weer met hun pen en schrift om de relevante gegevens neer te krabbelen. De lerares, een vrouw van achter in de twintig, lachte de bewaker vriendelijk toe terwijl ze met het kleine groepje naar een hoek aan de andere kant van de zaal liep, waar een tamelijk obscuur schilderij van de jonge Tiepolo hing. Terwijl alle vijftien kinderen zich verdrongen rondom het schilderij, begon de lerares vol enthousiasme te vertellen over de wat meer gecompliceerde details: zoals de hoek waaronder de Christusfiguur zijn hoofd gebogen hield en de positie van zijn handen. Ze bleef haar ogen echter strak op de bewaker gericht houden en wachtte tot hij zich zou omdraaien: zodra hij dat deed, gaf ze een knikje. Onmiddellijk liet een van de meisjes zich stilletjes op haar knieën zakken, en terwijl ze door de benen van de andere kinderen aan het oog onttrokken werd, gaf ze een ruk aan het rasterwerk van de airconditioningschacht vlak onder het schilderij. Het raster schoot los, en nadat ze het voorzichtig had neergelegd, schoof ze met even grote omzichtigheid haar rugzak in de opening en kroop er daarna zelf doorheen. Nadat er een jongen achter haar aan was gekropen, werd het rasterwerk onmiddellijk weer teruggezet en terwijl ze begonnen te kruipen, hoorden ze de stem van de lerares langzaam achter zich wegsterven.

Lampen of kaarten hadden ze niet nodig. De afgelopen week hadden ze dit minstens honderd keer geoefend. Volgens het schema hadden ze nu met zijn drieën moeten zijn – *alles in drieën* – maar de oude man had dat op het laatste moment veranderd en Lydia was achtergebleven in Wolf Point. Ze hadden niet gevraagd waarom. Ze kenden hun plaats.

Bij de vierde zijgang sloegen ze linksaf. Twaalf meter verderop kwamen ze bij een tweede rasterwerk. Ze haalden het weg, en nadat ze door de opening waren geklommen, kwamen ze in een smalle tunnel met pijpleidingen en kabels langs de wanden, die hun echter voldoende ruimte bood om nog dieper het inwendige van de National Gallery binnen te dringen. Het meisje keek even op haar horloge. Acht minuten. *Plaats hem, sluit hem aan en kom snel weer terug.* Ze hadden het een keer binnen zeven minuten weten te doen. De ouwe was toen heel tevreden geweest. Een halve minuut later hoorden ze recht voor zich het geluid van stromend water: de promenade tussen de oostelijke en de westelijke vleugel. Daar waren het restaurant en de souvenirwinkel gevestigd en dus waren er altijd veel toeristen. Ze bleven staan en maakten allebei hun rugzak leeg. Toen de bewakers bij de ingang de inhoud hadden geïnspecteerd, hadden ze gedacht dat het de gebruikelijke tienerrotzooi was: boeken, pennen, kauwgom en lippenstift. Iemand met een geschoolde blik zou echter snel gezien hebben dat dit veel méér was dan dat. Binnen een minuut hadden ze alles omgevormd tot twee grote blokken plastic en een klein zwart doosje dat met een koperdraad verbonden was met de kabels langs de muur. Het knipperlichtje op de doos lichtte één keer geel op, en werd toen groen. Ze pakten hun rugzak weer op en liepen verder, terwijl ze de kabelgoot boven hun hoofd goed in de gaten hielden. Zes meter van de doos vonden ze een derde rasterwerk. Ze trokken zichzelf op door de opening en begonnen weer te kruipen.

Een paar bochten later zaten ze gehurkt voor een opening in de wand van een andere museumzaal, vlak onder een ander schilderij dat de klas dadelijk zou komen bewonderen. Ze hadden goed werk geleverd. Zesenhalve minuut. Hij zou tevreden zijn.

'Het is een typisch rechtse manoeuvre,' zei Xander. 'Ze willen niet dat de regering de mensen gaat voorschrijven hoe ze hun leven moeten inrichten, maar als het om zedenzaken gaat, hebben ze er geen enkel bezwaar tegen om zichzelf uit te roepen tot het nationaal geweten. De Coalitie geeft er de voorkeur aan om zich op de lesprogramma's van de scholen te richten. Abortus, seksuele oriëntatie, daar maken ze zich erg druk om.'

'Daarin verschilt de Coalitie niet van een stuk of honderd andere groeperingen,' merkte Sarah op.

'Dat is zo, maar ze hebben plannen om zelf particuliere scholen op te zetten, scholen die zullen gaan concurreren met het openbaar onderwijs, zodat ze zelf kunnen uitmaken wat de kinderen moeten leren en welke lesmethoden er gebruikt worden.'

Ze keek op. 'Dat doen de katholieken hier in de Verenigde Staten al jaren. Wat is daar mis mee?'

'Ja, maar die hebben geen tv-monitoren in de klas hangen die allemaal zijn aangesloten op zeer geavanceerde computers die interactief met de kinderen omgaan. En als de verhalen die ik heb gehoord, waar zijn, dan gaat het hier om buitengewoon *gespecialiseerde* computers. Ik bedoel, stel je eens voor dat je een kind de gelegenheid geeft om een nieuw aanvalsplan op te stellen voor de Slag om Midway en dan op het scherm te zien wat het resultaat zou zijn. Dat zou het leerproces tot een opwindende ervaring maken. Volgens de geruchten willen ze die computers echter gebruiken om het onderwijzend personeel te vervangen, zodat ze er zeker van kunnen zijn dat alle toegewijde kleine volgelingen van de Coalitie een lesprogramma met een duidelijke en samenhangende politieke boodschap erin voorgeschoteld krijgen. Dat is geen onderwijs meer, dat is indoctrinatie, en op een veel grotere schaal dan waarvan het bijzonder onderwijs ooit zelfs maar heeft weten te dromen.'

'Hersenspoeling?' vroeg ze sceptisch. 'Zó nieuw zijn computers inmiddels toch ook al niet meer, Xander. Dat de Coalitie ze nu gebruikt, wil niet zeggen dat...'

'Als die computers de enige link vormen tussen Jonas Tieg en Laurence Sedgewick, dan ben ik daar nog niet zo zeker van.' Jaspers keek haar strak aan. 'Heb ik iets belangrijks gezegd?'

Sarah zei niets. 'Over wie wilde je het nog meer hebben?'

'Dat zou je misschien verbazen.'

Hij dronk zijn kopje leeg. 'Nog thee? Dan bestel ik even wat bij.' Sarah knikte en keek toe terwijl hij zijn bestelling deed, ook nu weer met die twee vingers en een knikje naar de ober. Toen de ober vragend naar de taarten wees, pakte Jaspers zijn kopje en deed alsof hij een slokje thee nam. Daarna wendde hij zich tot haar. 'Ik heb wel eens... twee stukken achter elkaar naar binnen gewerkt.'

Ze glimlachte. 'Nu Tieg en Sedgewick.'

'Zoals ik al zei, zijn die twee absoluut niet geïnteresseerd in het onderwijs. Voor Tieg is het allemaal politiek, een manier om volgelingen te werven, net als met *Tieg Tonight.* Die scholen zijn een valstrik en die geavanceerde technologie is het lokaas. Als het milieu nog in de mode was, zou hij zijn aandacht daarop gericht hebben.'

'En Sedgewick?'

'Daar begint het interessant te worden.' De ober kwam de thee brengen en schoof de lege borden en kopjes wat opzij om plaats te maken. Xander deed zijn best om hem te helpen. 'Vind je het niet eigenaardig dat een man die carrière heeft gemaakt als een financieel genie, plotseling computersystemen voor grote banken is gaan ontwerpen?'

Sarah dacht aan het dossier dat ze had doorgelezen. 'Dat waren beveiligingsnetwerken. Ik dacht dat die bedoeld waren om een paar grote investeerders zoals hijzelf te beschermen?'

'Zou kunnen.' De ober liep weg. 'Maar met wiens hulp denk je dat hij het prototype heeft ontwikkeld?' Ze schudde haar hoofd. 'Een dochtermaatschappij van de Tieg Broadcasting Service. Dát staat zeker niet in je aantekeningen? Het spoor is moeilijk te volgen, maar het is er wel. Neem dat maar van mij aan.' Hij nam een slok. 'En nu die computers op school. Er is geen werkelijk verband, maar het roept bij mij toch wel vragen op.'

Sarah knikte en maakte een paar aantekeningen. Met haar blik nog steeds op het schrijfblok gericht vroeg ze: 'En Anton Votapek?' Ze wilde die vraag net herhalen, toen ze opkeek en Jaspers' gezicht zag. Hij zat haar geschrokken en bezorgd aan te kijken.

Washington, 26 februari, 16.09 uur

'Wilt u dat herhalen, alstublieft?' De chef verkeersleiding van National Airport deed weinig om zijn ongeloof te verhullen.
'Op alle beeldschermen in alle verkeerstorens is het beeld weggevallen.' De verwarring op de achtergrond was duidelijk te horen. 'Alle hulpinstallaties zijn ook buiten werking, en we zijn alle radiocontact kwijt.'
'Werkt het radiobaken nog?'
'Geen idee.'
'Je bedoelt dat we géén...' Hij boog zich dichter naar de microfoon toe. 'Rustig aan maar. Ik kom eraan.'
Twee minuten later kwam hij snel de verkeerstoren binnengelopen. Omdat de baanverlichting al aan was, was het ruitpatroon van de elkaar kruisende start- en landingsbanen van hieruit goed te zien. 'Nou mensen, laten we eens kijken wat er aan de hand is. Wat zit er in de lucht en wat komt eraan?'
'Vier twee-zevens, een non-commercieel vliegtuig en twee jumbo's, een uit Los Angeles en een uit Madrid,' zei een vrouw die omringd werd door hoge stapels computeruitdraaien.
'Hoe zit het met Dulles?'
'Dezelfde storing. Net als BWI. En College Park is volkomen onbereikbaar. Vier minuten geleden is alle radioverkeer weggevallen. Ik vermoed dat er, bij de drie grote vliegvelden samen, op dit moment zes vliegtuigen met hun aanvlucht bezig zijn en dat zes andere al toestemming hebben gekregen om de landing in te zetten.'
De man ging bij het dichtstbijzijnde instrumentenpaneel staan en zag dat alle beeldschermen leeg waren. In vijfentwintig jaar had hij nog nooit zoiets angstaanjagends gezien. Hij draaide zich om en richtte zijn aandacht weer op de chaos in de verkeerstoren. 'Goed, mensen.' Hij wreef eens in zijn handen. 'Misschien kunnen we ze naar Atlanta doorverwijzen, dan kan de rest proberen...'
'Leuk bedacht,' zei de vrouw. 'Maar er is één klein probleempje... Hoe vertellen we dat aan de piloten?'

'Votapek!' herhaalde Jaspers. Sarah boog zich over de tafel om een tweede kopje in te schenken. 'Hebben we het over de Votapek van het Tempsten-project?'
'Eigenlijk heette het *The Learning Center*,' verbeterde ze hem. 'De media hebben het het Tempsten-project genoemd.'
Hij schudde zijn hoofd. 'Votapek?' En na een korte stilte: 'Waarom zou die...'

'Het gaat toch over scholen?'
'Ja, maar...' Het kostte hem meer tijd om van de schrik te bekomen dan ze had verwacht. 'Ik bedoel, die man was een genie, de meest gevierde onderwijskundige van de jaren '60, maar toen... Tempsten.' Met een verstrooide blik in zijn ogen keek hij om zich heen. 'Het was een of ander fraai idee... modulair onderwijs, geloof ik.'
'De modulaire benadering: onderwijs als een agressieve methode om minder autonome, meer gemeenschapsgerichte kinderen te creëren. Dat weet je nog goed, Xander.'
'Het was de zoveelste wilde theorie die geforceerd in de praktijk is gebracht.' Hij bleef met een lege blik in zijn ogen voor zich uit zitten staren, alsof hij zijn best deed om zich iets te herinneren. 'Wat was het ook weer. Tien kinderen, die allemaal een jaar of acht, negen waren...'
'Nee, het waren er veertien en sommigen waren al een jaar of achttien. Je weet hier wel veel van, moet ik zeggen.'
Hij keek haar eens aan. 'Een van de zwartste smetten op het blazoen van het Amerikaanse onderwijs? Als het onderwijs je ter harte gaat, Sarah, dan zal je de naam Tempsten niet licht vergeten.' Het was duidelijk dat dat woord hem uit zijn evenwicht had gebracht. Hij leunde achterover en schudde langzaam zijn hoofd. 'Kinderen van acht, negen jaar oud, die werden omgeturnd tot...' Plotseling keek hij haar aan. De blik in zijn ogen was nu veel intenser dan daarnet. 'Denk je dat hij iets te maken heeft met Tieg en Sedgewick?'
'Ik denk helemaal niets,' zei ze. 'Ik heb je alleen maar gevraagd of je tijdens je onderzoek ook op zijn naam bent gestuit.'
Jaspers keek haar strak aan. 'Juist.' En na een korte stilte: 'Nee.'
'Heb ik iets verkeerds gezegd?'
'Iets verkeerds? Nee, natuurlijk niet. Maar nu Votapek hier ook iets mee te maken blijkt te hebben, worden Tiegs banden met de Coalitie ineens nog veel alarmerender.'
'Werkelijk?' Ze moest weten wat hij hier allemaal over te melden had.
'Nou, hij is iemand die wérkelijk belangstelling heeft voor het onderwijs. En een tamelijk angstaanjagend soort belangstelling, mag ik wel zeggen. Hij is niet iemand die het onderwijs alleen maar ziet als politiek opstapje.'
'Gesteld dat de man hier iets mee te maken heeft.'
'Inderdaad.' Hij bleef haar strak aankijken. 'Gesteld dát.' Even keken ze elkaar zwijgend aan. 'Nu heb je me wel aan het denken gezet.'
'Sorry.' Ze glimlachte. Hij begon met zijn lepel te rommelen.
'Het probleem is dat alles wat ik je tot nu toe heb verteld, speculatief is. Hoe het met Votapek zit, weet ik niet, maar de andere twee doen niets

wat zelfs maar in de verste verte met extremisme te maken heeft. Geen neonazi's die synagogen in brand steken, geen blanke racisten die idiote eisen stellen. Dat is waarom ik het in mijn artikelen over "fatsoenlijk rechts" heb.' Hij wachtte even. 'Als Votapek hierbij betrokken is, dan werpt dat echter een heel nieuwe licht op de zaak.' Hij keek Sarah aan alsof hij daar een antwoord op verwachtte, maar omdat de ober net met de rekening kwam, trok ze alleen haar wenkbrauwen even op. 'Tja,' zei hij terwijl hij met het lepeltje op een doorweekt theezakje tikte, 'meer kan ik je niet vertellen. Ik denk dat Tieg en Sedgewick iets met elkaar te maken hebben, maar dat is alleen maar een vermoeden. En zelfs als Votapek hierbij betrokken is, zou ik nog steeds niet weten wat hij daarmee hoopt te bereiken. En eerlijk: zolang áls die drie niets met elkaar te maken hebben, is er niets om ons zorgen over te maken.'

'Maar als ze nou wél iets met elkaar te maken hebben?'

'Dan zul je je moeten afvragen wat precies.' Sarah stak het laatste stukje taart in haar mond.

'Ik hoop maar dat Lundsdorf gelijk heeft. Hij zegt de hele tijd dat ik me moet beperken tot wat ik wéét en dat samenzweringstheorieën iets voor de boulevardbladen zijn. Misschien reageer ik wel wat al te heftig.' Xander had zijn tweede kopje leeggedronken, maar deed nu zijn best om ook de allerlaatste druppels nog op te drinken. Toen hij merkte dat het kopje echt leeg was, zette hij het weer op het schoteltje en zei: 'De sinistere kant hiervan zal ik maar aan jou overlaten. Helaas moet ik nu terug...'

'Natuurlijk.'

'Maar als je nog iets te vragen hebt?'

Sarah liet het schrijfblok weer in haar koffertje glijden en klikte de slotjes dicht. 'Ik denk het niet, maar als we nog eens moeten praten...'

'O, zeker, zeker. Ik zou er geen enkel bezwaar tegen hebben om jullie dossiers eens in te kijken.'

Ze glimlachte en voordat hij de kans kreeg om zijn portefeuille tevoorschijn te halen, had ze al een biljet van tien dollar uit de hare getrokken. 'Ik weet dat professor Lundsdorf het er niet mee eens zou zijn, maar de overheid betaalt.' Xander gaf toe, meer vanwege haar vriendelijke glimlach dan omdat de beleefdheid dat vereiste, en hij stak zijn hand achter zijn rug om zijn jas van de stoel te pakken. Toen hij opstond, schoot Sarah nog iets te binnen. 'O, er was toch nog iets, ja. Het klinkt misschien een beetje vreemd, maar...'

'Ik weet zeker dat het dat niet is.' Hij begon zijn jas aan te trekken.

'Enreich. Zegt die naam je iets?'

Xander stak zijn hand in zijn jaszak en trok zijn das eruit. 'Enreich?

Enreich?' mompelde hij zachtjes voor zich uit terwijl hij de das omknoopte. 'Neuh, dat zou ik zo een-twee-drie niet weten. Ik kan wel eens wat oude boeken doorbladeren, maar ik denk dat ik me iets dergelijks wel zou herinneren. Sorry, maar daar kan ik je, denk ik, niet mee verder helpen.'
Ze haalde haar schouders op en nadat ze was opgestaan, zette ze het koffertje onder de stoel en haalde een kaartje uit haar portefeuille. 'Als je nog iets te binnen schiet,' zei ze, 'bel dan even dit nummer.' Ze legde het kaartje op tafel en schreef het telefoonnummer van het hotel op de achterkant.
'Zal ik doen.'
Ze overhandigde hem het kaartje, en zijn pen, pakte haar koffertje en handtasje en knikte naar Xander dat hij voor kon gaan. Snel liepen ze tussen de tafeltjes door naar de toonbank, waar hij de doos koekjes kocht die hij zijn collega's op het instituut had beloofd. Hij stak er eentje in zijn mond, trok de deur open en liet Sarah voorgaan, de koude buitenlucht op Broadway tegemoet.

Washington, 26 februari, 16.24 uur

Plotseling rees er een fontein van glas en water op, en overal vlogen scherven metaal in het rond. Waar zich de onderste promenade van de National Gallery had bevonden, zat nu een diepe krater in de grond. Overal klonk geschreeuw en gegil, dat achttien seconden later echter abrupt tot zwijgen werd gebracht door het ontploffen van de tweede bom, die een golf van vuur door de opening spuwde en het ene mensenlichaam na het andere in een verzengende golf goudkleurige hitte wikkelde. Daarna kwam een stroom zoete rook, die nog dodelijker was dan de intense hitte en de slachtoffers naar adem happend op de grond deed vallen. Degenen die daar nog toe in staat waren, renden wild in het rond. Mannen duwden vrouwen tegen de grond, ouders tilden hun kinderen op en namen ze in hun armen terwijl ze wanhopig de giftige dampen probeerden te ontwijken.
Binnen zes minuten was alles voorbij. Een paar mensen hadden geluk gehad. De eerste schokgolf had hen gedood zonder dat ze er erg in hadden gehad. Anderen hadden het gas ingeademd, hadden de hongerige vlammen aan hun vlees voelen likken, hadden moeten meemaken hoe ze levend verbrandden.
Om 16.58 uur wisten de eerste reddingsteams de plek van de ramp te bereiken. Ze zouden veertien uur nodig hebben om honderdzeventien

doden te tellen. Twee dagen later zou dat aantal gestegen zijn tot honderddertig.

Sarah stapte uit in het metrostation bij 50th Street, ging naar boven en liep van daaruit naar 6th Street. Ze had erover gedacht om een taxi te nemen, maar ze wist dat de metro sneller was. Niet dat ze haast had, trouwens. Ze had de hele avond vrijgehouden om zichzelf de gelegenheid te geven de informatie die Jaspers haar had gegeven nog eens goed tot zich te laten doordringen. Terwijl ze moeizaam over de hoog langs de stoeprand opgehoopte sneeuw heen stapte, zag ze ineens weer voor zich hoe de jonge geleerde haastig met haar opgelopen was – hij had zo graag snel weer aan het werk gewild – en ze moest glimlachen. Hij nam zijn werk zo serieus, hij was zo intens betrokken bij dat kleine wereldje van hem, waar elk ogenblik te kostbaar leek om te verspillen. Je bent een gelukkig mens, Xander Jaspers, dacht ze. Wees maar blij dat je zoveel geestdrift kunt opbrengen. En toch had hij niet geprobeerd haar daarmee te overdonderen. In plaats daarvan had hij haar mee uit gevraagd en was hij heel blij geweest dat ze belangstelling toonde voor zijn werk. Hij had haar zelfs geen moment het idee gegeven dat ze een domoor was. Op de een of andere manier was hij erin geslaagd haar die angst te doen vergeten. En wat was hij toch bang geweest dat hij haar zou vervelen! Ze moest even glimlachen. Dat had wel een zekere charme.
Toen ze bij de hoek was, zag ze de grote neonletters van Radio City voor zich opdoemen. 6th Avenue was propvol mensen die allemaal probeerden zich een weg te banen door de chaos van het spitsuur. Het woeste tempo waarin de voetgangers over het trottoir banjerden, leek haar mee te slepen in zijn manische ritme. Alle herinneringen aan de plezierige namiddag die ze net achter de rug had, vervaagden terwijl ze opging in het drukke gedruis van de menigte.
En toen, zonder enige waarschuwing, smolten de gebouwen rondom haar weg in een massa druk bewegende handen, voeten en armen, een echo van de Arabische waanzin die ze nog altijd in zich meedroeg. Nee! Hier niet! Niet nú! smeekte een stem diep in haar binnenste, en terwijl haar hoofd halfverdoofd boven de drukte en het lawaai leek te zweven, zakte haar geest steeds dieper en dieper weg. Vecht ertegen, Sarah! Ze kreeg bijna geen lucht meer. Ze bleef op het trottoir staan en keek zoekend om zich heen naar íets, het maakte niet uit wat, dat ze als houvast op de werkelijkheid zou kunnen gebruiken. Met een nors gezicht liepen de mensen om haar heen, maar ze deed zo haar best om weer rustig te worden dat ze het niet eens opmerkte. Láát maar. Met grote inspanning wist ze weer lucht te krijgen. De rillingen stierven weg en de gebouwen

namen weer vaste vorm aan. Kijk om je heen. Dit is New York. Hier hoef je je niet te verbergen. Alles was zoals het hoorde te zijn. Zoals het daarnet was geweest.

Daar zag ze het hotel. Een veilige haven. Ze zette zich weer in beweging, met de stroom mee. Zelfs in de menigte voelde Sarah zich nu echter volstrekt alleen.

Vijf minuten later legde ze de kaart van haar kamer op de balie van het Hilton en even later liep ze achter de piccolo aan door een brede promenade naar de lange rij liften. Toen ze langs een paar etalageruiten in de marmeren wand kwam, zag ze daar een grote collectie horloges, ringen en kettingen hangen. Eén halfedelsteen sprong er onmiddellijk uit. Het was een saffier, met een warme, diepblauwe kleur, die zelfs in het steriele licht niets van zijn rijke flonkering verloor. Ze bleef staan, met haar blik strak op de steen gericht. Op de een of andere manier kwam die kleur haar bekend voor.

'Wilt u die eens zien, mevrouw?' Er kwam een man naast haar staan. Hij had een keurig pak aan en zijn haar was strak achterovergekamd. Sarah keek hem wat verward aan.

'Mevrouw?'

'Nee. Nee, dank u,' wist ze uit te brengen. 'Het is een heel mooie steen...'

'Ja, een bijzonder fraai exemplaar...'

'Ik ben mijn piccolo kwijt, geloof ik,' zei ze met een snelle blik op de liften.

'Maar natuurlijk.' Hij wierp haar zijn meest onschuldige glimlach toe. 'Later misschien.' En onmiddellijk daarna sprak hij een andere klant aan. Sarah keek nog eens naar de saffier – die bleef haar fascineren – voordat ze zich omdraaide en zag dat de jongen twintig meter voor haar stond te wachten bij de liften. Ze stak haar hand op en liep snel naar hem toe.

Washington, 26 februari, 17.27 uur

Langzaam, bijna slenterend, liep hij G Street in. De straatlantaarns brandden al. Washington in de avondschemering. Peter Eggart had zijn handen in zijn zakken gestoken en hield zijn ogen strak op een deur zestig meter verderop gericht. Zoals hij verwachtte, zag hij daar nu drie Nederlandse diplomaten naar buiten komen. Verdiept in hun gesprek, kwamen ze naar hem toe lopen. Zo te zien was de vrouw in het midden iets aan het uitleggen aan haar twee metgezellen. Terwijl Eggart bleef

doorlopen, trok hij langzaam het pistool uit zijn zak. Hoewel hij nu steeds dichterbij kwam, bleef hij het pistool strak tegen zijn lijf gedrukt houden. Niemand op straat leek er enige aandacht aan te besteden: tot hij vlak bij het drietal was en het pistool in de aanslag bracht. De vrouw schoot hij twee keer in de borst en de twee mannen elk één keer. Toen ze alle drie achterovervielen, werd het plotseling stil. Niets bewoog meer. Alles was gewichtloos.
Eggart draaide zich om, duwde een paar verbijsterde toeschouwers hardhandig opzij en rende weg. Terwijl alles om hem heen nog steeds in slowmotion bewoog, kwam hij bij de hoek van de straat en rende 12th Street in. Pas toen bleef hij staan.
Waar was de auto? Razendsnel draaide hij zich om. Nee. 12th Street... daar zou een auto staan. Dat hadden ze beloofd. Terwijl hij achter zich geschreeuw en gegil hoorde opklinken, nam de tijd zijn normale tempo weer aan. In zijn keel voelde hij de zure smaak van paniek en besluiteloosheid opwellen. Blijf gefocust. Begrijp het proces. Hij moest kalm blijven, naar die stem in zijn hoofd luisteren. Hij had te veel tijd aan de voorbereidingen besteed om alles nu in het honderd te laten lopen door een onbenullige fout op het allerlaatste ogenblik. Terwijl hij verder de straat in liep, was hij zich pijnlijk bewust van de blikken van de mensen die achter de vensters boven hem stonden, en die duidelijk konden zien waar hij heen liep. Hij begon opnieuw te rennen.
Er kwam een wagen aan rijden, zonder ook maar enige aandacht te besteden aan de chaotische taferelen op het trottoir. Zonder er zelfs maar over na te denken, sprong Eggart ervóór en richtte zijn pistool op de voorruit. Terwijl de wagen met piepende remmen tot stilstand kwam, rende hij naar het portier, trok de bestuurster achter haar stuur vandaan en smeet haar op straat. Binnen een paar seconden reed de wagen met gierende motor achteruit naar de kruising. Een snelle stop, het knarsen van de versnellingsbak en even later was hij uit het zicht verdwenen.

Achter de piccolo aan liep Sarah naar de kleine, comfortabele hotelkamer met uitzicht op Central Park. Ze zette het koffertje naast de mahoniehouten ladekast, gaf de jongeman een paar dollar en tilde haar weekendtas op het bed. Eindelijk alleen. Ze ritste haar jurk open en schopte haar schoenen uit. Het dikke kleed voelde weldadig aan onder haar voeten. Daarna liet ze de jurk van haar schouders glijden en op de grond vallen, legde hem netjes op het bed en ging zitten.
Ze was boos. Eén simpele saffier en ze was meteen verkocht. De reizen buiten Washington waren altijd het zwaarst, want dan maakte ze zich los van de routine die haar in toom hield. Het onverwachte riep herinnerin-

gen in haar wakker aan het overbekende. Er was niets meer voor nodig dan de kleur van een saffier om haar terug te brengen naar het hotel aan Koning-Feisalstraat, met op de achtergrond het kabaal van de al-Balad en het meisje, altijd het meisje, dat haar aankeek met die weemoedige blauwe ogen van haar, waarmee ze Sarah tot een belofte dwong.

Komt u terug?

Ja.

Komt u terug voor mij?

Ja.

'Néé!'

Ze dwong zich haar ogen weer te openen, en was zich er nu scherp van bewust dat ze weer in haar waanzin was weggezakt. Een paar minuten bleef ze volkomen roerloos zitten, tot Amman langzaam weer vervaagd was tot een schim ergens diep in haar geest. Met grote inspanning stond ze op en keek opnieuw de kamer rond. Het koffertje stond verwijtend naast haar bed, maar ze wist dat het geen zin had om nu de dossiers door te nemen. Ze moest lópen. Buiten, en zonder bang te zijn.

Ze trok een spijkerbroek, een T-shirt en een paar stevige zwarte schoenen aan, en nadat ze een paar dollar uit haar portefeuille had gehaald en die in haar zak had gestopt, schoof ze de koffer onder het bed en griste haar jas van de kapstok. De dossiers moesten maar even wachten.

Toen ze zeven minuten later richting binnenstad liep, schenen de felle lampen van het verkeer op 6th Avenue haar in het gezicht. Ze had nauwelijks in de gaten waar ze heen liep, maar ze wist dat het goed was om beweging om zich heen te hebben. Toen ze langs 36th Street kwam, merkte ze dat ze honger had. Ze sloeg rechtsaf en besloot het maar eens op Broadway te proberen. Op een paar langsscheurende taxi's na was de wijk volkomen verlaten. Hier en daar was niet alleen de stoep, maar ook de straat zelf in duisternis gehuld.

De voetstappen achter haar hoorde ze pas na enkele tientallen meters. Ze waren afgemeten en regelmatig, en hielden hetzelfde ritme aan als de hare. Ze merkte dat ze zich begon te concentreren op het duidelijk herkenbare geluid van schoenen met rubberzolen, dat ze de afstand berekende tussen zichzelf en haar achtervolger en dat ze aandachtig over de straat vóór zich speurde. Hou op! Het is niets. Gewoon iemand op straat, het kan iedereen zijn, verdomme! Geef hier niet aan toe, kijk om, dan zul je zien dat het niets om het lijf heeft! Ze kende de signalen echter maar al te goed, en ze was er zich nu te goed van bewust om ze met een simpele vermaning buiten te sluiten. Twintig meter vóór haar bevestigde het plotselinge opduiken van iemand die deed of hij dronken was, haar intuïtieve argwaan. Hij leek over straat te zwalken, maar met elke stap kwam hij dichterbij. Het net werd dichtgetrokken; ze dreven haar steeds dieper het duister in. Terwijl ze begon te hollen, hoorde ze de snelle sprint van haar achtervolger, en zag ze de dronkelap voor haar het trottoir op springen om haar het ontsnappen onmogelijk te maken. Met zijn schouder gaf de aanvaller een duw tegen Sarahs schouder, zodat ze struikelde en pardoes in de armen van de in lompen geklede man vóór haar viel.

Met één snelle beweging trok hij haar een donker steegje in. Het enige licht was afkomstig van een kaal peertje dat boven een brandtrap hing. De koude bakstenen schraapten langs haar handen toen ze zich probeerde tegen te houden, maar toen ze de scherpe randen van de bakstenen in haar handpalmen voelde snijden, gaf ze een gil. Geen geluid! Ze viel, maar nog voordat ze de grond raakte, had hij haar al weer vastgegrepen en tegen de muur gedrukt. Terwijl hij zijn wellustige blik over haar lichaam liet gaan, deed de vieze lucht van zijn maar al te overtuigende vermomming Sarah ineenkrimpen. De tweede man kwam nu ook aanrennen en greep haar bij de haren. In zijn ogen was niets van wellust te bespeuren, geen enkel verlangen om zich op een eerlijk veroverde prooi te storten. Hij bracht zijn hand omhoog, en terwijl hij het kleine mes dat hij daarmee vasthield plat tegen haar wang drukte, glimlachte hij, zodat zijn strakke gezicht plotseling iets levendigs kreeg. 'We zijn hierheen gestuurd om je van advies te dienen,' fluisterde hij terwijl hij het platte lemmet over haar lippen en kin trok. 'Vergeet die Eisenreich. Vandaag was alleen maar de eerste proefneming, een voorproefje.' Hij greep het mes nog wat steviger vast. 'Hol maar weg, want ik weet niet of ik mijn vriend hier de volgende keer nog in bedwang kan houden. Hij schijnt je leuk te vinden.' De andere man lachte, legde zijn vrije hand op een van Sarahs borsten en begon die te kneden. Terwijl zijn kameraad stond te genieten, bleef de man met het mes haar diep in de ogen kijken, op zoek naar de angst en weerzin waaraan hij zo'n behoefte had.

In haar ogen zag hij echter geen angst maar een vreemde leegte, een koude onverschilligheid, een waarschuwing die hij niet opmerkte. Terwijl hij even hulpeloos in die levenloze omhelzing van haar kille blik gevangen werd, liet hij zijn greep wat verslappen, en op dat ogenblik kwam de verwoestende precisie van een moordenares die geschoold was in de straten van Amman tot uitbarsting. De Jordanese killer die Sarah Trent ooit was geweest, ramde haar knie in het kruis van de man die nog steeds aan haar borst stond te frunniken, terwijl de hand die hij daarnet nog stevig tegen de muur had gedrukt, nu naar het gezicht van nummer twee klauwde. Beide mannen deinsden terug en het mes viel met een kletterend geluid op de grond. Als een robot bracht ze haar voet omhoog en gaf de man die zijn handen nu op zijn bloedende wang hield, een harde trap in zijn ribben. Toen zijn botten knapten, zakte hij met een akelige kreet op zijn knieën. De ander was inmiddels al wat hersteld van de klap en probeerde op te staan. Hij was echter te traag om de plotselinge uitval met haar elleboog naar zijn slaap te ontwijken en sloeg met zijn hoofd tegen de bakstenen muur. Hij gaf een laatste kreet en smakte toen bewusteloos op het harde beton van het steegje. Met even grote kracht ramde ze haar vuisten in de nek van de man die een halve meter van haar vandaan met zijn armen om zijn borstkas geslagen op de grond knielde, en zag nu ook die op de grond vallen. Het enige dat er nu nog te horen viel, was haar eigen gehijg. Terwijl ze daar stond, drongen donkere, ongeplaveide straatjes zich op aan haar bewustzijn en rukten haar los uit de koude omhelzing van Manhattan. Allerlei beelden flitsten in een chaotische mengelmoes door haar heen.

'Jij hebt de keuze gemaakt, Sarah. Jij hebt de verantwoordelijkheid op je genomen.' Er kwam een gezicht opdoemen uit de dichte nevelen, een meisje van niet meer dan een jaar of twaalf. Uit het gat in haar voorhoofd liepen dunne straaltjes bloed. 'Er moest iemand worden opgeofferd. Iemand.' Haar angstige ogen vervaagden en in plaats daarvan verschenen de lijken van acht jonge Jordanese soldaten, die allemaal met een stuk ijzerdraad waren opgeknoopt aan de muur tegenover haar. De stank van hun kleding drong in haar neusgaten en dwong haar om haar hand naar haar neus te brengen. Ze hingen daar naast elkaar te bungelen: de anonieme gezichten van mannen die piepend van angst en pijn gestorven waren, maar wier stilte ze nog veel angstaanjagender vond. 'Zeg iets! Het maakt niet uit wat!' gilde ze. 'Ik móest jullie wel tegenhouden. Jullie waren prioriteit nummer één, niet zij! Iemand moest...' De lijken bungelden zachtjes heen en weer, allemaal op hetzelfde ritme. 'Zeg dan toch iets, verdomme!' Haar stem werd half verstikt door een stortvloed van tranen. 'Zeg dan toch iets!'

Het witte licht van de gloeilamp sneed door de duisternis, zodat de gruwelijke beelden vervaagden. Ze voelde een golf van misselijkheid in zich opkomen en zakte tegen de muur. De adrenaline werd nu in een razend tempo door haar lijf gepompt en haar armen en benen trilden zo dat ze niet bij machte was om op te staan. Geweld, wéér geweld, exact en zonder enige passie. Ze keek naar de twee bewegingloze mannen aan haar voeten. Ze had ze gedachteloos uitgeschakeld, in een werveling van activiteit waarin ze veel te gemakkelijk was teruggevallen, een activiteit die voortkwam uit een deel van haar persoonlijkheid dat verlangde naar razernij en vernietiging.

Ze had aangevallen. Het was uitgelokt, ja, maar zij was degene die in woede was uitgebarsten. Die snelle, staccato klappen die hen beiden makkelijk hadden kunnen doden, die waren puur instinctmatig geweest. Zou ze hen vermoord kunnen hebben? Was het zo gemakkelijk voor haar om zo ver terug te zakken? Ze wist het niet. Op de vragen die nu door haar heen gingen, kon ze geen zinnig antwoord geven. O, god, O, god, ik was volkomen losgeslagen.

Diep in haar innerlijk klonk een klein stemmetje dat zei dat ze moest maken dat ze wegkwam. Ze mocht hier niet bij de bewusteloze lichamen worden aangetroffen. Langzaam, en zonder dat ze in staat was om haar aandacht los te rukken van de gevloerde mannen, wankelde ze naar de uitgang van het steegje. Toen ze de stoep op liep, kwam er een wagen langs scheuren, zodat ze zich genoodzaakt zag om haar blik op de lege straat te richten en haar best te doen om de mensen achter zich te vergeten. De koude berekening van de professionele killer had nu plaatsgemaakt voor een verlammende angst en terwijl Sarah daar stond, alleen en verlaten, drong het plotseling tot haar door dat haar kleren helemaal klam waren van het zweet. Ze begon te trillen en stak haar handen diep in haar zakken, om zo haar jas zo dicht mogelijk om zich heen te trekken. Een veilige plek. Zorg dat je een veilige plek vindt. Opnieuw zei de stem haar wat ze moest doen en in halfverdoofde onderwerping gaf ze er gehoor aan. Terug naar 6th Avenue, terug naar het licht, naar de mensen en de beschutting die die haar zouden bieden. Ze ging niet hollen – om de een of andere reden wilde de stem dat niet toestaan – maar liep met een kalme vastberadenheid over straat, onopvallend en dus onopgemerkt. Doodgewoon. Toen ze de hoek omsloeg, voelde ze de eerste tranen van opluchting over haar wangen lopen.

Pas toen ze onvast ter been haar hotelkamer was binnengelopen, die na de aanslag van twintig minuten eerder ineens tot een veilige haven was geworden, was ze weer in staat om zich te concentreren op wat de man had gezegd. *Vandaag was alleen maar de eerste proefneming, een voorproefje.* Wat hadden ze daarmee bedoeld? En wat met Eisenreich? Ze draaide zich om en keek daarbij toevallig even in de spiegel. Haar gezicht was een zee van rode en zwarte vlakken, haar haar een verwarde massa die slordig over haar schouders hing, maar het waren de ogen die haar aandacht trokken. Ogen die ze sinds Amman niet meer gezien had. Kille, genadeloze ogen die terugkeken en haar zwijgend veroordeelden.

Pas toen begon ze te denken over de redenen voor de aanslag. Waarom? Wat was de aanleiding hiertoe? De gegevensbestanden moesten up-todate worden gebracht, meer niet. Er was geen enkele reden voor deze waarschuwingen. De eerste proefneming. Eisenreich...

Ineens stond het koude zweet haar in de nek. Het Comité.

Sarah dwong zich om rustig de kamer rond te kijken, de kleine, benauwde doos waarin ze nu opgesloten zat, geïsoleerd maar daarom ook veilig. Natuurlijk. Het Comité. Het was haar maar al te vertrouwd, een manier van leven die haar bijna te gronde had gericht. Ik laat me hier niet bij betrekken, waar het ook om mag gaan. Ik laat me er niet bij betrekken. Ze wist wat haar te doen stond. Alles teruggeven. De dossiers, de aantekeningen: als het nodig was, zou ze zelfs haar baan opzeggen. Laat anderen de verantwoordelijkheid maar op zich nemen. Laat anderen de last maar dragen. De herinneringen aan dat steegje zouden wel weer vervagen, net als de herinneringen aan Amman... en aan zichzelf. Ze moest zichzelf zien te beschermen.

Ze wilde net haar koffertje pakken toen ze het rode knipperlichtje op de telefoon zag. Ze schrok en even, heel even maar, vroeg ze zich af of dit haar belagers waren. Ze hadden haar op straat weten te vinden, dus zouden ze haar hier in het hotel ook wel weten te achterhalen. Niet opnemen. Laat iemand anders het spelletje maar meespelen. Om de een of andere reden kon ze zich daar echter niet toe brengen. Ze moest het zélf horen, ze moest weten dat ze om de juiste redenen op de vlucht was geslagen. Ze liet zich over het bed rollen, nam de hoorn op en belde de telefonist. Er werd opgenomen door een elektronische stem die haar vertelde dat er om tien over vijf iemand voor haar had gebeld. Na een korte zoemtoon kwam er een tweede stem aan de lijn.

'Hallo, met Xander Jaspers. Het is nu een uur of zes. Hoor eens, ik weet niet hoe ik zo stom heb kunnen zijn om daar niet aan te denken, maar toen ik weer op kantoor was, viel de munt ineens. Het gaat om die naam: Enreich. Dat moet Eisenreich zijn. Dat is in elk geval wat mijn gevoel me ingeeft. Als dat klopt, dan zou hier heel veel meer achter kunnen zitten dan we al dachten. Bel me even terug.'

Jaspers. O, mijn god. Ze was niet de enige. Ze was niet geïsoleerd. Hij was op het juiste spoor. Eisenreich... En zij was degene die contact met hem had opgenomen. Zij had hém erbij betrokken. Wiens verantwoordelijkheid is dat? Wie heeft er vertrouwen in jou gesteld?

Ze drukte op de haak, liet die weer los, en toetste een nummer in.

2

Onderwijs kan agressie tot bevlogenheid maken, koppigheid tot inzet en trouw en lichtgeraaktheid tot hartstocht.

***Over de heerschappij*, hoofdstuk IV**

Xander was zo snel naar buiten gerend dat hij zijn das over de trapleuning had laten hangen en nu hij op 6th Avenue ineens een vlaag kille wind voelde, herinnerde hij zich met tegenzin Lundsdorfs waarschuwing. En vergeet je jas niet. Als je net zo oud wilt worden als ik, kun je die maar beter dichtknopen. Soms kon de oude Duitse hoogleraar zo verstandig zijn dat het hoogst irritant was. Xander kwam nu langs de taxistandplaats voor het Hilton en toen hij de lobby binnenliep, voelde hij de warme lucht over zijn gezicht en zijn hals strijken. Dat was een hele opluchting.

Terwijl hij door de gang liep, moest hij weer aan Eisenreich denken. Twee uur geleden was het hem ineens te binnen geschoten, terwijl hij over zijn bureau gebogen stond en zijn paperassen doorbladerde. Het was verbazingwekkend eenvoudig. Wat was hij blind geweest! Het ligt zo voor de hand, verdomme. Aanvankelijk had hij zich afgevraagd of dit niet gewoon de zoveelste krankjorume theorie was, iets waar Lundsdorf snel korte metten mee zou maken. Krankjorum, ja. Maar theorie? Nee. Dit klopte te goed om alleen maar een hersenspinsel te zijn. Natuurlijk moest hij dit aan Sarah melden. Per slot van rekening was zij de deskundige, de mevrouw uit Washington. Jij bent niet meer dan een eenvoudige academicus. Maar toch voelde hij intuïtief aan dat hij iets had ontdekt wat een nieuw licht op dit onderzoek zou kunnen werpen, iets wat duidelijk zou kunnen maken wat Tieg en Votapek van plan waren. Het bleef hem echter een raadsel wat Sarah en de regering daarmee te maken hadden.

Terwijl hij in de lift stond, keek hij snel even de documenten door die hij met zich mee had genomen, en terwijl hij er een doorbladerde, herinnerde hij zich ineens weer die enorme golf van opwinding. Het was iets wat hij in zijn hele leven hooguit twee keer had meegemaakt: de eerste keer was nu drie jaar geleden, toen hij een onbekend handschrift van een obscure achttiende-eeuwse theoreticus had gevonden; de tweede keer was vandaag geweest, toen hij zich ineens de naam Eisenreich had herinnerd. Dat achttiende-eeuwse essay was natuurlijk van weinig nut gebleken – zoals Lundsdorf hem al had voorspeld – maar de opwinding van de jacht, de kans om iets tot stand te brengen, dat was wat hem al die vlinders in zijn buik had bezorgd. De lift kwam tot stilstand en hij schoof de papieren weer in zijn tas.

Voor hij aanklopte, bleef Xander even staan om te overdenken wat hij zou kunnen verwachten van de vrouw die hem een uur geleden had gebeld. Toen had hij enthousiasme verwacht over zijn ontdekking, misschien zelfs opwinding, maar in plaats daarvan had een afstandelijke stem hem gezegd dat hij maar even naar het hotel moest komen, en alles moest meenemen wat volgens hem van belang zou kunnen zijn. En daar was het bij gebleven. Het was bepaald niet de reactie geweest waarop hij had gehoopt. Maar toch, onder die schijnbare afstandelijkheid had Xander een hevige emotie opgemerkt, een nauwelijks verhulde behoefte aan gezelschap, en omdat hij zelf zo enthousiast was over zijn vondst, had hij haar koele reactie snel van zich af gezet. Ondanks zichzelf moest hij nu echter weer denken aan de toon van haar stem tijdens dat telefoongesprek. Dat was zeker niet de innemende en aantrekkelijke vrouw geweest met wie hij die middag thee had zitten drinken. Hij was trouwens niet de enige geweest die gevallen was voor haar charmes. Toen hij het Instituut weer binnen was gelopen, hadden de drie bij de open haard hem duidelijk laten blijken dat de knappe dame die hij op bezoek had gehad zeer in de smaak was gevallen, en zelfs Clara had een heel stuk vrolijker gekeken toen hij het even over het bezoek van halfvier had gehad. Pas toen was het ineens tot hem doorgedrongen dat Sarah voor hem wel eens iets meer zou kunnen worden dan een ambtenares uit Washington die hierheen was gekomen om hem uit te horen. Voor een ambtenares had ze trouwens wel een lieve glimlach. Hij had minstens tien minuten in zijn kantoor gezeten zonder ergens anders aan te kunnen denken.

Het geluid van een slot dat geopend werd, bracht hem weer terug naar het heden. De deur stond nu op een kier en Sarah keek eromheen. In de kamer achter haar was het halfdonker. Het enige licht was afkomstig van de lamp op het bureau. Een ogenblik stonden ze elkaar aan te gapen, tot Xander glimlachte en vroeg: 'Mag ik binnenkomen?'

Ineens werd haar gelaatsuitdrukking wat levendiger en met een vriendelijk knikje zei ze: 'O, neem me niet kwalijk. Maar natuurlijk.'

Nadat hij de kamer was binnengestapt, deed Sarah onmiddellijk de deur achter hem dicht, liep toen langs hem heen naar het bed, en liet zich tegen het rechtop gezette kussen zakken. Pas toen zag hij dat de televisie aanstond en dat ze er als gebiologeerd naar zat te kijken. Ze had hem niet eens om zijn jas gevraagd. Zonder hem ook maar een blik waardig te keuren, zei ze: 'Pak maar een borrel als je wilt. De bar is klein, maar er zit een hoop in.' Xander zag een miniatuurflesje JB op het nachtkastje staan. Het hotelglas zat vol met ijsklontjes en whisky. Kennelijk was ze al zonder hem begonnen.

'Dank je wel,' zei hij met een stug knikje. Hij wist niet goed wat hem nu te doen stond. Iets te drinken. Nou, goed dan. Hij gaf opnieuw een knikje, zette zijn tas op de vloer en haalde een fles water uit de ijskast. Ze bleef met een strak gezicht naar het scherm turen, en haar gelaatsuitdrukking vormde een bevestiging van alle twijfels die hij na dat telefoongesprek in hem waren opgekomen. Hij wilde zich ervan overtuigen dat het verschil tussen vanmiddag en nu werd veroorzaakt door de informaliteit van deze tweede ontmoeting, doordat ze nu geen make-up op had en vrijetijdskleding droeg, maar het was duidelijk meer dan dat. Hij ging wat dichter bij het bed staan, met zijn vrije hand wat schutterig in de zak van zijn jasje. 'Nou,' zei hij, 'wat is er op de tv?'

Sarah keek hem aan, en even zag hij een lichte verwarring in haar ogen. 'Heb je hier nog niets van gezien?'

Glimlachend schudde Xander van nee. 'Ik was nog op kantoor. Dat... dat gedoe met Eisenreich heeft een hoop tijd...'

'Dan kun je maar beter even kijken.' Ze pakte de afstandsbediening en schakelde van het ene kanaal naar het andere, zodat Xander goed kon zien dat alle zenders nu verslag deden van dezelfde gebeurtenis. Overal zag hij journalisten en brandweerwagens en ambulances. De precieze beelden verschilden van zender tot zender, maar ze toonden allemaal dezelfde beheerste opschudding. En overal was de Nationale Garde nadrukkelijk aanwezig. 'Dat is Washington, doctor Jaspers.' Hij ging langzaam zitten. 'Geen fraaie aanblik, hè?'

Luray, Virginia, 26 februari, 20.17 uur

Grote lichtbundels, die ongenadig fel afstaken tegen de duisternis van het platteland, gleden over de dikke houten wanden van de eenzame schuur. Het geheel werd omgeven door een kordon van politiewagens met rood en blauw knipperende lichtbalken. Hier en daar rezen wolkjes stoom op naar de heldere hemel. Het was de adem van mannen met geweren die op hun prooi lagen te wachten, en mannen met camera's die lagen te wachten op de ontknoping van een nacht zoals ze die nooit eerder hadden meegemaakt.

'Ik heb zojuist vernomen dat alle drie de diplomaten nog in leven zijn,' klonk het brullend uit een megafoon. 'Hun toestand is kritiek, maar ze leven nog. Dat betekent dus dat het nog geen moord is. Als je nu naar buiten komt, heb je nog een kans.' Stilte. De FBI-man keek eens naar de agent die naast hem stond. 'Is de achterhoede gereed?' De man knikte. 'We geven hem drie minuten en daarna gaan we eropaf. En zeg tegen die journalisten dat ze een eind naar achteren gaan, verdomme.'
Een kraai kwam aanvliegen uit het donker en streek neer op de bevroren grond tussen de schuur en de politie. Met zijn kop iets naar links gebogen bleef hij daar zitten, aangetrokken door de krachtige lichtbundels. Er ging een halve minuut voorbij voordat de stilte werd verbroken door het knarsende geluid van een scharnier. De vogel draaide zich om en zag een gebukte gestalte in de donkere deuropening verschijnen. Ineens rende de kraai met klapperende vleugels op hem af. De man in de deuropening schrok en raakte daardoor in de war. Hij rende weg en toen de zoeklichten op hem gericht werden, sloeg hij zijn handen voor zijn gezicht.
Er klonk één enkel schot. Eggarts hoofd sloeg met een ruk naar achteren en hij viel op de grond.
'Wie heeft daar geschoten, verdomme?' brulde de man met de megafoon. Hij holde naar het lijk. De twee mannen in pakken renden met hem mee. 'Jezus,' zei een van hen. 'Wat heb ik toch een hekel aan die plattelandsdienders.' De drie mannen kwamen bij het lijk en draaiden het op zijn rug. De man schudde zijn hoofd, ging weer rechtop staan, en zei: 'Niemand van het terrein af. Ik wil weten wie dat schot heeft gelost.' Een van de agenten trok een briefje uit Eggarts zak en gaf het aan de man naast hem. DE ZONDEN VAN ALLE SODEMIETERS EN DEGENEN DIE HEN BESCHERMEN, ZULLEN SNEL GEWROKEN WORDEN. Hij herkende het embleem onder aan de pagina. Weer zo'n gek die zich had laten opfokken door die ultrarechtse milities. 'Kennelijk beviel het hem niet zo dat onze Nederlandse vrienden uit een land komen waar homoseksualiteit getolereerd wordt.' Hij stopte het briefje in een plastic zakje. 'Laten we maar eens zien wat het lab hierover te melden heeft. Kijken of het iets te maken heeft met de andere idiote dingen die er vandaag zijn gebeurd.'
Er kwamen twee andere mannen aangelopen. Ze hadden een agent in het uniform van de staatspolitie bij zich, een man van achter in de veertig.
'Is dit onze scherpschutter?' vroeg de man. Ze knikten allebei. 'Grant, Thomas. Van de staatspolitie van Virginia...'
De man staarde zwijgend voor zich uit. Opoffering, mijn voor de overheid werkende vriend. *Er dient altijd ruimte te zijn voor opoffering.*

Sarah was naar de ijskast gelopen en vulde nu haar glas bij. 'Acht verschillende terreuraanslagen, tot nu toe dan. De hele stad staat op zijn kop...'
'Wacht 's even,' viel Xander haar in de rede. De afgelopen paar minuten hadden hun uitwerking op hem niet gemist. 'In een stéégje? Je bent toch niet gewond?'
'Nee, het waren professionals.' Ze gooide het flesje in de prullenbak.
'Professionals?' Hij schudde langzaam zijn hoofd en hield zijn ogen strak op haar rug gericht. 'Ik weet niet zeker of ik wel begrijp wat je bedoelt... met professionals. Wat heeft dat te maken met...'
'Dat zou ik nou ook graag willen weten.' Ze draaide zich om. 'Waarom zouden ze de chaos daar op het scherm omschrijven als een eerste proefneming?'
'Hebben ze gezegd dat het een eerste proefneming was?' Plotseling verscheen er een blik van herkenning in zijn ogen. De woorden kwamen daarna vanzelf: een eerste proefneming, waarbij wordt gekeken of de theoretische voorspelling overeenstemt met de ervaring.
'Wat?' Hij keek op. Er lag nog steeds een afwezige uitdrukking in zijn ogen. 'Dat is de manier waarop een zestiende-eeuwer een experiment zou omschrijven.'
'Zeg dat eens in gewone mensentaal, doctor.'
Hij keek haar aan. 'Een proefneming. Eens kijken of iets lukt. Dat is wat een eerste proefneming is. Waarom zouden ze Washington beschouwen als een...'
'Omdat ze me ervan wilden overtuigen dat het beter was om alle gedachten aan Eisenreich maar uit mijn hoofd te zetten.'
'Hebben zij die naam genoemd?' Hij wist zijn verrassing niet te verhullen. 'Hoe konden ze nou over die man geweten hebben? Zelfs mij was dat verband pas duidelijk toen ik...' Ineens keek hij heel angstig. 'O, mijn gód.' Hij keek nog eens naar het scherm. 'Zij zijn Eisenreich.'

Met een halfvol glas whisky in zijn handen ijsbeerde Xander door de ruimte tussen het bed en de verwarming. Twee stappen en omdraaien, twee stappen en omdraaien. Het leek wel of hij in een trance verkeerde, en hij bleef alleen zo nu en dan even staan om een blik te werpen op Sarah, die nu op het bed zat en de documenten doorkeek die hij met zich mee had genomen. Na een nogal ongemakkelijke vijf minuten liet hij zich in de stoel bij het raam zakken en dronk zijn glas in één teug leeg. Toen ze merkte dat hij tot rust was gekomen, keek ze op.
'Ik kan er kop nog staart aan ontdekken. De helft ervan is niet eens in het Engels.'

'Duits en Italiaans,' zei Xander verstrooid.
'Juist. Hoor eens, doctor... Xander,' ze probeerde het geruststellend te laten klinken. 'Ik snap best dat dit geen alledaagse gebeurtenissen voor je zijn...'
'Dat is wel heel zwak uitgedrukt.' Hij zette zijn glas op het bureau. 'Zoals je je misschien nog wel herinnert, ben ik een theoreticus...'
'Ja, dat...'
'Ik zit in mijn gezellige kantoortje, lees een hoop boeken en artikelen en schrijf daar dan zelf weer iets over. Meer niet. Ik doe helemaal niets dat iemands vijandschap op zou kunnen wekken, niet bij collega's en al helemaal niet bij buitenstaanders. Ik neem aan dat ik verwacht dat iemand anders wel uitprobeert of mijn theorieën ook kloppen.' Hij zweeg even. 'En dat brengt me op een interessante vraag. Wie ben je eigenlijk?'
'Wat?'
'Ik wil niet onbeleefd zijn, maar al weet ik dan niet veel van het Ministerie van Buitenlandse Zaken, ik weet wel dat de afdeling Onderzoek daarvan helemaal niets te maken heeft met donkere steegjes of professionele overvallers. Jullie zijn net... academici. Jullie raken nergens bij betrokken.'
'Dat weet ik.' Ze keek hem zwijgend aan.
'Dus...?'
'Hier bèn ik wel bij betrokken, en jij ook.'
'Dat is geen antwoord.'
'De reden waarom zou ik misschien kunnen achterhalen als ik wist wat Eisenreich betekent.'
'Juist.' Hij wachtte tot ze verder zou gaan, en toen ze dat niet deed, zei hij: 'Hoor eens, ik wil je best wat vertellen over Eisenreich. Dat is de reden waarom ik hierheen ben gekomen. Maar ik zou wel graag willen weten of ik hier te maken heb met de CIA, de FBI of welke andere afkorting tegenwoordig dan ook in de mode mag zijn...'
'Jij hebt te maken met mij,' viel ze hem in de rede.
'Dat zegt me niets.'
'Nee, het is veiliger zo.' Ze keek hem strak aan. 'Eisenreich, doctor. Wat heeft dat te maken met de gebeurtenissen in Washington?'
Hij bleef haar recht in de ogen kijken en probeerde zijn psychologische overwicht niet te verliezen. Na het dertig seconden zonder succes geprobeerd te hebben, blies hij zijn ingehouden adem uit en schudde toen zijn hoofd. 'Goed.' Hij leunde achterover in zijn stoel. 'Eisenreich was geen díng, maar een mens. Een Zwitserse monnik die ongeveer vierhonderdvijftig jaar geleden onder nogal akelige omstandigheden...'
'Een mónnik? Wat heeft een monnik nou weer...'

'Omdat hij een verhandeling heeft geschreven over politieke macht.'
Nu was het Sarah die haar hoofd zat te schudden. 'Moet een bóek verklaren wat er vandaag is gebeurd? Neem me niet kwalijk, Xander, maar hoe gevaarlijk...'
'... kan een boek nou zijn?' vulde hij aan. Hij boog zich naar haar toe. 'Het gaat nooit om het document zelf, Sarah, maar om hoe de mensen het gebruiken. Weet je nog wat ik je heb verteld over Machiavelli? Zolang er mensen zijn die op een theorie vertrouwen, kan die tot een heleboel ellende leiden en als je nog meer bewijs wilt, dan zap je gewoon even naar een ander kanaal.'
'Je gaat me toch niet vertellen dat dít is veroorzaakt door een oud handschrift?' zei ze terwijl ze naar de televisie wees. 'Dat is sabotage op hoog niveau, Xander. We hebben het hier over computermanipulatie, zeer technologische explosieven, terreuraanslagen. Geen enkele zestiende-eeuwer kan dat ooit allemaal voorzien hebben.'
'Dat hoefde hij ook helemaal niet.'
'Een belangrijke stad in de Verenigde Staten staat op het punt om de noodtoestand uit te roepen. Ik kan me nauwelijks voorstellen dat dat allemaal is veroorzaakt door een oud handschrift.'
'Nou, dan geloof je het maar niet. Peter de Grote had een boek op zijn nachtkastje liggen van een zekere Pufendorf. Hij schreef in zijn dagboek dat het de sleutel vormde tot al zijn politieke beslissingen. Karel V had Marcus Aurelius. Cromwell had Hobbes, en Rome maakt zich nu al meer dan vierhonderd jaar nerveus over Luthers vijfennegentig stellingen. Vergeet niet dat die mensen nog geen radio of televisie hadden, en dus ook geen Oprah om ze te vertellen wat ze moesten lezen. Dus moesten ze zelf een leidraad voor hun handelen zien te vinden. Degenen die niet konden lezen, vonden die in de kerk, degenen die dat wel konden, vonden de hunne in boeken. Degenen die macht wilden hebben, zochten in geschriften en een paar daarvan zijn aanleiding geweest tot heel duistere momenten in de wereldgeschiedenis.' Hij legde de afstandsbediening weer op het apparaat. 'Weet je wie de televisie heeft uitgevonden, Sarah?' Ze schudde van nee. 'Precies. Maar Gutenberg en zijn drukpers weet iedereen zo te noemen.'
'Maar waarom nou juist dit boek?'
'Omdat het de bedoeling van de schrijver geweest schijnt te zijn dat de Medici de heerschappij over heel Europa zouden verwerven. Machiavelli mikte alleen maar op Florence.' Plotseling leek hem iets te binnen te schieten. Zachtjes zei hij: 'Eén stad was niet voldoende.'
Ze zag dat zijn aandacht was afgedwaald. 'Waarom zei je "schijnt"?'
Het duurde even voordat het tot hem doordrong waarover ze het had.

'Wat? O, omdat... we er niet zeker van zijn of het wel bestaat.'
'Wát!' Met een ruk boog ze zich voorover. 'Heeft hij het nooit geschreven?'
'Dat weten we niet. Er is veel over... gespeculeerd.'
'Nou, speculeer dan eens een beetje voor me.'

Wolf Point, Montana, 26 februari, 20.42 uur

Laurence Sedgewick ging op de veranda staan, met zijn handen op de leuning. Het was net iets boven het vriespunt en terwijl hij van de koude stond te genieten, kneep hij zo nu en dan zijn ogen dicht tegen de felle windstoten vanuit het open veld. Hij had een buitengewoon knap gezicht – hoge jukbeenderen, soepele lippen, en bijna altijd een vriendelijke glimlach – dat dan ook regelmatig bewonderende blikken trok, en zijn dikke bos wit haar – voor iemand die nog in de vijftig was wat voorbarig – maakte zijn gezicht er alleen maar aantrekkelijker op.
Hij keek eens op zijn horloge. De laatste wagen had hier al tien minuten geleden moeten zijn.
Zijn bezorgdheid verdween echter toen hij een enkel stel koplampen door het bos naderbij zag komen. Nog geen minuut later kwam de auto de poort binnen rijden. Het uitlaatgas bleef als een grijze wolk boven het zandweggetje hangen. Toen de wagen tot stilstand kwam, liep Sedgewick naar de trap.
'Waarom zo laat, Grant?' Geen groet, geen complimentje voor een goed stuk werk.
'Turbulentie,' klonk het al even korte antwoord. Ze wachtte of hij door zou vragen, maar toen hij volstond met een knikje liep ze langs hem heen het huis binnen. De twee jongemannen liepen achter haar aan. Binnen borgen ze hun tassen en jassen weg in een gangkast en liepen daarna de woonkamer binnen, waar een groot haardvuur brandde. Er stond een oude man voor, die het met houterige bewegingen wat oppookte.
'Ik neem aan dat jullie een rustige tocht hebben gehad.' Na nog één duw bleef hij staan kijken hoe de vlammen hoog oprezen naar de schoorsteenpijp, en toen draaide hij zich om. 'De auto... Wat is er met meneer Eggarts auto gebeurd? Waarom is die niet komen opdagen?'
Ze keken elkaar eens aan. Toen zei Janet Grant: 'Hij stond bij 13th Street. Eggart is niet komen opdagen.'
'Ja, dat snap ik ook wel.' Hij liep naar de dichtstbijzijnde stoel en ging zitten. 'Ik vroeg gewoon iets.'

'Wisten jullie dat zijn opdracht mislukt was?' Sedgewick stond nu in de deuropening.
'Pas... pas toen we al in de lucht zaten.'
'Maar jullie hadden opdracht om radiostilte te bewaren.' De oude man sprak de woorden zonder veel emotie uit. 'Hoe kunnen jullie dat dan gehoord hebben?' De vrouw gaf geen antwoord. 'Ik neem aan dat jullie je niet aan jullie instructies hebben gehouden omdat jullie wisten dat jullie een vergissing hadden begaan in 12th Street! Heb ik gelijk, Grant?'
Ze bleef strak voor zich uit staren. 'Ja.'
'Eindelijk de waarheid.' Hij tuurde in het vuur. 'Zo'n vergissing kan ons duur te staan komen. En het is natuurlijk altijd zaak om haar ongedaan te maken.'
'Ik begrijp...'
'Jij begrijpt uiterst weinig, Grant. Anders zou deze situatie zich helemaal niet hebben voorgedaan.' De kille directheid van dat antwoord verraste haar. Hij keerde zich naar haar toe.
'Je vader heeft de verantwoording voor je daden op zich genomen. Híj heeft het proces altijd begrepen, híj kent de rol die hij moet spelen.' Hij liet een korte stilte vallen. 'Begrijp jij dat proces ook, Grant?' Opnieuw een korte stilte. 'Ik neem aan dat dit iets is waar je over na zult denken.'
De jonge vrouw bleef doodstil staan. Ze wist niets te zeggen.

'1531.' Het relaas van de monnik leek Xander weer wat te kalmeren. 'Toen de Medici de macht over Florence in handen kregen, heeft Eisenreich ze een paar fragmenten uit zijn manuscript toegestuurd. Net als Machiavelli twintig jaar eerder zocht hij een baantje. In de pagina's die hij heeft verstuurd, schijnt iets gestaan te hebben over een methode waarmee een handjevol mensen – de Medici natuurlijk – de macht kon grijpen, niet in één stad, maar in heel Europa, en niet gewoon met militaire middelen. Tussen de documenten op dat bed ligt een kopie van een brief uit de pauselijke archieven. Clemens VII heeft die destijds toegezonden aan verschillende kardinalen. Clemens, een Medici trouwens, omschrijft het weinige dat hij van die verhandeling heeft gezien als *un lavoro d'una possibilita grande ma anche perigliso*, "een werk dat grote maar ook gevaarlijke mogelijkheden biedt". Clemens was geïntrigeerd, maar vooral ook bang, en hij wilde dat het manuscript zou worden verbrand. Als hij wat meer lef had gehad, wie weet hoe de politieke landkaart van Europa er dan nu had uitgezien?'
'Maar waarom zou de paus zijn eigen macht niet hebben willen vergroten?'
'Waarom? Hij was het hoofd van de katholieke Kerk, de grootste bron

van politieke en sociale controle ter wereld en hij beschikte bovendien over de hoogste troef. Hij was de plaatsvervanger van Christus en excommunicatie was een machtig wapen. Hij had alle macht die hij maar wilde, en het laatste dat hij kon gebruiken was dat het document in handen zou vallen van een van zijn rivalen, Hendrik VIII of de koning van Frankrijk. Dat zou een ernstige bedreiging kunnen vormen voor de stabiliteit van Europa.'

'Dus heeft hij het laten vernietigen?'

'Dat is de wrange kant van het verhaal. Hij heeft Eisenreich laten oppakken door zijn bastaardzoon Alessandro, de hertog van Florence, die de oude monnik heeft laten martelen tot hij zou onthullen waar hij het manuscript had verborgen. Helaas is Eisenreich al snel bezweken. Clemens is waarschijnlijk een aantal weken lang bang geweest dat het manuscript aan een ander hof zou opduiken, maar dat is nooit gebeurd.'

'Dus het heeft nooit tot problemen geleid?'

'Voor Clemens niet, nee. Het manuscript is nooit meer boven water gekomen. In een brief die hij een maand of twee na Eisenreichs dood aan Alessandro schreef, toonde de paus zich er al van overtuigd dat het allemaal een poging tot oplichting was geweest, en dat Eisenreich alleen maar op een baantje uit was.'

'En dus is de hele episode in het vergeetboek geraakt?'

'Zo vreemd is dat niet. In de jaren dertig van de zestiende eeuw had de paus echt wel iets anders aan zijn hoofd dan het manuscript van Eisenreich. Hendrik VIII's breuk met de kerk was veel belangrijker dan de mogelijk niet eens bestaande schrijfsels van een dode monnik.'

'Maar naderhand is het manuscript dus wél boven water gekomen,' zei Sarah terwijl ze een kopie van een van de pauselijke brieven van de stapel pakte. 'Eisenreich heeft dat manuscript kennelijk wél geschreven?'

'Ja en nee.'

Ze zweeg. 'Dat zegt me niets.'

'Er is geen bewijs, dus is er ook geen manuscript, en daar laten de meeste onderzoekers het bij.'

'Dat is het nee. Wat is het ja?'

'De mythe van Eisenreich,' zei hij. Sarah schudde haar hoofd. 'Al honderden jaren lang duikt de naam Eisenreich in tijden van politieke onrust regelmatig op in brieven en documenten, zelfs in aantekeningen in de kantlijn van boeken. Tijdens de Dertigjarige Oorlog is er zelfs een volledige monografie verschenen: *Der Wissenschaft des Eisenreichs*. Leuk, maar wat onsamenhangend. Ook daarna is zijn naam nog regelmatig gevallen: tijdens het Engelse Protectoraat, tijdens de Franse Revolutie en zelfs tot in deze eeuw, tijdens de eerste jaren van het Derde Rijk.'

'Wat dachten ze dan dat hij hun te zeggen had?'
'Voorzover we weten: hoe je chaos kunt scheppen en wat het beste moment is om dat te doen. Aanslagen, het verbranden van graanvoorraden, het vernietigen van havens. Komt dat je niet bekend voor?'
'En jij denkt dus dat je met behulp van dat boek een...'
'Het gaat er niet om wat ík denk. Je hebt me gevraagd wat ze in dat manuscript verwachtten te vinden en kennelijk heeft het aan hun verwachtingen beantwoord. Het probleem is dat niemand al die verwijzingen naar Eisenreich ooit serieus heeft genomen.'
'Waarom niet? Omdat er nooit ergens een werkelijke chaos is uitgebroken?'
'Dat ook, maar voornamelijk omdat de meeste academici ervan overtuigd zijn dat het idée van de mythe op zich al een heel krachtig wapen is.'
Sarah keek op. 'Dat kan ik niet volgen.'
'Denk er maar eens over na. Als je je strijdkrachten wilt samensmeden tot één geheel, wat is dan de beste methode?'
'Een gemeenschappelijke vijand.'
'Precies. Een externe bedreiging die ze dwingt om zich als één eenheid teweer te stellen. Stel nou eens dat je een of ander oud verhaal te horen krijgt over een manuscript dat pleit voor, ik zeg maar wat, een sterke inperking van de burgerlijke vrijheden, de ontmanteling van de geldende infrastructuur enzovoorts, en dat je je medestanders ervan weet te overtuigen dat er een groep is die klaarstaat om dergelijke dwangmaatregelen ten uitvoer te brengen. Wat zouden je volgelingen dan doen? Ze zouden onmiddellijk in actie komen om die bedreiging onschadelijk te maken, en daardoor zou in een klap alle oppositie worden uitgeschakeld.'
'En dat is die Eisenreich dus? Een verhaaltje dat door handige politici is gebruikt om hun politieke tegenstanders uit te schakelen?'
'Dat is wat een aantal geschiedkundigen denkt. Zelfs die naam roept al vragen op. In het Duits betekent *Eisenreich* "ijzeren rijk". Dat is... te mooi om waar te zijn.'
'En jij bent het daarmee eens?'
'Als ik het daarmee eens was, zou ik hier dan zitten?' Xander stond op en liep naar de badkamer. Toen hij zijn glas zag staan, pakte hij dat op en nam het mee.
'Wacht even,' zei Sarah toen de kraan begon te lopen. 'Al die details over burgerlijke vrijheden en ingrepen in de marktverhoudingen. Hoe weet je dat die in het manuscript staan?'
'Dat weten we niet,' zei Xander vanuit de badkamer. 'Vergeet niet dat

dit alleen maar een mythe is. Mythen worden vaak uit zichzelf steeds mooier en ingewikkelder. Naarmate er in de loop van vierhonderd jaar steeds meer pamfletten verschenen waarin de grote man hogelijk geprezen werd, werden er steeds meer zogenaamde feiten aan de mythe toegevoegd. En wat die details precies waren, was afhankelijk van wat de politici die daarachter zaten van plan waren.' Hij verscheen weer in de deuropening, met het glas in zijn ene hand en een handdoek in de andere.

'Je argumenten voor het niet bestaan van dat manuscript zijn wel erg overtuigend.'

'Dat weet ik. Dus ben ik vanmiddag even gaan zoeken.' Hij ging naast haar op het bed zitten. 'Nog geen maand geleden heeft een professor aan de universiteit van Florence twee artikelen gepubliceerd. De afgelopen tien jaar heeft die man voortdurend argumenten aangedragen vóór het bestaan van het manuscript. Hij heet Carlo...'

'Pescatore.' Sarah las hardop voor van de voorpagina van het artikel dat Xander nu in zijn handen had: '*Eisenreich: la domanda risoluto.*'

'De vraag beantwoord,' vertaalde hij.

'Heeft hij ook werkelijk het antwoord gevonden?' vroeg ze terwijl ze probeerde over zijn schouder mee te lezen.

'Nee, niet helemaal, maar uit het weinige wat ik heb gelezen maak ik wel op dat hij met behoorlijk sterke argumenten komt. Het is allemaal nogal technisch, maar het is duidelijk dat hij iets heeft gezien waarvan hij vermoedt dat het een authentiek afschrift is van een selectie uit een van de oorspronkelijke manuscripten.' Hij overhandigde haar de kopieën en begon weer te zoeken.

'Een van de oorspronkelijke manuscripten? Hoe bedoel je?'

'Meestal werden er één of twee afschriften gemaakt, voor het geval dat de oorspronkelijke versie verloren zou gaan voordat het kon worden gedrukt. Een voorzorgsmaatregel. Diegenen onder ons die geloof hechten aan de Eisenreich-mythe, zijn het erover eens dat er waarschijnlijk twee exemplaren van het manuscript hebben bestaan. Eén daarvan heeft hij aan de paus toegestuurd en de andere heeft hij zelf gehouden.'

'En gezien de gebeurtenissen van vandaag, vermoed je dat Tieg, Sedgewick en Votapek er één hebben en Pescatore de andere?'

'Dat zou wel frappant zijn, hè?'

'En jij beweert dat ze dat zouden kunnen gebruiken om een...'

'Ik heb geen idee. Vergeet niet dat het erom gaat wat zij erin zien, hoe ze het interpreteren. Denk maar eens aan de bijbel: hoeveel verschillende versies van de Waarheid weten mensen daar niet uit op te diepen? Als je een groep mensen net zo grondig gaat indoctrineren met een boek als dat van Eisenreich, zou je daar een heel toegewijde groep volgelingen mee kunnen vormen, maar de waarheid die die mensen zouden nastreven, zou heel wat sinisterder zijn.' Hij liep naar de stapel en trok er een tweede artikel uit. 'Bovendien schijnt Pescatore in dit artikel te beweren dat er in het manuscript een of ander tijdschema wordt gegeven, een stappenplan om chaos te scheppen en op de puinhopen een nieuwe politieke orde te vestigen. Dat zou het tot een zeer machtig document maken.'

'Wat als iemand het andere exemplaar in handen zou weten te krijgen?' vroeg ze met een uitdrukking op haar gezicht waaruit nu heel wat meer belangstelling bleek. 'Zouden die dan in staat zijn om te doorgronden wat onze drie vrienden van plan zijn?'

'Ik neem aan van wel... maar...'

'Maar wát?' viel ze hem in de rede.

Xander stond nu weer naast de stoel. 'Hoor eens, ik kan het natuurlijk net zo goed mis hebben. Het is maar een... theorie. Er is geen enkel bewijs voor.'

'Die twee mannen in dat steegje waren maar al te echt, doctor, en wat er vandaag in Washington is gebeurd, was bepaald geen theorie.'

Xander keek haar strak aan. 'Dat weet ik.' Hij schudde zijn hoofd. 'Het is gewoon dat ik toen ik hier vanavond naartoe ging, dacht dat...'

'Dat dit deel uitmaakte van de een of andere academische intrige, misschien iets voor je volgende artikel.' Hij gaf een langzaam knikje. 'Nou, het is duidelijk meer dan dat.' Die woorden waren net zozeer voor haarzelf bestemd als voor hem. 'Als ze erachter komen dat Pescatore ook over een exemplaar beschikt, dan zullen ze dat willen hebben.' Ze ging op de rand van het bed zitten. Er lag nu een heel vastberaden klank in haar stem. 'En ze zullen niet willen dat iemand die dat manuscript ook zou kunnen ontcijferen, het in handen krijgt.' Ze gaf hem even de tijd om tot zich te laten doordringen wat ze zojuist had gezegd, voordat ze zich over het bed heen naar de andere kant liet rollen en haar voeten naast haar koffertje weer op de vloer zette.

'Hoor eens,' zei hij, nog steeds niet bekomen van de afgelopen minuten. 'Ik heb me aan mijn deel van de afspraak gehouden. Je weet nu hoe het zit met Eisenreich.' Hij keek toe hoe ze het slot openmaakte. 'Maar wie ben je nou eigenlijk?'

Sarah keek hem eens aan. 'Eigenlijk weet ik dat zelf niet eens helemaal zeker.'

'Daar schiet ik ook niet veel mee op.'

'Nee, hè?' Ze trok haar schoenen onder het bed vandaan en begon die aan te trekken. 'Doe je jas aan.' Ze voelde hoe de geheim agent in haar

het heft weer in handen nam. 'We moeten een veilige telefoon zien te vinden.'
'Een veilige telefoon?' vroeg hij. 'Wie bén jij in vredesnaam?'

Virginia, 26 februari, 21.04 uur

Gekleed in een uniform van de Virginia State Police zat Thomas Grant in de rechtervoorstoel. De ene FBI-agent zat achter hem, de andere zat aan het stuur. Er dienden een paar vragen beantwoord te worden. Ze hadden hem gevráágd of hij even mee wilde gaan.
'Je dacht dat hij naar zijn pistool greep.'
'Ja,' zei Grant.
'Dacht je werkelijk dat...'
Plotseling greep Grant het stuurwiel vast en gaf er een harde ruk aan, zodat de wagen tegen de vangrail botste. De chauffeur probeerde de macht over het stuur te herwinnen, maar hij was volkomen verrast door deze onverhoedse aanval en een ogenblik later brak de wagen dwars door de vangrail heen en stortte naar beneden.
'Opoffering!' krijste Grant. 'Opoffering!'
De wagen kwam met een klap in het ravijn terecht en explodeerde.

Sarah krabde met haar nagels over de bakstenen. Het onregelmatige oppervlak daarvan hielp haar om haar concentratie op peil te houden. Het telefoonhokje was klein en benauwd, maar als je ging zitten, kon je een deel van de boekwinkel aan het eind van de promenade zien. Alle kasten waren afgeladen met boeken en de Tiffany-lampen op de drie eikenhouten tafels langs de muur wierpen een warme gloed door de kleine ruimte. Ze had gehoopt dat het winkeltje Jaspers wat zou afleiden van de onzekere situatie en dat was gelukt, al had hij aanvankelijk weinig zin gehad om alleen achter te blijven. Een stuk middeleeuws tapijt had hem zijn angst echter doen vergeten.
'Nee,' zei ze, 'dat is volstrekt onaanvaardbaar.'
'Goed.' Ook als hij zijn best deed om iemand te overreden, klonk Pritchards stem nog steeds afstandelijk. 'Maar het zou beter voor je zijn om hierheen te komen en...'
'Gebruik te maken van uw helpende hand?' zei ze met nauwverholen minachting. 'Ik kan me nog een avond in Amman herinneren...'
'Jij hebt toen een keuze gemaakt, Sarah. We hebben het hier al uitgebreid over gehad. Als jij Safad niet uit de weg had geruimd...'
'Vanwege die keuze is er een meisje gestorven. Dat leven was...'

'Een acceptabel verlies, vergeleken met een hele stad, of misschien wel een hele provincie. Als de Israëli's...'
'Dat had helemaal niets uitgemaakt!' Toen ze het venijn in haar stem hoorde, wist ze zich nog net in bedwang te houden. Ze merkte dat ze het benauwd begon te krijgen en hield haar hand nu zo stevig om de hoorn geklemd dat haar knokkels wit waren. Ze kneep haar ogen dicht en haalde moeizaam adem. 'Waarom ineens zo bezorgd?' Ze dwong zichzelf naar de muur te kijken. 'U hebt er geen enkel probleem mee gehad om de stukken op het bord te zetten. Zoals altijd.'
'We beseften niet...'
Sarah lachte, en genoot van de stilte aan het andere eind van de lijn die dat haar opleverde. 'Dat weet ik wel zeker. Néé,' vervolgde ze. 'Als ik nu naar Washington kom, word ik naar een prettige kleine boerderij in Maryland gebracht zodat jullie daar eens rustig kunnen laten uitzoeken waar het met de therapie is misgelopen.'
'Zoals ik al gezegd heb, waren we allemaal zeer onder de indruk van je werk daar in dat steegje. Ik kan je verzekeren dat niemand twijfelt aan je...'
'Het kan me geen ruk schelen wat jullie denken.'
Stilte. 'Loop dan maar weg, Sarah. Kom hierheen, geef alles aan ons en loop weg,' zei hij. 'Ik denk niet dat er deze keer nog onafgemaakte zaken zijn.'
Onafgemaakte zaken. Ze voelde een grote woede in zich opkomen, een wilde behoefte om de man aan het andere eind van de lijn een dreun te geven. In plaats daarvan dwong ze zich naar de winkel te kijken, waar Jaspers gebukt voor een boekenkast stond, met zijn hoofd scheef opzij om de titel op de rug van een boek beter te kunnen lezen. Onafgemaakte zaken. Die woorden hadden een enorme uitwerking op haar, zoals altijd. Wiens verantwoordelijkheid, Sarah? Wiens vertrouwen? Ze hadden haar altijd gezegd dat ze weg moest lopen, dat dat de enige manier was om te overleven. Maar daar had ze nooit naar geluisterd. Ze had haar lesje nooit geleerd. 'U hebt geen flauw idee waarmee u te maken hebt, hè?'
Opnieuw die stilte. 'Het zou beter zijn als je hierheen kwam. Ik vertrouw...'
'Vertrouwen is niet bepaald uw sterke punt. Nee, deze keer doen we het op mijn manier. Ik wil niet wéér op het allerlaatste ogenblik voor verrassingen komen te staan en ik wil ook geen onafgemaakte zaken.' Ze richtte haar blik weer op Jaspers. 'Deze keer zijn er geen acceptabele verliezen.'

Tien minuten later liep ze de winkel binnen.
'En, had je intuïtie het bij het juiste eind?' vroeg Xander.
'Ze hadden wel verwacht dat ik zou bellen, als je dat soms bedoelt.' Er lag een afstandelijke klank in haar stem en om haar handen iets te doen te geven, pakte ze een boek van Trollope van de plank. 'Ik moet dat manuscript zien.'
'Wacht eens even.' Het was duidelijk dat hij opnieuw wat nerveus begon te worden. 'En wie mogen die ze dan wel zijn?'
'Zou het iets uitmaken als je dat wist?' Xander zei niets en keek toe hoe Sarah het boek weer terugzette en een ander uit de kast pakte. 'Pescatore, van de universiteit van Florence. Op welke faculteit werkt die?'
'Politieke wetenschappen,' zei hij bijna onwillekeurig, en in een poging om de vraag verder te negeren, vervolgde hij: 'Hoezo? Waarom zou dat niets uitmaken? Vergeet niet dat ik heb geschreven over...'
'Over deze mensen heb je niets geschreven.' De klank in haar stem maakte hem duidelijk dat hij verder niet moest aandringen. 'Wat ik van jou wil hebben, is een brief aan die Italiaan, waarin je hem vertelt wie ik ben en hem vraagt om me te laten zien waar hij mee bezig is. En ik wil dat je een paar dagen vrij neemt. In Delaware hebben we een huisje... Als ik weer terug ben, neem ik wel weer contact met je op.'
'Wacht eens even. Jij gaat hem opzoeken...'
'Hij heeft het manuscript in zijn bezit.'
Dat antwoord was zo eerlijk en direct dat hij niet goed wist wat hij ermee aan moest. 'En wat ben je van plan ermee te doen, gesteld dat hij het je laat zien?'
'Laat dat maar aan mij over.'
Xander knikte. Zijn ongemak was nu omgeslagen in regelrechte frustratie. 'Ik geef jou een brief en jij gaat ervandoor om met die Pescatore te praten. Zomaar...' Hij knikte nogmaals.
'Helaas denk ik niet dat het zo zal gaan. Ik ken Carlo wel een beetje.'
Voor het eerst sinds haar terugkeer uit de telefooncel keek Sarah hem rechtstreeks aan. 'Je ként hem?' Ze slaagde er niet in om haar verrassing te verbergen.
'Al een jaar of tien,' zei hij nonchalant. 'Hij is een van Lundsdorfs protégés. In feite is hij degene die mijn aandacht destijds op Eisenreich heeft gevestigd. Dat heb ik je al proberen uit te...'
'Werkelijk... Nou, dat is toch perfect? Bel hem even en zeg dat ik eraan kom.'
Xander probeerde zijn ongeduld te bedwingen. 'Denk je dat dat zomaar gaat?'
'Ja. Verder kan ik het alleen wel af.'

'O ja?' Hij leunde tegen de boekenplank en sloeg zijn armen over elkaar. 'En als je het al lukt om dat manuscript in handen te krijgen, wat wilde je er dan mee beginnen?' En na een korte stilte voegde hij daaraan toe: 'Het is óf in het Italiaans óf in het Latijn, dus ik hoop maar dat je die twee talen goed beheerst, én dat je een heleboel over de zestiende-eeuwse manier van schrijven weet, zodat het je geen moeite kost om pagina's vol overbodige informatie door te worstelen. O, en trouwens,' zei hij vol vuur, want hij begon nu echt op dreef te raken, 'ik denk niet dat Carlo zich erg behulpzaam zal tonen. Het zou, en ik zeg met nadruk zóu, wel eens kunnen dat hij je er even naar laat kijken, terwijl hij over je schouder mee loert, maar daar blijft het ook wel bij. Hij is de meest bezitterige academicus die ik ooit heb ontmoet, en bovendien licht paranoïde. Hij zou zelfs kunnen denken dat ik je heb gestuurd om met zijn ideeën aan de haal te gaan. Nee: hij zal heel beleefd zijn, uitgebreid de loftrompet over zichzelf steken en je behoorlijk neerbuigend tegemoet treden, maar hij zal je zeker niet behulpzaam zijn. En bovendien is hij de komende dagen helemaal niet op de universiteit.'
'Hoe weet jij dat?'
'Omdat hij net als tweehonderd andere wetenschappers in dit vakgebied twee dagen lang in Milaan zal zitten voor een conferentie.' Xander liet een dramatische stilte vallen. 'Ik neem morgenochtend het vliegtuig van halfzeven. Ik héb al een paar dagen vrijaf genomen.'
Sarah permitteerde zich een glimlachje en zette het boek weer in de kast. 'Juist.' Ze ging naast hem tegen de plank geleund staan en legde haar handen tegen elkaar: een licht ironisch teken van overgave. 'Nou, je bent me duidelijk drie stappen vóór. Wat is je voorstel?'
'Omdat je me niet wilt vertellen wie jij precies bent... kun je mij maar beter met hem laten praten.'
'Dat was je toch al van plan.'
'Dat is waar.' Hij glimlachte.
'En hoe zit het dan met mensen die misschien niet willen dat jij het vindt? Hun boodschap van vanavond liet op alle fronten aan duidelijkheid niets te wensen over.' Ze zweeg even. 'Dit is geen spelletje.'
'Het is een beetje laat om nu de regels nog te gaan uitleggen,' zei Xander met groeiend zelfvertrouwen. Hij keek haar nu strak aan. 'Hoor eens, jij bent mij komen opzoeken. Ik begrijp dat je denkt dat ik nu op de een of andere manier in gevaar verkeer, maar áls er inderdaad mensen zijn die de afgelopen tijd mijn gangen zijn nagegaan, denk je dan niet dat het een vreemde indruk op ze zou maken als ik níet naar die conferentie zou gaan? Ik ben al maanden bezig met de voorbereiding daarvoor. En het is toch zeker niet vreemd dat ik daarna even een uitstapje naar Florence

maak om een oude vriend op te zoeken?' Hij wachtte even om te horen of ze daar iets op te zeggen had. 'Je wilt weten wat dat manuscript met de aanslagen te maken heeft, en dus heb je ook iemand nodig die het voor je weet te ontcijferen en die Carlo kent. Ik bén zo iemand. Ik heb in het verleden een paar keer iets voor hém gedaan, dus voor mij zal hij zijn paranoia wel een paar dagen van zich af weten te zetten. Wat ik maar wil zeggen: je kunt niet om me heen.'

'Ik heb iemand nodig die weet wat hij doet.' Deze keer was Sarah degene die diep moest nadenken. Het leek haar niet waarschijnlijk dat ze hem van zijn geplande uitstapje zou weten af te brengen. En als hij inderdaad plannen had gemaakt... zou een plotselinge afzegging dan inderdaad niet tot opgetrokken wenkbrauwen leiden en hem juist tot een acuut doelwit maken? Een acuut doelwit. Dat was een uitdrukking die ze maandenlang, nee, jarenlang zelfs, niet meer had gebruikt, en nu kwam die zomaar weer in haar op.

Bovendien maakte dat maar al te duidelijk dat Pritchard heel goed had geweten waar hij mee bezig was. Hij had haar eropuit gestuurd en haar samen met zo iemand als Jaspers ergens in verwikkeld laten raken. Hij wist dat ze een sterk ontwikkeld verantwoordelijkheidsgevoel had. Loop dan maar weg. Dat had hij helemaal niet gemeend. Hij had wel geweten dat ze dat toch nooit zou doen. Hij had haar gevoelens perfect bespeeld. Geen onafgemaakte zaken. De vraag bleef: waarom? Waarom wilde hij haar met alle geweld weer terug hebben?

Ze keek eens naar de wetenschapper. Al vond ze dat nog zo vervelend, ze moest toegeven dat zijn redenering klopte. Wat moest ze eigenlijk met dat document beginnen als ze het eenmaal in handen had? En opnieuw – maar nu vager dan daarnet – kwam die gedachte weer in haar op. Wiens verantwoordelijkheid, Sarah? Wiens vertrouwen?

'Nou, gezien het feit dat ik weinig kan doen om je tegen te houden...'

'Heb je dan een keuze?'

'Het lijkt van niet, hè?' Ze ging rechtop staan en keek hem recht in zijn ogen. 'Maar je móet me beloven dat je niets onderneemt tot de conferentie is afgelopen en hij weer terug is in Florence. Niets meer dan gewoon informeel contact.'

'Waarom? Zou het niet veel handiger zijn om...'

'Nee.' Nu was de geheim agent aan het woord, en dit was een bevel. 'Vergeet niet dat jij niet de enige bent die weet dat hij met dat manuscript bezig is. Je zult je afzijdig moeten houden, in elk geval tot ik er ben.'

Nu was het Xanders beurt om verbaasd te zijn. 'Tot jij... Is dat nou juist niet iets wat de aandacht zou trekken van onze vrienden in dat steegje?'

Zijn naïveteit begon haar charme te verliezen. 'Ik heb nog het een en ander te doen in Zwitserland, dus ik zit toch in de buurt. En vergeet niet dat ik degene ben die de dossiers over onze drie vrienden in handen heeft.' Opnieuw keek ze hem indringend aan. 'Als het echt uit de hand loopt, zou het wel eens handig kunnen zijn om iemand in de buurt te hebben die haar mannetje staat. Je zou me wel eens heel erg nodig kunnen hebben.'

Kinderen renden druk heen en weer en bekogelden elkaar met haastig gevormde sneeuwballen, zodat er overal in het nachtelijke duister projectielen op vrijwel onzichtbare doelwitten afvlogen. Het grote open veld aan de voet van de steile helling vóór het grote, uit rode bakstenen opgetrokken gebouw, vormde een perfect strijdtoneel. Het gelach en gegil werd enigszins gedempt door het kraken van de bijna bevroren sneeuw onder hun schoenen en door de lage bosschages rondom de arena bood het tafereel een vredige aanblik.

Hoog op de heuvel stond een eenzame gestalte. Hij had een sigaret tussen zijn vingers en zijn andere hand zat diep weggestopt in de zak van zijn jas. Jonas Tieg keek toe hoe de rook van zijn sigaret omhoogkringelde en zich vermengde met de wolkjes die zo nu en dan uit zijn neusgaten kwamen. Hij wist dat het een vergissing was. De dokter had hem gezegd dat hij echt minder moest gaan roken, maar Tieg was nooit iemand geweest die zich de geneugten van het leven ontzegde. Dat bleek wel uit zijn dikke buik, die voor een deel nog gecamoufleerd werd door zijn brede borstkas. Hij was nog geen één meter tachtig lang en zijn meer dan honderd kilo zware lijf werd in model gehouden door een keurige blazer.

Het tafereel aan de voet van de heuvel bood hem even rust. Deze kinderen hier waren zo anders dan de kinderen in zijn eigen strak georganiseerde wereldje. Hij deed zijn ogen dicht en liet de last van de afgelopen maanden even van zijn schouders glijden. De afgelopen anderhalve dag verdween uit zijn geheugen en er kwamen herinneringen aan zijn eigen kindertijd in hem op. Wild gelach, van zweet doordrenkte hemden en sokken, zwaar gehijg en de koude verrassing van een onverwacht tegen een nietsvermoedende rug uit elkaar spattende sneeuwbal.

De sigaret smaakte hem ineens niet meer. Hij smeet het ding weg en hoorde een licht sissend geluid toen de gloeiende punt de sneeuw raakte. Toen hoorde hij wagens naderen en terwijl lichtbundels plotseling over het idyllische tafereeltje streken, schrok hij op en richtte zijn aandacht weer op wat hem vanavond te doen stond. Hij draaide zich om naar de naderende lichten en hoorde hoe een van zijn assistenten haastig kwam aanlopen. Het was tijd om het masker van vastberadenheid en gezag weer op te zetten, het masker dat hem tot de meest populaire volksmenner van de Amerikaanse televisie had gemaakt. Tieg duwde zijn gitzwarte haar weer in model en liep naar het grote bakstenen schoolgebouw toe. Terwijl hij de hoek van het gebouw om sloeg en koers zette naar de ingang – zijn assistent liep nu naast hem – zag hij het opschrift boven de twee eikenhouten deuren majestueus voor hem opdoemen: ELKINGTON CHARTER SCHOOL.

Terwijl hij door de zware deuren de kleine betegelde hal binnenliep, knoopte Tieg zijn jas los. Recht vóór hem stond een indrukwekkende uitstalkast vol trofeeën. Hij trok zijn jas uit en overhandigde die aan de man naast hem.

'Hou hem maar bij je. Ik wil vanavond snel weg.' De assistent knikte en liep naar een dubbele deur aan het eind van de hal, waar nu een jonge vrouw met een klembord in haar hand uit tevoorschijn kwam. Tieg zag een gejaagde blik in haar ogen. Amy Chandler – de producer van *Tieg Tonight* – was bepaald niet blij geweest met het voorstel voor deze *Veertien dagen op tournee*, zoals de titel van het voorstel had geluid dat drie maanden geleden op haar bureau was beland. Veertien shows in veertien verschillende steden. Tieg had zijn fans beter willen leren kennen. Hij had willen weten wat hun bezighield, waar ze zich zorgen over maakten. Háár zorgen hadden niet terzake gedaan.

'Je hebt nog vier minuten voor de uitzending begint,' zei ze en ze liep naar hem toe. 'Je trouwe fans, vijfhonderd maar liefst, zitten geduldig te wachten op de beloofde kennismaking. Schud snel even een paar handen en loop dan naar beneden. Dertig seconden voor de uitzending richten we de camera's.'

Tieg liep naar de deur, en voelde even of zijn oortelefoon wel goed zat voor hij antwoord gaf. 'Ik loop via het middelste gangpad naar beneden,' zei hij, toen ze naast elkaar bij de deur stonden. Ze trok snel zijn das recht. 'Zorg dat de voorste camera me in beeld heeft en zet dat beeld op het scherm vlak voordat ik het podium op loop.'

'Oké.' Ze streek de das plat tegen zijn borst, knipoogde en zei in haar microfoontje: 'Hij komt eraan. Waarschuw maar even.'

Amy glipte stilletjes naar binnen, en vijftien seconden later werd het doffe geroezemoes vlak achter de deur plotseling overstemd door een diepe, welluidende stem.

'Goedenavond, dames en heren, welkom bij *Tieg Tonight*.' Iedereen hield plotseling op met praten en hier en daar klonk wat applaus. 'De uitzending begint over een paar minuten, dus ik verzoek u gewoon te blijven zitten en onze gastheer van vanavond een warm welkom te geven. Dames en heren, Jonas Tieg!' Tieg bleef staan wachten op het seintje van Amy. Een ogenblik later zwaaiden beide deuren open en terwijl hij zelfbewust het licht van de schijnwerpers in stapte, werd het applaus ineens een stuk luider. De klassieke gymzaal annex feestruimte die voor deze opname op locatie als studio was ingericht, was voorzien van de gebruikelijke, vele malen gelakte houten vloer. De studioapparatuur was in een ruimte vlak onder het basketbalbord neergepoot en de camera's en microfoonhengels stonden gereed. Om zijn goedkeuring te laten blijken stak Tieg voordat hij zich in de menigte begaf, snel zijn rechtervuist op. Terwijl hij tussen de toeschouwers door liep, leek hij een man die beschikte over een onuitputtelijke energie. Een man met visie, zouden ze naderhand zeggen.

Tieg gaf iemand een hand. 'Fijn om hier te kunnen zijn en te horen wat jullie te zeggen hebben,' zei hij en hij ging snel door naar de volgende. Nadat hij twee minuten lang druk knipogend en handenschuddend tussen de nu staande toeschouwers door was gelopen, hoorde hij Amy's stem in zijn oor: 'Dertig seconden.'

Tieg rukte zich los van een jongedame die met grote ogen naar hem stond te kijken en liep naar het trapje aan de zijkant van het podium. De set zag er klein uit. De boekenkasten en het bureau namen bijna de hele breedte van het podium in beslag, maar daar zouden de cameramensen wel raad op weten. Vlak voor de trap bleef hij op de intro staan wachten.

'Glimlachen, Jonas,' zei de stem in zijn oor toen de vertrouwde muziek langzaam aanzwol.

Hij deed wat hem gezegd was, en fluisterde in het kleine microfoontje op zijn revers dat hem verbond met de producer: 'Vertrekt het vliegtuig vanavond om kwart voor elf van Rochester?'

'Als we te laat zijn, wacht het wel even.'

'Vanavond niet. Inpakken en wegwezen. Dat is de planning.'

'Maar hoe moet dat nou met al je trouwe fans?' Hij hoorde haar lachen. 'Na de show willen die je graag even te spreken krijgen, Jonas.'

'Inpakken en wegwezen.' Hij zwaaide naar een jongeman op de voorste rij en praatte breed glimlachend door. 'Vanavond niet.'

De dreunende stem klonk nu boven de muziek uit en terwijl de mensen in de zaal zo hard klapten als ze maar konden, liep Tieg het podium op.

'Vanavond, vanuit de prachtige staat Vermont, verwelkomt het stadje Elkington Jonas Tieg en *Tieg Tonight*.' Het applauslichtje bleef ongenadig knipperen. Eigenlijk was dat nergens voor nodig, want de toeschouwers waren toch al uitzinnig. Zelf nu ook klappend, maar dan voor zijn publiek, liep Tieg langzaam naar de tafel. Een paar keer wees hij even naar een hem volstrekt onbekend gezicht in het publiek. Net toen de muziek op haar hoogtepunt was, kwam hij bij zijn stoel en ging zitten. Hij zette de microfoon op de tafel even wat anders neer, schoof een klein stapeltje papier iets opzij en keek toen met een brede grijns op naar de camera. Het was tijd om te inspireren, hield hij zichzelf voor. Tijd om de droom te verwezenlijken.

'Nou, nou, de stemming zit er wel goed in vanavond!' Opnieuw begon de zaal wild te applaudisseren. Terwijl hij wachtte tot zijn publiek weer tot bedaren was gekomen, knikte Tieg wat, hij zwaaide zo nu en dan even naar iemand in het publiek en rommelde intussen wat met zijn papieren. Toen keek hij weer op, recht in camera 1, en vervolgde: 'Alle kijkers van buiten de stad heet ik hierbij op Elkingtonse wijze hartelijk welkom. Zoals u kunt horen, zijn we hier vanavond in een opperbeste stemming!' Opnieuw een golf van applaus. 'Mensen, we zitten hier nu tien dagen, en ik blijf me erover verbazen hoeveel steun we hebben gekregen.

De afgelopen week hebben we ons beziggehouden met de werkgelegenheid, het immigratiebeleid, de belastingen...' Terwijl het publiek begon te gillen, richtte hij zijn blik op camera 2. 'En gisteren...' Hij keek ineens heel ernstig. 'Nou, iedereen weet nog wel waar we ons gisteren mee bezig hebben gehouden.' Hij wachtte tot het volkomen stil was. 'We gedenken onze vrienden in Washington in onze gebeden.' Hij wachtte even en keek toen weer in camera 1. 'We gaan daar vanavond niet weer op in, maar het lijkt me duidelijk dat al die onderwerpen ons voor dezelfde vragen stellen: Waar moet het heen met dit land? Wie kunnen we nog vertrouwen als onze werkgelegenheid, of zelfs ons leven, wordt bedreigd? Zijn we de greep op de ontwikkelingen kwijt?' Een luid applaus dwong hem even te pauzeren.

'Waar het op neerkomt is dat we moeten zorgen dat onze stem wordt gehoord. Dáár is het bij deze veertiendaagse tournee allemaal om begonnen. En vanavond, hier in dit mooie oude schoolgebouw, leek het me heel toepasselijk om het over het onderwijs te hebben. Het is waar dat we allemaal van tijd tot tijd de broekriem wel eens moeten aanhalen, en misschien moeten we zelfs nóg een paar extra sloten op de deur zetten, maar ook dát hebben we allemaal wel eens eerder gedaan. Als het om de toekomst van onze kinderen gaat, moeten we echter werkelijk eens goed nadenken.' Achter in de zaal klonken instemmende geluiden.

'Zoals jullie weten, begin ik de show meestal niet met een lange verhandeling, maar vanavond, tja, vraag ik jullie om even geduld met me te hebben. Ik wil een paar minuten met jullie praten over een onderwerp dat te belangrijk is om in verkeerde handen te laten komen. Ik wil het hebben over de toekomst van onze kinderen.' Hij nam een slokje water en legde zijn onderarmen op tafel.

'Als het om onderwijs gaat, blijken sommige mensen er ineens heel

eigenaardige ideeën op na te houden. Zo beweren ze bijvoorbeeld dat godsdienstonderwijs niet in het vakkenpakket thuishoort en dat onze kinderen het onderscheid tussen goed en kwaad niet mogen leren. Dat vind ik nogal triest, vooral omdat de school nou juist wordt verondersteld de plek te zijn waar jonge mannen en vrouwen worden gevormd tot volwassenen, tot de mensen dus die straks het aanzien van de wereld zullen bepalen. En daarom zijn we vanavond hier, omdat we dood- en doodziek worden van een systeem dat ons dwíngt onze idealen op te geven en dat beweert dat ónze mening om de een of andere reden niet aanvaardbaar is. Niet aanvaardbaar?' Tieg permitteerde zich een verbaasd lachje. 'Terwijl wij degenen zijn die vragen om een hoger moreel peil, een sterker gemeenschapsgevoel, een investering in de toekomst van onze kinderen?' Er klonk opnieuw instemmend geschreeuw op uit het publiek, maar nu luider dan daarnet. 'Ik wéét het. Dat slaat nergens op. Maar de vraag is of dat wil zeggen dat we een systeem willen dat ons een beetje meer controle over die jonge levens geeft, dat de vrijheid opeist om bepaalde dingen niet in het lesprogramma op te nemen, net zoals anderen de vrijheid hebben om diezelfde onderwerpen wél te onderwijzen. Misschien wel, ja, maar wat is daar eigenlijk mis mee?' Het applauslampje lichtte op en Tieg richtte zijn aandacht op camera 2.
'Centraal vastgestelde leerdoelen en lesprogramma's: die zijn heel gezond, zolang ze karaktervormend zijn, en stevig geworteld in de moraal. Zoals jullie me al vaker hebben horen zeggen, is er de afgelopen jaren veel te veel tijd en aandacht besteed aan het bevechten van de rechten van kleine minderheden, groeperingen die alleen maar misbruik maken van het woordje "recht". Ze eisen het récht op om iets in het lesprogramma op te laten nemen wat op school niet thuishoort, of iets te beschermen wat geen bescherming verdient; in elk geval niet hier op déze school.' Tieg pakte een krant van zijn bureau en wees op een kop. 'Gisteren zat ik dit te lezen, en ik kon mijn ogen niet geloven. "Het hof opent de deur",' las hij voor, terwijl hij hoofdschuddend naar de krant keek. 'Dat is de *New York Times*, en het gaat over een rechterlijke uitspraak dat seksuele voorlichting op school verplicht is. Die links-liberale grotestadstypes kunnen hun lol niet op nu. Dat vinden ze énig. Ze worden helemaal róze van plezier.' Uit de zaal klonk hard gelach en toen Tieg weer opkeek, had hij een verlegen grijns op zijn gezicht. 'Kom op, jullie weten best wat ik bedoel, mensen.' Hij lachte en keek een van de cameramensen eens aan. 'Een uitgelaten bedoening hier, Pete. Misschien dat ik nog wel een glaasje van dat Vermontse bronwater nodig heb.' De zaal begon te klappen.
'Maar even serieus, mensen,' vervolgde hij. 'Laat me jullie eens een vraag

stellen: denken jullie dat mijn dochtertje iets over geboortebeperking weet? Zou kunnen. Maar dat heeft ze dan níet op school gehoord. Moet mijn zoon nou werkelijk iets weten over homoseksualiteit en alleenstaande ouders? Zou kunnen, maar niet via de school. Hebben mijn kinderen nou werkelijk behoefte aan hardrock die pornografie en haat uitdraagt? Nee, in geen geval, lijkt mij, en zéker niet via de school.' Tieg nam een slokje water. 'Dat is de reden dat we ons tot schoolbesturen richten met het verzoek om onze kinderen en onszelf het recht te gunnen om ons te distantiëren van een systeem dat in de naam van de grondwettelijk gegarandeerde vrijheden het recht opeist om ons onderwijs leerdoelen en verplichte lesprogramma's op te leggen. En ik gebruik de term "leerdoelen" hier in de allerbreedste zin des woords, want eigenlijk zijn het helemaal geen leerdoelen. Ze vormen alleen maar een excuus, een excuus om de verantwoording op te geven voor wat er binnen de schoolmuren gebeurt.' Opnieuw applaus.

'Als ik de ambtenaren vraag, en ik héb het werkelijk gevraagd, waarom mijn kinderen geïndoctrineerd moeten worden door een stel linkse beleidsmakers, hebben ze daar niets zinnigs op te zeggen, althans niet iets wat mij zinnig in de oren klinkt. Het is pijnlijk duidelijk aan het worden dat scholen niet meer dan een soort stalling zijn, parttime gevangenissen voor kinderen die niets willen leren, niet over zichzelf en ook nergens anders over. Het zijn geen kinderen. Ze krijgen helemaal de kans niet om kind te zijn, daar zorgt al die flauwekul die ze op zich af krijgen wel voor. Heeft een kind van veertien ook maar enig benul van de vragen die abortus oproept? Kan een kind van vijftien overzien wat de gevolgen kunnen zijn van opgroeien in een huishouden met maar één ouder? Kan een kind van zestien het verschil horen tussen muziek en politieke hersenspoeling? Ik denk van niet.' De hele zaal begon wild te applaudisseren.

'Leerdoelen.' Tieg lachte vol ongeloof en richtte zich weer tot camera 1. 'Leerdoelen impliceren zorg: zorg voor die jonge mensen, voor hun geest, hun ziel, identiteit, en die zorg is volstrekt verloren gegaan.' Hij liet opnieuw een stilte vallen. 'Stel nou eens dat ik jullie zou vertellen dat het systeem, die keten die we gedwongen om onze nek dragen, niet kán overleven, en dat we als het zover is, klaar moeten staan met scholen waar kinderen vanaf kunnen komen met een doel voor ogen, met een missie. Een nieuw type leerlingen, een nieuwe benadering van het onderwijs, een nieuw activisme? Wat vinden jullie daarvan?' Golven applaus. 'Maar de enige manier om dat te bereiken, om de scholen te krijgen die de weg bereiden en nieuwe leerdoelen formuleren, is om ons nú af te scheiden.

En dát, beste mensen, is waar we nu mee bezig zijn. We moeten klaar zijn om op het juiste moment in actie te komen. Het wordt een roerige tijd, mensen: er gebeurt te veel, we kunnen het niet langer negeren. Ik ben werkelijk bang dat de gebeurtenissen in Washington alleen maar het begin vormen. En daarom moet deze school, moeten deze scholen, klaarstaan om zelf het heft in handen te nemen, om de rots te vormen waarop onze cultuur is gegrondvest en zo de weg naar de toekomst te bereiden.' Hij richtte zijn blik weer op camera 2.
'Wat heeft die toekomst voor ons in petto? En hoe kunnen we ons daarop voorbereiden? Daar wil ik het vanavond met jullie over hebben.' Hij pakte de papieren die hij voor zich op zijn bureau had liggen en legde ze weer opzij. 'Heel aardig van jullie om me zo lang aan het woord te laten, maar nu zijn jullie aan de beurt. Na de reclame zullen we eens zien hoever we vanavond kunnen komen. Dus begin maar vast na te denken, mensen. Tot zo!'
Het felle licht dat op zijn gezicht gericht stond, vervaagde en Tieg leunde achterover. Toen hij de make-upman zag komen aanlopen vanuit de coulissen, op de voeten gevolgd door Amy, trok hij de oortelefoon alvast uit zijn oor.
'Zijn ze nog wakker?' vroeg Tieg.
'Zorg dat je het redelijk houdt,' zei ze terwijl ze een nieuwe stapel papier op zijn bureau legde. 'Op het einde ging je bijna over de schreef. Het wordt een roerige tijd, mensen... Laten we nou niet het eind van de wereld gaan aankondigen.'
'Vertrouw me nou maar, Amy. Ze vonden het geweldig.'
'Alles wat je zegt, vinden ze geweldig, Jonas. Het is bijna angstaanjagend.'
'Heb je soms klachten over de kijkcijfers?'
Ze glimlachte en pakte de oortelefoon op. 'Stop hem nou maar weer in je oor. Over dertig seconden zijn we weer in de lucht.'
Tieg glimlachte. Bijna over de schreef, dacht hij. Ze moest eens weten.

Het whiskyglas dat O'Connell in zijn hand had, was nu bijna leeg. Hij had de tl-lampen uitgedaan en stond zichzelf toe om even wat uit te rusten in het sombere licht van de schemerlamp. Terwijl hij onderuitgezakt op een leren bank zat, staarde zijn spiegelbeeld hem aan vanuit de donkere vensterruit. Ergens aan de andere kant van de ruit stroomde het stille, ijzig koude water van de Potomac, zonder enige aandacht voor menselijke beslommeringen, door zijn donkere bedding. Door zijn zwijgende spiegelbeeld heen zag hij de kringetjes die de winterse regen in het wateroppervlak achterliet.

De dag had hem voor de ene verrassing na de andere gesteld, en de onverwachte missive van het fonds voor geheim agenten uit Bern was daar niet de minste van. *Sarah Trent: toegang toegekend.* Hij had onmiddellijk contact opgenomen met Arthur Pritchard.

'Ik dacht dat we haar niet meer zouden inzetten?'

'Kennelijk is ze iets op het spoor,' zei Pritchard. 'En ze heeft er uitdrukkelijk voor gekozen om daaraan deel te nemen en ik wil niet dat ze zonder geld komt te zitten.'

'Ervoor gekózen?' snauwde O'Connell. 'Jézus! Dat is wel heel eigenaardige uitgedrukt. Heb je haar dan geïnformeerd over de rest van deze zaak? Schenten, dat meisje in Montana?'

'Over de telefoon?'

O'Connell had Pritchard lang en strak aangekeken. 'Je had dit wel verwacht, hè?'

'Het was een mogelijkheid.'

'Waarom? Waarom zou ze ineens weer actief willen worden? Wat heb je verzwegen, Arthur?'

Nu dronk hij zijn glas leeg. Zijn kantoor was iets kleiner dan dat van Pritchard, maar wel van alle gemakken voorzien: een bureau, een bank en een ruime hoeveelheid whisky. Geen boeken. Hij wist dat hij die toch nooit zou lezen, dus waarom ze neerzetten? En geen uitzicht op Washington. Alleen maar de rivier en het daarachter liggende Arlington. Dat was iets wat Arthur nooit had begrepen, maar hoe zou hij dat ook kunnen begrijpen? Hij was nooit veldagent geweest. Hij had nooit een borrel nodig gehad om zijn schuldgevoelens in toom te houden. Nee, zo'n betrokkenheid zou Arthur zich nooit toestaan. Zo ging hij al twintig jaar te werk en O'Connell vermoedde dat dat de reden was dat hij een maagzweer had, en Arthur het grootste kantoor.

Hij schonk zichzelf een tweede borrel in en pakte de telefoon. 'Janet, ik wil Bob zo snel mogelijk spreken... Ja, ik weet dat het allemaal erg kort dag is, maar nu moet hij maar eens laten zien wat hij waard is... Nee, zorg jij nou maar dat je veilig thuiskomt. Laat je maar even rijden door een van de jongens.' Hij nam een slokje. 'Ik wil dat het gesprek officieus is... Nee, zelfs niet in Arthurs logboek. Strikt officieus.' En na een korte stilte: 'Zorg dat dit gesprek ook wordt gewist... Precies... Zeg maar dat ik op hem zit te wachten.' O'Connell legde de telefoon neer en trok zijn voeten op. De regen was inmiddels overgegaan in sneeuw, zodat er nu een witte rand om het venster zat. Hij bleef stil zitten en keek als betoverd toe hoe de snel neerdalende vlokken de glazen ruitjes langzaam dichtplamuurden.

Ze had iets gevonden, iets wat haar ertoe had gebracht om weer actief te

worden, en deze keer hield ze het Comité op afstand. Om de een of andere reden verbaasde hem dat niet.
O'Connell dronk zijn glas in één slok leeg en bleef zitten wachten tot de telefoon zou gaan.

De Fiat-motor liet een woest gegrom horen toen Xander snel terugschakelde naar de tweede versnelling om de bocht onder aan de helling te kunnen nemen. De steile helling langs de weg en de daken van de honderd meter lager gelegen huizen deden hem denken aan een landschap in een schilderij uit de Renaissance. Zelfs de sombere kleuren van de winterhemel boven het strakke silhouet van de Apennijnen konden de rijke kleuren van de aarde en de boomgaarden ver onder hem niet verhullen. Het afgelopen uur was hij een paar keer zo verdiept geraakt in de pracht en praal van het Toscaanse landschap dat hij bijna de afgrond in was gereden, maar nu het donker begon te worden was hij wel genoodzaakt al zijn aandacht op de ongenadig bochtige weg vóór hem te houden.
Vier uur geleden was hij uit Milaan vertrokken, en hij was ruim op tijd in Bologna geweest – zo ruim op tijd dat hij even was gestopt voor een middagkoffie en een stukje taart – en nu was hij ongeveer een halfuur van Florence. Ergens achter de volgende groep bergtoppen zou hij het verre silhouet van de Duomo te zien krijgen, de witte, geribbelde kroon van de Santa Maria del Fiore, het symbool van de Florentijnse bravoure, het genie van Bruneschelli en het geloof in zowel God als de kunst. Wat ze van die twee het hoogste achtten was moeilijk te bepalen, maar Xander was van mening dat ze er op de een of andere manier in geslaagd waren om oprecht te geloven in beide. En dat alles in een wereld die zijn best deed om minder hartstochtelijke interessen te bevorderen, een kille wereld die werd gedreven door computers, massamedia en zielloze kunst. Niet dat Florence zich van de twintigste eeuw had losgemaakt, maar de symboolfunctie van de stad was stevig geworteld gebleven in een historisch bewustzijn, een koortsachtige liefde voor de grandeur van het verleden.
Hij had een route uitgezet die de steriele snelwegen vermeed en hem in plaats daarvan over allerlei landweggetjes voerde. Omdat Sarah toch pas laat op de avond zou aankomen, had hij geen reden gehad om erg op zijn tijd te letten. Twee dagen geleden had ze hem vanuit Zwitserland een telegram gestuurd met de naam van het hotel waar hij als hij in Florence was aangekomen een kamer moest nemen, plus de valse naam waaronder hij die moest boeken. Dat had hij een beetje eigenaardig gevonden, maar haar instructies hadden aan duidelijkheid niets te wen-

sen overgelaten. Instructies. Dat was de vriendelijkste manier waarop hij de marsorder die ze hem had gestuurd, wist te omschrijven. Geen vragen over de conferentie, over het weer of wat dan ook dat het telegram een persoonlijke noot had kunnen geven. Maar ach, zo had hij gedacht, zo was het nou eenmaal. En natuurlijk had ze hem gezegd dat hij uit de buurt van Pescatore moest blijven. Dat was trouwens niet moeilijk geweest, dacht Xander peinzend, want zijn oude vriend was er helemaal niet geweest. Ongetwijfeld was hij verdiept in de mysteriën van Eisenreich, en had hij geen zin gehad om zich daarvan los te maken voor iets wat per slot van rekening niet meer was dan een sociale ontmoeting onder het mom van een academisch congres.

Toen hij plotseling een paar koplampen in zijn achteruitkijkspiegel zag verschijnen, richtte Xander zijn aandacht weer op de weg en hij realiseerde zich ineens dat hij nog geen tien meter zicht had. Hij zette zijn eigen koplampen aan en wist daardoor nog net op tijd een stel rotsblokken op de weg te ontwijken. Hij gaf een snelle ruk aan het stuur, zodat de wagen naar links schoot, de met gras begroeide helling op en wel met zo'n klap dat Xander vijf centimeter uit zijn stoel vloog. Een tweede snelle ruk aan het stuur bracht de Fiat weer op de weg. Hij lachte. Die kleine bult op zijn hoofd had hij wel verdiend, vond hij. Zijn al te heftige reactie op die paar kiezels op het wegdek zou de bestuurder van de wagen achter hem wel flink de stuipen op het lijf hebben gejaagd. Hij keek weer in zijn spiegel en zag hoe de koplampen achter hem, die nu veel langzamer gingen dan daarnet, voorzichtig om de keien heen reden. Xander dwong zich om zich te concentreren op de laatste etappe, en keek nu om de tien tot twintig seconden even in de spiegel. Het begon hem op te vallen dat de wagen steeds dichterbij kwam, en nu met een halsbrekende snelheid over de weg schoot. Vreemd, vond hij. Daarnet was de bestuurder nog zo voorzichtig geweest, maar toch reed de wagen nu wel heel dicht achter hem. Enkele seconden later overstemde het geronk van de wagen achter hem het lawaai van zijn eigen motor en diens felle koplampen benamen hem even het zicht. Gelukkig kwamen ze nu bij een lang en recht stuk weg dat Xander de gelegenheid bood om de andere wagen te laten passeren.

Maar dat was deze helemaal niet van plan. In plaats daarvan begon die nu met zijn bumper tegen die van Xanders veel kleinere Fiatje te stoten, zodat hij bij elke stoot naar voren schoot in zijn stoel. Wat zullen we nou krijgen! Xander keek over zijn schouder, maar het enige dat hij kon zien, was het felle licht van de koplampen. Terwijl hij verwoed met zijn ogen knipperde om de zwarte vlekken die nu voor zijn ogen dansten weg te krijgen, trapte hij op het gaspedaal en toen de weg weer begon te stijgen, schakelde hij terug naar de derde versnelling. Het moeizaam draaiende motortje van de Fiat was echter niet opgewassen tegen het geweld van de wagen achter hem. De felle lichtbundels schenen nu recht in zijn auto en weerkaatsten op de voorruit. Een nieuwe klap deed Xander weer naar voren schieten. Hij voelde zich gevangen in het licht en was nauwelijks meer in staat om de weg voor zich te zien. Hij kon zich nu alleen nog maar verlaten op de kleine vangrail. Jezus Christus! Wat heeft dit te betekenen? Er kwam maar één antwoord in hem op: Eisenreich.

Terwijl hij zijn ogen strak op de smalle strook metaal gericht bleef houden, drukte Xander het gaspedaal nog verder in, zodat de motor begon te loeien van inspanning. De wagen achter hem hield de plotseling vooruitschietende Fiat echter gemakkelijk bij en ramde hem opnieuw, zodat Xander nog sneller de steile weg op schoot. Toen ze de top bereikten, kwam de Fiat even met vier wielen los van het wegdek en kwam met zo'n harde klap neer dat Xander het metaal hoorde knarsen. Toen het oogverblindende licht even wegviel, keek hij snel in de spiegel en zag de wagen achter hem net naar de linkerrijbaan schieten en uit het zicht verdwijnen toen de weg een scherpe bocht naar links maakte. Hij gaf een harde ruk aan de versnellingspook, trapte op de koppeling en hoorde opnieuw hoe de motor bijna bezweek onder de druk. Toen de weg weer recht werd, viel het licht van de wagen achter hem weer over hem heen, zodat hij in elkaar kromp en even, heel even maar, de vangrail uit het zicht verloor. Instinctief trapte hij op de rem, zodat hij voelde hoe de achterkant van de wagen weggleed naar rechts en langs de smalle strook metaal schraapte die zijn enige bescherming was tegen een val in de afgrond. Op dat moment schoot de andere wagen links langs hem. De bestuurder was blijkbaar niet verdacht geweest op Xanders plotselinge verandering van snelheid. Xander liet onmiddellijk de rem los, voelde hoe de wagen weer stabiel op de weg kwam te liggen en richtte zijn volledige aandacht op de achterlichten van de wagen die nu vóór hem reed. Die minderde nu echter ook vaart, alsof hij hem wilde laten inhalen, zodat hij zijn kat-en-muisspelletje weer kon beginnen.

Terwijl zijn eigen lampen nu over de achterruit van de ander gleden, zag hij twee silhouetten. Een van hen – de eivorm van zijn hoofd gaf aan dat hij volledig kaal moest zijn – zat nu duidelijk achterom te kijken om de wagen die ze per ongeluk hadden ingehaald in het oog te blijven houden. Xander had geen idee hoe lang het zou duren voordat ze opnieuw in actie kwamen. Hij was radeloos.

Eisenreich was hem op het spoor gekomen. Ze hadden hem waarschijnlijk al opgewacht in Milaan, en zeker in Bologna. Het was dwaas van hem geweest om te denken dat ze hem niet zouden opmerken. Maar wat wilden ze van hem? Hoe het antwoord ook mocht luiden, ze schenen een groot vertrouwen te hebben in zijn vermogen om theorieën te doorgronden.

Theorieën, dacht hij. Altijd maar theorieën. De misleidend aantrekkelijke panaceeën die oplossingen voorspiegelden die altijd weer tot teleurstelling leidden. Hij had zijn carrière al te vaak in de waagschaal gesteld voor een van zijn lievelingsprojecten, een van die theorieën die hem op dat moment zo aantrekkelijk waren voorgekomen. En toch had hij juist naam gemaakt vanwege zijn grote verbeeldingskracht, zijn vermogen om op het moment dat de theorie het begon te begeven de interessante kruimels eruit te pikken. En uit die kruimels had hij een paar zeer interessante benaderingen weten te creëren van de grote vragen die uiteindelijk toch onoplosbaar waren gebleken. Het was altijd zaak om het waardevolle te onderscheiden van de nevelen die de waarheid aan het licht onttrokken. Lundsdorf had dat talent in hem onderkend en het tot volle wasdom weten te brengen; hij had hem gedwongen om zijn hartstochtelijke liefde te onderkennen voor de stukjes en beetjes die altijd net buiten bereik leken te liggen, diep in de nevelen van het onkenbare.

En hij was ermee aan de gang gegaan op een manier die zelfs zijn mentor verbaasd had doen staan. De praktische implicaties van een theorie – de verschillende wijzen waarop die kon worden toegepast – bleven op de een of andere manier een bedwelmende aantrekkingskracht op hem uitoefenen. Hij had geprobeerd Sarah aan de hand van Machiavelli van het tegendeel te overtuigen, maar hij kende zichzelf te goed. Hij was te behendig in het verhelderen van die theorieën om ze als niet meer dan abstracte ideeën ter zijde te schuiven. En nu was Eisenreich tot leven gekomen. Dat was angstaanjagend. Maar ook buitengewoon interessant.

De wagen vóór hem zwenkte met een ruk naar rechts, op iets af wat een zee van duisternis leek. Xander wist er niet snel genoeg op te reageren en zag de rode achterlichten ineens langs zich glijden... het knarsende geluid waarmee de wagen in zijn achteruit werd gezet, dwong hem zich weer te concentreren op het hier en nu. Hij gaf plankgas en om maar zo snel mogelijk weg te komen, schakelde hij een versnelling terug. Opnieuw kwamen de grote lichtbundels nu snel dichterbij, zodat hij weer naar de vangrail moest kijken om niet uit de koers te raken. De haarspeldbochten in de weg leken elkaar nu veel sneller op te volgen dan daarnet. Tot zijn grote opluchting leek de verandering in het terrein zijn achtervolgers ook moeilijkheden op te leveren, zodat ze nu niet meer zo dicht achter hem hingen als daarnet en hem niet meer konden rammen. Toch kwamen ze bij elke bocht weer een stukje dichterbij. Ze hoefden

hem nu maar één keer te raken, bedacht hij, en dan zou hij niet meer in staat zijn om de nu wild heen en weer schietende Fiat in bedwang te houden. De vangrail bleef langsschieten: een symbolisch gebaar tegen de ophanden zijnde botsing met de wagen achter hem.
Ineens zag hij de Duomo voor zich oprijzen aan de horizon, een ovale vorm drijvend op een zee van licht: Florence. Nu zag hij huizen langs zich heen schieten. De heuvels werden geleidelijk aan lager en de weg paste zich aan aan de veranderende contouren van het terrein. De haarspeldbochten hadden nu plaatsgemaakt voor een rechte weg. Xander schakelde opnieuw, en liet de wagen zo hard gaan als hij maar kon. In zijn achteruitkijkspiegel zag hij dat zijn achtervolgers nu ook vaart gemeerderd hadden en met een enorme snelheid op hem af kwamen razen voor de laatste confrontatie. Xander kon niet veel meer doen dan de auto met pure wilskracht nog iets harder proberen te laten gaan, zodat een laatste uitbarsting van energie hem zou redden van de ophanden zijnde aanslag. De langsschietende huizen aan weerszijden van de weg leken zich nu aaneen te rijgen tot twee vreemd amorfe wanden waar de twee wagens tussendoor schoten. Toen het tot hem doordrong dat hij steeds dichter bij de stad kwam, realiseerde Xander zich ineens dat de weg binnenkort zou overgaan in een labyrint van straatjes en steegjes, een labyrint waarin hij kon verdwalen of in het nauw gedreven kon worden, of erger nog.
Op het ogenblik dat de botsing bijna onvermijdelijk leek, maakte de weg ineens een glooiende bocht naar rechts en kwam uit op een snelweg waarvan Xander vermoedde dat het de snelweg tussen Bologna en Florence was. Zonder vaart te minderen reed hij het kleine wagentje de vierbaansweg op, waarbij hij bijna onder een antieke bus reed, die een wilde schuiver maakte om hem te ontwijken. Terwijl Xander zijn wagentje behendig door het verkeer naar de stad stuurde, stierf het wilde claxongeloei van de bus echter snel achter hem weg. Toen hij snel even in de spiegel durfde te kijken, zag hij dat zijn achtervolger ver achter hem lag. Zijn grote afmetingen waren nu een handicap. Elke minuut werd Xanders voorsprong groter, zodat hij, toen hij de stad nog geen minuut later binnenreed, al honderd meter op hen voor lag.
Zoals altijd vond hij het ook nu weer wonderbaarlijk hoe snel hij het centrum van Florence voor zich op zag rijzen. Vijf minuten geleden had hij nog als een razende door het landschap van Toscane gereden en nu moest hij zijn best doen om het eerste spitsverkeer te ontwijken. Hij liet de wagen vaart minderen tot hij even snel ging als het andere verkeer en voegde zich in de verkeersstroom rondom het Piazza della Liberta en de middeleeuwse San Gallo-poort. Links van hem zag hij het oude stenen

standbeeld langsglijden; het werd van onderen belicht en baadde in de helle gloed. Xander had nu echter geen tijd voor de rust en vrede die het uitstraalde. Hij draaide de brede Viale Lavagnini op en terwijl hij zijn snelheid weer wat verhoogde, stuurde hij het wagentje behendig door alle gaten die de auto's rondom hem ook maar even open lieten. Alleen op de Via Strozzi en de slingerweg naar het station minderde hij vaart. Het station zou zijn beste kans zijn. Daar kon hij de huurwagen afgeven en zich daarna onzichtbaar maken in de menigte.

Zodra hij het Piazza della Staziona op reed, zag hij de borden die de weg wezen naar het kantoor van de autoverhuurmaatschappij. Hij minderde nog meer vaart, zag een vrije plek en zette de Fiat snel langs de kant van de weg. Daarna griste hij zijn tas en zijn koffertje van de achterbank, deed de deur open en liep zo snel als hij kon naar de hoofdingang van het station. Toen hij omkeek naar het kleine wagentje, zag hij tot zijn geruststelling dat de botspartijen in de heuvels geen deuken of krassen hadden achtergelaten. Maar wat hem nog meer opluchtte, was dat hij geen grote zwarte wagen naar het station zag racen. Hij versnelde zijn pas en liep met grote stappen de stationshal binnen.

Toen de deur achter hem dichtviel, draaide de zwarte Mercedes die hem kort geleden zo bezig had gehouden, net het stationsplein op.

3

De wetten zijn niet betrouwbaarder dan de mensen die ze hebben opgesteld en op menselijke grilligheid kan stabiliteit niet rusten.

***Over de heerschappij*, hoofdstuk XVIII**

Moeizaam baande Xander zich een weg door de dichte menigte. De vroege avondtreinen stonden te wachten langs de perrons tot ze de forensen uit de stad naar een hele reeks obscure dorpjes konden vervoeren. De luide stemmen van de conducteurs die de namen afriepen, werden gedempt door het sissen van de locomotieven. Aan zijn linkerhand zag hij de Hertz-balie, met daarachter een vrouw met een goudkleurig sjaaltje achter een computer. Hij drong zich door de mensenmassa naar de balie en overhandigde haar de gele envelop met alle informatie over de huurwagen. Terwijl de vrouw de documenten doorbladerde, keek Xander speurend de stationshal door en hij gaf zo nu en dan antwoord als ze iets vroeg.

'U spreekt heel goed Italiaans, signore Jaspers,' zei ze terwijl ze zat te tikken.

Xander had het benul om te glimlachen. 'Heel vriendelijk van u. Is er hier ergens een telefoon?'

Ze overhandigde hem zijn bonnetje. 'Gebruikt u deze maar even, als het een lokaal gesprek is. Anders,' ze wees naar de overkant van de hal, 'moet u daar zijn.'

Xander was niet van plan om bij de balie te blijven staan. Hij wilde een goed zicht op de hal hebben, voor het geval dat zijn vrienden van daarnet hem nog steeds achternazaten, en een telefooncel leek hem de ideale keuze. Hij knikte, stak het bonnetje in zijn zak en liep zonder zijn blik ook maar een ogenblik van de toegangsdeuren naar de hal af te wenden naar de rij telefooncellen. Hij stapte een onbezette cel in, zocht het telefoonnummer van het hotel op en draaide het nummer. Sarah had een kamer voor hem geboekt onder de naam Fabrizzi. Terwijl hij stond te wachten tot hij contact kreeg, zag hij een jongeman die het onoverdekte middengedeelte van de stationshal binnen kwam rennen. Het was duidelijk dat hij ergens naar op zoek was. Hij was ook niet makkelijk over het hoofd te zien. Hij was één meter tachtig lang, woog zeker honderd kilo en was volkomen kaal. Xander drukte zich tegen de wand van de telefooncel. De man uit de auto. Hij zag hoe de gigant naar de Hertzbalie liep en daar vragen begon te stellen. Terwijl hij stond te kijken, schuifelde Xander nóg verder naar achteren. Hij schrok op toen hij een stem uit de hoorn hoorde.

'*Pronto*, hotel Donato.' Xander hing op en bleef naar de man aan de balie staan kijken. De vrouw toonde zich kennelijk niet behulpzaam en dus liep hij wat meer naar het midden van de hal en bleef daar een minuut of twee staan rondkijken. Toen hij niets zag, liep hij naar een uitgang, met zijn hand diep in zijn jaszak. Om een reden die hij zelf niet begreep, liep Xander achter hem aan. Zodra de man door de uitgang was gelopen, rende Xander zo haastig het station door dat hij een paar keer tegen ongeduldige forensen botste voordat hij behoedzaam de koude buitenlucht in liep.

Hij bleef in de schaduw en speurde aandachtig het parkeerterrein af, waar hij nu overal koplampen zag rondschieten. Daar, boven het drukke verkeer uit, zag hij een kale kop die naar een grote zwarte wagen liep die vlak naast de uitrit stond. Xander zag hoe de man de deur openmaakte, zich bukte en zijn hoofd de wagen in stak, waarschijnlijk om te vertellen dat hij niets had gevonden. Aan het stuur zat een man met een dichte baard: zijn reactie was echter niet wat Xander had verwacht. Hij gaf een knikje. Geen woede-uitbarsting, zijn ondergeschikte kreeg niet de volle laag, maar alleen een knikje. En toen werd het allemaal nog moeilijker te verklaren, want hij draaide zich om en tuurde door de achterruit. Een ogenblik dacht Xander dat de man hem aankeek, met een glimlach onder zijn baard. Het was voldoende om hem een stap naar achteren te laten doen toen de wagen de afrit opreed.

'*Taxi, signore?* Xander probeerde zich te concentreren – hij keek recht in zijn richting – maar nu richtte hij zijn aandacht op de man met de grijzende haren naast hem. '*Signore?* zei die nogmaals.

Nog steeds half versuft liep Xander naar de straat. 'Donato,' zei hij, meer als een werktuiglijke reactie dan als een opdracht. Hij stapte de wagen in en de chauffeur zette zijn tas en koffertje in de achterbak. Even later kroop de man achter het stuurwiel en zei: 'Hotel Donato, *sì*?'

Een plastic stoeltje was Sarahs laatste wachtplek. De stoel bood een uitzicht dat perfect was voor iemand die belangstelling had voor de lange oprit naar de aankomst- en vertrekhal van de luchthaven. De afgelopen zes uur had ze haar best gedaan zich zo onopvallend mogelijk te bewegen: de trein van Bern naar Zürich, het vliegtuig van Zürich naar Milaan en nu de sneltrein naar Florence. Er waren verschillende redenen geweest voor haar beslissing om de tocht in kleinere trajecten op te delen. Ten eerste zou er nu niet meer dan één passagierslijst zijn met haar naam erop; ten tweede had ze Eisenreich willen dwingen om zichzelf kenbaar te maken, en met haar onnodig ingewikkelde reisschema was dat haar gelukt. Zowel op het station in Bern als in het Alitalia-vliegtuig had ze een klein, zenuwachtig mannetje gezien, en zonder enige twijfel liep die nu zenuwachtig te zoeken naar Sarah Trent: de vrouw in het geruite houthakkershemd, de spijkerbroek en de stevige schoenen die hij uit het vliegtuig had zien stappen.

Nu ze hier in haar eentje zat, was ze echter een heel ander mens geworden. Ze had haar haar samengebonden in haar nek, en de rossige teint ervan was duidelijk een poging zich als elegante en ijdele Italiaanse voor te doen die veel bewondering had voor dingen uit Noord-Europa. Samen met haar donkere zonnebril maakte dat haar gezicht ineens heel wat hoekiger. Haar kleding was ineens ook een stuk minder opvallend. Een jurk en blouse in ingetogen kleuren onder een zware zwarte jas. Het kostte haar weinig moeite om op te gaan in haar omgeving.

De verandering had twee uur geleden plaatsgevonden, vijf minuten nadat ze door de douane was gekomen. Ze was een dames-wc binnengelopen die een beetje buiten de geijkte route lag, en was daar veertig minuten bezig geweest met het restylen van haar uiterlijk, iets wat ze nog lang niet verleerd had. Ze kon zich haar eerste veldopdrachten voor de COS nog heel goed herinneren, die eerste jaren waarin je even omkleden voldoende was geweest. Tot O'Connell iets anders had gezien, iets wat hem duidelijk had gemaakt dat haar gave niet lag in het kostuum maar in een verandering in haar wezen. Ze beschikte over het vermogen om zich zo aan te passen dat ze niet veel meer was dan een spiegelbeeld van degenen die ze wilde manipuleren. Pritchard had die mogelijkheden ook onderkend: ze was de perfecte infiltrante.

Toen ze zichzelf onderzoekend opnam in de spiegel, was het tot haar doorgedrongen dat het niet langer opportuun was om zich af te vragen waarom het verleden – met die verdovende, berekenende stem – haar nu ineens weer zo helder voor de geest kwam. Het was voldoende om van de intuïtieve vaardigheden en reflexen uit die tijd gebruik te maken. Deze keer zou ze de band met Sarah echter niet helemaal moeten verbreken; de identiteit van de geheim agente zou deze keer iets anders moeten zijn dan een sober ontworpen middel voor terloops geweld. En opnieuw werd het dubbele, het gevoel van verantwoording haar opgedrongen door iemand die helemaal niet thuishoorde op dit strijdtoneel. Want was Jaspers niet de reden dat ze zich had laten overhalen om weer terug te keren in actieve dienst?

Toen ze het toilet weer uit was gekomen, had haar achtervolger haar geen blik waardig gekeurd. Dit was heel anders dan haar eerste confrontatie met de organisatie-Eisenreich. De gruwelijke gebeurtenissen in dat steegje leken haar nu volkomen vreemd. Zelfs Washington was inmiddels weer enigszins tot rust gekomen, of tot iets wat daarop leek. Het land was maar al te graag bereid om die uren durende slachtingen te beschouwen als een opzichzelfstaand incident. Maar Sarah wist wel beter. Dit was alleen maar de eerste proefneming. En toch had ze niets tastbaars waarop ze zich kon verlaten. Er bleef te veel onduidelijk, in het duister gehuld door de schaduw van een manuscript dat ze nog niet eens onder ogen had gehad.

Wat ze nu nodig had, waren feiten, goed geordende feiten die geen ruimte overlieten voor onduidelijkheden, maar een patroon aan het licht zouden brengen. Pas als ze die tot haar beschikking had, zou ze op een confrontatie kunnen aansturen. *Zorg dat je die lui kent. Treed ze tegemoet zoals ze zijn, niet zoals jij bent. Laat ze alleen maar weerspiegelingen van zichzelf zien.* Opdrachten uit een ver verleden.

Dat was de reden dat ze contact had opgenomen met Feric. De naam was al net zo als de man zelf: voorzichtig en weloverwogen, met een gezicht dat deed denken aan dat van een fret, en met een opvallend talent voor destructieve activiteiten. Zijn vaardigheden gingen echter veel verder dan alleen geweld. Ze vormden instrumenten, die gekoppeld waren aan een trouw die niets te maken had met het geld dat Sarah hem ter beschikking stelde. Ze kende hem al jaren, maar had zijn bestaan altijd verborgen gehouden voor het Comité. Hij was gereedschap dat ze voor zichzelf wilde houden: niemand kende hem en niemand kon hem wat maken, een ideale combinatie. Ze had de advertentie in een Zwitserse krant gezet. Zoals altijd hadden ze afgesproken in een klein café langs de Aare.

'Het briefje kwam als een verrassing.' Hij hield zijn blik op de weg gericht. Zijn stem was zacht, maar hij draaide er niet omheen. 'Ik had niet verwacht dat je nog zou terugkeren.'

'Alles verandert.'

'Kennelijk wel. Blijf je in Europa?'

'Voorlopig wel, ja.'

Hij knikte en nam een slokje bier. 'En het contactpunt?'

'Volgende week, dezelfde rubriek.'

'Goed.'

'Het geld is al gestort.'

Hij permitteerde zich een dun glimlachje, en terwijl hij ging staan, legde hij een paar munten op tafel. Met een wat luidere stem zei hij: 'En doe je

moeder de groeten, hè?' Hij tilde zijn hoed een centimeter op, en liep toen naar buiten, met zijn handen achteloos langs zijn lijf.
Toen de stem uit de luidspreker aankondigde dat de trein op het punt stond te vertrekken, stond ze op en liep naar de roltrap.

Chicago, 2 maart, 12.15 uur

'We hebben een probleem, Marty.' De stem kwam uit de intercom.
'Probleem.' Martin Chapmann, een financiële whizzkid van zevenendertig die de zwaarste klappen van de krach van 1987 had weten te ontwijken en nu Managing Director van de Helpurn Investment Group was, zag de getallen voor zich op zijn privé-beeldscherm.
'Onze posities zijn te sterk verspreid,' zei de financieel analist. 'Vooral die opties... ik heb net eens even naar de laatste twee weken in de graantermijnhandel gekeken. Heb je dit gezien? Ik denk niet dat het verstandig is om hier nog mee door te gaan. Op deze manier...'
'Wat vindt de computer ervan?'
'De computer? De computer vindt... dat alles prima in orde is. Maar zelfs als we nog een paar uur zo doorgaan, kunnen we ernstig in de problemen raken. De graanverkopen worden steeds omvangrijker...'
'Dan zitten we dus goed.' Dat duldde geen tegenspraak.
Een korte stilte. 'Oké, Tim, als jij denkt dat dat het beste is.' Chapmann zette de intercom uit en nam de hoorn op. Een minuut later had hij Laurence Sedgewick aan de lijn. 'Neem me niet kwalijk dat ik u stoor...'
'Geeft niets, hoor.' De man had een vlakke, eentonige stem. 'Waarmee kan ik u van dienst zijn, meneer Chapmann?'
'Onze kwetsbare positie... die begint wel erg duidelijk te worden.'
'Het is een beetje vroeg, maar meer dan een paar uur hebben we niet nodig, dus dat lijkt me geen probleem.'
'Dat weet ik, maar ik ben niet degene die het proces...'
'Dat begrijp ik,' zei Sedgewick. 'Is er iemand die weet dat onze posities computerbepaald zijn?'
'Nee. We hebben nu al vijfhonderd miljoen uitstaan in buitengewoon dubieuze posities. Maar er is hier iemand die de cijfers wil nalopen.'
Het werd even stil. 'Dat zou een vergissing zijn.'
'Ja... dat weet ik.'
'Dan moet u er iets tegen doen.'
Een paar seconden later antwoordde Chapmann: 'En ik blijf die posities aankopen tot...'
'Tot het duidelijk is dat u ver genoeg bent gegaan.'

'Dus we gaan echt tot het uiterste?'
'Ik dacht dat dat wel duidelijk was?'
Stilte. 'Ik begrijp het.'
'Zie het maar als een experiment, Martin. Een vergelijkend onderzoek in een omgeving waarin we alle variabelen zelf kunnen bepalen. Maar dan moeten we er wél voor zorgen dat we onze greep op die variabelen niet verliezen.'
Een ogenblik later werd de verbinding verbroken.
Chapmann leunde achterover en liet zijn stoel een kwartslag draaien om vanuit zijn raam op de vijftigste verdieping naar het silhouet van de stad te kijken. Meer dan dat kreeg hij uit Sedgewick nooit los: een kalme, onthechte, maar ook licht geërgerde stem. Chapmann werkte al voor hem sinds de laatste dagen van de Warren Corporation, een onderdeel van de reorganisatie die Sedgewick vrijwel geïsoleerd had achtergelaten. Zelfs toen was de man al buitengewoon kalm en beheerst geweest; zo te zien had de ondergang van een bedrijf waarin zestig miljoen dollar was geïnvesteerd, hem nauwelijks geraakt. Binnen drie maanden was hij weer in de running geweest. Chapmann had hem nooit gevraagd hoe hij hem dat gelapt had. Dat vormde een deel van zijn uitstraling. Het was ook de reden dat Marty hem altijd trouw was gebleven. Sedgewick had zijn vertrouwen verdiend.
Hij haalde eens diep adem en zette de intercom aan. 'Wat dacht je van een lunch, Tim? Dan kun je me eens rustig vertellen wat je allemaal te weten bent gekomen.'
'Trakteer jij?'
'Natuurlijk.' Hij zweeg even. 'Ik trakteer toch altijd?' Hij haalde zijn vinger van de knop van de intercom en nam de telefoonhoorn van de haak.

Hotel Donato had signore Fabrizzi en zijn vrouw uit Napels al verwacht voor een lang weekend. Italianen waren niet wettelijk verplicht om hun paspoort achter te laten in het hotel. Sarah had alles geregeld, inclusief een flesje champagne in de kamer. Misschien had ze wel geweten dat Xander die nodig zou hebben. Gezien de absurditeit van de gebeurtenissen van het afgelopen uur had hij bijna een paar flinke slokken genomen. Zijn dwaasheid in het station – dat hij zijn achtervolgers was gaan achtervolgen – kon hij zichzelf bijna vergeven, maar de glimlach van die man, die had hem echt de zenuwen bezorgd. Terwijl hij op de bank ging liggen, met zijn benen op een bijzettafeltje, probeerde hij die gedachten van zich af te zetten.
Een gele gloed stroomde door het raam en scheen hinderlijk in zijn

ogen. Hij bedacht dat hij eigenlijk wel even kon gaan slapen. Sarah zou toch pas over een uur of twee komen. Toen hij probeerde zo te gaan liggen dat hij geen last meer zou hebben van het maanlicht, miste hij echter de energie om meer te doen dan alleen even met zijn schouders draaien en dat was duidelijk niet voldoende.

Nadat hij met een enorme wilsinspanning moeizaam rechtop was gaan zitten, koos Xander toch maar voor de koude Florentijnse nacht en hij stapte behoedzaam het gietijzeren balkonnetje op, vijf verdiepingen boven de Via dei Panzani. De ijskoude nachtlucht verjoeg alle slaap uit zijn lichaam en geest, maar het was het uitzicht dat hem zijn vermoeidheid werkelijk deed vergeten.

Don Quichote en zijn eeuwig trouwe Sancho Panza. De dikke links, de lange rechts. Zijn oneerbiedige kijk op iets wat een van de fraaiste staaltjes van architectuur ter wereld was, deed hem glimlachen. Daar, in het helle licht van de schijnwerpers, stonden de Duomo en de Campanile. De centrale glas-in-loodramen van de kathedraal waren zelfs in de inktzwarte schaduw van de schijnwerpers nog zichtbaar. Het was duidelijk dat degenen die die ontworpen hadden, meer kunstenaars dan bouwers geweest waren. Xander vond dat het net leek of die twee zich schrap zetten voor een aanval van een onbekende vijand, en dat ze steun zochten bij elkaar. Het geduld dat ze uitstraalden, had iets heel rustgevends.

Hij begon het koud te krijgen. Vol weemoed keek hij naar de lichtjes van de straat onder hem en toen liep hij zijn kamer weer binnen. Toen hij de balkondeuren weer dichttrok, viel de klik van de grendel samen met het geluid van een sleutel die in het slot van de kamerdeur werd gestoken. De beelden van de Florentijnse nacht waren op slag verdwenen en in plaats daarvan verscheen er een bebaard gezicht voor Xanders geestesoog, een gezicht dat hem maar al te bekend voorkwam. Hij voelde zichzelf verstarren.

Terwijl hij daar met zijn rug tegen de ijzige glazen ruit stond, dacht hij koortsachtig na. Hij voelde zich hier volkomen geïsoleerd, gevangen in de boze blik van de lamp boven de eettafel. Uit het licht, verdomme! Weg uit het licht! In de trage seconden nadat die woorden door hem heen waren gegaan, trok een onbekende kracht hem weg van het balkon. Hij sprong op de lamp af en stootte bijna zijn scheenbeen tegen het glazen tafeltje voordat hij de schakelaar had gevonden. De kamer was nu in het schemerduister gehuld. Het zachte lichtschijnsel van buiten wierp grillige schaduwen op de wanden. Toen de deurkruk voorzichtig omlaag werd geduwd en hij de deur hoorde piepen, dook hij naar rechts en zocht als een klein kind bescherming achter een leren stoel die toevallig net in die hoek van de kamer stond. Hij voelde wild om zich heen naar

iets wat hem als wapen zou kunnen dienen en zag intussen hoe er een steeds breder wordende straal licht in het vertrek viel. Toen viel zijn blik op de champagnefles. Xander greep de fles beet en trok die naar zich toe, zodat hij gereed was om uit te halen zodra het er ook maar op begon te lijken dat hij ontdekt zou worden.
Hij richtte zijn aandacht op zijn eigen ademhaling en probeerde het snelle bonzen van zijn hart in bedwang te krijgen. Hij was er zeker van dat de echo daarvan in de hele kamer te horen zou zijn.
Er viel nu een schaduw over de ruimte vóór hem. Die gleed over het plafond en kwam steeds dichter bij zijn schuilplaats. Hij durfde zich niet te bewegen en luisterde aandachtig naar de naderende voetstappen. Het waren voorzichtige voetstappen. De nieuwkomer was erg op zijn hoede. Opnieuw schoot het woord professional hem te binnen, en dat maakte de spanning in zijn vingers en longen er nog groter op, wat ten koste ging van de energie die hij tot zijn beschikking had voor de komende confrontatie. Centimeter voor centimeter kwam de naderende gestalte dichterbij en even viel het licht van buitenaf op een hand, een pols. In een plotselinge, koortsachtige opwinding sprong Xander uit zijn schuilplaats en klauwde wanhopig naar de arm die hij in het scherpe licht van de straatlantaarn had gezien. Met zijn andere hand haalde hij wild uit naar de gestalte die hij nog steeds niet werkelijk had gezien.
Het gevoel kwam volkomen onverwacht. Een stekend, tang-achtig voorwerp beet in het zachte vlees van zijn pols en wrikte hem met een enkele draaiende beweging die een hevige, brandende pijn door zijn arm deed schieten het geïmproviseerde wapen uit de hand. De ruk was zo hard dat het wel leek of zijn benen onder hem uit geschopt werden. Met zijn rug en zijn hoofd klapte hij op het kleed – zijn arm werd nog steeds vastgehouden – en hij voelde hoe het harde leer van een schoenzool hem op de keel werd gedrukt, zo hard dat hij alleen nog maar wat naar adem kon happen. Half verlamd van angst wachtte hij op de genadeslag.
Maar die bleef uit. De bankschroefachtige greep om zijn pols werd wat minder strak en even later werd de schoen van zijn hals getild. Xander bleef doodstil liggen, vrij maar nog wel half versuft. Langzaam bracht hij zijn arm omhoog en probeerde op te staan, maar de pijn in zijn arm was nog zo hevig dat hij zich niet wist op te duwen. Terwijl hij in elkaar gedoken op de grond zat, keek Xander omhoog en zag daar in de lichtbaan die vanuit de gang het vertrek inviel, het gezicht van Sarah Trent.

'Jezus Christus!' Hij voelde een enorme golf van emotie in zich opkomen, maar kon niet goed bepalen of dat nou opluchting, woede of pijn was. 'Wat had dat verdomme te betekenen?' Hij probeerde opnieuw op

te staan, maar zonder succes. Hij was nog steeds dizzy van de pijn in zijn schouder. 'Ik bedoel: waar was je nou in vredesnaam mee bezig?' Sarah stak een hand onder zijn arm en probeerde hem overeind te helpen, maar vrijwel zonder erbij na te denken rukte hij zich los. De schande van daar zo hulpeloos op de vloer te moeten liggen, met een voet op zijn keel, liet zich niet verontschuldigen met een uitgestoken hand. Hij voelde een kleverige warmte tussen zijn vingers door lopen. Een straaltje bloed dat van zijn pols naar zijn handpalm liep. Toen het bonkende gevoel in zijn hoofd wat minder was geworden, krabbelde hij moeizaam overeind, maar hij lette er goed op dat hij buiten het bereik van haar uitgestrekte armen bleef. 'Met mij is alles in orde.' Hij deed geen moeite om zijn machteloze woede te verhullen. 'Ik moet alleen even iets hebben voor mijn hand.'
'Je bent helemaal niet in orde,' zei ze en ze wachtte tot hij rechtop was gaan staan voordat ze naar het kleine halletje liep, het licht aan deed en de deur dicht duwde. Het plotselinge heldere licht maakte Xanders ongemak er alleen maar erger op. 'En ik kan maar beter eens even naar die pols kijken.' De bezorgdheid in haar stem maakte weinig indruk, al was het ook nog zo goed bedoeld.
'Dus nu ben je ineens arts...'
'Ik weet wat ik zojuist heb gedaan. Het is geen diepe snee, maar het blijft wel bloeden.' Ze zweeg even en deed opnieuw haar best om hem tegemoet te komen. 'Neem me niet kwalijk. Ik dacht dat je...'
'Dat ik wát was? Wat had je hier nou kunnen...'
'Je kwam per slot van rekening wel op me af springen. Dat ben ik niet gewend.' Ze liep naar de badkamer.
Nu was het zijn beurt om even met zijn mond vol tanden te staan. 'Nou...' Ineens klonk zijn stem heel wat minder nijdig. 'Ik dacht dat je...' Hij probeerde zijn woede weer op te roepen. 'Ik weet het eigenlijk ook niet.' Hij liep naar de bank en ging zitten. Met zijn gezicht naar de badkamer ging hij verder: 'Waarom kwam je zo binnensluipen? Waarom heb je het licht niet aangedaan?'
'Omdat ik iemand een lamp hoorde uitdoen,' zei ze kalm terwijl ze met een nat handdoekje de kamer weer binnenkwam. 'Waarom heb je die in vredesnaam uitgedaan?'
'Ik dacht dat je... een van de twee mannen was die ik in het begin van de avond van me af heb weten te schudden.' Hij gaf haar een hand. 'Ik had je pas veel later verwacht.' Toen ze de wond begon te deppen, voelde hij een scheut van pijn door zijn arm gaan. 'En waarom had je geen piccolo bij je?'
'Ik wist niet dat mijn nagels zo effectief waren.'

'Nou, reken maar.' Een nieuwe pijnscheut deed hem naar adem happen. 'Omdat mijn Italiaans niet zo best is, weet je nog wel? Dat wilde ik liever niet aan de grote klok hangen, meneer Fabrizzi.' Ze bond het handdoekje strak om zijn pols. 'Welke twee mannen?'

'Vlak buiten de stad. We hebben een tijdje gebumpt met de bumpers, maar maak je maar niet druk. In het station heb ik ze afgeschud.'

'Mooi zo.' Ze stond op en liep naar haar tas met logeerspullen, die tegen de andere muur stond. 'Ik ga even douchen, en daarna moet je me het me allemaal maar eens uitgebreid vertellen.'

Vol ongeloof staarde Xander haar aan. 'Is dat alles?'

'Lijkt me wel.' Ze rommelde wat in haar tas.

'Ik heb je net verteld dat ik bijna van de weg ben gedrukt, dat ik dacht dat jij een soort huurmoordenaar was, dat ik wel eens dood zou kunnen bloeden....'

'Je bloedt niet dood.'

'En jij gaat even douchen. Dat is alles?'

'Ja.' Ze keek hem even aan, met misschien wel wat meer opluchting dan ze wilde toegeven, ze haalde een toilettas en een paar kledingstukken uit haar tas en liep toen weer naar de slaapkamer. 'Zorg dat die handdoek vijf minuten lang goed strak blijft zitten en maak hem dan los. Over een kwartiertje ben ik klaar.'

Xander keek toe hoe ze de badkamer binnen liep. Toen hij even later het geluid van stromend water hoorde, voelde hij zich ineens heel wat rustiger worden, wat gezien zijn ergernis eigenlijk nogal vreemd was. Haar schijnbare onverschilligheid zette hem weer aan het denken over de afgelopen minuten en haar angstaanjagende vermogen om een man van een meter vijfentachtig die meer dan tachtig kilo woog, binnen een paar seconden buiten gevecht te stellen. En toen hij zich probeerde te troosten met de gedachte dat hij geen gemakkelijke prooi voor haar had gevormd, wees de nog steeds venijnige pijn in zijn schouder en het al even hevig kloppende gevoel in zijn pols hem al snel op het tegendeel. Xander kon zich nog herinneren dat ze had verteld over een gevecht met twee mannen in een steegje in New York. Hij vond het nu niet moeilijk te begrijpen dat ze die met zo weinig moeite had uitgeschakeld.

Nadat hij vier minuten had gewacht, maakte hij het handdoekje los en besloot om zijn hoofd even onder de kraan te houden en een schoon hemd aan te trekken. Terwijl hij naar het wasbakje in de hal liep, trok hij zijn hemd voorzichtig over zijn hoofd en liet het op de vloer vallen. Het water voelde opmerkelijk verfrissend aan, vooral de handvol die hij over zijn nek schepte. Ook zijn schouder leek de kou wel op prijs te stellen.

Hij pakte het handdoekje links van hem en terwijl hij terugliep naar de

losliet, streken haar vingers even liefkozend over zijn gewonde schouder. Het leek wel een verontschuldigend gebaar. Voor iemand die een paar minuten geleden nog had geprobeerd hem te verminken, was die plotselinge tederheid heel plezierig. 'Je hebt een mooie rug, doctor Jaspers.'
Dat compliment kwam volkomen onverhoeds en hij wist niet wat hij erop moest zeggen. 'Ik... eh, ik doe aan roeien,' hakkelde hij even later.
'Dat verklaart die brede schouders.'
Plotseling kreeg hij het heel warm. Zonder zich om te draaien, knoopte hij zo snel mogelijk zijn overhemd dicht en vervolgde: 'Ik heb zo'n machine... in mijn flat... een roeimachine.' Hij duwde de panden van zijn overhemd in zijn broek – gezien zijn pijnlijke schouder verrassend snel – en liep naar de bank. 'Ik probeer hem elke dag even te gebruiken... de roeimachine, bedoel ik.'
'Dat is wel duidelijk.' Ze zat weer op de bank. Het kostte Xander moeite om haar recht in de ogen te kijken.
'Tja, nou... mijn schouder doet al lang niet zo veel pijn meer.' Daarna liep hij nog een keer naar de kraan, hij liet weer water over zijn handen stromen en droogde ze snel af. Toen draaide hij zich om, wierp haar een brede glimlach toe, en hij zei: 'Zullen we een hapje gaan eten?'
'Ja.' Ze keek hem eens aan en pakte toen het menu dat midden op de glazen salontafel lag. 'Zo te zien hebben ze hier een heel behoorlijke keuze.'
'O.' Xander wist even niet hoe hij het had. 'Ik dacht dat we misschien...'
'Gezien de manier waarop de zaken vandaag zijn verlopen, voor ons allebei, denk ik dat het verstandiger is als we op onze kamer eten. Gewoon, voor de veiligheid.'
Hij gaf een onhandig knikje. 'Dat lijkt me wel... juist.'
'En bovendien geeft dat jou de kans om mij te vertellen wat je van die dossiers denkt voordat we morgen naar Pescatore gaan.' Hoewel haar woorden Xander deden opschrikken, bleef ze haar ogen aandachtig op het menu gericht houden.
'Carlo,' mompelde hij. 'Die is niet in Milaan geweest. Wist je dat al?'
Sarah keek op. Haar glimlach had nu plaatsgemaakt voor ernst. 'Verbaasde je dat?'
'Nee.' Xander ging naast haar zitten.
'Maar nu wel?'
'Ja.' Hij knikte, meer tegen zichzelf dan tegen haar. 'Ja, ik denk eigenlijk van wel.'

Chicago, 2 maart, 12.47 uur

Het was druk op straat. Het was lunchtijd en veel mensen waren even naar buiten gegaan om ergens een hapje te eten. Martin Chapmann was diep in gesprek verwikkeld met zijn jongere collega over de ontwikkelingen op de graantermijnmarkt. Zonder zijn pas in te houden veegde Tim Gillespie even zijn kin af met een servetje. 'Dan is er iets mis met de computers, Marty. Let op mijn woorden. De plotselinge koersstijging van de afgelopen weken zou best eens gebaseerd kunnen zijn op niet meer dan een paar zeer riskante speculaties. Boeren die hun voorraden verkopen tegen veel te hoge prijzen en zo... Hoor eens, dit is zo eenvoudig dat ik het je heus niet hoef uit te leggen. Als de graankoersen zich anders ontwikkelen...'

'Dan zitten we in een aanval van een beurspaniek. Kom op, Tim.'

'Nou, geef me nou maar mijn zin, Marty, en laat me eens kijken waar die hoge koersen vandaan komen. In het ergste geval ben ik daar een middag mee kwijt...'

'Denk je nou werkelijk...'

'Ik heb de computer al een eerste inventarisatie laten maken. Op zijn hoogst twee uur...'

Een vrouw liep vlak langs de twee mannen en schuurde per ongeluk even met haar armband langs de pols van de jonge beursanalist. Gillespie voelde het speldenprikje nauwelijks. De vrouw draaide zich om, bood haar excuses aan en liep na een korte blik van verstandhouding met Chapmann weer verder.

'Maar,' zei Gillespie gekscherend, 'ik kan natuurlijk ook een middagje aan háár besteden.' Lachend draaide hij zich weer om en hij liep verder. Drie meter verder bleef de jongeman echter plotseling staan en Chapmann zag hoe zijn glimlach plaatsmaakte voor verwarring en desoriëntatie. Een ogenblik probeerde Gillespie die de baas te blijven. Hij greep zijn collega bij de arm, maar Chapmann bleef kalm toekijken hoe zijn gezicht plotseling vertrok van pijn. Een paar seconden later zakte Gillespie in elkaar en terwijl Chapmann om een dokter riep, knielde hij neer naast het lichaam van zijn jonge collega.

Hij wist echter dat medische hulp nu weinig meer zou uithalen. Een vaatverwijding in de hersenen was dodelijk... een plotselinge, onverklaarbare, maar tegelijkertijd toch ook uiterst plausibele doodsoorzaak.

De stralen van de vroege namiddagzon schitterden op de rollende golven, en verleenden het ijskoude strand van Cape Cod op een eigenaardige manier iets tropisch. Het zand was overdekt met een dun laagje poedersneeuw en was zacht genoeg om iets mee te geven onder de voeten van de pezige, één meter zevenenzestig lange Anton Votapek. Hij had een lange leren jas aan en liep met zijn handen op zijn rug over het strand, net buiten het bereik van de branding. Hij liep langzaam, niet zozeer vanwege het zand of de sneeuw, maar vanwege de gedaante naast hem, die hier op dit oneffen terrein de grootste moeite had om hem bij te houden. De oudere man liep iets hoger op het schuin aflopende strand, zodat hun hoofden zich ongeveer op gelijke hoogte bevonden. Ze waren allebei dik ingepakt, met een Russische muts op en stevige wandelschoenen aan, en het lange stuk strand waar ze overheen liepen, was volkomen verlaten. Op ongeveer een kilometer afstand, op een parkeerterrein waar in de zomer honderden auto's stonden, maar dat nu verder volkomen verlaten was, wachtten drie andere mannen rondom een auto. De motor draaide stationair.

'Zoals gebruikelijk hebben we ze niet verteld dat ik een afspraak met jou had,' zei de oude man hijgend. De wandeling kostte hem veel inspanning.

'Waarschijnlijk is dat het beste,' zei Votapek met een knikje. 'Jonas en Larry hebben hun handen nog vol met de eerste proefneming. Volgens het schema begint de economische fase...'

'Hou jij je daar nou maar niet mee bezig, Anton.' Er klonk iets verwijtends in zijn stem. *Ieder dient zich aan zijn eigen taak te wijden.* Dat zinnetje had hij al zo vaak gehoord. 'Vergeet niet dat de kinderen jóuw taak zijn, en de eerste proefneming niet.' Hij glimlachte. Het lesje was voorbij. 'Maar je hebt wel gelijk, trouwens. Washington was opmerkelijk. Een perfecte mise-en-scène voor wat er nu op komst is.'

Hoewel zijn stem heel Amerikaans klonk, was er toch een licht accent merkbaar en dat herinnerde Votapek weer aan de eerste dagen die hij samen met deze man had doorgebracht. Hij was dagen en dagen bezig geweest om alle sporen van zijn eigen accent weg te vijlen, zodat hij zijn plaats kon innemen in een nieuwe wereld, in een nieuwe maatschappij waarin hij verlost zou zijn van het stigma van zijn verleden. Amerika. Hij had dat land omhelsd en zijn enthousiasme was in de loop der jaren niet verflauwd.

Het probleem was dat de dingen zo verschrikkelijk misgelopen waren. Ja, ze hadden de oorlog gewonnen en hij had heel sterk het gevoel gehad dat er grote, werkelijk ingrijpende verbeteringen op komst waren. *Het is maar al te waar dat de bereidheid om in actie te komen, is aangetast door de angst dat het leiden vervangen is door verdraagzaamheid, en dat empathie alles heeft verzwakt.* Nog meer woorden uit een boek dat hij maar één keer onder ogen had gehad. Als kind had Votapek moeten toezien hoe de spanningen van de Koude Oorlog Amerika van zijn ziel hadden beroofd. Het resultaat was een hoop modieus gedoe geweest. Geen vastomlijnde plannen, geen streven naar een nieuwe toekomst, want niemand had zijn handen vuil willen maken. Niemand had het risico willen nemen om zijn macht te gebruiken om werkelijke hartstocht en werkelijke betrokkenheid te ontketenen. Alles was het nastreven waard geweest en daarom was er niets bereikt. De heerlijke nieuwe wereld, de maatschappij die zo'n grote belofte in zich leek te herbergen, was verworden tot niet meer dan een kweekvijver voor elke gril die bij dit volk maar opkwam. Dit was geen gebruik van macht, maar grof misbruik, en Anton Votapek had al jong geleerd dat macht met meer respect tegemoet getreden dient te worden. De mensen dienden met zachte hand geleid te worden. Ze moesten leren het rechte pad te vinden. Een morele visie, dat was wat ze nodig hadden. Dat had de man die nu naast hem liep, hem al die jaren geleden onderwezen.

'Ik heb bericht gehad uit Montana. Met de kinderen is alles weer bij het oude,' zei hij.

'We wisten wel dat het zo zou gaan. In vijfentwintig jaar hebben zich maar zes van dergelijke gevallen voorgedaan. Dat hebben we aan jouw leiderschap te danken.'

Votapek knikte, en zei toen: 'Maar toch... ik had het probleem moeten voorzien.' Er klonk iets van nervositeit in zijn stem. 'We hebben soortgelijk gemor gehad op zeven of acht andere locaties, maar we zijn er altijd in geslaagd zulke... extreme maatregelen te vermijden.'

'Twijfel je aan de methode?' vroeg de oude man.

'Nee, natuurlijk niet. Ik had gewoon beter voorbereid moeten zijn.'

'Je bent bang dat je deze fout nog eens zult maken.'

De jongere man knikte.

'Hoe vaak moet ik je nu nog zeggen dat het niet alleen aan jou te wijten was?' De oude man keek zijn vroegere pupil eens aan. Er lag nu een warme blik in zijn ogen. 'Het was gewoon niet mogelijk. Die kinderen waren slecht aangepast en ons programma was daar niet op berekend. Het is nou eenmaal moeilijk om het juiste soort begeestering te cultiveren zonder dat daar ook iets van geweld bij komt. Haat is een krachtig wapen, Anton, krachtiger dan we toen beseften. We hadden tijd nodig om te leren hoe we dat onder controle moesten krijgen. Je kunt jezelf niet kwalijk nemen dat je al die jaren geleden wat... naïever was.'

Votapek bleef zwijgen.

'Anton, dit gevoel van ontoereikendheid, is dat het gevolg van dit recente voorval? Of doet dit je weer denken aan dat meisje?'

Votapek nam even de tijd voordat hij antwoordde. 'Alison, bedoel je.'

De oude man bleef staan. 'Ja, Alison.' De warme blik was nu uit zijn ogen verdwenen. 'We hebben het hier nu al zo vaak over gehad en ik wil het niet allemaal nog eens aanhoren. Je hebt alles voor haar gedaan wat je maar kon.' Hij gaf Votapek een schouderklopje. 'Laten we maar eens teruglopen. Ik begin het een beetje koud te krijgen.' Terwijl ze door het zand en de sneeuw op hun schreden terugkeerden, steunde de oude man op Votapeks uitgestrekte arm. 'De kinderen, Anton. Denk nou alleen maar aan de kinderen.'

Sarah trok de gordijnen open en was even volkomen verblind door het zonlicht dat door het balkonraam naar binnen viel. Met haar ogen nog zwaar van de slaap drukte ze haar wang tegen het ijskoude glas, zodat ze ogenblikkelijk klaarwakker was. Ze was maar één keer eerder in Florence geweest – als studente – en was toen meer geïntrigeerd geweest door de Italiaanse jongens die haar zo'n warm welkom hadden geheten, dan door de architectonische rijkdom van de stad. Terwijl ze nu naar links keek, zag ze hoe de zon oprees van achter de bogen en de koepel van de kathedraal. Op het plein krioelde het al van de toeristen.

Ze rukte zichzelf los, schuifelde naar de slaapkamer en klopte op de deur om te horen of Jaspers al wakker was. Gezien zijn verwondingen had het haar alleen maar eerlijk geleken dat hij het bed kreeg. Het had haar nog een hoop moeite gekost – en dat om twee uur 's nachts – om hem ervan te overtuigen dat zij op de bank veel gemakkelijker zou liggen dan hier, ongeacht wat Lundsdorf daar ook van zou vinden. Na lang aandringen had Xander echter toegegeven, deels uit moeheid, maar meer nog vanwege Sarahs verwijzing naar onverwacht bezoek in het holst van de nacht. Wie kon er dan beter voor de deur liggen dan zij? Dat was natuurlijk maar een grapje geweest, maar het was net voldoende om zijn vastberadenheid als sneeuw voor de zon te doen verdwijnen, en met een glimlach herinnerde ze zich de paniek die heel even duidelijk op zijn gezicht te lezen had gestaan.

Ze klopte nog eens en merkte verrast op dat hij niet reageerde.

'Zocht je mij soms?' Sarah draaide zich snel om en zag hem met een dienblad in de hand door de deur naar binnen komen. Ze trok de deken wat dichter om zich heen. 'Ik heb koffie en croissantjes meegenomen.'

'Ik had je niet horen opstaan.'

'Dat verrast me niets,' zei hij met een brede glimlach terwijl hij naar de tafel liep. 'Maar toen ik vanochtend naar buiten kwam, was je nog zo diep in slaap dat het me beter leek om je even te laten liggen.'

'Ik zal het wel nodig hebben gehad.' Ze trok de zware stoel wat dichter naar de tafel toe en Xander schonk twee kopjes koffie in. Terwijl hij

daarmee bezig was, zag ze het dikke stuk verbandgaas dat nu strak om zijn pols gebonden zat.
'Maak je maar geen zorgen, hoor. De conciërge had een grote verbandkist en hij vond het maar al te leuk om zijn kunsten eens te kunnen vertonen. Volgens mij heeft hij het een beetje overdreven. Ik voel er helemaal niets meer van.'
'Dat doet me genoegen.'
'Mij ook.' Xander nam een slokje koffie en kromp in elkaar. Dat spul was héét. 'Ik heb geprobeerd om Carlo te bellen, via de telefoon in de lobby, maar er werd niet opgenomen.'
'Misschien is hij nog niet op kantoor,' zei ze en ze lepelde een grote lik jam op een van de broodjes.
'Nee, hij is verslaafd aan zijn werk. Meestal zit hij al om een uur of zeven op kantoor, op zijn laatst om halfacht. Dit is niets voor hem.'
Sarah stond op en nam haar kopje mee, er stak nog een groot stuk croissant uit haar mondhoek. Ze trok een paar spullen uit de tas bij de deur van de slaapkamer en zei: 'We gaan straks wel even kijken. Even aankleden en wassen, en dan gaan we.'

Twintig minuten later liep Xander achter haar aan het Piazza dei Panzani op, wat naar Florentijnse maatstaven een brede laan was. Rustieke bruine en grijze blokken steen vormden het intimiderende pantser van enkele van de grotere gebouwen: arme en verre verwanten van de van keurig gemetselde gevels voorziene winkels die tussen hen ingeklemd stonden. De oudste gebouwen leken zo hoogbejaard te zijn dat ze hun eigen gewicht niet meer konden torsen. Ze steunden, al was het dan nog zo licht, op hun buren. Dat verleende de huizenrij een vreemd soort kameraadschappelijkheid: hout, cement en steen die zich samen verzetten tegen de tijd en de elementen. Toen Xander naast haar bleef stilstaan, gaf ze hem een arm. Hij wist zijn verrassing nauwelijks te verhullen.
'Maak je maar geen zorgen, doctor Jaspers. Zo zou het echtpaar Fabrizzi zich nou eenmaal gedragen.' Xander knikte, maar toen ze verderliepen naar de kathedraal, voelde ze hem toch even aarzelen. Het was duidelijk dat het pas gisteravond werkelijk tot hem was doorgedrongen dat ze een vrouw was, en om de een of andere eigenaardige reden vond ze dat nogal charmant. Terwijl ze daar nu over liep te denken, herinnerde ze zich onwillekeurig, maar wel met veel plezier, dat gedoe met zijn hemd en kneep hem nog wat harder in zijn arm. Ze voelde hem verstijven, en hoewel ze heel goed wist dat dat niet het geval was, vroeg ze: 'Ik doe je toch geen pijn, hè? Is dat de schouder van gisteravond?'
'Nee, nee, niets aan de hand. Dat was de andere,' zei hij, 'en die... doet

nu geen pijn meer.' Hij zwaaide even met zijn koffertje om te laten zien hoe goed hij zijn arm inmiddels weer kon bewegen. 'Zie je wel?'
'Prima.' Ze versnelde haar pas en duwde hem voor zich uit. 'Vertel me dan maar eens waar we nu naar staan te kijken.'
Zijn onmiddellijke opluchting was pijnlijk duidelijk. Het was niet meer dan eerlijk, bedacht ze, om hem nu even een onvoorbereide lezing te laten geven over de geschiedenis van de Renaissance. Per slot van rekening had hij de afgelopen dagen een hoop doorgemaakt en ze wist dat een kort uitstapje naar de echte wereld een ontspannende uitwerking op hem zou hebben. Bovendien zou dat de last van een aantrekkelijke vrouw aan zijn arm wat verlichten. Terwijl ze met een half oor liep te luisteren, en zo nu en dan even 'Ja, ja' zei, probeerde Sarah haar aandacht op het terrein rondom hen gericht te houden en vooral alert te zijn op plotselinge bewegingen tussen de voorbijgangers. Toen ze het Piazza San Giovanni hadden bereikt, verdwenen de gebouwen uit het zicht en zwol het stroompje toeristen dat ze tot nu toe hadden gezien, ineens aan tot een overweldigende massa.
Vóór hen torende de Duomo hoog boven het grote plein uit. Het felle zonlicht werd weerspiegeld in de glas-in-loodramen en de marmeren gevel. Slechts weinigen lieten zich echter afschrikken door de felle schittering, en het gestaag aanzwellende geruis van voetstappen werd begeleid door het ritmische geklik van camera's. In een opwelling vroeg Sarah of er een wat minder drukke weg naar de universiteit was. Xander bleef even staan en knikte naar een klein straatje links.
'Dat is de kortste weg, maar dan missen we het paleis van de Medici, plus een aantal andere...'
'Zullen we de toeristische trekpleisters maar even laten voor wat ze zijn?' Sarah keek glimlachend op naar de jonge geleerde, en zag aan de blik in zijn ogen dat hij begreep wat ze bedoelde.
'Juist.' Hij knikte. 'De minst drukke route.'
Omdat hij de doopkapel niet helemaal links wilde laten liggen – het grote bouwwerk vóór de kathedraal dat qua vorm een beetje deed denken aan een grote tepel – leidde hij haar langs een deel van de zijwanden en toen bleef hij staan bij de oostelijke deur. De sculpturen op Ghiberti's Paradijspoort keken streng op hem neer. Bijbelse taferelen rezen met rijke welvende lijnen op uit het brons. *De verdrijving uit de Hof van Eden, Het offeren van Isaac, Mozes op de helling van de berg Sinaï.* Op de een of andere manier was de beeldhouwer erin geslaagd de vreemde mengeling van verdriet en uitgelatenheid van deze scènes sprekend tot uitdrukking te brengen, en Sarah merkte dat het ook haar moeite kostte om niet te blijven staan kijken en te bezwijken voor de verleidelijke schoonheid van

die prachtig bewerkte toegangsdeur, maar een innerlijke stem waarschuwde haar dat ze verder moesten. Er liepen hier te veel mensen om hen heen. Ze gaf Xander een ruk aan zijn arm en trok hem met zich mee naar het veel minder drukke straatje. Daar voelde ze zich onmiddellijk veel meer op haar gemak. Zelfs de zon leek minder geneigd te zijn om hier binnen te gaan. De hoge muren hielden veel licht buiten.
Binnen een paar minuten merkten ze de eerste tekenen van de aanwezigheid van een universiteit al op. Studenten slenterden rustig over straat, sommigen van hen hadden een leren tas onder de arm, die door jarenlang intensief gebruik al lang voor zijn tijd oud was geworden. Toen de weg uitkwam op het Piazza San Marco – een groot plein dat fungeerde als voorgrond voor de prachtige kerk en een nogal indrukwekkend klooster – wees Xander op een poort die toegang gaf tot een raamloos gewelf. Het bord ernaast gaf aan dat dit een van de ingangen van het universiteitsgebouw was. Een paar studenten kwamen snel langs hen heen rennen.
'Hun college zal zo wel beginnen,' zei hij met een glimlach. 'Anders zijn ze nooit zo snel.' Nadat ze op hun hoede door een reeks lange, uit rode baksteen opgetrokken gangen waren gelopen, kwamen ze uit op een binnenplein met her en der een aantal kale bomen en houten banken die werden omgeven door een stuk of zeven kleine, maar brede huisjes, die allemaal een mengeling vormden van middeleeuwse ingetogenheid en zeven eeuwen vol verbouwingen. Xander probeerde zich te herinneren in welk gebouw Pescatore zijn kantoor had. 'Volgens mij is het daar.' Hij wees even. 'Hij zit ergens op de eerste verdieping.' Samen liepen ze over een van de vele paadjes die kriskras over het open binnenplein liepen en de afzonderlijke gebouwen met elkaar verbonden.
Zonder zijn pas in te houden, liep Xander de oneffen treden van de stenen trap aan de voet van Pescatores gebouw op, hij duwde een dikke eikenhouten deur open en hield die toen met een verstrooid gebaar voor haar open. Ze kon duidelijk zien dat hij nu met zijn gedachten bij het manuscript was en weinig tijd had voor Lundsdorfse beleefdheden. Zonder te wachten of ze al binnen was, liet hij de deur los, liep een tweede, korte trap op en sloeg daarna linksaf, een lege gang in. Sarah bleef een paar stappen achter hem en zag het donkerder worden toen de deur achter haar in het slot viel, zodat de paar vlekken zonlicht plaatsmaakten voor schaduw. Vóór haar leek de lange, kille hal, waar slechts hier en daar een wat gebutste lamp aan het plafond hing, te verdwijnen in het schemerduister, waarin Xander nu ook langzaam verdween. Het enige dat er te horen viel, was het geluid van zijn gretige voetstappen. Om in hetzelfde ritme te komen verlengde ze haar passen wat en net toen ze

naast hem kwam lopen, zag ze zijn ogen oplichten. Hij had het kantoor van Pescatore ontdekt.

Xander trok vol verwachting zijn wenkbrauwen op, klopte zachtjes op de deur en bleef staan wachten. Het leek wel of hij elk ogenblik gedempte voetstappen verwachtte te horen. Na een paar seconden zonder reactie klopte hij opnieuw, maar deze keer drukte hij zijn oor tegen het dikke hout. Niets. Hij keek Sarah bezorgd aan.

'Dit is helemaal niets voor hem,' fluisterde hij. 'Helemaal niets.' Net toen hij nog een keer wilde aankloppen, dit keer hárd, trok Sarah hem weg. Ze besefte maar al te goed dat er geen reden was om onnodige aandacht te trekken, vooral omdat ze niet wisten wie er in de andere kantoren zaten. Ze haalde twee dunne metalen pennetjes uit haar tas, keek snel even om zich heen en duwde die toen in het slot. Xander keek verbijsterd toe. Er klonk een korte klik toen de grendel losschoot. Sarah duwde voorzichtig de deur open, legde haar andere hand op Xanders onderrug en duwde de angstige geleerde naar binnen.

De kamer verkeerde in een volstrekte chaos. Overal lagen boeken en papieren. De archiefladen waren allemaal zover mogelijk uitgetrokken, zodat de anderhalve meter hoge kasten elk ogenblik konden omvallen. Een tiental centimeters van het plafond was een houten boekenplank half losgerukt van zijn standaard, zodat hij nu een eind de kamer in hing. Recht voor de deur waren een paar stoelen in het midden van de kamer gesmeten, waar ze nu een bizarre sculptuur vormden waar aan alle kanten poten uitstaken. Er zat een kier tussen de haastig dichtgetrokken gordijnen, maar het weinige licht dat zo de kamer binnenviel, maakte de chaos er alleen maar erger op. Langzaam liep Xander op het bureau toe en hij tilde zijn koffertje op om het daarop te leggen: de enige plek waar op dit moment geen rotzooi te bekennen was.

'Niets aanraken,' fluisterde Sarah. Haar stem klonk zo gebiedend dat hij onmiddellijk bleef staan.

Terwijl hij zich half omdraaide, zakte het koffertje weer omlaag. 'Kijk nou toch eens,' zei hij. 'Wat is hier gebeurd?' Hij had een antwoord nodig, een rustige, kalmerende verklaring voor de chaos waarop ze hier waren gestuit. Het was duidelijk dat hij nog niet bereid was om toe te geven wat zo voor de hand lag.

'Je hebt je terecht zorgen gemaakt.' Ze draaide zich om en duwde de deur dicht, zodat het licht uit de gang nu ook verdween.

'Verdomme!' Xander bleef het kantoor rondkijken. 'Dit zou niet zijn gebeurd als...'

'Als je niet naar Florence was gegaan?' Sarah schudde haar hoofd en liep naar het raam achter hem. Ze tuurde door een van de kieren naar buiten. Uit het weinige wat ze kon zien, maakte ze op dat er zich achter het gebouw een tweede binnenplaats bevond. Deze was echter leeg. Maar toch, gezien de staat waarin het kantoor verkeerde, wist ze dat ze voorzichtig zouden moeten zijn, en snél. Ze draaide zich om en zei: 'Dat zou geen verschil hebben gemaakt. Ze wisten dat hij het manuscript in zijn bezit had en ze wilden het hebben. Waarschijnlijk omdat eruit op te maken valt wat ze na die eerste proefneming in Washington verder van plan zijn. Zoals je al zei: dat zou het een heel belangwekkend document maken.' Ze begon de kamer rond te kijken. 'Maar de vraag is, hebben ze het ook gevonden?'

'Ik weet het niet.'

Hij leek half versuft te zijn. 'Ik... kan me niet voorstellen dat het zo moeilijk is geweest, niet als ze wisten wat ze zochten.' Xander zag hoe Sarah achter het bureau op haar hurken ging zitten om de kamer rond te kijken. Hij kon nog steeds niet helemaal bevatten wat er aan de hand was. 'Volgens Carlo's artikel is het ongeveer zeventien centimeter hoog,' voegde hij daaraan toe, 'en ongeveer tweeënhalve centimeter dik. Het is gebonden in oud leer, met het zegel van de Medici erop: zes kogels op een schild.'

'Het kan blijkbaar niet al te makkelijk te vinden zijn geweest. Waarom zouden ze de zaak anders zo overhoop hebben gehaald?'

'Tja, daar heb je gelijk in, denk ik.' Vol ongeloof schudde hij zijn hoofd. 'Carlo is koppig, maar niet achterlijk. Als ze daar zo wanhopig om verlegen zaten...'

'Dan zou hij het ze wel gegeven hebben,' zei ze van achter het bureau.

'Precies.' Hij knikte. 'Wat spook jij daar eigenlijk uit?'

Er verstreek een lange stilte voordat ze antwoordde. 'Misschien heeft hij daar helemaal de kans niet toe gekregen.' Ze stond op en veegde het stof van haar knieën.

'Wat bedoel je daar precies mee?'

'Er zitten bloedvlekken op de vloer en aan een van de poten van het bureau. En er zit een scheur in het kleed.' Ze keek hem recht in de ogen. 'Er is hier gevochten.'

'Wacht eens even.' Hij begon nee te schudden, maar zijn stem klonk nu heel onzeker. 'Wat bedoel je daarmee? Dat kán helemaal niet. Waarom zou iemand...'

'Omdat ze het manuscript nodig hadden.'

Ze keken elkaar een ogenblik aan. 'Dat kán toch helemaal niet,' zei hij, terwijl hij uit alle macht probeerde iets te vinden waarmee hij haar, nee, zichzelf ervan kon overtuigen dat dat belachelijk was. 'Dan zou hém net zoiets zijn overkomen als Eisenreich vierhonderd jaar geleden. Zouden ze hem vermóórd hebben voordat hij de kans heeft gekregen om het uit

te leggen?' Vermóórd. Dat ene woordje leek Xander een enorme dreun gegeven te hebben, want een tijdje zei hij helemaal niets meer. Toen fluisterde hij zachtjes: 'Hij is dood, hè?' De woorden leken bijna uit eigen beweging uit zijn mond te rollen. 'Hij is dood, hè?'
'Ik weet het niet.'
Hij keek naar de boeken die overal op de vloer lagen. 'En dat allemaal om een paar bladzijden met theorie.' Diep geschokt stond hij nu zwijgend voor zich uit te staren en zijn stem trilde. 'Hij zou heus niets gedaan hebben, en ook zijn mond hebben gehouden.' Plotseling voelde hij zich hol en leeg. Hij besloot Sarahs waarschuwing te negeren en ging op de rand van het bureau zitten, hij zette zijn koffertje naast zich op de vloer en sloeg toen zijn armen om zijn borstkas. Sarah zag dat hij zachtjes heen en weer begon te wiegen en zich op dat kalme ritme steeds verder weg liet drijven van de werkelijkheid. Ze stapte zorgvuldig om de boeken en vellen papier heen en ging voor hem staan, legde haar handen op zijn armen en bleef zo staan tot hij haar strak in de ogen keek.
'Maar je kent die lui niet.' Ze kon zien dat hij zijn eigen motieven nu in twijfel begon te trekken en zich afvroeg of híj hier niet schuldig aan was. Ze had dat al zo vaak gezien, maar ze kon het hém niet toestaan. Hem niet en zichzelf al evenmin.
'Weet je, ik begrijp jou niet. Ik begrijp jou helemaal niet.' Het was geen verwijt, maar een nuchtere constatering. 'Je bent in staat om dit allemaal zo... afstandelijk tegemoet te treden.' Hij schudde zijn hoofd. 'Kon ík dat maar.'
Sarah keek hem diep in zijn ogen. Wéér een onschuldige. Weer een keuze. 'Ik denk niet dat je dat werkelijk meent.' Ze bleef hem even aankijken en voegde er toen aan toe: 'Het manuscript. Zou Carlo dat ergens verborgen kunnen hebben?'
'Zomaar?'
'Hoezo: zomaar?' zei ze.
'De jacht is weer geopend.' Ze zei niets en liet zijn armen los. In een poging om zijn geest weer in beweging te zetten, wreef hij met zijn handen over zijn gezicht.
'Juist.' Hij keek even de kamer rond, en met die simpele hoofdbeweging leek hij zich los te rukken uit zijn sombere zelfverwijten. 'Het manuscript.' Hij gaf een knikje, wrong zich langs haar heen en ging in het midden van de kamer staan. 'Denk eens na,' begon hij. 'Als hij werkelijk zo slim is als je weet dat hij is, waar zou hij het dan verborgen hebben?'
Xander ging op zijn knieën zitten en streek met zijn vinger over de ruggen van de boeken die nog in de kast stonden. De titels leverden echter niet meer dan wat hoofdschudden op, tot hij plotseling inspiratie kreeg

en met een ruk rechtop ging staan. 'Maar natuurlijk. In een ander boek.' Sarah zag hoe hij even naar de resterende boekenplanken keek en daarna weer naar de vloer begon te staren. Zijn paniek en zelfverwijt leek hij even volkomen vergeten te zijn. 'Nou, Carlo, waar heb je het verstopt?' Snel keek hij weer de kamer rond. 'En waar zouden ze het neergesmeten hebben?' Sarah kon weinig anders doen dan blijven wachten. Hij was nu weer helemaal de onderzoeker.
Ongeduldig zei ze: 'Wat bedoel je?'
Voor het eerst in de afgelopen minuut leek het weer tot hem door te dringen dat zij ook in het vertrek aanwezig was. 'Het klinkt misschien vreemd, maar het zou best eens kunnen dat er ergens in deze troep een oud exemplaar van de *Bekentenissen* van Augustinus rondslingert.'
'Sint Augustinus?'
'Boek twaalf, hoofdstuk vierentwintig, vermoed ik.' Hij was weer helemaal in vorm. 'Dat is het hoofdstuk over de vitaliteit van de interpretatie. Dat is een heel welsprekende en eigenlijk nogal vooruitstrevende verhandeling over geestelijke vrijheid.' Terwijl hij dat zei, bleef hij de kamer rondkijken. 'Het gaat allemaal over Mozes, over het feit dat niemand eigenlijk het woord Gods kent, en dat we vanwege die onwetendheid niet mogen beweren dat één lezing de enig juiste is, enzovoorts.' Hij liep nu langs de muur en hield zijn hoofd wat scheef om de tekst op de ruggen van de boeken beter te kunnen lezen. 'Dat is eigenlijk nogal typisch voor iemand die zoveel katholieke dogma's heeft geformuleerd.' Xander praatte nu alsof hij bezig was met een college geschiedenis van de theologie, maar zijn ogen bleven strak op de boekenkast gericht. 'In wezen is het een lange tirade tegen het dogmatisme. "Ga me nou niet vertellen wat ik moet geloven." Je weet wel. Carlo zei altijd dat hij dat een van Augustinus' meest belangwekkende teksten vond. Hij praatte er heel veel over. Dat was nou precies waarmee hij zich elke dag geconfronteerd voelde: kleinzieligheid en hokjesgeest. Niemand had vertrouwen in zijn werk over Eisenreich.' Hij keek op en zei met een snelle blik op Sarah: 'Nou, kennelijk hadden ze het mis.' Terwijl hij zijn aandacht weer op de boeken richtte, voegde hij daaraan toe: 'Ik vermoed dat hij het manuscript in zijn exemplaar van de *Bekentenissen* heeft verstopt. Dat was de plek waar zijn interpretatie het respect zou krijgen dat die verdiende.' Hij was nu klaar met de boekenplank en liep weer naar het midden van de studeerkamer. 'Zoek naar iets groots en diks. Minstens dertig centimeter lang en een centimeter of vijf dik, met op de rug het woord *Confessiones*.' Hij liet zich weer op zijn knieën zakken.
Sarah knielde naast hem neer, en begon de stapels in de hoek door te kijken. Binnen een halve minuut zag ze de grote letter C. De goudkleurige

letter was zo vervaagd dat hij nauwelijks meer zichtbaar was. Ze raapte het boek op.
'Is dit het?'
Xander keek over zijn schouder en sprong onmiddellijk op, griste haar het boek uit handen en liep ermee naar het bureau. 'Bingo. Nou, laten we maar eens kijken of ik hem net zo goed ken als ik denk.'
Hij liep met een wijde boog om het bureau heen, legde het dikke boek erop en sloeg het langzaam open. Er stond een lange, in een bijna onleesbaar handschrift neergeschreven opdracht in, die was ondertekend door iemand die kennelijk Teggerman heette. Xander sloeg de vergeelde bladzijde om en verwachtte het manuscript te zien, maar in plaats daarvan zag hij een inhoudsopgave.
'Een doodlopend spoor?' vroeg Sarah, die nog steeds op het bureau zat.
Xander nam niet de moeite om daarop te reageren, maar bladerde het boek door, keek snel even tussen de bladzijden en sloeg er dan weer een om. Op een pagina of veertig van het eind stopte hij.
Sarah keek omlaag en zag dat er een klein, in leer gebonden boekje tussen de bladzijden lag.
'Boek twaalf, hoofdstuk vijfentwintig. Ik zat er één hoofdstuk naast.' Hij deed weinig moeite om zijn plezier te verhullen, maar toen hij het manuscript oppakte, maakte zijn triomfantelijke uitdrukking echter snel plaats voor een van volstrekt ongeloof. Zo te voelen zat er niets tussen het voorplat en het achterplat. Hij rukte het kleine boekje open en wist toen niet anders meer te doen dan met grote ogen naar de één centimeter brede rand papier staren. Het enige dat nog in de band zat. De rest van de pagina's was er met een scherp mes uitgesneden. Die ontdekking werd hem te veel. 'Jezus Christus! Alsof de ravage hier nog niet genoeg was. Moesten ze dit nou ook nog kapotmaken?'
'Ik denk niet dat ze het kapotgemaakt hebben,' zei Sarah, die haar eigen teleurstelling iets beter wist te verbergen. 'Waarschijnlijk wilden ze niet dat een nieuwsgierige douanebeambte vragen zou gaan stellen over een oud boek met het wapen van de Medici's op de band en hebben ze die band daarom hier achtergelaten.'
'Waarom hebben ze die dan weer in de *Bekentenissen* gestopt?'
'Om er niet de aandacht op te vestigen, of zo. Weet ik veel.'
Xander smeet de leren band weer op het bureau. 'Zo, wat doen we nou?'
Ze zag de vastberaden uitdrukking op zijn gezicht weer plaatsmaken voor het besef dat Pescatore dood was.
'Hoe zit het met zijn dossiers? Zou daar iets in kunnen staan wat ons een aanwijzing zou kunnen geven over de inhoud van het boek?' Ze probeerde hem weer terug te lokken in het hier en nu.

'Dossiers... juist.' Weer iets te doen, iets om zijn gedachten af te leiden. 'Carlo kennende, vermoed ik dat hij heel voorzichtig is geweest. Hij zal die hier niet zomaar ergens hebben laten rondslingeren.' Opnieuw keek Xander de kamer rond, maar deze keer bleef zijn blik rusten op een stuk vloer vlak achter het bureau. 'Dan zouden ze dáár liggen,' zei hij terwijl hij naar de grote computer in de hoek van het vertrek wees. Het apparaat was met een dikke ketting aan een stalen oog in de muur bevestigd. 'Het probleem is,' zei hij terwijl hij naast het toetsenbord neerknielde, 'hoe komen we erin?' Sarah boog zich over zijn schouder en zette een schakelaar aan de achterkant van de kast om. Het beeldscherm lichtte op en wierp een onrustig schijnsel door het vertrek.

'Wat dacht je daarvan?'

Xander nam niet de moeite om haar aan te kijken. 'Ja, dank je wel, maar dat is niet wat ik bedoelde. Hij heeft ongetwijfeld de een of andere toegangscode gebruikt.' In de linkerbovenhoek van het scherm verscheen een klein knipperend sleuteltje.

'Als dit er net zo een is als bij ons op het ministerie, dan is het waarschijnlijk niet meer dan een softwareblokkering,' zei Sarah. 'Je mag drie keer een wachtwoord invoeren, en daarna schakelt het systeem zichzelf uit.'

'Of het stuurt een bericht naar het mainframe en even later staan er een paar veiligheidsmensen voor de deur. Zo werkt het bij ons.'

'En je vriend Pescatore heeft je niet toevallig ooit eens verteld wat het wachtwoord was?'

'Cárlo? Dat méén je niet. Eerlijk gezegd verbaast het me al dat ik goed gegokt had met sint Augustinus. Dat was pure mazzel. Niet dat het trouwens veel heeft opgeleverd.' Ze tuurden allebei even naar het scherm.

'Wat is jouw wachtwoord?' vroeg ze.

'Niccolo. Hoezo?'

'Machiavelli? Schieten we daar iets mee op?'

'Nou, wie was Pescatores favoriete schrijver? Augustinus?'

Over zijn schouder wierp Xander haar een sceptische blik toe. 'Is dat niet een beetje al te voor de hand liggend?'

'Als jij soms iets beters weet?'

Hij richtte zijn aandacht weer op het beeldscherm en tikte het woord Augustinus in, drukte op de enter-toets en zag een kleine rode letter X op de volgende regel verschijnen, gevolgd door een nieuw knipperend sleuteltje.

'Eén keer mis. Nog twee mogelijkheden. Verder nog suggesties?'

Sarah dacht even na. 'Wat dacht je van Augustinus' voornaam?'

'Sint?' Xander keek haar opnieuw aan, maar deze keer was zijn ongeloof

vermengd met ergernis. 'Augustinus wás zijn voornaam. Volgens mij had die man helemaal geen achternaam.'
'Dat is niet erg behulpzaam.'
'Sorry, maar...' Plotseling verscheen er een starre blik in zijn ogen. Dat was een uitdrukking die Sarah daar al eerder had gezien: er begon hem iets te dagen, en hij deed nu zijn uiterste best om het onder woorden te brengen. Ze keek toe hoe er een brede grijns om zijn mond verscheen.
'Wát? Wát?'
'Nee, dat zou krankzinnig zijn.' Hij zweeg even. 'Ach, wat maakt het ook uit?' Hij boog zich weer over het toetsenbord, tikte een paar letters in, drukte op ENTER, en zag hoe het systeem begon te booten. Er borrelde een diepe, gorgelende lach op vanuit zijn keel en zijn grijns was nu uitgegroeid tot een brede glimlach.
'Nou, wat was het?'
'Monica,' zei Xander grinnikend. Hij stond nu te kijken hoe het systeem gebruiksklaar werd. 'Augustinus' moeder. Daar zou Freud zo het zijne van denken.'
Er stroomde een lange reeks betekenisloze instructies en auteursrechtverklaringen over het scherm, en daarna verscheen de cursor in beeld. Xander drukte een paar toetsen in en opnieuw zagen ze een lange reeks tekstregels. 'De programmatuur is me wel vertrouwd, maar ik kan alleen maar hopen dat mijn technisch Italiaans een beetje up-to-date is.'
Sarah keek toe terwijl haar nieuwe partner koortsachtig begon te typen, waarbij hij zo nu en dan even stopte om te lezen wat er op het scherm stond – de ene lijst met bestanden na de andere – en dan weer verderging. Terwijl hij daarmee bezig was, probeerde hij haar uit te leggen wat hij aan het doen was. 'Zo te zien heeft hij de bestanden heel diep in het systeem verborgen en ik denk niet dat hij ze behulpzame namen zal hebben gegeven. Op *Eisenreich1* en *Eisenreich2* hoeven we niet te rekenen. Ik ben bang dat hij daar ook weer iets slims op heeft gevonden.' Xander verplaatste zijn gewicht even. Hij zat nu al een hele tijd op zijn knieën en dat begon hij te merken.
Drie minuten later lichtten zijn ogen op toen er een nieuwe lijst bestanden in beeld verscheen. Boven aan het scherm stond nu een rij van ongeveer twintig namen, en om de een of andere reden vond hij die kennelijk speciale aandacht waardig. 'Het juiste aantal bytes en de juiste periode,' zei hij terwijl hij zijn handen van het toetsenbord tilde. 'Het is nu alleen maar de vraag welke daarvan belangrijk zijn. Als ik Carlo ook maar een beetje ken, zou een groot aantal hiervan wel eens volstrekt betekenisloze informatie kunnen bevatten. Het zou zelfs kunnen dat ze allemaal volstrekt nutteloos zijn. Of erger nog: hij zou er wel eens een paar valstrikken

tussen gezet kunnen hebben, zodat het systeem eerst de beveiliging waarschuwt en dan zichzelf afsluit. Carlo is berucht om dat soort geintjes.'
'Prachtig.' Sarah knikte en vroeg zich intussen af wat die Carlo voor iemand geweest moest zijn om zoveel moeite te doen voor het geheimhouden van een paar bestandjes.
Xander had zijn handen nu in zijn schoot gelegd en keek argwanend naar het beeldscherm. Een ogenblik later wierp hij zijn hoofd in zijn nek, sloot zijn ogen en balde toen een paar keer achter elkaar zijn vuisten om daarna langzaam zijn vingers weer te strekken.
'Wat doe je...'
'Ssst.' Het vreemde ritueel ging zo dertig seconden door voordat hij langzaam weer zijn ogen opsloeg. Sarah was weer bij het raam gaan staan en keek nu naar de binnenplaats. Daar was nog steeds niemand te bekennen. 'Ik denk,' vervolgde Xander, 'dat het deze twee zijn.' Hij wees op de namen *Ternistato A* en *Ternistato B*. Ook deze keer was Sarah absoluut niet in staat om de redenering daarachter te volgen. Wat er ook door hem heen mocht gaan op dergelijke momenten, ze wist dat er een bepaald soort logica aan ten grondslag moest liggen, maar hoe die eruitzag, was haar volstrekt duister. Maar toch, het hield hem bezig. Hij was in zijn element, en zij in het hare, en beide strijdtonelen hadden zo hun eigen regels. *Vijandige arena – zorg dat je weet hoe de omgeving eruitziet en houd rekening met alle mogelijkheden.* 'Zoals je je ongetwijfeld nog zult herinneren,' legde hij haar uit, 'betekent de naam Eisenreich ijzeren rijk, en als ik het bij het rechte eind heb, dan wist Carlo dat maar al te goed.' Hij wees naar het eerste van de twee woorden op het scherm, maar Sarah had op dat ogenblik meer belangstelling voor de gestalte die tevoorschijn kwam uit de zuilengalerij die vanuit het oosten op de binnenplaats uitkwam. Ze knikte verstrooid. 'Terni is een van de weinige plekken in Italië waar nog steeds ijzer wordt geproduceerd en volgens mij, maar wie ben ik, was het daarom tijdens de Tweede Wereldoorlog ook een van de belangrijkste doelen van de geallieerde bombardementen.'
Dat laatste ving ze wel op en ze vroeg zich af of alle academici over zo'n voorraad triviale wetenswaardigheden beschikten. 'Heb je Laurence Olivier wel eens gezien, op de Public Broadcasting Service? Je weet wel: *World at War*, de vlammenzee van Terni.' Hij zat nu weer in zijn eigen wereldje. Ze knikte. 'Stato betekent staat. Terni Stato, Eisenreich.'
Ze keek hem eens aan. 'Dat is wel heel vergezocht.'
'Dat weet ik, maar zo denkt Carlo nou eenmaal, en bovendien kan ik me niet voorstellen dat hij bezig is met iets wat met Terni te maken heeft. Het is echt een gat.'
'Maar jij hebt erover gehoord.'

'Dat is waar, maar ik ben al net zo'n halvegare als Carlo.'
En na die woorden opende Xander de desbetreffende bestanden. Sarah wachtte op het zwart wordende scherm, de loeiende sirene of het gifgas dat plotseling de kamer kwam binnenstromen, maar in plaats daarvan werd het scherm plotseling gevuld met Italiaanse tekst, een heel scherm vol aantekeningen, naar ze aannam over het manuscript. Uit de glimlach op Xanders gezicht en de snelheid waarmee hij zijn blik over de regels liet gaan, maakte ze op dat hij met zijn op een televisieprogramma gebaseerde redenering door Pescatores verdedigingslinies had weten te breken. Kennelijk was dit nou academisch inzicht. Niet bijster inspirerend.
Terwijl hij verderlas, keek ze weer door de kier in het gordijn. De eenzame gestalte zat nu op een van de bankjes op het binnenplein, een meter of twintig van hen vandaan. Hij had een zware, donkere overjas aan en leek goed beschermd te zijn tegen de kou. Terwijl hij met zijn in handschoenen gestoken handen een pagina van zijn krant omsloeg, zag ze sigarettenrook opkringelen vanonder de brede rand van zijn hoed. Sarah bleef rustig staan kijken, maar lette er goed op dat ze ver genoeg van het gordijn verwijderd bleef om geen ongewenste aandacht te trekken. Van deze afstand kon ze echter zijn gezicht niet goed zien. Behalve dan dat hij een baard had. Behoedzaam ging ze wat dichter bij het gordijn staan. Xander had het over een baard gehad.
Een minuut later kwam er een tweede man de binnenplaats op. Hij was uitzonderlijk lang en zijn brede schouders en dikke armen stelden de naden van zijn jasje duidelijk zwaar op de proef. Hij had geen hoed op en terwijl hij zijn dikke handen dreigend langs zijn lijf liet hangen, deed het zonlicht zijn glimmende kale hoofd blinken. Binnen een halve minuut stond de eerste man op en begon langzaam en nonchalant naar een van de zij-ingangen te lopen. Toen het tot Sarah doordrong dat hij zijn gezicht strak op het raam van Pescatores kantoor gericht hield, deed ze snel een stap naar achteren.
'Heb je alles nu?' vroeg ze. Aanvankelijk gaf Xander geen antwoord.
'Dit is absoluut ongelooflijk.' Hij zat gebiologeerd naar het scherm te staren. 'Echt ongelóóflijk.'
'We moeten nu echt weg.'
'Hoezo? We...'
'We hangen hier nu al lang genoeg rond. Het heeft geen zin om ons geluk al te zeer op de proef te stellen.'
Hij was te verdiept in de tekst op het scherm om daar veel tegen in te brengen.
'Oké, maar deze wil ik nog even kopiëren. Dat kan een minuutje duren.'
'Doe maar.' Terwijl Xander zijn koffertje pakte en er een floppy uit haal-

de, liep Sarah alvast naar de deur en ze bleef daar staan kijken hoe hij die in Pescatores computer duwde, de juiste commando's intikte en achteroverleunde in zijn stoel. De computer begon te zoemen en te klikken en terwijl ze met haar rug tegen het harde hout van de deur stond en aandachtig luisterde naar eventuele geluiden op de gang, vroeg Sarah, meer om hem bezig te houden dan ergens anders om: 'Wat is er nu eigenlijk zo ongelooflijk aan?'

'Het is werkelijk verbijsterend.' Hij bleef zijn ogen strak op het scherm gericht houden. 'Weet je nog dat ik dacht dat er twee oorspronkelijke exemplaren van het manuscript waren? Het exemplaar dat Eisenreich naar paus Clemens VII heeft gestuurd en zijn eigen exemplaar. Nou, toen we dat bandje zagen waar de pagina's uit gesneden waren, dacht ik dat het Eisenreichs eigen exemplaar was.' Hij keek Sarah even aan. 'Volgens Carlo's aantekeningen zijn er echter drie exemplaren. Eén in het Latijn, één in het Italiaans en één in het Duits. Om allerlei redenen...' Plotseling viel het hem op dat ze haar oor vlak bij de deur hield. 'Is er iets mis?'

Juist op dat moment klonken er echter naderende voetstappen in de gang, en Sarahs hand schoot omhoog om hem tot stilte te manen. Nadat ze zo even zenuwachtig hadden staan wachten tot de voetstappen het kantoortje gepasseerd waren, liet de computer een laatste reeks klikkende geluiden horen. Xander, die nog steeds zijn adem inhield, kromp in elkaar en trok toen snel de diskette uit de computer en stopte hem in zijn koffertje.

'Wis de bestanden.' Opnieuw een bevel van de geheim agente.

'Daardoor krijgen we zeker de beveiligingsdienst op onze nek,' zei hij terwijl hij opstond.

'Dat zou misschien helemaal niet zo'n slecht idee zijn.' Ze ging opnieuw bij de gordijnen staan en wenkte hem dat hij naast haar moest komen staan. Ze wees naar de smalle kier en vroeg: 'Komt die je bekend voor?'

Xanders ogen werden groot van schrik en hij boog zich zo dicht naar het gordijn toe dat Sarah hem moest terugtrekken.

'Dat is de man van het station.'

'We kunnen hier binnen een minuut weg zijn. De beveiliging doet er altijd langer over, maar met een beetje mazzel zijn ze hier wel snel genoeg om onze twee vriendjes voor de voeten te lopen.'

Vijf seconden later tikte Xander het commando WISSEN in en hij zag een kleine rode stip in de rechterbovenhoek van het scherm verschijnen. Hij zette de computer uit en tilde zijn koffertje op. Sarah stond al in de gang.

Chicago, 3 maart, 2.14 uur

Chapmann zag hoe het koortsachtig druk bleef in de zaal aan de andere kant van de ruit van zijn kantoortje. De lampjes op zijn telefoon knipperden in een ritme dat al even koortsachtig was. Zo ging het nu al elf uur. Sinds zeven over drie gistermiddag, toen de computers de tweeënhalf miljard hadden bereikt. Drie andere grote investeerders hadden hun strategie opgemerkt en waren gaan meedoen. Om veertien over drie had het vermoeden dat er iets mis was tot de eerste paniekerige telefoontjes van die collega's geleid. Wat is er aan de hand, verdomme? De markt geeft helemaal geen signalen... Toen Helpurns computers twee minuten later waren gecrasht, zodat de gedurfde strategie ineens niet meer dan een gigantische softwarefout bleek te zijn, was de hel losgebroken. Helpurn was natuurlijk niet meer te redden: ze moesten de verkeerde aankopen van de afgelopen twee weken van de hand doen, en dat zou hun faillissement betekenen.

Dat was echter niets vergeleken met de chaos op de graantermijnmarkt zelf. De koersen waren veel te hoog geweest en gedroegen zich daarom nu uiterst grillig. De prijzen schoten omhoog en stortten even later weer volkomen in. Morgenochtend zouden de boeren het graan dat ze nog niet verkocht hadden, de weinige reserves die nog niet het slachtoffer waren geworden van hun hebzucht, gaan hamsteren en dat zou distributieproblemen opleveren. De bevoorradingslijnen van de Verenigde Staten zouden ineens een stuk korter worden. Cargill en ConAgra zouden wankelen. De onrust zou op elk niveau voelbaar zijn.

Precies wat Sedgewick had voorspeld. Deze week zou de hele wereld van gedachten moeten veranderen over de stabiliteit van een belangrijke Amerikaanse markt.

En dat allemaal vanwege een experiment.

Chapmann bleef naar het scherm staren en vroeg zich af of hij het allemaal wel goed had begrepen.

Sarah gebaarde dat Xander snel de kamer uit moest komen, trok toen de deur achter hem dicht en ging opnieuw aan de slag met de twee pennetjes. Net zoals eerst was de gang in een dof licht gehuld. Toen de slotbout in de opening in het kozijn schoof, hoorden ze links van hen ineens voetstappen. De hoofdingang was dus afgesloten. Terwijl Sarah voor hem uit liep, keek Xander om de paar seconden snel even over zijn schouder. Hij verwachtte elk ogenblik een grote, boze gedaante op hen af te zien rennen. Op een meter of vijftig van Pescatores kantoor maakte de gang een scherpe bocht naar rechts, zodat ze nog verder verwijderd raakten van de binnenplaats van waaruit ze het gebouw waren binnengekomen. Achter hen galmde nu nijdig geschreeuw door de gang toen hun achtervolgers merkten dat de deur op slot zat. Een hand sloeg hard op de deur en het gebons overstemde het zachte geluid van hun voeten die snel over de stenen vloer schoten. Nog een bocht en een zware draaideur door, waarvan de metalen geleiders een oorverdovend hoog gepiep lieten horen. Een ogenblik leek alle geluid te verstommen. Toen hoorden ze achter zich druk geschreeuw en het geluid van hollende voeten.

Xander, die duidelijk erg geschrokken was, keek naar Sarah, die aandachtig de kleine ruimte doorkeek. Links van hen zagen ze een brede trap naar boven, waarvan de brede eikenhouten treden werden geflankeerd door een met houtsnijwerk versierde leuning. Terwijl de stemmen achter hen langzaam aanzwollen, liep ze naar een groot groen gordijn dat eigenaardig genoeg onder de trap hing. Ze trok het opzij en zag een trap naar beneden, een stenen trap met smalle treetjes die glad uitgesleten waren door eeuwenlang intensief gebruik. Een dik touw langs de muur vormde het enige houvast. Het geschreeuw was nu heel dichtbij. Sarah wenkte Xander dat hij achter haar aan moest komen, greep het touw vast en rende naar beneden. Achter hen zwaaide het zware gordijn weer dicht, zodat de trap nu vrijwel volledig in het duister gehuld was.

De laatste paar treden waren echter weer wat beter zichtbaar, want de trap kwam uit in een grote ruimte die werd verlicht door een reeks kale gloeilampen aan rafelige snoeren. In dat schemerige licht zagen ze dat er een hele reeks tunnels op het vertrek uitkwam. Toch moesten ze nog even blijven staan voordat hun ogen aan het schemerlicht gewend waren.

En toen, één angstaanjagend moment lang, zag Xander hoe Sarah met een strakke blik naar de lampen stond te staren en even haar hoofd schudde, zo licht dat het nauwelijks merkbaar was. Haar gezicht werd asgrauw en ze begon sneller te ademen. Omdat hij dacht dat ze van haar stokje zou gaan, pakte hij haar bij de arm en keek haar recht in het gezicht. Ze staarde glazig voor zich uit.

'Jessica?'

Het woord was nauwelijks hoorbaar. Hij wist dat de gloeilampen iets in haar wakker hadden geroepen – iets wat hij wilde begrijpen, iets waarvan hij haar moest zien los te rukken.

Maar daar was nu geen tijd voor. De draaideur piepte opnieuw en nog geen vijf meter boven hen klonken nu boze stemmen. Xander verstarde. Alles rondom hem leek tot stilstand te komen en het bloed pompte met zo'n geweld door zijn aderen dat die bijna uit elkaar leken te barsten.

Elke ademtocht, elk woord van boven donderde in zijn oren alsof het rechtstreeks tot hém was gericht. En nog steeds stond Sarah roerloos voor zich uit te staren.
Plotseling stierven de stemmen weg. Ze hadden besloten het op de tweede verdieping te proberen. Zonder zich de tijd te gunnen om te bedenken hoeveel mazzel ze zojuist gehad hadden, trok Xander haar met zich mee naar een van de tunnels. Die bleek zo laag te zijn dat ze er gebukt doorheen moesten rennen. Half versuft rende Sarah achter hem, maar met elke stap kwam ze weer een beetje meer bij haar positieven. Na een paar scherpe bochten kwamen ze bij een volgende open ruimte en een tweede trap naar boven, met ook hier weer een dik stuk touw erlangs om houvast te bieden.
Nu was het Sarah die de leiding overnam. Ze greep Xander bij de arm en drukte hem tegen de muur. Voordat hij antwoord kon geven, had ze haar hand al over zijn mond geslagen en de blik in haar ogen gaf hem maar al te duidelijk te kennen dat hij stil moest zijn. Ze stond nu aandachtig te luisteren. Het was duidelijk dat ze haar paniekaanval van daarnet volkomen vergeten was. In de verte klonk het geluid van iemand die voorzichtig door de tunnel schuifelde, eerst heel zacht maar geleidelijk aan steeds duidelijker hoorbaar, haastig maar beheerst, zodat de naderende voetstappen een monotoon achtergrondgeluid vormden bij Xanders gedempte ademhaling. Ze bleven elkaar indringend aankijken. Hoe hij er ook in geslaagd mocht zijn, op de een of andere manier was het de man met de baard gelukt om uit de chaos boven te ontsnappen, de trap achter het gordijn te vinden en daarna ook nog eens de juiste tunnel te kiezen. Met een snelle hoofdbeweging gaf Sarah Xander een teken dat hij de trap op moest lopen en om zich ervan te verzekeren dat hij zijn mond zou blijven houden, hield ze haar vinger tegen haar lippen.
Een halve minuut later stonden ze allebei in een hokje dat net zo groot was als dat in Pescatores gebouw. Het enige verschil was dat hier een rechthoekig raam in de muur zat dat een welkom uitzicht bood op het binnenplein. Ze bevonden zich hier op niet meer dan een paar meter afstand van de poort naar de straat waardoor ze het complex waren binnengekomen. Xander wilde naar de draaideur rennen, maar werd halverwege bij zijn jasje gegrepen door Sarah. Ze wilde niet nog een keer het risico nemen dat die hem met zijn geknars zou verraden. In plaats daarvan hield ze hem stevig vast en bleven ze allebei wachten tot de voetstappen ineens tot stilstand zouden komen en de man snel de trap op zou komen rennen.
Maar dat gebeurde niet. De voetstappen kwamen langs hen en verdwenen in het labyrint van tunnels. Ze waren zelfs niet van tempo veran-

derd, noch was het even stil geworden om van richting te veranderen of kort na te denken. Hun achtervolger was doorgelopen zonder de trap zelfs maar een blik waardig te keuren. Sarah wist dat ze nu moesten maken dat ze wegkwamen. Het zou hoogstens een paar minuten duren voordat de man zijn vergissing zou opmerken en op zijn schreden zou terugkeren. Ze konden alleen maar hopen dat hij geen radiocontact hield met zijn kameraad op de bank.

Terwijl ze nog steeds Xanders jasje vasthield, bleef Sarah staan wachten tot het geluid van de voetstappen volledig was weggestorven. Toen ging ze bij het raam staan, trok de grendel los en duwde het langzaam open. Deze keer geen gepiep of geknars, niets wat hun ongewenste aandacht zou opleveren. Het binnenplein was leeg.

Aan het gebouw tegenover hen was niets te zien van de wanorde die daar nu heerste. Er stonden geen beveiligingsmensen bij de ingang om de dieven tegen te houden en van de vriend van de man met de baard was ook al geen spoor te bekennen. Ze hadden opnieuw geluk. Sarah trok zichzelf de vensterbank op, zwaaide haar benen de kou in en liet zichzelf tussen de bijna twee meter lager gelegen bosjes vallen. Toen ze zich omdraaide, zag ze Jaspers staan en terwijl ze zich omdraaide om het koffertje van hem aan te pakken, zag ze hoe hij behendig over de vensterbank klauterde en naar beneden sprong. Zijn lenigheid verbaasde haar.

Ze trokken hun kleren weer wat recht, sloegen de bladeren eraf en liepen zonder iets te zeggen door naar de gewelfde gang naar de straat. Ze waren maar tien minuten bezig geweest. Tien minuten van ingehouden adem, van zweten onder zware overjassen, van onuitgesproken angst en wilde opluchting. Tien minuten van wegvluchten voor schimmige gedaanten, tien minuten waarin ze hadden beseft dat ze prooi waren in plaats van jager, en dat allemaal voor dat ene schijfje dat in het onopvallende leren diplomatenkoffertje zat. Terwijl ze door het gewelf liepen, schrokken ze niet langer van de stemmen van anderen. Toch klampte Xander zich nu vast aan Sarahs arm. Hij besefte dat zij nu weer de leiding had en schikte zich daar willig in. Hij was blij dat hij de verantwoordelijkheid aan haar kon overlaten. Hij had de bestanden gevonden. Zij zou er een veilige plek voor weten te vinden.

Toen ze weer de straat op liepen, staken ze het plein over en sloegen de brede Via Cavour in, die met zijn drukte beschutting zou bieden tegen de twee achtervolgers die hun nu wel dicht op de hielen zouden zitten. Arm in arm mengde het echtpaar Fabrizzi zich elegant maar behendig in de menigte. Xander hield zijn hand zo stevig om het handvat van zijn koffertje geklemd dat zijn knokkels wit zagen. Hij vond het vrijwel onmogelijk om zijn aandacht op de drukte rondom hem gericht te houden. Hij was diep geschokt, maar voor de eerste keer voelde hij zich daar noch verward, noch verbaasd over. De enige gevoelens die nu in hem opkwamen, waren woede en verontwaardiging: verontwaardiging over de misdadige achteloosheid waarmee zijn collega van het leven was beroofd, woede over het misbruik dat ze van hem en zijn werk hadden gemaakt en, wat misschien wel het meest veelzeggend was, woede op de mannen die de vrouw naast hem konden veranderen in iemand die zo bang was voor de wereld die zij geschapen hadden. Die doodsangst in haar ogen zou hij niet licht vergeten. Hij zou zichzelf niet toestaan om die te vergeten.

Nog steeds in gedachten verzonken, merkte Xander ineens dat hij voor een klein gebouwtje stond, waarvan de middelste wand gevormd werd door een plaat glas. Het duurde even voordat hij het gebouw had herkend: een klein café vol Florentijnen en toeristen die hun dagelijkse cappuccino zaten te drinken. Toen ze de deur door liepen, klingelde er een bel en Sarah ging hem voor naar een tafeltje in een gezellig hoekje: ver genoeg van de anderen om niet afgeluisterd te kunnen worden en dichtbij genoeg om geen speciale aandacht te trekken. 'Volgens mij lopen we samen in een kringetje rond,' zei ze met een achteloze glimlach die Xander op dit moment niet wist te beantwoorden. Ze leek zich volkomen op haar gemak te voelen. Stomverbaasd ging hij zitten.

'Werkelijk?' zei hij. 'Ik snap niet wat je bedoelt.'

'Hotelkamers, cafés, het lijkt wel een vast patroon te worden.' Ze trok haar jas recht en voegde eraan toe: 'En probeer er eens wat meer ontspannen uit te zien. We zijn hier in Italië.'

Toen hij het koffertje op zijn schoot zette, kwam de ober eraan. 'Ik weet niet wat je daarmee precies bedoelt,' zei hij met iets wat vaag aan een glimlach deed denken. 'Cappuccino?'

'*Si*,' zei ze met een brede grijns.

'*Due, prego*.' De ober knikte en liep naar een ander tafeltje. 'Je Italiaans wordt steeds beter.'

'*Grazie bello*. Dat kan ik van jouw stemming niet zeggen.'

'Ja, vreemd, hè, maar ik heb de hele tijd het gevoel dat er elk ogenblik twee mannen...'

'Die komen hier heus niet binnen.' Ze boog zich over de tafel alsof ze hem iets heel elementairs wilde uitleggen. 'Dat zou veel te voor de hand liggend zijn. Ze zullen ongetwijfeld verwachten dat we onmiddellijk op de vlucht zijn geslagen. Daarom zijn we juist rustig even in een café gaan zitten.' Een veelbetekenende glimlach. 'Dus als je je koffie hebt, dan zou ik er maar van genieten.'

Xander nam het standje gelaten in ontvangst. Natuurlijk wist ze wel wat

ze deed. Het was dom van hem om te denken dat dat niet zo was. Het was gewoon een beetje angstaanjagend om te zien hoe ze met zo'n gemak en zo'n rustige zelfbeheersing aan elke situatie het hoofd wist te bieden. Misschien was dat waarom die gebeurtenis in de tunnel hem zo goed was bijgebleven. 'Wat is er nu net gebeurd?'
'We zijn ontsnapt.' Ze trok haar sjaal los en hing die over de rugleuning van haar stoel.
'Nee, dat bedoel ik niet. Ik bedoel daar in die tunnel. Je leek zo...'
Met een nauwelijks merkbaar schouderophalen viel ze hem in de rede. 'Van de kaart. Bedoelde je dat soms?'
Hij liet een korte stilte vallen. 'Ja, ik veronderstel van wel. Ja.'
'Dat hoef je niet te veronderstellen. Dat is precies wat er gebeurde.'
Xander merkte wel dat hij nu beter niet kon aandringen. 'Ja. Inderdaad.' Hij frommelde wat met zijn servetje. 'Ik voelde me zelf ook wel een beetje... aangeslagen. Ik neem aan dat je hier nooit echt aan went, wat hier ook mag zijn.'
'Voorlopig is hier het manuscript en de bestanden, en drie mannen in de Verenigde Staten die nog maar net met de uitvoer van hun plannen zijn begonnen.' Ze nam even de tijd om tot hem te laten doordringen wat ze zojuist had gezegd. 'Zei je net niet dat dat het punt was waarop Eisenreich verschilde van Machiavelli? Dat één stad niet voldoende voor hem was?'
De cappuccino werd gebracht en Sarah wachtte tot ze weer alleen waren voordat ze verderging. 'Wat er in die tunnel ook gebeurd is, hoe je je ook gevoeld mag hebben daar in dat kantoortje, je mag niet vergeten dat die mannen en die bestanden vóór alles gaan. Dáár gaat het om, en als je daar bang van wordt of overstuur van raakt, dan spijt me dat voor je, maar er is werkelijk geen alternatief.'
Hij liet het even tot zich doordringen. 'Je hebt gelijk... Ik had het niet moeten vragen.'
'Het gaat niet om goed of fout. Ik stel je bezorgdheid zeer op prijs, echt waar, maar we hebben daar nu geen tijd voor.' Ze wachtte even en glimlachte toen weer. 'Dus er zijn drie versies. Dat komt mooi uit.'
'Ja... inderdaad.' Het kostte Xander even tijd om zijn gedachten te ordenen en nadat hij peinzend een slokje van de gloeiend hete cappuccino had genomen, zei hij: 'Volgens de bestanden heeft Pescatore de Duitse versie drie maanden geleden aangetroffen in een klein archief in Belgrado. Het manuscript was van een verkeerde titel voorzien en dus ook verkeerd gecatalogiseerd. Niemand had ooit...'
Zijn woorden stierven langzaam weg toen ze hem bleef aankijken. Zijn bezorgdheid was zo oprecht geweest. Zo áárdig.

Wat wás er eigenlijk gebeurd, daar in die tunnel? Het was te simpel om het uit te leggen als een plotselinge herinnering: de gloeilampen, het bungelende lichaam, het leven dat ze niet had weten te redden. De opoffering.

'Ik kan de manschappen van generaal Safad nú uitschakelen! Ik kan er hier en nu een einde aan maken. Als ik dat niet doe, lopen we het risico dat we het meisje verliezen.' Er klonk statische ruis uit de radio-ontvanger terwijl het bericht op het computerbeeldscherm verscheen.
VERTRAGING. BLIJF IN POSITIE.
Wéér vertraging! Daar was helemaal geen reden voor. Ze kon die lui nu allemaal afmaken en daarmee zou de dreiging voorbij zijn. En ze had het meisje verteld, ze had Jessica belóófd dat ze er zou zijn. Maar nu... welke keus zou ze hebben? Welke keus zou ze maken?

'... het interessante is dat er in het voorwoord staat dat dít de definitieve versie van het manuscript is en dat er verwezen wordt naar twee eerdere versies. Dus zijn er in totaal drie manuscripten.' Xander hield op toen hij merkte dat Sarah hem strak zat aan te kijken. 'Alles in orde?'
Even zei ze niets. 'Ja.' Ze lachte hem toe. 'Drie exemplaren, dus.'
Xander was er niet helemaal zeker van of er inderdaad niets aan de hand was, maar hij lachte terug. 'Weet je, daar in die tunnel heb je iets gezegd. Je had het over een meisje, een zekere Jessica.'
Even wist Sarah niet hoe ze daarop moest reageren. 'Werkelijk? Ze keek Xander aan. 'Jessica Conlon. De dochter van de ambassadeur.' Xander bleef zwijgen. 'Het is al lang geleden.'
Na een tijdje gaf hij een wat onhandig knikje. Hij wist dat het een vergissing van hem was geweest om weer over die angstaanval van haar te beginnen. Maar toch, ze had er zo eenzaam en bang uit gezien, zo ontheemd. 'Goed... Maar om weer op het onderwerp terug te komen, Carlo was er van overtuigd dat het Italiaanse manuscript nog ergens rondslingert en uit het weinige dat ik heb kunnen lezen, maak ik op dat hij er nog niet zo lang geleden naar op zoek is gegaan.'
Ze nam een slokje van haar cappuccino. 'Heeft hij daar succes mee gehad?'
'Ik heb nog niet voldoende gelezen om dat te kunnen beoordelen. We moeten ervan uitgaan dat het Italiaanse manuscript de eerste versie is, want dat is vermoedelijk het exemplaar geweest dat hij aan paus Clemens VII heeft gestuurd. En in dat manuscript heeft hij natuurlijk niet naar de andere versies kunnen verwijzen omdat die toen nog niet bestonden. De Latijnse, de versie waarvan ik vermoed dat onze drie

vrienden hem al een hele tijd in hun bezit hebben, móet wel het tweede exemplaar zijn geweest en daarin zou dan alleen worden verwezen naar de eerste versie. Daaruit valt dus af te leiden dat degenen die het Latijnse exemplaar hebben gevonden, jarenlang gedacht moeten hebben dat er maar twee versies van bestonden: de Latijnse en de Italiaanse.'

'En vanwege dat boekje waar de bladzijden uit zijn gesneden, weten ze nu dat er drie exemplaren zijn.'

'Precies. Het enige verschil is dat ik over Carlo's aantekeningen beschik en zij niet.'

'En jij denkt dat die aantekeningen je naar het derde exemplaar zullen leiden.' Hij knikte. 'Dat maakt de inzet ineens een heel stuk hoger.'

Het duurde even voordat hij daarop antwoordde. 'Ik denk van wel.'

'Je moet het zeker weten.'

'Goed, maar wat moet ik nu dan doen?'

'Precies wat je anders ook gedaan zou hebben.' Ze schoof haar kopje opzij en leunde over tafel. Terwijl ze de woorden uitsprak, hield ze haar hand stevig om het kopje geklemd. 'Ze zullen je niets maken. Ik denk zelfs dat ze willen dat jij het manuscript vindt.'

'En als ik het gevonden heb, willen ze me vermoorden. Dat kan ík zelfs wel raden!'

'Dat laat ik niet gebeuren.'

Sarah keek hem aan. Ze besefte maar al te goed hoe graag ze zelf in die woorden wilde geloven, hoeveel meer die voor haar waren dan een simpele geruststelling. Op de een of andere vreemde manier bood Eisenreich haar een kans op vergiffenis, een manier om Amman achter zich te laten, en misschien wel meer dan dat. *Deze keer geen acceptabele verliezen, geen opofferingen.* Dat zou ze echter alleen maar kunnen bereiken door er weer helemaal in te duiken. Ze bleef hem aanstaren. Had ze werkelijk een keuze?

'Om de een of andere reden,' zei Xander, 'geloof ik je.' Hij hield haar hand nu in de zijne, en die voelde stevig aan. 'Dus ik stap gewoon op het vliegtuig naar Londen?'

'Als Pescatores aantekeningen zeggen dat je daarheen moet, ja.' Londen. Dat zou de zaak er nog ingewikkelder op maken. Ze moest terug naar de Verenigde Staten, want daar was de Eisenreich-beweging gevestigd. Wat Pritchard ook in gang gezet mocht hebben, zij was nu aan zet. En zij alleen. De mensen van het COS hadden haar één keer verraden. Een tweede kans zouden ze niet krijgen.

Het was tijd om uit te zoeken hoe sterk en eendrachtig die Eisenreich-beweging eigenlijk was. Ze zou zelf ook eens wat chaos gaan scheppen. Daar was ze goed in... Ze zou de Eisenreich-beweging laten schudden op

haar grondvesten, zodat de leden daarvan zouden gaan twijfelen aan hun onderlinge loyaliteit.
Maar om Xander alleen te laten gaan – zelfs als ze wist dat dat noodzakelijk was – moest ze een manier zien te vinden om ervoor te zorgen dat zijn veiligheid verzekerd was. Ze gaf hem een kneepje in zijn hand.
'Als je in Londen komt, boek dan een kamer in het Lowndes Hotel in Knightsbridge.' Ze zag de vragende blik in zijn ogen. 'Vertrouw nou maar op mij.' Ze pakte haar sjaal. 'Nou, laten we maar eens gaan.'
Hij knikte en stond op. 'Wat ga jij doen?'
'Ik?' Ze sloeg de sjaal om haar nek en keek glimlachend naar hem op. 'Maak je over mij maar geen zorgen.'
Voordat ze naar de deur kon lopen, sloeg hij zijn armen om haar heen en trok haar dicht tegen zich aan. Ze leken er allebei door verrast te worden. Het gebeurde zo plotseling, zijn armen die om haar rug geklemd werden, en zo haar handen en hoofd zachtjes tegen zijn borst drukten. Het duurde maar even. Toen deed hij een stap naar achteren en liet zijn armen onhandig langs zijn lijf hangen.
'Ik, eh... sorry, hoor.' Hij probeerde zijn handschoenen uit zijn zak te vissen. 'Het komt door alle opwinding, denk ik. Ik... ik denk gewoon niet dat ik daar veel keuze in heb... Ik maak me toch wel zorgen om je, denk ik.'
Opnieuw keken ze elkaar lang en indringend in de ogen. Om een reden die ze niet kon verklaren, wilde ze haar armen naar hem uitsteken. Niet doen, Xander Jaspers. Dat risico moet je niet nemen. Maar aan de blik in zijn ogen zag ze dat het al te laat was, en ze besefte dat diezelfde blik ook in haar eigen ogen te lezen stond.
Wat ze nog niet wist, was hoeveel van zichzelf hij zou willen opofferen. En dat was voor haar nog het meest angstaanjagende.

Deel twee

4

... welgerichte haat kan een krachtig middel zijn(...) [Het] maakt op zijn beurt het volk weer gezeglijk en fantasieloos.

Over de heerschappij, **hoofdstuk XV**

Senator Schenten keek toe hoe het theezakje langzaam ronddraaide boven zijn kopje en de donkere druppels in de zachtbruine vloeistof daaronder plonsden. Hij was nooit zo iemand geweest die het touwtje om het hulpeloze zakje wond om zelfs het laatste restje aroma uit de bladeren te persen en het lukte hem ook nooit goed om het vocht er met zijn blote vingers uit te drukken. Het was kokendheet en zijn handen waren van jongs af aan al tamelijk gevoelig geweest. Nee, hij liet het zakje gewoon uitlekken en keek mijmerend naar de eindeloze wentelingen. Het snelle draaien dat bijna tot stilstand kwam en dan weer de andere kant uit ging, deed hem altijd denken aan het dartelen van een vlinder. Met elke reeks omwentelingen leek het zakje zwaarder te worden en werd het draaien minder levendig: tot het na een laatste uitbarsting van energie slap en koud aan zijn touwtje bleef hangen. Schenten wierp het levenloze zakje in de prullenbak naast zijn bureau en bracht het kopje naar zijn lippen. De thee was nog heet, maar niet zo heet meer dat hij ondrinkbaar was.

Buiten was het een schitterende winterochtend. Bijtend koud en guur, maar prachtig. Een stralende zon wierp zijn licht in alle richtingen: een belofte van warmte die echter niet meer dan een lichte bescherming bood tegen de ijskoude lucht die vanaf het water kwam aanstromen. De open vlakte leek tijdloos te zijn, bevroren in een prentbriefkaartachtige steriliteit onder een dunne laag kraakheldere lucht. Toen hij de kop naar zijn mond bracht voor een tweede slokje van de gloeiend hete vloeistof, kon Schenten de kou in zijn nek bijna vóelen. Maar onmiddellijk daarna werd zijn aandacht volledig in beslag genomen door de kloppende hitte en even, heel even maar, was zijn geest vrij.

De vrijheid waarvan hij nu genoot, was echter niet het even verlost zijn van zijn dagelijkse beslommeringen. In de afgelopen veertig jaar was hij wel gewend geraakt aan de patronen die zijn werktijd op Capitol Hill

bepaalden. Zijn connecties hier, openlijk zowel als verborgen, vormden een netwerk dat een strakke dagplanning vereiste. En hij moest toegeven dat hij van die regelmaat genoot en ook van de gelegenheid die zijn werkontbijten en ochtendvergaderingen hem boden om de blijde boodschap nog verder te verspreiden en zijn plaats als de senator met de ijzeren wil te bevestigen. Die term was afkomstig uit een artikel waarin de auteur hem had vergeleken met Bismarck, een vergelijking die bij de opvliegende politicus niet de minste ergernis had gewekt.
Vanwege zijn tamelijk grote publieke bekendheid wist de Duitse terriër (en dat laatste woord werd vaak gespeld als terreur) maar al te goed wat zijn kiezers van hem waren gaan verwachten: pleidooien voor een sterke krijgsmacht en het voortdurend argwanend volgen van de regering, waarbij hij er goed op lette dat de principes van de vrijemarkteconomie geen geweld werden aangedaan. En dat allemaal in naam van de progressieve stabiliteit: een zinsnede die hij zelf had bedacht, zonder acht te slaan op of zichzelf maar bewust te zijn van het feit dat die twee begrippen min of meer elkaars tegenpolen vormden. Met een politieke boodschap die al even innerlijk tegenstrijdig was, had Ronald Reagan destijds de verkiezingen gewonnen en daarna acht jaar lang het land met vaste hand in conservatieve richting weten te leiden. Dat waren opwindende dagen geweest, dagen vol vreugde en daadkracht waarop alles ineens in elkaar leek te passen, tot het door toedoen van sceptici en incompetentelingen weer verloren was gegaan. Dat waren degenen die het niet begrepen hadden, die het ook nooit zouden begrijpen, degenen die waren gezwicht toen er brutaal om verandering was gevraagd. De oude man werd razend als hij er weer aan dacht: ze waren zo dicht bij het doel geweest en toen was alles weer in duigen gevallen! Dat geknoei had duidelijk aangetoond dat er behoefte was aan nieuwe tactieken, nieuwe benaderingen: strategieën om de gebruikelijke kanalen te omzeilen. Nee, het was niet de druk van zijn dagelijkse bezigheden die een eenvoudig kopje thee tot zo'n krachtig elixer maakte. Er stond meer op het spel.
'Amanda, tot elf uur heb ik toch geen afspraken, hè?'
'Om tien uur een zeker meneer Davis van de SEC, daarna lunch met senator...'
'Ja, ja. Dank je wel, Amanda. Zorg dat ik voor tienen niet gestoord word.'
Hij liet het knopje los zonder het antwoord van zijn secretaresse af te wachten. Dat interesseerde hem niet. Hij had zichzelf zojuist een uur de tijd gegeven om het kleine boekje door te kijken dat in de kluis achter hem verborgen lag. Meer kon hij zich vanochtend niet veroorloven.
De safe, die bijna dertig jaar geleden was geïnstalleerd, was met weinig

fantasie aangelegd. Het ding zat recht achter zijn bureau en ging schuil achter een olieverfschilderij van het huis in Montana, hetzelfde huis waar de afgelopen tijd een paar belangwekkende ontmoetingen hadden plaatsgevonden. Schenten liet zijn stoel een halve slag draaien, schoof het schilderij opzij en bracht zijn hand naar het slot. Dát had hij de afgelopen jaren wel laten vervangen, meerdere malen zelfs. Om het open te krijgen, hoefde je allang niet meer aan een draaischijf te draaien en dan naar het geklik van de vallende tuimelaars te luisteren. Nu was de brandkast voorzien van een klein toetsenbordje met cijfers en een microfoontje voor een stemcommando. Gezien de inhoud van de brandkast was dat beter zo.

Hij moest een aantal wetsdocumenten, wat geld en een klein doosje opzijschuiven voordat hij het boekje vond. Hij bleef even staan en keek met een strakke blik naar het doosje, een gelukkige, maar ook pijnlijke herinnering aan vervlogen tijden. Hij vroeg zich vaak af waarom hij die brieven niet had vernietigd – een paar brieven maar: de hartstocht van een jongeman, een romance. Hij had ze allemaal bewaard, maar zonder ze ooit te herlezen. Margaret had er nooit iets van geweten. Hij wist dat het dwaas was om ze te bewaren, maar zelfs angstaanjagende oude mannen met een ijzeren wil hadden zo hun zwakke plekken en Jean was de zijne geweest.

Toen de brandkast weer dicht was en het schilderij weer op zijn plaats hing, liet Schenten zich in de leren stoel zakken en begon te lezen. Zoals altijd maakte hij aantekeningen. Vóór tienen zou hij die verbranden.

De ontvangst die men hem had bereid in het Lowndes-hotel, was allesbehalve hartelijk geweest. Typisch Engels. Hij had bijna twee jaar in Londen doorgebracht om onderzoek te doen voor zijn proefschrift en al die tijd was hij voortdurend de perfecte Amerikaan geweest, dus niet iemand die de eigenaardige gewoontes van zijn gastheren overnam. Dat zou alleen maar gênant zijn geweest, zowel voor hém als voor hen. Hij moest glimlachen toen hij even aan een oude vriend van de middelbare school dacht die een semester op een van de meest bekakte Engelse kostscholen had doorgebracht en die na zijn terugkeer in de Verenigde Staten zo geaffecteerd was gaan praten en zich zulke deftige manieren bleek te hebben aangemeten dat het wel leek of hij zich wilde voordoen als een lid van de koninklijke familie. Hij had er zich onsterfelijk belachelijk mee gemaakt en Xander had zich heilig voorgenomen niet in dezelfde fout te vervallen. Toch had hij er wel iets van overgenomen, in elk geval voldoende om geen vragen op te roepen bij de ingetogen conciërge, die zich met alle genoegen bereid had verklaard twee exemplaren van Carlo's bestanden uit te printen. Xander kon zich nog herinneren dat het hem twintig minuten had gekost om Sarah ervan te overtuigen dat het eerste exemplaar naar mevrouw Huber in New York moest: een kleine concessie aan het academische bijgeloof. Ze had er uiteindelijk in toegestemd, maar met tegenzin.

Nu, na een late lunch, bevond hij zich midden in een dicht op elkaar gepakte groep mensen die allemaal op weg waren naar het ondergrondse station bij Russel Square. Het was een vertrouwde route, die hij tijdens zijn maanden van zorgeloos onderzoek bijna elke dag had gevolgd. 'Zorgeloos onderzoek', dat was de term die hij altijd gebruikte als hij het over die maanden had, die korte periode waarin hij niet bezig was geweest met zijn proefschrift en zich even had kunnen onttrekken aan de scherpe blik van Lundsdorf. Hij was vrij geweest om zelf te bepalen wat hij ging doen, om zelf zijn eigen weg te kiezen binnen een van de licht in verval geraakte bolwerken van het Engelse hoger onderwijs. Een andere manier om het Institute of Historical Research adequaat te omschrijven, kon hij niet bedenken. Het was een vrijstaand gebouw dat schuilging tussen een hele reeks andere gebouwen aan Russel Square. Ver genoeg van de British Library om enige afstand te bewaren van de allerergste beproevingen van het academische leven. Zelfs in de benauwde ondergrondse moest Xander onwillekeurig glimlachen toen hij terugdacht aan die vervlogen tijden: het kleine hokje op de derde verdieping waarin hij altijd had gezeten, het bureau aan het raam dat uitkeek op een paar kale bomen en een stil pad, de geur van oude boeken rondom hem, en zo nu en dan de schuifelende voetstappen van een oude geleerde die op zoek was naar een lang vergeten boek. Hij had alleen maar goede herinneringen aan die tijd. Niets anders dan de pure vreugde van elke ochtend en elke avond en de oprechte bevrediging die die hem hadden opgeleverd. Maar het was méér geweest dan alleen het werk, meer dan de kameraadschappelijke omgang met collega's die zijn belangstelling deelden, zelfs meer dan het gevoel van doelbewustheid dat die herinneringen nu zo'n rijke kleur verleende, want hoezeer hij dat ook probeerde, Xander wist zichzelf er niet van te overtuigen dat al die vreugden uit dat nu zo verre verleden veel meer waren geweest dan een weerspiegeling, een echo, van het nog veel diepere gevoel van rust en geluk dat hij bij Fiona had gevonden. Fiona met de ranke gestalte. Eerst was ze zo gevaarlijk assertief geweest, niet verlegen maar juist uiterst uitdagend en verleidelijk, en zij had alles mooi en echt voor hem gemaakt. Half in slaap gesust door het vertrouwde bonkende geluid van de wielen die over de spoorrails denderden, begon Xander weg te dromen in het verleden. Het lukte hem niet langer om zijn herinneringen in bedwang te houden. Die lieten zich

nu niet langer verdringen. Waarom Engeland? Waarom moest het spoor nu juist hierheen leiden? Hij snoof een vage geur van seringen op en sloot zijn ogen toen er een golf van verlangen in hem opkwam, en hij zich ineens gevangen voelde tussen zelfmedelijden en intens genot.
Ze hadden elkaar ontmoet op een van die feestjes waar iedereen elkaar lijkt te kennen, met uitzondering van die ene vreemde Amerikaan – altijd een interessant nieuwtje – die op sleeptouw is genomen door een recente kennis die er heel zeker van was dat iedereen het buitengewoon interessant zou vinden om te horen wat hij daar op het Instituut allemaal uitvoert, wat het dan ook zijn mag. Kaas en wijn, snelle gesprekken met de jonge, verstrooide academicus, enzovoorts. En dus was hij maar gegaan, al had hij van tevoren al geweten dat hij er buiten zou vallen: op dat feestje met de 'gewéldige drankjes', het 'práchtige' eten en de 'overheerlijke' hors d'oeuvres, waar iedereen net een beetje te trendy zou zijn. In plaats van wijn had hij een Engels biertje weten te vinden en zich erin geschikt om de makkelijk te overdonderen Amerikaan uit te hangen tegenover de hier rondzwermende platenproducers en literair agenten die er allemaal op gebrand leken te zijn om hem in geuren en kleuren hun mening over 'dat goeie ouwe Amerika' te verkondigen.
En zij had hem gered. Hij had zich hier erg ontheemd gevoeld en was niet in staat geweest zich te verweren tegen al die venijnige opmerkingen die gepresenteerd werden als vragen. Tegen deze achtergrond vol klatergoud – het kabaal van de jeugdcultuur – had zij niet alleen waarachtig en écht geleken, maar op de een of andere manier ook benaderbaar.
'Gaat het altijd zo met jou?' had ze gevraagd. 'Op feestjes, bedoel ik? Ben je altijd het mikpunt van hun anti-Amerikanisme?'
'Dat zou ik niet weten. Zo lang ben ik hier nog niet.'
'Fiona Isaacs.' Ze had een ferme handdruk, lange, krachtige vingers.
'Xander Jaspers, opvallende Amerikaan.'
En daarna hadden ze de rest van de avond met elkaar staan praten en lachen. Het was duidelijk dat ze zich allebei onmiddellijk tot elkaar aangetrokken voelden en allebei hadden ze daar zonder aarzeling aan toegegeven. Voor hem was dat nieuw geweest, maar zij zou hem helpen om dat alles te verwerken: de telefoongesprekken, de lange wandelingen, het volstrekte ongeloof waarmee hij begon op te merken dat dit nu echt de ware liefde was. Zijn werk was nog nooit zo goed geschreven als toen, en altijd, ook als ze er niet was, had hij die seringen geroken. Zo ging het alsmaar door: maand na maand na maand. Zijn behoefte aan haar werd alsmaar groter, maar op de een of andere manier had dat hem een heel goed gevoel gegeven. De eenvoud ervan had het perfect gemaakt.
'Ik kan niet verliefd op je worden. Dat weet je toch, hè?'

'Waarom niet?'
'Je bent veel te mooi. Mijn vader heeft me gezegd dat ik nooit met een mooie vrouw moest trouwen.'
'O, nou, jammer voor jou dan.'
De bruiloft was heel eenvoudig geweest, een korte ceremonie in een tuin. Hij in een net pak en zij in het wit. Daarna een receptie met hapjes en drankjes, gevolgd door twee weken in Griekenland. Niemand had echt doorgehad hoe groot hun liefde voor elkaar was. Het was allemaal zo snel gegaan. En toch hadden ze het allemaal begrepen.
Toen ze zich ziek begon te voelen, plotselinge hoofdpijnen en een overweldigende vermoeidheid – vroege voortekenen van de kanker waaraan ze later dat jaar zou komen te overlijden – had dat zijn hart gebroken. Hij had gehuild, en zij had haar armen om hem heen geslagen, want ze had beseft dat hij degene was die met zijn verlies zou moeten leven.
Op haar sterfdag had ze opnieuw haar armen om hem heen geslagen en hem toegestaan om te schuilen tegen haar boezem, tot haar krachteloze handen van zijn schouders waren gegleden.
Die middag was ze gestorven, en dat had het er allemaal nog oneerlijker op gemaakt. Zelfs de troost van de beschermende duisternis was hun niet gegund geweest.
De wagon kwam met een ruk tot stilstand, zodat er verschillende mensen tegen hem aan vielen en hij zijn hand tegen het plafond moest duwen om zijn evenwicht te bewaren. Toen hij om zich heen keek, zag hij dat ze het station waren binnengereden en dat hij zich een weg zou moeten zien te banen door de dichte mensenzee. Terwijl hij de plakkerige hitte van het metrostation binnen stapte, wreef hij snel de natte plek onder zijn rechterooghoek weg en haalde eens diep adem. Het was een genot om bevrijd te zijn uit de benauwde wagon. De Engelsen stonden niet bekend om hun uitbundige douche- en waspartijen. Fiona had altijd gezegd dat hij beter met de bus kon gaan. Te langzaam, had hij daar altijd op geantwoord. Te langzaam.

Zijn ontbijt bestond uit een zakje kaaskoekjes. Bob Stein likte eens aan de synthetische oranje kleurstof op zijn duim en stak daarna zijn vochtige vingers in het plastic zakje om de laatste kruimels eruit op te diepen. Hij keek net zoekend om zich heen om een plek te vinden waar hij het zakje kwijt zou kunnen toen hij in het spiegelende oppervlak van de vijver zag dat O'Connell kwam aanlopen. Bob gebruikte zijn jaszak voorlopig maar even als prullenbak en was net de kruimels van zijn handen aan het vegen toen O'Connell naar het bankje toe kwam lopen. Een paar manschappen van de Nationale Garde – die sinds de recente gebeurtenissen overal te vinden waren – kuierden voor het Lincoln Memorial langs, maar ze keurden de Ier nauwelijks een blik waardig. De komst van de gardisten had een soort geforceerde rust in de stad gebracht, een heimelijkheid die Stein zwaar op zijn zenuwen werkte. Maar toch, ze deden hun best om te dienen en te beschermen. Het normale leven was teruggekeerd, maar wel tegen een prijs.

Als je de naschokken wist te negeren, dan. Het nieuws van vanochtend was vol van natrillingen van de grote klap geweest en de ergste daarvan was het bericht over de dood van drieënveertig kinderen uit Spanje geweest. Ze waren om het leven gekomen bij een botsing tussen twee vliegtuigen boven Dulles Airport. Twintig minuten nadat het radioverkeer vanuit de verkeerstoren was weggevallen, was het rondcirkelende vliegtuig een dichte wolkenbank binnengevlogen en een paar seconden later in botsing gekomen met een 727 uit Miami. De groep van twaalf en dertien jaar oude kinderen – een kerkkoor – zou optreden in het Witte Huis, en hun namen en foto's waren nu weer in het nieuws vanwege een brief van koning Juan Carlos aan de *Washington Post*. De koning was diep getroffen door deze tragedie en had erop gestaan om samen met een speciale gezant de stoffelijke overschotten te komen ophalen. Het Ministerie van Buitenlandse Zaken had echter een negatief advies uitgebracht. Ze konden zijn veiligheid op dit moment nog niet garanderen.

Bob kon zich enkele namen nog herinneren, en een paar van de gezichten die hij op de televisie had gezien, maar hoewel het nieuws hartverscheurend was, had hij er nu geen tijd voor.

'Het laatste contact was Milaan,' zei hij toen O'Connell was gaan zitten.

'Wist ze dat wij daar ook waren?' vroeg de Ier.

'Voorzover we weten wel, ja.'

'Prachtig. Dat betekent dat we haar nooit meer zullen terugvinden als ze niet gevonden wil worden.'

'We hebben nog steeds mensen in Milaan...'

'Vertrouw mij nou maar, Bob. Die vinden we nooit meer terug. Ze weet altijd heel diep weg te duiken. Dat is haar speciale talent.' En na een korte stilte voegde hij daaraan toe: 'Daarom was ze zo geschikt voor Amman.'

Stein haalde een tweede zakje uit zijn jaszak en scheurde het open. 'Het is me nooit helemaal duidelijk geworden wat daar nou eigenlijk precies gebeurd is.'

'Dat maakt je één van de velen.' O'Connell zuchtte. 'Niemand weet wat zich daar heeft afgespeeld. Het was bedoeld als een eenvoudige operatie, eenvoudig voor háár, dan. Infiltreer in het hart van Safads organisatie, zorg dat iedereen zich op zijn gemak voelt en verraad ze dan. Het liep allemaal volgens het boekje tot Safad haar vertelde dat hij wilde dat ze de dochter van ambassadeur Conlon uit de weg zou ruimen... als een teken van goede trouw. Sarah had wel eens eerder zoiets gedaan, maar nog nooit met een kind. We hebben haar verteld dat we ervoor zouden zorgen dat het kind daar werd weggehaald, maar dat is niet gelukt. Er was iets mis met de timing. Sarah daagde daar op met twee van Safads mannen en had verwacht niemand te vinden. Toen het meisje daar nog steeds bleek te zijn, had ze geen keus. Ze heeft die twee jongens van Safad gedood, en daarna zijn er een hoop gekke dingen gebeurd.'

'En daarbij is dat meisje om het leven gekomen?'

O'Connell knikte. 'Ze zijn nooit opgehaald. Het is niet helemaal duidelijk of Sarah iets verkeerd heeft gedaan of dat de fout bij iemand anders lag, maar uiteindelijk moest ze kiezen tussen het verijdelen van de couppoging of het redden van het meisje. Nou, veel keuze had ze dus niet. Het meisje was al dood voordat Sarah weer terug was.' Hij keek nu met een strak gezicht naar het Memorial. 'Ik was de gelukkige die onze mevrouw Trent mocht gaan ophalen toen het allemaal voorbij was.' Hij bleef wat afwezig voor zich uit staren. 'Het was geen leuk gezicht,' zei hij toen hoofdschuddend en hij richtte zijn blik weer op Bob. 'We hebben geen idee wat ze daar in Italië uitspookt, hè?'

'We hebben zelfs geen idee waarom ze dit überhaupt doet,' zei Stein. 'Waarom is ze niet gewoon teruggekomen?'

'Tja, wie zal het zeggen?' O'Connell boog zich voorover en griste een paar kaaskoekjes uit het zakje. 'Ik hoop maar dat ze in staat is haar geestelijk evenwicht te bewaren. Als ze opnieuw instort, zou er wel eens niet zo heel veel van haar over kunnen blijven.'

De ingang van het Instituut was nog niets veranderd. De reden dat hij hier al die jaren nooit meer was terug geweest, lag voor de hand. Hij had verwacht dat er in die vier jaar wel íets veranderd zou zijn, maar dat bleek niet het geval te zijn. Zelfs de portier zag er nog precies hetzelfde uit. Toen Xander langs hem kwam lopen, tikte de man even aan zijn pet en zelfs dat gebaar was Xander nog akelig vertrouwd. Toen hij bij de lange overdekte gang kwam die de verbinding vormde tussen de bibliotheek van de universiteit van Londen en het Instituut, bleef Xander even staan. Het meest logische was nu linksaf te slaan naar het grootste van de twee gebouwen en de indrukwekkende verzameling boeken die daar lag opgeslagen. Waar kon hij beter beginnen dan bij de kaartenbakken van de oude catalogus of de computer van de nieuwe? Als ze daar nu eindelijk eens mee klaar waren. In plaats daarvan sloeg hij echter rechtsaf, een klapdeur door, daarna weer rechtsaf, en na nog een klapdeur liep hij bij-

na tegen een klein tafeltje op. Er zat een bewaker achter, de laatste barrière tussen Xander en zijn oude werkterrein.
Hij stak zijn hand in zijn jaszak en viste er een nogal antiek aandoend pasje uit, waarop de inkt van de handtekening zo verschoten was dat zijn naam nauwelijks meer te lezen viel. Het wapenschild van het Instituut was echter nog duidelijk zichtbaar, en kennelijk deden de jaartallen erop niet terzake, want de bewaker vroeg hem of hij even zijn naam in het bezoekersregister wilde zetten. Xander krabbelde iets onleesbaars neer en liep het volgende paar klapdeuren door, zag daar de oude trap weer en liep naar de derde verdieping.
Toen hij de afdeling Europese Geschiedenis binnenliep, sloeg de typische geur van geleerdheid hem onmiddellijk tegemoet: nat karton met een dikke laag stof erop. Terwijl hij die vertrouwde lucht opsnoof, botste hij bijna tegen een jonge vrouw aan die hem tegemoet kwam met de ferme tred die kenmerkend is voor universitaire secretaresses. Alleen door zich plat tegen de muur te drukken, wist hij te voorkomen dat hij pardoes omver werd gelopen.
Hij glimlachte en liep verder. Er brandden maar een paar lampen en er waren verrassend weinig mensen aanwezig. Hij had echter geen reden om zich over die onverwachte meevaller te verbazen. Na zijn ervaringen in Florence was hij heel wat minder geneigd om te vertrouwen op de beveiligingsmaatregelen in het universitaire wereldje. Die vlucht door de ondergrondse tunnels... Hij had zijn lesje wel geleerd. Hij was zelfs zover gegaan om zijn uiterlijk wat te veranderen. Sarah had hem daar een paar tips over gegeven. In New York zou hem dat tamelijk eigenaardig hebben geleken, maar inmiddels was hij heel wat minder naïef en een stuk voorzichtiger geworden. Hij had een paar dagen zijn baard laten staan, zijn scheiding zat nu links in plaats van rechts, en om zijn magere lijf wat meer body te geven had hij twee extra T-shirts aangetrokken. Niets waarmee hij een professional om de tuin zou leiden, maar voldoende om ervoor te zorgen dat een collega van een paar jaar geleden hem niet snel zou herkennen.
Hij liep de gang door tot hij bij de tweede deur links kwam, duwde zachtjes tegen de ruit en zag de deur langzaam open zwaaien. Drie keurige rijen boekenkasten plus planken langs alle wanden met in totaal honderden boeken erop. Sommige daarvan hadden kortgeleden de opknapbeurt gekregen waar ze al zo lang en zo dringend om verlegen hadden gezeten, andere verkruimelden langzaam op weg naar een traag maar pijnloos einde. Hij had het gevoel dat hij weer thuiskwam. Dít was zijn plek. Zoals altijd vielen de weinige zonnestralen die tussen de kale takken van de bomen door het venster wisten te bereiken, recht op zíjn

bureau. Overal waar hij maar keek, zag hij boeken, maar het enige dat hij werkelijk opmerkte, was dat hokje, en het onrustige licht bracht hem heel even terug naar toen. Hij zat aan zijn bureau en voelde haar kleine handen over zijn schouders naar zijn borstkas glijden en haar wang langs de zijne strijken.

Hij kromp ineen en plotseling leek de kamer hem een stuk kleiner en bedompter toe. Ze was er niet. Geen zachte liefkozingen, geen seringengeur om het hevige verlangen te verzachten. Xander tuurde naar de open ruimte, liep er langzaam naartoe en streek met zijn vingers over de harde rand van de houten stoel. Twee jaar. Na Fiona's dood was hij twee jaar van zijn leven kwijtgeraakt. Niet in de gebruikelijke zin des woords. Hij was er niet vandoor gegaan: voor hem geen lange vakantie om te zwelgen in zelfmedelijden. In plaats daarvan had hij zich geheel en al aan zijn werk gewijd. Hij had opnieuw belangstelling opgevat voor Machiavelli, en die had als springplank gediend voor zijn onderzoek naar nieuwrechts. Het was een plotselinge obsessie geweest, en over het waarom daarvan had hij niet lang nagedacht. Het was hem voldoende geweest dat hij wat afleiding had. Zelfs Lundsdorf had er zijn goedkeuring aan gehecht. Navrant, dacht hij. Tieg en Sedgewick hadden hem hier weer teruggebracht, terug naar het Instituut, terug naar dit studiehoekje. De cirkel was rond.

De tl-buizen sprongen aan en Xander draaide zich razendsnel om. Zijn ogen hadden moeite om te wennen aan deze plotselinge verandering.

'Sorry, ik wilde u niet laten schrikken.' Een kleine man knikte hem toe en keek snel de kamer rond voordat zijn blik bleef rusten op een plank tegen de achterwand. Xander keek toe hoe hij daarnaartoe liep en snel de lange rij boeken doorkeek, waarbij hij zo nu en dan even bleef stilstaan en een zacht brommend geluid liet horen voordat hij weer verderliep. Dat ging zo een paar minuten door tot hij een langgerekt 'aaah' uitstootte en het boek dat hij kennelijk zocht uit de kast trok. Hij legde het op een tafeltje. Terwijl hij een paar bladzijden omsloeg, leek de man hier heel goed te passen. Het wat versleten jasje, de lichtgekromde schouders, zijn volstrekte gebrek aan belangstelling voor alles en iedereen binnen een straal van dertig meter: het klopte allemaal precies. Alleen dat gepommadeerde, achterovergekamde haar, dat viel nogal uit de toon. Dergelijke ijdelheid was tamelijk ongebruikelijk binnen deze gewijde muren. De man keek op en zag dat Xander naar hem stond te kijken. Er lag niets vriendelijks in zijn blik, en zeker geen opgewekte begroeting. En toen ineens kwam er een glimlach tevoorschijn. Smalle lippen kromden zich tussen twee ingevallen wangen.

'Dit is niet wat ik zoek,' zei hij. Hij had een Noord-Europees accent:

Nederlands, Zwitsers of Duits – Xander wist het niet precies.
'Jammer.'
'Ja.' Hij sloeg het boek dicht en zette het op de plank. Daarna streek hij met zijn hand door zijn haar. 'Dit zal wel de verkeerde kamer zijn.'
'Ja.' Opnieuw keken ze elkaar strak aan. De blik in 's mans ogen was volkomen nietszeggend. 'Neem me niet kwalijk dat ik u heb gestoord.' Hij liep naar de deur, draaide zich om en nadat hij Xander nog eens had toegeknikt, stapte hij de hal in. De deur viel achter hem in het slot.
Toen de voetstappen langzaam wegstierven, merkte Xander dat zijn handen trilden, maar hij besefte terdege dat dat niet zozeer werd veroorzaakt door het uiterlijk van de man, als wel door deze kamer. Hij had zichzelf een emotionele uitspatting toegestaan. Sarah zou zoiets nooit doen, dat wist hij zeker.
Op de trap naar beneden dacht hij al koortsachtig na over de stukjes en beetjes informatie die hij uit Carlo's aantekeningen had weten te destilleren. Toen hij door de overdekte zuilengalerij liep, waaide hem een felle wind tegemoet die een welkome opfrisser vormde. Berg het weg. Laat het daar in die kamer liggen. Hij voelde de maar al te vertrouwde dofheid weer terugkeren, een dofheid die hem akelig veel deed denken aan de lege uitdrukking die hij gisteren op Sarahs gezicht had gezien... in haar ogen.

Chicago, 4 maart, 5.14 uur

Janet Grant klemde de levenloze vingers van de man om het pistool en legde zijn hand toen op het kussen, precies zoals haar gezegd was. Ze had nog nooit zelf iemand van het leven beroofd. Die doden in Washington had ze voor zichzelf weten goed te praten als iets waarop ze geen invloed had gehad. Haar verantwoording voor de activiteiten van vanochtend liet zich echter niet zo eenvoudig wegredeneren. Haar boetedoening had de oude man het genoemd. Voor Eggart.
Ze keek de kamer rond. De computer stond nog steeds te snorren en wiste het ene scherm met bestanden na het andere. Ze had niet te horen gekregen waarom al die bestanden gewist dienden te worden. Dat hoefde iemand in haar positie niet te weten.
Ze ging in een stoel zitten en keek naar Chapmans levenloze lichaam dat op het bed lag. Zo te zien was het een zelfmoordgeval. Een man die vragen had durven te stellen over het proces.
Het was een lesje dat Janet Grant nog lang zou heugen.

Hoewel het pas halfacht was, had Sarah al een heel productieve ochtend achter de rug. Het had haar weinig moeite gekost om haar oude vriend Tommy Carlisle te vinden. Het hoofd van de afdeling Misdaadbestrijding bij het Ministerie van Justitie ontbeet altijd om halfzeven in The Old Ebbitt Grill, met zwarte koffie en gerookte kippers. Dat was vaste routine, net als het perfecte zwarte pak en het keurige vlinderstrikje waarmee hij zich in bepaalde Washingtonse kringen beroemd had gemaakt. Gezien datgene waar ze nu achteraan zat, was hij de meest voor de hand liggende keuze.

'Ik wil graag inzage in een paar dossiers,' begon ze.

'En vanzelfsprekend heb je daar toestemming voor van het Ministerie van Buitenlandse Zaken.'

Sarah glimlachte. 'Tommy, ik zei dat het om een gúnst ging en niet om zaken.'

Hij zweeg even, en knikte toen. 'Juist. En over wat voor een soort dossiers hebben we het dan?'

'Oude dossiers.'

'Hoe oud?'

'Het type dat ze niet in de computer stoppen.' Nu was zij degene die een korte stilte liet vallen. 'De dossiers in D-5.'

Ze zag aan zijn ogen dat hij wist wat ze bedoelde. 'D-5.' Zijn glimlach deed nu bepaald geforceerd aan. 'En hoe weet jij daar iets over?'

Sarah zei niets, maar bleef hem recht in de ogen kijken.

Na een paar seconden begon hij zijn hoofd te schudden. 'Neem me niet kwalijk, meisje, maar dat is wel iets meer dan een gunst. En na de gebeurtenissen van de afgelopen week is de beveiliging overal in de stad bovendien een heel stuk strenger geworden. We zijn op het moment allemaal nogal op ons hoede.'

'Ik zal heus niets meenemen, Tommy. Het enige dat ik nodig heb, is een inzagevergunning op niveau nummer zeven...'

'Ik denk dat we dit gesprek maar beter als niet gevoerd kunnen beschouwen.'

'Je hebt toch zeker toegang tot dossiers op niveau zeven?' Ze wachtte even en nam hem aandachtig op. Daarna zei ze langzaam en nadrukkelijk: 'Volgens mij heb je die nu gewoon op zak.'

De langdurige omhelzing bij het afscheid had haar ruim de tijd gegeven om zijn identiteitskaart uit zijn zak te vissen en die te verwisselen met een goed gemaakte vervalsing. Omdat hij een paar dagen de stad uit moest – dat zou degene die haar die informatie had toegespeeld, minstens duizend dollar extra opleveren – wist ze dat hij voorlopig geen reden zou hebben om hem te gebruiken en dus ook niet zou merken dat hij een vervalsing op zak had. Dat ze op het punt stond om inbreuk te maken op de Wet op het Staatsgeheim was weer iets anders. De jongens van Justitie zouden ongetwijfeld willen weten waarom ze die documenten had willen inzien, maar ze rekende erop dat de nasleep van Eisenreichs eerste proefneming hen wel even bezig zou houden. Ze besefte echter maar al te goed dat ze op een gegeven moment een paar vrienden achter haar aan zouden sturen met een dringend verzoek om eens langs te komen voor een praatje. Dat zou alles er wat ingewikkelder op maken, maar dat risico moest ze dan maar voor lief nemen. Het was de moeite wel waard.

Nu stond ze voor een onopvallende deur ergens in kelder nummer vier van het Ministerie van Justitie. Op de glazen ruit hing een bord met het opschrift D-5. Tot dusverre had ze met behulp van Carlisles pasje langs drie verschillende controleposten weten te komen. Alle drie die posten waren bemand door een marinier in volledige uitrusting. Die stonden hier pas sinds kort, maar ze had niet de moeite genomen om te vragen hoe lang al, en geen van de jongemannen had haar ook maar iets gevraagd. Alle drie hadden ze haar kaart door een elektronische scanner gehaald en toen die het groene licht gaf, hadden ze voetstoots aangenomen dat alles dan wel in orde zou zijn. Voordat ze hierheen was gegaan, had ze al beseft hoeveel mazzel ze had. Het Ministerie van Justitie liep een beetje achter. Er waren hier nog geen netvliesscanners in gebruik. Maar daar stond weer tegenover dat ze zich niet goed kon voorstellen wie er nog meer belang zouden kunnen stellen in de dossiers over het Tempsten-project, of, om het wat nauwkeuriger te formuleren, wie daar zoveel belangstelling voor zouden kunnen hebben dat ze de moeite zouden nemen om helemaal tot hier door te dringen. Gevoelig materiaal, maar inmiddels wel zwaar verouderd, althans volgens Tommy. Kennelijk was het die combinatie die haar bezoekje hier mogelijk maakte.

Ze stak de kaart in een onbemande scanner. Zes seconden later sprong de deur met een klikkend geluid open en Sarah stapte naar binnen, waarbij ze bijna tegen een plank aan liep die op niet meer dan een halve meter afstand van de deur hing. Toen de tl-buizen boven haar automatisch aangingen, zag Sarah dat D-5 niet meer was dan een lange gang met over de hele lengte planken vol dossiers, van de vloer tot aan het plafond. Ze trok de deur achter zich dicht en zag dat er een klein diagram naast hing waarop met pijlen en kadertjes stond aangegeven welke jaartallen op welke planken te vinden waren. Het jaar 1969 stond bijna aan het eind van de gang, in de op drie na laatste kast.

Het kostte haar nog geen vijf minuten om de twee dunne archiefmappen te vinden die betrekking hadden op het Tempsten-project. In beide

mappen zaten niet meer dan een stuk of zes velletjes papier. Sommige daarvan waren met de hand beschreven, andere schijnbaar haastig volgetypt, en ze waren allemaal nogal stoffig. Het was duidelijk dat het heel lang geleden was sinds iemand ernaar had omgekeken.
De verklaring voor hun aanwezigheid hier in D-5 was te vinden in een paar korte zinnetjes onder aan de eerste pagina. Sarah las:

> De tragedie die bekendstaat als het Tempsten-project, blijft problemen opleveren. De slachtoffers zijn nu tussen de acht en de achttien jaar oud en een voortgezet openbaar onderzoek naar hun doen en laten zou ongetwijfeld ernstige repercussies hebben. Daarom is deze commissie van mening dat alle namen, data en andere persoonlijke gegevens van de direct betrokkenen minstens vijftig jaar als vertrouwelijke informatie dienen te worden beschouwd.

De daaropvolgende regels plaatsten de bezorgdheid van de commissie echter in een heel ander licht.

> Bovendien zijn wij van mening dat het van vitaal belang is dat de voortgang van deze kinderen nauwlettend gevolgd wordt. Van tijd tot tijd zal dit dossier daarom worden bijgewerkt met relevante nieuwe informatie.

Iemand in de gaten laten houden onder het mom dat je je zorgen over hem maakt. Een oeroud smoesje. De rest van het dossier bevatte een gedetailleerde beschrijving van de gebeurtenissen in 1969.

> Op 18 mei, rond drie uur in de middag, verschenen twee kinderen (geschatte leeftijden respectievelijk tien en twaalf jaar) in het kantoor van de sheriff van Tempsten. Ze waren duidelijk zwaar mishandeld en zaten onder het bloed. Enkele uren lang wilden ze allebei niets zeggen, en ze gaven dus ook geen verklaring voor hun gehavende uiterlijk. De sheriff stuurde drie van zijn assistenten erop uit om het spoor van de kinderen terug te volgen. Dat leidde naar een afgelegen, door een omheining omgeven privé-terrein met vier blokhutten en een klein huis erop, bijna vijf kilometer in Highridge Forest. Naderhand heeft de sheriff het tafereel dat zijn

manschappen daar te zien kregen toen ze tegen zonsopgang het terrein betraden, omschreven als 'het ging alle fantasie te boven. Een hele horde kinderen die allemaal amok aan het maken waren, met messen, honkbalknuppels en wat ze verder ook maar aan wapens hadden kunnen vinden.' Dit is bevestigd door enkele van zijn medewerkers. Tegen zessen hadden ze alle kinderen bij elkaar gebracht. Twee kinderen waren echter dood. Kennelijk zijn ze overleden aan verwondingen aan hun hoofd die hun waren toegebracht vóór de komst van de politie.

Een inspectieronde wees uit dat de blokhutten leeg waren. Alleen in het huis werd iets van enig belang aangetroffen: twee volwassenen die doodgestoken waren, en enkele documenten die hier bijgesloten zijn.

Sarah bladerde verder. Wat ze ook hadden willen bijsluiten, het dossier had het duidelijk niet gehaald. Er zat niets bij waaruit bleek hoe die kinderen daar eigenlijk terechtgekomen waren of wat de aanleiding tot al dat geweld zou kunnen zijn geweest. In plaats daarvan volstond het dossier met een beschrijving van de gebeurtenissen van de daaropvolgende weken. De kinderen waren in het ziekenhuis opgenomen en er was een poging gedaan om Anton Votapek op te sporen, degene wiens naam verschillende keren werd genoemd in de aangetroffen documenten. Omdat Votapek spoorloos was verdwenen, had de commissie het dossier noodgedwongen als een niet-afgesloten onderzoek moeten bestempelen. Op de laatste pagina stond een datum, 9 januari 1970, met verschillende handtekeningen eronder.

Snel pakte Sarah de tweede map. Toen ze die opensloeg, was het eerste wat ze zag een lijst met veertien namen erop, met daarachter telkens een leeftijd en een telefoonnummer. De kinderen van Tempsten. Ze las de lijst even door en wilde net de bladzijde omslaan toen ze ineens met een strak gezicht naar de derde naam van onderen bleef kijken. Even wist ze niet of ze het wel goed had gezien. Dat kán helemaal niet, dacht ze. Ze wilde het verklaren als een bizar toeval – het was per slot van rekening een heel algemene naam – maar diep in haar hart wist ze wel beter. Het zei al genoeg dat ze die naam híer tegenkwam, weggeborgen op beveiligingsniveau nummer zeven, een plek waar ze helemaal niet mocht komen. Dat ze geen idee had waarom zijn naam hier stond, maakte heel weinig uit. Ze had het gezien en op de een of andere manier vormde dat alleen al voldoende bevestiging. Hij wás het. Dezelfde naam, dezelfde leeftijd.

Walter Pembroke, zestien jaar oud.
Pembroke, de op twee na jongste vice-president in de geschiedenis van de Verenigde Staten, en op de een of andere manier had die iets te maken met het Tempsten-project.
Er moest meer zijn. Ze sloeg de bladzijde om in de hoop dat ze daar meer informatie zou aantreffen, maar daar vond ze alleen maar de aanvullingen die de commissie zo vlijtig bij elkaar had gezocht. De ene alinea na de andere: van elk kind was keurig elke adreswijziging en elk nieuw telefoonnummer genoteerd, maar er zat niets meer bij over Pembroke. Níets. Ze las de tekst nog eens aandachtig door en kwam tot de ontdekking dat kinderen aan wie deze alinea's gewijd waren, allemaal één verontrustende eigenschap gemeen hadden. Ze waren dood. Sommigen van hen waren naderhand alsnog aan hun in 1969 opgelopen verwondingen bezweken, maar de meesten waren om het leven gekomen bij auto-ongelukken. Toen ze de sterfdata eens goed bekeek, kwam ze tot de ontdekking dat slechts vier van de veertien kinderen ouder dan negentien waren geworden.
Snel keek ze de lijst met namen van de overlevenden door, maar het duurde even voordat het haar opviel. Er kwam haar iets bekend voor aan de laatste twee namen... Grant, Eggart.
En toen viel de munt.
Die moordaanslag van vorige week, op die Nederlandse diplomaten. Eggart was de naam van de moordenaar geweest, en die was in Virginia op zijn beurt zelf ook neergeschoten: door een agent van de staatspolitie die daarna zelfmoord had gepleegd.
Opnieuw een bewijs voor de activiteiten van Eisenreich.
De simpele feiten waarnaar ze op zoek was geweest, de feiten die alles duidelijk zouden maken, lagen recht voor haar neus. Ze had echter alleen maar een paar namen, verontrustende namen, maar toch...
Sarah keek eens naar de laatste naam op de lijst. Alison Krogh. Daarnaast stond een tiencijferig telefoonnummer. Geen nieuw telefoonnummer. Geen nieuw adres. Niets wat haar in verband bracht met de anderen. Toen een meisje van zes, dus nu moest ze midden-dertig zijn. Ergens in de Verenigde Staten.
Alison Krogh... Daar zou ze mee beginnen. Die vormde het beginpunt van waaruit ze dit hele complot zou ontrafelen.

Xander was naar een klein theehuisje vlak bij de bibliotheek gegaan, waar hij vroeger vaak had gezeten. Hij had tijd nodig om Carlo's aantekeningen eens rustig door te lezen en bovendien wilde hij ook even wat afstand nemen van het Instituut. Dat laatste was misschien wel de ware reden. Hij moest zich even een paar minuten kunnen ontspannen en daarom had hij de *Herald Tribune* gekocht. Het ging hem om het cryptogram. Zekerheid in een raster van vijftien maal vijftien hokjes.

Maar verder dan de voorpagina kwam hij niet. Terwijl hij door Store Street liep, keek hij snel even naar het hoofdartikel en hij zag dat het over het graanprijzenfiasco ging: de paniek die gisterochtend vroeg was uitgebroken op de termijnmarkt van Chicago. Verschillende bronnen beschreven hoe boeren in Iowa zich al aan het bewapenen waren om te verhinderen dat regeringsfunctionarissen een taxatie zouden maken van de beschikbare graanvoorraden. In reactie daarop had Cargill Agricultural verklaard dat alle graantransporten vanuit de Verenigde Staten voor onbepaalde tijd werden gestaakt. Xander keek het artikel snel even door, maar wilde zichzelf nog niet toegeven dat het iets met Eisenreich te maken kon hebben. Toen hij ineens een naam zag staan die hem bekend voorkwam, had hij echter geen keus. Martin Chapmann. Dood, zelfmoord, de belegger die verantwoordelijk was voor dit hele fiasco.

Xander staarde naar de woorden en dacht weer terug aan de dossiers die hij in Florence had doorgelezen. Chapmann, een lid van Sedgewicks kring van vertrouwelingen. Wat hij met die mensen van plan is, laten wij aan de verbeelding van de lezer over. Maar nu niet meer. De enige vraag was nu nog: hoever zou die eerste proefneming reiken? En wat nog angstaanjagender was: als Washington en Chicago alleen maar proefnemingen waren, hoe verwoestend zou de chaos dan niet zijn die Eisenreich wilde ontketenen? Hoeveel andere markten zouden Sedgewick en zijn medestanders nog vernietigen?

Het antwoord, zo besefte Xander, was te vinden in het manuscript. Maar eerst moest hij het zien te doorgronden om erachter te komen wat het werkelijk was, en het niet houden voor wat die drie gekken er in hun verbeelding van gemaakt hadden. Dat betekende dat hij het in zijn context moest zien, moest begrijpen uit welke maatschappelijke verhoudingen het was voortgekomen. En dat betekende weer dat hij Carlo's aantekeningen erbij moest halen. Hij stak de krant onder zijn arm en liep verder naar het theehuis.

Een paar minuten later was hij volkomen verdiept in de geschiedenis van het manuscript.

'Eisenreich noemde zijn manuscript *Over de heerschappij*. Maar wie had kunnen weten dat zo'n op zich toch tamelijk onschuldige titel het begin van iets zo gedurfds en stoutmoedigs zou zijn?' In elk geval niet de achttiende-eeuwse bibliothecaris die het tussen een verzameling veertiende-eeuwse tirades had gezet die gingen over spirituele heerschappij over de zinnen, want dat was toch nauwelijks een geschikte plek te noemen voor een document dat erop gericht was om de aard van de macht opnieuw te definiëren.

'Als deze Ludovico Buenamonte zelfs maar een ogenblik de tijd genomen zou hebben om de opdracht te lezen, zou hij zijn vergissing hebben opgemerkt en dan zou het manuscript niet nog eens voor tweehonderd jaar verloren zijn gegaan.' Toen hij het commentaar van zijn vriend las, kon Xander zowel diens uitgelatenheid als diens machteloze woede duidelijk aanvoelen. Er waren maar liefst vier alinea's gewijd aan de incompetentie van Signore Buenamonte.

Zoals te verwachten viel, had Carlo de titel stom toevallig gevonden. In feite had het hem zelfs bijna acht jaar gekost om achter de naam van het origineel te komen. Het probleem was dat de weinige verwijzingen naar het manuscript die hij tot zijn beschikking had gehad, het alleen maar hadden over de Eisenreich-*Wissenschaft* of, heel wat minder respectvol, over de *Schweizerische Wahn.* 'Met die tweede verwijzing,' stond er woedend in Carlo's aantekeningen, 'ís niets te beginnen. En wat betreft de eerste: dat die nutteloos is, ziet zelfs een kind.' *Over de heerschappij* werd nergens genoemd.

Uiteindelijk was het stom toeval dat hij de titel had gevonden. Toen hij een paar citaten aan het natrekken was uit de doctoraalscriptie die een van zijn studenten had geschreven over de kerkelijke rechtbanken ten tijde van de inquisitie, was hij op een briefwisseling gestoten tussen twee Spaanse bisschoppen. Een van hen was nogal geïntrigeerd geweest door de korte verhandeling, die hij beschreef als 'een beangstigende theorie die beschrijft hoe wereldlijke macht het beste in handen van de kerk geplaatst zou kunnen worden'. Carlo had dat aanvankelijk een tamelijk nietszeggend commentaar gevonden, maar toen had hij gezien dat de tweede bisschop het 'niet meer dan een Zwitserse intrige' had genoemd. De naam van het document was *Over de heerschappij* en kennelijk was de auteur een Zwitser. Na nog wat graven en nog een paar brieven had Carlo de naam van de auteur weten te achterhalen. Een zekere Iacobus Eusebius Eisenreich. 'Vandaag,' las Xander, 'drinken we champagne.'

Het vinden van de naam van de auteur had echter alleen maar tot grotere problemen geleid. Waarom zouden twee katholieke bisschoppen dat manuscript in hun bezit hebben gehad? En wat had hen op het idee kunnen brengen dat het iets met de opperheerschappij van de Kerk te maken had? Het ging over macht en chaos, gezag en manipulatie. 'De stukjes van de puzzel passen niet in elkaar. De Kerk en Eisenreich? Dat slaat nergens op, helemaal nergens op.' De aantekeningen deden nu verslag van twee slopende dagen waarin Carlo niets anders had gedaan dan

zitten en koffiedrinken, de ene kop na de andere, en zich er zo bijna van had weten te overtuigen dat hij op een dood spoor zat. Desalniettemin had hij drie dagen later in zijn dagboek geschreven: 'Dit kan geen toeval zijn. Ik zal niet toelaten dat je me opnieuw verslaat.' Xander vroeg zich af hoe vaak zijn vriend die uitdaging aan zichzelf al had opgeschreven, hoe vaak hij zichzelf al had gedwongen om zich weer in het strijdgewoel te storten. Vervolgens had Carlo een tijd vrijaf genomen van zijn werk aan de universiteit en was hij meer dan twee maanden bezig geweest om de eindeloze boekdelen van de catalogus van de Vaticaanse bibliotheek door te ploegen. 'Natuurlijk vonden de idioten die die eindeloze rollen papier hebben volgekrabbeld, het niet nodig om auteursnamen te vermelden. Alleen maar titels! Wanneer zullen die zwartrokken het nou eindelijk eens leren?' De omissies die Carlo zoveel ongemak hadden bezorgd, vormden voor Xander een opluchting. Geen namen, geen kruisverwijzingen, en dus ook geen eenvoudige manier om een manuscript te vinden dat ergens verscholen lag in een groot middeleeuws boek.
Carlo had uiteindelijk zes manuscripten over kerkpolitiek gevonden die *Over de heerschappij* heetten. Eén daarvan was de Duitse versie geweest die hij in Belgrado had aangetroffen. Dat boek was echter zwaar beschadigd geweest. Watervlekken en gescheurde pagina's hadden niet meer dan stukjes en beetjes overgelaten. Natuurlijk was Carlo dolenthousiast geweest over zijn ontdekking, maar de slechte staat waarin het boek verkeerde had hem toch ontevreden achtergelaten. Het is alsof je me op de proef stelt om te zien hoever je me kunt laten gaan. Maar ik zal je weten te vinden, Eisenreich. Reken daar maar op. Jammer genoeg bleken de volgende vier boeken met de titel *Over de heerschappij* niet van de hand van de Zwitserse monnik te zijn. Er zaten drie achttiende-eeuwse verhandelingen bij, en de vierde was een traktaat over goddelijk ingrijpen in de gang van zaken op aarde. Vier dagen voor Xanders aankomst in Florence had Carlo er nog één gevonden. 'Er is er nog maar één over. Dat moet hem wel zijn. Daar ben ik zeker van.'
Het zesde bevond zich in de collectie-Danzhoeffer, ergens diep in de catacomben van het Institute of Historical Research.
Dat het nu een redelijk eenvoudige klus zou worden om het desbetreffende manuscript te vinden, vond Xander aanvankelijk een heel opwindend idee, maar bij zijn derde kopje thee was hij het angstaanjagend gaan vinden. Als het allemaal zo voor de hand lag, zou het voor Tieg en zijn manschappen dan ook niet een fluitje van een cent zijn? Carlo's exemplaar hadden ze weten te vinden, dus waarom dit niet? En ze beschikten over de titel, al jaren. Een snelle zoektocht in het Vati-

caan... Het antwoord schoot hem te binnen terwijl hij de hete vloeistof doorslikte. Tieg had pas een paar dagen geleden lucht gekregen van het bestaan van een derde exemplaar. Ze zouden helemaal geen reden hebben gehad om in het Vaticaan te gaan kijken, want ze hadden helemaal niet geweten dat er nog iets te zoeken viel, en zelfs nu hij van het bestaan van de derde versie op de hoogte was, zou Tieg geen reden hebben om verband te leggen tussen Eisenreich en deze kerkelijke documenten. Dat was stom toeval geweest. Zelfs Carlo had de vondst van de bisschoppelijke brieven omschreven als een godsgeschenk. 'Als ik het manuscript in handen heb, zal ik Hem daar uitgebreid voor bedanken.'
Die speels oneerbiedige woorden waren de laatste die Carlo had geschreven. De lichte stijl, de kleine speldenprikjes, de uitweidingen over de beste cappuccino van Florence, ze deden Xander allemaal denken aan de man die hij sinds zijn eerste dagen bij Lundsdorf had gekend. 'Die emotionele Mediterraan,' had hij hem wel eens genoemd. 'Een uitstekend stel hersenen, maar het zit helemaal vol wanordelijk... enthousiasme.' Als er ooit één zinsnede was geweest die het verschil tussen de Teutonen en hun zuiderburen kernachtig samenvatte, dan was het deze wel. Toen Xander Carlo over diens opmerkingen had verteld, had de Italiaan daar aanvankelijk op gereageerd met een geërgerd handgebaar, alsof hij een bij van zich af sloeg. Daarna had hij even zijn schouders opgehaald en glimlachend gezegd: 'Natuurlijk heeft hij wel gelijk, maar wat een geweldige wanorde.' Een snelle knipoog, dat licht nasale lachje. Typisch Carlo.
Maar de details waren nog veel onthullender. Voor iemand die niet meer dan de restanten van een zwaar beschadigd manuscript had gezien (selecties daaruit stonden her en der tussen de aantekeningen) beschikte Carlo over een onthutsend goed totaalbeeld van de inhoud ervan. En wat meer was, hij stelde Xander in staat om Eisenreich te zien in een licht dat het stereotype ondermijnde dat zoveel wetenschappers klakkeloos hadden aanvaard. Toegegeven, zijn theorie over macht en heerschappij (zoals die door Carlo was gereconstrueerd aan de hand van het Duitse manuscript) deed die van Machiavelli verbleken tot iets tams, wat zelfs nogal goedmoedig aandeed, maar ondanks zichzelf verbaasde Xander zich over het genie van de man. Als Carlo het bij het rechte eind had, had Eisenreich een inzicht in politieke processen gehad waarmee hij zijn tijd minstens twee eeuwen vooruit was geweest.
De aantekeningen bevatten zoveel rijkdommen! Nu was het tijd om te zien of het manuscript de hoge verwachtingen die hij ervan had waar zou maken.

Sarah had verwacht dat het nummer allang afgesloten zou zijn, of dat er

een bandje afgespeeld zou worden met daarop een nieuw adres, zodat ze compleet verrast werd toen er werd opgenomen.
Ze belde vanuit een telefooncel op de hoek van 8th Street en D Street.
'Hallo.' Het was een vrouwenstem, aarzelend en zacht.
Sarah wist niet goed hoe ze het had en liet een korte stilte vallen. 'Hallo?'
'Anton, ben jij het?'
Die vraag was voldoende om een nieuwe stilte op te roepen. 'Alison?' vroeg Sarah.
Weer stilte. 'Met wie spreek ik?' Er klonk geen wantrouwen in haar stem, geen spoor van onzekerheid, alleen maar een onschuldige nieuwsgierigheid. 'Hallo?'
'Ja, hallo. Met... Sarah.'
'Hallo, Sarah.'
'Spreek ik met Alison... Alison Krogh?'
Opnieuw een stilte. 'Ja... Ja, met Alison. Sarah wie?'
'Sarah... Carter. Had je verwacht van Anton te horen?'
'Hij is degene die dit nummer kent.' Stilte. 'Heeft Anton je gevraagd om te bellen?'
Opnieuw wachtte Sarah even voordat ze antwoord gaf. 'Ja. Hij heeft me gevraagd... hij wilde even langskomen om met je te praten. Is dat in orde wat jou betreft?'
'Juist.' Weer stilte. 'Heeft Anton je dit nummer gegeven?'
'Ja.'
'Zei hij dat hij wilde dat je zou komen?'
'Ja,' zei Sarah.
'Dan... zal het wel in orde zijn.' Ze gaf echter nog steeds haar adres niet.
'Heeft Anton je niet alles al uitgelegd?' vroeg ze.
'Nee.' Sarah wachtte even en ging toen verder: 'Hij zei dat jij het me wel zou vertellen, maar alleen als jij wilde dat ik zou komen.'
Weer een paar seconden stilte. 'Goed.'
Dat gesprek had nu al anderhalf uur geleden plaatsgevonden en sindsdien had Sarah de eerste vlucht naar het noordelijke deel van de staat New York genomen, ze had daar een auto gehuurd en was naar Tempsten gereden. Hoewel ze onderkende dat deze reis noodzakelijk was, was ze steeds meer gaan opzien tegen het vooruitzicht van een gesprek met een van de laatste overlevenden. Nog steeds dáár. Zo dichtbij. Ze vroeg zich af waarom ze haar in leven hadden gelaten.
Het arbeiderswoninkje, niet meer dan drie of vier kamers, met een overdekte veranda langs de voorgevel, stond aan een rustig landweggetje. Sarah zette haar auto langs de kant en terwijl ze het tuinpad op liep, zag ze het gordijn even bewegen: er had duidelijk iemand op de uitkijk

gestaan, iemand die bezoek verwachtte. Zelfs voordat ze maar op de bel had kunnen drukken, ging de deur al open en daar stond Alison Krogh. Ze was gekleed in een eenvoudige jurk van bedrukte katoen en haar haar was samengebonden in haar nek. Voor een vrouw van midden dertig zag ze er verrassend jong uit. Slank, elegant en met een weelderige massa lang rood haar.

'Jij bent zeker Sarah Carter?' zei ze terwijl ze een stap naar achteren deed en Sarah door een klein halletje voorging naar de woonkamer. Er stonden slechts weinig meubels: een bank, twee luie stoelen, een paar boekenkasten en een televisie. Op het salontafeltje stond een kan met twee glazen. 'Ik hoop dat je van citroenlimonade houdt,' zei ze terwijl ze Sarahs jas aannam en die in de gangkast hing. 'Ik heb hem zelf gemaakt.'

Sarah knikte en liep naar de bank. 'Ja, lekker.' Ze wachtte tot Alison ging zitten en liet zich toen in de stoel naast haar zakken. 'Heel vriendelijk van je dat je me wilt ontvangen.'

Alison knikte, maar keek Sarah niet recht in de ogen.

'Woon je hier alleen?'

'Ja,' zei ze. 'Behalve als Anton langskomt. Dan niet.' Ze glimlachte en nam een slokje van haar limonade. Als je haar in levenden lijve voor je zag, was haar kwetsbaarheid nog opvallender dan door de telefoon, bedacht Sarah.

'Komt hij vaak?'

Alison schudde ontkennend haar hoofd en nam nog een slokje. Sarahs blik ontweek ze echter nog steeds. 'Waarom heeft Anton jou gezegd dat je hiernaartoe moest komen?'

'Hij zei dat ik eens met je moest gaan praten.'

'Net als de anderen?' Voor het eerst hoorde Sarah een harde klank in haar stem.

'De anderen?' vroeg ze.

'De artsen... die over de school wilden praten.' Alison keek strak voor zich uit en deed er verder het zwijgen toe.

'En dat vind je niet prettig.'

'Ik praat er liever niet over.' Er klonk echter geen verwijt in haar stem. Het was gewoon een constatering. 'Ik herinner me er eigenlijk niet veel van. Is dat niet vreemd?' Ze probeerde te glimlachen en nam een slokje van haar limonade. 'Ik heb wat fruit. Ik kweek het zelf, in de kas hier. Wil je ook wat?' Ze wachtte niet op antwoord, maar stond op en liep door de klapdeur naar buiten.

Sarah keek naar de weinige foto's tussen de snuisterijen in de boekenkast en vroeg zich af wat er schuilging achter de ogen van de angstige vrouw die ze zojuist had ontmoet. Strandtafereeltjes, met een jongere Alison die tot haar middel in de oceaan stond, met naast zich een oudere man: ongetwijfeld Votapek. Ze glimlachte breeduit, maar de blik in haar ogen was hetzelfde: afstandelijk, slecht op haar gemak. Zelfs op een foto die al begon te vervagen. Iets zo vertrouwds.

De deur ging weer open.

'Je hebt hier leuke dingetjes staan,' zei Sarah.

Alison zette een dienblad op tafel en knikte. 'Cadeautjes. Van Anton.'

Sarah wachtte even en zei toen: 'Praat je met hém wel eens over de school?'

Alison hield haar ogen neergeslagen en haar gezicht was een uitdrukkingsloos masker. Toen ging ze zitten en keek strak naar de kom met fruit. Een paar seconden leek ze zich van niets anders in het vertrek bewust te zijn. Toen keek ze op. 'Wil je wat fruit?' vroeg ze, met een glimlach die strakker was dan die van daarnet.

Sarah schudde van nee. 'Ik had gehoopt wat over de school te kunnen praten.'

Opnieuw geen reactie, tot Alison snel even naar de hoek van de kamer keek en diep ademhaalde. Het kostte haar duidelijk moeite om haar zelfbeheersing te bewaren. Ze keek Sarah aan met vochtige ogen en probeerde met een glimlach haar tranen te bedwingen. 'Ik vind het niet prettig om daarover te praten.' Een enkele traan droop langzaam over haar wang.

Vriendelijk drong Sarah aan. 'Waarom heb je me dan gevraagd om te komen?'

'Ik krijg niet veel bezoek.' Alison veegde de traan weg. 'Het is... leuk als er bezoek komt.'

'Is dát de reden?'

Voor het eerst keek Alison haar recht in de ogen, en even zag Sarah iets van wat er achter die glimlach schuilging. Snel trok Alison haar been op tegen haar borst, ze liet haar kin op haar knie rusten en begon weer strak naar de kom te kijken. 'School was lang geleden.'

'Dat begrijp ik.'

'Nee, dat begrijp je niet.' Ook dit antwoord klonk helemaal niet strijdlustig. Het was niet meer dan de vaststelling van een feit. 'Niemand begrijpt dat. Anton niet. Laurence niet. Niemand.' Ze keek Sarah eens aan, en de tranen sprongen weer in haar ogen. 'Alles was fijn, weet je, precies zoals het hoorde te zijn. Het was er zo... préttig.' Hoewel ze nog steeds glimlachte, biggelden de tranen haar nu over de wangen. 'We hoorden er allemaal bij. We leerden allemaal een boel. Dat was de reden dat we daar waren, weet je. Om te leren hoe we sterk konden worden en konden nemen wat ons toekwam.' Snel keek ze weer even naar de hoek

van de kamer. De glimlach verdween. 'En toen was iedereen ineens zo boos...' Haar stem stierf langzaam weg, tot ze niet meer dan een zacht gefluister liet horen. Door de opwellende tranen kon ze nauwelijks meer een woord uitbrengen. Ze zag eruit alsof ze elk ogenblik kon bezwijken en haar tranen de vrije loop zou laten, maar toen zweeg ze plotseling, haalde eens diep adem en keek Sarah weer aan. 'Wil je wat fruit?'
Sarah keek haar een ogenblik strak aan. Die emotionele uitbarsting, die zo'n wanhopig oprechte indruk maakte en die haar steeds vertrouwder was gaan voorkomen, had haar zelf ook niet onberoerd gelaten. Alison zat nu weer opgesloten achter haar masker. De blik in haar ogen verried niets van wat er de afgelopen minuten gebeurd was. Er was alleen maar een vreemde spanning in te zien: ze had snel afstand genomen van de herinneringen.
'De jongens, bedoel je?' vroeg Sarah.
Even een blik van herkenning, maar toen niets. Alison, de stille en tengere Alison, deed verwoed haar best om zich in bedwang te houden en schudde haar hoofd. 'De jóngens? Ik snap het niet.'
'De jongens die dood zijn gegaan,' zei Sarah. 'Op school.'
Nu liet ze haar tranen de vrije loop, maar op haar gezicht was nog steeds geen enkele reactie te zien. Alleen haar hand: die balde ze langzaam tot een vuist, ze opende haar hand weer en balde dan weer een vuist, alsmaar door. En terwijl de tranen al over haar wangen biggelden, schudde ze haar hoofd. 'Ik kan me helemaal geen jóngens herinneren.'
Maar Sarah wist al genoeg. Ze wist het vanwege haar eigen herinneringen: weken, maanden, waarin ze had geprobeerd om de mensen te vergeten die ze van het leven had beroofd. Die telkens weer gebalde vuist: dat was een onbewust mechanisme dat een arts onder hypnose bij haar had ingeplant om de spanning van haar gruwelijke herinneringen wat te verminderen.
Herinneringen die werden verdrongen tot ze geleerd zou hebben ze te verwerken. Hoe lang, vroeg Sarah zich af, zou Alison zich achter dergelijke mechanismen hebben verscholen? Hoe lang hadden de mannen die daar verantwoordelijk voor waren, haar gedwongen met haar eigen zelfhaat te leven?
'Er is niets aan de hand,' zei Sarah zachtjes en met oprechte bezorgdheid in haar stem. 'Ik begrijp het wérkelijk. Je hoeft het je niet te herinneren.'
'Het was een fijne plek.' Alison gaf een knikje. 'En toen liep alles mis.'
'Hoe?' vroeg Sarah. 'Hoe is het misgegaan?'
Alison schudde haar hoofd. Zonder enige waarschuwing keek ze op, en plotseling was de blik in haar ogen weer helder. 'Het was verkeerd om het nog eens te proberen, hè?'

Die reactie verraste Sarah. 'Wát?' vroeg ze.
'Het zal toch weer opnieuw mislopen. Denk je niet?'
Opnieuw? Sarah bleef als verstard zitten.
'Anton denkt dat ik het niet weet,' vervolgde Alison, die nu naar de een of andere ververwijderde plek zat te staren. 'Maar ik weet het wél. Zelfs al heeft hij belóófd dat het goed zou gaan, dat hij ervoor kon zorgen dat het niet nog eens zou mislopen.' Ze keek Sarah weer aan. 'Het was slécht om het nog eens te doen. Dat weet ik. Ik heb het gezien.'
Sarah dwong zichzelf om zich te beheersen. 'Wat heb je dan gezien, Alison?'
Weer dat strakke glimlachje. Ze schudde haar hoofd. 'Het was slecht om het nog eens te doen. Daarom heb ik gezegd dat je mocht komen. Je moet hem vertellen dat het verkeerd is.'
'Wát is er dan verkeerd?' Ze wist al hoe het antwoord zou luiden, maar ze moest het uit Alisons mond horen.
Ze keken elkaar strak aan. Toen stond Alison op, ze liep naar de boekenkast en pakte een paar boeken van de onderste plank, zodat er een videocassette zichtbaar werd. 'Deze was van Anton. Ik heb hem gestolen omdat ik het wilde weten.' Vijftien seconden later stond ze bij de televisie en schoof de band in de videorecorder.
Voordat Sarah ook maar iets kon vragen, lichtte het scherm blauw op en verschenen in grote zwarte letters de woorden UITSLUITEND BESTEMD VOOR PREFECTEN – UITERST VERTROUWELIJK in beeld. Een ogenblik later werden die vervangen door een dunne strook zwart onder aan het scherm; een tijdklok die het verloop van minuten en seconden registreerde. De datum waarop de opname gemaakt was, was 7 april 1978, de plaats was Winamet, Texas. 1978, dacht ze. Mijn god, ze zijn gewoon doorgegaan.
Er verscheen een groepje jonge kinderen in beeld, niet meer dan zes of zeven jaar oud, die ergens in het midden van een ruim vertrek in een kring om een vrouw zaten. LEARNING CENTER stond er op een stuk papier dat in een boog aan het plafond hing. Elke letter was uitgeknipt uit papier van een andere kleur en het was duidelijk het werk van de kleintjes zelf. De vrouw was achter in de veertig, en zo te zien beschikte ze over de tederheid die absoluut noodzakelijk is om met heel jonge kinderen te werken. Ze zat ze iets voor te lezen. Na een paar seconden legde ze het boek op een stapel en keek de kring eens rond.
'Arme Assepoes,' zei ze. 'Wat deed iedereen toch lelijk tegen haar. Ik kan helemaal niets aardigs bedenken over die zussen van haar. Jullie wel?'
'Ze waren helemaal niet aardig,' zei een van de kleintjes. Ze wilde het zo graag goed doen dat het er ademloos uit kwam en ze zich regelmatig ver-

slikte in de woorden. 'Toen de prins opstond en Assepoes het glazen muiltje aan haar rechtervoet deed, waren haar zusjes heel boos en ze deden heel gemeen tegen haar omdat ze niet mochten gaan.' Haar enigszins scheefgehouden hoofdje en verlegen glimlach maakten duidelijk dat de exegese ten einde was.

'Dat ben ik met je eens,' zei de onderwijzeres met een glimlach.

'Ik haat ze,' merkte een kleine jongen op die links wat onderuitgezakt aan zijn tafeltje zat en zijn hoofd op zijn hand liet rusten. Er klonk niet de minste dreiging uit zijn stem. Simpel, eenvoudig en terzake.

'Haat, dat is wel heel sterk uitgedrukt.' De juf leek daar een reactie op te verwachten. Het jongetje haalde zijn schouders op, op die manier waarop alleen kleine jongetjes dat doen, met zijn schouders tot aan zijn jukbeenderen: een onopzettelijke overdrijving. 'Maar ik denk dat je gelijk hebt. Ik denk niet dat dat woord hier te sterk is.' Ze keek de kring even rond. Sarah kreeg sterk de indruk dat dit het antwoord was waarop de vrouw had zitten wachten. Het was duidelijk dat hier in het Learning Center heel speciale dingen werden onderwezen. 'Laten we eens kijken wat die slechte zusjes allemaal voor andere nare dingen hebben gedaan,' ging ze verder.

De kinderen begonnen nu de een na de ander een hele lijst met overtredingen op te sommen. De meest aangrijpende kwam van een verlegen jongetje dat had gewacht tot alle anderen weer stil waren.

'Ze gaven haar echt een rotgevoel en zeiden tegen haar dat niemand haar aardig vond.'

Het werd stil in de klas en een paar kinderen keken hem aandachtig aan, terwijl de juf er met haar moederlijkste stem aan toevoegde: 'En dat is zeker het allerergste, hè? Als je speciale mensen, zoals Assepoes, het gevoel geeft dat ze er niet bij horen en dat ze iets verkeerd hebben gedaan.' Het jongetje tuurde naar de vloer en terwijl zijn vingers met een plukje van het kleed bleven spelen, knikte hij. 'En mensen die dat doen,' vervolgde ze, 'die horen onze vriendjes toch niet te zijn? Die hoeven we toch zeker niet aardig te vinden?' De kinderen riepen luid van nee. 'Soms is het zelfs heel goed om mensen niet aardig te vinden. Mensen die ons bang maken bijvoorbeeld, of die ons pijn doen, of ons een rotgevoel geven over onszelf...'

'Zoals mensen die hier niet horen,' piepte een meisje met een paardenstaart.

'Zoals mensen die hier niet horen,' zei de juf met een knikje. 'Maar ook andere mensen. Mensen als Assepoes' zusjes, die best wisten hoe speciaal ze was, maar die toch alles deden om haar verdriet te doen. Het is belangrijk om te weten dat je moet uitkijken voor zulke mensen en dat je je niet naar of slecht hoeft te voelen als je merkt dat je een hekel aan ze krijgt. Zo'n hekel dat je ze echt gaat háten.'

'Ik haat ze ook.' Nu de juf haar officiële goedkeuring had gegeven, stond een aantal andere kinderen ook te trappelen om hun afkeuring te uiten.

'Het waren slechte mensen,' zei een ander jongetje. 'Sommige mensen zijn slecht en die haat je dan. Dat is alles.' Dat was de nietsontziende kleine leider van de haat-patrouille. Sjors van de Rebellenclub met SS-laarzen aan. Sarah bleef kijken.

'Sommige mensen zijn slecht,' zei de juf, 'en niet alleen in verhalen. Soms kom je wel eens iemand tegen die net zo slecht is als Assepoesters stiefzusjes en dan moet je weten wat je te doen staat, hoe je je moet gedragen en hoe je ze moet behandelen.'

'Ik zou zorgen dat ze mij niet al het werk in huis laten doen,' zei een stemmetje. 'En ook zorgen dat ze mij niet lieten thuisblijven terwijl zij naar het kasteel gingen,' zei een ander. De juf leek de enthousiaste reacties van de kinderen aan te moedigen en vooral verheugd te zijn toen één klein meisje boven het koor uitschreeuwde: 'Ik laat hen alle nare dingen doen en ik zal héél gemeen tegen ze zijn!' Dat laatste crescendo, waarbij het kleine meisje opsprong en zenuwachtig heen en weer begon te springen, met haar armpjes strak om haar lijfje heen geslagen om weerstand te bieden aan alle aandacht van haar leeftijdgenootjes, deed het kleine groepje uitbarsten in opgewonden geschreeuw en toen een paar andere kinderen ook opsprongen, leek de hele klas ineens vervuld te zijn van opgetogen gelach. Met kleine vuistjes begonnen de kinderen te schaduwboksen om uiting te geven aan de emoties die hun stralende juf in hen had wakker geroepen. Toen de golf op zijn hoogtepunt was, begon ze de kinderen langzaam maar beslist te kalmeren. 'Goed, kinderen, goed hoor, maar nu even kalm, nu even rustig.' Codewoorden waarmee ze haar kinderen binnen een minuut weer tot bedaren wist te brengen.

Het scherm werd zwart en begon een ogenblik later te sneeuwen.

Sarah keek Alison eens aan. De jonge vrouw zat zonder enige emotie in haar blik naar de televisie te kijken.

'Waar zijn die kinderen nu?' vroeg Sarah. Alison gaf geen antwoord en voordat Sarah het nogmaals kon vragen, werd het scherm weer zwart en verscheen er een ander groepje kinderen in beeld. Deze waren ouder, zo te zien minstens een jaar of twaalf. Op de balk onder aan het scherm stond 14 OKTOBER 1981, BRAINBROOK, COLORADO.

Niemand zei iets. Het was een les gevechtssport en alle kinderen waren buitengewoon bedreven in een breed scala aan technieken. Maar Sarah keek naar hun ogen, geconcentreerd maar leeg, en naar de kille precisie van hun bewegingen. Het beeld werd al snel weer zwart.

Twintig minuten later boog Alison zich voorover en trok de cassette uit de recorder. Intussen waren er tien andere scènes in beeld verschenen en Sarah had al die tijd gefascineerd zitten toekijken. Alle scènes waren opgenomen op verschillende scholen en in verschillende jaren, en ze gaven allemaal een beeld van een zeer eenzijdig en scheefgetrokken lesprogramma. Het verbindende element in alle scènes was echter blinde gehoorzaamheid geweest en opzettelijk gecultiveerde haat. Vijftien jaar oude kinderen die leerden hoe ze met zwakkelingen moesten afrekenen, kinderen van achttien die leerden hoe je een buitenstaander als zondebok moet aanwijzen om de samenhang in de eigen groep te bewaren. Een voortdurende dosis venijn om de natuurlijke agressie van de kinderen om te vormen tot de hartstocht van fanatici.
Wat ze echter nog onrustbarender vond, was de manier waarop ze werden opgeleid om iets met die emoties te doen. Het geweer van de sluipschutter, de springstoffen van de sloper, de manipulaties van de computerkrakers, en dat allemaal levendig in beeld gebracht op de videoband. De blauwdruk voor Eisenreichs aanslag op Washington. De blauwdruk voor de wereld na de eerste proefneming.

Alison bleef zwijgen en keek Sarah aan.
'Nu heb je het proces gezien,' zei ze. 'Nu weet je waarom ik je heb gevraagd hiernaartoe te komen. Je moet tegen Anton zeggen dat hij dit een halt toeroept. Hij moet het proces zien te stoppen.'
Sarah wachtte even voordat ze daar antwoord op gaf. Ze keek in Alisons angstige ogen en begon zich te realiseren dat de jonge vrouw wel eens veel meer zou kunnen begrijpen dan ze tot nu toe had laten merken. 'Hoe heb je die band in handen gekregen?' vroeg ze.
Alison keek haar eens aan en zei toen: 'Je zult hém moeten vertellen dat hij dit een halt toe moet roepen.'
Sarah knikte. 'Ik zal hém zeggen dat hij... het proces moet stoppen.'
Dat laatste woord leek Alison wat te kalmeren. 'Mag ik die band hebben?'
Alison keek Sarah eens diep in de ogen. Het was een indringende blik, en dat had Sarah niet verwacht. 'Waarom ben jij zo bedroefd, Sarah?'
Alison bleef haar nog even strak in de ogen kijken, leunde toen voorover en legde de band op het tafeltje. 'Misschien begrijp je het wel.' Ze pakte het dienblad. 'Ik haal nog wat limonade.'
Het duurde even voor Sarah zich van de schok hersteld had. 'Eigenlijk... moet ik er weer eens vandoor.'
Alison bleef bij de deur staan. Toen ze omkeek, lag er een gespannen glimlach op haar gezicht. 'Je mag blijven logeren. Ik heb andere....'

'Nee,' zei Sarah met een glimlach, en ze stond op. 'Ik moet echt maar eens....'

Een korte stilte. Alison zette het dienblad weer neer. 'Jij bent geen dokter, hè?' Ook dit keer was het geen beschuldiging, maar een nuchtere constatering. Toen Sarah niet reageerde, verstarde Alisons glimlach en liep ze naar de gangkast om Sarahs jas te pakken.

Een minuut later stonden ze bij de voordeur. Sarah voelde zich nog even slecht op haar gemak met haar nieuwe vertrouwelinge als een halfuur geleden. De blik van tedere hulpeloosheid in haar ogen was daar al veel te lang aanwezig om zich met een vriendelijk kneepje in de hand te laten verdrijven. 'Alles komt goed,' hoorde Sarah zichzelf zeggen.

'Kom je nog eens terug?'

De woorden sneden haar door de ziel. Het was een eenvoudige vraag, maar het kostte Sarah enorme moeite om een antwoord te vinden. 'Ja... ik laat je hier niet achter.'

Opnieuw keek Alison haar eens diep in de ogen. Een blik van herkenning en toen een knikje. Sarah kneep haar nog even in de hand en draaide zich toen om.

Halverwege het huizenblok zette een zwarte sedan zich langzaam in beweging en kwam haar kant op rijden. Sarah had hem onmiddellijk opgemerkt en begon geleidelijk aan steeds sneller te lopen. Een man van voor in de twintig, een breedgeschouderde jongen met een grijs pak aan dat hem eigenlijk iets te krap was, stapte achter een boom vandaan. Hij bleef stilstaan, met zijn handen over elkaar geslagen voor zijn middel. Zijn ogen gingen schuil achter zwarte brillenglazen. Typisch iemand van het Ministerie van Justitie. Sarah bleef staan. Kennelijk was Tommy alerter geweest dan ze had verwacht. En sneller. Toen de man met de zonnebril naar haar toe begon te lopen, kwam de wagen achter haar tot stilstand.

Een ogenblik dacht ze erover om op de vlucht te slaan. De gedachte aan Alison die hier alleen achterbleef, maakte de gedachte aan ontsnappen echter onmogelijk. Sarah wist dat de vrouw te kwetsbaar was om de aandacht van deze mensen uit Washington op haar te vestigen, en te nauw betrokken bij de mannen van Eisenreich om niet als medeverantwoordelijk beschouwd te worden. Weer een leven dat hierin verzeild raakte. Een ander leven dat Sarah niet zomaar kon negeren.

Langzaam draaide ze zich weer om naar het huis.

Wat ze daar zag, was een enorme schok voor haar. Alison stond naast een derde man, met een brede glimlach op haar gezicht en haar hand in de zijne. Sarah verstarde. Het tafereeltje bood een vreemd serene aanblik.

'Kijk eens wie er zijn!' riep Alison. 'Willy en John!'

Voordat Sarah daarop kon reageren, klemde de man zijn hand stevig om haar arm en fluisterde: 'Meneer Votapek heeft liever niet dat Alison overstuur raakt. Begrijpt u dat?' Hij pakte haar arm nog wat steviger vast.
Votapek. Sarah kon alleen maar knikken.

Na twee uur vol verkeerde aanwijzingen en incompetentie had Xander eindelijk de essentiële pagina's in handen, of liever gezegd: hij rukte ze een voor een uit een van de printers van de bibliotheek. Zijn odyssee was begonnen aan het bureau van de assistent-hoofdbibliothecaris die hem naar het filiaal aan de andere kant van de stad had gestuurd. Daar had hij te horen gekregen dat de boeken waarnaar hij op zoek was, nóóit uit het hoofdgebouw weg mochten. Geweldig. Hij was weer teruggegaan naar Russel Square, om daar een wat gegeneerde verontschuldiging aangeboden te krijgen – 'Ik dacht dat u de collectie-Dillman bedoelde' – en had daarna nog een uur gekluns moeten verduren voordat hij erop had gestaan dat hij de hoofdbibliothecaris te spreken kreeg. Mevrouw Denton-Fiss had haar oprechte verontschuldigingen aangeboden voor deze 'ongelukkige vergissing' en had hem met zich meegenomen naar haar kantoor van de medewerkers en de computers daar. Nu, tien minuten later, stond Xander naar de bladzijden te kijken die hij al die tijd had gezocht.
Volgens de lijst was de familie Danzhoeffer zeer royaal geweest. Ze hadden maar liefst vier archiefmappen vol documenten geschonken. Al met al stonden er zo'n veertig titels op de lijst: brieven, pamfletten en manuscripten... alles in volstrekt willekeurige volgorde. Dat betekende dat hij alle mappen zou moeten doorzoeken om Eisenreich te vinden. Xanders ergernis over de verdere vertraging was echter snel verdwenen toen hij op een van de eerste pagina's drie woordjes zag staan. *Over de heerschappij.* Hij streek met zijn duim over de letters en voelde hetzelfde gevoel van opwinding in zich opwellen dat hij in Carlo's aantekeningen had opgemerkt. Het was de opwinding van de jacht. Hij voelde een lichte tinteling onder in zijn keel.
Pas toen zag hij de asterisken op de pagina. Een stuk of tien vermeldingen, waaronder ook het manuscript, werden voorafgegaan door een klein sterretje. Snel keek hij naar de volgende pagina. Geen verklaring. Hij voelde hoe zijn maag zich samentrok. Wat nu? Er was maar één manier om daarachter te komen. Hij tilde zijn koffertje op en ging op weg naar de boekenopslagruimte.
Drie minuten later moest hij zijn ogen even laten wennen aan het zwak verlichte gebied op de vierde verdieping. Zoals typerend voor vele

wetenschappelijke bibliotheken lagen de boeken opgeslagen in het donker. Slechts de lampen aan het plafond wierpen smalle lichtbanen door de ruimte. Recht vóór hem bevond zich een smal gangpad dat dwars over de hele verdieping liep. Elke rij stond in een muur van zwart en wachtte op die ene voorbijganger die de bijbehorende lamp zou aandoen en zo door de sombere duisternis heen zou breken.
Terwijl hij langzaam de gang door liep, las Xander de afzonderlijke catalogusnummers die slordig met punaises boven aan de dwarssteunen bevestigd waren. Om zich ervan te vergewissen dat hij het niet was vergeten, keek hij een paar keer snel even naar het nummer dat hij had opgeschreven. Twee rijen van de achtermuur bleef hij staan bij nr. 175.6111 CR – 175.6111 FL. Hij stak het velletje papier in zijn zak en deed het licht aan, zodat dit deel van het smalle gangetje ineens baadde in het licht, en liet zijn blik snel over de ruggen van de boeken gaan. Halverwege de achterwand struikelde hij bijna over vier grote kisten die een eindje onder de rand van de onderste plank uitstaken. Hij keek omlaag en toen hij het opschrift zag, voelde hij opnieuw die vertrouwde kriebel in zijn keel. Hij liet zich op zijn knieën zakken en trok de collectie-Danzhoeffer van de plank.
De toestand van de documenten was veel beter dan hij had verwacht. Toegegeven, nadat ze waren gecatalogiseerd en weer in hun doos waren gestopt, had niemand er ooit meer naar omgekeken, maar in elk geval was er bij het inpakken zorgvuldig te werk gegaan. Xander begon te lezen.
In de eerste kist lagen de documenten uit de vijftiende en zestiende eeuw dwars door elkaar. Een paar tamelijk openhartige brieven van een zekere kardinaal Vobonte aan verschillende pausen, waarin hij dispensatie vroeg voor enkele Franse aristocraten. Net zoiets als belastingverlaging voor zijn kiezers, dacht Xander peinzend. *Plus ça change, c'est tout la même chose.* Daarna vond hij een verzameling gedichten door een Italiaanse hofmusicus, een hommage aan de *Decamerone* van Boccaccio. Nadat hij die snel had overgeslagen, kwam Xander bij een grote verzameling pamfletten over religieuze onderwerpen: handboeken over de juiste wijze om een aantal heiligendagen te vieren.
Op het eerste gezicht leek de tweede kist al even weinig belovend. Nog meer gedichten, nog meer pamfletten over de heiligen. Toen hij over de helft was, veranderden de titels echter ineens van aard. In plaats van heiligendagen ging het nu over het pauselijk gezag, een heel heikel onderwerp. Kennelijk had iemand dit een goede volgorde gevonden: van vijftiende-eeuwse schoolboeken naar geleerde verhandelingen uit de zestiende eeuw. Wat de volgorde waarin de boeken in de kist waren

gestopt ook mocht wezen, Xander wist nu dat hij niet ver meer van zijn doel verwijderd kon zijn. Sterker nog: hij was er nu héél dichtbij. Nadat hij een stuk of zeven saaie traktaten over de kerkelijke jurisdictie had doorgebladerd, allemaal vol eindeloze argumenten tegen Marsilius' *Defensor Pacis*, stuitte Xander eindelijk op een klein, in leer gebonden boekje. Het wapen van de Medici was nog steeds zichtbaar op de verweerde leren band. Een ogenblik keek hij vol verbijstering naar het kleine boekje dat daar zo behaaglijk tussen de andere banden genesteld lag. Uiterlijk onderscheidde het zich in niets van de andere. Hij legde de andere manuscripten weer in de kist en hield het boekje vijf centimeter voor zijn neus. De randen waren gerafeld en er steeg een vreemde lucht uit op, die hem aan appelazijn deed denken. Voorzichtig sloeg hij het boek open en hij zag de eenvoudige Italiaanse tekst voor zich staan.

Van Eusebius Iacobus Eisenreich aan Zijne Heiligheid de Allerheiligste Vader, Paus Clemens VII

De opdracht, geschreven in een robuust zestiende-eeuws handschrift, ging verder op de volgende bladzijde. Heel voorzichtig sloeg Xander de pagina om. De tekst interesseerde hem op dit moment minder dan het feit dat hij het boek nu eindelijk in handen had. Dit was de sleutel van het raadsel, het antwoord aan de sceptici.

Bijna alsof het boek een eigen wil had, werd de bladzij omgeslagen. De titelpagina was eenvoudig en duidelijk; de titel was geschreven met grote drukletters met daaronder het jaartal 1531, en in de rechterbenedenhoek, om welke vreemde reden dan ook, de letters v.i. Het kostte Xander even tijd om zich los te rukken van de vreugde van zijn ontdekking en zijn aandacht op die vreemde letters te richten. Wat zouden die betekenen? Hij sloeg de bladzijde om en kwam bij de inhoudsopgave: twintig genummerde hoofdstukken. Machiavelli had er zesentwintig nodig gehad. Typisch Zwitsers, dacht hij, om zo'n mooi rond aantal te kiezen. Maar er stond geen verklaring bij voor die twee letters, v.i. Terwijl hij verderbladerde, bleef het aan hem knagen, en dat werd er alleen maar erger op toen hij halverwege was en nog steeds niet verder was gekomen dan hoofdstuk V. De opgetogenheid van nog maar enkele seconden geleden begon plaats te maken voor een ongemakkelijk gevoel. v.i.: volume 1. Drie pagina's voor het einde werden zijn angstige vermoedens bevestigd. Hoofdstuk IX *Wegen naar de chaos*. En verder niets. Onmiddellijk keek Xander weer in de doos. Maar daar zat het niet in. Twee delen... maar waarom? Het antwoord kwam in hem op toen hij eens naar het kleine boekje keek. Clemens. De Italiaanse versie, de versie die voor de paus bestemd was, was de éérste versie geweest en Eisenreich was zo slim geweest om niet meer dan de eerste helft te sturen, met alleen de eerste negen hoofdstukken erin. De andere elf stonden in deel twee. Een voorzorgsmaatregel. Maar waar waren ze dan?

Xander leunde tegen de muur. Zijn geest draaide op volle toeren. Het sloeg allemaal nergens op. Waarom zou de bibliotheek alleen over het eerste deel beschikken? En waarom zaten juist de belangrijkste hoofdstukken er niet bij? Xander wierp een snelle blik op de inhoudsopgave. *I De opperheerschappij is een veelkoppig monster II De werkelijke aard van de soevereiniteit blijft onbekend III Hoe stabiliteit te bereiken VI De onderdelen waaruit de staat is opgebouwd VIII Hoe een staat geschikt kan worden gemaakt voor de ware heerschappij.* Eisenreich zou daar ongetwijfeld zijn recepten voor hebben, maar zo uitdagend klonken die titels toch niet. De titels van hoofdstuk tien tot en met twintig waren echter buitengewoon. *X De weg naar politieke chaos XI De weg naar economische chaos XII De weg naar sociale chaos XIII Hoe de drie domeinen samen de chaos kunnen ontketenen XIV Hoe te bouwen op de chaos XV Waarom het van belang is de haat te bevorderen XVI Waarom de staat de enige mededinger dient te zijn XVII De krijgsmacht XVIII De wet XIX De ideale regeringsvorm XX Een aansporing tot handelen.*

Het was wel duidelijk dat Eisenreich het beste tot het laatst had bewaard.

Maar nergens in Carlo's aantekeningen had iets over twee delen gestaan en Xanders intuïtie vertelde hem dat die twee elkaar ergens in de zestiende eeuw gevonden hadden. Waarom zijn ze dan nu weer van elkaar gescheiden? Hij kneep zijn ogen dicht en begon langzaam heen en weer te wiegen. Denk na, verdomme. Twee minuten nadat hij met zijn vreemde ritueel was begonnen deed hij zijn ogen plotseling weer open, voelde even met zijn hand in zijn zak en viste het nu verkreukelde lijstje dat hij uit de printer beneden had gescheurd. De asterisken. Snel begon hij de kisten te doorzoeken, waarbij hij zo nu en dan op de lijst keek om een van de andere namen te vinden. Vijftien minuten later had hij zijn antwoord. Geen van de tien aangestipte titels bevond zich in een van de kisten, en dat betekende dat iemand bij de infobalie zou weten waarom die tien delen ontbraken. En dat iemand in staat zou zijn om hem te vertellen waar hij deel twee van het Eisenreich-manuscript kon vinden.

Pas toen merkte Xander de gedaante op die nu aan het eind van het gangpad stond en wiens handen en gezicht niet zichtbaar waren in het zwakke licht. Xander verstarde en klemde zijn hand stevig om het manuscript. In iets wat een eeuwigheid leek, stonden de twee mannen elkaar aan te staren, zonder dat een van hen bewoog. Terwijl Xander opkeek naar de man met het achterovergekamde haar, leken zijn knieën ineens vast te zitten in hun gehurkte positie. Het achterovergekamde haar? Er kwam een beeld in hem op van de kleine gedaante met het strakke glimlachje en de harde blik in zijn levenloze ogen. In het studiehoekje. Mijn studiehoekje.

Volkomen in paniek griste Xander zijn koffertje op en smeet het zo hard als hij maar kon het donker in. Die beweging kostte hem niet meer dan een ogenblik, maar in Xanders ogen bewoog het koffertje zich bijna in slowmotion, wat aan de wanordelijke situatie een helderheid en precisie verleende die hij nooit eerder had ervaren. Hij zag alles, en kon gewoon vóelen hoe het koffertje de man in het middenrif trof. Met voeten die telkens leken weg te glijden op de gladde tegels, rende hij het dwarsgangetje uit en de lange gang in, maar terwijl hij naar het felle licht boven aan de trap rende, hoorde hij achter zich geen enkel geluid... geen schreeuw van verrassing, geen roffelende voetstappen.

Toen hij het trappenhuis had bereikt, begon de tijd weer sneller te gaan. Hij had zijn lichaam nu weer onder controle en draaide zich naar de trap toe om zo snel mogelijk naar beneden te rennen.

In plaats daarvan bleef hij echter met een ruk stilstaan toen hij een andere bekende gestalte de overloop op zag stappen. Volkomen kaal, brede schouders... het was de man uit Florence. Zijn reactie was echter volslagen onverwacht. De man wierp hem een ongeïnteresseerde blik toe, waaruit geen enkele herkenning bleek. In dat ogenblik van verbijstering en ongeloof sprong Xander naar rechts en rende de trap naar de vijfde verdieping op.

Achter zich hoorde hij nu snelle voetstappen. Kennelijk een vertraagde reactie. Omdat hij wist dat hij nog maar twee verdiepingen boven zich had, rende Xander een andere donkere gang in. Weg uit het licht! Weg uit het licht! Hij dook het eerste gangetje in en struikelde steeds dieper het labyrint binnen. Verwoed probeerde hij zich te herinneren hoe de plattegrond van deze verdieping eruitzag, maar er kwam niets in hem op. Het enige waar hij zich op concentreerde, was het geluid van zijn achtervolgers. Even later maakten de planken een scherpe bocht naar rechts, zodat hij een rij boeken schampte, waarvan er een paar op de grond vielen. Voor het eerst hoorde hij nu geluiden die er duidelijk op wezen dat er iemand achter hem aan kwam rennen. Hij vond het middenpad weer, stak het snel over en rende een tweede wirwar van boekenkasten binnen. Terwijl hij steeds dieper het duistere labyrint binnenrende, werd het lichtschijnsel achter hem steeds vager en vager, zodat zijn richtinggevoel bij elke stap die hij deed zwakker werd, tot de trap niet meer dan een verre herinnering was, een onbekende haven aan een niet

in kaart gebrachte kust van deze zee van boeken en metaal.
Met bonzend hart en happend naar lucht bleef hij staan. Hij moest zich even oriënteren en zichzelf weer in bedwang zien te krijgen. Hij zat nu diep in een moeras van gangetjes en op de een of andere manier gaven de hoog boven hem uittorenende rijen boeken hem een gevoel van rust en kalmte. Dat gevoel was snel weer voorbij, maar had net lang genoeg aangehouden om hem even wat helderheid te gunnen. Hij ging op zijn hurken zitten en richtte al zijn energie op het zwakke geluid van de snelle voetstappen links van hem. Het was geen enkelvoudig, regelmatig ritme, maar een syncope van twee afzonderlijke ritmes – *pat-a-pa-tat, pat-a-pa-tat* – dat door de dwarsgangetjes ging en steeds dichter bij het kleine stukje vloer kwam dat Xander als zijn eigendom had geclaimd. Onophoudelijk en onafwendbaar werd het ritme luider en terwijl de seconden vergleden, werden de echo's steeds sterker. Hij keek met een ruk om, alsof hij starende ogen verwachtte te zien, ogen die dwars door hem heen zouden kijken, maar hij hoorde alleen het staccato van de voetstappen en het oorverdovende fluisteren van een hijgende ademhaling die steeds dichter- en dichterbij kwam.
En toen was het plotseling stil, een onheilspellende stilte, geluidloos en kil, waarin echter een nerveuze energie bemerkbaar was. De boeken vormden nu niet langer een barrière tegen wat hij niet kon zien en niet kon horen. Een neerdrukkende stilte. Eenzaam en verlaten lag hij daar op de ijskoude vloer, als een in het nauw gedreven dier dat ligt te wachten tot de klauwen in zijn vlees worden geslagen. Hij kon het bijna voelen. Opnieuw keek hij snel om. Hij was er nu bijna zeker van dat er ogen op hem gericht waren, maar het enige dat hij zag, was de zwarte boekenplank die niet eens zo heel ver van hem vandaan al opging in een duisternis die hem nu nog meer van zijn omgeving leek te isoleren dan daarnet. De stilte begon hem te verstikken. De leegte zoog alle energie uit hem weg en liet niets meer achter dan een hulpeloze angst. Hij wilde zichzelf wanhopig graag weer herwinnen, zich losrukken uit de kwelling waaraan zijn achtervolgers hem nu zo behendig onderwierpen, maar hij had geen macht meer over zijn eigen handelen. Hij was alleen nog maar in staat het boekje tegen zijn borstkas te drukken. Hij begon heen en weer te wiegen en gleed steeds verder weg in de verdovende stilte.
Een korte verandering in het patroon van de schaduwen boven hem verbrak zijn trance. Xander keek op, recht in de levenloze ogen boven hem.
'Hebt u het manuscript, doctor Jaspers?' fluisterde de stem.
Xander kon hem alleen maar sprakeloos aankijken.

5

De eisen die elk domein stelt, zijn zo zwaar dat er voor de leiders geen tijd overblijft om zich met de taken van hun gelijkgestelden te bemoeien.

***Over de heerschappij*, hoofdstuk VI**

'Hebt u het manuscript, doctor Jaspers?' vroeg de man opnieuw.

Xander richtte zijn blik op het gezicht boven hem, een smalle, ovale vorm op een dunne nek. Als hij rechtop had gestaan, zou hij hoog boven de uitgezakte gestalte uitgetorend hebben. Hij zat in de val, met zijn knieën hoog opgetrokken tegen zijn kin, als een kind dat was betrapt op iets waar een gruwelijke straf op stond. Achter hem lag de lange donkere gang tussen de boekenplanken, een mogelijke uitweg, maar wat had het voor zin? De kleine was de ondervraging begonnen, maar de kale reus stond ongetwijfeld ergens in het donker te wachten tot hij het over kon nemen. Het mannetje leek te wachten tot zijn prooi de eerste zet zou doen, maar meer dan een knikje in zijn richting wist Xander niet op te brengen.

'Prima.' Opnieuw die kille precisie van dat Noord-Europese accent.

Langzaam stak Xander het in leer gebonden boekje op naar de man die hem had gevangengenomen. Om de een of andere reden leek het boekje bijna te zwaar om te tillen. 'O, nee. Houdt u dat maar, doctor. Ik zou niet weten wat ik ermee aan moest.'

Xanders hand bleef midden in de lucht hangen. 'Wát?' fluisterde hij, meer in een reflex dan als antwoord. De weinige kalmte die hij nog wist op te brengen, bezweek toen hij die woorden hoorde en terwijl zijn geest koortsachtig probeerde een reden te vinden voor dit vreemde gedrag, maakte zijn angst plaats voor woede. Eén beeld nam nu vorm aan voor zijn geest. Natuurlijk. Ze speelden een spelletje met hem. Ze namen rustig de tijd, zodat de moordenaar zijn buit in eigen persoon zou kunnen overhandigen aan Tieg, Votapek of wie er ook voor deze nachtmerrie verantwoordelijk mocht zijn. Maar de houding van het mannetje had iets wat eigenaardig sereen en niet bedreigend aandeed. Houdt u dat maar? Waar sloeg dat nou weer op?

'U hoeft niet zo te schrikken, doctor Jaspers. Dat is nergens voor nodig.'

'Nergens voor...'
'Mevrouw Trent heeft me gestuurd.'
'U hebt...' Hij hoorde de naam wel, maar hij begreep niet wat het mannetje daarmee wilde zeggen. 'Mevrouw Trent?' Even wist hij samenhangend te denken. 'Sarah? Heeft Sarah u gestuurd?'
'Ja, ik ben Feric. Mevrouw Trent heeft me verzocht om... een oogje op u te houden.'
Xander keek de man diep in de ogen. Diens ijzig kalme manier van doen deed op de een of andere manier onwerkelijk aan. Volstrekt ondoorgrondelijk. 'Een oogje op me te houden?' stamelde hij. Het duurde even voor de betekenis van die woorden tot hem doordrong, maar toen het zover was, maakte zijn schrik plaats voor een snel groeiende woede. 'Wat heeft dát te betekenen?' Moeizaam stond hij op. Feric liet hem wijselijk maar begaan en stak hem niet de helpende hand toe. Sarah had hem gewaarschuwd dat dergelijke gebaren de jonge geleerde alleen maar nijdig zouden maken.
'Dat betekent dat...'
'En dat was ú dus, daar in het Instituut.' Nu begonnen de stukjes van de legpuzzel in elkaar te passen. 'Al dat geblader in die boeken. "Dit zal wel de verkeerde kamer zijn." Waarom hebt u toen niets gezegd?' Plotseling keek hij Feric strak aan. 'Die andere vent, die kale...'
'Zoals ik al zei: u hoeft zich nergens zorgen over te maken. Dat heb ik al afgehandeld.'
'Afgehandeld... Wat zijn jullie toch voor mensen?'
'Er was geen reden om...'
'Hoor 's, ik ben u heel dankbaar, denk ik, maar... Feric? Die naam heeft ze nooit genoemd.'
'Daar had ze geen enkele reden toe. Dat kan ik u stráks allemaal wel uitleggen.' De verzoenende woorden maakten nu plaats voor bevelen. 'Hebt u alles wat u nodig hebt?'
Om door Xanders verwarring heen te breken, sprak hij nu weer heel rustig en kalm. Het was dezelfde kalmte die Sarah ook uitstraalde, en daardoor besefte Xander dat hij zich nu weer in hun wereld bevond en zich dus aan hun spelregels moest houden. Zulke vragen waren betekenisloos, de antwoorden niet meer dan een gunst. 'Ik stel je bezorgdheid zeer op prijs, echt waar, maar we hebben daar nu geen tijd voor.' Sarahs woorden uit het café. Het duurde even voordat hij in staat was om antwoord te geven. 'Nee. Ik moet de hoofdbibliothecaris spreken.'
Voor de eerste keer zag hij iets van aarzeling op Ferics gezicht. 'Prima. Ik vertrek als eerste, u komt later. Er is een pub, de Wayward Lamb, niet meer dan...'

'Ik weet waar die is. Over een halfuur.'

Twintig minuten later hadden ze allebei al een paar flinke slokken van hun eerste pint bier achter de kiezen. 'De bibliothecaris heeft tien documenten naar de restaurateur gestuurd,' zei Xander, die nu tegenover Feric zat, op een gestoffeerde bank die langs de hele lengte van de zijwand liep. Ze zaten in de achterste helft van het vertrek. De Lamb straalde een huiselijke gezelligheid uit die je tegenwoordig weinig meer aantreft in Londense pubs. Het was een van de weinige lokalen waarvan de eigenaar niet was bezweken voor de verlokkingen van een inrichting in de stijl van een Amerikaanse bar of Franse bistro. Aan alle zijden waren eikenhouten wanden met een dof patina erop die een stevige maar toch ook ontspannen aanblik boden. Ze waren behangen met een slordige verzameling tekeningen van jockeys met paarden, allemaal vergulde lijstjes die inmiddels wat verveloos waren. Alles ging hier in zijn eigen tempo, en voor degenen die bereid waren om zich daaraan aan te passen, bood deze pub een gastvrije omgeving.

'Naar Duitsland?' vroeg Feric terwijl de serveerster een schaaltje kaas en een mandje met broodjes kwam brengen. Hij pakte er een en scheurde er een flink stuk af.

'Ja,' zei Xander, zonder zijn blik af te wenden van de man die nu recht tegenover hem zat. Tot nu toe had hij zijn nieuwe vriend op diens woord geloofd, maar nu...

'U aarzelt,' zei Feric met een knikje.

Xander keek toe hoe Ferics sterke vingers zich genadeloos in het broodje boorden en hoe de gebogen gestalte even aan zijn brood snoof voordat hij het in zijn mond duwde. De man had iets dierlijks over zich: die scherpe neus, dat hoge voorhoofd, de geprononceerde jukbeenderen die des te meer uitkwamen nu Feric zijn brood zat te kauwen. Hoewel het mannetje bepaald geen geruststellende aanblik bood, moest Xander toegeven dat hij wel over veel zelfbeheersing leek te beschikken en een rustig soort zelfvertrouwen uitstraalde. Hij was recht op de man af en wars van pretenties. 'Wat had u dan verwacht?' vroeg hij. 'Ik weet niet wie u bent en zo te zien staat u bepaald niet te trappelen om me nadere inlichtingen te verschaffen. Het enige dat u me kunt zeggen, is dat Sarah u heeft...'

'Monica,' zei Feric zonder op te houden met kauwen en met zijn ogen nog steeds strak op het brood gericht.

'Wat?'

'Monica?' Feric keek op, legde het brood op tafel en terwijl hij zijn tanden begon schoon te maken met een tandenstoker, voegde hij daaraan

toe: 'Mevrouw Trent stelde voor dat ik die naam moest noemen.'
Mevrouw Trent stelde voor... Plotseling zag hij het allemaal duidelijk voor zich. Maar natuurlijk. Monica. Carlo's kantoor. Dat kon alleen Sarah geweten hebben. Alleen zij had een woord kunnen bedenken dat zo'n geruststellende uitwerking op hem zou hebben.
'Ze had dus gelijk.' Feric haalde een grote klont brood uit zijn mond, keek er even naar, stak hem toen weer in zijn mond en slikte hem door. 'Dat boek, dat tweede deel, bevindt zich dat in Duitsland?' vroeg hij.
Het duurde even voordat Xander daar antwoord op gaf. 'Ja. We hebben gewoon pech gehad.' En op wat minder gespannen toon voegde hij daaraan toe: 'Het goede nieuws is dat ze er duidelijk niet veel belang aan hechten. Ze hebben het eerste deel hier gehouden en het tweede deel naar Duitsland gestuurd. Ze hebben duidelijk geen flauw benul van wat ze hier in handen hebben. Volgens de vrouw aan het bureau is het de gewoonte om uit verschillende boekdelen werken op te splitsen, zodat...'
'Alleen het hoogst noodzakelijke, doctor.'
Xander stopte en knikte. 'Het probleem is dat ze de laatste tien hoofdstukken pas over een maand terugverwachten.'
'En zo lang kunnen we niet wachten.'
'Afgaande op de gebeurtenissen in Washington en Chicago niet, nee.'
'En kent u die plaats in Duitsland?'
'Wolfenbüttel is een klein stadje, ongeveer een halfuur van de vroegere Oost-Duitse grens.'
'Waarom daarheen?'
'Het heeft een van de beste bibliotheken van Europa. Bovendien is er een vooraanstaand boekenverzamelaar en restaurateur gevestigd. Emil Ganz heet hij. Hij is bijna honderd jaar...' Xander dwong zichzelf zijn mond te houden. Geen triviale details.
'Dus u kent daar de weg?'
'Ik ben er ooit eens een paar dagen geweest. Zes jaar geleden, tijdens een conferentie. Het is niet het soort stadje dat in zo'n periode veel verandert. Ik denk dat het boek daar inmiddels wel zal zijn aangekomen.'
'Juist. Dan kunnen we beter vanavond het vliegtuig nemen.'
Xander zweeg even en knikte toen weer. 'Ja. Ik... waarschijnlijk zou ik wel een paar uur kunnen gebruiken om het door te lezen... misschien kan ik wel iets vinden waar Sarah iets mee opschiet.'
Feric begreep razendsnel wat hij bedoelde. 'Goed, een paar uur dan.'
'En weet u hoe u haar kunt bereiken?'
'Ja.'
'Goed.' Hoewel hij wist dat het in zijn eigen belang was om niet meer te horen te krijgen dan strikt noodzakelijk was, had hij toch gehoopt iets

meer te weten te komen. 'Ik ben degene die hier vragen heeft zitten beantwoorden, hè?'
'Ja.'
'En ik zal moeten leren dat niet te doen.'
'Zou kunnen.'
Xander nam een slokje bier en begon zijn spullen op te bergen. 'Ik kan maar beter weer naar de bibliotheek gaan.'
'Waarom?' Deze keer vroeg hij het niet alleen maar voor de vorm.
'Het manuscript, weet u nog wel. Ik wil het even doorlezen.'
'Hebt u dat dan niet meegenomen?'
'Natuurlijk niet,' zei Xander. 'Je kunt niet zomaar een bibliotheek uit lopen met een boek....'
'U...' Ferics stem klonk nog steeds heel rustig, maar aan de blik in zijn ogen was duidelijk te zien dat hij zijn oren niet geloofde. 'Doctor Jaspers, ik denk niet dat u begrijpt wat hier allemaal aan de hand is. Om dat boek in handen te krijgen zou die kale man met alle genoegen een heleboel dingen hebben gedaan die je absoluut niet hoort te doen in een bibliotheek.'
'Ik heb het ergens neergelegd waar het veilig is.'
'Ik weet zeker dat uw vriend Pescatore dat ook heeft gedacht.' Die woorden misten hun uitwerking niet. 'Dus nu is er nog veel meer verwarring. U en ik gaan terug naar de bibliotheek en halen daar het boek op. Daarna krijgt u de gelegenheid om het een paar uur door te kijken en nadat ik contact het opgenomen met mevrouw Trent gaan we naar Wolfenbüttel om het tweede deel van het manuscript te zoeken en dat naar een veilige plek over te brengen. Is dat duidelijk?'
De eerste les. Xander knikte. 'Volkomen duidelijk.'
Feric stond op en legde een paar muntjes op tafel. 'In dit land is het bier altijd veel te duur.' Xander liep achter hem aan. Hij had geen andere keus.

Terwijl het ene stuk omheind weiland na het andere langs hen heen schoot, nam de hemel een saffraangele kleur aan en begon het langzaam donker te worden op het platteland van de staat New York. De limousine schoot met verbazingwekkend gemak over de tweebaansweg en kwam slechts zo nu en dan even op de linkerbaan terecht. De chauffeur leek geen enkele aandacht te besteden aan zijn drie passagiers, die elk wat doelloos naar de langzaam vervagende horizon zaten te staren en de hun toegewezen rol met stille vastberadenheid speelden.
Sarahs rol was afwachten, meer niet. Ze wist dat ze van de twee mannen die nu bij haar in de wagen zaten, weinig te weten zou komen. Dat

waren niet meer dan afgezanten, mannen die hierheen waren gestuurd om haar op te halen. Ze hadden geen enkel benul wie hun prooi was, en dat kon ze ook helemaal niet schelen. Er was dus geen enkele reden om de stilte te verbreken met overbodig geklets. Ze zou de tijd gebruiken om plannen te maken. Het zou prettig zijn geweest als Jaspers haar nog wat meer had kunnen vertellen, maar ze zou het moeten doen met wat ze nu wist. Toen ze aan hem dacht, verscheen er een glimlach op haar gezicht. Het was moeilijk geweest om hem in zijn eentje naar Londen te laten gaan – keuzes, altijd keuzes – en hoewel ze wist dat Feric hem zou beschermen, kon ze die bezorgde blik in zijn ogen toen ze het café uit waren gelopen, niet langer van zich af zetten. En die omhelzing al evenmin. Die was als een volslagen verrassing gekomen, maar misschien was die verrassing wel aangenamer geweest dan ze zichzelf had willen toegeven.

De auto minderde vaart en nam de afrit naar een parallelweg richting een omheind privé-vliegveldje. Vijftig meter verderop bevond zich een afzonderlijke ingang die exclusief bestemd was voor speciale klanten. Opnieuw minderde de wagen vaart. De bewaker herkende het nummerbord, gaf met een handgebaar te kennen dat de zwarte auto kon doorrijden en knikte naar de getinte ruiten toen de limousine hobbelend de asfaltbaan opreed. Honderd meter naar links stond een privé-jet te wachten. Onder elke vleugel knipperden twee rode lampen. Sarah keek even naar de man recht tegenover haar. Die bleef echter strak uit het raam kijken. Hij wist dat ze naar hem keek, maar negeerde haar. Van hem zou ze niets wijzer worden.

Vijf minuten later zat ze met haar veiligheidsgordel om in een van de zes stoelen in de passagierscabine. Haar twee metgezellen zaten aan weerszijden van haar. Ze vroeg zich af of ze zo voorzichtig waren vanwege die vechtpartij in New York. Onbekend en tot alles in staat. Een ongeleid projectiel. Ze zouden haar in de gaten houden, maar van een afstand. Op negen kilometer hoogte kon je diep vallen.

Toen het toestel opsteeg, werd de spanning in haar schouders iets verlicht door de snelle acceleratie. Ze werd diep in de zachte bekleding van de rechte stoel gedrukt, zodat haar rug beschermd werd tegen de sterke krachten die nu op haar inwerkten. Zelfs als kind was Sarah al dol geweest op dat explosieve moment waarin ze met brullende motoren de baan over schoten tot de neus loskwam van de grond en het toestel steeds schever kwam te hangen, gevolgd door de moeizame stijging, waarbij het wel leek of het nog met een stuk elastiek aan de grond was bevestigd – tot ze met een laatste krachtsinspanning door de zachte wolkenbanken heen braken, zodat alle gedachten aan de grond verdwenen

en ze het zonlicht in vlogen. Terwijl het toestel weer recht kwam te liggen, keek Sarah naar links en tuurde door het kleine ovale raampje. Er gleed een gele mist langs hen heen, het kille zonlicht hulde de vleugel in een metalen gloed. Ze vlogen naar het zuidoosten: ze had altijd een goed gevoel voor richting gehad. Ze deed haar ogen dicht.
Votapek. Het eerste doelwit.

Stein had in geen dagen ook maar een oog dichtgedaan. Via Jaspers waren ze Trent weer op het spoor gekomen, maar veertig uur geleden waren ze hen ergens in Florence weer uit het oog verloren vanwege enkele onvoorziene complicaties in het klooster van San Marco. De deskundige ter plekke snapte niet wat er was misgegaan, en had ook al geen flauw idee wat die twee eigenlijk bij die professor Pescatore te zoeken hadden gehad. Ze hadden natuurlijk niet de gelegenheid gehad om in Europa een volledige surveillance-operatie op te zetten, en dat betekende dat Jaspers nu weer uit beeld was verdwenen. Gelukkig hadden ze Trent zestien uur later weer teruggevonden op Kennedy Airport, in haar eentje en reizend op haar eigen paspoort. Haar boodschap was duidelijk: volg mij, maar laat hem met rust.
Dat was dan ook precies wat Bob had gedaan, ook al was er een paar uur later nogal alarmerend nieuws komen binnendruppelen uit Italië. Pescatore werd vermist en was waarschijnlijk vermoord. Alles in zijn kantoor was kort en klein geslagen, en hier en daar waren bloedsporen aangetroffen. In de eerste Italiaanse krantenberichten had niets gestaan over de twee vreemde bezoekers, maar de politie wilde zich in dit stadium niet in de kaart laten kijken. Zelfs de informanten van het Comité waren er niet in geslaagd iets specifieks te weten te komen. Bob vond het heel moeilijk te geloven dat Trent of Jaspers iets te maken hadden met die verdwijning, maar hij begreep ook niet goed wat een obscure Italiaanse politicoloog te maken kon hebben met Schenten. Er waren op dit moment te veel onbekende variabelen in het spel om conclusies te kunnen trekken.
Dergelijke onverwachte ontwikkelingen hoorden er echter gewoon bij. Wat wél problemen opleverde, was de manier waarop hij werd gedwongen deze operatie te leiden. Die werkontbijten met O'Connell, allemaal officieus, het eindeloze gedraai en getreuzel als Pritchard vroeg om een up-to-date gebracht overzicht van de stand van zaken, het feit dat er ineens van hem werd verwacht dat hij allerlei dingen die hij een week geleden nog rustig op zijn bureau zou hebben laten liggen, opborg in de safe van zijn kantoor. Hij had de indruk dat hij betrokken was geraakt bij een machtsstrijd op het hoogste niveau van de organisatie, maar het

kon ook betekenen dat er een lek binnen de organisatie zat. En bovendien was O'Connell ineens erg terughoudend geworden. Hij zat eindeloos naar zijn rapporten te staren en begon nooit meer eens een gesprek, terwijl het vaak nou juist die gesprekjes waren die de woorden op al die pagina's voor Bob tot leven deden komen.
Om de een of andere reden was de Ier ineens erg in zichzelf gekeerd. Bob had hem al vaker in een dergelijke stemming gezien. Die keer na Amman was wel de ergste geweest. Toen had Stein gedacht dat het een vreemde vorm van empathie was. O'Connell had er te dicht op gezeten en had te goed beseft wat zich daar had afgespeeld. De gewezen agent had iets van zichzelf herkend in de verweesde uitdrukking op het gezicht van een vrouw die moeizaam probeerde haar geestelijke evenwicht weer te hervinden. Hij had zich in zichzelf gekeerd: een retraite van twee weken, wat een stuk langer was dan zijn gebruikelijke tweedaagse zuippartij. Bob had geen vragen gesteld en O'Connell was er niet over begonnen. En nu begon Stein zich weer af te vragen wat er aan de hand was. Hij had de Ier al een paar dagen niet gezien.
Dat was de reden dat Bob zich in zijn kantoor had opgesloten en urenlang naar zijn computer zat te turen, terwijl de vloer rondom zijn prullenbak bezaaid raakte met een steeds dikker wordende laag lege zakjes kaaskoekjes. Niet dat dergelijke perioden van toegewijde afzondering voor hem niet meer regel dan uitzondering waren, maar deze keer voelde hij zich volstrekt geïsoleerd. Alle banden met de twee andere kantoren op de zesde verdieping leken verbroken te zijn, en om de een of andere vreemde reden leek die breuk definitief. De recente gebeurtenissen hadden Bob nerveus gemaakt, en daardoor was hij lui geworden. Hij had zich genoodzaakt gezien om wat meer afstand te nemen van de informatie die op hem af kwam, en om de persoonlijke aspecten daarvan ook eens tot zich door te laten dringen. Nu probeerde hij echter zijn gebruikelijke onverschilligheid weer terug te vinden en de intriges in de echte wereld om te vormen tot een onschadelijk spelletje dat nergens iets mee te maken had. Hij had zijn vermogen om dat spel te spelen te sterk laten beïnvloeden door allerlei externe factoren.
Het antwoord was een minuut of veertig later in hem opgekomen, toen hij had besloten zijn onderzoek wat anders op te zetten. In plaats van alle aandacht op Schenten te richten, was hij de onderlinge connecties tussen de verschillende spelers gaan natrekken. De kruisverwijzingen die daardoor waren ontstaan, hadden één heel bizarre mogelijkheid opgeleverd: Eisenreich, dat was de auteur van een manuscript waarvan niet eens duidelijk was of het wel bestond, maar waar Pescatore zijn halve beroepsleven naar had gezocht. Die naam leek een verklaring te bieden

voor de laatste woorden van dat stervende meisje in Montana. Op de een of andere manier leek de sleutel tot datgene wat Tieg, Sedgewick en Schenten onderling verbond, te vinden te zijn in een klein boekje waarvan niemand tot op heden het bestaan zelfs maar had weten te bewijzen. Hoewel dat eigenlijk niets voor hem was, besloot Bob die wetenschap maar even voor zich te houden.
De consequentie van dat besluit was echter dat hij nu een zware last op zijn schouders had genomen. Het was nu aan hém om een verklaring te vinden voor de vermoedelijke dood van een wetenschappelijk onderzoeker, de verdwijning van een tweede wetenschapper en het weer boven water komen van een agent die zo kwetsbaar was dat ze deze operatie wel eens niet zou kunnen overleven.
Dat was een rol die hij niet gewend was.

Toen het vliegtuig een flauwe daling inzette, was het onbehaaglijke gevoel in haar maag dat daar het gevolg van was, voldoende om haar te doen opschrikken uit haar lichte slaap. Ze had niet gedroomd – in elk geval niets wat ze zich nu kon herinneren – maar ze wist dat haar onderbewuste druk bezig was geweest met het aan elkaar passen van de verschillende stukjes. Altijd maar aan het zoeken, altijd alert. Ze had een eigenaardig soort vertrouwen in dat onderbewuste van haar. Ze besefte terdege dat zij, net als wie dan ook, nooit meer dan een procent of drie van haar hersenen gebruikte en ze vertrouwde erop dat de andere zevenennegentig procent de klus wel zouden klaren als die daar de kans toe kregen. Daarom was slaap altijd zo belangrijk voor haar geweest.
Het probleem was alleen dat haar onderbewuste de antwoorden die het had gevonden, meestal verborgen hield. Zo goed verborgen zelfs dat ze er maar op moest vertrouwen dat haar intuïtie haar die als de nood aan de vrouw kwam wel zou onthullen.
Dat was de manier waarop ze altijd te werk ging. Zoals die keer in Berlijn, nu negen jaar geleden, toen ze op een ijskoude nacht Oskar Teplic had gevonden, een klein mannetje dat luitenant was in de Oost-Duitse Stasi. Een man die alleen was achtergebleven toen de Sovjet-Unie haar getrouwen terugriep en de muur in elkaar stortte. Zelfs toen had Teplic het sovjetcommunisme niet meer dan een jaar of twee gegeven. Hij had haar opgespoord en haar verteld dat hij een manier zocht om te ontsnappen, niet naar het Westen, maar naar een bestaan dat hij in eigen hand kon houden. Daar zou hij haar heel dankbaar voor zijn. Sarah had de mogelijkheden onmiddellijk onderkend. Een paar dagen later was Teplic onder haar handen gestorven en werd Feric geboren. In abstracto was het plan de eenvoud zelve: in concreto was het pure intuïtie. Verzonnen

intriges en officiële documenten. Informatie die op het juiste moment werd onthuld om de verwarde politiebeambten van het ineenstortende Oost-Duitsland om de tuin te leiden. Feiten die, hoe onvolledig dan ook, gebruikt konden worden om haar tegenstanders te tergen, te verrassen en te verzwakken. Feiten die wel eens niet meer dan verre weerspiegelingen zouden kunnen zijn van een grotere waarheid, maar die wel voldoende waren om een tegenstander ervan te overtuigen dat hij in het nadeel verkeerde en die angst en twijfel aan zichzelf in hem zouden opwekken.

Voor een gierig brein, dat de ontdekkingen van de onderbewuste zevenennegentig procent voor zichzelf wilde houden, was dat een heleboel.

Xander wreef met zijn hand over zijn nek en schrok op toen hij merkte hoe koud zijn vingers aanvoelden. Zo waren zijn handen altijd al geweest. Als hij een tijdlang bladzijden had omgeslagen en aantekeningen gemaakt, werden ze snel ijskoud. De lichtkring van het kleine lampje boven hem had een radius van circa zestig centimeter, zodat de zachte gloed op een paar pagina's met aantekeningen viel. Aan boord van de om tien voor halfzes 's ochtends vertrokken Lufthansa-vlucht 202 naar Frankfurt was bijna iedereen in slaap. Xander was de enige inzittende die duidelijk nog wakker was. Ook hij was moe, maar wel tevreden over zichzelf. Hij had twintig van de vierentwintig pagina's doorgelezen. Het Italiaans was heel goed leesbaar.

Hij was er veel sneller in geslaagd om zich een beeld van het manuscript te vormen dan hij had verwacht. Op de hotelkamer had Feric hem een uur de tijd gegeven voordat ze in de bus naar Heathrow waren gestapt. Aanvankelijk had hij zich overgegeven aan de opwinding van zijn nieuwe ontdekking, de bekoring van het nieuwe, maar zijn enthousiasme was van korte duur geweest. Als er niets zou zijn geweest om hem af te leiden van de makkelijke fascinatie die wetenschappelijke analyse altijd in hem opwekte, zou hij misschien zelfs van zijn lectuur hebben genoten, maar zijn gedachten gingen keer op keer weer naar Votapek, Tieg en Sedgewick: degenen die van plan waren om de theorie geweld aan te doen door haar in praktijk te brengen. Het was maar al te gemakkelijk om te zien dat Washington niet meer dan een proefneming was geweest, een twintigste-eeuwse extrapolatie van een zestiende-eeuwse theorie. *Over de heerschappij* was nu niet langer een ontbrekende schakel in de keurige canon van de politieke wetenschappen, maar een handleiding voor manipulatie en overheersing. De moderne ambities ervan verleenden elke pagina van Eisenreichs gedurfde en schrandere gedachten iets duisters.

Een of twee keer had Xander zichzelf toegestaan om verder te kijken dan de theorie en zijn aandacht te richten op de mens zelf. En elke keer weer had hij zich gedwongen gezien om toe te geven dat het betoog van de monnik iets buitengewoon overtuigends had. Hij had zijn ideeën gepresenteerd met een zelfverzekerdheid die de indruk wekte dat hij oprecht had geloofd dat het de wil van God was geweest dat hij deze gedachten op papier zette. Xander kon alleen maar hopen dat zijn drie meest recente volgelingen niet door een dergelijke inspiratie gedreven werden.
Wat hem echter nog meer zorgen baarde, was de verwijzing naar een vierde man: iemand die achter de schermen opereerde en die alle touwtjes in handen had. Wat hij las, maakte Xander steeds bezorgder, en die bezorgdheid betrof niet hemzelf maar Sarah. Hij besefte nu dat ze zich had gemengd in iets wat veel gevaarlijker was dan ze zich hadden kunnen voorstellen. Maak je over mij maar geen zorgen. Maar dat begon hij steeds moeilijker en moeilijker te vinden.
'De steward komt eten brengen,' fluisterde Feric. 'Berg die documenten weg.'
'Ja, ja.' De afgelopen paar uur had Xander dat zinnetje al een keer of zes gehoord. Feric had erop gestaan dat het manuscript uit het zicht bleef. Dat moest dan maar.
'Ik hoop dat hij nog iets anders heeft dan pinda's,' mompelde Feric terwijl de man dichterbij kwam. 'Dat geeft een hoop geknoei. Zoute krakelingen, dat is heel wat netter.'

New York, 4 maart, 12.18 uur

Het uitzicht vanaf de Brooklyn Bridge was prachtig. Zuidelijk Manhattan rees onder een scherpe hoek op uit het beton. Omdat er niet veel verkeer was, leverde de afgezette rijbaan weinig vertraging op. Achter de oranje kegels waren drie man doelbewust aan het werk aan een grote scheur in het asfalt. Een snelle noodreparatie vóór het begin van het spitsuur. Vreemd genoeg hadden de werklui al verwacht dat ze hier straks aan het werk zouden moeten gaan. Misschien kwam dat wel omdat ze de scheur twee uur geleden zelf gemaakt hadden: met een klein apparaatje dat uit een rijdende auto was gegooid. Twee van hen werkten al meer dan drie maanden voor de dienst Gemeentewerken en op de een of andere manier waren ze zo ingeroosterd dat zij de meest voor de hand liggende keuze waren voor het onderhoudswerk aan de brug. De laatste van het driemanschap was die ochtend binnen komen vliegen. Hij was een expert op het gebied van het slopen van grote bouwwerken.

Ze hadden een keurige rechthoek uit het wegdek gesneden – één meter twintig breed en zestig centimeter lang – met een vijf centimeter breed gootje dat naar de rand van de brug liep. Het niet meer dan vijftien centimeter diepe gat bevatte nu vier briketten en een kleine zwarte doos waar een lange rubberantenne uitstak die in het gootje was gelegd. Dat gootje lag inmiddels vol met vloeibare gele kunsthars die al begon te stollen. Langzaam stortten de mannen een dik mengsel van teer en gravel over het geheel, waarbij ze er goed op letten dat de antenne parallel aan het gestaag rijzende oppervlak van de taaie massa bleef liggen. Binnen een minuut of tien hadden ze alle reparaties voltooid, zodat het laatste stukje van de antenne het enige zichtbare bewijs van hun werkzaamheden vormde, en dat ging schuil onder de vangrail.

De springstoffenexpert pakte zijn grote tas en liep naar de wagen die bij de oprit naar de brug geparkeerd stond. Hij wist dat hij nog een lange dag voor de boeg had. Per slot van rekening had Manhattan een heleboel bruggen en tunnels die dringend aan een dergelijke reparatie toe waren.

In San Juan waren ze overgestapt op een ander vliegtuig waarmee ze de oversteek naar Votapeks eiland zouden maken, een twinprop met drijvers eronder, die nu over de branding naar de wachtende pier toe voer. Terwijl het vliegtuig steeds dichterbij kwam, leek het enkele bouwwerk, een laag en breed huis dat boven op het steile klif stond, op te rijzen uit de rotsen. Een zachte tik van metaal tegen hout gaf aan dat ze hun reisdoel hadden bereikt, en toen de deur werd geopend, stroomde de vochtige lucht de cabine binnen en viel er een perzikkleurige strook licht op het gordijn dat de passagiers scheidde van de piloot. Toen ze eenmaal buiten stonden, deed de zachte schommeling van de drijvende steiger de drie nieuwkomers niet alleen sneller lopen, maar ook van de ene kant naar de andere zwalken. Boven hen liep een steile en grillig gevormde rotswand naar een eenvoudig gazon dat als een dik tapijt voor het huis lag. De enige toegangsweg was een kabelbaan links van de steiger.

Tijdens de tocht naar boven stonden ze dicht op elkaar gepakt in de kleine cabine. Aan de geluiden die de kabel voortbracht, was duidelijk te horen dat die nu zwaar belast werd. Toen het schuitje met een ruk tot stilstand kwam, schoof de kleinste van de twee mannen de van glazen ruiten voorziene deur open en wees Sarah dat ze een gravelpad op moest lopen. Het huis lag hooguit een meter of tien van de rand van het klif en keek haar zwijgend aan terwijl ze over het smalle paadje liep. Toen de voorgevel van het huis links achter haar langzaam uit het zicht verdween, werd er vóór haar een open theekoepeltje zichtbaar, een soort platform dat over de rand van het klif hing. Tussen de achterste twee pilaren stond een eenzame gestalte met smalle, stijve schouders naar de rustige zee te turen. Toen hij zich omdraaide, had de blik in zijn ogen iets terughoudends en terwijl hij op haar toe kwam lopen, zag ze dat hij zich onnatuurlijk stijf bewoog. Dit was bepaald niet de Anton Votapek die ze had verwacht.

'Goedenavond, mevrouw Carter,' zei hij terwijl hij met zijn pezige hand naar twee plastic tuinstoelen met bloemetjesovertrek wees die aan weerszijden van een metalen tafeltje waren neergezet. Sarah zag dat er een kan en twee glazen klaarstonden. 'Gaat u toch zitten,' zei hij.

Ze knikte en liep naar de stoelen. Carter, dacht ze. Hij heeft de telefoon afgeluisterd toen ik Alison heb gebeld. Een tweede man stapte uit het donkere hoekje waar hij al die tijd verborgen had gestaan en nadat hij een stoel voor haar onder de tafel uit had getrokken en ze was gaan zitten, liep hij weer terug naar zijn plek. Votapek bleef staan. Hij voelde zich duidelijk niet op zijn gemak met deze inleidende formaliteiten. Hoewel zijn pak en das niet bij deze omgeving pasten, zaten ze hem als gegoten. Zijn lichaam was duidelijk niet ontworpen voor poloshirts en bermuda's en het was hem goed aan te zien dat hij haar onderzoekende blik niet op prijs stelde. 'Ik hoop dat de reis niet te zwaar voor u is geweest,' zei hij.

'Nee, hoor.'

'Wel een beetje onverwacht, denk ik.'

'De plek misschien wel.' Sarah ging zitten. 'We moesten elkaar nodig eens spreken. Het waar en wanneer is niet zo belangrijk.'

Hij keek haar strak aan. Een dergelijke openhartigheid had hij niet verwacht. 'Juist.' Hij ging zitten en schonk zichzelf een groot glas limonade in. 'Kan ik u soms ook iets aanbieden?'

'Ik heb vandaag wel weer genoeg limonade gedronken,' zei ze.

'Ach, dat is natuurlijk ook zo.' Hij zette de kan weer op tafel en leunde weer achterover. Daarna bleef hij een tijdje naar de wolken zitten staren. 'Alison is dol op limonade. De mijne is echter iets zoeter.'

'Ik weet zeker dat u me niet helemaal hierheen hebt laten komen om...'

'Inderdaad niet,' zei hij aarzelend, maar toch nonchalant. 'Ik heb u hierheen laten komen omdat ik enigszins bezorgd ben over uw bezoek aan mevrouw Krogh.'

'Enigszins?' zei Sarah. 'Hebt u al die moeite gedaan voor iets waarover u niet meer dan enigszins bezorgd bent?'

'Misschien was het wel wat meer dan dat.'

'Voorzover ik me kan herinneren, was u tijdens onze eerste confrontatie in New York wel meer dan een beetje bezorgd. Ik moet toegeven dat het hier een heel stuk aangenamer is, maar de boodschap zal wel hetzelfde zijn.'

Votapek draaide zich een kwartslag om en keek haar strak aan. 'Neem me niet kwalijk, hoe bedoelt u?'
'Uw éérste waarschuwing,' zei ze. 'In dat steegje. Ik neem aan dat die mannen er inmiddels wel weer bovenop zijn?'
Hij bleef haar aangapen. 'Ik heb geen idee waar u het over hebt, mevrouw Carter.'
Nu keek Sarah hém strak aan. Votapek leek het te menen. 'En u hebt zeker ook geen flauw idee van wat er zich in Florence heeft afgespeeld?'
De uitdrukking op zijn gezicht veranderde niet. 'Florence... Waar wilt u heen?'
Ze liet opnieuw een korte stilte vallen. 'U hebt geen idee waar ik het over heb, hè?'
Hij knipperde een paar keer met zijn ogen. 'Nee.' Hij zette het glas aan zijn lippen.
Sarah keek naar zijn manier van bewegen. Die was houterig, maar niet houteriger dan daarnet. Ze had al lang geleden geleerd om zelfs de kleinste tekenen van misleiding op te merken: de subtiele verandering in de blik in iemands ogen, in zijn woordkeus, zelfs in de hoek die zijn rug maakte met de grond. Maar bij Votapek was geen van die veelzeggende tekenen te bespeuren. Het leek wel of hij werkelijk niets wist over haar twee eerdere confrontaties met Eisenreich. 'Dat vind ik moeilijk te geloven,' zei ze.
'Het kan me niet schelen wat u wel of niet gelooft, en in uw privé-leven ben ik al evenmin geïnteresseerd.'
'Dus u hebt me helemaal hierheen gehaald om...'
'Ik heb u al verteld waarom ik u hier heb laten komen,' zei hij terwijl hij haar weer strak aankeek, maar nu met een ongeduldige klank in zijn stem. 'Het gaat mij om mevrouw Krogh. Ik vraag het u nog één keer: hóe hebt u haar gevonden?'
Sarah had even tijd nodig om de gebeurtenissen van de afgelopen drie minuten op een rijtje te zetten. Florence, Pescatore, New York: zou hem dat nou werkelijk helemaal niets zeggen? Zou hij écht niets...
Hij staat erbuiten. Ineens kwam die zinsnede in haar op: een plotseling inzicht uit de onderbewuste zevenennegentig procent van haar brein dat orde bracht in de chaotische wirwar van vragen. Hij staat erbuiten. Vroeger had ze dat ook wel van zichzelf gezegd als ze wat afstand wilde nemen, een vrije geest wilde blijven die niet gehinderd werd door structuren en systemen. Amman. *Een agent is alleen veilig als ze volkomen autonoom kan opereren.* Voor Votapek ging dat echter niet op. Hij vormde een vitaal onderdeel van de structuur van Eisenreich. Het had geen zin om hem niet op de hoogte te stellen van belangrijke ontwikkelingen.

Dat zou zijn greep op de gebeurtenissen niet verstevigen. Te weinig communicatie maakte hem alleen maar onnodig kwetsbaar. Hoe kon het dan dat hij niets wist van de krankzinnige race tegen de tijd die de afgelopen week voor haar was geweest? Hoe kón dat?
De man in de schaduw bewoog zijn schouders even. Hij had een stevig bovenlijf en een dikke nek, maar zijn hoofd leek wat te klein voor zijn forse lichaam. Er lag een eigenaardig serene uitdrukking op zijn gezicht en hij leek geen enkele aandacht te besteden aan het kat-en-muisspelletje dat zich recht voor zijn neus afspeelde. Een perfecte discipel, dacht ze. Een perfect stuk gereedschap.
Sarah keek weer even om naar haar gastheer, die net een slokje nam, en op dat ogenblik vloeiden haar intuïtie en de feiten samen in een luid en duidelijk antwoord: Votapek was niet anders dan de man in de schaduw. Nu zag ze de wereld van Eisenreich zoals die was, zoals die móest zijn. Alles was zo ingericht dat iedereen geïsoleerd bleef en dus beschermd werd. Tieg, Sedgewick en Votapek waren geïsoleerd. Ze waren zich niet bewust van het grotere geheel. Votapek wist niets over New York of Florence omdat hij dat niet hóefde te weten. Dat had iemand anders geregeld.
Het was een zwakheid waar ze gebruik van kon maken.
'U zult uw vraag iets moeten toespitsen,' zei ze, heel wat kalmer dan een paar seconden geleden.

Feric was al aan zijn derde portie bezig. Terwijl hij nijdig in het hulpeloze zakje graaide om de laatste zoute krakelingen eruit te vissen, stond het plastic bekertje met bier in een precair evenwicht op de rand van zijn dienblaadje.
'De rest is wat ingewikkelder,' zei Xander terwijl hij aan een blokje kaas knabbelde.
'Maak het dan wat eenvoudiger voor me.' Feric likte aan zijn vingers en plukte daarmee de laatste kruimeltjes van het dienblaadje. 'Iedereen kan iets heel ingewikkeld maken, doctor, maar het ingewikkelde eenvoudig maken is een kenmerk van genialiteit.'
'Kan zijn, maar ik ben geen...'
'Een kénmerk van genialiteit,' zei Feric. 'Meer niet.'
Xander glimlachte. Zes minuten later somde hij het zo goed mogelijk op. 'Het is een slimme theorie. Hij heeft het niet over een politieke samenzwering, maar over manipulatie van de volksmassa, en wel in de drie belangrijkste staatsdomeinen: de politiek, de economie en het maatschappelijk leven. Omdat hij zo'n goed begrip heeft van de staatsstructuur, gaat het heel veel verder dan eenvoudige misleiding.'

'Domeinen? Ik kan het niet volgen.'
'Eisenreich ontvouwt een heel nieuwe theorie over de manier waarop een staat in elkaar zit,' zei Xander. 'In de zestiende eeuw werd de staat uitsluitend gezien als een politieke entiteit. Eisenreich heeft die definitie wat ruimer gemaakt door er twee andere domeinen bij te betrekken en die als gelijkwaardig te beschouwen. Het heeft nog twee- tot driehonderd jaar geduurd voordat dat idee goed werd uitgewerkt en zelfs nu is het idee dat alle drie domeinen bestúúrd kunnen worden, iets wat de meeste mensen heel vreemd zal voorkomen. De doorbraak die Eisenreich heeft weten te bereiken, is dat hij onderkende dat de staat, de leiding, elk domein afzónderlijk dient te besturen. Eén man per domein. En het woord onafhankelijkheid neemt hij heel letterlijk. De leiders hebben bijna niets te maken met wat er in de andere domeinen gebeurt. Theoretisch weten ze helemaal niets van elkaar.'
'Maar dat zou toch alleen maar verwarring scheppen?' zei Feric.
'Dat maakt het juist zo slim,' zei Xander glimlachend.

New Orleans, 4 maart, 11.35 uur

Nadat hij zich onder water had afgezet tegen de pilaar, zwom de jonge Eisenreich-aanhanger – die de overall die hij vorige week op Dulles Airport had gedragen inmiddels had verwisseld voor een duikuitrusting – naar de andere kant van de pier en bevestigde de springlading daar aan een smalle dwarsbalk. Net als bij de vorige achtendertig springladingen die hij her en der op de onderbuik van de industriewerf had geplaatst, bevestigde hij er een zwart doosje aan. Een groen lampje knipperde even en werd toen geel. Een ogenblik later begon op de aan zijn gordel bevestigde detonator een rood licht te knipperen. De verbinding was bevestigd, de frequentie vastgesteld. Daarna keek hij op de meter van zijn zuurstoffles. Zestien minuten. Nog ruim de tijd om de resterende vier ladingen te plaatsen en ook daar de frequentie van vast te stellen. Hij maakte een zijwaartse rol en dook een eind dieper om naar de volgende pier te kunnen zwemmen.
Hij had echter geen rekening gehouden met de hekgolf van een ergens hoog boven hem langsvarend schip. De plotselinge stroming die daardoor werd veroorzaakt, smeet hem tegen de grillig gevormde rand van de pier. Zijn zuurstoffles werd er als eerste tegenaan geslagen, en de klap werd onmiddellijk gevolgd door het hoge sissen van een lek. Een ogenblik later sloeg een tweede golf hem opnieuw hard tegen het met staal versterkte cement en opnieuw ving de zuurstoffles het grootste deel van

de klap op. Het piepende geluid ging over in een zware kreun toen alle lucht er binnen één seconde uit stroomde. Wat hij zorgwekkender vond, was dat de klap waarmee de lucht uit de fles was ontsnapt aan het oppervlak het water zou doen opspatten. Als er iemand stond te kijken, zou die dat zeker opmerken.

Hij had echter geen keus. Hij moest naar boven.

Hij liet de zuurstoffles van zijn schouders zakken en keek toe hoe het ding naar beneden zonk. Een ogenblik later ging het pakket in zijn handen erachteraan, zodat er vier springladingen met toebehoren doelloos in de diepte wegzonken. Daarna keek hij snel even naar het oppervlak. In het golvende water boven zich zag hij een eenzame gestalte weerspiegeld. De luchtbel onder de pier was nu zijn enige mogelijkheid. Hij glipte tussen de dwarsbalken door, zwom naar boven en kwam geluidloos boven water. Hij hield zijn adem in en luisterde.

Hij zou wachten tot het donker was voor hij hier weg zou gaan.

'Nee,' zei Votapek, nog steeds even gespannen. 'Ik wil weten hoe u Alison hebt gevonden. En bovendien wil ik weten waarom u haar hebt wijsgemaakt dat ik u had gestuurd om met haar te praten. Natuurlijk heeft Alison u geloofd.'

'Ik heb uw naam genoemd,' zei Sarah terwijl ze de kan met limonade toch pakte, 'omdat ik wist dat dat de enige manier was om een afspraak met haar te maken.'

'En hoe wist u dat?'

Sarah was klaar met inschenken. 'Daar word ik voor betaald, meneer Votapek.'

'Juist, en wie betaalt u daarvoor?' Hij zette zijn glas weer op tafel. 'De overheid soms?'

Terwijl ze haar hoofd schudde, permitteerde Sarah zich een glimlach. 'De overheid kan zich mijn diensten helemaal niet veroorloven, meneer Votapek.'

'Niet veroorloven...' Hij begon aan te dringen. 'Hoe bent u aan dat nummer gekomen?'

'Hoe?' zei ze zachtjes. Ze besefte dat het nu tijd was om hem iets te vertellen dat een spoor van waarheid bevatte. 'Dat stond op een lijst.' Zonder ernaar te kijken, zette ze het glas weer op tafel. 'Een lijst met de namen van veertien kinderen, van wie er nu tien dood zijn,' zei ze. 'Eigenlijk zijn het er twaalf. De laatste twee zijn pas kortgeleden gestorven.' Ze keek hem recht in de ogen. 'Maar dat wist u toch al, meneer Votapek?'

'Ik weet weer niet waarover u het hebt, mevrouw Carter.' Hij was nu

nog een stuk argwanender dan daarnet.
'Maakt u dat de kat maar wijs, meneer Votapek.'
Hij wachtte even voordat hij zei: 'Het is duidelijk dat u wél voor de overheid werkt. Hoe zou u anders aan die informatie zijn gekomen?'
'Laten we nou niet naïef gaan doen. Denkt u dat er iemand in Washington rondloopt die ook maar enig idee heeft wie Grant en Eggart zijn? Of wat de vice-president hiermee te maken heeft?' Ze liet opnieuw een korte stilte vallen en keek hem recht in de ogen. Hij was nu duidelijk erg geschrokken. 'Als ze dat wel wisten, zouden u en ik hier nu niet zitten praten.'
Zijn gezicht verstrakte. 'Die bestanden waren... goed weggeborgen.'
'Dat is waar,' zei ze, 'maar die vormen toch niet de enige bron van informatie?' Er begon nu een aanvalsplan in haar op te komen en voordat hij antwoord kon geven, voegde ze daaraan toe: 'In de dossiers worden Brainbrook in Colorado of Winamet in Texas niet genoemd, maar we weten allebei heel goed dat die heel wat interessanter zijn dan Tempsten, New York.' Ze liet die woorden even bezinken voordat ze verderging. 'Hoe ik aan het nummer ben gekomen, meneer Votapek? Ik denk dat u dat nu zelf wel kunt raden.'
Hij keek haar lang en strak aan. 'Niemand zou u die informatie hebben gegeven.'
'Hoe verklaart u dan dat ik er wél over beschik?' Votapek wilde iets zeggen, maar slikte het toen weer in.
'Maakt u zich daar nou maar niet druk over,' zei ze. Ze was benieuwd hoe geïsoleerd hij eigenlijk was. 'Maar hier dient u zich wél druk over te maken.' Ze stak haar hand in haar tas en haalde Alisons videoband eruit. Ook nu deed Votapek er het zwijgen toe.
'Het is een band die duidelijk maakt waarom Brainbrook, Winamet en verschillende andere locaties zo belangrijk zijn. Het is een band, meneer Votapek, die een nogal interessant verhaal vertelt.' Ze wachtte even tot hij knikte. 'Bepaalde mensen willen weten waarom Alison Krogh over een kopie daarvan beschikte.'
Votapeks ogen werden groot en rond van schrik en ongeloof.
'Mevrouw Krogh,' vervolgde Sarah terwijl ze hem weer in haar tas stopte, 'was helemaal niet bevoegd om een band onder ogen te krijgen die uitsluitend bestemd was voor prefecten.' En na een korte stilte: 'Vanuit een bepaald perspectief maakt dit een uiterst slordige indruk.'
'Vanuit een...' Hij keek abrupt op. 'Die band was streng geheim. Ik zou niet weten hoe...' zei hij toen. 'Over wiens perspectief hebben we het hier eigenlijk?'
'Opnieuw een vraag waarop u zelf het antwoord wel weet.' Sarah keek

over haar schouder naar de andere man. 'Ik denk dat we het daar maar beter bij kunnen laten.'
Votapek keek haar strak aan. Wat aanvankelijk alleen maar een vage angst was geweest, grensde nu aan paniek. Ze had een zenuw geraakt, een verborgen plek vol angst en onzekerheid. Terwijl hij zich langzaam weer achterover in zijn stoel liet zakken, mompelde hij zachtjes voor zich uit: 'Had Alison dan een band?' Hij keek Sarah weer aan en zei met toonloze stem: 'Dat is alles, Thomas.' Zonder aarzelen liep de tweede man het gravelpad op; een ogenblik later ging Votapek eveneens staan en liep naar de rand van het theehuisje. Terwijl hij naar het water stond te kijken, wachtte hij tot 's mans voetstappen niet meer te horen waren, en draaide hij zich toen weer om. 'Wie bent u, mevrouw Carter?'

'Waarom?' vroeg Feric. 'Zulke domeinen zouden onvermijdelijk in conflict met elkaar raken. Het zou al net zo'n puinhoop worden als de ergste uitwassen van het oude sovjetimperium.'
'Theoretisch gezien wel, ja,' zei Xander. 'Tenzij er één man boven de drie *Prefecten* – dat is Eisenreichs term voor de leiders van elk domein – staat om ze in de gaten te houden. Dat is de *Dominator*, de Topman, maar je zou hem ook de *Curator* kunnen noemen, wat de Toezichthouder betekent. In essentie ziet de structuur er min of meer zo uit.' Hij pakte drie crackers en een broodje en legde die op de rand van zijn dienblaadje. 'Laten we zeggen dat de drie crackers de Prefecten zijn. Voor jou en mij lijkt het alsof die niets met elkaar te maken hebben. Het broodje...' hij pakte het op en hield het een centimeter of vijftien boven het dienblad, 'coördineert de crackers zonder ze te laten merken dat ze in wezen alle vier samenwerken. Met andere woorden: het enige dat we te zien krijgen, zijn die drie crackers en we denken dat die autonoom zijn. Zijzelf weten dat ze dat níet zijn, maar ze hebben geen idee wat er in de andere domeinen gebeurt. En zo komen we bij de rol van het broodje, dat boven de anderen zweeft en erop let dat alles gladjes en soepel verloopt.' Hij sloeg een bladzijde om en las: 'Op deze manier zal de overheid gekleed gaan in een mantel van republikeinse deugd, want de macht lijkt verdeeld te zijn over velen. Het fraaie systeem van middelen om het evenwicht der drie machten te bewaren... zal het nukkige en wispelturige volk tevreden houden.'
'Mooi, hoor.'
'Die verdeling,' zei Xander, 'past uitstekend bij wat Eisenreich ziet als de behoefte van de staat om zo nu en dan van gedaante te veranderen.'
'Leg eens uit.'
'Nou, afhankelijk van wat de mensen op een gegeven moment willen,

democratie, aristocratie of zelfs tirannie: een van de domeinen zal proberen die wens te vervullen. De diepere structuur verandert niet, alleen de oppervlakte verandert. Dus heb je een kerngroepje, de Prefecten, die het beleid binnen hun afzonderlijke domeinen bepalen. Er is één persoon buiten die domeinen, de Topman of de Toezichthouder, die erop let dat de Prefecten niet op elkaars tenen gaan staan. Intussen zijn de mensen ervan overtuigd dat ze níet worden gemanipuleerd, omdat de drie domeinen volstrekt los van elkaar lijken te staan. Het volk verwordt zo tot een stel willige volgelingen en de vier mannen aan de top hebben alle touwtjes in handen en kunnen de staat elke koers laten inslaan die ze maar willen.'

Er verscheen een bezorgde uitdrukking op zijn gezicht. 'Te oordelen naar de titels van de laatste hoofdstukken, is die koers niet al te aanlokkelijk.'

'En de drie domeinen staan onder het beheer van onze drie vrienden?'

'Wie anders? En alles is gestoeld op de aanname dat de massa gelooft dat er niets aan de hand is. Dat wil zeggen dat je het volk moet manipuleren en daar heb je een hoog ontwikkeld onderwijssysteem voor nodig.'

'Votapek.' Feric dronk zijn bekertje bier leeg.

'Precies,' zei Xander. 'Ze voeren het allemaal heel letterlijk uit.'

'Er zit natuurlijk een zeer voor de hand liggende zwakte in dit alles,' zei Feric. 'Als je het hoofd eraf hakt, de Toezichthouder elimineert, dan valt alles in duigen.'

'In theorie wel, ja... Het probleem is dus dat ze niet theoretisch te werk gaan. Wat ze daar in Washington en Chicago hebben uitgevoerd, past perfect bij de titels van de laatste hoofdstukken. De gebeurtenissen van de afgelopen week vormen een laatste proefneming met methoden voor het scheppen van politieke chaos. En wat er zojuist met de graantermijnmarkt is gebeurd, is economische chaos.' Hij zweeg even. 'Probeer je eens voor te stellen wat er kan gebeuren als ze het op grotere schaal gaan aanpakken.'

'Eigenlijk heet ik Trent,' zei ze.

'Juist,' zei Votapek. Het was hem duidelijk aan te zien dat hij zich steeds minder op zijn gemak begon te voelen. 'Wat een verrassingen allemaal.'

'Het was een voorzorgsmaatregel. Mijn rol is echter niet van belang. Het gaat erom dat ik hier ben omdat er voor een paar mensen veel op het spel staat.'

'Voor een paar mensen? Nu bent ú degene die toch echt een beetje duidelijker zult moeten zijn, mevrouw Trent.'

'Jonas Tieg en Laurence Sedgewick,' antwoordde ze.

Hij trok zijn wenkbrauwen een stukje op en knikte toen.
'Juist.'
Sarah wachtte tot hij verder zou gaan, en toen dat niet gebeurde, zei ze: 'Maar dat zijn toch zeker niet de interessante namen?' Ze wist dat ze nu haar laatste troefkaart moest uitspelen. Ze had geen keus. 'Maar Eisenreich is dat wél.' Om het woord zoveel mogelijk nadruk te geven, liet ze een korte stilte vallen. 'Zijn uw vragen daarmee beantwoord?'
Votapek stond als verstard. Zijn kleine gestalte tekende zich nu scherp af tegen de achtergrond van de zon en de zee. 'Waar hebt u die naam vandaan?'
'Ervan uitgaande dat er maar een klein groepje mensen is dat de betekenis van die naam begrijpt,' zei ze, 'lijkt me dat niet zo belangrijk.'
'Toch wil ik het graag weten, mevrouw Trent. Waar hebt u die naam vandaan?'
Sarah keek Votapek eens aan en pakte toen haar glas. 'Ik ben benaderd,' zei ze toen.
'Benaderd? door wie?'
Langzaam zette ze het glas aan haar lippen en nam een slok. 'Door iemand die veel belang hecht aan dit manuscript.' En toen haar een woord te binnen schoot uit haar gesprek met Alison – die het had uitgesproken alsof het een geheime code was – voegde ze eraan toe: 'Door iemand die zich sterk bekommert om het proces.'
Votapek reageerde onmiddellijk. Met een ruk draaide hij zijn hoofd weer naar haar toe. Zijn ogen waren groot en rond. 'Het proces?' fluisterde hij terwijl hij zijn handen in elkaar sloeg en weer naar het tafeltje liep. 'Wilt u daarmee zeggen dat hij u heeft benaderd?'
In de stem waarmee hij die vraag stelde, was niets meer te bespeuren van het gezag van daarnet. In plaats daarvan leek Votapek nu meer een vraag te stellen aan zichzelf dan aan haar. 'Heeft hij u benaderd?' dacht ze. Het ging niet om Tieg of Sedgewick. Die namen hadden niet meer dan een opgetrokken wenkbrauw opgeleverd. Nee, voor deze reactie was iemand anders verantwoordelijk. Iemand... of iets anders. Zou het een vierde man kunnen zijn? dacht ze plotseling.
'Dat doet er niet toe,' zei ze. 'Tenzij u twijfelt aan Sedgewick en Tieg?'
'Twijfelt?' vroeg hij. Hij was nog steeds niet van de schrik bekomen. 'Was dat wat u daar in Tempsten uitvoerde: checken of ik wel loyaal genoeg ben, of mijn geloof wel diep genoeg is?'
'Het bestaan van Alison werpt wel een paar moeilijke vragen op,' zei Sarah kalm en onbewogen. 'Zeker nu ze zoveel blijkt te weten.'
'Zoveel blijkt te weten?' Opnieuw kwamen de woorden er half fluisterend uit. 'Alison is een kind. Ik weet niet hoe ze aan die band...' Plotse-

ling zweeg hij en hij keek Sarah strak aan. 'De man die u heeft benaderd, mevrouw Trent, had die ook een naam?'
Zonder ook maar enige aarzeling keek Sarah Votapek recht in de ogen. 'Zoals ik al zei... Eisenreich. Dat is de naam die ik te horen heb gekregen.'
'De naam die u te horen hebt gekregen?' Er klonk nu wat ongeduld in zijn stem.
'Het was duidelijk niet zijn echte naam.' Ze wist dat het gevaarlijk zou zijn om nu nog lang door te gaan met vissen. Bevestiging van haar vermoedens was voldoende. 'En zo wil ik het ook liever houden. Ik krijg niet genoeg betaald om dergelijke risico's te lopen.'
'Daar kan ik in komen. En waarom zou Eisenreich u willen inhuren?'
'Omdat ik heel goed ben in mijn vak, meneer Votapek.'
'En wat mag dat vak van u dan wel zijn?'
Sarah nam een slok. 'Omdat u kennelijk toegang hebt tot de archieven van het Ministerie van Buitenlandse Zaken, denk ik dat u wel zou weten wie ik ben.'
'Dat is duidelijk niet het geval, mevrouw Trent. En omdat we nu onder vier ogen zijn, kan het geen kwaad als u me even op de hoogte brengt.'
Een enkele witte meeuw ging op de lage muur zitten. Sarah hield haar blik op de vogel gericht en zei: 'Vijf maanden geleden werd er contact met me opgenomen door een onderzoeker van het ministerie...'
'Dus u werkt wél voor de regering,' viel Votapek haar in de rede.
'Als u maar diep genoeg graaft, komt u er vanzelf achter dat ik daar tot zes jaar geleden een heel andere status had.' In essentie was dat waar.
'En dat betekent?'
'Ik was actief in het veld.'
Votapek zweeg even. 'In het veld. Dus u was een soort...'
'De precieze benaming doet niet terzake,' viel ze hem zonder stemverheffing in de rede. 'Tot 1990 heb ik mijn tijd verdeeld tussen Europa en Zuid-Amerika, tijdens de Golfoorlog zat ik in Syrië en Jordanië. Het verbaast me dat u dat niet wist.'
'Dat hoeft u niet te verbazen.' Votapeks geduld was nu bijna uitgeput. 'Syrië en Jordanië... en in welke hoedanigheid?'
'Mijn expertise was infiltratie in kringen binnen het politieke leven en de krijgsmacht die zich ten doel hadden gesteld het Amerikaanse beleid te ondermijnen. Het was mijn taak om een binnenlandse chaos te scheppen die hen zou vernietigen. Mijn laatste opdracht was generaal Safad in Jordanië.'
'Safad?' zei Votapek en hij keek haar indringend aan. 'U bedoelt...'
'De couppoging.' Haar gezicht verried geen enkele emotie.
'Volgens mij bent u niet het James Bond-type.'

'Dat zal ik maar als een compliment beschouwen.'
'Het maakt me niet uit hoe u dat beschouwt.' Votapek deed nu weinig moeite meer om zijn angst te verhullen. 'En wat is er toen gebeurd? Een vertrouwensbreuk, een spionne die de band met haar oude opdrachtgever heeft verbroken en die weer actief wil worden in het veld? Is dat is niet een erg oud verhaaltje?'
'Inderdaad, maar dat is dan ook niet wat ik wilde gaan zeggen.' Haar woorden klonken nu heel precies en werden zonder emotie uitgesproken. 'Mijn carrière kwam ten einde toen ik mijn greep op de werkelijkheid kwijtraakte.' Toen ze weer opkeek, had ze een vreemde lege blik in haar ogen. 'Ik ben gek geworden, meneer Votapek. "Gevallen" noemden ze dat binnen de afdeling waar ik voor werkte. Ik wil u niet teleurstellen, maar na mijn bezoek aan Alison denk ik dat u wel weet waar ik het over heb.'
Votapek liet een paar seconden voorbijgaan voordat hij weer iets zei. 'Juist.' De klank in zijn stem hield nu het midden tussen zelfverwijt en onzekerheid.
'U hoeft u geen zorgen te maken. Ik ben er weer bovenop.'
'Ja.' Votapek voelde zich nu duidelijk niet op zijn gemak. 'Dat is duidelijk.'

Tempe, 4 maart, 9.40 uur

De geur van versgezette koffie die nog in de lucht hing, gaf duidelijk aan dat er in het operationele centrum net een ploegenwisseling was geweest. Dertig computerterminals, opgesteld in rijen van vijf, verdeelden de grote, holle ruimte in verschillende secties. Samantha Doyle, die hier net zes weken werkte, zat voor een van de schermen te wachten op een telefoontje. Er was gezegd dat ze om 9.50.45 zouden bellen. Het lampje op haar beeldscherm lichtte groen op.
'Ik neem hem wel, Karen,' zei ze en ze trok haar koptelefoon recht. 'Goedemorgen, met Samantha Jones van Southwestern Bell. Waarmee kan ik u van dienst zijn?'
'Goedemorgen,' zei de beller. 'Ik heb problemen met mijn telefoonlijn. Ik krijg de hele tijd telefoontjes voor een zekere meneer Eisen.'
Precies op tijd. 'Juist. Wilt u dat dit gesprek wordt opgenomen ten behoeve van mijn chef?'
'Nee,' zei de stem. 'Ik weet zeker dat we dit met zijn tweeën wel afkunnen.'
Samantha bracht haar laserpen naar het rode icoontje op het scherm dat

aangaf dat het gesprek werd opgenomen. Een ogenblik later was het verdwenen. Dit was een privé-gesprek. Onmiddellijk dubbelklikte ze met haar muis en zag een grit met telefoonlijnen in de regio in beeld verschijnen. Onder elk van de schakelcentrales knipperde de routingcode aan en uit. Zonder op bevestiging te wachten somde de beller een lange reeks commando's op. Samantha had geen idee wat die betekenden, maar tikte ze snel in. Zo nu en dan wierp ze een snelle blik op het hokje van de chef rechts van haar. Niemand besteedde enige aandacht aan haar. Binnen een minuut werd er linksonder op het scherm een klein venster geopend en zag ze de nullen en enen razendsnel langsstromen. Ze bleef commando's intikken tot alle routingcodes op het scherm ineens veranderden. De stem vroeg haar de nieuwe codes te bevestigen en toen ze daar een halve minuut later mee klaar was, volgde er een nieuwe reeks commando's.

'Druk nu op ENTER.'

Samantha zag hoe de oorspronkelijke codes weer op het scherm verschenen. Het was alsof er niets was veranderd. 'De oorspronkelijke routing is er weer,' zei ze.

'Uitstekend,' zei de stem, en daarna werd de verbinding verbroken.

Het werd tijd om haar verhaal wat meer geloofwaardigheid te verlenen. 'Ik weet niet waarom,' zei Sarah. 'Maar wat de reden ook mag zijn, ik weet wél dat ik het eens was met een heleboel van wat hij zei.' Ze richtte haar blik weer op de zeemeeuw. 'Als je er zeven maanden over hebt gedaan om er weer bovenop te komen, heb je niet veel meer te verwachten. Je kunt niet gewoon om een nieuwe opdracht vragen. Dat wilde ik trouwens ook helemaal niet. Eerlijk gezegd, wist ik helemaal niet wat ik wilde.' Met een vage glimlach om haar lippen keek Sarah Votapek weer aan. 'Daar hebt u het cliché dat u had verwacht. Wilt u er nog een horen? Ik was boos en in de war, naar ik heb vernomen is dat niet ongebruikelijk voor iemand in mijn situatie. Na alles wat we hadden gedaan, was Hussein nog even machtig als vroeger en Jordanië was een nachtmerrie die op het punt stond werkelijkheid te worden. U kunt zich voorstellen hoe ik me voelde. Iedereen zei dat het heel normaal was dat ik me boos voelde, en dat ik het moest zien te verwerken. Maar hoe ik dat moest aanpakken zeiden ze er niet bij. De man die me heeft benaderd, kon me dat wél vertellen. Hoe hij wist dat hij mij moest hebben, weet ik niet... en waarom hij mij benaderde trouwens ook niet. Ik ben geen fanaat, meneer Votapek, en het kan me niet schelen wie dat wel is, maar in dat manuscript stond een hoop waar ik het mee eens was.'

'Hebt u het manuscript onder ogen gehad?' Hij wist zijn verrassing niet te verhullen.
'Stukjes en beetjes. Voldoende om mijn belangstelling te wekken. Vergeet niet dat ik chaosdeskundige ben.' Hoewel hij verder niet reageerde, kon Sarah duidelijk aan zijn ogen zien dat haar woorden doel hadden getroffen. 'En bovendien wist hij een heleboel over mij.'
Votapek knikte, zette zijn glas op het tafeltje en liep terug naar de muur. 'De eerste gesprekken waren informeel en onschuldig...'
'Juist.' Hij draaide zich om en keek haar weer aan. 'Laten we er voorlopig maar van uitgaan dat u bent wie u zegt. U hebt me nog steeds niet verteld wat u hier komt doen.'
'Bevestiging zoeken.'
'Wat dat ook mag betekenen.' Hij deed weinig moeite om zijn ergernis verborgen te houden. 'Dus u hebt dit gesprek inderdaad verwacht. U hebt daar zelf op aangestuurd.'
'Ik zal er geen doekjes om winden. Ja.'
Terwijl hij naar de horizon tuurde, gaf hij een knikje. Bijna een halve minuut later vroeg hij: 'Wat is er eigenlijk precies gebeurd in New York en Florence?'
'Zoals ik al zei, was New York een soort waarschuwing. Florence... dat is wat ingewikkelder.'
'Verklaar u nader.'
Ze wist dat hij er toch wel achter zou komen. 'Hebt u wel eens gehoord van een zekere professor Alexander Jaspers?' Votapek schudde van nee. 'Hij was in Florence om naar het manuscript te zoeken.'
'Was het manuscript dan in Florence?'
'Niet het origineel, maar het afschrift. Het is teruggevonden.'
'Een afschrift?'
'Ik ging ervan uit dat u dat wel wist.'
Zonder acht te slaan op die steek onder water, vroeg hij: 'Wat is er met die... Jaspers gebeurd?'
Feiten gekoppeld aan intuïtie. 'Twee mannen hebben Jaspers maar al te duidelijk gemaakt dat ze niet wilden dat hij zich in de buurt van dat manuscript waagde.'
'Ik zie het probleem niet.'
'Ik werd erop uitgestuurd om Jaspers in de gaten te houden en ik heb geen idee wie het waren.'
Er verscheen een verwarde uitdrukking op Votapeks gezicht. 'U wilt beweren dat die twee...'
'Zomaar uit het niets zijn komen opduiken. We hebben geen idee wie ze heeft gestuurd.'

Votapek had even tijd nodig om dat te verwerken. 'Weet u zeker dat dit iets met het manuscript te maken had?'
'Heel zeker. Anderhalve dag later nam iemand die Bruno Feric heet contact op met Jaspers en daarna zijn ze samen verdwenen.'
'En u beweert dat u geen idee hebt wie die twee mannen waren?'
'Geen idee.'
Weer stilte. 'Die Feric... waarom maakt u zich daar druk om?'
'Bruno Feric was luitenant bij de Oost-Duitse Stasi. Hij is een zeer bekwaam moordenaar die banden heeft met verschillende politieke groeperingen in Europa en het Midden-Oosten. Na de val van de Sovjet-Unie is hij voor zichzelf begonnen.'
'Weet u zeker dat Feric degene is die contact met Jaspers heeft opgenomen?'
'Ik ken hem.' En na een korte stilte voegde ze daaraan toe: 'Ik ben degene die hem negen jaar geleden uit Oost-Duitsland heeft gehaald.'
Votapeks gezicht verstrakte weer. 'Dan blijft nog de vraag wat ík hier allemaal mee te maken heb.'
'Het is duidelijk dat iemand erop gebrand is om me ervan te weerhouden mijn werk te doen.'
'Maar wat dat werk van u nou precies inhoudt, blijft me wat onduidelijk, mevrouw Trent.'
'Werkelijk, meneer Votapek?'
De korte verwondering op zijn gezicht maakte al snel plaats voor een ijzige blik. 'U dacht dat ík diegene was?'
'Dat zou nog steeds heel goed kunnen.'
'Alstublieft, mevrouw Trent. U wilt toch niet beweren dat iemand binnen de...'
'Ik beweer helemaal niets.' Om haar woorden kracht bij te zetten liet ze weer een korte stilte vallen. 'Maar ik krijg wel de indruk dat iemand, of de een of andere groepering, zijn eigen regels aan het maken is.'
'Verklaart u zich nader.'
Sarah sprak haar woorden nu heel langzaam en nadrukkelijk uit. 'De eerste proefneming. Misschien is iemand een beetje al te gretig aan het worden. Misschien wil iemand het proces wel wat versnellen.' Ze gaf hem even de kans om die woorden tot zich door te laten dringen en zei toen: 'Of misschien is hij dat altijd al van plan geweest. Dat is een van de dingen die ik moet natrekken.'
'Wacht eens even,' zei Votapek. Hij zat haar nu strak aan te kijken en hield zijn gezicht strak in de plooi. 'U zegt dus dat iemand, Jonas of Laurence...'

'U hebt die namen genoemd. Ik niet.'
'Vooruit wil lopen op het schema?' Toen het idee vorm aannam in zijn geest, schudde hij zijn hoofd. 'Dat kan helemaal niet. Coördinatie is van cruciaal belang. Het is belachelijk! Ik kén die twee, mevrouw Trent.'
'Twee keer, meneer Votapek. Twee keer heeft iemand geprobeerd me tegen te houden. In New York en in Florence. Dat geeft ook aan dat ik iemand voor de voeten heb gelopen en het feit dat ik nu hier zit, geeft wel aan dat ik niet de enige ben die hierbij betrokken is.' Ze zweeg even. 'Eisenreich wil er zeker van zijn dat we allemaal op dezelfde bladzijde zitten.' Opnieuw een korte stilte. 'En ik ben hierheen gekomen om te kijken of dat inderdaad zo is.'
Votapek was inmiddels op het lage muurtje gaan zitten en staarde nu zwijgend naar het water dat ver onder hem tegen de rotsen spoelde. Toen keek hij om. 'Ik kén die mensen, mevrouw Trent.'
Sarah zag dat zijn aandacht begon af te dwalen en besefte dat het gesprek zijn loop had gehad. De zaadjes waren geplant. Votapek had in het lokaas gehapt. 'Ik hoop dat u dat inderdaad beseft.' Ze ging staan. 'Dan valt er verder weinig te bespreken. Ik zal de informatie doorgeven.'
Hij nam niet de moeite om daarop te antwoorden. De meeuw sloeg zijn vleugels uit en was vrijwel onmiddellijk verdwenen achter de rand van het klif. 'U houdt me natuurlijk op de hoogte van de resultaten van uw... analyse.'
Zijn verzoek bracht haar even van haar stuk. Daarmee liet hij openlijk blijven dat hij toch aan het twijfelen was gebracht. Het was niets minder dan een openlijk blijk van argwaan, hoe licht dan ook, jegens zijn medespelers. 'Ik weet niet of ik nog contact met u zal opnemen.' Ze trok haar rok recht en pakte haar tasje. 'Dit gesprek is strikt privé. Geen externe bevestiging.' Ze glimlachte. 'Dat is wat hij mij heeft gezegd. Hij zei dat u het wel zou begrijpen.'
'Natuurlijk.' Votapek knikte. 'Mijn piloot vliegt u wel weer terug.' Sarah liep naar het gravelpad. 'Mevrouw Trent,' zei Votapek. Ze bleef staan en keek om. 'U blijft een mysterieuze figuur.'
Sarah keek hem recht in de ogen. 'Dat is ook de bedoeling, meneer Votapek. Dat is ook de bedoeling.'

'Mijn vriend en ik hebben een paar dagen vrijaf genomen. We gaan eerst op familiebezoek, daarna een paar dagen naar het zuiden, naar de Zugspitze. Misschien gaan we wat klimmen.' Ferics Duits vertoonde nu geen spoor van zijn gebruikelijke accent, in plaats daarvan had het nu de zangerige klanken van het Oostenrijkse Duits aangenomen.

De douanebeambte bleef aandachtig naar hun paspoorten kijken. 'En u bent in Engeland geweest voor...'
'Zaken.' Feric bleef over de balie geleund staan. Precies de houding van een onschuldige, maar wel wat bezorgde reiziger.
'Ja,' zei de beambte terwijl hij de wat verfomfaaide boekjes doorbladerde. Hij keek alleen op om te zien of de pasfoto's wel bij de gezichten pasten. 'En wanneer komt u weer naar Oostenrijk?'
'Over een week. Op zijn hoogst een dag of tien.'
Een paar ogenblikken van geroutineerde stilte, gevolgd door twee met een werktuiglijk gebaar gezette stempels, en de twee vakantiegangers konden hun weg vervolgen. Xander was maar twee keer op het vliegveld van Frankfurt geweest en was onder de indruk van het imposante bouwwerk waarin ze zich nu bevonden. Op de centrale roltrap naar beneden bleef hij aandachtig naar het koepelgewelf staan kijken. Langs de wand van de hal onder hen zag hij een lange rij hokjes. In elk hokje was een autoverhuurkantoor gevestigd. Hij zag hun in schreeuwerige kleuren uitgevoerde uniform geklede baliemedewerkers. De felle tinten geel, blauw en rood van de internationale concurrenten waren verwikkeld in een verwoede strijd om aandacht. Feric liep naar een van de verder nauwelijks van elkaar te onderscheiden hokjes en legde zijn koffertje op de balie.
'*Ein Auto, bitte.*' Ferics Duits had nu een Noord-Italiaans accent. Xander stond hem onwillekeurig verbaasd aan te gapen. Zijn lichaamshouding, het scheefgehouden hoofd, zelfs de ontspannen manier waarop zijn handen op het koffertje lagen was mijlenver verwijderd van de nerveuze Oostenrijker van een paar minuten geleden. Hij zag Feric een verfrommeld pakje sigaretten uit zijn zakken vissen: Italiaanse. Toen hij dat opmerkte, moest hij grijnzen, en dat gold ook voor het eenvoudige gebaar waarmee het mannetje de sigaret naar zijn mond bracht voordat de baliemedewerker verwijtend naar het grote VERBODEN TE ROKEN-bord wees dat vlak naast hen aan de muur hing.
'Ah, si.' Een nonchalant schouderophalen. De sigaret bleef tussen zijn vingers geklemd en terwijl hij glimlachend naar Xander opkeek, zei hij in vlot en onberispelijk Italiaans: 'Ach, weet ik veel.' Een veelbetekenende grijns. 'In Spanje kan je tenminste lekker een sigaretje roken terwijl ze met hun computers zitten te pielen.' Hij keek weer naar de man achter de balie en voegde daar in houterig Duits aan toe: '*Wir waren vor Kurzem noch in Spanien und dort darf man rauchen.*'
Zonder van zijn beeldscherm op te kijken, zei de Duitser: '*Aber wir sind hier nicht in Spanien, mein Herr.*' Feric knikte de man goedmoedig toe. '*Ihre Passe, bitte.*'

Zonder ook maar met zijn ogen te knipperen, keek Feric op naar Xander en knikte dat hij de man hun paspoorten moest laten zien. Xander bleef als aan de grond genageld staan tot Feric met een goedmoedige verontschuldiging de sigaret weer in zijn mond stak en in de zak van zijn jasje begon te zoeken. Een ogenblik later trok hij met een kort lachje twee nieuwe paspoorten uit zijn zak en overhandigde ze aan de agent. '*Nein, ich, ich habe die.*'

Xander bleef toekijken. De baliemedewerker tikte rustig door zonder zich van de wijs te laten brengen door dit Italiaanse vertoon. Nog geen minuut later legde hij een envelop en een stel sleutels op de balie. Druk knikkend en schouderophalend zette Feric een paar onontcijferbare initialen op al de benodigde plaatsen.

'*Wir sind fertig?*' Ferics rollende *r* en zwaar geaspireerde *g* deden een wat gekwelde glimlach op het gezicht van de baliemedewerker verschijnen.

'*Ja. Alles ist fertig.*'

Feric schoof zijn koffertje opzij, stak de documenten in zijn zak en knikte de man vriendelijk toe. 'Eerst een hapje eten.' Hij pakte Xander bij de arm en trok hem met zich mee, het ondergrondse labyrint in. Vijf minuten later stonden ze voor een Italiaans restaurant. Het naambord boven de deur stond vol golvende, donkerrode letters waarvan de vorm opging in die van de zeven heuvelen van Rome.

'Ik ga hier altijd eten als ik de tijd heb. De maricotti is heel goed. Buiten Rome vind je nergens betere.' Uit de precisie waarmee hij zijn Engels uitsprak, bleek duidelijk dat de oude Feric weer terug was, maar op de een of andere manier leek zijn strengheid nu wat verzacht te worden door een verrassende nagalm van zijn Italiaanse alter ego. Hij duwde de glazen deur open en liep met kwieke pasjes de lege eetzaal binnen. Hij liet drie volstrekt aanvaardbare tafeltjes links liggen en ging aan de vierde langs de dichtstbijzijnde wand zitten. Terwijl hij zich op zijn stoel liet zakken, plofte zijn koffertje al naast hem op de vloer. Terwijl Xander tegenover hem ging zitten, legde de gerant de menu's al op tafel, waarna hij weer rustig terugliep naar zijn plekje naast de deur. Spiegels van de vloer tot aan de muur verleenden de smalle ruimte toch een brede aanblik, een illusie die nog versterkt werd door slim opgestelde lampen en kaarsen. Feric zag zichzelf duizend stukjes brood afscheuren.

'Dat was een mooie voorstelling.' Xander leunde met zijn ellebogen op tafel. Hij vond de hoge, rechte stoelen niet prettig zitten.

'Heel vriendelijk van u.' Er zat iets zelfvoldaans in de manier waarop Feric zat te knauwen. Hij had genoten van zijn eigen bravoure. 'Een

luidruchtige Italiaan. Hij ziet er elke week zoveel dat hij zich ons niet zal herinneren.'
'Maar je hebt ervan genoten.'
'Natuurlijk. Daarom kwam ik ook zo overtuigend over.'
Er kwam een ober aanlopen. Nadat hij hun bestelling had opgenomen – twee maricotti's en een fles rode huiswijn – verdween hij weer net zo snel als hij was gekomen. 'Die uitdrukking op uw gezicht, doctor, toen ik om de paspoorten vroeg, daar heb ik nou echt van genoten.'
De ober kwam terug met een karaf wijn en Feric, die de voor zijn doen ongebruikelijke speelsheid bleef aanhouden, trok vol verwachting zijn wenkbrauwen op. Italiaanse wijn in een Duits restaurant. Dat beloofde wat! Maar zowel Xander als hij was aangenaam verrast door de rijke smaak waarmee ze hun brood wegspoelden.
'Ik ben zeer onder de indruk,' zei Xander, en hij knikte. 'Een uitstekende keus.'
'Ja, inderdaad.'
'Tijdens de jacht,' citeerde de onbedwingbare academicus in hem, 'dient u een plek te vinden om nieuwe krachten op te doen, een goede maaltijd en wat wijn... De les: wat nu?'
'Als u het zo wilt zien, ja. Dat kan allemaal uiterst nuttig zijn.' Feric nam een flinke slok wijn. 'Maar op dit moment ligt het allemaal eenvoudiger. We hebben zesentwintig minuten voor we hier weg moeten en ik heb honger. Het eten is hier altijd heel snel klaar.'
Dat antwoord was zelfs voor Ferics doen wel heel precies.
'Zesentwintig minuten?' vroeg Xander. 'Waarom nou juist zesentwintig?'
'De trein naar Göttingen vertrekt om twee minuten over halfnegen. Over zesentwintig minuten dus.' Het eten werd inderdaad al na heel korte tijd gebracht. Feric strooide snel wat geraspte kaas op de al onder een dikke laag saus verborgen pasta, maar hield daarmee op toen hij de uitdrukking op Xanders gezicht opmerkte. 'U dacht toch niet dat we die auto ook werkelijk zouden gebruiken? Zo'n wagen is heel makkelijk te traceren.' Toen Xander geen antwoord gaf, ging Feric verder: 'Als ze daar toch niet in zouden zijn geslaagd, hebben we op zijn hoogst vijftien minuten verspild. Als ze daarentegen beter zijn dan u denkt, komen ze er uiteindelijk achter wie die kleine Fiat heeft gehuurd. In die bibliotheek in Londen hebben ze u ook gevonden, dus waarom zouden ze daar deze keer niet in slagen?' Feric waagde het er maar op en stak een vork vol maricotti in zijn mond. Hij sprak verder, ervoor zorgend dat de marinarasaus niet verspild werd. 'En dat brengt me op de vraag die me sinds vanmiddag al bezighoudt.' Hij veegde de saus van zijn kin. 'Hoe konden ze weten waar we heen zijn gegaan?'

Die vraag kwam voor Xander zo onverwacht dat hij niet wist hoe hij erop moest reageren. Hóe Eisenreich hem daar in Londen had weten te vinden leek hem iets minder van belang dan het feit dát ze hem hadden gevonden. Mét het manuscript. 'Geen idee. Ik dacht...'
'Er zijn maar twee mogelijkheden. Of die Eisenreich beschikt over enorme hulpbronnen die hij kan gebruiken om mensen te laten volgen... En gezien het feit dat ze u in Italië uit het oog hebben verloren, lijkt me dat zeer onwaarschijnlijk. Of,' hij pakte zijn glas, 'u bent niet zo voorzichtig geweest als u wel denkt.' Hij keek op om Xanders reactie te peilen.
De jonge geleerde was stokstijf stil blijven zitten, met zijn vork ergens halverwege tussen zijn bord en zijn mond. Xander kon niet goed uitmaken of hij zojuist nou was beschuldigd van een stupiditeit of van iets ergers en hij wist even niet wat hij moest zeggen.
Feric zag geen reden om aan te dringen. 'Ik denk niet dat u zich ervan bewust bent hoe het gebeurd zou kunnen zijn, maar u zou er goed aan doen om even terug te denken aan alles wat er sinds uw vertrek uit Florence is gebeurd. In Milaan, misschien.'
'Milaan.' Beelden van de afgelopen week flitsten door hem heen. 'Ik wist helemaal niets over Londen tot ik Carlo's aantekeningen had doorgelezen. En die heb ik pas in Florence in handen gekregen en er stond helemaal niets in over de collectie-Danzhoeffer...'
'Prima,' viel Feric hem in de rede toen hij de stijgende bezorgdheid op het gezicht van zijn tafelgenoot opmerkte. 'Dan kunt u Milaan dus wegstrepen.'
'En tot ik u had ontmoet, reisde ik op mijn eigen paspoort. Zo moeilijk is het nou ook weer niet om iemands spoor te volgen die...'
'Toegegeven. Maar waarom doken ze ineens op in die bibliotheek? Dat stond toch zeker niet in uw paspoort? Waarom niet in het British Museum of in Cambridge, of waar dan ook? Waarom nou juist in Londen en uitgerekend in die bibliotheek?'
'Nou... het zou niet moeilijk zijn om erachter te komen dat ik vier jaar geleden een groot deel van mijn werk heb gedaan op het Institute...'
'Daar zit toch geen logica in?' Feric schudde zijn hoofd en nam opnieuw een enorme hap pasta. 'Puur toeval. Dat u daar vier jaar geleden hebt gewerkt, heeft niets te maken met het feit dat dat manuscript daar nu lag.'
'Zou het niet kunnen dat ze toch al iemand binnen het Instituut hadden?'
'Waarom dan? En trouwens, u hebt zelf gezegd dat die kale man heel verrast keek toen hij u ineens opmerkte. Dat was toch zo?'
Xander moest even nadenken. 'Hij leek inderdaad nogal... geschokt. Maar ik kan het natuurlijk mis hebben gehad. Ik had net het manuscript gevonden...'

'Dat is allemaal waar, maar verandert dat de indruk die u toen had?'
Langzaam schudde Xander zijn hoofd. 'Nee. Hij was werkelijk volkomen verrast.'
'Precies. En op grond van de beschrijving die mevrouw Trent me heeft gegeven, had ik hem al herkend voor u hem tegen het lijf liep. Het lijkt me wel duidelijk dat hij daar was voor het manuscript en niet voor u.'
Feric knikte en scheurde een stukje brood af. 'Nee, er moet nog iemand zijn geweest die wist waar het manuscript te vinden zou zijn, iemand die toegang had tot Pescatores aantekeningen en die onze kale vriend naar Londen heeft gestuurd, zonder dat dat iets te maken had met uw aanwezigheid in Londen in het heden of verleden.'
'Iemand anders?' Dat sloeg nergens op. 'Er waren maar twee mensen die wisten wat er in die aantekeningen staat: Sarah en ik.'
'En,' Feric keek Xander nu recht in de ogen, 'degene in New York aan wie u die kopie hebt gestuurd.'
Plotseling voelde hij iets van spanning in zijn nek. 'Dat is iets anders,' zei hij terwijl hij zich herinnerde hoeveel tijd het hem had gekost om Sarah zover te krijgen dat ze hem een kopie van die aantekeningen liet versturen. 'Die kopie is naar New York verstuurd op de dag dat ik naar Londen ging. Er is geen enkele manier waarop die pas twee dagen later aangekomen zou kunnen zijn, en bovendien, degene aan wie ik die kopie heb toegestuurd, is volkomen betrouwbaar.'
'Bent u daar zeker van?'
'Já.' Er klonk iets van ergernis in zijn stem door. 'Dat staat buiten kijf.'
'Laat u mij nou maar bepalen of...'
'Ik zei nee.'
Van de andere kant van de tafel werd Feric nu aangekeken door een paar ogen die hij nog niet eerder had gezien, ogen zonder warmte, en zonder enige twijfel aan zichzelf. Niets van de gevoelens die hij van de geleerde was gaan verwachten. Hij moest toegeven dat deze nieuwe metgezel werkelijk veelbelovend was.
'Ik heb het alleen maar gevraagd omdat het een mogelijkheid was.'
'Ik geef antwoord omdat ik weet dat het dat niet is.'
Feric knikte. Dat antwoord deed hem genoegen. 'Goed.' Hij nam een slok wijn. 'Dan resteert er maar één mogelijkheid. Pescatore.'
'Wát?' Dat was belachelijk. 'Carlo?'
Feric haalde een envelop uit zijn zak en legde die op tafel. 'Die heb ik gevonden bij onze kalende vriend op het Instituut. Kennelijk is de professor minder terughoudend geweest dan u dacht. Dit is een briefje waarop staat aangegeven waar de collectie-Danzhoeffer te vinden is. Het handschrift en de handtekening zult u ongetwijfeld wel herkennen.'

Xander tuurde naar het met de hand geschreven briefje. *Pescatore.* Hij kon zijn ogen niet van het papier afwenden. Het was duidelijk Carlo's handschrift.
'Ik vraag me af,' zei Feric, 'of Signor Pescatore ook weet waar uw vriend Ganz te vinden is.'

New Orleans, 4 maart, 2.31 uur

Zijn armen en benen brandden; zijn armen rukten aan zijn schouders. In de afgelopen vijf minuten had hij zich een paar keer laten zinken zodat hij zijn spieren kon ontspannen zolang als zijn longen dat maar wilden toelaten, voordat hij weer omhoog was gezwommen naar de pier. Maar één keer had hij zichzelf te ver laten gaan, zich plotseling gerealiseerd dat zijn bewustzijn langzaam wegebde, en toen had hij panisch spartelend naar de oppervlakte moeten zoeken. Met al die drukke bewegingen had hij bijna de radiodetonator los van zijn gordel geslagen. Het was al erg genoeg dat hij vier springladingen niet had weten te plaatsen. De detonator kwijtraken was ondenkbaar.
Een halfuur geleden was hij al klaar geweest om te vertrekken. De invallende duisternis had hem voldoende dekmantel geboden om onder de pier weg te zwemmen. De aankomst van een kleine tanker en het daaropvolgende uitladen hadden zijn ontsnapping toen echter onmogelijk gemaakt. Nu, terwijl het geluid van de laatste vrachtwagens langzaam wegstierf, liet de soldaat van Eisenreich zich langzaam uit zijn hol drijven. Hij klemde zich vast aan de rand van de pier en werkte zich hand-over-hand de Mississippi in. Toen hij het eind van de cementen wand had bereikt, dook hij diep naar beneden en gebruikte zijn zwemvliezen om zich steeds verder en verder van het licht boven zich te verwijderen. Een minuut later kwam hij weer boven, minstens honderd meter van de pier.
De golfslag was overweldigend sterk. Nadat hij een halve minuut lang had rondgedobberd terwijl hij probeerde de kracht op te brengen om weer te duiken, hoorde hij het geluid van een scheepsmotor, dat werd gevolgd door een lichtbundel die nog geen twintig meter van hem vandaan over het water gleed. Een routinepatrouille van de kustwacht. Het lot lachte hem niet echt toe.
Hij dook. Zijn armen en benen maalden door de stroming. Opnieuw was de pier zijn enige kans. Maar hij had geen kracht meer en kreeg kramp in zijn spieren van de plotselinge inspanning. Hij voelde zichzelf weer naar de oppervlakte drijven en een paar seconden later gleed de lichtbundel over zijn gezicht.

Hij wist wat ze zouden verwachten. Een angstige en dankbare drenkeling. Als ze de duikuitrusting en de detonator zagen, zou dat beeld echter al snel veranderen. En dat zou vragen oproepen. Vragen waarop hij zich geen antwoord kon veroorloven. *Er dient altijd ruimte te zijn voor opoffering.*
Dat waren de woorden die door hem heen gingen terwijl hij zich langzaam liet zinken. Hij trok de detonator uit zijn gordel en toetste de code in.
Hij voelde niets toen overal om hem heen de vlammen ineens hoog oplaaiden uit het water.

Een handjevol sterren knipperde door het wolkendek, kleine lichtjes die het Duitse zandweggetje beschenen. Terwijl Xander en Feric moeizaam verderliepen, hoorden ze de geluiden van een laat drinkgelag. Recht voor hen zagen ze het kasteel dat ooit Wolfenbüttels Saksische edellieden had gehuisvest, opdoemen uit de mist. Het stak hoog boven het niet meer dan drie verdiepingen tellende, maar op zijn eigen wijze niet minder indrukwekkende Zeughaus uit, dat was opgetrokken in hout en steen en dat een dreigende schaduw wierp. Het leek niet goed te passen bij het doel waarvoor het gebruikt werd: het huisvesten van een van de grote bibliotheken van Europa. Zijn tegenhanger, de elegantere Herzog August Bibliothek, die er recht tegenover stond, aan de andere kant van een kort, met kasseien geplaveid straatje, bood van buitenaf een veel indrukwekkender aanblik, maar Xander herinnerde zich dat de werkelijk interessante boeken in het Zeughaus te vinden waren. Dat was dan ook de plek waar hij die zomer van zes jaar geleden het grootste deel van zijn tijd had doorgebracht.
Daar, in de Lesungszimmer op de derde verdieping, waar de zeldzame boeken ingezien konden worden, had hij Ganz voor het eerst ontmoet. Ganz was een lange, slungelige man met lange armen en benen. Die eerste blik zou Xander nooit vergeten. Een paar ogen zo blauw als de hemel die over zijn schouder meekeken terwijl hij een manuscript zat door te bladeren, de glimlach die op het gezicht van de oudere man was verschenen toen hij Xander met zich had meegelokt naar de kleine kantine op de benedenverdieping, terwijl hij een uitvoerige beschrijving gaf van de reeds lang geleden gestorven collega die de laatste was die dat nu alweer wat gehavende boek gerestaureerd had. Gesterkt door een paar koppen koffie had Xander urenlang naar hem zitten luisteren terwijl de oude conservator tot in de kleinste details de meest opzienbarende vondsten uit zijn lange carrière beschreef. De vreugdevolle opwinding die in Ganz' stem doorklonk, had Xander doen denken aan iemand die hij

maar al te goed had gekend. Vanaf het eerste begin hadden ze heel goed met elkaar kunnen opschieten.
Daarna hadden ze elkaar regelmatig opgezocht, meestal 's avonds, alleen maar om wat afwisseling in hun tamelijk streng gereglementeerde bestaan te brengen. Bier of een taartje, en één keer, in een opwelling, een lang weekeinde in Berlijn. Ganz' eerste bezoek aan die stad sinds de oorlog. Zoals zovelen was hij er weggebleven omdat hij het beeld dat hij zich als kind van die stad had gevormd, niet had willen laten ontnemen. Maar na een week onophoudelijk aandringen en de opmerking dat de stad nu weer één was, was het Xander gelukt om zijn weerstand te ondermijnen. Drie glorieuze dagen in Berlijn. Hij had Xander bedankt door hem een vroege Duitse editie van Machiavelli's *Il Principe* cadeau te geven.
Terug in Wolfenbüttel hadden ze hun vriendschap voortgezet, en daarbij, herinnerde Xander zich nu, hadden ze maar één keer niet over boeken zitten praten. Zo nu en dan had Xander Ganz uitgenodigd op zijn kamer in het Pension Heinrich Tübing, waar de uitbater zijn gasten een koningsmaal had voorgezet. 'Twee geleerden,' zei Tübing dan altijd. 'Het is me een eer om u van dienst te kunnen zijn.'
En nu, jaren later, toonde Herr Tübing opnieuw wat een uitstekende gastheer hij was. Alleen al het feit dat hij Xanders stem onmiddellijk had herkend – en dat over een slechte telefoonlijn vanuit Göttingen – plaatste de pensionhouder al in een klasse apart. Nee, het zal geen enkel probleem opleveren om de kamer van Herr Doctor gereed te maken. En zijn gast ook? Geen enkel probleem. Tübings enthousiasme was duidelijk hoorbaar geweest. Zouden ze lang blijven? Een paar geschreeuwde opmerkingen naar Frau Tübing, die Xander tijdens de drie maanden die hij in het pension had gelogeerd, nooit had gezien, en alles was in orde.
Nu, met hun koffers in de hand, liepen ze over een prachtige overdekte brug en langs een rij winkels waarvan alle lichten waren gedoofd. Ze sloegen rechtsaf de Jürgenstrasse in, waar het pension was gevestigd. Het had twee verdiepingen met in totaal iets van tien kamers, en beneden een ontbijtruimte en een zitkamer: alles nu in duisternis gehuld. Xander keek eens op zijn horloge. Tien over één, wat naar de maatstaven van Wolfenbüttel heel laat was, maar Herr Tübing had uit eigen beweging nadrukkelijk gezegd dat hij op zou blijven om zijn gasten welkom te heten. En, zoals hij beloofd had, ging nog voordat Xander had kunnen kloppen het licht al aan en werd de gestalte van Herr Tübing zichtbaar. Hij had een badjas en slippers aan en knipperde met zijn ogen in het felle licht. 'We hebben u uit uw slaap gehouden,' zei Xander verontschuldigend. 'We hadden geen idee dat de trein er zo lang over zou doen.'

De oudere man schudde opnieuw snel zijn hoofd. 'Pah, die treinen zijn altijd hetzelfde. *Ein Uhr genau.* Ik heb het licht uitgedaan om elektriciteit te sparen. Maar komt u toch binnen.' Hij gebaarde dat zijn gasten de hal binnen konden lopen. 'Ik heb u dezelfde kamer gegeven die u de vorige keer hebt gehad. Er zat een vrouw uit Bremen in, maar die was zo vriendelijk om genoegen te nemen met een andere kamer.'

'Dat was niet nodig ge...'

'Voor *Herr Doktor* is geen moeite te veel. Ze is niet meer dan privaatdocente.' Hij deed het licht in de hal aan.

Xander glimlachte en liep achter zijn gastheer aan de smalle trap op, op de voet gevolgd door Feric. Hij was vergeten hoe strikt de Duitsers de hand hielden aan de rangonderscheidingen binnen de academische wereld. Hij was professor doctor, het hoogste van het hoogste, en zij was niet meer dan een nederige privaatdocente. Voorzover Xander wist, kon dat mens wel vijftig jaar oud zijn en veel meer bereikt hebben dan hij, maar waarschijnlijk had ze er zelf op gestáán om onmiddellijk de kamer te ontruimen. Het was een cultuur die hij nooit helemaal zou doorgronden. Boven aan de trap sloegen ze linksaf en liepen naar de kamer op de hoek. Herr Tübing maakte de deur open en overhandigde Xander de sleutel. Daarna stak hij zijn hand in zijn zak en haalde er een tweede sleutel uit voor Feric. Voordat hij hem de sleutel overhandigde, aarzelde hij echter even.

'Ah,' zei Xander snel. 'Dit is...'

'Signor Caprini.' Feric glimlachte op de manier waarop hij op het vliegveld de man achter de balie had toegelachen, knikte even en terwijl hij zijn hoofd ietsje scheefhield, stak hij de Duitser zijn hand toe. Opnieuw sprak hij nu gebroken Duits. *'Ich assistiere Doktor Jaspers bei seinen Untersuchungen in ihren hervorragenden Bibliotheken,'* zei hij. *'Ach, Entschuldiging für die Belästigung.'*

De Duister maakte een kleine buiging en drukte Feric de sleutel in de hand. 'Als het om Herr Doktor gaat, is geen moeite te veel. Ik hoop dat de kamer naar genoegen is.'

'Bellissima,' zei Feric en hij liep naar binnen. Een ogenblik later was hij weer terug om Xanders koffer naar binnen te dragen. Tübing maakte opnieuw een buiging en zei dat het ontbijt mogen 'om halfzeven precies' zou worden opgediend, draaide zich om en liep met kaarsrechte rug terug naar zijn eigen slaapkamer. Xander glimlachte en deed de deur achter zich dicht.

De kamer was nog precies zoals hij die zich herinnerde. Dezelfde blauwe handdoeken, hetzelfde dikke donzen dekbed en dezelfde kussens op het bed, zelfs hetzelfde merk zeep in het zeepbakje. Xander herinnerde zich

nog dat hij al die jaren geleden het schrijftafeltje voor het raam had gezet – hij gaf altijd de voorkeur aan daglicht – en dat hij het toen hij wegging weer op zijn oorspronkelijke plek had teruggezet. Tot zijn verrassing stond het nu echter weer voor het raam. Opnieuw een teken van Tübings grondigheid. Intussen was Feric voor de vensterbank gaan staan en nu tuurde hij door de kier tussen de gordijnen naar buiten, naar een klein achterplaatsje, wat struiken, de rand van het bos. Een straatlantaarn wierp een hard wit licht op het doodlopende weggetje en de twee daar geparkeerde wagens. Feric liet het gordijn weer terugvallen. De stof was zo dun dat het schijnsel van de straatlantaarn erdoorheen drong.
'Als ik me niet vergis,' zei Xander, 'gaat de lantaarn om een uur of drie uit.'
Feric knikte en legde zijn koffertje op een van de twee bedden. Buiten dat korte gesprekje met Tübing had hij vrijwel geen woord gezegd sinds ze in Göttingen waren overgestapt en de blik in zijn ogen was veel waakzamer dan Xander ooit eerder had gezien. Feric had zich genoodzaakt gezien een paar vervelende opmerkingen te maken over het gebrek aan stiptheid van de Duitse spoorwegen, maar geen verklaring gegeven voor een paar van zijn opdrachten: dat Xander een kamer moest reserveren in het pension, dat hij moest zeggen hoe laat ze precies zouden aankomen, dat hij moest vermelden dat er een collega met hem mee zou komen en dat hij Herr Tübing níet moest vragen of er kortgeleden nog naar de jonge doctor was gevraagd. Als de mensen van Eisenreich hun weg naar Wolfenbüttel hadden gevonden – een mogelijkheid die steeds minder onwaarschijnlijk begon te lijken – zouden ze ongetwijfeld eerst op zijn oude adres zijn gaan kijken: Jürgenstrasse 12. Of misschien zouden ze daarvoor nog even bij Ganz langsgaan, die vijf minuten lopen van het marktplein woonde. Het zou best kunnen dat de kale man Ganz' materiaal had doorzocht, het manuscript had gevonden en hem daarna op het station had staan opwachten om nog een paar losse eindjes aan elkaar te knopen. Het feit dat Feric en hij zonder incidenten waren aangekomen, vormde voor Xander slechts een kleine geruststelling.
Xander ging op zijn bed zitten en keek toe hoe de geheim agent een donkergekleurde broek, een sweater en een zwarte pet uit zijn tas haalde. Xander legde zijn kussen recht. 'Ik moet toegeven dat ik wel een beetje opgelucht ben, na de manier waarop we onze komst hebben rondgebazuind.'
'Als ik u was, zou ik maar niet zo opgelucht zijn,' zei Feric. 'Als Eisenreich hier aanwezig is, is de enige reden dat ze nog niets hebben ondernomen dat we iedereen die het maar zou kunnen interesseren heel dui-

delijk hebben laten weten wanneer we naar Wolfenbüttel zouden komen.' Hij zette zijn schoenen netjes naast het bed. 'Zij zijn hier de onbekende factor, niet u. Zij zijn degenen die voorzichtig moeten zijn.' Hij haalde een tweede stel kleren uit zijn tas en gooide Xander die toe. 'Trek die maar aan.' Feric stond op en nadat hij zijn portefeuille en paspoort in zijn zak had gestoken, ging hij aan de schrijftafel zitten, pakte een vel schrijfpapier uit de houten lade en begon te schrijven.

'Wat doe je?' Xander had zijn overhemd al uitgetrokken en zat nu zijn schoenveters los te maken.

'Een briefje aan Herr Tübing schrijven waarin u uw verontschuldigingen aanbiedt over het feit dat u niet langer kunt blijven. Een plotseling noodgeval. Als er vannacht iets mocht gebeuren, zal dat woord de beoogde uitwerking hebben, en dat effect zal nog worden versterkt door het feit dat het mijn handschrift is. Ik laat honderd mark achter.'

'Dat is twee keer zoveel als deze kamer kost.'

'U bent een vrijgevig man, Herr Doktor.'

Sarah liet zich door de piloot terugvliegen naar Tempsten. Alison was nu te waardevol om onbeschermd achter te laten. Per slot van rekening was zij degene die de mensen van Eisenreich kon identificeren, of ze zich dat nou realiseerde of niet. En bovendien zou Votapek natuurlijk meer willen weten over die videoband, dus Sarah wist dat ze snel in actie zou moeten komen. Daarom had ze een logeeradres voor Alison gezocht en daar voldoende voedsel opgeslagen om het er een week uit te zingen. Een voorzorgsmaatregel. Ze had Alison ook een pistool aangeboden, en Alison had het zonder iets te zeggen aangenomen.

Terwijl ze naar het wapen in Alisons hand had staan kijken, had ze zich op een vreemde manier wat los van de werkelijkheid voelen komen. Ze was zich ervan bewust geweest dat ze iets dergelijks, ditzelfde ogenblik, al eens eerder had meegemaakt, en dat ze nu geen keus meer had en op hetzelfde pad voort moest gaan. *Komt u terug? Ja. Komt u terug voor mij? Ja.* Alison móest uit de buurt van Sedgewick en Tieg worden gehouden; Sarah moest ze confronteren en hún vastberadenheid al net zo zien te ondermijnen als ze die van Votapek had ondermijnd. Ze moest een manier zien te vinden om Eisenreich in het hart te treffen. Dat was de enige manier om Alisons veiligheid te garanderen.

En de enige manier om Xander te redden.

Nu, vijf uur later, bevond Sarah zich op het Ghirardelli Square in San Francisco, maar in gedachten was ze daar tienduizend kilometer van verwijderd. Om het bericht te horen dat Feric daar had achtergelaten, belde ze met het relaispunt en ze kreeg te horen dat ze in Duitsland zaten en

een deel van het manuscript hadden gevonden. Feric ging daar verder niet op in, maar zijn beknopte samenvatting van de inhoud van het eerste deel van het manuscript was bemoedigend, want alles wat ze in haar eentje al had bedacht, werd daardoor bevestigd: de isolatie, het verbod op onderling contact en de vierde man. Pas zijn laatste woorden brachten echter een glimlach op haar gezicht.
'Met de doctor gaat alles goed. Ik begin hem zelfs aardig te vinden.'
Zo'n opmerking was helemaal niets voor Feric, maar ze kon het volkomen begrijpen.
Toen ze de hoorn op de haak legde en zich weer in de mensenmassa begaf, merkte Sarah onmiddellijk dat ze werd gevolgd. Het eerste wat in haar opkwam, was dat het iemand van Justitie was, maar dit was een heel ander soort mens.
Omdat ze wilde weten voor wie de man dan wel werkte, liet ze zich meevoeren door de menigte en ging steeds langzamer lopen. Het geluid van zijn voetstappen kwam steeds dichterbij tot hij vlak achter haar liep. Plotseling bukte Sarah zich en een ogenblik later botste hij tegen haar aan. Om zijn evenwicht niet te verliezen, zwaaide hij wild met zijn armen, maar voordat hij werkelijk kon reageren, had ze haar hand al hard om het onderste deel van zijn ruggengraat geklemd. Hij kromp in elkaar toen ze hem vooruitduwde.
'U schijnt belangstelling voor me te hebben,' zei ze zachtjes. 'En niet op een subtiele manier, mag ik wel zeggen.'
'Het was niet subtiel bedoeld,' zei hij en terwijl ze haar vingers nog dieper in zijn vlees duwde, begon hij nog kortere pasjes te maken. 'Ik werk voor het Comité.'

Vijf minuten later zaten ze in een coffeeshop, elk met een koffie verkeerd.
'Heeft de man van het Comité ook een naam?' vroeg ze.
'Stein. Bob Stein.' Hij glimlachte nerveus en klemde zijn dikke vingers om het dunne lepeltje. 'Ik wist niet goed hoe ik u moest benaderen.'
'Nou, het is u gelukt.'
'Ja.' Hij tilde de lepel uit het kopje, likte het schuim eraf en schraapte zijn keel. 'Ik werk voor het Comité...'
'Dat hebt u al gezegd.'
'Ja, nou, het heeft te maken met uw... onderzoek.'
'Kalm aan maar, Bob. Je hebt alle tijd.'
'Ik heb een paar dossiers meegenomen.'
Sarah staarde hem aan terwijl hij een slok koffie nam. 'Dat is tegen het Comité-beleid.' Stein zei niets. 'Waarom heeft Pritchard je dan gestuurd?

Een plotselinge aanval van gewetensnood?'
'Niemand van het COS weet dat ik hier ben.'
Terwijl Sarah hem strak aankeek, tuurde hij in zijn kop. 'Dat is nogal gedurfd, hè, Bob? Dat gaat de perken van het fatsoen toch wel te buiten?'
Hij keek op. Zijn nervositeit was nu volkomen verdwenen. 'Het gaat de perken van het fatsoen ook te buiten om arbeidsongeschikt geworden agenten weer het veld in te sturen. Maar daar hoeven we het toch niet meer over te hebben?'
Sarah glimlachte. 'Inderdaad.'
'Hoor eens,' vervolgde Stein fluisterend. 'We hebben u beiden in Florence uit het oog verloren. Ik zal u niet vragen waar de goede doctor nu is, want dat is niet de reden dat ik hier ben. Zelf bent u een dag later de Verenigde Staten weer binnengekomen, en wel op uw eigen paspoort. Ik heb dat beschouwd als een uitnodiging: hier ben ik. Pak me dan! Als dat niet de bedoeling was, dan hoeft u dat maar te zeggen. Dan ga ik met alle genoegen terug naar mijn bureau, zet dit allemaal van me af en hoop maar dat ik hiermee geen enorme bok heb geschoten. Als het wél de bedoeling was, dan ben ik hier om u te helpen.'
Sarah glimlachte nog steeds. 'Nou, dan zal ik die hulp maar aanvaarden, hè, Bob?'

Het was kort na vieren toen ze de deur uit liepen. Ze waren heel voorzichtig de trap af gelopen en bij de voordeur zo mogelijk nog voorzichtiger geweest. Nu liepen ze, nog steeds heel behoedzaam, de Jürgenstrasse uit en de laan naar het centrum in. Het enige grote kruispunt in het stadje werd bewaakt door een knipperend oranje verkeerslicht. De weg liep vanaf dit punt kilometers ver door zonder ook maar enige bebouwing. De nachtelijke stilte was ideaal voor hun doeleinde, maar werkte de toch al nerveuze Xander wel flink op zijn zenuwen. Ze waren de enigen op straat en slopen door het slapende stadje. Xander hield zijn schoudertas dicht tegen zich aan geklemd. Hun stille gesluip vormde een schril contrast met de ontspannen manier waarop ze niet lang geleden naar het pension toe waren gelopen. Toen Feric zijn pas versnelde, begon Xander te zweten onder zijn rolkraag.
Nadat ze langs het paleis en de bibliotheken waren gekomen, liepen ze het marktplein op, waar grote glazen winkelruiten in de hoekige cementen gevels dreigend neerkeken op de daken van de oudere houten gebouwen. Met Xander voorop staken ze het met kasseien bestrate plein over, waar diverse straatjes op uitkwamen. De drukkende stilte werd slechts verbroken door het onregelmatige ritme waarmee hun rubberzolen neerkwamen op het plaveisel. Aan de overkant van het plein wierp een

voortdurend groen verkeerslicht een welkome gloed over de straat. Ganz' huis, dat twintig meter daarvandaan lag, ging echter verloren in de schaduw.
Xander bleef staan en knikte naar het kleine huis met twee verdiepingen. Vanaf het punt waar ze stonden, konden ze nog net de vage omtrek van de struiken in de voortuin zien. Toen ze wat dichterbij kwamen, werden er meer details zichtbaar, waaronder een auto die ervoor stond: zo te zien een oude Saab. Ze staken het gazon over. Het gras voelde bros aan onder hun voeten en bij elke stap klonk er een zacht krakend geluidje, dat hier in de open voortuin door niets werd gedempt. Binnen een minuut stonden ze op de tweede trede van het trapje naar de voordeur. De zweetdruppels onder Xanders kraag waren vervangen door straaltjes zweet. Zijn adem ging met horen en stoten, niet zozeer van inspanning als wel van de zenuwen. Xander klopte zachtjes op de dikke houten voordeur en trok toen snel zijn hand terug om te luisteren of hij binnen geluid hoorde. Niets. Hij probeerde het nog eens, deze keer wat harder, zodat hij bij elke tik op het hout zijn hart voelde opspringen. Feric stond al bij een van de ramen en tastte met zijn in een handschoen gestoken hand het houten frame af, zo geconcentreerd dat hij met een afwezige blik in zijn ogen voor zich uit staarde. Een minuut later keek hij naar Xander en vormde met zijn mond het woord alarminstallatie. Daarna haalde hij een kort en plat stuk metaal uit zijn zak, stak dat in de kier tussen de twee vensters en trok het naar boven tot hij het haakje aan de binnenkant omhoog had gewipt. Hij stak het stuk metaal daarna weer in zijn zak. Hij duwde het venster omhoog en bleef even staan luisteren. Toen hij zich ervan had vergewist dat er niets te horen viel, schoof hij het raam nog verder omhoog en gaf Xander een knikje. Het hele gedoe had nog geen twee minuten in beslag genomen.
Toen ze eenmaal binnen waren, haalden ze allebei hun zaklantaarn uit hun zak en keken het vertrek rond. In de smalle lichtbundels leek Ganz' keuken er veel erger aan toe te zijn dat de boeken die hij restaureerde. De keukentafel was bezaaid met brandplekken van sigarettenpeuken, de verf schilferde van de keukenkastjes en er hing een doordringende kaaslucht. Xander herinnerde zich dat Ganz al twintig jaar weduwnaar was. Kennelijk was hij er nooit helemaal in geslaagd zich de kunst van het huishouden eigen te maken. Stilletjes ging Feric hem voor naar de keukendeur. De oude scharnieren zagen eruit alsof ze zouden gaan piepen, maar gelukkig klonk er geen geluid toen de twee mannen het smalle gangetje in liepen. Terwijl ze de zaklantaarns op de vloer gericht hielden, schuifelden ze naar de trap. Xander tikte Feric op zijn schouder en wees naar de tweede verdieping. Daar bevond zich de studeerkamer, dat her-

innerde hij zich nog. Als Ganz het boek had, zou het daar te vinden zijn. Naast de slaapkamer.

Met twee treden tegelijk liepen ze naar boven. Het enige dat hun vrijwel geluidloze stappen vergezelde, was het sissen van de verwarmingsbuizen. Verschillende deuren stonden open. Xander zag dat de kamers vol stonden met hoge stapels boeken en paperassen. Het waren opslagruimten voor iemand die er prat op ging dat hij nooit iets weggooide. De twee deuren aan het eind van de gang waren echter dicht en terwijl ze door de gang slopen, begon het gesis steeds luider te klinken. Feric duwde zijn oor tegen de eerste deur en stak zijn hand op om Xander duidelijk te maken dat hij wat meer naar achteren moest gaan. Een ogenblik later werd de deur opengeduwd, zonder enig geluid van de deurkruk of de scharnieren. Tot zijn eigen verrassing bleef Xander kalm en rustig staan kijken toen de kier in de deur groter werd. Voordat het licht even de spiegel raakte, had Feric zijn hoofd al om de deur gestoken. Zelfs toen bleef Xander echter rustig.

Feric liep onmiddellijk de kamer uit. 'Hier is hij niet.'

Hij fluisterde zachtjes, maar het plotselinge geluid was voldoende om Xanders hart een tel over te laten slaan. Kennelijk was zijn zelfvertrouwen wat voorbarig geweest. 'Het is de slaapkamer,' zei Feric verklarend. 'Het bed is opgemaakt en onbeslapen. We hebben mazzel. Hij is vannacht ergens anders.' Xander haalde eens diep adem en deed een stap achteruit toen Feric voor de laatste deur ging staan. Even zorgvuldig als daarnet trok hij de deurkruk naar beneden en duwde de deur open. Deze keer was hij echter niet snel genoeg om te voorkomen dat de scharnieren een piepend geluid maakten. Xander klemde zijn hand nog wat steviger om de zaklantaarn. Terwijl hij achter Feric aan liep, zag hij een lampenkap hangen. Dat was ook het enige beeld dat hem nog was bijgebleven van zijn vorige bezoek hier en op de een of andere manier had het een geruststellende uitwerking op hem. Terwijl Feric naar het bureau liep, besloot Xander de deur dicht te doen en draaide zich om.

De loop van een revolver lichtte op in de smalle lichtbundel van Xanders lantaarn, en daarboven zag Xander een paar ogen zo blauw als de hemel.

6

... onderwijs dat gepaard gaat aan agressie [zal] de stabiliteit verzekeren.

***Over de heerschappij*, hoofdstuk XV**

Sarah zat in de hotelkamer en las de dossiers door. Ze was zo verdiept in de tekst dat ze de laatste bladzijde omsloeg zonder in de gaten te hebben dat het de laatste was en ze keek verbaasd op toen ze de binnenkant van de map zag, met het maar al te vertrouwde wapen van de staat erop. Ze sloeg de laatste bladzijde weer op en zei: 'Dit is allemaal heel schetsmatig.'

'Fijn dat je nog weet dat ik er ben.' Stein ging naast haar zitten. 'Ik heb niet gezegd dat het perfect was, ik zei alleen maar dat het zou helpen.' Hij had het afgelopen uur alleen maar naar haar zitten kijken en zo nu en dan geprobeerd over haar schouder mee te lezen en behulpzame opmerkingen te maken, maar dat had hem telkens alleen maar een afwerend gebaar opgeleverd. Haar concentratie was al die tijd door niets verstoord en de blik in haar ogen was zo intens geweest dat het een bijna hypnotiserende uitwerking had. Het was een lesje in analyse geweest, en in de kunst van het aandachtig lezen, en dat van een vrouw die hij alleen maar kende als de huurmoordenares die ze in Jordanië hadden ingezet.

'Die onderdelen waren weggelaten uit de exemplaren die ik ter inzage heb gekregen. Waarom?' De vraag had een beschuldigende klank.

'Pritchard vond dat ze te gevoelig waren.'

'Heel vriendelijk van hem.'

'Zijn redenering,' zei Bob, 'was dat je geen reden zou hebben om verder te zoeken als we je de complete dossiers zouden geven. Dan zou je in dezelfde positie verkeren als wij. Hij wilde er wat losse eindjes aan laten zitten, zodat je bij het begin zou beginnen... Dat was iets waartoe wij duidelijk niet meer in staat waren.'

'Dat geloof ik niet. Ik kan me niet voorstellen dat O'Connell...'

'Hij was het er ook niet mee eens,' viel Stein haar in de rede. Hij wist maar al te goed wat ze wilde gaan zeggen. 'En ik al evenmin. Waarom denk je dat ik hier ben?' Sarah zei niets.

'Hoor eens, ik weet dat je geen reden hebt om me te vertrouwen...'

'Enig idee waarom meneer Pritchard het zo wilde spelen?'
'Nee.'
'En weet je absoluut zeker dat hij je werkelijk alles heeft laten zien?'
'Absoluut zeker?' Stein haalde zijn schouders op. 'Een week geleden zou ik ja hebben gezegd, maar nu weet ik het allemaal niet zo goed meer en absoluut zeker, dat is zo... absoluut, hè?'
Ze keek hem aan en haar stem klonk nu iets minder geïrriteerd. 'Eerlijk gezegd had ik Gael verwacht. Mijn uitnodiging was voor hém bedoeld.'
'Ik begrijp...'
'Nee, je begrijpt het niet.' En na een korte stilte voegde ze daaraan toe: 'Je hebt gelijk. Ik begrijp het niet. Ik vertrouw je niet... om de eenvoudige reden dat jij dit niet begrijpt.'
'O'Connell wel, dan?'
'Nee, niet specifiek dit.' Ze stond op en liep naar de balkondeuren. 'Maar hij begrijpt wel voldoende.'
'Hoor eens, het was niet mijn idee om je hierop af te sturen.'
'Natuurlijk niet.' Ze keek om. 'Zal ik je eens vertellen wat er werkelijk is gebeurd? Jullie hadden geen van allen ook maar enig idee van wat er aan de hand was of wat al die recente gebeurtenissen met elkaar te maken hadden, en daarom hebben jullie een onbekende variabele in het spel gebracht. Een onbekende, Bob, hoeft niet over perfecte getuigschriften te beschikken. In feite hoeft die zelfs helemaal geen getuigschriften te hebben. Ze hoeft alleen maar wat opschudding te veroorzaken, zodat de grote jongens kunnen zien hoe het veld erbij ligt.' Ze keek hem nu recht in de ogen. 'Nou, het spel blijkt wat ruwer te zijn dan wie dan ook had verwacht.'
Ze deed de deur open en snoof genietend de koele wind op. 'Dus je hebt gelijk. Ik was niet de beste keuze voor deze klus, gesteld dat er ooit sprake is geweest van een werkelijke keuze.'
Bob was even stil. 'Nee, ik denk niet dat het Comité mensen ooit een keus geeft.'
Ze draaide zich om. 'Is dat soms de reden dat je hier bent, Bob? Is dat waar dit allemaal om gaat? Ze hebben je hier een beetje te veel bij betrokken en nu voel je je verantwoordelijk? Als dat de reden is voor je komst, zal je je niet erg nuttig kunnen maken.'
'Ik ben hier, omdat ik dacht dat ik iets had wat je nodig hebt en omdat ik dacht dat je om hulp had gevraagd.' De woorden kwamen er in een ademloze stroom uit. Een teken van zijn opgekropte spanning. 'Ik kan het mis hebben, maar ik denk dat het geen flikker uitmaakt of ik me nou verantwoordelijk voel of niet. Je wilt niet dat ik meedoe met je spelletje? Je denkt dat dat te ruig voor me wordt? Nou, dan neem ik toch gewoon

het eerstvolgende vliegtuig naar Washington? Maar volgens mij ligt het niet zo. Ik denk dat de informatie die ik je heb gegeven, samen met wat Jaspers heeft gevonden, wel eens de enige manier zou kunnen zijn om die lui tegen te houden bij wat ze van plan zijn, wat dat dan ook wezen mag.'

Die uitbarsting kwam als een verrassing. Het was oprechte emotie van iemand die ze had beschouwd als een angstige analyticus die plotseling in een beetje al te diep water was terechtgekomen. 'Leuk dat een bureaucraat ook zo zijn gevoelens heeft.'

'Bureaucraat? Dat mocht je willen.'

'Maak je maar niet druk. Niemand heeft straks tijd om jou of wie dan ook de zwartepiet toe te schuiven.'

'Daar maak ik me helemaal niet druk over.' Hij tilde de thermoskan op, schudde hem even heen en weer en schonk zich toen een nieuwe kop in. Het was oude koffie en er kwam een smerige lucht vanaf. 'Hoe belangrijk is die Schenten nou precies?'

'Dat laat ik je nog wel weten.'

'Dat is het probleem,' zei Stein. 'Ik heb je alles laten zien wat ík heb. Dus ik denk dat je nu aan de beurt bent om me te vertellen wat Jaspers en jij hebben gevonden.'

Sarah keek naar Stein, die nu op de bank zat. Zijn buik was zo dik dat hij bijna tot aan het eind van de armleuning reikte. 'Ik dacht dat jij de barmhartige Samaritaan aan het spelen was? Ik had me niet gerealiseerd dat je iets terug wilde hebben.'

'Twee hoofden weten meer dan één. Zoiets.'

'Kan zijn.' Ze ging naast hem zitten en toverde een betoverend onschuldige glimlach op haar gezicht. 'Maar eerst moet je me nog een gunst verlenen. Ik neem aan dat je toegang hebt tot mijn dossier.'

'Ja.' Het was meer een vraag dan een antwoord.

'Prima. Dan moet je daar een paar pagina's uit halen en vernietigen.'

'Wát!' Stein liet zijn kopje koude koffie bijna in zijn schoot vallen. 'Je wilt dat ik streng geheime informatie vernietig? En dat terwijl er toch bijna niemand is die daar inzage in heeft? Waarom in 's hemelsnaam?'

'Bevestiging, Bob. Bevestiging van een vermoeden.'

'Leg neer die revolver of ik schiet doctor Jaspers in zijn borst.' Ganz' stem klonk gedempt, maar noch in zijn stem noch in de beweging waarmee hij opstond, was ook maar iets te bespeuren van zijn meer dan zeventig jaar. Met een langzame beweging liet Feric zijn revolver op het kleed vallen. Xander hoorde hem op het kleed ploffen. Ganz deed een stap naar rechts – zonder zijn ogen van de twee mannen af te wenden –

en boog zich voorover om een staande lamp aan te zetten. Nadat ze alle drie even hun ogen halfdicht hadden geknepen tegen het felle licht, nam Ganz Xander eens op. Hoewel dat helemaal niet bij de situatie paste, lag er een zachtaardige blik in zijn blauwe ogen, een vriendelijke blik zelfs.
'Wie is dat?' vroeg Ganz.
Het duurde even voordat Xander doorhad dat die vraag aan hém was gericht. Zijn eerste opwelling was zich om te draaien naar Feric en te vertellen wie de agent was, maar zodra hij zich bewoog, zei Ganz snel: 'Niet bewegen, alstublieft. Nogmaals, doctor Jaspers: wie is die man?'
Xander blies zijn ingehouden adem uit. Zijn hart klopte hem nu zo hevig in de keel dat hij nauwelijks meer kon slikken en toen hij iets probeerde te zeggen, klonk zijn stem gedempt en hijgerig. Terwijl hij een nare golf van misselijkheid voelde oprijzen vanuit zijn maag, keek hij strak naar de revolver.
'Ik ben Bruno Feric,' zei een stem achter hem. 'We komen voor het manuscript.'
'Ik heb vele manuscripten,' zei Ganz met monotone stem. Hij hield de revolver nog steeds op Xander gericht. 'Uw naam klinkt me niet bekend in de oren, *Herr* Feric. Hoe bent u in contact gekomen met doctor Jaspers?'
'We kennen elkaar pas kort.'
'Ik wist niet dat hij mensen met vuurwapens in zijn kennissenkring heeft.'
'Hij kent ú toch ook?'
'Niet zo bijdehand,' zei Ganz zonder een spoor van emotie. 'Deze revolver is een verdedigingswapen.'
Toen hij de twee Duitsers samen Engels hoorden spreken, ontwaakte Xander eindelijk uit zijn trance. 'Hij helpt me,' zei hij. 'Ik wist niet dat hij een vuurwapen had.'
'Weg van mijn bureau, Herr Feric,' vervolgde Ganz zonder aandacht aan hem te besteden. 'Die twee stoelen bij de open haard. Alstublieft, heren.'
Terwijl ze er allebei goed op letten dat hun handen niet uit het zicht verdwenen, schuifelden Xander en Feric langzaam tussen de stapels boeken door naar de open haard. Tegelijkertijd liep Ganz zonder zijn ogen ook maar even van de kleinste van zijn twee bezoekers af te wenden met een wijde boog naar zijn bureau toe, ging voorzichtig achter zijn eigen stoel staan en deed de kleine bureaulamp op het vloeiblad aan. Nadat ze alle drie tegelijk waren gaan zitten, liet Ganz zijn arm even op de stoelleuning rusten: een eerste teken van spanning en vermoeidheid. Toen Feric ging verzitten, kreeg de oude restaurateur echter ineens weer nieuwe energie en onmiddellijk bracht hij de revolver weer omhoog. Terwijl hij

zijn ogen strak op Ferics handen gericht hield, zei Ganz: 'U zei, doctor Jaspers?'
'Emil, deze man is gestuurd om me te beschermen.'
'En waarom heeft een wetenschappelijk onderzoeker die is gespecialiseerd in de zestiende eeuw een lijfwacht nodig? Uw werk is altijd interessant geweest, maar toch zeker niet "gevaarlijk" zullen we maar zeggen?'
'Mijn wérk is niet gevaarlijk. Dat weet je best.' Er lag nu weer wat kracht in zijn stem. 'Het gaat om de tien hoofdstukken van Eisenreich die zich hier ergens in deze wanorde bevinden. Anders zou je die revolver nu toch niet op ons gericht houden?'
Ganz zweeg even. 'Als er twee mannen in het holst van de nacht bij me inbreken, is het toch normaal als ik me verdedig?'
'En voordat je naar de studeerkamer bent gerend, heb je snel even je bed opgemaakt?' Xander werd zelf verrast door zijn plotselinge hervonden zelfbeheersing. 'Dat geloof ik niet. Wanneer heb je voor het laatst geslapen?'
'Dus nu bent u ook nog detective?'
'Emil, heb jij dat boek van Eisenreich?'
Ganz keek Jaspers eens aan. De blik in zijn ogen was nog steeds net zo vriendelijk als daarnet en vormde een vreemd contrast met de kille realiteit van het vuurwapen in zijn hand. Bijna een minuut later liet de oude man langzaam de revolver zakken en leunde achterover in zijn stoel. Hij bleef zijn hand echter stevig om de kolf geklemd houden. 'Natuurlijk heb ik dat.' Hij legde zijn vrije hand op het bureau, alsof hij wilde opstaan, maar begon in plaats daarvan over het hout te wrijven en tuurde naar zijn vingers. Toen keek hij op van zijn eigenaardige kalmerende ritueel en zei: 'En nu stel ik u de vraag die ik mezelf al twee dagen stel: waarom is het zo belangrijk?'
Xander keek van Feric naar Ganz: 'Het is een grote vondst...'
'Doe nou níet of ik een kind ben,' viel Ganz hem in de rede en terwijl hij dat zei, stond de oude conservator op. Het was zijn eerste werkelijke vertoon van emotie. Zijn stem klonk nu boos en het was een krachtige beweging. 'Een eerste editie van *Dante*, dat is een vondst, maar niemand gaat je huis ervoor doorzoeken. En niemand doet zoiets als dít.' Hij pakte een krant van zijn bureau en smeet die naar Xander. Omdat het zo onverwacht kwam, lukte het Xander maar net om hem op te vangen. Hij vouwde de krant open en keek op de voorpagina.
'Néé, pagina drie.' Ganz kon ook ongeduldig zijn. 'Onderaan. Het is de *Algemeine* van gisteren.'
Xander sloeg pagina drie op en zag het gezicht van een andere oude vriend, Carlo Pescatore. De woorden onder de foto waren nog veel

schokkender. GELEERDE AANGETROFFEN IN ARNO – POLITIE STELT ONDERZOEK IN.

'Het wordt nog veel interessanter,' zei Ganz. 'De politie beweert dat er is ingebroken in zijn kantoor, dat er sporen van een worsteling zijn aangetroffen en dat er met zijn computerdiskettes is geknoeid.' Om zijn woorden kracht bij te zetten, liet hij een korte stilte vallen. De hand waarmee hij de revolver vasthield, steunde nu op het bureau. 'Op de dag van de inbraak zijn er twee onbekenden gesignaleerd terwijl ze het universiteitsgebouw uit liepen. Een van hen was een man met een baard. Dat vond ik een eigenaardig detail.'

Xander wilde iets zeggen, maar hield zich in.

Ganz ging verder: 'Hoe lang hebt u die baard al, doctor?'

Xander keek de oude Duitser recht in zijn blauwe ogen, die nu niet langer vriendelijkheid uitstraalden, en bracht onwillekeurig zijn hand naar zijn gezicht. Hij had zich al een paar dagen niet geschoren!

'Die heeft hij pas sinds kort,' zei Feric, die nu rustig in zijn stoel zat.

'Ach, en ik moet de man met de revolver maar op zijn woord geloven?' Ganz liep weer naar zijn stoel, maar ging niet zitten. 'Misschien begrijpt u nu waarom ik u stond op te wachten met een revolver? Ik heb het boek van Eisenreich ontvangen, alleen het tweede deel trouwens. Ik schrijf erover aan iemand die een van de weinigen is die die ontdekking werkelijk op waarde zullen weten te schatten, en een dag later blijkt diegene dood te zijn. Maar hij is niet een dág later gestorven, nee, dat is al minstens een week geleden gebeurd, ongeveer op hetzelfde ogenblik dat iemand in Londen me het bewuste boek heeft toegestuurd. Toeval? Zou kunnen. Het verlies van mijn collega heeft me diep getroffen, en de vreemde omstandigheden waaronder hij om het leven is gekomen, hebben dat er niet beter op gemaakt, maar echt erbij betrokken voel ik me nog niet.

Maar dan, de avond daarop, hoor ik van onze wederzijdse vriend Herr Tübing dat de tweede persoon aan wie ik een brief over mijn ontdekking heb gestuurd, binnenkort in Wolfenbüttel arriveert, zonder dat hij me van tevoren schriftelijk van zijn bezoek op de hoogte heeft gesteld, en dat er iemand met hem meekomt. Dat er iemand met hem méékomt. En dát terwijl hij tot nu toe altijd alleen is gekomen en altijd heeft gezegd dat hij het juist zo prettig vindt om in afzondering te werken. Bovendien heeft hij gebeld vanaf het station in Göttingen, dus pas op het allerlaatste moment, en dat terwijl ik hem ken als iemand die alles altijd heel grondig voorbereidt.' Terwijl hij verderging, stond de vermoeidheid duidelijk op zijn gezicht te lezen. 'En als u dan eindelijk arriveert, breekt u bij me in, samen met iemand die met een revolver loopt te zwaaien, en bovendien hebt u ineens een baard. Dat kan geen toeval zijn.' Hij pakte de revolver weer op en bracht hem in de aanslag. 'U bent een oude vriend, maar zo gedragen oude vrienden zich niet. Dit heeft natuurlijk alles te maken met het manuscript van Eisenreich, maar ik moet weten wát precies.'

Voordat Feric hem kon tegenhouden, zei Xander: 'Omdat een paar uiterst machtige en capabele mannen bezig zijn Eisenreichs theorie in praktijk te brengen.'

Zonder iets te zeggen, keek Ganz Xander lang en indringend aan. Toen, terwijl het tot hem doordrong wat Xander zojuist had gezegd, maakte de harde blik in zijn ogen langzaam plaats voor iets anders, iets wat vriendelijk noch onvriendelijk was. Even later sloeg hij zijn ogen neer en keek naar zijn bureau. Bijna een minuut later zei hij, met een beheerste en duidelijke stem: 'Dat is veel erger dan ik had gevreesd.' Hij keek Xander eens aan. 'Proberen ze dat alleen maar of lukt het ze ook?' Toen de jonge geleerde daar geen antwoord op gaf, knikte Ganz en met een snelle blik op Feric zei hij: 'Dat verklaart natuurlijk wat ú hier doet. Ik twijfel er niet aan dat u me gedood zou hebben om dat boek in uw bezit te krijgen.' Feric zei niets. 'Ik begrijp het. Zulke mensen moeten worden tegengehouden, kost wat kost. Ik neem aan dat u het daarmee eens bent, doctor.' Xander keek zwijgend toe hoe Ganz de bovenste lade opentrok en de revolver erin legde. 'Vijftig jaar geleden hebben slechts weinigen de moed gehad om dergelijke offers te brengen. U moet niet denken dat uw vriend hier meedogenloos is omdat hij zijn zware last met zo weinig moeite weet te dragen. Ik kan u verzekeren dat degenen die het manuscript als handleiding willen gebruiken, zich even onverschillig zullen tonen.'

'Dat hebben ze zich al getoond,' zei Xander.

Ganz schoof de lade dicht. 'Juist. De eerste proefneming...' Hij knikte peinzend en keek toen op. 'Dat staat allemaal heel duidelijk te lezen in het manuscript.' Hij keek Xander even strak aan en richtte zijn aandacht toen op Feric. 'Pak uw revolver maar. Ik vind het niet prettig om zulke dingen te laten rondslingeren.' Toen Feric zich bukte om het vuurwapen op te rapen, merkte Xander dat hij zijn ogen niet kon losrukken van de oudere man. Op de een of andere manier sprak er meer concentratie en vastberadenheid uit zijn felle ogen, een doelbewustheid die diep uit zijn innerlijk kwam. Met even krachtige stem ging Ganz verder: 'U hebt de eerste tien hoofdstukken natuurlijk?'

'Ja,' zei Xander.

'Dat zou dus betekenen dat er nóg een exemplaar van het manuscript bestaat.'

'Twee andere exemplaren,' verbeterde Xander hem. 'Een Duitse en een Latijnse. Degenen die ik zojuist heb genoemd, beschikken over beide.'
'En zij zouden natuurlijk graag het derde exemplaar willen bemachtigen?'
'Dat,' zei Feric terwijl hij de revolver in zijn broekzak duwde, 'is iets wat me blijft dwarszitten. Waarom zouden ze zich zo druk maken over de ándere exemplaren? Uit wat de doctor me heeft verteld, maak ik op dat de theorie vol staat met suggesties voor een proces dat jarenlange planning vereist. Er staan nergens details. Het zijn alleen maar algemeenheden: het doel, de wijze waarop dat nagestreefd dient te worden, hoeveel mensen daarvoor nodig zijn, de domeinen waarin wanorde aangericht moet worden, enzovoorts. Maar als het manuscript ons niet kan vertellen hóe, en wat nog belangrijker is, wannéér dat plan van hen ten uitvoer moet worden gebracht, is het slechts van beperkte waarde. Het geeft een overzicht, maar niets wat ons concrete aanwijzingen verschaft over het dagelijkse proces waarvan we moeten aannemen dat ze het volgen. Ze weten dat het manuscript ons die details niet kan verschaffen, dus waarom zou het hen wat uitmaken als we een van de andere exemplaren in handen krijgen?'
'U hebt uw eigen vraag al beantwoord, Herr Feric.' Voor het eerst zagen ze een flauwe glimlach op Ganz' gezicht verschijnen. 'Er staat ongetwijfeld íets in het manuscript wat ons de benodigde details zou kunnen verschaffen, want zoals u zelf al hebt gezegd, anders zouden ze geen reden hebben om belang te stellen in u tweeën, en al evenmin in onze oude vriend Pescatore.' Ganz liet zijn stoel ronddraaien, keek Xander eens aan en trok toen een smalle lade onder in zijn bureau open en haalde er een dun boekje uit waarvan de kleur en de band in het zwakke licht moeilijk te zien waren.
Xander sprong op uit zijn stoel, trok Ganz het boek uit handen en sloeg het vol verwachting open. Toen hij de woorden op de bladzijde zag staan, voelde hij echter een scheut van teleurstelling: het was getypt Duits. Een ogenblik kon hij alleen maar verbijsterd staren. Duits? Het zou Italiaans moeten zijn. En waar staat dat dit Deel Twee is? Xander keek nog eens naar de omslag. Het wapen van de Medici was nergens te bekennen.
'Leest u de naam van de auteur maar eens,' zei Ganz. 'Niet helemaal wat u had verwacht, denk ik.'

Wolf Point, Montana, 4 maart, 20.45 uur

Een uur geleden was het telefoonbericht vanuit New Orleans ontvangen, maar dat had de zaken er niet duidelijker op gemaakt. Al sinds zes uur had CNN beelden van de verwoesting uitgezonden. De oude man had al die tijd aan de televisie gekluisterd gezeten. De beelden die over het scherm gleden, waren tegelijkertijd ongelooflijk boeiend en buitengewoon irritant voor hem geweest.

Te snel, dacht hij. Allemaal te snel. Het noodlot stelde zijn vastberadenheid weer eens danig op de proef. De ontploffing was bedoeld geweest als een onderdeel van het laatste stadium, en niet van de eerste proefneming. Nu werd het effect ervan bedorven doordat de ramp op zichzelf leek te staan. De gebeurtenissen waarmee hij had moeten samenvallen, zouden pas over drie dagen plaatsvinden en dus was de vernietiging van de haven nu niet meer dan een volstrekt willekeurige terreuraanslag.

Maar toch: leerzaam was het wel. Via de satelliet hield Bernard Shaw een interview met de handelsattachés van Argentinië en Chili, die allebei in dit stadium nog niet wilden speculeren over de mogelijke gevolgen van deze aanslag.

'Naar ik heb begrepen,' vervolgde Shaw, 'wordt bijna eenderde van alle import en export van en naar Zuid-Amerika verscheept in New Orleans.' Beide mannen knikten. 'En nu de haven, volgens de eerste schattingen, minstens tien dagen volledig ontoegankelijk zal zijn voor vrachtvaarders, roept dat een paar interessante vragen op, heren. Zeker na de recente krach op de graantermijnmarkt...'

De oude man zat met een half oor te luisteren en vroeg zich af wat de reactie zou zijn geweest als een aantal belangrijke spoorwegen en snelwegen in het Midwesten tegelijkertijd ook geblokkeerd zouden zijn. Wat zou dat voor vragen hebben opgeroepen? Wat voor een economische paniek?

Maar dat zou dus niet gebeuren. Er was iets misgelopen met de timing en dus diende de planning voor het laatste stadium nu opnieuw geëvalueerd te worden. Misschien zou het schema zelfs aangepast moeten worden.

Misschien zouden ze het moeten versnellen.

'Bevestiging? Wat bedoel je daar nou weer mee?' Stein was al de tweede die Sarah dat in de afgelopen uren had gevraagd.

'Ik wil dat een paar mensen te weten kunnen komen wat er met me gebeurd is na Amman.'

'Je hebt...'

'Mijn dossier krijgen ze toch wel in handen. Vertrouw me nou maar.'
Stein schudde van nee. 'Je wil toch niet beweren dat er een lék in de organisatie zit? Er zijn niet meer dan tien mensen die inzage in dat...'
'Vertrouw me nou maar,' viel ze hem in de rede. 'Het probleem is dat de gegevens uit mijn herstelperiode in die rapporten zijn opgenomen en dat die meer informatie bevatten dan ik onze vrienden in handen wil spelen. Er zitten ook psychologische gegevens...'
'Ik weet wat er allemaal bij zit.'
'Prima. Dan zal het je ook geen moeite kosten om de mijne te vinden.' Ze stond op en liep naar het bed om haar weekendtas te pakken.
'Helemaal geen moeite zelfs. Ik heb ze al een week op mijn kamer liggen.'
Even stond er iets van verrassing op Sarahs gezicht te lezen. 'Dat komt goed uit. Mag ik ook vragen waarom?'
'Ik weet graag met wie ik te maken heb.'
Ze was nu druk in de weer met een van de dichtgeritste zijvakken. 'Hoeveel kopieën zijn er in omloop?'
'Geen enkele.'
'Dat komt helemaal goed uit.'
'Waarom komt dat goed uit?' vroeg hij met ongeduld in zijn stem.
Achteloos draaide Sarah zich om. 'Ik heb een lijstje gemaakt van de data en tijdstippen van vier passages uit de behandelingsverslagen waarvan ik wil dat je... ze schrapt.'
'Wát?'
'Daarvoor in de plaats moet je dan maar iets anders neerzetten. Wat je maar wilt. Patiënt volledig incapabel, of: verdoving noodzakelijk. Therapie afgelast. Wat ze ook maar hebben opgeschreven op die dagen dat ze het nodig vonden om mijn bewegingsvrijheid in te perken.' Sarah liet een korte stilte vallen en tuurde naar een onzichtbaar punt in de verte. Ze hoorde nu stemmen uit het verleden, zag beelden voor zich opdoemen van een bed waar ze met handboeien aan vastgemaakt was, injectienaalden met... 'Alles wat je maar wilt, zolang er maar geen zichtbare gaten in het verslag zitten. Daarna retourneer je het dossier weer.' Ze haalde een stuk papier uit de tas. 'Dit zijn de data.'
'Wacht eens even.' Stein had zich met een ruk omgedraaid en keek haar aandachtig aan. 'Je wil dus niet alleen dat ik ga zitten knoeien aan iets wat ik niet eens onder ogen gehad hoor te hebben, maar je wil ook nog dat ik het daarna weer inlever, zodat anderen die wijzigingen onder ogen kunnen krijgen?' Hoofdschuddend pakte hij de kan met vruchtensap. 'Je zult toch echt heel wat meer nodig hebben dan een glimlach om me daartoe over te halen. Ik wil antwoorden hebben.'

'Nee, dat wil je niet.' Ze ritste de tas dicht en liep weer naar de bank. 'Die verslagen bevatten informatie die alles wat ik nu heb opgezet, betekenisloos kan maken. Deze lui moeten geloven dat ik een van hén ben. Votapek heb ik al weten te overtuigen, maar zoals het er nu uitziet, zou mijn dossier dat allemaal kunnen bederven.'

'Ik snap het. En mag ik ook weten wat ik er dan precies uit moet halen?'

Ze legde het papier voor hem neer. 'Dit is de lijst...'

Hoofdschuddend liet Stein zich op de bank zakken. 'Ik weet zeker dat die lijst klopt, maar dat is niet wat ik vroeg. Vergeet niet dat ik die dossiers onder ogen heb gehad.'

Sarah wierp de analist een blik toe waarin de charme van daarnet volkomen ontbrak. 'Werk nou gewoon dat lijstje maar af.'

'Zes jaar is te lang om te onthouden op wélke data je je gegevens wilt laten schrappen.'

'Vertrouw nou maar op mij, Bob,' zei ze met kille stem. 'Dat ben ik heus niet vergeten.'

'O, ik twijfel er niet aan dat die data kloppen. Ik vraag me alleen af of je er tijdens een van de andere therapeutische gesprekken niet ook iets uitgeflapt zou kunnen hebben. Zoals ik al zei, ik heb al die rapporten gelezen en ik denk dat ik wel weet wat je eruit wilt laten halen.'

'Waarom dan al die vragen?'

'Omdat ik moet weten waaróm. Als je me niet wilt vertellen wat Jaspers in zijn schild voert, wat dat manuscript er nou eigenlijk mee te maken heeft, waarom Schenten zo belangrijk is... dan is me dat best. Dat kan ik bijna allemaal wel accepteren omdat ik om de een of andere reden die ik zelf niet helemaal begrijp, geloof dat je weet wat je doet. Maar ik heb geen zin om me als loopjongen te laten gebruiken en als je me niet voldoende vertrouwt om me informatie te geven waarmee ik iets kan beginnen, doe ik hier niet aan mee. Het enige dat ik wil weten is waarom mensen als Tieg zich ook maar iets zouden aantrekken van een zes jaar oud verslag over het geraaskal van een halfdode, licht psychotische en zwaar gedrogeerde agente? Wat staat er in de dossiers dat ik over het hoofd heb gezien?'

Sarah wachtte even en keek hem recht in de ogen voor ze antwoord gaf. 'Omdat ze het volledige beeld schetsen, en ik wil niet dat de Eisenreich-organisatie dat onder ogen krijgt.'

'Waarom niet?'

Opnieuw wachtte ze even. 'Oké, Bob... Ik wil dat ze weten dat ik boos was, dat ik me verraden voelde, dat ik op zoek was naar... iets wat weer zin en betekenis zou geven aan alles wat voor mij was ingestort. Maar ik wil niet dat ze weten waarom. Ik wil niet dat ze te zien krijgen hoezeer ik de chaos haatte en de structuren waar die toe had geleid. Hele bladzijden vol met woedend geraaskal. Als ze dat onder ogen krijgen, hebben ze meteen door dat ik tegen hen, de Tiegs, de Sedgewicks, de Votapeks en de Schentens van deze wereld, niet anders aankijk dan tegen types als Safad: mensen die denken dat ze het recht hebben om te vernietigen om hun visioen van een ordelijke wereld te verwezenlijken. Je hebt het dossier gelezen, Bob. In die passages ben ik alles wat ze haten en vrezen: ik ben de stem van de Rede.'

Stein bleef doodstil zitten en vroeg: 'Zijn die lui werkelijk tot dergelijke dingen in staat?'

Ze bleef bij het raam staan. 'Hoe gaat het in Washington, Bob?'

'Wat?'

'Vorige week. Washington. Dat was hun eerste oefening. Verder nog vragen?'

Nadat Stein haar even wat onzeker aan had gekeken, werden zijn ogen groot en rond van afschuw. Sarah zei niets. Stein pakte de lijst die ze op de salontafel had laten liggen, en terwijl hij die doorlas, zei hij: 'Om 20.20 uur vertrekt er een vliegtuig van het ministerie. Over drieënhalf uur kan ik weer in Washington zijn.'

'Dat is snel.'

'Het vliegt érg hoog en heel snel.'

'Dank je wel.' Die woorden waren gemeend. Ze gaven aan dat het hier om een werkelijke behoefte ging, en zo'n eerlijkheid had Sarah zich in lange tijd niet gepermitteerd. Misschien was O'Connell niet de enige binnen het COS die ze kon vertrouwen.

Stein vouwde het papier dubbel en stak het in zijn zak. 'De rest laat ik maar aan jou over.' Toen hij de bladzijden van het dossier weer op nette stapeltjes begon te leggen, liep Sarah naar hem toe. Halverwege hoorde ze echter hoe er zachtjes op de deur werd geklopt. Het was niet meer dan een enkel tikje, maar ze bleven allebei als verstard staan en keken als één man om.

Sarah bracht haar vinger naar haar mond om Stein erop te wijzen dat hij stil moest zijn. 'Ja?' vroeg ze, kalm, maar wel wat ongeduldig.

Er werd nog twee keer geklopt.

Sarah keek naar haar nieuwe vertrouwensman. Zijn gezicht zag nu asgrauw en hij hield de dossiers tegen zijn borst geklemd. Ze gebaarde hem dat hij ermee op het terras moest gaan staan en liep zachtjes naar de deur. 'Wie is daar?'

Geen antwoord. Ze keek door het kijkgaatje, maar zag alleen de lege gang. Ze deed een stap naar achteren, en nadat ze even gewacht had, deed ze snel open. Naast de deur stond een lange en opvallend knappe man, met brede schouders en een slank lijf dat in een kostuum van goede snit was gestoken. Zijn dikke grijze haar was achterovergekamd, zodat het zijn hoge voorhoofd onthulde. De truc met de deur had weinig resultaat opgeleverd, want zijn zelfbeheersing was nog volkomen intact. Pas nu zag Sarah verderop in de gang een tweede man staan. De man naast de deur wierp haar een snelle blik toe en keek toen snel de kamer in: een behoedzame blik, die schuilging onder een geroutineerde glimlach.

'Mevrouw Trent, mijn naam is Laurence Sedgewick. Ik geloof dat u hier in de stad bent om een vriend van me te bezoeken.'

Met een strakke blik keek Xander naar de naam Rosenberg. Alfred Rosenberg. Terwijl hij zich probeerde te herinneren wie dat ook weer was, sloeg hij de bladzijde om, zag het jaartal en wist zich onmiddellijk het gezicht weer voor de geest te halen. Er kwamen beelden in hem op van de man met het gemillimeterde haar die in Neurenberg in elkaar gedoken op de achterste rij van het beklaagdenbankje had gezeten. Natuurlijk. Alfred Rosenberg, de hoffilosoof van het Derde Rijk. Maar waarom?

Xander keek Ganz eens aan en de uitdrukking op zijn gezicht was dusdanig dat hij snel een reactie kreeg.

'Ik heb dit boekje nu al bijna dertig jaar,' zei de conservator. 'Het was niet, moet ik zeggen, iets waar ik ooit veel aandacht aan heb besteed, behalve dan dat ik er vrijwel zeker van ben dat dit het enige exemplaar is.' Hij leunde voorover en gaf een knikje in de richting van het boek. 'Zoals u ziet, is het een getypt manuscript. Het is nooit in druk verschenen. Kennelijk vond Hitler het niet de moeite waard om te laten drukken. Wat eigenlijk nogal wrang is, want het was het enige ook maar enigszins samenhangende schrijfsel dat zijn zwakbegaafde ideoloog ooit heeft voortgebracht. Ik heb het pas gisteren helemaal doorgelezen.' Ganz zweeg even en trok een tweede, veel groter boek uit de la. 'Toen ik me dit herinnerde.' Hij wees naar het boek dat Xander nu in zijn handen hield, en zei: 'Slaat u pagina drie maar eens op, waar Rosenberg de bron van zijn nazi-wijsheid onthult. U zult ook zeer verrast zijn.'

Xander deed wat hem gezegd was en bladerde het dunne pamflet door tot hij de vertrouwde naam zag: Eisenreich. Hij keek Ganz nog eens aan.

'Ja,' zei de oude Duitser. 'Joost mag weten hóe, maar het manuscript is in handen van de nazi's gevallen. Als je Rosenbergs oeverloze gezwets leest, zul je opmerken dat het boek een soort schema bevat, een gedetailleerde beschrijving van een proces waarmee de nazi's, toen ze nog niet aan de macht waren, voldoende opschudding zouden veroorzaken om zichzelf te kunnen presenteren als het enige redelijke alternatief. Hitler mag het dan niet gepubliceerd hebben, maar hij heeft zeker gebruikgemaakt van de suggesties die hier gedaan worden. Een van de laatste adviezen is het brandstichten in de Reichstag. Dat heeft Hitler in februari 1933 inderdaad gedaan. Kort daarna heeft hij zichzelf uitgeroepen tot dictator.'

'Een schema,' mompelde Xander zachtjes voor zich uit.

'Pardon?' zei Ganz.

'Iets wat ik altijd al had verwacht. Een manier om het hele proces in gang te zetten.' Hij keek eens naar Feric. 'Dat is wat ik Sarah in New York al had verteld. Toen was het een hypothese. En nú,' zei hij met een blik op Ganz, 'vertel je me dat Rosenberg het manuscript heeft gebruikt om een handboek te schrijven over machtsgrepen voor de nazi's.'

'Over één mogelijke manier waarop ze aan de macht zouden kunnen komen,' verbeterde Ganz hem. 'Ik wil niet beweren dat het boek een gedetailleerde beschrijving bevat van de precieze gebeurtenissen tussen 1919 en 1933, maar het is interessant om te zien dat de eerste tien pagina's van een twintig pagina's tellend pamflet gewijd zijn aan de eerste veertienenhalf jaar van die periode, terwijl de tweede helft een periode van nog geen drie maanden bestrijkt. Dat is bepaald geen evenwichtige indeling. De eerste helft van het boekje is niet meer dan een fraai opgepoetste geschiedenis van een stelletje zwaar gestoorde figuren tot aan het punt waarop ze aan de macht komen. De tweede helft daarentegen bevat de hoofdstukken die samen het schema vormen waar u het over hebt en dat zijn ook de secties waarvan Rosenberg beweert dat hij ze had overgenomen van Eisenreich.'

'En dit andere boek?'

'Ach, ja. Dat andere boek.' Ganz nam even de tijd om de stoffen band glad te strijken. 'Zowel dat boek als het exemplaar dat u nu in handen hebt, heb ik jaren geleden ooit eens cadeau gekregen van Pescatore.' Hij legde het boek weer op het bureau. 'Hij was een uitstekend geleerde, weet u, maar geen verzamelaar. Zodra hij met een boek klaar was, stuurde hij het mij toe. Dankzij zijn goedgeefsheid heb ik een heel mooie collectie kunnen opbouwen van boeken waarvoor Eisenreich de bron vormde.' Hij keek Xander eens aan. 'Dit is een traktaat van de hand van Ireton, Cromwells medesamenzweerder tijdens de Putney-debatten. Hij heeft eveneens een boekje geschreven over de beste methodes om de macht in handen te krijgen en bovendien een schema opgesteld dat Cromwell kon gebruiken om de macht volledig in handen te krijgen. Ziet u het verband nu?'

Terwijl Ganz verderging, knikte Xander verstrooid. Het begon hem te dagen.

'Hoewel het heel wat helderder geschreven was dan Rosenbergs zwakke poging, is het nooit uitgevoerd. Dat kunt u zich wel voorstellen. Maar dat brengt ons hierop.' Voor de derde keer stak Ganz zijn hand in de lade en haalde er een klein, in leer gebonden boekje uit. Zelfs in het zwakke licht was het wapen van de Medici nu onmiskenbaar. 'Die andere boeken heb ik pas herlezen toen ik dit twee dagen geleden bij de post vond. Ik geloof dat jullie er in het Engels een uitdrukking voor hebben: *something clicked.* Ik zat midden in het laatste hoofdstuk.' Ganz sloeg het boek open, zocht een pagina ergens achterin en begon met een gespannen blik in zijn ogen te lezen. 'Een aansporing tot handelen. Aanvankelijk begreep ik niet waarom dat hoofdstuk me zo fascineerde, maar toen herinnerde ik me de twee boeken op mijn bureau. In dat laatste hoofdstuk,' vervolgde hij met een snelle blik op Feric, 'geeft Eisenreich wél het detail dat u zo interesseert. In niet meer dan anderhalve pagina, met verschillende voorbeelden uit zijn eigen periode, schetst hij de methoden die het best gebruikt kunnen worden tijdens het cruciale laatste stadium voordat de chaos tot uitbarsting komt. Een periode, mag ik daar wel aan toevoegen, die verondersteld wordt niet langer dan twee of drie maanden te duren. Het is maar een schets, maar hij weet er wel mee duidelijk te maken wat hij bedoelt.' Snel las hij enkele passages door. 'Theoretisch heeft Rosenberg er natuurlijk een hopeloos rommeltje van gemaakt. Ireton was wat beter. Gisterochtend vond ik dat verband heel opwindend.' Hij legde het boek neer. 'Maar vandaag vind ik het voornamelijk verontrustend.' Opnieuw keek hij de agent even aan. 'Dat is de reden, Herr Feric, dat het voor die mensen van belang is dat u geen enkel exemplaar van het boek in handen weet te krijgen. Uit wat u me hebt verteld, maakt ik op dat ze staan te popelen om de theorie in praktijk te brengen, dat ze hun eigen schema hebben opgesteld, precies zoals het manuscript het wil, en dat ze kennelijk van mening zijn dat doctor Jaspers dat schema zou kunnen reconstrueren als hij de laatste hoofdstukken van Eisenreichs boek in handen krijgt. Kennelijk kunt u dan het hoe en het wanneer van hun aanslagen voorspellen.'
'Dat lijkt me heel waarschijnlijk, Herr Ganz,' zei Feric, 'maar ik kan me nog een andere reden voorstellen voor hun bezorgdheid, een reden die me veel waarschijnlijker lijkt.'
'Wat dan?' vroeg Ganz.
'Volgens mij gaat het er niet om of doctor Jaspers het schema kan construeren, maar of hij zich überhaupt bewust is van het bestaan van zo'n schema.'
Na een korte stilte vroeg Ganz: 'En waarom denkt u dat?'
'Als doctor Jaspers een verband weet te leggen tussen hun schema en dat

van de nazi's, is het toch zeker heel eenvoudig om deze lieden als hedendaagse fascisten te zien?'

Er viel een lange stilte, die pas werd verbroken toen Xander zich omdraaide naar de geheim agent. 'Maar natuurlijk.' Het begon hem te dagen. 'Het gaat er niet om of het wáár is, maar of de mensen gelóven dat er zo'n verband bestaat. Zie hun schema in handen te krijgen en stel het aan de kaak als het geestelijke achterkleinkind van het schema van Rosenberg, en de Eisenreich-organisatie is ineens niet meer dan de zoveelste neonazistische splintergroep.' Hij begon nu warm te draaien. 'Het zou helemaal niet nodig zijn om de subtielere elementen van de theorie, de autonomie, de misleiding van het volk, de drie domeinen, uit te leggen. We hoeven ze alleen maar in verband te brengen met iets wat de mensen doodeng vinden.' Opnieuw viel hem iets in. 'Dat is de reden dat ze zoveel moeite hebben gedaan om alle andere exemplaren van het boek in handen te krijgen. Ze weten dat we ze erbij kunnen lappen.'

'Precies,' zei Feric.

'Ik snap het nog steeds niet helemaal,' zei Ganz.

Xander richtte zijn blik nu op de oude man en ging verder: 'Het enige dat we hoeven te doen, is die paar boeken opduiken en ze in het openbaar in verband brengen met de lui die het manuscript in handen hebben. De pers en de andere media doen dan de rest wel. Publiciteit, zelfs halfbakken publiciteit, kan heel gevaarlijk zijn. Deze mensen hebben geheimhouding nodig. Door hen in verband te brengen met deze boeken, al is dat verband nog zo vaag, verliezen ze de twee elementen die van vitaal belang zijn voor hun welslagen: misleiding en geloofwaardigheid. We vinden hun schema, leggen het naast dat van Eisenreich en het hele zaakje stort onmiddellijk als een kaartenhuis in elkaar.'

Ganz pakte de twee boeken van zijn bureau en zei: 'Als u gelijk hebt, zou dat betekenen dat hun eigen versie van deze tekst hun achilleshiel is.'

Hij had zijn zin nauwelijks afgemaakt toen het geluid van een knarsende scharnier door het in duisternis gehulde huis klonk. Het kwam van beneden. De keukendeur! Feric trok onmiddellijk zijn pistool en gebaarde Xander en Ganz dat ze het licht uit moesten doen. Feric sprong op, greep de hoge, rechte stoel waar hij net nog op gezeten had, en wrong zich ermee langs Xander heen naar de deur. Net toen de voetstappen de overloop hadden bereikt, sloeg Feric de deur met een harde klap dicht en zette de stoel klem onder de deurkruk. Onmiddellijk daarna klonk op de overloop het *pwit-pwit* van een pistool met geluiddemper en het lood dat zich nu door de deur boorde, deed Feric terugdeinzen. Er ging een vreemde rilling door zijn linkerarm, maar met zijn rechterhand schoot hij terug, waarbij de knal van het schot gedempt werd door de geluid-

demper op zijn eigen wapen. De kogel ging dwars door de deur heen. Toen Feric naar links keek, zag hij Xander naar het raam lopen en het schuin afhangende dak op stappen. De drie boeken zaten veilig in de computerdraagtas aan zijn schouder. Ganz was roerloos in zijn stoel blijven zitten en terwijl de tweede reeks kogels zich door de deur boorde, verscheen er een vreemd serene glimlach op zijn gezicht. Terwijl de kogels overal om hen heen insloegen en boeken en pleisterwerk aan flarden scheurden, ging Feric snel voor hem staan om de oude man met zijn eigen lichaam dekking te kunnen bieden. Toen draaide hij zich snel om en loste een reeks schoten. Uit een gedempte kreet aan de andere kant van de deur bleek dat een van die schoten doel had getroffen. Feric deed een stap achteruit en zag dat Ganz ongedeerd was. De oude man zocht snel even in de bovenste lade van zijn bureau, pakte zijn revolver en een sleutelring en terwijl hij zonder enig geluid te maken met zijn mond het woord auto vormde, wees hij naar het raam, gaf Feric de sleutels en knikte dat hij kon gaan. Dat alles nam niet meer dan een paar seconden in beslag, maar het was maar al te duidelijk dat de oude man niet van plan was om te vluchten. Hij hield zijn blauwe ogen strak op de deur gericht en zat met zijn pistool in de aanslag te wachten tot die ingebeukt zou worden. Zulke mensen moeten worden tegengehouden, kost wat kost.
Een laatste daad van verzet... die vijftig jaar op zich had laten wachten. Het uur der waarheid. Feric begreep het.
Over het bureau heen kroop hij naar het raam, en voordat hij het dak op stapte, keek hij nog even om: Ganz stond nu met zijn wapen in de aanslag voor de deur en toen de eerste aanvaller de deur inbeukte, loste hij met zijn sterke handen een furieuze reeks schoten. Zijn revolver was niet van een geluiddemper voorzien, zodat het lawaai oorverdovend was. Terwijl de kogels in zijn hoofd en borstkas smakten, viel het lichaam van de indringer achterover en sloeg als een vormeloze donkerrode massa tegen de muur. Een ogenblik later trof een tweede reeks kogels Ganz in de borst, zodat hij terugviel in zijn stoel. Zijn hoofd zakte opzij, en zijn blauwe ogen staarden nu als glanzende saffieren de leegte in. Eén ogenblik bleef Feric als vastgenageld staan kijken, maar toen bracht het geluid van rennende voetstappen in de gang hem weer in beweging.
Terwijl hij het vuur beantwoordde, bukte Feric zich en stapte door het open raam. De linkermouw van zijn jas zat nu vol rode vlekken. De frisse buitenlucht vormde een welkom contrast met de bedompte warmte in het vertrek. Hij zag dat Xander erin geslaagd was naar de rand van het dak af te dalen, en dat hij daar op hem zat te wachten. Terwijl Feric toekeek, sprong de geleerde naar beneden en liet zich, met de tas nog steeds tegen zijn borst geklemd, op zijn zij rollen. 'De auto!' fluisterde Feric zo

hard hij kon. Daarna draaide hij zich om, vuurde een nieuwe reeks schoten af en sprong toen naar beneden. Terwijl hij met een klap op de harde grond terechtkwam, zakte hij door zijn knieën en zag zich gedwongen om zich op zijn schouder te laten rollen. Terwijl hij naar de wagen strompelde, had hij enorme pijn in zijn arm. 'Rijden!' Feric sloeg de hand met de sleutelring erin tegen Xanders borst, maakte het portier open en liet zich op de achterbank vallen. Xander smeet de tas op de rechtervoorstoel en ging aan het stuur zitten. Een ogenblik later werd het rechterzijraampje aan splinters geschoten. Aan de overkant van de straat ging het licht ineens aan, en al die tijd zat Xander met de sleutelring te wurmen. Op de een of andere manier wist hij de contactsleutel te vinden, hij stak hem in het slot en startte de auto.

Met loeiende motor sprong de oude Saab vooruit. Het *ping-pang* waarmee de kogels zich in de carrosserie boorden, zorgde ervoor dat Xander zijn hoofd zo diep gebogen hield dat het nauwelijks boven het uiteinde van de stuurstang uitkwam. Toen hij even omkeek, zag hij twee mannen van het lage dak af springen: het waren zijn oude bekenden van de universiteit. De kale reus stond onmiddellijk op en opende het vuur op de wagen. De man met de baard bleef echter op de grond liggen, met zijn handen om zijn been en het was duidelijk dat hij hevige pijn leed. Terwijl Xander toekeek, draaide de kale zich om en schoot zijn metgezel twee kogels door het hoofd.

'Heb je dat gezien?' hijgde Xander terwijl hij zijn aandacht weer op de weg vóór hem richtte. Hij sloeg geen acht op de gekwelde uitdrukking op Ferics gezicht.

'Rijden, man!' klonk het van de achterbank en hij hoorde stof scheuren toen Feric met zijn tanden een stuk uit zijn overhemd trok om de wond te verbinden. 'Zorg dat je op de snelweg komt.' Een felle lichtflits achter hen – de koplampen van een snel achteropkomende auto – zorgde ervoor dat Xander even verblind werd toen hij in de achteruitkijkspiegel keek. 'Kom even hier met je hand.'

'Wat?'

'Je hánd! Hier ermee!'

Xander stak zijn arm naar achteren en Feric legde snel twee van zijn vingers op een stuk van de afgescheurde stof. 'Drukken.' Xander zat nu over het stuurwiel gebogen en moest zich in vreemde bochten wringen om te doen wat Feric vroeg. Terwijl hij het kleverige, warme bloed over zijn vingers voelde lopen, zag hij het naambordje van een vertrouwde straat en in een opwelling gaf hij een ruk aan het stuur, zodat de auto met een scherpe bocht de hoek om schoot en Feric met verband en al tegen de zijwand smakte.

'Doe me een lol! Let op de weg!' Opnieuw een bevel terwijl Feric geconcentreerd verderging met het verbinden van zijn arm.
'Zo komen we op de Autobahn. Over twaalf kilometer of zo.'
Feric gaf geen antwoord, maar legde een knoop in de stof en trok zijn arm weg, zodat Xander weer met beide handen kon sturen. 'Heb je de boeken en de computer?'
'Ja.'
'Hou je aandacht bij de weg.'
Het licht uit de koplampen achter hen vulde nu de hele cabine van de Saab en terwijl Feric druk bezig was om zijn pistool te herladen, leunde de andere chauffeur uit het raam en loste een schot. De achterruit vloog aan splinters, maar wonderbaarlijk genoeg bleef Feric ongedeerd. Xander voelde echter hoe een grillig gevormd stuk glas in zijn rechterschouder terechtkwam. De pijn werd nog heviger toen Feric het glas er met een ruk uittrok. Zonder de moeite te nemen de splinters weg te vegen beantwoordde Feric het vuur en schoot de rechterkoplamp van hun achtervolger uit, zodat die zich genoodzaakt zag om te gaan slingeren. 'Nu probeert hij naast ons te komen. Blijf midden op de weg rijden.'
Zonder na te denken stuurde Xander de auto naar het midden van de weg. Hij voelde een doffe, kloppende pijn in zijn schouder. Nu ze de bebouwde kom achter zich lieten, begon de weg nogal bochtig te worden. Hij bleef snelheid meerderen tot ze bijna honderddertig reden en de hele carrosserie begon te trillen. Door het voortdurende zwenken werd Feric ruw heen en weer gesmeten, maar nog geen minuut later kwamen ze op een lang stuk weg dat kaarsrecht door weids akkerland liep. Toen de andere auto tot op minder dan tien meter genaderd was, legde Feric opnieuw aan.
'Hij probeert je banden kapot te schieten! Uitwijken!'
Xander deed wat hem gezegd was, en liet de auto soepel heen en weer schieten in het ritme van de vuurstoten achter hen. Door een harde klap van achteren viel Feric tegen Xanders rug aan. Bumper tegen bumper, maar niet hard genoeg om de zware Saab van de weg te duwen. Xander herinnerde zich de vorige keer dat hem zoiets was overkomen: in de heuvels van Florence, achtervolgd door de zwarte Mercedes. Het leek maanden geleden. Er kwam een verkeersbord langs schieten met KASSEL erop. Ze waren nu niet meer dan een minuut rijden van de Autobahn en terwijl de twee wagens elkaar verwoed de smalle weg betwistten, werden de ver verwijderde lichten steeds duidelijker zichtbaar. De weg werd nu breder, vier rijbanen, wat de wagen achter hen voldoende ruimte gaf om naast hen te komen rijden. Toen ze bij de oprit naar de Autobahn kwamen, merkte Xander dat hij gedwongen werd om steeds verder en verder

naar links uit te wijken. Dat was de enige manier om te verhinderen dat de andere auto naast hen kwam rijden. Op het allerlaatste moment schakelde hij terug naar de derde versnelling en gaf een harde ruk aan het stuur, zodat de wagen met loeiende motor naar rechts schoot en de Autobahn opreed, zonder dat hun achtervolger de kans kreeg om achter hen aan te rijden. Toen dook Feric echter langs hem heen, greep het stuur en stuurde de wagen de afrit op.
'Wat doe je nou?' Het had geen zin om tegen te stribbelen. Ze zaten al op de afrit en de weg begon al weer smaller te worden, terwijl de andere auto nog steeds achter hen zat. 'We hadden het gehaald! We zaten op de Autobahn en hij was nergens te bekennen!'
'Er is al een politiebericht over deze wagen uitgegaan, en als dat nog niet zo is, dan kan het elk ogenblik komen. Bovendien zou hij op de Autobahn zeker naast ons zijn komen rijden en dan waren we kansloos geweest.'
Xander schakelde door naar zijn vier, zodat de afstand tussen de twee wagens weer wat groter werd. Feric bracht zijn pistool opnieuw in de aanslag en schoot de andere koplamp ook uit. Schreeuwend om boven het loeien van de wind uit te komen, vroeg hij: 'Ken je dit gebied?'
'Nee,' brulde Xander over zijn schouder. 'Maar binnen een minuut of vijf komen we weer door een dorpje. Zo is het altijd met deze plattelandsweggetjes.' Op dat ogenblik verschenen er ineens duizenden kleine breuklijntjes in de voorruit: een verdwaalde kogel was vlak onder de achteruitkijkspiegel in het raam geslagen. Xander probeerde er niet aan te denken hoe weinig het gescheeld had en schakelde opnieuw terug. Plotseling zag hij Ferics voet langs hem heen zwaaien en werd het glas uit zijn sponning getrapt, zodat het over de motorkap schoof en op de weg uit elkaar spatte. De golf koude lucht die Xander ineens in het gezicht sloeg, deed hem schrikken maar tegelijkertijd voelde hij ook een golf energie door zich heen gaan. Ze kwamen langs een bordje met het opschrift SALZGITTER. Xander wist niet goed of er nou een 3 of een 8 achter had gestaan.
Links van hen hoorde hij een schrille fluittoon, en hij zag een trein langzaam vaart minderen. Kennelijk was hij niet ver meer van het volgende station. Feric had ook naar links gekeken en boog zich nu voorover om iets in Xanders oor te kunnen roepen. De keiharde wind die nu door de wagen bulderde, maakte het vrijwel onmogelijk om elkaar te verstaan. Hij wist echter het woord 'station' op te vangen en zag Feric over zijn schouder naar de trein wijzen. Hij knikte. Het was alleen de vraag hóe.
De eerste huizen kwamen in zicht, de eerste sinds Wolfenbüttel, en het stadje begon nu aan weerszijden van de auto ongelooflijk snel vorm aan

te nemen. Feric mikte opnieuw op de wagen achter hen; ineens werd de rechtervoorband aan stukken gescheurd, en hoorden ze flappend rubber en het geratel van het stalen wiel over het harde wegdek. Maar de wagen blééf naderen. De bestuurder liet zich niet afschrikken en loste een schot op de Saab dat al even schadelijke gevolgen had. Het plotselinge knarsende geluid van een kapotte band deed Xander zo hevig opschrikken dat hij zijn hoofd stootte tegen het dak. Tijdens deze spectaculaire intocht in Salzgitter wist Feric nog één laatste schot te lossen, en dat was dodelijk goed gemikt. Toen de tweede band eveneens aan flarden werd gescheurd, wist hun achtervolger zijn wagen niet meer op de weg te houden. Hij zwenkte naar links, schampte een paar geparkeerde wagens en kwamen toen rondtollend tot stilstand. Tweehonderd meter verderop wachtte het station, en gelukkig werd het geratel van de velg op de weg overstemd door het gefluit van de gereedstaande trein. Binnen dertig seconden waren Xander en Feric de auto uit gesprongen en terwijl de trein zich langzaam in beweging zette, stormden ze de trap naar het perron op, holden langs de rijdende trein en sprongen op het tussenstuk tussen twee wagons. Terwijl ze de ketting tussen de wagons stevig vasthielden, stapten ze van daaruit het platform op.
Binnen een minuut zagen ze het platteland met een snelheid van negentig kilometer per uur langs zich heen schieten. Feric deed zijn rugzak af en trok daarna zijn jas uit. Nadat hij zwaar ademend zijn jas naar buiten had gesmeten, pakte hij twee windjacks en gaf er een aan Xander. Zonder iets te zeggen, trokken de twee mannen de schone windjacks aan en nog geen drie minuten later zaten ze in de vijfde wagon van de trein naar Frankfurt en merkten ze tot hun opluchting dat ze de enige passagiers waren. Wat in de boemel van 4.36 uur uit Salzgitter trouwens niet erg verrassend was.
Op het station achter hen kwam de kale man moeizaam het perron op strompelen – hij had zijn knie geforceerd – en daar bleef hij even naar de zich nu snel verwijderende achterlichten van de trein staan kijken. Daarna haalde hij een draagbare telefoon uit zijn zak en toetste een nummer in.

Sarah deed een stap naar achteren en gaf de man daarmee te kennen dat hij kon binnenkomen. Sedgewick knikte en liep langs haar heen. De tweede man, wiens pak opbolde onder de oksel, bleef met zijn handen over elkaar geslagen voor zijn middel staan wachten in de gang. Toen ze de deur dichtdeed, zag ze echter dat hij haar goed in de gaten hield, een niet al te subtiele waarschuwing dat de smalle deur het niet lang zou houden als hij besloot dat zijn aanwezigheid binnen vereist was. Toen de deur in het slot viel, draaide Sarah zich om en zag dat Sedgewick haar

met een ontspannen glimlach op zijn gezicht stond aan te kijken.
'Ik hoop dat ik u niet stoor, maar dit was vandaag het enige moment waarop ik hier in de buurt was. U had ongetwijfeld Jonas Tieg verwacht.' Zijn zelfvertrouwen fungeerde als een natuurlijke bescherming tegen de ongemakkelijkheid van de situatie. Hoewel hij door dezelfde ambities aan Eisenreich gebonden was, was hij duidelijk een heel andere persoonlijkheid dan Votapek en had hij veel minder behoefte om zijn ijdelheid te verbergen.
'Ik had niemand verwacht.'
Hij bleef glimlachen. 'Jonas vindt het tegenwoordig niet prettig om in het openbaar te verschijnen. Het succes van zijn televisieprogramma maakt dat moeilijk voor hem.' Met zijn handen in zijn zakken keek hij de kamer rond en toen richtte hij zijn blik op haar. 'Ik had niet verwacht u hier alleen te treffen.'
Hij wond er geen doekjes om. Sarah glimlachte terug. 'Ik wist helemaal niet dat u iemand verwachtte.'
'Mevrouw Trent,' zei hij, nog steeds met een vriendelijke stem, 'het feit dat u toestemming hebt gekregen om het Caribische gebied te verlaten, kon alleen maar betekenen dat uw volgende halte deze stad of New Orleans zou zijn. U bent mij niet komen opzoeken en daarom ben ik maar naar u toe gekomen.'
Sarah keek de man indringend aan. Hij was opmerkelijk behendig. Hij verspilde geen tijd aan subtiele omwegen en had zonder aarzelen met één achteloos uitgesproken zinnetje zowel haar rol als de zijne onthuld. 'Dat u toestemming hebt gekregen om het Caribische gebied te verlaten.' Toestemming hebt gekregen. Een zinsnede die zowel leek aan te duiden dat hij haar beschouwde als een officiële medewerker van Eisenreich, als dat ze het niet zou overleven als ze dat niet was. Votapek had haar laten gaan en kennelijk was dat voor hem voldoende. De bekentenis dat hij minstens één van zijn medestanders in de gaten liet houden, was echter nog verrassender.
Terwijl ze naar hem stond te kijken, besefte Sarah dat het tegenover hem van nog veel groter belang zou zijn om niet uit haar rol te vallen dan tegenover Votapek. Sedgewick zou zijn eigen arrogantie in haar weerspiegeld willen zien. 'Gezien het feit dat contact uitgesloten is, moet ik dus aannemen dat u uw Caribische vriend laat observeren. Dat is toch geen manier om met teamgenoten om te gaan?'
Zijn ogen schoten vuur, maar terwijl hij naar de bank liep, bleef Sedgewick vriendelijk glimlachen. 'Dat zou u verbazen, mevrouw Trent.'
'Hoe hebt u me gevonden?' Ze moest overschakelen naar een andere versnelling.

'Zo moeilijk was dat niet.'
'Zonder me te laten schaduwen?' Hoofdschuddend ging Sarah zitten. 'Ik doe dit werk al een hele tijd en óf uw mensen zijn echt heel erg goed óf ik heb iets over het hoofd gezien.'
De glimlach werd steeds breder. 'Ik weet zeker dat u niets over het hoofd hebt gezien.' Sedgewick keek de kamer rond. 'De man die ik hier verwacht had, waar is die?'
'U geeft geen antwoord op mijn vraag. Hóe?'
'O, ik denk dat ik uw vraag wél heb beantwoord.' Hij ging zitten. 'Zoals ik al zei, hadden we u al verwacht. Hém hadden we echter níet verwacht. Hij was wel een beetje paniekerig, hè? Hij viel erg op. Het was niet moeilijk om hem gisteravond op het vliegveld te signaleren, en hij was heel wat makkelijker te volgen dan u zou zijn geweest. Toen hij hier een kamer boekte, hoefden we alleen maar te wachten.' Sedgewick lachte haar nogal neerbuigend toe. 'Maar maakt u zich geen zorgen: u bent het nog niet verleerd. Nogmaals: wie is hij?'
Terwijl ze antwoord gaf, streek Sarah haar rok recht. 'U verrast me. Ik dacht dat het "wie" voor u veel makkelijker te beantwoorden zou zijn. Dat was het voor Votapek.'
'Dat is nou iets waar Anton en ik samen niet over praten, mevrouw Trent.' Hij sloeg zijn benen over elkaar en plukte een pluisje van zijn broek. 'En trouwens: het idee dat wij onderling geen contact mogen hebben, dat slaat toch nergens op?'
'Moet het dan per se ergens op slaan?'
Sedgewick keek haar eens strak aan en begon toen zo hard te lachen dat zijn ogen tot spleetjes werden. 'Kostelijk. Nee, aanvankelijk niet. Het gezonde verstand is nou juist precies datgene waar we tegen lijken te strijden, hè? Maar dat heeft Anton u toch zeker al verteld?'
'Dat wist ik al lang voordat ik het genoegen had om zo gastvrij door meneer Votapek te worden uitgenodigd op zijn eiland. Het manuscript is heel duidelijk over het onderwerp chaos, dus ik zou denken dat het ook geen misverstand zal laten bestaan over de beperkingen waaraan het contact tussen...'
'Het manuscript,' viel hij haar in de rede, 'zegt niets over de graantermijnmarkt, maar dat is ons toch ook gelukt.' Het klonk bijna alsof hij zichzelf feliciteerde. 'U moet wel tussen de regels door kunnen lezen.'
Sarah wist haar verrassing slechts met moeite te verbergen. De graantermijnmarkt. Met iets wat voor hem niet meer dan een snedige opmerking was, had hij veel meer informatie prijsgegeven dan hij kon beseffen. Hij had het bestaan van een tweede onderdeel van Eisenreichs programma onthuld en daardoor, bewust of niet, het bestaan van dat programma

definitief bevestigd. Hij had verwacht dat ze dat al wist en het zo argeloos ter sprake gebracht omdat hij dacht dat hij niets te verbergen had. En waarom zou hij ook anders denken? Bij Votapek had ze haar rol geweldig goed gespeeld en nu was ze hem ook in de luren aan het leggen. En toch leek het haar allemaal wat al te gemakkelijk te gaan. Of werd ze hier geconfronteerd met het duidelijkste teken van hun zwakte: het mannelijke ego dat zijn spierballen liet zien omdat het zo wanhopig graag indruk op haar wilde maken?

'De details kunnen me niet schelen,' zei ze op dezelfde toon als daarnet. 'Het gaat me om de algemene theorie.'

Sedgewicks lach had nu zijn levendigheid verloren. 'Wat bent u toch een raadsel, mevrouw Trent. Geen wonder dat hij u heeft uitgekozen.'

'Votapek?'

Opnieuw een gedempt lachje, en terwijl hij opnieuw het woord nam, hield hij zijn hoofd even scheef. 'Anton beschikt niet over dit soort verbeeldingskracht. Nee, degene die...' Sedgewick zweeg en keek haar eens aan. 'U noemt hem Eisenreich, hè?' Hij wachtte op haar reactie, en toen die uitbleef, zei hij: 'Een beetje theatraal, maar wel begrijpelijk. Als ik me niet vergis, waren uw exacte woorden: "Ik krijg niet genoeg betaald om dergelijke risico's te lopen." Heb ik gelijk of niet?'

Sarah beantwoordde zijn strakke blik en deed haar best om ook te glimlachen toen ze zei: 'U hebt ons dus afgeluisterd. Mag ik ook weten waarom?'

'Wie is het, mevrouw Trent?' De blik in zijn ogen was nu absoluut niet uitnodigend meer. 'De man die op het vliegveld zoveel vragen over u heeft gesteld en die toen toch maar niet is blijven wachten tot u zou aankomen. Wie is dat? Ik hou niet van losse eindjes.'

Sarah zweeg even. 'Hij is niet belangrijk: een bron, een connectie uit de tijd dat ik voor het ministerie werkte.' Daar liet ze het bij. Als hij dat nodig vond, moest Sedgewick zelf de stukjes maar aan elkaar passen.

'"Wérkte"?' Dat was het eerste barstje in zijn masker. 'Ik wist niet dat u ontslag had genomen.'

'Dat heb ik ook niet gedaan, maar tegenwoordig werk ik vanuit een andere invalshoek en ik ga ervan uit dat mijn oorspronkelijke opdrachtgevers zich daar niet van bewust zijn. De man in wie u zoveel belang stelt, werkt ook voor het ministerie.'

'En waarom is hij helemaal hiernaartoe komen vliegen?'

'Recente gebeurtenissen.'

'Zoals?'

Nu geen subtiliteiten meer, alleen maar haar intuïtie. 'New York, een steegje. Ze zijn er nog steeds niet achter wat dat te betekenen had.'

'Dat was een eenvoudige misrekening.' Opnieuw liet Sedgewick niets van aarzeling blijken. Het leek wel of hij hierop voorbereid was geweest. 'Ik had geen idee wie u was, en dan was Jaspers er natuurlijk ook nog, begrijpt u?'
Ik had geen idee. Dit vormde de zoveelste bevestiging van haar vermoeden dat de rechterhand van de Eisenreich-organisatie niet wist wat de linker deed. 'Aanvankelijk begreep ik dat niet, nee. Ik had ze allebei kunnen vermoorden, en dat had enorme complicaties kunnen opleveren.'
'Misschien.'
'En Florence?'
Sedgewick liet een korte stilte vallen en knipperde heel even met zijn ogen voordat hij weer het woord nam. 'Met Florence heb ik me niet beziggehouden.' Zijn ontkenning sprak boekdelen, en dat wist hij maar al te goed. Dat was zelfs zijn bedoeling. Hij wilde haar laten weten dat hij alles over Florence al wist, tot in de details, en dat hij de zaak-Pescatore voortdurend had gevolgd – ongetwijfeld van een afstand.
'Tieg,' zei ze. Het was geen vraag, maar een constatering.
'Hij is uiterst capabel en net als ik houdt hij er niet van om voor verrassingen te komen staan.'
'Dus stelt u anderen voor verrassingen.' Hij had open kaart gespeeld en daarom zou zij dat nu ook doen. 'De graantermijnmarkt... dat was... wat? Een slimme manipulatie of machtsvertoon?'
'Een onderdeel van het proces. Een teken van onze macht.'
'Uw macht. En hoe zit het met de anderen? Of moeten we ons voorbereiden op een onemanshow?'
Sedgewick liet zich niet op de kast jagen. 'Zij hebben hun speciale deskundigheden en ik heb de mijne. Tot een bepaald moment is onzekerheid van het grootste belang, mevrouw Trent, maar het kan nogal irritant zijn als je daar zelf geen enkele invloed op hebt. Ik heb ervoor gekozen invloed uit te oefenen op dat onderdeel van het werkterrein waar ik iets vanaf weet, en zij hebben ieder weer een ander specialisme.'
Zijn resultaatgerichtheid – of misschien zijn visie – verloste hem van alle aarzeling. Erover bluffen was niet moeilijk, maar het ook werkelijk doen was dat wél en ze hadden alle drie bewezen dat ze zeer goed in staat waren om hun bluf waar te maken. Ze waren in staat om met onzekerheid om te gaan, en tot op zekere hoogte ook met chaos. Ze gebruikten die als instrument. Denk maar aan Washington en Chicago. Ze hadden een schema opgesteld. Het was de meest openlijke aankondiging van hun programma die ze tot nu toe had gehoord, maar Sedgewick leek zich volstrekt op zijn gemak te voelen, zozeer zelfs dat hij de gruwelijkheid ervan met een achteloze glimlach kon wegwuiven.

'Ik dacht dat beheersing en onzekerheid elkaar uitsloten,' zei ze.
'Dan hebt u uw huiswerk niet goed gemaakt.' Sedgewick keek eens op zijn horloge en zette zijn ene voet weer op de grond. 'Helaas zullen we de rest van deze kennismaking later op de avond moeten voortzetten.'
'Kennismaking?' Dat leek haar niet het juiste woord.
'U bent hier gekomen om bevestiging te krijgen.' Hij tuitte zijn lippen. 'Jonas en ik willen graag net zo behulpzaam zijn als Anton is geweest. Over een uurtje dan maar? Een laat diner?'
Het was duidelijk dat haar bezorgdheid niet het enige was dat hij wilde bezweren. De top van de Eisenreich-organisatie begon duidelijk nerveus te worden en voelde zich genoodzaakt om zich in te dekken tegen mogelijke kritiek. Opnieuw een teken van zwakte.
'Ja, dat zou geweldig zijn.'
'Mooi zo. Jonas heeft een redelijk goede wijnkelder en ik vertrouw erop dat die alle onaangenaamheden die u tot nu toe te verduren hebt gehad wel goed zal maken.' Ze stonden op en Sarah liep achter hem aan naar de deur. Toen hij die opende, draaide hij zich om. 'O, dat was ik nog vergeten,' zei hij met een knikje naar de man in de gang. 'George hier komt u ophalen. Zo kunnen we verdere misverstanden voorkomen.'
Weer die glimlach. Sedgewick knikte en terwijl hij naar de lift liep, kwam de man naast hem lopen. 'Tot straks dan maar.'
Een minuut later liep Sarah de kamer weer in en ze trok de deur stevig achter zich in het slot. Bob Stein stapte de kamer binnen vanaf het balkon.
'God, wat een gladjanus.' Stein liet zich weer op de sofa vallen en strekte zijn rug. 'De stoelen daarbuiten zitten niet prettig.'
'Sorry, maar het kon niet anders.'
'Dat snap ik.' Hij legde de dossiers weer op tafel. 'Ik had me niet gerealiseerd dat ik zo opvallend was, maar paniekerig lijkt me toch wel een beetje te sterk uitgedrukt.' Hij keek haar aan. 'En wat zei hij nou over de graantermijnmarkt? Ze hebben toch niet...'
'Het vliegtuig, Bob, en de verslagen. Dat is het enige waar jij je druk over hoeft te maken.'
'En jij zorgt wel voor de rest,' zei hij terwijl hij haar recht in de ogen bleef kijken.
'Zoiets, ja.'
Hij knikte langzaam. 'Ik hoop maar dat je weet wat je doet.'

Twintig minuten geleden was Xander op Ferics bevel gaan slapen. De agent had hem uitgelegd dat hijzelf wel aan dergelijke situaties gewend was en dat hij zich zelfs met zijn gewonde arm heel goed zou weten te redden: het was maar een schampschot. Niks om je druk over te maken. Zorg dat je wat slaap krijgt terwijl het nog kan. Xander had zich afgevraagd of zijn metgezel niet iets voor hem verzweeg, maar zijn vermoeidheid en nervositeit waren hem de baas geworden en hij had zonder veel weerstand te bieden zijn ogen dichtgedaan.

Nu, na een reeks angstige dromen, schrok hij wakker. De zitting van de bank voelde koud aan en de schouder waarmee hij tegen de ijzige ruit had geleund, was stijf geworden. Feric zat onbeweeglijk tegenover hem. De twee treinkaartjes die tussen de zitting van de bank en de muur waren gestoken, waren het enige dat erop wees dat er ergens in deze verder zo lege trein een conducteur aanwezig was. De trein begon vaart te minderen.

'Bedankt. Daar was ik wel aan toe, geloof ik.'

'Ja.' Feric bleef zijn ogen op de deur van de wagon gericht houden. Het feit dat er zo te zien verder geen passagiers aan boord waren, maakte de blik in zijn ogen er niet minder waakzaam op. 'Dit is het vijfde station sinds Salzgitter.'

Xander keek uit het raam en zag in de verte het vage silhouet van een stadje, en de lichten van het volgende station. Terwijl het knarsen van de remmen de hele wagon vulde, nam de wazige omtrek van een klein bakstenen gebouwtje steeds duidelijker vorm aan. Feric bukte zich om beter uit het raam te kunnen kijken en deed toen langzaam een stap naar achteren. Xander verbleekte. Daar, aan beide uiteinden van het perron, stonden twee grote mannen: de kale reus had gezelschap gekregen van een nog indrukwekkender personage. 'Duiken!' fluisterde Feric, en terwijl Xander snel deed wat hem gezegd was, sloop de agent al over het gangpad en ging op de achterste bank zitten. Hoewel daar geen raam was en hij dus niet van buitenaf zichtbaar was, kon hij zo wel schuin door het raam naast de bank vóór hem kijken. Hoewel hij een sterke aandrang voelde om ook even te gluren, bleef Xander plat op de grond liggen terwijl de trein langs de eerste man reed. Zijn paniek was nu zo groot dat hij niet anders kon.

Feric hield zijn blik strak op de tweede man gericht, die nu nog maar drie wagons van hen verwijderd was, wat voldoende dichtbij was om te zien hoe de man even opzij keek en vrijwel onmerkbaar een knikje gaf. Het teken. Feric had die tactiek al zo vaak gezien en wist dat dat knikje bestemd was voor de man aan het andere uiteinde van het perron. Ze zouden van beide uiteinden van de trein naar elkaar toe lopen en zo hun prooi in het nauw drijven. Hij wachtte tot de man was ingestapt, sprong toen op, rende over het gangpad naar Xander toe en trok hem overeind. 'Lópen!'

Met zijn koffertje onder de arm rende Xander achter hem aan naar de

andere kant van de wagon. Terwijl de trein het station uit reed, moesten ze allebei moeite doen om niet te vallen, en Xander zag nu dat Feric veel zwaarder gewond was dan hij had laten merken. Terwijl ze door de lege wagons renden, bungelde zijn arm nutteloos heen en weer. Ze wisten allebei dat het net zich nu om hen aan het sluiten was, en bij het vijfde open tussenbalkon bleef Feric plotseling staan.
Toen de deur achter hen dichtzwaaide, klonk het loeien van de wind zo hard dat ze elkaar niet konden verstaan. Feric gebaarde dat Xander tegen de wand van de wagon moest gaan staan en wees toen op het ijzeren laddertje naar het dak. Xander greep de ketting vast die als hekje fungeerde en keek toe terwijl Feric omhoog begon te klimmen, terwijl zijn linkerarm nog steeds nutteloos langs zijn zij bungelde. Nog geen minuut later was hij boven. De wind had zo'n kracht dat hij bijna van de ladder werd geduwd, maar met pure wilskracht wist hij zich vast te houden, zijn rechterbeen van de ladder te tillen en op het dak te zetten. Tien seconden later stak hij zijn hand over de rand en wenkte Xander dat hij achter hem aan moest komen. De trein zette nu een scherpe bocht in, zodat Xander naar voren viel en alleen doordat hij de ketting vasthield op de been wist te blijven. Hij hield zijn adem in, stapte langs de deur en begon te klimmen. Na elke stap werd de wind sterker, en omdat hij met zijn linkerarm wanhopig het koffertje tegen zich aan gedrukt hield, kon hij net als Feric maar één hand gebruiken om zich vast te houden. Toen hij bovenaan was, beukte de wind met zo'n geweld op hem in dat zijn hoofd met een ruk achterovergeduwd werd. Met het koffertje tegen zijn borst gedrukt liet hij zich plat op het dak vallen en terwijl de wind nu van alle kanten langs hem heen gierde, keek hij met een strakke blik naar de deur onder hen.
Bijna drie minuten bleven ze geduldig liggen wachten tot ze een schaduw over het balkon zagen vallen.
Een plotselinge windvlaag – de deur werd opengetrokken – en toen zagen ze een forsgebouwde man het balkon op stappen. Hij hield zijn hoed stevig vast, struikelde even, maar zocht snel steun bij de deur. Zijn hand was zo groot dat de deurkruk er helemaal in verdween. Hij bukte zich en stapte de volgende wagon binnen.
Een ogenblik later begon Xander naar het laddertje te kruipen, maar Feric greep hem snel bij de arm en trok hem naar zich toe. Hij tilde zijn hoofd op en nadat hij zijn mond vlak bij Xanders oor had gebracht, wist hij nog net boven de bulderende wind uit te komen.
'Ze komen... elkaar tegen... in het midden van de... trein en... keren dan weer terug... alleen... dus één tegelijk.' Terwijl Xander knikte, kreeg de wind vat op Feric, zodat zijn hele lijf van de trein werd getild en de

metalen stang langs de rand van het dak die als handvat fungeerde, als zijn enige houvast overbleef. Zonder erbij na te denken drukte Xander de agent met zijn schouder weer tegen het dak. Dat was voldoende om te verhinderen dat zijn kameraad van het dak waaide, maar de hevige pijnscheut in zijn schouder bracht hem nu ook weer in herinnering dat Feric niet de enige gewonde was en dat er een glasscherf in zijn schouder was terechtgekomen. Feric keek even om en gaf een knikje, dat zowel een blijk van dankbaarheid was als een teken dat Xander naar beneden moest klimmen. Drie minuten later stonden de twee mannen aan weerszijden van de deur van de volgende wagon te wachten op hun achtervolger.

Voor Xander leken de daaropvolgende minuten wel een eeuwigheid te duren. Hij leed echter niet alleen lichamelijke pijn – zijn kloppende schouder, gevoelloze oren en bevroren gezicht – maar hij leed ook onder het overweldigende besef dat de kans dat hij deze aanval niet zou overleven heel reëel was. Tijdens de vorige confrontaties had hij geen ogenblik de tijd gekregen om na te denken over wat hijzelf zou gaan doen, wat zijn mogelijkheden waren, en het waren juist die gedachten die hem het wachten ondraaglijk maakten. Doe die deur nou maar open! Kom op me af rennen, grijp me bij mijn keel, het maakt niet uit, maar doe het nú! De deur bleef echter gesloten.

Feric had hem rechts van de deur opgesteld. Ook zonder dat hij dat hoefde te zeggen was het duidelijk dat de jonge geleerde de eerste was die gezien zou worden. Hij was het eerste doelwit, het lokaas dat de jager in de prooi zou doen veranderen. Feric zou de man straks van achteren aanvallen. Ze wisten allebei dat de geheim agent anders kansloos was. Zijn linkerarm was nu vrijwel onbruikbaar. Overal om hen heen zagen ze de eerste sporen van de dageraad. Een kil oranje licht sneed door de dichte mist en gaf hen wat beter zicht.

De deur zwaaide open en terwijl de wind loeiend door de plotseling ontstane opening stroomde, stapte de forsgebouwde man het tussenbalkon op. Hij herkende Xander onmiddellijk. Terwijl hij zijn armen strekte, zodat zijn schouders ongedekt waren, sprong Feric van achteren op hem af. Maar Feric was degene die verrast werd toen de man naar achteren trapte en de agent vol in zijn maag trof, zodat hij hard tegen de stalen wand geslagen werd. Tegelijkertijd gaf de man Xander een al even harde stomp op zijn kaak, zodat die op zijn knieën zakte, en onmiddellijk daarna gaf hij Feric een harde schop in zijn ribben. Terwijl de man Feric stond te schoppen, krabbelde Xander weer overeind. De trein maakte een scherpe bocht naar links, zodat hij tegen de man aan viel.

Dat was voldoende om de aanvaller uit zijn evenwicht te brengen. Hij

greep Feric vast en alle drie struikelden ze naar de deur. Plotseling bracht de man zijn voet omhoog en schopte Xander in zijn kruis. De pijn was zo hevig dat hij op de grond zakte en het koffertje liet vallen.
Terwijl hij verwoed probeerde voldoende wilskracht te verzamelen om het koffertje te grijpen, voelde Xander het braaksel oprijzen in zijn keel. Hij lag nu gevaarlijk dicht bij de rand van het tussenbalkon en de onderste sport van de ladder vormde zijn enige houvast. De kale man torende hoog boven hem uit en hield Ferics slappe lichaam in zijn armen. Het bebloede hoofd van de geheim agent hing scheef opzij. De man verplaatste zijn gewicht van de ene voet op de andere en smeet Feric de donkere leegte in. Een ogenblik later voelde Xander dat zijn hand langzaam zijn greep op het metaal verloor.

De Range Rover vormde een volslagen verrassing. Gezien Sedgewicks voorkeur voor dure maatpakken had Sarah een limousine verwacht, of op zijn minst een van alle gemakken voorziene Mercedes, maar in plaats daarvan was George uit een terreinwagen gesprongen. Hij stond nu klaar om haar te helpen met instappen. Ze had een donkere pantalon aangetrokken, plus een eenvoudig jasje en een katoenen T-shirt. Als ze zich moest voordoen als een trouwe handlanger van Eisenreich – een voormalige huurmoordenares die door de organisatie was gerekruteerd – dan wilde ze er ook zo uitzien: elegant genoeg om een goede indruk te maken, maar wel zo praktisch om bij het beeld te passen dat ze zich na lezing van haar dossier ongetwijfeld van haar gevormd zouden hebben.
Nadat ze iets meer dan een uur hadden gereden, begon Sarah te begrijpen waarom Sedgewick een Range Rover had gestuurd. Toen ze het heuvelland hadden bereikt, maakte de grote wagen het rijden over de steile hellingen en het oneffen terrein opmerkelijk comfortabel. Nog geen vijf minuten nadat ze de 'hoofdweg' achter zich hadden gelaten, kwam Tiegs landhuis in zicht. Het stond boven op een heuvelrug, en baadde in het licht. Toen ze zo dichtbij waren dat de verschillende verdiepingen zichtbaar werden, begon het huis op een verzameling rechthoekige blokken te lijken die lukraak op elkaar waren gestapeld en allemaal waren voorzien van glazen ruiten tot aan het plafond, zodat elke zijde een adembenemend uitzicht bood op de golvende heuvels. Op een oprijlaan in het noordwesten na, werd het hele huis omringd door een bos dat tot aan de voet van de helling liep. Het was duidelijk dat Tieg erg op zijn privacy was gesteld. Voor ongenode gasten was zijn huis vrijwel onbereikbaar.
Ze reden over de smalle oprijlaan, die geflankeerd werd door bermen met keurig gemaaid gras. Een nadrukkelijk teken van orde in de woeste

omgeving. Zelfs hier, zo dacht Sarah, moesten de mensen van Eisenreich laten zien dat ze alles onder controle hadden.
Een paar meter van de voordeur kwam de auto tot stilstand. George stapte uit, liep snel om de wagen heen en stak zijn hand uit om Sarah te helpen met uitstappen. Ze hadden er een uur en een kwartier over gedaan, maar het huis leek veel verder van de bewoonde wereld te liggen. George liet haar aan de voet van de trap staan, ging weer achter het stuur zitten en reed naar een van hieruit niet zichtbare garage. Terwijl ze daar stond, genoot Sarah even van het uitzicht en daarna liep ze het bordes op. Terwijl ze daarmee bezig was, ging de voordeur open en zag ze Sedgewick in de lichtkring staan.
'Ah, mevrouw Trent,' zei de senator terwijl hij de deur nog wat verder opentrok. 'U wilt dus ook even de berglucht opsnuiven. Dat doe ik zelf ook vaak.'
'Het is hier prachtig,' zei ze en ze liep langs hem heen de foyer binnen. Daarachter zag ze een iets lager gelegen woonkamer. De kille nachtlucht maakte plaats voor de warmte van een houtvuur. Rechts van haar, voor een groot raam waarin de sterrenhemel goed zichtbaar was, stond Anton Votapek. Hij hield een glas in zijn hand.
'Goedenavond, mevrouw Trent.'
Voordat ze iets wist te zeggen, kwam een tweede man tevoorschijn van achter de aan de linkerkant van het vertrek geplaatste vleugel. Hij was veel groter van stuk, met een brede borstkas en handen als kolenschoppen. 'Ik vrees dat we nog niet aan elkaar zijn voorgesteld.' Hij liep naar het midden van de kamer en glimlachte. 'Mijn naam is Jonas Tieg en ik heb veel over u gehoord.'

'Wat ga je me nou vertellen, imbeciel dat je bent!' De stem trilde, maar dat lag niet aan de verbinding. Zelfs over de telefoon was de ziedende woede duidelijk merkbaar en toen de stem weer begon te donderen, hield de kale man de mobiele telefoon een eind van zijn oor: 'Wát heb ik je gezegd, Paolo? Dat je ze allebei moest vermóórden? Nééé! Ik heb je juist heel duidelijk gezegd dat je dat níet moest doen.'
'Eric is ook van de trein gesprongen. Ze zullen hem wel geen keus hebben gegeven...'
'Géén kéus? Je wilt me toch niet wijsmaken dat een vent van meer dan honderdvijftig kilo zich genoodzaakt ziet om ze allebei te vermoorden? Wat is dat nou voor een achterlijk gedoe?' Aan het gesputter dat nu uit de hoorn klonk, was duidelijk te horen dat de man een hoestbui kreeg, maar al snel ging de tirade weer verder. 'En het manuscript, de aantekeningen? Hoe zit het daarmee?'

'Het manuscript?'
'De bóeken, de bóeken! Let toch op, Paolo!'
'O, het manuscript! De bóeken, ja, ja,' zei de man snel. 'Die zullen ook wel van de trein zijn gevallen. Tegen de tijd dat ik de wagon had bereikt, was er nergens iets te vinden.'
'Tegen de tijd dat je...' Er klonk weer een hoop gesputter uit de telefoon. 'Waren jullie dan niet samen?'
'Ik... we... nee, we liepen van beide uiteinden naar elkaar toe.'
'Zo is het wel genoeg.' Aan de vermoeide klank in zijn stem was duidelijk te horen dat de man aan de andere kant van de lijn zijn zelfbeheersing weer had herwonnen. 'Je had opdracht om Jaspers te beschermen en in plaats daarvan...' Er klonk oprecht verdriet in de stem. '... heb je me diep teleurgesteld.' Het bleef een paar seconden stil terwijl de man met de verweerde stem nieuwe kracht verzamelde en bedacht wat hem nu te doen stond. 'Ik moet die aantekeningen hebben, Paolo. Ik moet weten wat hij heeft gevonden. Nu moet ik...' Hij zweeg. 'Stap uit de trein en ga terug naar Wolfenbüttel. Zorg dat alles daar wordt opgeruimd.'
'Maar hoe zit het met Eric? En de ander? En hoe zit het met Jaspers?'
'Stap uit die trein en doe wat je gezegd is!' Er klonk nu weer venijn in zijn stem. 'Ik stuur wel iemand om de rotzooi op te ruimen.'
De verbinding werd verbroken en Paolo Vestuti liet zich ontmoedigd op de bank zakken. Hij had de oude man nog nooit zo boos gehoord. Maar zoals altijd zou hij doen wat hem gezegd was. Een week lang had hij die lui achtervolgd en op het allerlaatste ogenblik was hij ze kwijtgeraakt. Vestuti sloot zijn ogen en zag de twee mannen weer van het tussenbalkon vallen: Erics enorme lijf dat door de ketting brak terwijl Jaspers zijn handen om Erics enorme nek geklemd hield. Dat gewelddadige beeld kon hij maar niet van zich af zetten, net zomin als zijn eigen nutteloosheid. Hij had de deur veel te laat opengeduwd en toen hij over de zijkant van het balkon had gekeken, was er al niets meer te zien geweest.

Sarah keek naar Votapek. Die had ze hier niet verwacht. Ze wist haar gezicht echter in de plooi te houden en richtte haar aandacht toen op de minst bekende van het trio. 'Ik heb ook een heleboel over u gehoord, meneer Tieg.' Sedgewick wees naar de trap. 'Daniël in de leeuwenkuil?' vroeg ze.
'Daniël?' zei Sedgewick glimlachend terwijl hij achter Sarah de verzonken woonkamer binnenliep. 'Zo zou ik het niet zien, mevrouw Trent. U lijkt me niet het type om de goden om redding te smeken en wij...' Bij de bar bleef hij even staan, pakte twee champagneglazen en gaf er één aan haar. '... zijn geen dieren.'

'Geen goden, Larry,' zei Votapek. 'Gewoon God, met een hoofdletter. Dat was degene voor wie Daniël zijn leven wilde geven, zijn ene God. Zo was het toch, mevrouw Trent?'
Sarah nam het glas aan en lachte hem vriendelijk toe. 'Hij heeft het overleefd, en daar ging het om.'
Sarahs openheid miste haar uitwerking niet. Votapek en Sedgewick keken elkaar eens aan en barstten in lachen uit. Een ogenblik later begon Tieg ook te lachen, al was het dan wat zachter. Ze twijfelde er nauwelijks meer aan dat deze mannen haar als een van de hunnen beschouwden. Het ontspannen gepraat, de poging om een nieuwe collega op haar gemak te stellen: allemaal tekenen van zelfvertrouwen en toewijding. En toch voelde ze zich bepaald niet op haar gemak. Dit waren de mensen die bereid waren in het hele land de chaos te ontketenen en die het machtsvacuüm dat daardoor zou ontstaan, wilden vullen met een nieuw soort kinderen: voorgeprogrammeerde kinderen. Luchtige conversatie en champagne leken daar niet erg goed bij te passen.
Ze keek even uit het raam. De kamer stak een eindje uit de gevel en hing boven de steil afdalende, met struikgewas en bomen begroeide heuvel. Het bovenste deel ervan werd beschenen door een reeks schijnwerpers, die van hieruit echter niet zichtbaar waren. Sarah vroeg zich af of dat was bedoeld om het uitzicht te verfraaien of om het indringers onmogelijk te maken het huis onopgemerkt te naderen.
'Hoe vaak hebt u dit soort onderonsjes?' vroeg Sarah, die naar de open haard was gelopen.
'Die vragen kunnen wel even wachten tot het eten,' zei Sedgewick terwijl hij Votapeks glas bijvulde en zich omdraaide naar Tieg.
'Eéntje is voldoende,' zei die glimlachend en toen richtte hij zich tot Sarah. 'Het is altijd prettiger om het over Eisenreich te hebben terwijl je een lekker visje met artisjokken zit te eten. Ik hoop dat u van zalm houdt, mevrouw Trent.' Tieg was op een leren bank tegen de achterwand gaan zitten, die voor het grootste deel uit een enorme plaat glas bestond en die een al even adembenemend uitzicht op de omringende heuvels bood. Hij had zijn benen over elkaar geslagen en hield zijn handen met het glas erin tussen zijn knieën. Sarah keek eens naar hem, een peinzende gestalte, die in de verste verte niet leek op de man die werd beschreven in het dossier dat ze die avond had gelezen.
'Anton is er altijd als de kippen bij om kritiek te leveren op mijn kleine tekortkomingen.' Sedgewicks glimlach leverde hem echter geen enkele reactie op. 'Eén God maar? Het lijkt me dat de Grieken en Romeinen het beter voor elkaar hadden, die hadden er honderden tot hun beschikking.'

'Tot hun beschikking?' zei Votapek lachend. 'Het was toch andersom? Wij werden toch verondersteld Gods geboden te gehoorzamen?'
'Larry heeft een heel eigen manier om tegen de dingen aan te kijken.' Tieg deed nu ook een duit in het zakje, meer voor Sarah dan voor Votapek. 'Conventionele ideeën lijken dan ineens heel naïef.' Het viel Sarah op hoe sterk Tieg verschilde van zijn imago. Dit was geen boerenkinkel die plattelandswijsheden uitkraamde, maar een intelligente en welbespraakte man.
'Niet naïef, Jonas. Elementair misschien, maar niet naïef.' Nu was het Sedgewicks beurt om de ander te verbeteren. 'Het monotheïsme is erin geslaagd om ons tweeduizend jaar in een wurggreep te houden. Wat we vergeten zijn, is dat godsdienst een stuk gereedschap is, een middel tot...'
'Een machtsmiddel.' Sarahs interruptie deed even een stilte vallen. Geen van drieën had daar een antwoord op. Ze hield haar blik strak op Tieg gericht. Om de een of andere reden leek hij haar het belangrijkste lid van dit driemanschap.
Een ogenblik later glimlachte Sedgewick. 'Precies.'
Plotseling ging er een paar schuifdeuren open en werd er een prachtig gedekte tafel zichtbaar.
'Tijdens de vis praten we wel verder.' Sarah stond op en liep voor hen uit de trap op. George bleef geduldig staan wachten in de hoek van de kamer.

De bewaker gebaarde dat Stein kon doorlopen, en na de zo laat op de avond gebruikelijke opmerkingen plus een paar glimlachjes liep Bob door de brede hal naar de lift. Voordat hij uitstapte op de zesde verdieping, bleef hij echter even staan om zich ervan te vergewissen dat de schoonmakers klaar waren met hun nachtelijke ronde. Daarna sloeg hij linksaf. Het was stil toen hij langs het kantoor van O'Connell liep. De dikke platen matglas aan weerszijden van de deur weerspiegelden het schijnsel van de halogeenlampen, die zo laat in de avond flink gedimd waren. Hoewel ze nooit op vol vermogen brandden, was het licht nu nog zwakker en somberder dan anders.
Toen hij bij zijn kantoor was, stak Bob de sleutel in het slot en maakte de deur open. Het was nog net zo'n troep als toen hij nog geen achttien uur geleden de deur uit was gerend. Hij smeet de sleutels op een klein leren voetenbankje – een van de weinige meubels waar geen dikke stapel papier op lag – en liep naar het bureau. Nadat hij zijn eigen halogeenlamp aan had gezet, liet hij zich op zijn knieën zakken en begon aan het cijferslot van zijn brandkast te draaien. De bovenkant daarvan werd in

beslag genomen door een vreemde verzameling boeken, koffiebekertjes en halfvolle zakken kaaskoekjes.

De inhoud van de brandkast vormde een scherp contrast met de rotzooi in de rest van het kantoor. Drie keurige stapels dossiermappen werden zichtbaar. Bob bladerde even de tweede stapel door en trok er toen een dik dossier uit waar het woord VERTROUWELIJK op gestempeld was. Daarna liet hij zich in zijn bureaustoel zakken, en bladerde de eerste pagina's door, die een korte beschrijving van Sarahs recente leven bevatten: een vrijwel onleesbaar werkstuk over posttraumatische syndromen waaruit geen enkel begrip bleek van het karakter van de vrouw die hij zojuist had ontmoet. Hij bladerde steeds verder terug, tot hij bij de eerste gesprekken in Langley kwam.

Hij had net snel een pagina doorgekeken en wilde verder bladeren toen het tot hem doordrong dat er iets mis was. Hij tuurde aandachtig naar de pagina en probeerde te bedenken wat dan wel, toen hij zich realiseerde dat de bladzijden aan elkaar kleefden met een soort statische elektriciteit die het moeilijk maakte om telkens maar een enkel blaadje om te slaan. Terwijl hij de rest van het dossier doorbladerde, begon het hem langzaam te dagen wat er aan de hand was. Een kopieermachine. Iemand heeft dit dossier kortgeleden gekopieerd. Het kon niet missen. De statische elektriciteit die het gevolg is van de lichtflits onder het glas, was nog duidelijk voelbaar. Hij stopte met bladeren en keek naar de dossiers in de safe.

Op de een of andere manier was iemand erin geslaagd het dossier in handen te krijgen. Op de een of andere manier was iemand erin geslaagd om in te breken in zijn kantoor en in zijn brandkast – terwijl hij elke week de cijfercode veranderde – en had alles toen netjes teruggelegd waar het lag.

Alle gedachten aan zijn eigen kwetsbaarheid verdwenen op slag toen hij zich Sarahs woorden herinnerde. Hij hoorde het haar gewoon nog zeggen. In die passages ben ik alles wat ze haten en vrezen: ik ben de stem van de Rede. Hij keek eens op zijn horloge. Tien voor drie. In San Francisco was het nu tien voor twaalf. Ze was al vertrokken. Ze was bij hen. En hij wist dat ze over alle informatie beschikten die ze nodig hadden.

Zitten. Er viel niets anders te doen. Bij elke ademhaling voelde hij een pijnscheut in zijn borstkas. Zijn schouders brandden van de spanning, maar hij voelde het allemaal: de langs hem waaiende wind, de zon op zijn gezicht, de scherpe pijn in zijn maag waar zijn angst had plaatsgemaakt voor honger. Zijn linkerarm lag slap naast hem en met zijn rechterarm hield hij het koffertje tegen zijn lijf gedrukt. Het wonder van de

afgelopen tien minuten was nog steeds niet meer dan een chaotische mengeling van indrukken.
Moeizaam probeerde Xander op een rijtje te zetten wat er gebeurd was. Hij kon zich nog herinneren dat zijn hand van de stang was gegleden, en dat een enorme hand zijn bovenarm had vastgegrepen en hem terugtrok, terwijl hij met zijn andere hand de dikke nek van de man had gevonden en er een harde ruk aan had gegeven, zodat ze allebei van het tussenbalkon waren gevallen. Hoe de ketting hem had geraakt, zou hij nooit weten, maar op de een of andere manier waren de ijzeren schakels in zijn hand gevallen en terwijl hij languit van het balkon was gerold, had hij ze snel vastgegrepen, zodat hij terwijl de kale man uit het zicht verdween met zijn bovenlijf tegen het onderstel van de trein was geslagen en met zijn voeten een precair houvast had weten te vinden op een ongeziene dwarsbalk. Dankzij de snelheid van de trein was hij er daarna in geslaagd om zijn lichaam horizontaal te houden, en zo had hij zich aan de ketting het balkon weer op weten te trekken.
En daarna was er echt een wonder gebeurd. Toen de pijn in zijn armen zo hevig was geworden dat hij het niet meer hield, had Xander gevoeld hoe zijn vingers hun greep verloren. De druk van de wind tegen zijn lijf was nu tegen hem gaan werken, maar toen had een paar handen hem op het tussenbalkon getrokken. Terwijl hij daar lag, had hij een gezicht boven zich gezien, een massa bloederig vlees, waarvan de rechterwang was afgerukt zodat er bot te zien was, het lichaam een mengeling van gescheurde kleding en huid, een zwoegende borstkas die met elke hap naar adem de open wond van een gebroken rib onthulde. Beroofd van al zijn levenskracht had het lichaam een struikelende stap achteruitgedaan en was in elkaar gezakt, zodat het met zijn hoofd tegen de stalen wand sloeg.
Een stervende Feric, met het koffertje naast zich. Nu zat de geheim agent voorovergebogen in een steeds groter wordende plas bloed en terwijl Xander centimeter voor centimeter moeizaam naar hem toe kroop, zag hij zijn vriend wanhopig naar lucht happen.
Xander stak zijn arm op, greep de deurkruk beet en duwde met zijn rug tegen het zware staal. Zonder acht te slaan op de pijn boog hij zich voorover naar Feric en het koffertje, en trok die naar binnen. Terwijl de deur achter hem dichtsloeg, legde hij Ferics hoofd in zijn schoot. Terwijl de minuten verstreken en hij zich beter bewust werd van de situatie, begon Xander zijn ledematen te testen. Het leverde hem intense pijn op, maar hoewel hij veel spieren en pezen had geforceerd was er niets gebroken. Feric bleef echter doodstil liggen en begon steeds hortender te ademen. Zijn kin zat nu onder het bloed.

Xander klemde het kleine, zwaargewonde lijf tegen zich aan. Feric had hem opnieuw het leven gered, maar Xander wist ook dat dit de laatste keer was geweest. Geen tranen, alleen maar woede en zelfhaat toen hij zag dat Ferics ademhaling steeds zwakker werd en er een gorgelend geluid oprees uit zijn keel. Moeizaam begon hij te fluisteren.
'Ga naar New York. Sarah... contactnummer... in rugzak,' stamelde hij hoestend. Zijn hele lichaam schokte en trilde van inspanning en er vielen nog meer bloeddruppels op de vloer. 'Gooi me... uit de trein.' Hij kromde zijn rug. Deze laatste woorden kostten hem duidelijk veel pijn. 'Ze verwachten... me te vinden.' Hij bracht zijn arm omhoog, gaf Xander een kneepje in zijn schouder en liet hem toen los; een ogenblik later zakte zijn hoofd levenloos opzij.

Terwijl Xander de levenloze massa tegen zijn borst drukte, danste het zonlicht op het staal van het tussenbalkon. De velden schoten langs. De wind bulderde in zijn gezicht. Terwijl hij strak voor zich uitkeek, liet hij los. Hij wilde het lijf niet op de grond zien smakken.
Zorg dat je Sarah vindt. Dat was de enige gedachte die zijn geest hem nu nog wilde toestaan.

Deel drie

7

Op de hiernavolgende bladzijden zal ik mij daarom uitsluitend richten op praktische zaken.

Over de heerschappij, **hoofdstuk VII**

Xander tuurde naar de dichte menigte. Het perron aan de andere kant van de ruit stond vol met vroege forensen. Hij had alle besef van tijd verloren. De minuten sinds het gevecht waren gestold tot kleine capsules vol activiteit, elk een los vezeltje energie dat was gericht op het nu meest noodzakelijke: het terughalen van het koffertje, het doorzoeken van Ferics rugzak, het uit zijn hoofd leren van de contactnummers – een eenvoudig lijstje met taken, die hij de een na de ander had afgehandeld, en allemaal met dezelfde doffe ambivalentie.

Ergens in de nevelen van het verleden had hij zich staan wassen in het kleine toilethokje van de trein. Wonderbaarlijk genoeg had er nog een dikke sweater in Ferics rugzak gezeten, en nadat hij die had aangetrokken, had hij het gescheurde windjack in de rugzak gepropt. Eerst had hij zich echter gedwongen om het bloed in de gang op te vegen met papieren handdoekjes. Het grootste deel daarvan had hij nodig gehad voor het bloed dat Feric vlak voor zijn dood nog had uitgespuwd. Met trage, werktuiglijke bewegingen had hij de laatste druppels opgeveegd en de handdoekjes uitgespoeld in de wasbak. Dat werkje had hem even wat rust bezorgd, maar die was van korte duur geweest, want toen hij in de spiegel had gekeken, werd hij snel weer herinnerd aan de gebeurtenissen van de afgelopen nacht. Zijn haar was alle kanten op gewaaid, zijn wangen zaten onder het bloed, en er lag een versufte blik in zijn roodomrande ogen. Hij had zich nog nooit zo alleen gevoeld, zo kwetsbaar en gebroken, als in die duistere minuten. Ineens had hij Ferics vertrokken gezicht weer voor zich gezien, het scheefgezakte hoofd dat op de bebloede schouder rustte, terwijl hij Ferics slappe lichaam in zijn armen droeg. Gewichtloos, levenloos, en toen verdwenen. Wat nu? Wat moet ik doen? Een vreemd leeg gevoel had bezit van hem genomen. De paniek van de isolatie stond duidelijk te lezen op het gezicht dat hem aanstaarde vanuit de spiegel: ogen die somber en koud waren geworden, gevuld met een mengeling van angst en medelijden. Hij had dergelijke ogen wel eens

eerder gezien, in een tunnel, in Florence, en dat waren háár ogen geweest. Sarah. Zorg dat je Sarah vindt.
Nu, terwijl hij in zijn eentje in een eersteklascoupé zat – hij was een uur geleden verhuisd – hoorde hij die woorden weergalmen in zijn hoofd. Ze vormden een inwendig baken tegen de drukte van de ochtendmenigte die nu de trein binnendrong.
Toen hij hoorde dat de deur werd opengeschoven, keek hij met een ruk naar rechts en klemde zijn hand wat steviger om het handvat van het koffertje. Een lange vrouw stak haar hoofd om de deur en wees verlegen op de stoelen tegenover hem.
Een week geleden zou hij zijn eigen reactie vreemd hebben gevonden, maar nu was zijn argwaan al bijna een tweede natuur geworden. Hij begon het te leren. Kijk naar de blik in hun ogen, naar de hoed die iets te ver over het voorhoofd is getrokken. Dat kan niet missen. Ferics woorden.
'*Sind diese frei, bitte?*' Het Zwitserse accent was onmiskenbaar.
Xanders schrikreactie werd niet opgemerkt, en met een werktuiglijke glimlach gaf hij een knikje. Ze lachte terug en duwde twee kleine jongetjes door de deur naar binnen. Ze hadden allebei een grijs flanellen jasje aan en waren een jaar of acht en tien oud. Hun wangen waren nog rood van het vroege opstaan en hun natte haar was strak achterovergekamd, wat een gruwelijke beproeving geweest moest zijn. Hun manieren waren onberispelijk. Ze gingen recht tegenover Xander zitten, en nadat hun moeder naast hen was gaan zitten, haalden ze ieder een boek uit hun identieke rugzakjes. Terwijl ze zaten te lezen, bungelden hun voeten in een lukraak ritme boven de vloer. Ze waren een goed georganiseerd gezin en buiten het geritsel van de omgeslagen bladzijden maakten ze geen enkel geluid. Xander stond zich toe om even op te gaan in hun vriendelijke en eenvoudige wereldje, een sereniteit die pas werd verbroken toen de trein zich met een ruk in beweging zette, en de conducteur precies op dat moment de coupé binnenkwam. Zelfs die leek de rust en stilte echter te respecteren en wierp de jongetjes een vriendelijke glimlach toe, knipte de kaartjes en gaf ze zonder iets te zeggen terug. Nadat hij de deur weer had dichtgeschoven, liep hij verder en werd het weer volkomen stil in de coupé.
Voor het eerst in dagen voelde Xander zich veilig en beschermd. Zonder erbij na te denken, deed hij zijn ogen dicht en voelde zijn gedachten wegzinken in een welkome leegte.

Het dessert, een fruittaartje met frambozensaus, was nog beter dan de zalm, en smaakte zo lekker dat ze alle vier bijna zaten te knorren van genoegen. Tijdens de hele maaltijd had Sarah voortdurend zonder enige aarzeling snedige opmerkingen zitten uit te wisselen, waarbij de rollen die haar drie tafelgenoten aannamen in reactie op haar zelfverzekerde manier van doen, haar telkens weer van nieuwe ammunitie hadden voorzien. Voor de intellectuele Sedgewick was ze een waardige opponent, de in gevoelens geïnteresseerde Votapek maakte gebruik van de 'band' die hun eerste gesprek had opgeleverd, en Tieg... Tieg bleef een raadsel. Sarah had nog niet kunnen bepalen wat zijn rol nu eigenlijk was. Ze voelde zich niet helemaal op haar gemak met de afstand die hij zelfs ten opzichte van zijn naaste collega's bleek te bewaren.

Terwijl hij het laatste restje vruchtensaus van zijn bord lepelde, was Sedgewick de eerste die weer het woord nam. Hij had een paar glazen rode wijn gedronken en had nu rode blosjes op zijn wangen. 'Hoewel ik het vervelend vind om het te moeten toegeven,' zei hij, 'had Marx wel gelijk. Het is alleen maar tijdverspilling om de dagelijkse gang van zaken tijdens het laatste stadium van het proces nauwkeurig te willen omschrijven. Je moet gewoon zorgen dat alles gereed is, of op zijn minst toelaten dat de gebeurtenissen hun natuurlijke loop nemen, zodat er een levensvatbare toekomst kan ontstaan.' Hij nam een hap. 'Ik ben natuurlijk geen marxist, maar het is wel terecht om die ouwe Karl een schouderklopje te geven voor het feit dat hij verstandig genoeg was om geen gedetailleerde toekomstscenario's op te stellen. Je kunt een speelveld creëren, meer niet.' Hij nam een slokje van zijn koffie en leunde achterover in zijn stoel.

'Het is lang geleden sinds ik Marx heb gelezen,' zei Sarah. 'Maar ik denk dat hij wel enig idee had van waar hij naartoe wilde: gemeenschappelijk bezit van de productiemiddelen, de dictatuur van het proletariaat. Ik denk niet dat het creëren van een speelveld voldoende zou zijn geweest.'

'Toch wel,' zei Votapek, die al met zijn tweede stuk taart bezig was. 'Marx dacht wel degelijk dat het allemaal vanzelf zou gebeuren. Hij verwachtte dat het kapitalisme aan zijn eigen innerlijke tegenstrijdigheden te gronde zou gaan. Dat was zijn vergissing.' Hij werkte een grote hap naar binnen. 'Maar waarschijnlijk hebt u gelijk. Vóórdat je een speelveld creëert moet je een idee hebben van wat het beste is voor het volk, hoe je er zoveel mogelijk uit kunt halen en hoe je de massa kunt stabiliseren. Dat staat buiten kijf. Iedereen die toekomstplannen heeft, weet dat je geen blauwdrukken kunt maken, laten we het zo maar noemen... voordat je het bouwland hebt gezien. Je moet de boel goed opruimen voordat je ergens een nieuwe fundering legt.' De boel opruimen, dacht Sarah. De chaos op zijn alleronschuldigst.

'Maar om te controleren of de funderingen wel stevig genoeg zijn, heb je

daarna wel een periode van staatloosheid nodig,' voegde Sedgewick daaraan toe. ' Dat lijkt me een van de kerngedachten in het manuscript.'
'U dient niet te vergeten,' zei Sarah, 'dat ik het boek veel minder goed ken dan u.' Iets dergelijks had ze het afgelopen uur al een paar keer gezegd. 'Mijn vragen...'
'Zijn de vragen die een voormalige huurmoordenares uit Jordanië zou stellen.' Alle ogen waren nu op Tieg gericht, die bezig was een kopje thee in te schenken. Hij had er al een paar minuten het zwijgen toe gedaan en had zijn woorden duidelijk zo getimed dat ze zoveel mogelijk effect zouden hebben. 'Daar zijn we ons heel goed van bewust, mevrouw Trent. En we beseffen ook dat u de wereld vanuit een enigszins afwijkend perspectief bekijkt.' Hij zette de theepot neer en keek haar eens aan. 'Algemene theorieën uit een zestiende-eeuws manuscript zullen niet snel indruk op u maken, hè? Wat u wilt weten is het hoe en wanneer, en niet het waarom. Of zie ik uw rol in het geheel nou verkeerd?'
Sarah had die vraag al net zomin verwacht als die opmerking over haar verleden, maar nog veel zorgwekkender vond ze de manier waarop Tieg haar zat aan te kijken. Daar zat iets achter. 'Nee, dat lijkt me een heel redelijke vraag.'
'Mooi.' Hij zette de kop weer op het schoteltje. 'Het probleem is dat het hoe en het wanneer voor ons nooit zo van belang zijn geweest. Begrijpt u me vooral niet verkeerd: uiteindelijk gaat het ons allemaal om praktische resultaten. Ik denk dat we dat allemaal wel met elkaar eens zijn. Maar dat is niet waar we ons in ons dagelijks werk op richten.' Met een blik op Sedgewick vervolgde hij: 'Het kan me werkelijk niet veel schelen wat Larry allemaal uitspookt en hij stelt ook niet veel belang in mijn activiteiten. Ik vertrouw er gewoon op dat hij, als we een bepaald punt bereikt hebben, alles gedaan zal hebben wat nodig is om ervoor te zorgen dat we verder kunnen.' Hij richtte zijn blik weer op Sarah. 'Het waarom is eigenlijk de enige reden dat we iets met elkaar te maken hebben. Dat geldt voor ons alle drie, met kleine individuele verschillen natuurlijk.'
Tieg had gewacht op het juiste ogenblik om haar in te wijden in de regels van de Eisenreich-organisatie. Anders dan zijn collega's had hij kennelijk geen behoefte om indruk op haar te maken met verwijzingen naar grote theorieën of verhalen over zijn eigen heldendaden. Van de drie was hij degene die zich het minst in de kaarten liet kijken, en meer dan dat zelfs: het leek wel of hij haar aan een test onderwierp. Tijdens het eten was hij Sedgewick twee keer in de rede gevallen om nadere details te vragen over haar relatie met Eisenreich. Beide keren had ze hem met een nietszeggend antwoord weten af te schepen. Wat dat betreft kon ze zich maar beter op de vlakte houden. Pas nu realiseerde ze

zich hoe slim hij het had gespeeld. Hij had zijn interrupties telkens zo getimed dat het gesprek op een abstract niveau bleef. Kennelijk had hij ook geen zin om het al te feitelijk te laten worden.

'Ik weet niet zeker of ik het waarom wel in die termen wil beschrijven,' zei Votapek, 'maar ik ben het wél met je eens dat het streven naar permanentie onze bindende factor vormt.' Hij had geen zin om Tieg als woordvoerder van hen drieën te laten fungeren, en Sarah realiseerde zich dat Tieg, het beroemdste lid van het trio, als de situatie omgekeerd was geweest zijn mond zou hebben gehouden. Zijn ego was stevig genoeg om dit soort opschepperij niet nodig te hebben. Ze vond het verontrustend om hier in het hart van Eisenreich zo'n kracht aan te treffen. 'Orde gaat om het stellen van grenzen, zodat het volk, en vooral de jongeren, wordt uitgedaagd om zijn eigen grenzen te verkennen. Vanzelfsprekend vereist dat structuur, discipline en wat selectief wieden. Niet iedereen heeft het potentieel in zich dat mij voor de geest staat.' Sedgewicks pretenties hadden nu het veld moeten ruimen voor Votapeks theorieën over rasverbetering.

'Eenvoudig gezegd komt het erop neer dat we ons moeten ontdoen van allerlei beperkende factoren, zoals de gevestigde instituties, en overal alles in beroering moeten zien te brengen. Op die manier komen de besten vanzelf bovendrijven. De brede volksmassa zal dan wel moeten erkennen wie de natuurlijke leiders zijn: men heeft geen andere keus meer.' Votapek bracht zijn kopje omhoog en tuurde even naar zijn koffie. 'Alleen de besten zijn in staat om de chaos te temmen. Zij zijn degenen die de chaos in bedwang weten te houden en die in staat zijn om degenen die het licht nog niet hebben gezien de juiste richting te wijzen. De rest,' zo voegde hij er hoofdschuddend aan toe, 'zullen we volgzaamheid moeten leren. Eerst geven we ze wat speelgoedjes: hebzucht, haat, allerlei kleinzielige pietluttigheden. Daarna scheppen we beheersbare strijdtonelen voor ze: rassenhaat, angst, dat soort dingen. Zorg ervoor dat ze hun energie op een gedeelde haat kunnen richten en je hebt een tevreden, volgzame massa. De gevestigde orde komt pas veel later aan de beurt. Er zullen misschien een paar onschuldigen gewond raken, maar dat is nou eenmaal de prijs die daarvoor staat. Daarmee, en met de juiste technologie, zijn ze allemaal heel makkelijk te controleren. Zorg dat je ze bezighoudt en je geeft werkelijke vernieuwing een kans!' Hij zette zijn kopje neer en boog zich naar Sarah toe. 'Als je je blijft vastklampen aan de gevestigde orde, zal je er op zijn best in slagen om een monument op te richten voor je eigen beperkingen, want dat is wat de gevestigde orde vertegenwoordigt: ons idee van werkbare grenzen. Als we dan eens met iets geconfronteerd worden dat wérkelijk opmerkelijk is, wordt dat onmiddellijk de kop in gedrukt omdat dat de muren dreigt neer te halen die we om ons heen hebben opgericht. Dat nieuwe daagt ons uit en daarom vernietigen we het.' Hij leunde achterover. 'De middelmaat, daar heb je niets aan, mevrouw Trent. Permanentie door uitmuntendheid, dat is onze enige keus.'

Met een zelfvoldane grijns op zijn gezicht keek Votapek naar zijn tafelgenoten. Alles wat hij zojuist had gezegd, was echter volkomen serieus bedoeld geweest. Er had geen greintje overdrijving bij gezeten. Hij meende alles wat hij zei, en was volkomen overtuigd van zijn eigen gelijk. Misschien voelde hij ook wel een bepaalde verantwoordelijkheid en had hij het idee dat zij met zijn drieën klaarstonden om de wanhopig rondzwalkende wereld, die dringend verlegen zat om hun inzicht, iets te schenken wat van grote waarde was. Het leek wel of hij dacht dat het hun plicht was om alles in duisternis te hullen en zo de ruimte te scheppen voor een beter, blijvender licht.

Terwijl ze daar een reactie op probeerde te formuleren, schrok ze op toen Tieg ineens een glas wijn liet vallen. George kwam op hem af lopen met een servet en liep daarna snel en zonder iets te zeggen door een klapdeur het vertrek uit, ongetwijfeld om een nieuw glas te halen.

Tieg bleef bezig met het opruimen van de rommel, en terwijl hij een paar scherven van tafel plukte, zei hij verontschuldigend: 'Dat zal me leren om van dat dure spul te serveren!'

'Het is makkelijk te vervangen,' lachte Sedgewick. 'We moeten alleen een beetje uitkijken dat jij er niet te veel van krijgt!'

Votapek en Sedgewick begonnen hard te lachen en Tieg richtte zijn aandacht nu op Sarah. 'Nu begrijpt u zeker wel waarom we onze aandacht op het waarom richten, mevrouw Trent. Het hoe gaat mijn pet te boven.'

Opnieuw werd er hard gelachen, en deze keer deed Sarah mee. Het was de beste manier om niet te laten merken hoe vreemd ze het vond dat de topmannen van Eisenreich zo snel konden overschakelen van het veroveren van de wereldheerschappij naar een ongelukje met een glas wijn.

Tieg vouwde het servet weer op, legde het naast zijn bord en leunde achterover in zijn stoel. 'Zoals ik daarnet al zei, ben ik er echter zeker van dat het hoe en het waarom de vragen zijn die u het meeste intrigeren. Om dat te bevestigen bent u toch hierheen gestuurd?' Hij keek Votapek eens aan. 'Dat was toch het woord, Anton?' Hij had de twee anderen uitgebreid aan het woord gelaten, en nu was het tijd om verder te gaan.

'Ik denk van wel, ja,' zei Votapek met een glimlach. 'Ik denk dat mevrouw Trent hierheen is gestuurd om uit te zoeken of een van ons misschien probeert solo te vliegen. Ze zei iets over een eigen programma.'

'Solovliegen?' Tieg sloeg zijn benen over elkaar en keek Sarah eens aan.

'U bedoelt dat een van ons de anderen zou kunnen misleiden?' Zijn stem veranderde bij dat laatste woord even iets van klank, een heel klein beetje maar, zodat er iets van verwijt in zijn woorden doorklonk, maar Sedgewick en Votapek schrokken op. 'Is dat niet een beetje wrang, mevrouw Trent?' Zijn stemgeluid werd nu heel wat strenger en was duidelijk beschuldigend bedoeld. 'Voor ons vormt dat de hoeksteen van het hoe,' voegde hij daaraan toe. 'Niet onder elkaar, natuurlijk. Elkaar zullen we nooit om de tuin leiden, want wij vertrouwen elkaar. De mensen die we willen leiden, die leiding nodig hebben, dat zijn degenen die we willen...' Hij zweeg even en keek Sarah recht in de ogen. 'Misleiden is zo'n onprettig woord, vindt u ook niet?' Ze beantwoordde zijn blik en gaf niet toe aan de alarmbel die nu luid aan het rinkelen was in haar hoofd. 'Manipuleren?' drong hij aan. 'Nee, dat is niet veel beter, hè? Toezicht houden, is dat niet de beste term?' Nu wachtte hij even, en terwijl hij wachtte, knikte hij even in zichzelf. De stemming was ineens volkomen omgeslagen. Hij had de kamer nu volkomen in zijn macht. 'Ja, toezicht houden. Ik denk dat dat het woord is dat onze intenties het beste weergeeft.' Hij bleef zijn blik op haar gericht houden. 'En dat brengt ons weer bij úw intenties, mevrouw Trent. Had ik het ernstig mis toen ik het over misleiding had?' Plotseling was het doodstil in het vertrek. Sedgewick en Votapek waren duidelijk erg van hun stuk gebracht door Tiegs insinuatie.

Sarah wachtte even. 'Deze maaltijd en dit gesprek vormen een afdoend antwoord op alle vragen die ik eventueel gehad zou kunnen hebben over uw loyaliteit ten opzichte van elkaar.'

'Onze loyaliteit ten opzichte van elkaar?' Hij zat haar nu te voeren.

'Ja.' Simpel en terzake.

'Zo snel overtuigd, mevrouw Trent?' Tieg was niet van plan om zijn prooi zo makkelijk los te laten. Zijn houding en toon waren nu een stuk agressiever dan daarnet. Hij begon zijn hoofd te schudden en zei: 'Het gaat me niet om ónze misleidingen, mevrouw Trent...'

'Onze misleidingen?' vroeg Sedgewick.

'Stil, Larry.' Tieg bleef haar strak aankijken.

'Wat heeft dat te betekenen?'

'Stíl, zei ik.' Zijn toon was zo streng dat de financier er het zwijgen toe deed. Ook Votapek hield zich stil. 'Uw misleiding, mevrouw Trent,' fluisterde Tieg. 'Dát is wat mij de meeste zorgen baart. Uw misleiding is heel wat subtieler dan een paar afgeluisterde computers of een verborgen bandrecordertje, zou u ook niet denken?' Hij keek zijn kameraden eens aan. De uitdrukking op hun gezicht vormde voldoende bewijs voor hun gebrek aan discretie. Alsof hij het tegen twee kinderen had, vroeg hij:

'Wat dachten jullie nou eigenlijk?' Vol ongeloof schudde hij zijn hoofd. 'Hebben jullie nou werkelijk geen idee wie zij is?' Sarah keek toe hoe de twee mannen, die daarnet nog zo vergenoegd over zichzelf waren geweest, onder zijn strenge blik begonnen te bezwijken. 'Jullie zijn er gewoon ingetrapt.' Hij bleef zwijgen terwijl Sedgewick en Votapek ontploften.

'Waar heb je het over, Jonas?' zei Sedgewick, maar de verontwaardigde toon waarop hij dat zei, was duidelijk een poging om zijn zelfbeheersing te herwinnen. 'Waar zijn we dan ingetrapt?'

Votapek was nog veel ongeloviger. 'Onmogelijk! Ik heb gehoord dat alles grondig nagetrokken is. Alles wat ze heeft gezegd, is bevestigd.'

'Het is heel makkelijk om de werkelijkheid uit het oog te verliezen,' zei Tieg, en zonder verder nog aandacht aan hen te besteden, richtte hij zich weer tot Sarah. 'Als je graag indruk op iemand wilt maken, hè, mevrouw Trent? Als je je in het nauw gedreven voelt?' Er verscheen een eigenaardig glimlachje op zijn gezicht. 'En het was inderdaad wel een slimme list waarmee u ons hebt geconfronteerd. Dat bandje dat Larry heeft gemaakt van uw gesprek met Anton was heel indrukwekkend. En bijzonder overtuigend ook. U hebt uw doelwit heel slim gekozen.'

'Dit is schandalig!' zei Sedgewick woedend.

'Néé!' Deze keer hield Tieg zich absoluut niet meer in. 'Wat schandalig is, is dat jullie tweeën het zover hebben laten komen! Ze noemt een paar namen, gooit jullie een paar brokken toe uit haar rijke verleden, en jullie vullen gewillig de open plekken voor haar in.' Zijn machteloze woede dwong hem even tot zwijgen. Aan zijn stijve kaakspieren was duidelijk te zien dat hij onder enorme spanning stond. 'We zijn nog geen wéék verwijderd van het allerbelangrijkste moment in een heel leven van voorbereiding en dan laten jullie zoiets als dít gebeuren!' Nu richtte hij zijn aandacht weer op Sarah. 'O, maakt u zich maar geen zorgen, mevrouw Trent. Niets van wat u hebt gedaan, heeft dat ogenblik ook maar iets minder onafwendbaar gemaakt. Niets wat u had kúnnen doen, zou dat ook maar een strobreed in de weg gelegd kunnen hebben. Chaos is iets wat met kleine stapjes tegelijk komt, ziet u. Eén klein ontploffinkje heeft niets te betekenen, maar een paar ontploffingen vlak na elkaar, dát is iets heel bijzonders. De werkelijke schade die zoiets aanricht, heeft nog steeds niet veel om het lijf, maar het gaat erom hoe zo'n reeks gebeurtenissen wordt waargenomen. Dát is nu niet meer te stoppen en dát is wat de mensen op hun knieën zal dwingen.' Hij wachtte even. Kennelijk begon het tot hem door te dringen dat hij te ver was gegaan. 'Wat was de bedoeling, mevrouw Trent? Wilde u ons tegen elkaar opzetten, ons aan elkaar doen twijfelen?' Zijn kaakspieren spanden zich weer.

'Daar zijn we zelf toch al jaren mee bezig, hè, jóngens?' Toen geen van beide anderen antwoord gaf, begon zijn gelaatsuitdrukking weer een geforceerde kalmte te vertonen. 'Alisons rol in dit alles.' Hij schudde zijn hoofd en begon weer te glimlachen. 'Dat was inderdaad heel slim gevonden. Dat was nou net iets waarmee u hem bang kon maken. Zo is het toch, Anton? En al dat gedoe over die gekte van u, dat stond allemaal in uw dossier. Alleen hebt u wel een paar heel belangrijke gegevens verzwegen. Dat heeft me verrast, mevrouw Trent. Eén van de dossiers over u hadden we al in handen. Had u nou werkelijk gedacht dat het ons niet zou lukken om de andere ook te pakken te krijgen?' George kwam weer de kamer binnen, maar nu samen met drie andere mannen. Het gebroken glas. Een teken. Ze had het te laat door.

'Ik heb geen idee wat u van plan was, mevrouw Trent,' vervolgde Tieg, 'of waarom u dacht dat u ons tot uw speciale project kon maken.' Hij keek eens naar Votapek en Sedgewick, die allebei hun ogen neersloegen. 'En dat geldt ook voor onze goede vriend, die u voortdurend Eisenreich noemt.' Hij keek Sarah een ogenblik indringend aan. 'U hebt nooit contact met hem gehad, hè, mevrouw Trent?'

Sarah bleef eigenaardig kalm.

'Nee.'

'Natuurlijk niet.' Tieg stond op. 'Ik wil u echter wel bedanken voor het feit dat u ons op een paar dingen hebt gewezen. Al is het maar dat u ons hebt laten merken dat we niet onkwetsbaar zijn... en dat sommigen heel wat kwetsbaarder zijn dan anderen. Wat u nou eigenlijk hoopte te bereiken,' voegde hij daar schouderophalend aan toe, 'is me nog steeds een raadsel.' Hij knikte naar George. 'Maar zoals u ongetwijfeld weet, zijn er bepaalde... narcotica die ons kunnen helpen bij het beantwoorden van onze resterende vragen.'

George kwam achter haar stoel staan. 'Houd haar beneden tot ik hier klaar ben.' Hij keek eens naar Votapek en Sedgewick, en liep toen naar de woonkamer. De twee mannen stonden langzaam op en liepen zonder naar Sarah om te kijken achter hem aan.

George bleef geduldig staan wachten. Ze stond op, legde haar servet op tafel en liep met hem mee naar de donkere hal.

Hydra. Badend in het donkergele zonlicht, een droge hitte die over zijn borstkas en dijbenen golft en water dat over zijn onderrug loopt. Zijn huid is diepbruin van dagenlang zonnen op het strand, haar arm ligt dwars over zijn buik, en terwijl er een speedboot langs komt racen blijven er druppeltjes aan haar wimpers hangen. Zachtjes beginnen er golfjes tegen hun lichamen te kabbelen. Als een koele golf haar huid raakt,

kromt ze haar rug. Hij draait zich om en ziet haar lippen, donkerrood, en haar prachtige haar, uitgespreid op het witte zand, haar sproeten, duizenden lichtbruine spikkeltjes... 'gebruind' noemt ze dat. Ze doet één oog open en glimlacht, tilt haar hoofd op en brengt haar smachtende lippen naar de zijne, steeds dichterbij, en even schiet het puntje van haar tong eroverheen, zodat ze glanzen. Haar lichaam brengt het zijne in een wilde roes. Hij voelt haar vingers over zijn borst strijken, haar lippen op de zijne. Hij haalt eens diep adem... en dan zakt ze weer terug in haar slaaphouding. Fiona. De zon brandt, een gedempte stem fluistert hem iets toe vanuit de verte, maar zijn hoofd is zo zwaar dat hij het niet kan draaien, zijn ogen zo vol zand en zonlicht dat hij ze niet kan openen. De stem wordt steeds dringender, het koele water voelt nu niet meer zo prettig aan en haar arm is weg. Hij draait zich om, probeert verwoed zijn ogen te openen en hij ziet de mond, het gezicht, de stem die hem roept. Feric. Dag is plotseling nacht, zand is plotseling sneeuw, de koude allesdoordringend. Hij kan geen lucht krijgen, en dan valt hij uit Ferics armen, van de trein. Ferics ogen zijn bloeddoorlopen en koud...
'*Mein Herr, wir sind im Flughafen angekommen.*'
Het besnorde gezicht van de conducteur staarde Xander aan, een hand greep hem bij zijn stijve schouder en probeerde de slaap uit zijn ineengedoken gestalte te schudden. Xanders kin rustte op zijn borstkas: hij zat diep in de stoel genesteld en had zijn knieën hoog opgetrokken om het wat warmer te hebben. Terwijl hij met half dichtgeknepen ogen het zonlicht in tuurde, probeerde hij langzaam zijn nek weer recht te krijgen. Hij dwong zich om een eindje naar voren te schuiven op de bank en zag de conducteur naar de deur lopen. De man keek op zijn vestzakhorloge.
'Over zes minuten vertrekt de trein, meneer,' zei hij. 'Vergeet uw bagage niet.'
En na die woorden verdween hij uit het zicht. Xander was weer alleen in de coupé. Zijn surrogaatfamilie was allang verdwenen. Hun boeken en tassen waren niet meer dan een vage, dierbare herinnering. Hij had twintig minuten geslapen, wat lang genoeg was om hem een onwerkelijk, zwevend gevoel te bezorgen. Hij trok zijn neus op toen hij de koude lucht opsnoof die door het open raampje naar binnen kwam drijven. Terwijl hij moeizaam rechtop ging zitten – hij hield zijn hand nog steeds stevig om het handvat van het koffertje geklemd en de rugzak hing nog op zijn rug – probeerde hij zich te herinneren wat hij had gedroomd. Iets met zand. En water. Of was het sneeuw? Hij schudde de slaap uit zijn hoofd en begon op te staan. Pas toen merkte hij de vrouw op.
'Goed geslapen, doctor Jaspers?' Ze had een pistool in haar hand, van een bescheiden kaliber, maar wel zwaar genoeg om op zo'n korte afstand

een flink groot gat in hem te maken. Terwijl ze dat zei, deed ze de deur achter zich op slot. Haar lange, sterke vingers wisten de antieke grendel makkelijk te hanteren. 'Het ziet ernaar uit dat de berichten over uw dood wat overdreven waren.' Ze sprak met een Amerikaans accent, maar haar jasje en rok waren van Engelse tweed en ook haar regenjas was duidelijk van Engelse makelij. Op de een of andere manier maakte zelfs het pistool in haar hand een tamelijk elegante indruk.

Xander keek er even naar maar richtte zijn aandacht toen op haar gezicht.

'Er lagen maar twee lijken in de trein van Salzgitter,' zei ze, 'en geen van beide beantwoordde aan uw signalement.'

Ook nu gaf hij geen antwoord.

'Kijkt u niet zo verbaasd. We wisten dat u naar het vliegveld zou gaan. We waren trouwens helemaal niet van plan om u in die trein iets aan te doen. We wilden alleen maar een oogje in het zeil houden tot u in Frankfurt zou zijn. Zonde van uw vriend.'

Ze ging tegenover hem zitten en richtte het pistool op zijn borst.

Waarom wist hij niet, maar eigenlijk vond hij het vooruitzicht dat hij binnenkort doodgeschoten zou worden, nogal kalmerend. 'De trein vertrekt over zes minuten. Ik neem aan dat we blijven zitten.'

'Ja, hij gaat inderdaad over zes minuten, en nee, we blijven niet zitten,' zei ze, 'maar we blijven even wachten tot iedereen is uitgestapt. Des te minder drukte, des te veiliger het is.'

'En dan?'

'Ik zou het echt niet weten.'

'Gewoon het zoveelste detail dat nog even afgehandeld moet worden?'

De vrouw glimlachte. 'Dat had ik ook meteen wel kunnen doen. Nee, ik heb opdracht om u...' Ze wachtte even en begon weer te glimlachen. '... om u van de trein te halen. We hebben allemaal onze rol, doctor Jaspers, en de komende paar uur hoeft u alleen maar te zorgen dat u een oppassende gevangene bent. Dat is heus niet zo moeilijk, hoor.'

Terwijl hij haar aanstaarde, richtte Xander zijn aandacht op haar ogen. Die waren donkerbruin van kleur, bijna zwart zelfs, en ze straalden een enorm zelfvertrouwen uit, dat grensde aan arrogantie. Dergelijke zelfverzekerdheid spreekt de waarheid. Het was alsof Feric nog naast hem zat en hem geruststellend iets uitlegde. Zelfbeheersing vereist geen masker. Eenvoud is alles wat je nodig hebt. Eenvoud en waarheid: en dat wilde zeggen dat hij uitstel van executie had gekregen. Zij was geen beul, maar een koerier, een agente van Eisenreich die hierheen was gestuurd om hem over te brengen naar een onbekend adres. Ze had geen flauwe notie van de schatten die er in zijn koffertje verborgen lagen, anders zou ze ongetwijfeld even hebben gekeken of alles er nog steeds in zat. Dat was wat hij uit het manuscript had geleerd. Geef niemand meer informatie dan hij werkelijk nodig heeft, ongeacht zijn positie. In feite had ze dat zojuist zelf gezegd.

Hij begon het te begrijpen. Dat begrip verschafte hem macht, en die macht verschafte hem weer een bepaalde arrogantie, een eigen rol die hij kon spelen. Het was niet moeilijk te begrijpen waarom veel mensen Eisenreichs theorieën zo geruststellend hadden gevonden.

'Hoe oud ben je?' vroeg hij. 'Vierentwintig? Vijfentwintig? En hoeveel mensen heb je vermoord...'

'Binnen één minuut lopen wij tweeën als een verliefd stelletje de trein uit, en ik houd mijn pistool stevig tegen uw ribbenkast gedrukt.' Ze had geen geduld met zijn gevraag. 'Op het perron lopen we arm in arm. Is dat duidelijk?'

'Drie, vier?' vervolgde Xander zonder aandacht te besteden aan haar woorden. 'Meer nog? Ik vraag me af hoe het is om op het moment dat het eropaan komt zo'n keuze te maken. Hoe...?'

'In elk geval één,' zei ze. 'En daar gaat het toch om?'

'Geen idee.' Het kwam er emotieloos uit. 'Ik heb alleen maar mensen zien sterven. Ik neem aan dat het voor jou heel makkelijk is om mij naar de andere wereld te helpen?'

'Opstaan, doctor Jaspers.'

'Sie sind keine Mörderin.'

'Sta op, doctor Jaspers.'

Ze had zijn Duits niet verstaan, maar toen ze haar bevel herhaalde, had de blik in haar ogen al te veel gezegd. Het was duidelijk dat ze had verwacht met een timide academicus te maken te krijgen, met iemand die zo in paniek was dat hij als was in haar handen zou zijn. Dat was ongetwijfeld wat haar was verteld. Degene die ze had aangetroffen – wat hijzelf had aangetroffen – was echter een heel ander personage. Hij begon het te leren. Hij had háár weten te intimideren, en met zijn Duits had hij haar ook even in verwarring weten te brengen.

Zoals ze had gezegd, was het perron leeg. Er was niemand die hen voor de voeten kon lopen op weg naar de roltrappen die naar de terminal leidden. Ze hield hem stevig vast en haar bewegingen waren lenig en behendig. Tot nu toe had hij zich niet gerealiseerd hoe sterk ze was. Ze hield zijn rechterarm zo stevig vast dat hij die nauwelijks meer kon bewegen. Al was ze dan misschien geen moordenares, ze was wél heel goed opgeleid.

Boven aan de roltrap knikte ze naar de U-Bahn en ze duwde hem naar het perron van een metrolijn die naar een van Frankfurts vele voorsteden leidde. Bij het draaihekje moest ze wel even achter hem gaan lopen, maar onmiddellijk nadat ze daar doorheen waren, liep ze weer naast hem. Binnen een minuut hadden ze het uiteinde van het perron bereikt. 'Hier blijven we wachten.' Haar hand veranderde in een bankschroef. 'Glimlachen.'

Xander deed wat hem gezegd was en een halve minuut later zagen ze een lichtplek over de muur tegenover hen glijden. Die was afkomstig van een naderende metro en terwijl de eerste wagons langs hen heen schoten, duwde ze het pistool nog wat dieper in zijn rug, en om haar woorden kracht bij te zetten, gaf ze een ruk aan zijn elleboog.

'Zorg dat u kalm blijft als hij stilstaat. Wacht tot alle passagiers zijn uitgestapt en stap dan pas in.' Ze hield haar mond nu zo dicht bij zijn oor dat hij haar hete, vochtige adem gewoon kon voelen. 'Als ik me ook maar even niet op mijn gemak voel, draai ik uw arm uit de kom. Begrepen, doctor Jaspers?'

Xander knikte. En terwijl hij de pijn door zijn hele arm voelde trekken, zocht hij koortsachtig naar een manier om te ontsnappen. Als hij dat wilde proberen, moest hij het nú doen. In de metro zelf zat hij in de val. Verdere dreigementen waren dan niet meer nodig en aan het eind van de rit zou hij geen kans krijgen om ervandoor te gaan. De metro minderde vaart en terwijl de laatste wagon de tunnel uit kwam schieten, voelde hij hoe het zweet zijn nek inliep. Tot zijn verbazing was de hele wagon vol. Ineens hoorde hij Feric weer, die hem vertelde dat menigten een stuk gereedschap waren, een mechanisme waarvan je gebruik kon maken. De deuren schoven open en terwijl de mensenmassa naar buiten golfde, drukte de agente van Eisenreich zich nog steviger tegen hem aan. Terwijl hij bleef staan wachten, was hij er zeker van dat ze het panische kloppen van zijn hart kon voelen.

'Kalm nou maar,' zei de stem. Hij kon niet uitmaken of het nou de hare was of de zijne.

En toen zag hij het.

Vanuit zijn ooghoek zag Xander een man opspringen van zijn stoel en zich met een gespannen uitdrukking op zijn gezicht door de menigte dringen. Iemand die op het punt stond zijn halte te missen. Langzaam stapte Xander de wagon binnen. Hij mikte het zo uit dat ze nu vlak bij de aanstormende forens waren.

Op het laatst mogelijke moment duwde hij haar recht in het pad van de man.

'*Sie hat eine Pistole!*' brulde hij, en nadat hij zich had losgerukt, baande hij zich een weg naar de deur. '*Eine Pistole!*'

Hier en daar in de wagon klonk gegil en gekrijs terwijl de mensen terugdeinsden voor het nu duidelijk zichtbare pistool. De deuren begonnen net dicht te schuiven toen Xander het perron op sprong. Ze was te langzaam, te zeer in de war om nog op tijd uit de wagon vol in paniek geraakte forensen te ontsnappen. De deuren klapten dicht en even keken ze elkaar aan door de glazen ruit. Haar ogen waren groot en rond van ongeloof, maar toen de wagon zich langzaam in beweging zette en het tot haar doordrong dat ze had gefaald, maakte haar verbijstering plaats voor doodsangst. Terwijl hij stond te kijken zag hij hoe ze, met het pistool in de hand, terugdeinsde tot ze in een hoek stond. De passagiers stonden angstig naar haar te kijken.

Hij draaide zich om en liep rustig weg, met zijn hoofd wat gebogen. Het was voorbij. We spelen allemaal onze rol. De zijne had hij nu geleerd.

New York, 5 maart, 4.12 uur

Langzaam schuifelde Janet Grant door de in duisternis gehulde kamer. De lichtbundel uit een klein zaklantaarntje deinde mee met haar bewegingen. De instructies waren kort geweest, zonder nadere details. Aantekeningen, een klein boekje, misschien een envelop uit Europa. Het adres was een groot, oud flatgebouw aan West 107th Street. Verder niets.

Een lange groene zitbank tegen de achterwand vormde samen met twee bijpassende stoelen een zithoek. Er lagen kleedjes op de armleuningen en alles was netjes en ordelijk. Op een kast links stond een tamelijk oude grammofoon met daarnaast een rij platen: Brahms, Beethoven en Bach. Het modernste meubelstuk was een streng bureau voor het raam. Vier doodgewone poten en een al even doodgewoon werkblad. Uit 1965, zeker niet recenter. Het was een kamer waar in dertig jaar niets was veranderd.

Janet liep naar het bureau. Op een paar oude ingelijste foto's na was het bureau leeg. Ze ging in de stoel zitten en begon de laden open te trekken. De onderste links was afgesloten. Ze haalde iets wat op een pen leek uit haar rugzak en stak dat in het slot. Het slot sprong open en ze zag een grote, geelbruine envelop liggen, met Europese postzegels erop. Ze haalde hem uit het bureau – hij was al open – en trok de inhoud eruit.

Clara,

Bewaar dit even voor me, wil je. Thuis. Als iemand ernaar vraagt, heb je niets ontvangen. Ik leg het wel uit als ik terug ben.

AJ

Verder zaten er vele velletjes vol aantekeningen in de envelop, allemaal in het Italiaans. Ze stak ze in de zak van haar jasje, schoof de lade weer dicht en stond op.

Een ogenblik later zat ze op haar knieën.

De eerste klap in haar rug was hard genoeg geweest om haar te verdoven, de tweede desoriënteerde haar, maar ze wist zich nog net op tijd om te draaien om de derde af te weren en dook daarna zonder erbij na te denken op de gedaante af. Haar handschoenen begroeven zich in het vlees van de nek, en ze kneep zo hard dat de gedaante op de knieën zakte, zodat het gezicht nu duidelijk te zien was. Het was een vrouw op leeftijd met gitzwart haar en dikke wangen.

Clara Huber stribbelde niet langer tegen.

Janet staarde Huber in de ogen. Ze wist niet goed wat ze nu moest doen. Hier had ze geen instructies over gehad. Hier waren geen plannen voor gemaakt. *Er dient altijd ruimte te zijn voor opoffering.* Die woorden kalmeerden haar.

Zonder erbij na te denken, zette Janet Grant haar duimen op de luchtpijp van Clara Huber en ze maakte een draaiende beweging. Een kort krakend geluid en de ogen staarden glazig voor zich uit.

Janet keek nog eens naar het gezicht tussen haar handen. Zonder vragen, zonder spijt of schuld. Ze legde het lijk op de vloer en keek op haar horloge. Acht minuten.

De oude man zou tevreden zijn.

Hij had de computer achtergelaten in een van de toiletten op de luchthaven – nog zo'n advies van Feric – en had de gelegenheid te baat genomen om zijn baard wat bij te knippen en zijn haar nat te maken, zodat hij nu, terwijl hij voor de balie van American Airlines stond, zelfs op de foto leek in een van de vele paspoorten die Feric in zijn rugzak verborgen had gehouden. Met een paar bankbiljetten uit de dikke stapel die hij daar eveneens had aangetroffen, kocht hij een ticket voor de vlucht van twaalf uur naar New York. Dat wilde zeggen dat ze een tussenlanding zouden maken in Londen en daar ongeveer anderhalf uur zouden moeten wachten, maar Xander besefte dat het slimmer zou zijn om zijn tijd daar door te brengen dan hier. Ze zouden ongetwijfeld terugkeren naar het vliegveld om daar uit te zoeken waar hun prooi was gebleven. Hij moest het eerste vliegtuig nemen. Hij had geen andere keuze.

Tot zijn opluchting deed de vrouw aan de balie er niet moeilijk over dat hij zonder bagage reisde en contant betaalde. In plaats daarvan werd ze volledig in beslag genomen door het opmerkelijke feit dat er zo kort voor vertrek nog een stoel vrij was en door haar dringende verzoek om vijftien minuten voor vertrek bij de *Gate* te zijn. Zijn glimlach bleek voldoende geruststellend voor haar. Terwijl hij daar zo stond, begonnen zijn schouders steeds meer pijn te doen en bovendien voelde hij zich steeds minder op zijn gemak in de trui en de lange broek die hij nog geen zeven uur geleden had aangetrokken. Ze begonnen nu al wat te stinken en hij was niet van plan om erachter te komen hoever hij tijdens een vlucht van tien uur kon gaan met zo'n inbreuk op de goede smaak. Bovendien besefte hij dat het verstandig zou zijn om zijn uiterlijk wat te veranderen door zich om te kleden en zijn baard af te scheren. Ook dat was een tip van Feric. Met nog ruim een uur te gaan voor het vertrek, beschikte hij over voldoende tijd en geld om daar iets aan te doen.

Terwijl hij naar de lift en de winkels op de lager gelegen verdieping liep, herinnerde hij zich plotseling dat hij tijdens het wilde gedoe van de afgelopen vijf uur het tweede deel van het manuscript helemaal vergeten was. Hij had geen tijd, en geen energie, gehad om eraan te denken. Een echte agent zou zich zo'n onachtzaamheid nooit gepermitteerd hebben. Maar nu... Hij dwong zich om zijn aandacht eerst op praktische zaken te richten. Ferics laatste woorden hadden alle verlangen naar intellectuele bezigheden verdreven. Sarah. Maak dat je in de Verenigde Staten komt en zie Sarah te vinden.

Plotseling kwam de herinnering aan de blik in haar ogen die hij in Florence had gezien weer in hem op: verwarring, verlies. Zo'n blik had hij een paar minuten geleden nog gezien, maar nu in de ogen van een andere vrouw. En toch was die blik op de een of andere manier niet anders geweest. Hij vroeg zich af hoe vaak zíjn Sarah zich genoodzaakt had gezien om iemand te doden. Hoe vaak had zij iemand laten ontkomen? Zet het van je af! Weer een van die internationale commando's. Je hebt er geen tijd voor!

Nu zag hij de contactnummers weer voor zich en zodra hij van de roltrap af kon stappen, liep hij snel naar een rij telefooncellen. Hij was nu weer volkomen alert en keek rustig om zich heen naar eventuele verdachte figuren voordat hij naar het meest linkse hokje liep. Daar nam hij de hoorn van de haak en toetste de eerste reeks cijfers in. Zoals hem was

opgedragen, stopte hij zo nu en dan even om te wachten op kiestonen en klikkende geluiden, voordat hij de volgende reeks getallen intoetste. Een paar minuten later hoorde hij transatlantische ruis uit de hoorn komen, een zoemtoon die tijdens de laatste verbinding niet meer zou verdwijnen. Nadat de telefoon twee keer was overgegaan, werd er opgenomen.
'Kennelijk ligt er een hoorn niet op de haak. Als u probeert...'
Hij tikte de laatste vier cijfers in en bleef wachten. Vijftien seconden later werd de eerste stem in de rede gevallen door een tweede.
'Met Monica. Ik hoop dat alles in orde is.' Xander drukte nog een paar toetsen in en wachtte op het bericht.

Er hing een bordje op de deur met als opschrift CHAMPAGNE. Het schemerige licht in de gang was helder genoeg om de bordjes op de deuren van de andere wijnkelders te kunnen onderscheiden. Duitse witte wijnen, Franse rode. Voorzover Sarah kon zien een stuk of tien verschillende kelders. In de hare stond niet meer dan een krukje en, tegen de achterwand, een stuk of acht bijna lege wijnrekken. Kennelijk moest deze collectie nog worden opgebouwd. Voorlopig fungeerde het kamertje echter als een geïmproviseerde gevangeniscel voor één persoon. Vlak bij het plafond zat een klein venstertje. Er zat geen slot op, maar de opening was dan ook zo klein dat zelfs een kind zich er niet doorheen zou kunnen wurmen. Bovendien was de oprijlaan, waarop het venster uitkeek – bijna drie meter helverlichte open ruimte tussen het huis en het struikgewas – niet erg geschikt om je onopvallend uit de voeten te maken. Dat raam bood dus géén ontsnappingsmogelijkheid.
Daar hield ze zich nu ook niet mee bezig.
Sinds ze op het krukje was gaan zitten, had Sarah nog niet de tijd genomen om het vertrek goed in zich op te nemen. In plaats daarvan had ze, terwijl ze met haar rug tegen de muur zat en haar ogen strak op een punt op de muur tegenover haar gericht hield, koortsachtig zitten denken over het gesprek van daarnet. Het was nu bijna een uur geleden dat Tieg zijn onthulling had gedaan, maar haar gelaatsuitdrukking was niet veranderd en er was geen enkele emotie in haar opgekomen die haar gedachtegang kon verstoren. Alleen maar dat gesprek. Alleen Tiegs woorden. En elke keer dat ze daar weer aan terugdacht, waren de verwijten van een stem die haar ooit vertrouwd was geweest luider en luider geworden, echo's van een verleden dat zijn best deed om uit te breken uit de gehavende beschutting van een al te beschermende psyche. Je had het moeten opmerken... dat zijn stemming plotseling omsloeg, dat hij zijn glas liet vallen. Het was een stem die de macht wilde hebben. Je bent er zes jaar tussenuit geweest en in die tijd ben je langzaam en onopmerk-

zaam geworden. De stem draaide er niet omheen. Het is allemaal te snel voor je gegaan. De waarschuwing is te laat gekomen. Allemaal volstrekt onaanvaardbaar. Bij elk verwijt werd de stem gezaghebbender en vertrouwelijker. Die drie bij elkaar... Je had het door moeten hebben. Het was te gemakkelijk, te...
Maar alleen Tieg had het geweten. Alleen hij. Votapek en Sedgewick hadden er net zomin iets van geweten als zij. Alleen hij had het geweten.
De stem die nu doorbrak, was heel wat minder streng. Het was de stem die de demonen al zo lang in bedwang had gehouden en die nu het heft weer in handen nam.
Concentreer je op wat hij heeft gezegd, op de waarschuwing die hij je heeft gegeven. Sarah dwong zichzelf tot luisteren. We zijn nog geen wéék verwijderd van het allerbelangrijkste moment in een heel leven van voorbereiding... Eén klein ontploffinkje heeft niets te betekenen, maar een paar ontploffingen vlak na elkaar, dát is iets heel bijzonders... dát is wat de mensen op hun knieën zal dwingen. In Chicago en Washington hadden ze gezien hoe hun theorie in praktijk gebracht werd, en nu waren ze gereed om hun blik te verruimen. Dat was voldoende om haar geest bezig te houden en haar te verlossen van de zelfevaluatie waaraan ze op ogenblikken van eenzaamheid en mislukking vaak slechts met moeite wist te ontkomen. En toch kwamen er, terwijl ze daar zo zat, beelden in haar op van een andere kamer, die angstaanjagend veel op deze had geleken: een bed, een bewaker... maar geen raam trouwens. Zes jaar geleden was er geen licht geweest om haar zelfs maar een vermoeden van het bestaan van een buitenwereld te geven. Alleen maar duisternis en schaduwen. En altijd maar die vragen.
'Je hebt de opdracht begrepen.'
'Ja.'
'Je begreep dat die verder kon gaan dan alleen Safad?'
'Ja... ik...'
'Er deed zich een onvoorziene omstandigheid voor en je hebt een keuze gemaakt. Bepaalde offers waren daarbij onontkoombaar en uiteindelijk heb je de juiste keuze gemaakt. Je moest hen elimineren, zelfs als dat betekende dat het meisje het niet zou overleven.'
'Nee... ja... ik...'
'Was er een alternatief?'
'Nee. Er was vertraging. Ik kreeg opdracht om te wachten. Zonder die vertraging had ik haar kunnen redden...'
'Het was jouw keuze, uiteindelijk was het jouw verantwoordelijkheid. Die vertraging doet niet terzake.'
'Ik...'

'Die vertraging doet niet terzake.'
Ze stond op. Ze moest de herinneringen even van zich af schudden. Ik heb die keuze gemaakt. Ik heb de verantwoordelijkheid genomen. Er kwam een golf van woede in haar op. Ik kan jou niet opnieuw toelaten! Ze moest haar eigen zelfbeheersing zien te vinden, haar eigen bevrijding. Maar de beelden werden te sterk en drongen zich onophoudelijk op aan haar bewustzijn. Omdat ze niet in staat was ze tegen te houden, haalde ze uit en gaf met haar vlakke hand een harde klap op de muur. De pets waarmee haar huid op de koude, platte steen terechtkwam, was voldoende om haar weer bij haar positieven te brengen. De pijn joeg door haar hand en schoot door haar arm. Een ogenblik kon ze alleen maar naar de rood geworden handpalm turen, en volgde ze met haar blik een van de vele lijnen die van haar pols naar haar duim liepen, ze balde haar vuist – dat maakte de pijn er nog heviger op – en zag de handlijn uit het zicht verdwijnen. Pas daarna werd de stem langzaam zwakker.
Daarna verdwenen ook de schaduwen uit het vertrek en werd ze weer wat helderder van geest. De kleine ruimte van drie bij drie was de enige werkelijkheid die ze zich nu nog toestond. In een eigenaardig serene stemming zette Sarah alles van zich af wat niet met haar ontsnapping te maken had. Ze zouden haar snel genoeg komen halen. De agente in haar moest het heft in handen nemen.
Ze keek de cel rond, en liet haar blik even op de deur rusten: een toetsenbordje maar geen deurkruk. Tieg had zich grote moeite getroost om zijn wijn te beschermen en die voorzorgsmaatregelen leverden nu onverwacht nut op. *Iets om door het plastic heen te komen en de bedrading te bereiken.* Toen zag ze een stel planken tegen de andere wand hangen: als ze een van de balken waarmee die bevestigd waren uit de wand wist te rukken, zou het daarmee misschien lukken. Toen ze erheen liep, kwam ze onder een ventilatiegat in het plafond door waar gedempte stemgeluiden uit klonken. Ze stond even stil en probeerde te verstaan wat er werd gezegd. De snelle wisseling van beschuldigingen en ontkenningen wees op verschillende sprekers, maar veel meer kon ze er niet uit opmaken. In elk geval waren ze nog druk in gesprek.
Plotseling werd het gesprek echter afgebroken en tegelijkertijd begon er buiten een licht te knipperen, zodat haar kleine cel ineens in een afwisselend rood, wit en blauw licht werd gehuld. Sarah liep snel naar het krukje, ging erop staan en keek door het raampje, maar werd vrijwel onmiddellijk verblind door de felle koplampen van een snel van links naderende wagen. Een ogenblik later hoorde ze voetstappen in de gang, gevolgd door een korte stilte. Toen werd de deur opengesmeten en

kwam een van Georges kameraden met een pistool in zijn hand naar binnen rennen.
'U gaat met mij mee.' Sarah keek de jongeman even strak aan en stapte toen van het krukje af. Hij duwde haar een paar schoenen in handen. 'Trek aan.' Uitstel van executie. Ze zouden nog even moeten wachten met hun narcotica. Langzaam ging ze zitten en ze begon opzettelijk traag haar schoenveters vast te maken. Om haar tot grotere snelheid aan te sporen, zwaaide de jongeman zijn pistool heen en weer voor haar gezicht. Sarah zag een bezorgde uitdrukking in zijn ogen, en terwijl hij haar bij de arm pakte en overeind hielp, begon hij nog wilder met het pistool te zwaaien. Ze dacht erover om hem aan te vallen, maar intuïtief voelde ze aan dat ze dat nog even moest uitstellen. Wacht tot je een keuze hebt. Toen hij haar de gang in duwde, stond ze ineens oog in oog met twee heel goede redenen om geduld te hebben: twee andere jongemannen, allebei met een pistool. De kleinste van de twee knikte naar haar dat ze de gang uit moest lopen. Boven hen klonk het geluid van rennende voetstappen. De drukte op de bovenverdieping vormde een schril contrast met hun stille bewegingen. Op rubberzolen leidden ze haar over het met vast tapijt beklede cement naar de achterkant van het huis. Eén man voor haar en twee achter haar. Binnen een minuut kwamen ze bij een grote stalen deur. Zelfs door het dikke staal heen was de bevelende stem daarachter echter duidelijk te horen.
'Controleer de zijkant van het gebouw en veeg de hele omgeving schoon.'
De drie mannen bleven staan, en terwijl hij de twee anderen vragend aankeek, bleef haar begeleider haar arm stevig vasthouden. De kleinste van het stel schudde zijn hoofd, hield zijn vinger voor zijn mond en bracht zijn pistool in de aanslag, wat duidelijk betekende dat Sarah maar beter haar mond kon houden. Binnen een halve minuut stierven de voetstappen buiten weg en werd er een andere stem hoorbaar. Deze was echter afkomstig uit het radiootje dat de man aan zijn riem had hangen.
'Alles veilig.' De man liet zijn pistool zakken en nadat hij naar de deur was gelopen, haalde hij een sleutel uit zijn zak, maakte daarmee een aan de muur bevestigde zwarte doos open en toetste een reeks cijfers in. De grendel begon weg te schuiven en tien seconden later duwde de jongeman langzaam de deur open, zodat de bedompte lucht van de onderaardse gang plaatsmaakte voor de geuren van een zachte avond.
De eerste drie meter van de oprit liepen omhoog, tussen twee dikke muren door, die twee mensen net voldoende ruimte boden om naast elkaar te lopen. De oprit eindigde bovengronds, links van de felle lichtbundels die het grootste deel van het terrein in een felle gloed hulden, en

dus lag de laatste anderhalve meter in de schaduw. Sarah wilde gaan lopen, maar werd stevig aan beide armen vastgegrepen. Nadat de kleinste had geknikt dat ze naar buiten mochten lopen, schoven de twee andere mannen eerst hun pistool achter hun broekband en stapten toen naar voren. Tegelijkertijd wrong de kleinste zich langs haar heen – terug naar de deur – en trok die achter zich dicht. Terwijl ze verderliep, hoorde ze hoe achter hen de grendel weer voor de deur werd geschoven.

Opnieuw klonken er stemmen boven hen en alle drie bleven ze stokstijf stilstaan. Onmiddellijk daarna grepen de beide mannen haar ieder bij een schouder en terwijl ze met hun rug tegen de muur gingen staan, drukten ze haar daar ook stevig tegenaan. De man links van haar trok een mes en zette haar dat op de keel. Zwijgend stond het drietal te luisteren naar het gesprek.

'Ik weet ook zeker dat dit een vergissing moet zijn.' Dat was Tieg, en zijn stem klonk volkomen ontspannen. 'Zoals u ziet, ben ik op geen enkele manier in gevaar. Als veiligheidsmaatregel heb ik de buitenlichten altijd aan.'

'Wij maken wel uit of de omgeving veilig is, meneer.' Het klonk als de stem van een politieman. 'Staan die lampen al de hele avond aan?'

'Ja. Er is hier niets te...'

'Laat u dat nou maar aan óns over, meneer. Zoals ik al zei, hebben we een telefoontje uit Washington gehad, en de FBI zal ons heus niet zomaar hierheen hebben gestuurd.'

'Dat begrijp ik...'

'Ik weet zeker dat u dat wel begrijpt, meneer. En als u ons nu ons werk wilt laten doen? De mensen binnen...'

'Zoals ik al zei, zijn dat goede vrienden die hier liever niet bij betrokken raken.'

'Om de een of andere reden denken ze in Washington dat er een aanslag op u gepleegd zou kunnen worden. Er lopen hier genoeg gekken rond die vinden dat uw programma...'

'Mijn televisieprogramma? U wilt toch niet beweren dat de een of andere gek...'

'Ik beweer helemaal niets, meneer. Mijn opdracht is afkomstig uit...'

'Washington. Ja, dat hebt u al gezegd.'

De agent gooide het over een andere boeg. 'Ik begrijp dat u denkt dat dit een vergissing is, maar ik kan u verzekeren dat u heel wat geruster zult slapen als u óns tot die conclusie laat komen. En zelfs als we niets vinden, zouden we hier graag een mannetje of twee achterlaten. Dat is de vaste procedure.'

Voordat hij daarop antwoord gaf, blies Tieg duidelijk hoorbaar zijn adem uit. 'Uitstekend. Ik laat u het huis wel even zien, maar ik weet zeker dat u niets zult...' Terwijl hij samen met de politieman wegliep, stierf zijn stem langzaam weg. Het kostte Sarah, die nog steeds met haar rug tegen de muur gedrukt stond, niet meer dan een seconde om zich te realiseren wat er gebeurd was.

Stein, je bent een genie. Het moest Bobs werk wel zijn. Op de een of andere manier had hij zich gerealiseerd dat ze in de val was gelopen, en wat was er beter geschikt om wat verwarring te scheppen dan een stel federale agenten? Verwarring: dat is altijd de beste remedie. Het was haar enige kans op ontsnapping. Tieg als doelwit. Briljant. Dat was de reden dat ze hun pistolen hadden weggestopt en dat ze nu stiekem door de achterdeur werd afgevoerd. Ze konden nu even geen gasten hebben wier aanwezigheid hier ze niet konden verklaren, en wat nog belangrijker was, ze konden even niets doen waarmee ze de aandacht op zichzelf zouden vestigen. Terwijl de mensen naast haar stonden te luisteren naar de wegstervende stemmen, hoorde Sarah een andere stem, een innerlijke, die niet van plan was om samen met hen te blijven staan wachten.

Ze bracht haar elleboog omhoog en gaf de man naast haar een stoot in zijn keel, zodat zijn greep even verslapte en ze de kans kreeg om haar nagels over de pols van nummer twee te halen. Onmiddellijk daarna trok ze het mes van haar keel weg en duwde de man tegen de muur aan de andere kant. Tegelijkertijd gaf ze een harde schop naar achteren, tegen de knieschijf van nummer één, en terwijl die vooroverviel, gaf ze hem met haar hiel een harde trap in zijn keel, zodat zijn hoofd met een klap achteroversloeg en hij in elkaar zakte. De tweede man, die alleen maar wat aangeslagen was, greep Sarah bij haar haren en smeet haar tegen de muur. Terwijl hij dat deed, greep ze echter zijn polsen beet en gebruikte zijn eigen snelheid om hem hard naar zich toe te trekken, zodat zijn borstkas tegen haar opgetrokken knie smakte en hij dubbelklapte van de pijn. Toen hij het mes liet vallen, greep ze het heft beet, en toen bracht ze het snel omhoog. Om de een of andere reden stak ze hem echter niet in de borst maar in de schouder, en terwijl ze het lemmet door huid en spieren voelde snijden, zag ze zijn gezicht vertrekken van de pijn. Hij maakte echter geen enkel geluid en staarde haar zwijgend aan terwijl ze haar handen naar beneden bracht en hem een karateklap op zijn sleutelbeen gaf. Het geluid van brekende botten werd vrijwel onmiddellijk daarna gevolgd door de doffe klap waarmee zijn lichaam op het cement plofte.

Sarah hapte naar adem en om het kloppende gevoel in haar hoofd wat te verminderen, kneep ze haar ogen dicht. Je wilde hem vermoorden. Je wílde het echt. En toch kon je het niet. Waarom?

Deze keer echter geen tranen of spijt, maar alleen de opluchting van het overleven.
Met haar rug tegen de muur keek ze aandachtig naar de helverlichte grond tussen de oprit en de bomen. Dat was haar enige ontsnappingsroute. Niet meer dan tien meter breed, maar ondoordringbaar zolang er overal mensen rondliepen. Er zouden er ongetwijfeld ook nog een paar voor de ramen staan om elke ontsnappingspoging te verhinderen. Dat licht moest uit, en snel ook. Ze keek recht voor zich uit en zag de zwarte doos aan de muur, met daarin het numerieke toetsenbord en de elektronische circuits. Kortsluiting? Denk na! Zou hij zo zorgvuldig zijn met zijn wijn en zo nonchalant met zijn bedrading? Er leek maar één redelijke keuze te zijn. Ze bukte zich over de man, wiens borstkas nu volledig was ingezakt, en begon hem te fouilleren: een magazijn met patronen, een portefeuille met creditcards, een rijbewijs en wat kleingeld. Ze stopte alles in haar zakken en sloop gebukt de nog steeds in de schaduw liggende oprit op, keek even of de geluiddemper op het wapen zat en vuurde vijf kogels af op de twaalf meter boven haar hangende schijnwerpers. Het werd onmiddellijk donker, en overal klonken nu stemmen op. Ze rende weg, waarbij ze door de lichtbundels van de lampen in de woonkamer liep, zodat links van haar onmiddellijk uit vele pistolen het vuur geopend werd. Terwijl ze zigzaggend naar de bomen toe rende, schoven er lichtbundels uit sterke zaklantaarns over het terrein en één of twee daarvan lichtten haar zonder dat dat de bedoeling was wat bij, zodat ze een paar laaghangende takken wist te ontwijken. Toen ze de bosrand had bereikt, ging er achter haar ineens een sterke lamp aan, zodat ze het terrein vóór zich zag oplichten in de roofzuchtige gloed. Terwijl ze snel tussen de bomen verdween, wist de lichtbundel nog even haar hoofd en haar nek te vinden, maar toen gleed ze al de modderige helling af.
Ze viel pijlsnel. Zonder dat ze iets anders had om op te navigeren dan de natuurlijke gesteldheid van de berghelling, wisten haar benen en rug op de een of andere manier een weg te vinden tussen de boomstronken en -stammen. Ze kon niet horen hoeveel mensen er achter haar aan zaten, want al het geluid werd overstemd door het donderende geruis van de takken en bladeren die onophoudelijk inbeukten op de rug van haar handen, die ze beschermend voor haar ogen hield. Toen de helling wat minder steil werd, werd haar vaart zoveel minder dat ze erin slaagde om weer overeind te krabbelen, en toen ze het geluid van stromend water hoorde, rende ze er met haar armen gestrekt vóór zich snel op af. Opnieuw streken er lichtbundels door de bomen boven haar. De begroeiing rondom haar werd bij elke stap echter steeds dichter. Alleen

het geluid van het water dreef haar nu nog voort door de klauwende takken van het struikgewas.
Hoeveel tijd er voorbij was gegaan, wist ze niet, maar haar knieën begonnen pijn te doen, en ineens gleden haar voeten onder haar weg, zodat ze hard met haar schouder op de grond viel. Alleen het feit dat de helling hier weer een stuk steiler werd, zorgde ervoor dat haar hoofd niet tegen de grond sloeg. De bomen stonden wat minder dicht op elkaar, en de maan en de sterren waren nu weer te zien. Kennelijk naderde ze een open plek. Terwijl de begroeiing steeds dunner werd, tuurde ze voor zich uit en daar zag ze wat ze gehoopt had te vinden: een eindeloze zwarte leegte, nog geen tien meter vóór haar. Met een plotseling gevoel van opluchting voelde ze de grond onder haar verdwijnen en haar lichaam vooroververvallen en toen, nadat ze heel even het geruis van stromend water had gehoord, werd ze er aan alle kanten door omsloten.
Alles leek ineens heel traag te gaan. Ze was alle gevoel voor richting kwijt en terwijl ze moeizaam met haar armen maalde om niet met de stroom te worden meegesleurd, zocht ze naar de oppervlakte. Het duurde bijna een minuut voordat ze weer boven water kwam. Het tafereel werd beschenen door de volle maan en ze draaide zich om in het water om de hoog boven haar uit rijzende, een meter of negen van elkaar verwijderde aarden wallen te bekijken die het water wegleidden van de inmiddels al honderd meter achter haar gelegen bergtop met Tiegs helverlichte huis erop. De stilte werd niet verbroken door het geluid van een achtervolging. Ze zwom met haar hoofd vlak boven water en hield haar ogen strak op het gebied vlak onder het huis gericht toen de lichtbundels ineens over de helling streken, tastend en zoekend als laserstralen. Toen er een paar over het water gleden, dook Sarah snel onder en bleef zo lang als ze kon wachten voordat ze weer boven water kwam. Toen de beek een bocht maakte, verdwenen de lichtbundels langzaam uit het zicht. Haar benen, waarin ze kortgeleden nog een brandend gevoel van vermoeidheid had gevoeld, begonnen nu verdoofd te raken door het koude water. Ze speurde de oever af en zwom tot op vier meter afstand van de kant, tastte even zoekend met haar voeten door het water en vond toen houvast op de rotsige en modderige bodem. Een ogenblik later hees ze zichzelf de oever op, liet zich in de modder zakken en gunde zich even de tijd om op adem te komen. Hoewel er niet meer dan een zoel avondwindje stond, voelde het water dat nu uit haar kleding en haren droop een stuk minder warm aan.
Drie minuten later had ze een bebost plateau bereikt. In stilte riste ze de bladeren van de takken. Natuurlijk isolatiemateriaal. Toen ze voldoende bladeren had, trok ze haar hemd en broek uit, wrong ze uit en kroop

daarna tussen de bladeren om weer warm te worden. Twee minuten later trok ze haar ondergoed uit, stak haar armen en benen in de kleren en begon haar hemd en broek vol te proppen met bladeren. Het prikte, maar het werkte wél.

Terwijl ze haar ondergoed begroef, overdacht ze de gebeurtenissen van de afgelopen vijftien minuten. Wonder boven wonder was ze nog in het bezit van haar riem, schoenen en portefeuille. Het pistool was verdwenen, maar in elk geval had ze nu een voorsprong op de agenten die hier binnenkort zouden rondlopen op zoek naar... tja, naar wat eigenlijk? Ze dacht even na. Een man? Een vrouw? Plotseling realiseerde ze zich dat die mensen niet veel gezien konden hebben, en ook niet al te goed. Wat ze precies te weten kwamen, zo wist ze nu, zou afhangen van wat Tieg hun vertelde, en die zou de Eisenreich-organisatie willen beschermen.

Dat betekende dat ze wel enig risico kon nemen. Ze pakte een armvol bladeren en kroop naar een smalle, door hoog gras omgeven greppel. Daar zou ze veilig verborgen liggen. En kunnen slapen.

De horizon van New York bood een welkome aanblik. De zonnestralen werden afgebroken door hoekige constructies van staal en glas die hoog oprezen tegen de maartse hemel. Toen Xander door het vliegtuigraampje keek, zag hij de stad zoals die was: hard en afstandelijk, geen veilige thuishaven maar een weerspiegeling van hemzelf... zwijgend en alert, met onder dat kalme uiterlijk een kolkende stroom emoties.

Maar het was meer dan een deel van hemzelf dat hij daar onder zich zag liggen, veel meer. Het was de chaos zelf, niet als een arbitraire samenloop van tijd en omstandigheden, maar als de essentiële en voortdurende spanning die de vitaliteit van alle macht bepaalt en die het hart van alle werkelijke kracht vormt. *Chaos als de brandstof van de macht. Hoe meer chaos, hoe meer macht, en beide hebben ze los van elkaar geen enkele betekenis.* In de beheerste manie van de onder hem liggende stad onderkende hij nu de relatie die het een tot het levensbloed van het ander maakte. En terwijl hij naar de gebouwen tuurde, begon Xander zich bewust te worden van een basale waarheid, een waarheid die Eisenreich nooit helemaal had doorgrond: de macht heeft de chaos nodig om als object van beheersing te dienen en de chaos heeft de macht nodig om als scheidsrechter van zijn eigen beperkingen te fungeren. Zonder het een kan het ander niet bestaan. Ze blijven allebei in leven door middel van die spanning en in die eenheid domineert elk de ander.

Terwijl Xander naar de horizon zat te turen, werd hij zich steeds meer bewust van een soortgelijke innerlijke kracht, een onthecht meesterschap over zichzelf dat alleen maar had kunnen ontstaan uit zijn heftige emoties: kracht en macht als reactie op hevige verwarring. Als in trance staarde hij naar de patronen die zich onder hem aftekenden en het drong nu tot hem door dat hij steeds meer aan het spel gewend was geraakt. De stem in zijn innerlijk was nu niet zozeer een bevel van Feric of van Sarah als wel van hemzelf. Langzamerhand begon zich de intuïtie te vormen die hij nodig had om een realiteit te kunnen scheppen waarin de gebeurtenissen van de afgelopen week verklaarbaar waren, een innerlijke wil die hem zowel opluchtte als angst aanjoeg. De gebeurtenissen in de metro hadden hem dat wel duidelijk gemaakt. Hij begon zich bewust te worden van een vreemde tweeslachtigheid in zijn eigen behoeften: aan de ene kant wilde hij het bloedvergieten tot een minimum beperken, maar aan de andere kant wilde hij die juist opzwepen, zodat hij verzekerd zou zijn van een constante uitdaging. In de afgelopen tien uur had hij even kans gezien om zich terug te trekken uit de strijd: zelfs in de nerveuze uren die hij tijdens de overstap op Heathrow had doorgebracht. Negen kilometer boven de chaos had hij de tijd gekregen om na te denken en te evalueren, maar niet op de manier waarop hij in het verleden altijd had vertrouwd. Voor theorie was er nu geen ruimte. Dat had Eisenreich hem de afgelopen twee dagen maar al te duidelijk gemaakt.

En toch... die andere werkelijkheid was er wél en die was te vinden in de kleine, in leer gebonden boekjes waarin hij tijdens de vlucht zo ingespannen had zitten lezen. Hij had zichzelf ertoe moeten dwingen, want hij was bang geweest om in die wereld terug te keren, om even niet meer op zijn hoede te zijn en de eenvoud van vroeger terug te vinden. Maar hij was vooral bang geweest omdat hij aan zijn eigen vermogens was gaan twijfelen. Terwijl hij de bladzijden omsloeg, had hij zich gerealiseerd dat hij niet langer in staat was om de tekst die hij zat te lezen te beschouwen als een interessant overblijfsel uit het verleden, iets waarvoor je bewondering kon hebben en waar prettig over te discussiëren viel. De tekst had een betekenis, een doel dat boven de theorie uitsteeg. Hij had zich ervan proberen te overtuigen dat hij dat altijd al had geweten, dat hij had genoten van het besef dat dergelijke boeken een enorme uitwerking konden hebben, maar de werkelijke vragen had hij daarmee niet weten te beantwoorden. Was hij ooit in staat geweest om voorbij te zien aan al die theorieën? Nee. Hij had de makkelijkste uitweg gekozen en ze als absurd beschouwd, ze van de hand gewezen als waanzin, en dus was hij blind geweest voor hun waarheid. Zelfs een paar dagen geleden, terwijl hij ze had zitten doorbladeren, had hij zichzelf niet toegestaan om te geloven dat iemand Eisenreichs theorie ooit in praktijk zou brengen. Het is maar een boek. Het is leuk om het gevonden te hebben, maar verder heeft het niets te betekenen. Niets! Op de een of andere manier had hij zich weten af te sluiten voor de waarheid van Eisenreichs eerste proefneming. Hij had zichzelf toegestaan de theorie als niet meer te beschouwen dan materiaal voor een academisch onderzoek. Maar nu, terwijl hij naar het lege uitspansel zat te staren, wist hij wel beter. Nu was hij persoonlijk getuige geweest van de macht en kracht van de Eisenreich-theorie.

En die macht werd nergens duidelijker dan in het tweede deel. Terwijl Xander het boek nog eens opensloeg, was hij zich ervan bewust dat hij de methodes, en de hardheid en grofheid daarvan, had gezien, niet op de vóór hem liggende bladzijden, maar in een klein huisje in Wolfenbüttel en op een trein van Salzgitter. *De weg naar de economische chaos*, *Hoe te bouwen op de chaos* en *Waarom het van belang is de haat te bevorderen*: de drie belangrijkste hoofdstukken, de hoofdstukken waarin Eisenreich zijn visie op de meest gedurfde wijze had ontvouwd. Nu hij de woorden opnieuw doorlas, besefte Xander wat degenen die dat visioen nastreefden wilden bereiken. Washington, de graantermijnmarkt: dat waren niet meer dan voorproefjes geweest van wat nog komen ging. Het zou beginnen met kleine ontwrichtingen, die misschien niet eens serieuze bedreigingen vormden, maar wel ernstig genoeg zouden zijn om vragen op te roepen over de nationale veiligheid. Daarna zouden ze die twijfel laten uitgroeien tot paniek. Kleine afzonderlijke gebeurtenissen zouden worden voorgesteld als onderdelen van iets veel groters, een probleem dat drastische maatregelen vereiste. Dat probleem, het probleem waar Eisenreich eeuwen geleden zijn theorie zo slim aan had opgehangen, was niets meer dan moreel verval. Simpel, maar wel juist. Waarmee valt het volk beter te manipuleren dan met vrome verontwaardiging? Waarmee kun je het volk beter ophitsen dan met een gevoel van intolerante eigenwaan? En Xander wist dat er voldoende eigenwaan was voor iedereen. De belangengroepjes, de coalities, de zwijgende meerderheden: ze zaten allemaal klaar om eindelijk eens schoon schip te maken met alle vriendjespolitiek, corruptie en zakkenvullerij. Daar had Tieg wel voor gezorgd, twee jaar lang, elke nacht. Tien miljoen huishoudens die steeds ongeduriger begonnen te worden. Het antwoord: haal alles neer en bouw het daarna opnieuw op, maar dan góed. Dát was de reden dat Eisenreich de chaos had omschreven als *een welkome verlossing (...) uit de algehele onrechtvaardigheid.* Chaos als redding. Chaos als moreel wasmiddel. Van daaruit was het maar een kleine stap om de macht te grijpen. Om die te houden, hoefden ze niet meer te doen dan een groep tot paria te maken, en zo het gepeupel een gelegenheid te geven om zijn woede uit te leven.

Dat was Eisenreichs gift aan de mensheid. Een oude truc, dacht Xander, maar één die in het verleden vaak goed gewerkt had. Het zou nog wel eens werken.
Hij leunde achterover en deed zijn ogen dicht toen het vliegtuig een schuine bocht inzette. Voor zijn geestesoog zag hij het beeld van de kleine monnik opdoemen. Was je dat nou werkelijk van plan? Was dit nou je visioen? Was dit de wil van God? Xander wist dat er meer achter moest zitten dan alleen het rauwe geweld dat Tieg en zijn volgelingen wilden ontketenen, méér dan een tirannie van hebzucht en machtswellust die erop gebrand was om het volk te beroven van de meest elementaire vrijheden, en om hele generaties vol hersenloze automaten op te kweken. Inderdaad, de theorie stelde grenzeloze macht in het vooruitzicht, maar ook een wereld vol orde en beheersing. En dát was wat haar zo verleidelijk maakte. Niet de opperheerschappij, noch het aanwenden van de chaos ten eigen voordele, maar de droom van bestendigheid door middel van uitmuntendheid. Een droom die onbeschrijflijk gewelddadig was, maar ook zeer aanlokkelijk.
Een snelle landing op het asfalt en gras van Kennedy Airport bracht hem weer terug in het hier en nu. Na de laatste harde bonk waarmee het landingsgestel de grond raakte, deed Xander zijn ogen open, hij keek even naar het manuscript en stopte dat toen in zijn koffertje. De tijd om te genieten van de schoonheid ervan was nu voorbij. Het spel ging weer beginnen.
Vijf minuten later ging er een vreemd gevoel door hem heen toen hij de aankomsthal binnenliep. Het had dezelfde terminal kunnen zijn van waaruit hij vijf dagen geleden was vertrokken, maar het was een heel andere Jaspers die nu terugkeerde. Om een begrijpelijke werkelijkheid te kunnen distilleren uit de waanzin van Eisenreich, had hij een deel van zichzelf achtergelaten in Europa. Ganz had gelijk gehad toen hij de onherroepelijkheid daarvan onderkende, maar hij had maar één kant van de munt gezien, maar één kant van die opoffering. Xander daarentegen was een tweede soort van dood gaan begrijpen, een dood die geleidelijk kwam, in verschillende stadia, en die aan de ziel rukte en plukte tot er niet meer dan een lege huls van over was. Hij had dat in Sarah gezien, in Feric, en nu zag hij het in zichzelf. Ergens was hij zijn naïveteit kwijtgeraakt, het eenvoudige enthousiasme dat al zijn beslissingen had bepaald, zijn doelgerichtheid die hem altijd had voortgestuwd, tot het hem in Florence, Londen en Wolfenbüttel stukje bij beetje was ontnomen, in een verwoestende spiraal van ongeloof, paniek en afgrijzen. Dood, door hem veroorzaakt, dood als werkelijkheid, zijn werkelijkheid. Het enige dat hem nu nog restte, was zijn wil tot overleven, en in

de gewelven onder het vliegveld van Frankfurt had hij geleerd hoe hij die wil met betrekkelijk gemak kon gebruiken.
Het was diezelfde wil, diezelfde intuïtie, die hem nu dwong zich te concentreren op de eenvoudige opdracht die Sarah – zo dichtbij nu – voor hem had achtergelaten. Tempsten, New York. Het Sleepy Hollow Motel.

'Een spelletje? Breek je dan de regels niet als je hier staat te liften?' De jongeman achter het stuur van de bestelwagen met open laadbak was hoogstens een jaar of twintig, en zijn stevige bovenlijf, met vet besmeurde handen en bevlekte overall, plus de naam Jeff op zijn borstzakje, pasten allemaal prima bij het logo dat Sarah op het linkerportier had zien staan. MICKS GARAGE: OOK BUITENLANDSE MERKEN.
'Er zijn geen regels,' zei ze. Dat was in elk geval waar. Hou het eenvoudig. 'De eerste die in Tijuana komt, heeft de weddenschap gewonnen.'
'Hebt u hier geld op ingezet?'
'Voldoende om het de moeite waard te laten zijn.'
'Dat is een mooi idee. Echt leuk, ja.' Hij schudde zijn hoofd en glimlachte. 'En om u wat vertraging te bezorgen hebben ze u hier gisteravond in Claghorn uit de wagen gezet? Prachtig! U mag van geluk spreken dat u niet bent verdronken.'
'Nou, één regel hebben we wel: geen levensbedreigende dingen. En geen vliegtuigen. Het zou niet leuk meer zijn als je gewoon een vliegtuig naar het zuiden kon nemen.' Als iemand je iets vraagt, moet je een eenvoudig antwoord kunnen geven. 'Ik ben eruit gesmeten met een reddingsvest aan. Ik denk dat ze dachten dat ik er wel mee uit zou scheiden als ik eenmaal doornat was.'
'Gááf zeg! Wat ontzettend gááf!' Met zijn vlakke hand gaf hij een harde klap op het stuurwiel. 'Jezus! Ik wou dat ik u er helemaal naartoe kon rijden. Wat zullen die raar opkijken als u daar toch komt opdagen!' Hij begon zijn hoofd weer te schudden. 'Bladeren! Daar zou ik nou nooit opgekomen zijn. Ik zou daar nog steeds in dat verdomde bos ronddolen, en kóud dat ik het zou hebben!'
'Wie weet?' Sarah herinnerde zich dat ene uurtje onrustige slaap dat ze had weten te krijgen. 'Deze deken is heel wat beter, hoor.'
'Ja. Die is van Mick. Soms slaapt hij hier in de wagen,' zei Jeff schouderophalend. 'Het heeft iets te maken met zijn ex, of met zijn vriendin. Hij praat er niet over en... Maar goed, u hebt mazzel gehad. Meestal wordt het hier in deze tijd van het jaar niet warmer dan twaalf graden, maar gisteren was het een graad of vijftien, misschien wel zeventien.'
'Zo warm vond ik het niet.'

'Ja, dat kan ik me voorstellen,' lachte hij. 'U hebt ook behoorlijk veel geluk gehad dat ik net vanochtend naar Preston moest, want anders had u hier zeker nog een uur rondgesjouwd.'
Toen ze de bocht uit kwamen, minderde de jonge monteur vaart en draaide een oprit op waarboven een aan twee roestige kettingen bungelend uithangbord met de naam van de garage hing. Op de strook gras die Micks garage van de weg scheidde, stonden zeven auto's geparkeerd, een vreemd assortiment Duitse en Japanse importwagens die nogal uit de toon vielen bij het vervallen gebouwtje erachter. In de garage zelf stond een gitzwarte Porsche op een grote hydraulische brug, waar hij een zeer deskundige behandeling onderging van een gedaante in een al even vettige overall.
'Dat is Mick. We doen hier alles zelf.' Hij bracht de wagen tot stilstand en terwijl hij uit de cabine sprong, riep hij naar zijn compagnon: 'Een kapotte ventilatorriem. Twee seconden. Die vent wist niet wat er aan de hand was en ik heb hem gezegd dat hij de volgende keer beter zelf even kan kijken, zodat hij ons niet zoveel geld hoeft te betalen.' Mick knikte, en merkte nu pas op dat Sarah uit de wagen stapte. 'En zij wil weten of ze een auto kan huren.' Jeff liep naar het kantoortje.
'Huren?' Mick stapte de garage uit en veegde de smeer van zijn handen. 'We doen niet aan verhuur. Dat weet je best.'
'Ja, ja, maar moet je eens horen,' riep Jeff door de deuropening terwijl hij de kassa aansloeg voor de ventilatorriem. 'Ze heeft de een of andere weddenschap lopen, over wie het eerst in Mexico is, en de afgelopen nacht is ze in Claghorn door twee van de lui met wie ze een weddenschap had uit de auto gezet. Dat klinkt wel leuk, hè?'
'Ja,' zei Mick terwijl hij rustig doorliep, en terwijl hij met het poetsdoek wat smeer uit zijn nek veegde, hield hij zijn ogen rustig op Sarah gericht. 'Mexico. Wat is er in Mexico?'
'Tijuana,' antwoordde Sarah.
'Tja... Nou, aan verhuur doe ik niet, en ik verkoop ook geen auto's. Ik repareer ze alleen maar. Het enige dat ik voor u doen kan, is u door Jeff even naar Glendon laten rijden. Dat is een ritje van ongeveer twintig minuten. Daar kunt u dan de bus nemen, of de trein naar San Francisco. Over anderhalf uur, denk ik zo. Daar kunt u ook overal een auto huren.'
'Dank u wel,' zei Sarah en ze keek toe hoe Mick het kantoor binnenstapte. Een ogenblik later hoorde ze een gedempt gesprek, en daarna kwam Mick weer tevoorschijn. Terwijl hij het grind op stapte, bleef hij zijn ogen strak op de grond gericht houden en propte hij de dot poetskatoen diep in zijn zak. Sarah verwachtte Jeff achter hem aan te zien komen, maar het bleef eigenaardig stil in het kantoor. Toen ze Mick zag lopen,

merkte ze iets vreemds op in zijn bewegingen. Hij durft me niet aan te kijken. Er klopt iets niet. Mick probeerde iets te verbergen: de reden waarom hij zijn ogen neergeslagen hield.

Haar intuïtie schreeuwde haar toe dat ze moest maken dat ze wegkwam en daarom deed ze snel een paar stappen achteruit, trok ze langzaam het portier open, smeet het dekentje naar binnen en ging daarna stilletjes achter het stuur zitten. Terwijl ze al haar aandacht op de lange monteur gericht hield, bracht ze haar hand met een minimum aan beweging naar de nog steeds uit het contactslot stekende sleutel.

Ze wachtte tot hij weer de garage in was gelopen, startte toen de motor en zette de versnelling in zijn achteruit.

Achter haar kwam een zwarte sedan met piepende remmen tot stilstand, zodat de afrit werd geblokkeerd en ze zich genoodzaakt zag om hard op de rem te trappen. Haar hele lijf werd met een ruk naar voren gesmeten, zodat ze met haar kin en schouder tegen het stuur smakte. Half versuft bleef ze wachten terwijl de wagen voor haar met stationair draaiende motor bleef staan. Ze verwachtte een stel mannen met getrokken pistool uit de wagen te zien springen, maar dat gebeurde niet. De getinte ruiten trilden mee met de motor, maar verder zag ze niets bewegen. De portieren bleven gesloten en het enige geluid was het grommen van de motor. Het duurde bijna een minuut voor ze trage en rustige voetstappen hoorde naderen, niet vanuit de wagen maar vanuit het kantoortje. Ze begon zich om te draaien.

'Hallo, Sarah.'

De stem ging dwars door haar heen en ze voelde zich alsof er met een hamer op haar hoofd werd geslagen.

8

Daarom dient er achter de drie Prefecten een man te staan die hen kan leiden met wijze raad en subtiele suggestie.

***Over de heerschappij*, hoofdstuk VI**

Met een strakke blik keek ze naar het lange, hoekige gezicht dat nu nog geen drie meter van haar verwijderd was. Dikke grijze wenkbrauwen boven een paar diep in hun kassen weggezakte ogen. Een gezicht dat geen enkele uitdrukking verried, behalve dan dat de man zijn ogen nu half dichtkneep, zodat zijn ogen nog dieper leken weg te zakken. Zes jaar geleden had ze hem voor het laatst gezien. Zes jaar geleden had ze voor het laatst in die kille ogen gekeken.

'Het was jouw keuze, uiteindelijk was het jouw verantwoordelijkheid. Die vertraging doet niet terzake.'

'Ik...'

'Die vertraging doet niet terzake.'

Pritchard.

'Zullen we een eindje lopen?' vroeg hij.

Sarah wachtte even, maar deed toen het portier open, wat tot een plotselinge beweging in de wagen vóór haar leidde. Vrijwel gelijktijdig sprongen er drie mannen de auto uit. Ze hadden alle drie een zwart pak aan en een zwarte das om. Een hoofdschudden van Pritchard was echter voldoende om ze onmiddellijk te laten stilstaan. De directeur van het COS wilde er geen misverstand over laten bestaan dat hij dit zelf wel zou afhandelen. Maar toch stond de aarzeling duidelijk op zijn gezicht te lezen toen ze de bestelwagen uit stapte. Zonder te wachten liep ze weg over de oprit; vijf seconden laten liep Pritchard echter al naast haar. Het knarsen van de gravel onder hun voeten was nu het enige dat de stilte verbrak.

'Je ziet er goed uit,' zei ze. 'Beter dan de vorige keer.'

'Ja.'

'Maar daar is natuurlijk ook niet veel voor nodig.'

'Nou, deze keer kun je jezelf in elk geval alle gewetensvragen besparen.'

'Daar had ik vorige keer helemaal geen last van.' De uitdrukking op Pritchards gezicht bleef onveranderd.

'Dat escorte is nieuw. Dat is niet je gebruikelijke stijl.'
'Het is voornamelijk hinderlijk, maar gezien de contactpersoon leek dit de beste mogelijkheid.'
'De contactpersoon?'
'Jij. Ze hebben te horen gekregen dat ik een onderhandelaar ben van de National Security Council, en dat ik hier ben om informatie over Nicaragua uit te wisselen. Jij bent een onwillige contactpersoon. Ze geloven dat je tamelijk gevaarlijk bent, en misschien zelfs een bedreiging vormt voor mijn veiligheid.'
'Dat is in elk geval gedeeltelijk waar.'
'Ja, dat weet ik wel zeker.'
'En zullen ze niet moeilijk doen?'
'Als jij niet moeilijk doet.' Het was geen antwoord, maar een aanbeveling. Hij stak zijn handen diep in zijn zakken. 'Je moet terugkomen.'
'Daar hadden we het toch al uitgebreid over gehad?'
'Er is een hoop veranderd. Je moet terugkomen.'
Sarah reageerde niet. 'Bent u me op het spoor gekomen via Bob Stein?'
'Hij is slordig geweest. Dat gedoe bij Tieg is pas op het allerlaatste moment in scène gezet. Niet dat Bob veel keus had, maar daarmee heeft hij ons wel de locatie verraden. We hoefden alleen maar te wachten tot je zou ontsnappen. Niet bepaald een naald in een hooiberg.'
'Die ventilatorriem in Preston?'
'Natuurlijk. Je moet werken met het materiaal dat je tot je beschikking hebt.'
'De wagen van een automonteur.' Verstrooid gaf ze een knikje. 'Op een eenzaam landweggetje.'
'Heel onschuldig: niet beter of slechter dan welke andere mogelijkheid dan ook. En die jongen was geknipt voor de rol. Het was duidelijk dat je op een stroomafwaarts gelegen punt weer het bos uit zou komen. We wisten alleen niet hoe ver van het huis.'
'Waarom ben je me zelf niet komen ophalen?'
Pritchard veroorloofde zich een glimlachje. 'Het was niet erg waarschijnlijk dat je uit vrije wil in een overheidswagen zou stappen als je mij op de achterbank zag zitten. We wilden je zo weinig mogelijk ontsnappingsmogelijkheden bieden, en dus was meneer Mick de beste keuze.'
'Het is zijn voornaam.'
'Dat denk ik ook, ja.'
De oprit liep langs de hoek van de garage en een plotselinge windvlaag kwam opzetten vanaf een afgelegen groepje bomen. Pritchard trok zijn jas wat dichter om zich heen.
'Dus?' ging Sarah verder. 'Nu stap ik dus wél uit vrije wil achter in de

wagen, samen met jou en jouw drie vriendjes, zonder tegenstribbelen en zonder vragen?'
'Ik denk van wel.'
'Omdat ik over héél weinig mogelijkheden beschik. Een paar getuigen. Een mooi verhaal dat ze alles vertelt wat ze maar over mij hoeven te weten.'
'Zoiets, ja.' Het was een nuchtere constatering.
'Dat laat maar één los eindje over en dat ben jij. Waarom vindt Arthur Pritchard het nodig om hier in eigen persoon te komen opdagen? Waarom heb je het niet aan die drie jongens overgelaten? Het resultaat zou precies hetzelfde zijn geweest. Of ben ik niet meer zo goed op de hoogte van het recente COS-beleid?'
'Het beleid,' antwoordde hij terwijl hij een zakdoek uit zijn zak trok en even zijn neus afveegde, 'is nog precies wat het altijd geweest is, maar eerlijk gezegd zijn sommige kanalen niet meer zo goed beveiligd als vroeger.'
'Wat wil je daarmee zeggen?'
Pritchard liep zwijgend verder, met zijn ogen half dichtgeknepen tegen de kille mist.
'Vreemd,' zei Sarah met een knikje. 'Stein heeft hetzelfde gezegd. Dat geeft me niet veel reden om binnen het COS wie dan ook te vertrouwen.'
Opnieuw die glimlach. 'Heeft vertrouwen ooit wél deel uitgemaakt van je repertoire?'
'Dat is nog steeds geen antwoord op mijn vraag. Waarom jij?'
'Omdat ik móet weten wat je te weten bent gekomen.'
'En dat heb je niet uit Bob weten los te krijgen?' Ze waren aan het eind van de oprit. Vóór hen lag het open land. Sarah bleef staan. 'Dat kan ik nauwelijks geloven.'
'Jammer genoeg is vriend Bob verdwenen.' Pritchard liep door, zodat Sarah alleen achterbleef. 'Ik heb nooit echt gedacht dat hij het in zich had.'
'Wat? Een autonome wil?'
Pritchard bleef staan, en keek met zijn rug naar haar toe naar een vogeltje dat naar een tak fladderde. 'En tegelijk met hem zijn ook alle relevante dossiers verdwenen.'
'Ach, wat jammer nou.'
'Ja, ik dacht wel dat je dat vervelend zou vinden.' Hij haalde zijn zakdoek weer tevoorschijn en bleef naar het vogeltje kijken. 'Intussen is het doctor Jaspers niet zo goed vergaan.'
'Werkelijk?' Het kwam er zonder enige emotie uit.
'Het schijnt dat hij verdacht wordt van betrokkenheid bij de moord op een handelaar in oude boeken in Duitsland.'

'Dat is absurd.'
'Misschien.'
'Hoezo verdacht?'
'Krantenartikelen, een proces-verbaal. Het gebruikelijke.' Terwijl hij de zakdoek zorgvuldig opvouwde, draaide hij zich om. 'Het is allemaal zestien uur geleden gebeurd, ergens in een plaatsje dat Wolfenbüttel heet.' Hij keek op. 'Ik neem aan dat je geen flauwe notie hebt wat doctor Jaspers daar te zoeken had?'
'Kennelijk wilde hij die man verm...'
'Ja, dat zal het wel geweest zijn.' Hij stopte de zakdoek weer in zijn zak. 'Misschien vind je het interessant om te horen dat doctor Jaspers niet alleen werkte. Dat feit roept een paar bijzonder interessante vragen op en alle antwoorden daarop wijzen naar jou.'
'Goh, wat een verrassing zeg,' zei Sarah. Ze glimlachte. 'Maar dat was toch wat je wilde? Je hebt mij er toch op uitgestuurd om hier en daar wat opschudding te veroorzaken zodat je dan kon zien wat er zou gebeuren? En als er daarbij een paar mensen uit de weg geruimd moesten worden... nou, dan was ik daar toch een perfect stuk gereedschap voor? Druk de juiste knop in, zorg dat er een paar onschuldigen bij betrokken raken, en de kleine meid neemt de verantwoordelijkheid wel op zich. Ze zal er onmiddellijk helemaal induiken, want ze kan niet met zichzelf verder leven als ze nog eens dezelfde vergissingen begaat.'
'Je zou het ook kunnen zien als een laatste kans voor haar om haar geweten te ontlasten.'
'Wat ben jij een zak.'
'Misschien ben ik dat wel, maar voor een goede zaak, Sarah. Dit is een tamelijk akelige toestand.'
'O ja?' Sarah ging er verder niet op in. 'Het probleem is dat het vanuit mijn standpunt niet zo is gelopen als je had gehoopt. Ik denk niet dat we hier op deze mooie ochtend anders zo fijn zouden staan praten.'
'Ik moet weten wat je hebt gevonden. Anders kan het... een grote puinhoop worden.'
'Voor wie? Voor mij soms?' Sarah stak haar handen nog wat dieper in haar zakken. 'Alleen maar een puinhoop? Dat zou een hele vooruitgang zijn.' Het begon weer te waaien, en de wind, die op het voor hen liggende open terrein vrij spel had, gaf haar een koud gevoel in haar schouders.
'Je zult het wel koud hebben na de afgelopen nacht,' zei hij. 'We kunnen maar beter teruggaan.'
Hij begon terug te lopen naar het gravelpad.
'Je bezorgdheid is werkelijk overweldigend,' zei ze terwijl ze weer naast hem kwam lopen.

'Nee, dat kan ik helaas niet zeggen.'
Ze liepen zwijgend verder tot ze weer in het zicht van de mannen naast de auto kwamen. Pritchard keek ze even aan en knikte, wat kennelijk het teken was dat ze de motor moesten starten. 'Ik heb je erop uitgestuurd met een doel en dat doel is bereikt. Ik ben niet van plan om nog eens met zo'n fiasco geconfronteerd te worden als destijds in Amman, en ik ben hier alleen maar naartoe gekomen om te zorgen dat dat niet gebeurt.'
Sarah wilde iets zeggen, maar bedacht zich toen, en ze keek Pritchard strak aan. 'Ik dacht dat je hier was omdat bepaalde kanalen niet te vertrouwen waren?'
Hij was iets voor haar uit gelopen en bleef nu met zijn rug naar haar toe staan. Een paar seconden later draaide hij zich om en zei: 'Ik had gedacht dat je maar al te blij zou zijn dat je hiervan verlost was.'
'Waarvan, meneer Pritchard?'
'Daarom hebben we nu toch dit gesprekje?' Pritchard kneep zijn ogen halfdicht en voegde eraan toe: 'Je hebt alles gedaan wat ik van je had verwacht, en nu is het tijd om je terug te trekken.'
'Zo eenvoudig?' Sarah schudde van nee. 'Ze weten wie ik ben, waar ik vandaan kom en wat ik over hen weet. Het lijkt me niet waarschijnlijk dat ze het daarbij zullen laten.'
'Dat zou je nog wel eens mee kunnen vallen.'
'Wat bedoel je daar nou weer mee?'
Opnieuw liet hij een korte stilte vallen. 'Wil je nou werkelijk dat ik daar antwoord op geef?' Hij gaf haar even de tijd om die woorden te laten bezinken, en voegde er toen aan toe: 'Zoveel mogelijkheden heb je niet meer. Ga nou geen domme dingen doen.'
'Jaspers wordt valselijk beschuldigd, en dat weet je best.'
'Ja, ik denk dat je gelijk hebt, maar hij is nu óf dood óf hij wordt gezocht wegens moord. Zo nu en dan moeten we allemaal wel eens een offer brengen.' Zonder op antwoord te wachten, draaide hij zich om en liep naar de wagen.
Sarah keek hem na. Zijn ontspannen manier van lopen gaf blijk van een groot zelfvertrouwen. Een tweede knikje, en twee van de mannen kwamen op haar af lopen. Ze had minder dan één minuut, maar dat was ruim voldoende om even na te denken en de aarzeling die ze op zijn gezicht had gezien te ontraadselen. Ga nou geen domme dingen doen. Hij had bijna niets gezegd, en wat hij had gezegd, was voor het overgrote deel niet meer dan een kat-en-muisspelletje geweest, maar ze had zijn vergissing opgemerkt en erop gewezen. Wil je nou werkelijk dat ik daar antwoord op geef? Wat híj wilde, was dat zij zich hier niet meer mee zou

bemoeien, en wat de reden was, een zogenaamde samenzwering binnen het COS of de angst voor een nieuw Amman, dat maakte hem niet uit. Hoeveel andere mogelijkheden zou hij overwogen hebben voordat hij had besloten haar het bericht in eigen persoon te komen brengen? Kennelijk wist ze iets waar hij bang voor was, maar wát? Inconsequentie en aarzeling.

Plotseling werd de ochtendstilte verbroken door een loeiende automotor, een schokkende voorbode van wat er nu vanachter de garage in zicht kwam. Vier wielen roffelden over het gravel. Ze waren elk bijna anderhalve meter hoog, zodat de wielassen, de krukas en de uitlaatpijpen duidelijk zichtbaar waren onder de kleine cabine van één meter twintig in het vierkant. Het woord MENACE was op de portieren geschilderd, en de M rees op als een hoge golf in metallic rood en blauw. Achter het stuur zat Jeff, die grijnzend neerkeek op Sarah. Zijn uitnodiging ging verloren in het koortsachtige geronk. Pritchards mannen begonnen te hollen en ze staken allemaal hun hand in hun binnenzak. Zonder erbij na te denken rende Sarah naar de rechterkant, trok het portier open, klom de cabine in en liet zich op het roodleren stoeltje vallen. De motor draaide nu zo hard dat de hele wagen ervan schommelde en toen Jeff de koppeling liet opkomen, trok het vehikel zo snel op dat het gravel onder de banden wegspoot. Sarah greep het zware portier beet – de weg onder haar was nu niet meer dan een vage vlek – en trok het met alle kracht die ze in zich had naar zich toe. Een ogenblik later zat ze veilig in de cabine en keek ze naar de jongen die haar had gered.

'Heb je gezien hoe ze keken!' Hij grijnsde breeduit. 'Jezus, wat keken die! Vooral die ouwe vent! Wat een kick!'

'Wat een kick,' herhaalde ze, terwijl ze door de achterruit keek of ze de donkere sedan zag. Terwijl de wagen wegreed en de achtervolging inzette, trokken de inzittenden net de portieren dicht. Ze lagen echter al honderd meter achter en elke seconde verloren ze meer terrein. Wat Jeff ook onder de motorkap geïnstalleerd mocht hebben, het was meer dan opgewassen tegen de auto van hun achtervolgers. Sarah boog zich voorover en zag hoe de enorme wielen over het asfalt scheurden. Hoewel de weg vol haarspeldbochten zat, bleef de wagen opvallend stabiel.

'Je zit vol verrassingen,' zei ze.

'Tja, ik vond die ouwe vent wel een beetje al te bijdehand. Overheidsaangelegenheden. Alsof ik dat niet door zou hebben! Hij is een van de lui van die weddenschap, hè?'

'Ja... hij is een van die lui,' knikte Sarah.

'Had ik het niet gedacht!' Met beide handen gaf hij een triomfantelijke klap op het stuurwiel. 'En Mick deed zo beleefd tegen die ouwe vent!

Die had hem echt helemaal in zijn zak. Je had Micks gezicht eens moeten zien, hij keek zo ernstig toen hij zei dat ik in de achterkamer moest blijven zitten. Hij dacht zeker dat ik hem alle lol zou laten hebben.'
'Ik ben blij dat je...'
Een plotselinge bocht naar rechts legde haar het zwijgen op en ze greep snel het dashboard vast. De wagen was nu van de hoofdweg af gereden en denderde over iets wat nog het best omschreven kon worden als een bospad bezaaid met braamstruiken en omgevallen boomstammen. De vierwielaandrijving had daar weinig moeite mee, maar de rit was nu lang niet zo comfortabel meer als daarnet. Terwijl ze voorthotsten, keek Jeff Sarah eens aan.
'Zo snijden we ongeveer twintig kilometer af. Die kleine sedan komt hier nooit overheen. Ze kunnen ons op geen enkele manier meer inhalen. Sorry dat het zo'n ruige tocht is.'
Sarah maakte haar veiligheidsriem vast en bleef zich met één hand vasthouden aan het dashboard. Wat haar jonge vriend ook bewogen mocht hebben om zoveel moeite voor haar te doen, ze ging nu geen bezwaar maken tegen zijn grote inzet of de methoden waarvan hij zich bediende.
'Nee, nee. Dit is mooi.'
Vier minuten later kwamen ze weer op een verharde weg. Jeff gaf opnieuw een dot gas, zodat ze een snelheid van bijna honderddertig kilometer per uur bereikten.
'Zo,' zei hij. 'Waarheen? Naar Tijuana?'
Sarah leunde achterover. Wat dacht je van landelijk New York? Heb je ooit wel eens een senator ontmoet? 'Het is fijn om weer een beetje op te schieten. Laten we gewoon maar eens kijken waar we uitkomen.'
Jeff glimlachte en voerde hun snelheid op tot honderdveertig.

Votapek stapte weg van de bar met zijn vierde glas wodka-tonic stevig in de hand. Zijn rode wangen maakten duidelijk dat al die alcohol zijn uitwerking niet had gemist. Terwijl hij met zijn vrije hand aan zijn oorlelletje plukte, liep hij weer naar zijn stoel naast de piano. Sedgewick had moeite met een frase van Chopin, die om de een of andere reden telkens uitgroeide tot een eindeloze reeks arpeggio's.
'Met de linkerhand een gewone C,' zei hij nijdig terwijl hij aan een paar uit zijn oor groeiende haren plukte. 'Een doodgewone C! Waarom doe je dat toch telkens verkeerd?'
'Jij hebt je eigen veilige havens, Anton,' zei Sedgewick, die er nog steeds niet in slaagde om zich uit zijn eindeloze herhaling te bevrijden. 'Ik heb de mijne. Hierna kun je maar beter niet meer drinken.'
'Ik laat me door jou de wet niet voorschrijven!' Votapek dronk zijn glas in

één teug leeg en zette het op het tafeltje rechts. Daarna leunde hij weer achterover, sloeg zijn armen over elkaar en deed zijn ogen dicht.
'Je weet dat het niet goed is,' zei hij terwijl hij zachtjes heen en weer begon te wiegen. 'Ik kan het hem niet laten doen. Dat kan ik gewoon niet.'
'Ze heeft ons verraden,' zei Sedgewick, terwijl hij eindelijk overging naar de volgende passage. 'Ah, daar heb ik hem. Je had gelijk. Een gewone C.'
'Heb je me gehoord?'
'Ja. Je kunt het hem niet laten doen. Ik denk eigenlijk niet dat je veel keus hebt. Ze is te gevaarlijk nu die Trent los rondloopt. Zelfs in dit stadium.' Hij voerde het tempo wat op. Hij wilde nu snel klaar zijn. 'Ik vraag me nog steeds af hoe ze haar heeft weten te vinden.'
'Hoe kun je dat nou zeggen? Ze is een kind. Ze is er nooit echt bovenop gekomen. Je weet best dat ze tóen niet beter wist. Hoe had ze nú dan wel beter kunnen weten? Het komt door die Trent. Dat mens heeft een manier om...'
'We weten allebei waar die heel goed in is.' Op de een of andere manier was Sedgewick weer in dezelfde eindeloze herhaling beland, en zijn ergernis daarover was zo groot dat hij niet verder kon spelen. Terwijl hij naar de toetsen staarde, zei hij: 'We zijn allebei heel dom geweest, jij en ik.' De bravoure die gewoonlijk in zijn woorden doorklonk, was nu volkomen verdwenen en terwijl hij langzaam de klep van de piano dichtdeed, keek hij op. 'Niet dat het veel uitmaakt. Alison weet nu niet meer wie ze moet geloven, ben ik bang, en of ze nou stabiel is of niet, ze beschikt over informatie waarmee ze ons grote schade kan berokkenen. Door toedoen van mevrouw Trent vormt ze voor ons een veiligheidsrisico.'
'Juist,' zei Votapek. 'Twintig jaar geleden hebben we haar leven volkomen bedorven, en nu nemen we het haar nog af ook. Gewoon, zomaar.' Het waren de woorden van een verslagen mens. 'Is dat waar we al die tijd op uit waren?'
'Alleen maar om iets op te bouwen wat werkelijk zinvol is, wat...'
'O, hou toch op, Larry!' Votapek stond op. 'Ze hoort bij ons! Ze maakt deel uit van de reden waarom we hier destijds aan zijn begonnen, en nu...'
'De reden waarom jij hiermee bent begonnen.' Tieg was naar boven komen lopen over de trap vanuit de woonkamer. 'Ze heeft ons vertrouwen verspeeld.'
'Ik zeg toch dat ze helemaal niet wist dat...'
'Dat doet er niet toe,' ging Tieg verder. 'Deze zaak had al een hele tijd geleden afgehandeld moeten worden.'
'Afgehandeld!' Votapek begon wild zijn hoofd te schudden. 'Praten we

tegenwoordig zó over onze eigen mensen, over de kinderen die alles hebben opgeofferd?'
'Gevoel is zwakte!' snauwde Tieg. 'Hoe vaak heb ik je dat niet horen zeggen? Het wordt tijd dat je eens leert inzien dat dat wáár is, Anton, en niet de een of andere abstracte theorie die je als pedagogisch hulpmiddeltje in je leslokalen gebruikt.'
'Prima,' zei Votapek. 'Maar ik weet óók dat niemand haar zal geloven.'
'Niemand krijgt de kans om haar te geloven of niet,' zei Tieg. 'Larry, probeer jij dat onze gewetensvolle collega eens duidelijk te maken.'
Sedgewick was naar de bar gelopen en had zich een glas sodawater ingeschonken. Verzoenend zei hij: 'Je weet best dat hij gelijk heeft, Anton. Zolang ze loyaal was, vormde ze een aanvaardbaar risico. We hadden begrip voor je gevoelens...'
'Jullie worden bedankt!' brulde Votapek. Hij stond op en liep naar het raam. 'Vriendelijk bedankt voor jullie neerbuigende gedrag!'
'Anton,' ging Sedgewick verder. 'Ze wéét wie daar allemaal zijn geweest, ze wéét over Pembroke, ze wéét over de kinderen die we uit het Tempsten-project hebben weten te redden. Ze heeft het allemaal zien gebeuren en wat ze niet heeft gezien, kan ze wel raden. Zolang ze niet beter wist, vormde ze een voortdurende waarschuwing dat er dingen vreselijk mis kunnen gaan. Maar nu is ze in de war... én ze is niet langer alleen. Als mevrouw Trent haar ervan weet te overtuigen dat ze bekend moet maken wat ze weet, worden er een heleboel geheime connecties zichtbaar, en dat kunnen we niet hebben, ook al is de bron nog zo ongeloofwaardig. Wil je haar dat allemaal laten doormaken? Dat kunnen we niet hebben, Anton, en dat weet je best. Trent, Alison...'
'En nu onze vriend uit Washington.' Een vermoeide stem, die er tot nu toe het zwijgen toe had gedaan, viel Sedgewick in de rede. De oude man had al die tijd stilletjes in een hoekje gezeten, en ging verzitten. De spanningen van de afgelopen week stonden duidelijk te lezen in de diepe rimpels op zijn gezicht. Hij schudde zijn hoofd, maar het gebaar was meer voor hemzelf bestemd dan voor de anderen. 'Daar is helaas weinig aan te doen. Hij heeft ons geen keus gelaten.' Hij hoestte. 'Die man heeft zo'n hoge dunk van zichzelf.' Er klonk alleen maar teleurstelling in zijn woorden. 'Hij is nooit tevreden met de rol die hem is toegewezen. Hij wil altijd méér. Hij moet het altijd beter weten. En nu deze stommiteit. Zou hij het ooit wel begrepen hebben?' De oude man verwachtte geen antwoord. 'Zo zij het. Ik heb al een vervanger voor hem gevonden. Zorg dat jullie hem snel afhandelen. Hij is nu heel gevaarlijk. Hij is tot alles in staat om zijn eigen huid te redden.'

'Dat wordt al geregeld,' zei Sedgewick, die zijn aandacht weer op Votapek richtte. 'En je wéét dat dat ook voor Alison geldt.'
'Dat is niet helemaal waar. Híj wist wat hij deed,' zei Votapek. 'Hij wist maar al te goed waar hij mee bezig was.'
'Ja, maar de reden is precies hetzelfde. Als wij in het openbaar met elkaar in verband worden gebracht, op welke wijze dan ook, dan loopt ons hele programma volkomen in het honderd.' En na een korte stilte voegde hij daaraan toe: 'We kunnen ons niet allemaal veroorloven om nog eens twintig jaar te wachten.'
'Daarmee bedoel je zeker dat Tempsten mijn fout was...'
'Daar bedoel ik helemaal niets mee. Het enige dat ik zeg, is dat we ons deze keer geen onnodige risico's kunnen veroorloven. Als we haar daar laten zitten, zou datgene waarin we nu net lijken te slagen wel eens mis kunnen lopen. Met of zonder opzet zou Alison ons tegenover derden met elkaar in verband kunnen brengen. Wil je de toekomst verloren laten gaan omwille van háár?'
Votapek bleef bij het raam staan en nam niet de moeite om om te kijken. 'Zouden jullie me die kans dan geven?'

Ze waren bijna zeventig kilometer teruggereden, over weggetjes waarvan Jeff haar had verzekerd dat die zo klein en weinig begaan waren dat zelfs de plaatselijke politie ze niet kende. Sarah had hem verteld dat haar vrienden ongetwijfeld nog eens zo'n list zouden proberen uit te halen als in Glendon. Ze had hem er daarom van weten te overtuigen dat hij naar het noorden moest rijden, weg van de stad, zodat ze een tweede confrontatie zouden vermijden. Aanvankelijk had de monteur daar weinig zin in gehad en hij had erop gestaan om haar helemaal naar Mexico te rijden, maar ze had hem geduldig uitgelegd dat de *Menace* weliswaar een heel mooi brok techniek was, maar wel eens net iets te opvallend zou kunnen zijn om ongestoord mee naar Tijuana te kunnen rijden. Na een paar minuten zwijgend nadenken was Jeff tot dezelfde conclusie gekomen. Vervolgens was hij van de hoofdweg af gegaan en had gekozen voor een route naar het plaatsje Palametto.
Nu, anderhalve kilometer buiten het dorp, en nog steeds in de veilige beschutting van het bos, vroeg Sarah of hij wilde stoppen. Ze opende het portier en stapte uit.
'Je gaat wát?' vroeg hij terwijl hij met een ruk opzij keek om nadrukkelijk zijn verbazing te laten blijken. 'Het is meer dan een kilometer. Misschien wel twéé. Dat hoef je toch niet te gaan lópen? Ik zei toch dat ik je best...'
'Ik wil liever onopvallend blijven. Stilletjes het dorp binnen en onopgemerkt weer weg, weet je wel. Ik neem de trein.'

'Jezus, je neemt dit spelletje wel serieus, hè?'
'Geloof me nou maar,' zei Sarah. 'Ik heb eerder met hen gespeeld.' *Zo nu en dan moeten we allemaal wel eens een offer brengen.* Altijd zijn woordje klaar. Altijd dezelfde manier van werken. En nu wilde hij zich van haar ontdoen. Waarom? Of was dat ook een onderdeel van zijn list? Een volgende speldenprik om ervoor te zorgen dat ze zou doorzetten, tot aan Tempsten en senator Schenten? Ze herinnerde zich een zinsnede uit Ferics bericht: *We vinden hun schema, leggen het naast dat van Eisenreich en het hele zaakje stort onmiddellijk als een kaartenhuis in elkaar.* Opnieuw had Pritchard haar nauwelijks een keuze gelaten. Als ze nu uit het zicht verdween, zou ze iemand opofferen. Maar anders moest ze iemand vermoorden. Dat was de enige manier om Xander te redden.
'Hé, dit is jouw wedstrijd,' zei Jeff. Ze kon zien dat zijn belangstelling afnam. Snelheid vormde een vitaal onderdeel van zijn enthousiasme. Hij gaf een paar keer gas. 'Ik dacht gewoon dat je wel wat hulp kon gebruiken.'
Ze knikte. 'Heel aardig van je en ik heb er veel aan gehad.' Ze pakte de portemonnee die ze een van Tiegs handlangers had afgepakt uit haar zak en haalde er een biljet van honderd dollar uit. 'Hier.'
'Wát!?'
'Het is... jouw aandeel, voor het geval dat ik win,' legde ze uit. 'Ik zou een raar gevoel krijgen als ik die vijfduizend zou winnen terwijl ik heel goed weet dat ik nog steeds bij die garage zou staan als jij er niet was geweest.' De jongen dacht een ogenblik na, en stak toen zijn hand uit.
'Vijfduizend?' Hij zette grote ogen op. 'Nou... dat is dan in orde. Per slot van rekening zijn we dat autootje te snel af geweest.'
'Reken maar,' zei Sarah. 'O, en ik zou het echt heel erg op prijs stellen als je pas laat in de middag weer terugging naar Mick. Je weet wel, gewoon voor het geval dat mijn vrienden daar nog zijn en willen weten waar ik heen ben gegaan.'
Jeff stopte de honderd dollar in zijn zak. 'Ja, hoor,' knikte hij. 'Zorgen dat je een voorsprong krijgt. Dat lijkt me heel verstandig. Ik rij wel even naar een vriend van me, dan ga ik daar een video kijken. Dat kan wel.'
'Zal Mick het niet erg vinden?'
'Nee, er is op het moment toch niet veel te doen. Aanstaande vrijdag twee BMW's, maar verder niks bijzonders. En trouwens, dat is zijn verdiende loon. Had-ie maar niet moeten doen alsof ik een idioot ben.' Hij glimlachte en bukte zich om het portier dicht te trekken. 'Honderd dollar en een leuke rit. Eigenlijk hoor ik jou te bedanken...' Door het raampje keek hij Sarah nog even aan. 'Ik weet niet eens hoe je heet.'
'Susan,' zei ze.

'Dag, Susan. Ik hoop dat je wint.' En terwijl hij zijn arm uit het raam stak en zwaaide, gaf hij gas, reed met enorme vaart weg en verdween met de *Menace* uit het zicht toen het pad een bocht maakte. Sarah bleef een minuut wachten en liep toen naar het dorp.

Twintig minuten later stond ze in het damestoilet van het station van Palametto: een klein hokje halverwege het perron. De trein was haar enige mogelijkheid geweest. Er was geen enkele andere manier om sneller en minder onopvallend het vliegveld van Sacramento te bereiken. Als alles goed ging, zou ze binnen twee uur in het eerste toestel naar het oosten zitten, daarna volgde een overstap naar het platteland ten noorden van de stad New York, en daarna eentje naar Schenten.

Op de een of andere manier wist ze dat Jaspers daar ook zou zijn. Hij móest daar zijn. Ze had hem nodig. Ze moest weten dat hij het had overleefd, meer uit eigenbelang dan om het zijne, die vriendelijke, fatsoenlijke man die had geprobeerd om haar te helpen, die had gezien hoe ze zichzelf verloor in die tunnels, en die ze dieper die waanzin in had gestuurd, en dat allemaal met niet meer dan een glimlach. Laat me niet in de steek, Feric.

De vraag was nu of ze háár zouden herkennen als ze aankwam. Met haar korte leren rokje, zijden blouse en suède jasje leek ze in de verste verte niet meer op signora Fabrizzi uit Florence. Het strakke pakje kwam rechtstreeks uit *The Fashion Plate,* de enige damesmodezaak die Palametto rijk was en waar de laatste mode te krijgen was: dat had in elk geval op het uithangbord gestaan. Wiens idee van mode dat dan wel mocht zijn, was echter wat onduidelijk gebleven. Haar nieuwe kleren, waaronder een paar donkergroene kniekousen en een paar bergschoenen, hadden Sarah omgetoverd in een kind van de Noord-Californische elite.

Nu stond ze opnieuw voor een spiegel en probeerde het werk zo goed mogelijk af te maken met een paar artikelen die ze in de plaatselijke drogisterij had gekocht. Met langzame, gelijkmatige halen smeerde ze een paar klodders Ultra-Tan op haar gezicht en nek en daarna smeerde ze het vettige goedje ook op haar handen, onderarmen en dijbenen. Ze besloot zich maar niet druk te maken over de mogelijke uitwerking van het spul. Het enige waar het nu om ging, waren de paar rimpeltjes in haar gezicht en de schrammen die ze had opgelopen terwijl ze van de helling aan de voet van Tiegs huis was afgegleden. Binnen een paar minuten waren die allemaal verdwenen en daarmee was ze ineens ruim zeven jaar jonger, een vrouw van midden twintig. Daarna kwam de schaar, waarmee ze haar haar knipte tot het ruim boven haar schouders hing. Ze knipte het zo recht mogelijk af en hoopte maar dat zes uur vliegen en een paar pakjes blonde haarverf voldoende schade zouden aanrichten om een overtuigende indruk te maken. Het vliegveld zou ze in deze uitmonstering in elk geval wel weten te bereiken. Ze keek nog een keer in de spiegel en trok de deur open. Nog voor ze ook maar een stap op het perron had kunnen zetten, hoorde ze in de verte echter twee geluiden. Het eerste was de hoorn van de trein. Een hels kabaal om het hele dorp ervan op de hoogte te stellen dat de trein van halfelf twee minuten te vroeg was. De tweede was het ronken van een zware motor, en dat geluid kwam haar zo bekend voor dat ze onmiddellijk een stap achteruit deed. Terwijl ze over de half overwoekerde paden denderden met de *Menace*, had ze er lang naar moeten luisteren.

Ze hadden Jeff gevonden. Was Pritchard zo slim geweest om een radiozendertje op de wagen te laten plaatsen? Het was een domme vraag. Sarah wist dat dat precies het soort detail was dat hij nooit over het hoofd zag. En daarom zat de *Menace* nu vlak achter haar, en reed zoekend rond in de straten van Palametto.

Met knarsende remmen kwam de trein tot stilstand, zodat ze even haar aandacht weer op het perron richtte. Vrijwel tegelijkertijd liet de motor van de wagen een laatste grom horen. Sarah verstarde. Ze verwachtte behoedzame voetstappen te horen. Het bleef echter stil. Een ogenblik later waaiden er wat bladeren op toen de treindeuren met een zoevend geluid opengingen. Ze schrok op en zag nog geen drie meter voor zich een leeg tussenbalkon. En nog steeds was er niets te horen. Denk na! Wat zijn de mogelijkheden? Nadat ze bijna een halve minuut had staan wachten, rende ze ineens weg uit het hokje en sprong vlak voordat de deuren dichtschoven de trein binnen. Een paar seconden later zag ze het perron langsglijden. Ze ging voor het raam staan, maar het enige dat er te zien viel, was een lege strook cement. Daarna kwam er een stuk bosland op haar af schieten en ze deed een stap achteruit toen de trein een tunnel van bruine takken en groen gebladerte in reed. Waar zijn ze?

Toen begon het haar te dagen. Ze zaten in de trein.

Bob Stein streek met zijn hand over de rand van het bed en zag een grijze stofwolk zachtjes op het kussen neerdalen. O'Connell, die een paar minuten geleden nog onder de vergeelde lakens had gelegen, stond nu aan de andere kant van het vertrek en zwaaide zijn hoofd heen en weer, van de warme kraan naar de koude. Het was een vreemd maar vast ritueel dat hij gebruikte om goed wakker te worden als hij 's middags opstond. Hij had een mouwloos onderhemd aan dat eveneens dringend om een wasbeurt verlegen zat. Wat zijn broek betrof, die was bij zijn middel te strak en de pijpen waren niet alleen te kort maar bij de enkels bovendien te wijd. Stein had hem maar één keer eerder zo gezien. Na Amman. Het was zo'n rotgezicht dat Bob zich gedwongen zag het vertrek rond te kijken en de vervallen ruimte eens aandachtig op te nemen. Het pleisterwerk begon af te bladderen, zodat de vloer bezaaid was met stukjes gipsplaat, en terwijl O'Connell een stap naar achteren deed om zich af te drogen werd de wasbak zichtbaar. De metalen beugels waarmee die aan de muur zat, leken elk ogenblik los te kunnen schieten, zodat het hele ding met een klap op de vloer zou vallen. Al met al was het een smerig hok dat beelden opriep van de ergste toestanden in de derde wereld. Het was moeilijk te geloven dat je het per week kon huren en dat het zich op nog geen drie straten van Union Square bevond.

Het was niet moeilijk geweest om hem op te sporen. In feite had O'Connell zelfs een heel duidelijk spoor achtergelaten – wat Bob een heel geruststellend idee vond. Net als Sarah leek hij erom gevraagd te hebben of iemand hem wilde volgen. En dat had Bob natuurlijk gedaan.

Toen hij een natte hoest hoorde, richtte hij zijn aandacht weer op O'Connell, die inmiddels een handdoek om zijn nek had geslagen en nu de dop van een fles draaide.

'Een goed merk, Bobby,' zei hij. 'Voor jou is alleen het beste goed genoeg.' Zijn lijzige Ierse accent was nog opvallender dan anders.

'Ik pas,' zei Stein. 'Straks misschien.' O'Connell haalde zijn brede schouders op en nam een grote slok van de kastanjebruine vloeistof. 'Hoeveel van die flessen gaan er per dag doorheen?'

'Per dag?' lachte O'Connell, maar zijn lachen werd abrupt afgebroken toen hij opnieuw een klodder speeksel in zijn keel voelde. Zonder erop te letten waar die terechtkwam, spuwde hij hem uit en toen ging hij op een laag metalen krukje naast de deur zitten. 'Een úúr, Bobby. Eén per uur. Als het goed met me gaat, doe ik er twee uur over. Als het niet goed gaat...' Hij glimlachte en gaf Stein een knipoog. 'Nou, wat is er aan de hand? Zoals je ziet heb ik het hartstikke druk en heb ik weinig tijd voor mensen als jij. Een bespreking in het Rockefeller Center soms, met thee en beschuitbollen erbij?' Hij lachte en nam opnieuw een slok.

'Je hebt zelf een spoor uitgezet. Ik hoefde het alleen maar te volgen,' zei Stein. 'Hoe lang duurt dit nou al? Vijf dagen? Zes? Meestal ben je er wel wat sneller weer bovenop, Gael. Dit begint een wat slordige indruk te maken.'

'Zeker weten, meneer Stein. Zeker weten.' Hij dacht over nog een slok, maar liet de fles halverwege hangen. 'Vorige week donderdag.' De glimlach verdween. 'Reken het zelf maar uit.' Hij zette de fles aan zijn mond en goot de vloeistof in zijn keel.

'Bijna vier dagen.' Bob knikte. 'Voor jouw doen is dit een lange.'
'Ja, hè?' Hij veegde zijn mond af aan zijn blote schouder. 'Soms heb je gewoon een beetje... privacy nodig. Een beetje tijd om grote gedachten uit te denken.'
'Ik wist niet dat je die had.'
O'Connell knipoogde, en glimlachte. 'Je bent in elk geval eerlijk.'
Terwijl hij hem zag drinken, ging Stein verder: 'Ik heb nooit begrepen waarom je dit doet. Ze betalen je genoeg.'
'En elke cent ervan heb ik verdiend,' viel O'Connell hem in de rede.
'Inderdaad,' zei Stein. 'Elke cent. Maar waarom ga je niet naar Maryland, naar de boerderij? Waarom ga je daar niet zitten nadenken? Een beetje met de hond...'
'Hou je kop, Bobby.' Er klonk echter geen boosheid in de woorden. 'Ik denk waar ik dat wil.' Hij nam nog een slok en begon met beide ogen in een afzonderlijk ritme te knipperen. 'De hond is dood, wist je dat? Overreden door de een of andere rotjongen in een vrachtwagen. Ik heb ze nog zo gezegd dat ze hem 's nachts binnen moesten houden. Dat is toch niet moeilijk, maar je kunt helemaal niets aan die stomme klootzakken overlaten. Ze laten een hond buiten in het donker rondlopen! Nou, ja, had dat oude beest maar beter moeten uitkijken. Haar verdiende loon.' Hij dronk de fles leeg en smeet hem tegen de achterwand, waar hij zonder te breken op de houten vloer viel.
'Dat had ik nog niet gehoord.' Stein haalde eens diep adem en trok een pornoblaadje onder het kussen vandaan. Terwijl hij het doorbladerde, zei hij: 'Maar zo lang zou ze het toch niet meer gemaakt hebben.'
Gael glimlachte, liet zijn kin op zijn borst zakken en steunde zijn ellebogen op zijn knieën. 'Krijg de tering, Bobby. Ze was lang niet zo oud als jij.'
'Ik wil dat je stopt met drinken.' Stein smeet het tijdschrift naar de andere kant van het bed en plaatste zijn handen op de zachte matras. 'Sarah zit in de problemen en het ziet ernaar uit dat jij de enige bent die ze vertrouwt.'
'Vind je dat raar, soms?'
'Weet ik niet.'
Een paar seconden leek de blik in O'Connells ogen wat helderder te worden, maar toen zakte hij weer terug in zijn makkelijke dronkenschap. Hij wendde zijn blik af en begon aan een loshangend stukje pleisterwerk te peuteren. 'Tja... hoe gaat het met onze mevrouw Trent?'
'Ze hebben haar dossiers in handen gekregen,' zei Stein. 'Alles. En Arthur is... onbereikbaar.'

Toen hij Pritchards naam noemde, zag hij O'Connells gezicht verstrakken. 'Onze geliefde Arthur C. Pritchard.'
'Geen C,' verbeterde Stein. Dat is Arthur C. Clarke, de sciencefictionschrijver. Onze Arthur doet het zonder C.'
'Val dood, Bobby.' O'Connell stond op en liep naar de wasbak, draaide de kraan open en nam een slok water. Daarna zei hij: 'Je hebt geen idee wat er aan de hand is, hè?' Hij lachte in zichzelf. 'Hij heeft het beloofd, weet je. Ze was met pensioen. We zouden haar niet meer inzetten. Erewoord.' Hij gaf een harde klap tegen de muur en brulde: '*Fuck you*, Arthur Pritchard!' Hij draaide zich weer om. 'Hij zei dat ze klaar was. Maar hij hoefde haar niet op te halen. Hij heeft die jongens niet van de stoep hoeven schrapen. Hij heeft haar niet daar in die hotelkamer zien staan, met haar hand om dat pistool geklemd. Als je dat wel hebt gezien, dan... Ik weet het niet.' Hij deed zijn ogen dicht en liet zijn kin weer op zijn borst zakken. 'Het was een aardige meid, weet je?' Hij fluisterde nu bijna. 'En ze kon goed schieten. Echt een meid waar je wat aan had.' Hij deed zijn ogen weer open en keek Stein eens aan. 'Ze dacht dat ze dat kleine meisje nog wel even kon ophalen, wist je dat? Alsof ze ooit een keuze had gehad.' Hij begon weer binnensmonds te lachen en schuifelde toen naar het krukje, haalde eens diep adem en liet zich erop zakken. 'Ze gaf zichzelf de schuld, en hij heeft haar opnieuw ingezet. Waarom heeft hij dat gedaan, Bobby? Wáárom?' En met een kille blik in zijn ogen voegde hij daaraan toe: 'We hadden beter moeten weten. We hadden haar met rust moeten laten. We hadden het moeten zien aankomen.'
Stein wachtte even en zei toen: 'Daar ging ik niet over.'
'Mooi zo, Bobby. Geloof dat maar.' Nu kwam de bitterheid opwellen. 'Geef de zwartepiet maar door, Bobby. Dat is goed voor je, héél goed voor je.'
'Denk je nou echt dat dat mijn bedoeling is?' En na een korte stilte: 'Dan kun je wat mij betreft in de stront zakken. Het gaat me niet om Arthur. Het gaat om háár.'
De voormalige veldagent knipperde even met zijn ogen. Een minuut later ging hij rechtop zitten, haalde nogmaals diep adem en woelde even met zijn handen door zijn haar. Daarna wreef hij over zijn gezicht, rekte hij zijn nek en hoestte even. 'Ja, nou. Het is minder erg dan het eruitziet. Niet meer dan een halve fles per dag.'
'Je hebt er nooit goed tegen gekund.'
Nu verscheen er een ander soort glimlach op zijn gezicht. 'Pas op, Bobby.'
'Ik wil dat je vanavond nog met me meekomt.'
O'Connell schudde zijn hoofd in een poging wat minder beneveld te raken. 'Waarheen?'

'Dat,' zei Stein, 'hangt van jou af.'
De Ier keek op. 'Waar is ze, Bobby? En waar is die meneer Pritchard van ons trouwens? Of weet je dat soms niet?'
Stein keek O'Connell strak aan. 'Zou ik dat dan moeten weten?'
'Tja, wie kun je vertrouwen? Dat is soms een probleem.' O'Connell stond op en liep weer naar de wasbak. Deze keer draaide hij eerst de kraan open en toen bracht hij een paar handenvol water naar zijn mond. 'Hoezo?'
Voordat hij antwoord gaf, hield O'Connell zijn hoofd even onder de kraan. 'Dus ze weten wie ze is. Waar zit ze?'
'In Tiegs huis. San Francisco.'
'Wanneer?'
'Ergens in de afgelopen twaalf uur.'
O'Connell zette de kraan weer uit en terwijl hij omkeek naar Stein, wreef hij zijn gezicht en nek droog met de handdoek. 'En is ze daar nog steeds?'
Stein schudde zijn hoofd. 'Ik... ik weet het niet.'
'Dat is niet goed, Bobby. Dat is helemaal niet goed.'

Sarah speurde het gangpad af. De vijftien rijen vóór haar waren gelukkig goed bezet. Hier en daar waren er wel een paar lege zitplaatsen, maar er zaten ruim voldoende mensen in de wagon om haar enige dekking te bieden. De banken achter haar waren alle bezet met forensen en vakantiegangers. Sommigen waren verdiept in hun krant, anderen waren druk in gesprek. Het viel haar echter op dat de meesten dezelfde soort das of sjaal om hadden, en toen ze daar wat aandachtiger naar keek, kwam ze tot de ontdekking dat de pantalons en rokken al even goed op elkaar waren afgestemd: allemaal keurig geperste grijze flanel met daaronder bruinleren schoenen of hoge hakken. Nou, opgaan in de menigte kan ik dus wel vergeten. Desalniettemin liep ze voorzichtig verder terwijl ze zo nu en dan even steun zocht aan de rugleuningen van de banken. Overal zag ze nieuwe dassen, broeken en rokken, zodat het raadsel steeds groter werd. Het gangpad bleef echter vrij van andere niet-gekostumeerde nieuwkomers. Als Pritchards mannen aan boord van de trein waren, hadden ze deze wagon vol menselijke klonen nog niet bereikt.
Terwijl ze licht heen en weer zwaaiend verderliep, merkte Sarah in de laatste rij een lege plek op, die in beslag werd genomen door de bruine herenschoenen van een passagier op de bank daartegenover, die ze van hieruit echter niet goed kon zien. Links daarvan zat een man van achter in de dertig – ook in grijs flanel – over een kruiswoordpuzzel gebogen druk op zijn pen te bijten. Een goede plek, dacht ze: naast het raam, met

mijn rug tegen de achterwand. Een halve minuut later schoof Sarah beleefd voor de man langs, zag hoe de schoenen snel van de bank werden getrokken en ging zitten, met haar tasje naast zich.
Een minuut later gaf de man tegenover haar een knikje en zei: 'Dat zal wel een vreemd gezicht zijn, hè?' Hij was midden dertig en hij keek haar vriendelijk glimlachend aan. 'Het uniform, bedoel ik. Dat zal wel een vreemd gezicht zijn als je ons zo onverwacht allemaal naast elkaar ziet zitten.'
'Ja,' zei ze verstrooid, terwijl ze de rest van de wagon vanuit haar ooghoeken in de gaten hield.
'Niet erg origineel, maar wel respectabel.'
Sarah glimlachte nog maar eens.
'U zult zich zeker wel afvragen wat dit allemaal te betekenen heeft?'
Deze keer trok ze alleen haar wenkbrauwen op, voordat ze nadrukkelijk naar het gangpad ging zitten kijken, alsof ze op zoek was naar haar vriendje.
'Wij zijn de Savoy Singers,' ging de man koppig verder. Haar bepaald niet subtiele afwijzing had kennelijk geen indruk op hem gemaakt. 'Gilbert en Sullivan. Operette, weet u wel, Pirates of Penzance, Pinafore. We treden op in concertzalen, clubs, dat soort dingen. Vanavond hebben we een grote voorstelling.'
'Pinafore,' zei ze, om hem een al te grote afgang te besparen. Hoewel ze er met haar hoofd niet bij was, herinnerde ze zich een voorstelling van jaren geleden. De blikkerige sopraan had haar gedwongen om een paar keer naar de voortdurend geopende bar achter in de zaal te lopen. 'Dat ging toch over zusjes en nichtjes?' vroeg ze achteloos, en ze had er onmiddellijk spijt van dat ze ook maar iets van belangstelling had laten blijken.
De man begon te glunderen. 'Zusjes, nichtjes en tántes,' verbeterde hij haar, en hij begon te zingen. *'And we are his sisters and cousins and aunts.'* Twee anderen vielen in. *'his sisters and cousins, whom he reckons by the dozens, and his aunts.'* Zonder ook maar even te wachten, sprong de man met de kruiswoordpuzzel op en voegde daar met een diepe bariton aan toe: *'For he is an English man.'* Een ogenblik later was driekwart van de inzittenden ook gaan staan en terwijl ze meedeinden op het gestage ritme van de trein, hieven ze vol hartstocht het refrein aan. *'For he himself has said it, and it's greatly to his credit, that he is an Englishman, that he i-s-a-n-E-E-E-E-E-E-Englishman.'* Terwijl ze rustig bleef zitten, deed Sarah haar best om te glimlachen, en intussen vroeg ze zich zenuwachtig af of ze er wel goed aan had gedaan om hier een plaatsje te zoeken, ook al had ze nog zo'n goed uitzicht op het gangpad. Een ogenblik later klonk er

luid gelach door de wagon en terwijl iedereen ging zitten, nam een ander stel het over met een nieuw refrein: voorzover ze het kon verstaan was het deze keer een ode aan de poëzie. Toen herinnerde ze zich dat Gilbert en Sullivan een stuk of twaalf operettes hadden geschreven, en ze bereidde zich voor op een lange rit.

Pas toen, terwijl ze achteroverleunde in haar stoel, zag ze dat een van Pritchards medewerkers aan het andere uiteinde van de wagon stond en het gangpad afspeurde, alsof hij op zoek was naar een vrije plaats. Dat donkere pak, die smalle, zwarte das. Ook hij leek zich wat te verbazen over al die precies eender geklede mensen, maar omdat er nu werd gezongen, vormde dat voor hem een minder groot raadsel dan het daarnet voor haar was geweest, en het was duidelijk dat hij alleen maar belangstelling had voor de paar vrouwen die net als Sarah per ongeluk in deze wagon beland waren. Een van die ongelukkigen had er kennelijk genoeg van en maakte zich nu beleefd los uit een kwartet dat halverwege het gangpad had gezeten. Met een opgeluchte glimlach stapte ze langs Pritchards agent en liep verder naar de deur. Een ogenblik leek het of de man haar wilde volgen, maar toen bedacht hij zich en ging snel verder met zijn zoektocht. Ze was te klein, dacht Sarah. Maar toch heeft hij ruim de tijd genomen om zeker van zijn zaak te zijn. Hij gaat heel zorgvuldig te werk. Er was natuurlijk altijd een kans dat hij haar niet zou herkennen. Ze herinnerde zich hem als degene die bij de wagen had gestaan, degene die te ver achter was gebleven om haar gezicht goed te kunnen hebben gezien. En met haar andere kleren, haar geverfde en kortgeknipte haar en nu veel bruinere huidskleur leek het haar niet waarschijnlijk dat hij haar zou herkennen. Daar stond echter tegenover dat ze juist door al die veranderingen nu zo opviel tussen haar zoetgevooisde medepassagiers. Hij zou haar zéker aandachtig opnemen, dat was wel duidelijk, en dat betekende dat ze iets moest bedenken om hem af te leiden.

Ze draaide zich om naar de bariton en terwijl ze haar hoofd langzaam heen en weer liet wiegen op de maat, begon ze stilletjes mee te zingen: de paar woorden die ze kon verstaan en steeds een halve tel te laat. Onmiddellijk knikte de man haar bemoedigend toe en zoals ze had verwacht, was alleen dat al voldoende om de aandacht van de agent te trekken. Prima, dacht ze. Geniet maar van de voorstelling, jongen. Sarah voelde zijn blik op haar gezicht rusten, wachtte tot hij naar haar toe kwam lopen en deed toen heel langzaam haar benen wat uit elkaar, zodat het korte rokje centimeter na centimeter omhoogschoof over haar dijen. Al snel waren haar knieën ver genoeg van elkaar verwijderd om iedereen die daar belangstelling voor had, uitzicht te bieden op haar bovenbeen en alles daarboven. En daar had Pritchards agent zeker belangstelling voor. Uit haar ooghoek zag ze hoe hij bleef stilstaan, iets omlaag keek en zijn begerige blik over de binnenkant van haar welgevormde dijen liet gaan, steeds hoger en hoger, tot hij volkomen gefascineerd naar haar naakte huid en onderbroekje stond te staren. Sarah wachtte even en liet hem naar hartelust genieten.

Toen, zonder enige waarschuwing, trok ze abrupt haar knieën naar elkaar toe en keek hem recht in de ogen met een geschokte en verwijtende blik op haar gezicht: de verontwaardigde vrouw die een onbeschaamde gluurder op heterdaad heeft betrapt. Zijn reactie was maar al te voorspelbaar. Hij liep rood aan en keek wild om zich heen voordat hij haar een wat ongemakkelijke glimlach toewierp en zich omdraaide. Terwijl hij nerveus en haastig terugliep, was hij duidelijk zo uit zijn doen dat hij de rugleuningen vast moest grijpen om niet te vallen. Terwijl Sarah hem heen en weer zag deinen op het ritme van de schommelende wagon, was ze er zeker van dat hij nu verwoed probeerde alle herinneringen aan haar gezicht van zich af te zetten. Wat kon hij anders? Het enige dat hij had gevoeld, was de vernedering. Hij had de beschuldiging in haar ogen gezien, maar de vrouw daarachter had hij niet herkend. Dat zou hij nooit met zijn zelfrespect kunnen verenigen.

Nog voordat Pritchards agent uit het zicht was verdwenen, vloog de deur plotseling open en kwam het geluid van de wielen en de wind de wagon binnen golven, zodat het koor volkomen overstemd werd. Sarah keek op en kromp in elkaar toen ze de gedrongen man uit Tiegs kelder zag staan, de man die haar nog geen tien uur geleden naar de oprit had gebracht. Tieg?! Vol ongeloof keek ze naar hem op; haar korte triomf over Pritchard was nu vrijwel vergeten. De man was blijven staan en keek recht voor zich uit, zonder acht te slaan op het nu weer opklinkende gezang. Om niet helemaal in het volle zicht te zitten als de man zich zou omdraaien, schoof Sarah wat dichter naar haar zangpartner toe. De man bleef echter strak naar het gangpad staan kijken, met zijn ogen op het andere uiteinde van de wagon gericht. In tegenstelling tot zijn voorganger leek hij er geen enkele behoefte aan te hebben om de banken af te speuren. Hij had zijn prooi al gevonden. Ergens achter haar.

Heel stilletjes liet ze haar rug weer tegen de leuning zakken. Ze was minder verbaasd over het feit dat die man hier ineens was komen opduiken dan over wat ze wist op te maken uit de uitdrukking op zijn gezicht. Hij was níet op zoek naar haar. Dat was wel duidelijk. Het leek er zelfs op dat hij zich er niet eens van bewust was dat ze wel eens aan boord van de trein zou kunnen zijn. Maar wat voert hij hier dan uit? Er kwam een tamelijk verontrustende gedachte in haar op. Een van Pritchards jon-

gens. Maar waarom? Voordat ze daarover kon speculeren, was Tiegs man al halverwege de wagon. Zonder zelfs maar even te knikken of afscheid te nemen van haar medepassagiers zette ze de achtervolging in.
Terwijl ze er goed op lette dat ze niet te dicht achter hem liep, bleef ze hem volgen door drie wagons. Bij elk stel tussendeuren zorgde ze ervoor dat ze dichtbij genoeg was om te kunnen zien hoe hij bleef stilstaan, zijn prooi opnam en dan verder liep. Ze kon zich echter niet veroorloven om hem zo dicht te naderen dat ze ook kon zien wie die prooi was. Die jongen die zo graag wilde kijken. Toegegeven, Pritchards man was de enige logische keuze, maar de vraag was natuurlijk wiens logica dat dan wel mocht zijn. Waarom zou Eisenreich ook maar enige belangstelling hebben voor die jongen uit Washington? Hoe wisten ze trouwens dat die hier in de trein rondliep? Nog los van het feit dat er dus kennelijk een groot lek bij het COS zat, sloeg het nergens op om die jongen als doelwit te nemen. Ze zouden achter háár aan hebben moeten zitten.
Terwijl het vreemde kat-en-muisspelletje in de daaropvolgende minuten doorging, verdwenen die vragen echter al even snel als ze bij haar waren opgekomen en veranderde Sarah van gejaagde in jager. Terwijl ze over het gangpad sloop, voelde ze hoe het ritme van haar hartslag versnelde en ze zich steeds scherper bewust werd van haar omgeving en hoe die eruitzag, rook en aanvoelde. Die intensiteit ging vergezeld van een gevoel van opluchting. Voor het eerst in weken, misschien wel jaren, had ze het gevoel dat ze zelf het heft in handen had. Nu waren al die stemmen in haar innerlijk eindelijk stil. En dat allemaal door een achtervolging: zo eenvoudig en vertrouwd. Nog drie wagons bleef ze beide mannen in het oog houden tot ze de vierde wagon naderde en zich genoodzaakt zag om te blijven wachten in de kleine tussenruimte tussen de twee wagons. Pritchards man had zijn twee metgezellen ontmoet en halverwege de wagon stonden ze met zijn drieën te praten. Tiegs man was noodgedwongen ook blijven staan, en nadat hij snel ergens was gaan zitten, haalde hij zonder zijn ogen ook maar even van het drietal af te wenden een mobiele telefoon uit zijn binnenzak. Sarah had intussen een stap opzij gedaan en omdat de zon nu vol op de ruit viel, wist ze dat ze van binnenuit nu niet te zien zou zijn.
Tot haar verbazing leken de drie mannen uit Washington zich er absoluut niet van bewust te zijn dat ze door twee mensen in de gaten werden gehouden. Het was duidelijk dat ze volkomen in beslag werden genomen door hun onvermogen om hun prooi te vinden. Zoals Sarah wel had verwacht, zag het er niet naar uit dat haar voyeur iets over zijn recente avontuur had verteld, want net als de anderen stond hij druk zijn schouders op te halen en zijn hoofd te schudden. Zijn mislukking,

zo leek het, was al net zo totaal als die van hen. Pas toen ze alle drie tegelijkertijd leken op te houden met praten, werd het Sarah duidelijk dat ze niet aan elkaar verslag hadden uitgebracht. Ze stonden nu aandachtig te luisteren naar iemand die kennelijk links van hen zat. Pas toen merkte ze de grijze bos haar op die boven de rugleuning uitstak en de bekende overjas die de man zo over zijn knieën had liggen dat een stuk ervan boven het gangpad bungelde. Pritchard. Zo te zien was hij ook niet tevreden, want zijn opgeheven wijsvinger stak zo nu en dan even boven de rugleuning uit. Waarschijnlijk zette hij zijn ergernis daarmee kracht bij. Eén ding was duidelijk: hij had belangstelling voor haar opgevat, een heel persoonlijke belangstelling, en daarom zag hij zich nu gedwongen om een actieve rol te spelen in een arena waarin hij nooit in eigen persoon actief was geweest. Waarom nam hij dat risico?
Toen hij klaar was met zijn tirade stond Pritchard op. Er lag een teleurgestelde uitdrukking op zijn gezicht, misschien zelfs een geërgerde, maar ook nu was zijn arrogantie hem duidelijk aan te zien. Hij zou zélf de leiding op zich nemen. Terwijl hij het gangpad af liep, was dat heel duidelijk te zien aan zijn lichaamshouding. Tot hij plotseling bleef stilstaan. Eén angstaanjagend moment dacht Sarah dat hij haar had gezien, maar de blik in zijn ogen vertelde een heel ander verhaal. Die waren nu op Tiegs mannetje gericht en niet op haar. Beide mannen keken elkaar strak aan en Pritchards verweerde gezicht werd asgrauw. Zijn angst was hem nu duidelijk aan te zien. Angst? Nooit eerder had ze in die harde, grijze ogen ook maar enig blijk van emotie bespeurd, maar nu zag ze daar een golf van paniek oprijzen die alle andere emoties verstikte. Om haar eigen verwarring te verminderen, probeerde ze te begrijpen waarvan ze nu getuige was, maar ze kwam er niet uit. Een paar seconden voelde ze zich onmachtig om haar blik van zijn gezicht los te rukken en bleef ze in absolute stilte toekijken tot ze per ongeluk met haar voorhoofd het koude glas raakte en opschrok uit haar verdoving. En op dat ogenblik van helderheid begon ze het ineens te begrijpen. Aanvankelijk was het nog vaag en kwam het haar heel vreemd voor, maar toch, ze begreep het nu en ze wist dat het waar was. Hij maakte deel uit van deze waanzin. Pritchard werkte voor Eisenreich. En op de een of andere manier had hij het vertrouwen van die organisatie beschaamd.
Dat was de reden dat Tiegs mannen hier waren. Pritchard had haar weten te traceren, en zij hadden hém getraceerd. Ze nam niet eens de moeite om zich te verheugen over deze onverwachte meevaller, maar vroeg zich af hoe lang ze al naar hem op zoek waren.
Pritchard deed een stap naar achteren en botste per ongeluk tegen een van zijn agenten aan. De man stapte wat onhandig opzij. Kennelijk was

het hem niet duidelijk waarom zijn chef nu ineens achteruit wilde. Maar de andere kant van de wagon bood geen uitweg, want George – de man die Sarah naar Tiegs landhuis had gereden – stond nu bij de andere deur. Kennelijk wisten de handlangers van Eisenreich ook dat je je prooi zo weinig mogelijk ontsnappingsmogelijkheden moet bieden. Pritchard draaide zich weer om en een paar seconden lang stonden de twee mannen elkaar aan te staren. Langzaam liet haar chef zich met zijn rug tegen de dichtstbijzijnde stoel zakken. Zijn drie agenten waren zich nog steeds nergens van bewust en stonden verbaasd te kijken hoe Pritchard zich vastgreep. Pas toen begonnen de stukjes van de puzzel in elkaar te passen, maar het was te laat. Tiegs mannen waren al vlakbij. Ze hadden hun handen diep in de zakken. Nummer één stond nu weer druk in zijn mobiele telefoon te praten en knikte heftig. Pas toen drong het tot Sarah door wat hij aan het doen was. Hij riep versterkingen op.

Snel keek ze door het raampje achter zich en ze zag dat er een paar forse kerels aan kwamen lopen over het gangpad. Ze stapte uit de schaduw, trok rustig het deurtje open en ging de wagon binnen. Met haar kin opgeheven liep ze rustig op de naderende gestalten af. Niemand leek haar te herkennen en de voorste minderde vaart toen ze een stap opzij deed en voor een onbezette zitplaats ging staan om hen door te laten. Ze knikten haar allemaal even toe en de laatste van de vier glimlachte zelfs even naar Sarah voordat hij langs haar heen liep. Ze stapte het gangpad weer op en liep nonchalant verder tot ze de deur achter zich dicht hoorde vallen. Ze waren weg. Ze kon zich omdraaien. Ze zuchtte diep, alsof ze iets vergeten was, en een halve minuut later stond ze weer op haar oude plekje. Het tafereel was nu volkomen veranderd. De vier mannen van Eisenreich waren om Pritchard en zijn helpers heen gaan staan, maar op zo'n manier dat alleen iemand die erop verdacht was, zou opmerken dat dit een omsingeling was. Degenen in de buitenste ring hielden één hand verborgen in de plooien van hun jas. De mannen in de binnenste cirkel hadden echter duidelijk opdracht gekregen om beide handen goed in het zicht te houden en stonden met hun jassen open naar de grond te kijken. Terwijl Sarah naar die drie keek, zag ze dat één van hen zich niet zonder slag of stoot had overgegeven. Hij hield zijn linkerbovenarm dicht tegen zijn borst, en aan zijn bungelende hand was te zien dat hij zijn pols had gebroken. De boodschap was duidelijk. Geen signalen, geen gezamenlijke pogingen om dit gemoedelijke onderonsje te beëindigen. In het midden stond Pritchard. Hij had zijn ogen dicht en maakte een verslagen indruk.

'Dames en heren, over een paar minuten arriveren we in Alderton.' De krakende stem was zelfs op het tussenbalkon te horen. 'Alderton.'

De trein minderde vaart. Passagiers begonnen tekenen van leven te vertonen en sommigen stonden op om hun rugzakken en koffers uit de rekken te halen. Vingers frummelden aan knopen, koffers vielen op de vloer en al die tijd bleef het groepje in het midden van de wagon staan zonder enige aandacht te besteden aan dit alles. Nog geen minuut later reed de trein het station binnen en kwam met knarsende remmen tot stilstand. De deuren schoven open en even later liep het groepje agenten als één man naar de trap aan het uiteinde van het perron. Sarah trok de tussendeur open en nadat ze de wagon binnen was gestapt, liep ze zonder haar ogen ook maar een seconde van de ruiten en het over het perron lopende groepje af te wenden tussen de net ingestapte passagiers door. Toen ze op een vrije plaats ging zitten, zag ze hoe de mannen van Eisenreich met hun gevangenen naar een paar gereedstaande auto's liepen, waar de jongens uit Washington onmiddellijk van Pritchard werden gescheiden. Ongetwijfeld zouden ze gedwongen worden om een paar vragen te beantwoorden voordat ze ieder hun individuele lot zouden moeten ondergaan: een kogel door hun hoofd, of misschien een wurgijzer. Maar dat was iets voor later. Voorlopig konden ze nog van nut zijn. Pritchard had echter al zijn nut verloren. Voor hem was er nu geen uitstel meer. Terwijl de trein het station uit reed, besefte Sarah dat hij nu al dood was.

Xander deed het licht aan en probeerde zich te concentreren op de streep in het midden van de weg. Terwijl het langzaam donker begon te worden, werd het hier op dit bochtige landweggetje steeds moeilijker om niet van de weg te raken. Hij zat nu al twee uur achter het stuur en volgens de kaart was het nog meer dan honderd kilometer naar Tempsten. Vijf uur geleden had hij ervoor gekozen om vanaf het vliegveld de bus te nemen. Hij wilde graag dat iemand anders even de beslissingen voor hem nam. De slaap waarop hij had gehoopt, was echter niet gekomen. Hij was te rusteloos geweest om zich zo'n luxe te kunnen veroorloven en er was niets wat hem wat afleiding kon bieden: geen meisje met revolver, geen manuscript dat hij nog moest lezen. Hij was alleen met zijn gedachten en dat vond hij niet plezierig. Maar toch, het vooruitzicht dat hij Sarah weer zou zien, had hem even tot rust weten te brengen. Hij had zich niet afgevraagd waarom.

In plaats daarvan was hij uitgestapt in een van de kleine stadjes aan de Hudson en had daar met het geld dat Feric hem had gegeven een auto gekocht, een tweedehands Golf. Rijden als afleiding. De dealer had hem verteld dat de versnellingsbak misschien opnieuw afgesteld zou moeten worden, maar Xander wist dat hij deze wagen niet lang genoeg in zijn bezit zou hebben om daarachter te komen. Hij had het ding alleen maar gekocht om zonder de aandacht op zich te vestigen het Sleepy Hollow Motel te kunnen bereiken. Geen huurwagens en geen nummerborden van een andere staat. De dealer was dolblij geweest dat hij contant betaalde.

Xander was op de achterafweggetjes gebleven. Aanvankelijk omwille van de veiligheid, al besefte hij dat het Eisenreich een paar uur zou kosten om erachter te komen welke bus hij had genomen, waar hij was uitgestapt en dat hij een auto had gekocht, plus wat ze nog meer zouden weten uit te vissen, maar zijn onderbewuste was al die tijd druk in de weer geweest. Een paar kilometer eerder was hij hier en daar in de omgeving dingen gaan opmerken die hem bekend voorkwamen en terwijl hij langs het kleine dorpje Yardley was gereden, had hij begrepen waarom. Hier in de buurt, een kilometer of twintig, dertig verder naar het westen, stond het hotelletje van mevrouw Grier, waar hij tijdens die winter dat hij voor het eerst aan Columbia doceerde een paar lange weekeinden had doorgebracht. In die tijd had hij erover zitten denken om er maar mee te kappen. Het werk aan zijn boek had niet willen vlotten en een aantal mensen dat zijn tekst had beoordeeld, had er vol onbegrip op gereageerd. Er was zelfs al sprake van geweest om zijn aanstelling voortijdig te beëindigen. En dan was er natuurlijk de dood van Fiona. Lundsdorf had hem een huis van drie verdiepingen aanbevolen en gezegd dat hij daar nieuw enthousiasme voor zijn werk zou kunnen opdoen. Daar had hij gelijk in gehad. De open haard, het uiterst gemengde gezelschap dat 's avonds aanzat aan de maaltijd, onder wie een zeker Carlo Pescatore: iemand die nog wat excentrieker was dan de rest, maar ook altijd de meest amusante van het stel, waardoor ze onmiddellijk bevriend waren geraakt. En zijn kamer op de derde verdieping natuurlijk: een klein hokje met een enkel raam dat hem er weer aan had herinnerd hoezeer hij van zijn werk hield. Al snel was het hele vertrek bezaaid geweest met artikelen, boeken en aantekeningen. Die vormden een wezenlijk onderdeel van zijn bestaan en zouden dat ook altijd blijven.

En nu was het lot hem weer gunstig gezind: herinneringen borrelden naar boven.

Terwijl de zon achter de horizon verdween, kwamen er langzaam andere gedachten in hem op, en een daarvan was dat hij ver verwijderd was geraakt van datgene wat hij het best kende en waar hij van hield. Op de een of andere manier had hij geleerd om te vernietigen met zijn handen, te misleiden met zijn ogen en blind te worden voor zijn eigen angst en woede, maar hij wist dat dergelijke wapens slechts van beperkt nut waren. Ze waren handig om in leven te blijven, maar meer ook niet, en hij begon er genoeg van te krijgen om alleen maar te overleven. Hij had zich te veel op dergelijke wapenen verlaten en daardoor was hij zichzelf kwijtgeraakt. Het was waar, de idealist in hem was verdwenen, maar de denker was er nog wel. En als Eisenreich ideeën zo kon manipuleren dat die tot chaos en ontreddering leidden, waarom zou híj dat dan niet kunnen? Toen hij de auto had gekocht, was dat idee al in hem opgekomen en sindsdien was het steeds sterker geworden. Het manuscript, de rol van de verschillende domeinen, de parallellen tussen de teksten van Ireton en Rosenberg: dát waren zijn natuurlijke wapenen, de middelen die hij tot zijn beschikking had om Eisenreich aan de kaak te stellen en te verslaan. Hij wist dat hij blind was geweest voor het nut dat die in deze situatie konden hebben, en dat het dwaas van hem was geweest om de antwoorden elders te zoeken.

Dat was de reden dat hij nu naar een plek zocht om even te kunnen stoppen. Hij was moe en hij had honger, maar hij had er vooral behoefte aan om zijn gedachten op papier te zetten. Hij had er behoefte aan om te verwerken wat hij had gezien en gelezen en dat om te vormen tot een eigen wapen. Hij had slechts weinig feiten tot zijn beschikking, maar wel alle theorie die hij nodig had en hij wist dat dat voorlopig voldoende zou zijn. De details zouden later wel komen: het Tempsten-project, het schema voor de machtsgreep, de Topman en alles wat Sarah verder nog ontdekt mocht hebben. Hij moest er maar op vertrouwen dat ze voldoende bewijsmateriaal verzameld zou hebben om zijn memo overtuigingskracht te verlenen. Nu zou hij vast een voorlopige opzet maken. In droog, academisch proza zou hij uiteenzetten hoe een zestiende-eeuws manuscript tot een twintigste-eeuwse samenzwering had geleid, en dat zou hij doen met de nuchtere zakelijkheid die hij nodig zou hebben om zijn stellingen geloofwaardig te maken. Hypothese, argumentatie en conclusie: een reeks steeds verdergaande beweringen, gebaseerd op bewijsmateriaal en geverifieerd door middel van interpretatie, en allemaal toewerkend naar één angstaanjagende gevolgtrekking. Een artikel dat Eisenreich ten val zou brengen. Dát was waar hij goed in was. Hij kon anderen overtuigen.

Toen hij het plaatsje Creighton binnenreed, bespikkelde een winterregen de voorruit. De zon was nu bijna onder en de vier lantaarns aan de hoofdstraat floepten aan. Halverwege de straat zag hij een kantoorboekhandel en een paar huizen verderop een klein restaurant. Kennelijk moest het zo zijn. Vijftien minuten later zat hij aan het achterste tafeltje met koffie, soep en een klein schrijfblok. De boeken zou hij later wel pakken. Voorlopig hoefde hij alleen maar te schrijven.

Toen ze landde, was het vijf voor zeven, en twintig minuten later liep ze over het asfalt van de landingsbaan. De koude regen viel op haar gezicht. Na zes uur vliegen was dat echter een welkome afwisseling. De eerste paar uur had ze geslapen en om de plekjes die ze op het station van Palmetto had gemist alsnog bij te werken, had ze tijdens de overstap in Chicago nog wat haarverf gekocht, samen met een tweede spiegel en een föhn. Door zo nu en dan even naar het vliegtuigtoilet te gaan was ze daarin geslaagd en daartussendoor had ze nog wat geslapen, een reeks korte dutjes, die echter te veel onrustbarende herinneringen in haar hadden opgeroepen om haar slaap rustgevend te maken. Zelfs Pritchard was erin geslaagd in haar dromen door te dringen. Zijn gezicht was een toonbeeld van wanhoop geweest, hij had schichtig om zich heen gekeken en toen hij haar aan de andere kant van de deur had zien staan, had hij naar Tiegs mannen geroepen dat zij daar stond, áchter hen, en in een wanhopige poging om zijn eigen huid te redden had hij zelfs naar haar staan wijzen.

Toen ze wakker was geschrokken, had ze haar eigen gegil in haar oren horen weergalmen, maar tegelijkertijd had ze beseft dat er geen enkel geluid over haar lippen was gekomen. Het vreemde gevoel van medelijden dat ze had ervaren voor iemand die haar nooit ook maar de geringste vriendelijkheid had betoond, was vergezeld gegaan van een doodse stilte.

Ze kwam nu bij de aankomsthal. Nog geen tien minuten later had ze drie stel zwarte broeken, sweaters met col, skimaskers en handschoenen gekocht. Die zouden straks van pas komen. Daarna had ze een auto gehuurd bij dezelfde jongeman die ze drie dagen geleden zo neerbuigend behandeld had, waarbij uit niets was gebleken dat hij in deze blonde, gebruinde vrouw de roodharige klant van toen herkende. Kort daarna was ze op weg geweest naar Tempsten. De snelweg zou het snelst zijn geweest, maar terwijl de lichten van het vliegveld achter haar uit het zicht verdwenen, had ze besloten de veiliger binnenweggetjes te nemen.

Een uur. Gisteren had ze dezelfde rit gemaakt om inlichtingen in te winnen, om een verband te vinden tussen Eisenreich en de gruwelen die onschuldige kinderen hadden omgevormd tot moordlustige tijdbommen. Toen was het allemaal nog speculatie geweest. Nu wist ze veel meer. Vice-president Pembroke, senator Schenten, Pritchard: andere spelers, andere rollen. Ze wist over de scholen, over andere kinderen die eveneens hadden moeten leren hoe te haten, en over de prototypes van dertig jaar geleden die inmiddels waren opgegroeid tot een leger van toegewijde volgelingen die een ongehoorde chaos konden ontketenen. Maar meer nog dan dát, ze wist nu wat de strategie was: binnen een week zou het beginnen. De ene ontploffing na de andere. Washington,

New Orleans, Chicago, maar dan op veel grotere schaal. Geïsoleerd was die informatie betekenisloos, een reeks losstaande feiten. Ze had méér nodig. Ze moest de feiten met elkaar in verband kunnen brengen.
Daar had ze Jaspers voor nodig, veel meer dan ze wilde toegeven.

Hij was nu al bijna twee uur bezig en in die tijd had hij de helft van het schrijfblok volgekrabbeld met zijn vertrouwde slordige hanenpoten. De eerste pagina's waren wat netter dan de rest, maar die poging om het leesbaar te houden was geen lang leven beschoren geweest, want zijn geest was veel sneller gegaan dan hij met een zorgvuldig handschrift kon bijhouden. Zijn behoefte om zijn eerste gedachten over zijn nieuwe theorie op papier te zetten, was zo overweldigend geweest dat hij geen tijd had gehad om zich te bekommeren om de presentatie. Op die eerste acht kantjes had hij met een duizelingwekkend vertoon van academische logica een structuur gevormd, een reeks beknopt geformuleerde beweringen die geen enkele ruimte liet voor misverstanden. Daarvoor was hij opgeleid. Het onderkennen van verbanden die anderen waren ontgaan, dat was wat hij het beste kon.
Om zijn theorie op concrete gegevens te baseren, had hij de boeken voor zich op tafel gelegd en een lijstje gemaakt met verwijzingen naar de nummers van de pagina's waarop de overeenkomstige passages die hij wilde citeren te vinden waren. Daarna had hij de discrepanties weten te verklaren als onjuiste interpretaties en hun gemeenschappelijke doel benoemd: de macht moest in handen van drie mannen komen die elk een afzonderlijk domein in beheer zouden krijgen, die in de ogen van het publiek alle drie een duidelijk autonome identiteit zouden hebben en die zich alle drie zouden bezighouden met gecoördineerde manipulatie. Hun doel in abstracto: langdurige stabiliteit. In concreto: een hardvochtige tirannie. De prijs: het uitroeien van alle individuele vrijheden. De middelen: chaos en haat. Eisenreich, Ireton, Rosenberg: een duidelijke lijn. Daarna citeerde hij wat hij zich nog kon herinneren uit de dossiers die hij onder ogen had gehad, en zo wist hij de lijn door te trekken naar Votapek, Tieg, Sedgewick en de Topman of Curator. Pas daarmee had de abstractie een menselijk gezicht gekregen, en dat menselijke gezicht had een veel realistischer vorm aangenomen toen hij zich had gedwongen om zijn eigen belevenissen op schrift te stellen – de slechtheid van die mensen, die ver uitsteeg boven hun persoonlijke beperkingen – en dat allemaal beschreven met academische objectiviteit, in weerwil van zijn eigen verontwaardiging. Hoewel die beschrijvingen weinig theoretische waarde hadden, vormden ze misschien wel de overtuigendste passage van het hele document. Daarin werd het snijpunt van theorie

en praktijk beschreven, het punt waar speculatie tot werkelijkheid werd. Een halfuur geleden had hij zijn pen neergelegd. Hij wilde weer verder. Hij had overal een kopie van gemaakt en die naar mevrouw Huber gestuurd. Toegegeven, zijn argumentatie zat nog vol leemten – theorieën zonder enig empirisch bewijs – en het was nog maar de vraag of dat voldoende zou zijn. Dat zou van Sarah afhangen. Er hing nu heel veel van Sarah af.

De versnellingsbak had alle beloften van de dealer waargemaakt, zodat de wagen hortend en stotend tot stilstand was gekomen voor het Sleepy Hollow Motel. Het was een klassiek motel zonder verdiepingen. Een stuk of tien kamers langs de oprit, elk met zijn eigen parkeerplaats. Hij zette de wagen op een ervan, pakte de rugzak en liep naar het kantoor. Omdat zijn auto de enige was in een omtrek van drie kilometer, was het bordje met KAMERS VRIJ erop wat overbodig. Het schelletje op de balie maakte een snerpend geluid.

'Moment.' De stem kwam van achter het gordijn in de deuropening, en hij hoorde hoe de televisie werd uitgezet voordat er een dikke vrouw naar hem toe kwam lopen. Ze veegde haar handen schoon aan haar schort. 'Zo, daar ben ik dan.'

'Ik wil graag een kamer hebben,' zei Xander.

'Ja, dat dacht ik al,' zei ze. Daarna pakte ze het registratieboek, schoof het naar hem toe en vroeg: 'Bent u soms meneer Terni?'

Xander wilde zijn hoofd schudden, maar stopte toen het tot hem doordrong wat ze zojuist had gezegd. *Terni. Terni-stato.* IJzeren rijk. Eisenreich. Het ezelsbruggetje waarmee hij Carlo's aantekeningen had gevonden. Slimme meid! Xander glimlachte. 'Dus ze heeft inderdaad van tevoren gebeld! Dat doet me genoegen.'

'Bijna een week geleden al.' De vrouw pakte een sleutel van het bord achter haar. 'Ze zei dat u vandaag of morgen zou komen, dus ik neem aan dat die conferentie snel afgelopen was.'

'Geen minuut te vroeg,' zei hij terwijl hij zijn handtekening in het boek zette. Hij stak de sleutel in zijn zak en liep naar de deur. 'Dank u wel.'

'Ze heeft vooruitbetaald tot maandag. De vijfde kamer.'

Het duurde even voordat hij de sleutel in het slot wist te krijgen, maar het lukte, en toen hij de deur openduwde, sloeg de dennengeur hem tegemoet. Hij stapte naar binnen, smeet de rugzak op het bed en zocht toen op de tast naar de lichtknop. Ineens hoorde hij iets bewegen aan de andere kant van het vertrek en toen het licht aanging, zag hij een jonge vrouw op de vloer zitten, met haar rug tegen de muur en doodsangst in haar ogen.

'Alsjeblieft, doe me geen pijn,' zei ze. Er lag een pistool op haar schoot.

Xander bleef stokstijf stilstaan. Hij zag dat ze trilde, dat ze haar handen onder haar knieën hield en dat haar ogen strak op de rand van het bed waren gericht. Hoewel hij zelf behoorlijk geschrokken was, wist hij toch een paar geruststellende woorden te vinden. 'Ik zal je geen kwaad doen.' Hij liet de deur in het slot vallen en lette er goed op dat hij zich zo min mogelijk bewoog. Alison Krogh zat in een stijve houding, haar lange haar viel in haar schoot en ze streek op een vreemde manier met haar hand over de kolf van het pistool.
'Ze heeft gezegd dat ik hier moest blijven,' zei Alison. 'Ze zei dat ik hier veilig zou zijn, dat ze me hier niet zouden vinden.' Plotseling keek ze naar hem op. 'Je zult me toch geen pijn doen, hè?'
'Nee, ik zal je geen pijn doen.' Hij zette zijn pet af en nadat hij was gaan zitten, legde hij die op de vloer. 'Heeft Sarah gezegd dat je hier moest blijven?'
Ze knikte. Een enkele, heftige beweging.
Xander zag dat haar ogen ineens vol tranen kwamen te staan. 'Is Sarah hier geweest?' vroeg hij.
Ze schudde van nee. 'Ze zei dat ze nog zou terugkomen, en dat jij zou komen, samen met iemand anders. Dat is wat ze heeft gezegd.'
'Ik ben alleen.'
'Ja.'
Ze keek hem aan en veegde haar tranen weg. 'Nou, dan doen we het licht weer uit en wachten we tot Sarah er is.'
Ze legde haar hand op het pistool en knikte. 'Dat doen we.'

O'Connell zat aan het eind van de bar, met een dubbele whisky. Hij zat daar al tien minuten te wachten tot die verdomde telefoon zou gaan. Het was een vreemde gewaarwording om te zitten wachten op dit contact, op een stem die nu een gezicht had gekregen. En toch, op een bepaalde manier kwam dit hem juist heel vertrouwd voor. Te vertrouwd. In de afgelopen zes jaar waren zijn zintuigen kennelijk niet afgestompt. Alles paste perfect.
Behalve het wachten. Dat gaf hem altijd het gevoel dat hij op het punt stond om in de val te lopen. Toen ging de telefoon.
'Sorry voor het wachten.' Stein klonk vermoeid.
'Ik heb het fornuis alvast wat opgestookt. Je hebt me niet verteld hoe koud het kan zijn in die verdomde bossen.'
'Dat leek me niet nodig. Al iets van haar gezien?'
'Nee, en van die jonge geleerde is ook al geen spoor te bekennen.'

'Nog ongebruikelijke activiteiten in of rondom het huis?' Er klonk een zelfvertrouwen in Steins stem dat O'Connell daar nooit eerder in had gehoord, een gezag dat duidelijk was voorbehouden aan veldagenten in actieve dienst. Dat was een aangename verrassing.
'Nee, het ziet ernaar uit dat de senator rustig de tijd neemt om te herstellen. Vanwege zijn ziekte is er 's nachts wat extra bewaking bij de poort, maar volgens mij is dat niet meer dan een teken van zwakte van een oude man. Geen onverwachte gasten, als je dat bedoelt.'
'Die komen nog wel. Reken daar maar op.'
'Waarom ben je daar zo zeker van?'
'Omdat hij hierbij betrokken is, en Sarah dat net zo goed weet als wij. Schenten heeft zich in dertig jaar nog nooit ziek gemeld, dus waarom nu dan wel?'
'Doorgestoken kaart?'
'Dat is de reden dat je daar nog een paar nachtjes in de kou zult moeten blijven staan, Gael. We moeten zeker weten dat het géén doorgestoken kaart is.'
'En daarna? Halen we haar dan terug?'
'Ik weet het niet.' Het was een eerlijke bekentenis. 'Ik weet niet wat ze allemaal te weten is gekomen, en ik heb ook geen flauw idee wat die doctor Jaspers allemaal heeft gevonden. Ik weet niet eens of die man al terug in het land is. De Duitsers zijn het spoor kwijtgeraakt. Ze zijn ervan overtuigd dat hij nog in het land moet zijn, of liever gezegd, dat hij niet vanuit Duitsland naar de Verenigde Staten is vertrokken. Onze jonge geleerde heeft kennelijk veel talent voor dit werk.'
'Als hij het niet allang heeft opgegeven.'
'Zorg dat je niet te dichtbij komt. Als we nu te haastig te werk gaan, veroordelen we ze misschien allebei ter dood.'
'Als die jongen nog niet dood is, zal dat toch niet lang meer duren.'
'Daar zou ik maar niet op rekenen. Het is duidelijk dat hij de beschikking heeft over iets wat ze zelf willen hebben.'
'Hoe lang blijf ik hier nog op wacht staan?'
'Het programma is veranderd,' zei Stein. 'Pritchard is dood.'
Er viel een lange stilte. Toen zei O'Connell: 'Dat is geen antwoord op mijn vraag. Hoe lang blijf ik hier nog staan?'
'Blijf nou maar gewoon de wacht houden. Timing is altijd al een sterk punt van je geweest.'

Bijna een uur later streken de lichtbundels uit een paar koplampen over de achterwand. De vrouw bleef roerloos zitten. Het enige waaraan te

zien was dat ze het had opgemerkt, was een korte aai over de kolf van het pistool. Xander hoorde de auto voor de kamer tot stilstand komen. Een ogenblik later ging het licht uit en sloeg de motor af. Centimeter voor centimeter schuifelde hij naar de hoek van de kamer. Ze hoorden voetstappen, gevolgd door het geluid van een sleutel die in het slot werd gestoken... en al die tijd bleef de vrouw met een lege blik voor zich uit zitten staren. Hij stond nu verscholen in de schaduw; ze keek op en terwijl de deur openging, klemde ze haar beide handen stevig om de kolf van het pistool.
Hij zag het donkere silhouet van Sarah de kamer binnenstappen.
'Dag, Alison.' Haar stem klonk gedempt. 'Leg dat pistool maar neer.'
Langzaam legde de vrouw het pistool op de vloer. Haar gelaatsuitdrukking was echter niet veranderd. 'Hallo, Sarah. Fijn dat je bent teruggekomen.' Xander keek toe hoe Sarah de deur achter zich in het slot duwde, naar het nachtkastje liep en het licht aan deed. Pas toen zag ze hém, en terwijl ze hem aankeek, lag er aanvankelijk een heel afstandelijke blik in haar ogen. Een ogenblik bleven ze elkaar zo aanstaren, hij met zijn ogen half dichtgeknepen tegen het licht, beiden niet in staat om ook maar een woord uit te brengen.
'Je ziet er moe uit,' zei ze om de stilte te verbreken. Xander knikte. Ze bleef bij het bed staan en smeet haar spullen op de deken. Daarna deed ze even iets aan haar haar. 'Vermoeid... maar heelhuids.'
Hij knikte nog eens. 'Jij ook... Blond en gebruind. Dat is een hele verandering.' Ze glimlachte en even, heel even maar, dacht hij onder al die zelfbeheersing iets van tederheid op te merken, al kwam dat misschien alleen maar omdat hij dat zo graag zou willen. In elk geval was het voldoende om hem even tot zwijgen te brengen en zijn weerstand te overwinnen. 'Fijn je weer te zien, Sarah.'
'Ja.' Het werd weer stil in de kamer voordat ze verderging. 'Alison heb je al ontmoet, zie ik. Je zult wel moe zijn, Alison.' De vrouw had haar ogen al die tijd geen seconde van Sarah afgewend. 'In de kamer hiernaast is het veilig,' zei Sarah. 'Zou je daar soms willen slapen?' Alison knikte en stond op. Daarna keek ze even naar Xander. 'Bedankt dat je samen met me hebt gewacht.'
Xander glimlachte en keek toe hoe Sarah met haar mee liep, de regen in. Een paar minuten later was Sarah weer terug en smeet twee sleutelringen op het bed. Daarna deed ze de deur dicht en liet zich er met haar rug tegenaan zakken.
'Die blijft wel even slapen. Ik heb haar gezegd dat alles in orde is.'
'Beloofd?' vroeg hij.
Sarah glimlachte en liet haar hoofd weer zakken. 'Ik zal mijn best doen.

Voor het geval je dat nog niet wist: dit is het meisje dat dertig jaar geleden hier in Tempsten die jongens heeft gedood. Het kleine meisje dat nooit met haar naam in de krant is gekomen.'
Xander probeerde antwoord te geven, maar wist alleen maar zijn hoofd te schudden.
'Ja,' zei ze instemmend. 'Ik heb haar twee dagen geleden gevonden en haar hier geïnstalleerd. Om de een of andere reden hebben ze haar hier in de stad laten wonen. Waarschijnlijk denken ze dat ze onschadelijk is.' Ze keek hem eens aan. 'Maar dat is ze niet. Vreemd genoeg denkt ze dat Votapek haar vader is.'
'Jezus Christus!'
'Nee, dat is Tieg. Die denkt dat hij de Verlosser is.' Ze zette zich af tegen de deur en liep naar de badkamer. 'We hebben een hoop te bespreken.' Voor ze de badkamer binnenliep, bleef ze even staan. 'Waar is Feric?' Die vraag kwam onverhoeds. Op de een of andere manier was hij erin geslaagd de man te vergeten. Hij staarde haar aan, iets te lang.
'Wanneer?' vroeg ze.
Het duurde even voor hij antwoord kon geven. 'Een eind voor Frankfurt... Hij heeft me gered.'
Ze knikte, en opnieuw zag hij even iets teders in haar ogen. Ze keek hem een ogenblik aan en liep toen de kamer uit.
'Het spijt me.' Meer kon hij niet zeggen. 'Zonder hem had ik het manuscript nooit gevonden. Hij was...'
Ze kwam weer tevoorschijn, met een handdoek in haar handen. 'Inderdaad.' Opnieuw keken ze elkaar eens aan. Na een paar lange seconden gooide ze de handdoek over een stoel en vroeg: 'Heb je een verband kunnen ontdekken?'
'Een verband? O, tussen het manuscript en de recente gebeurtenissen. Ja, ja, inderdaad.' Xander liep naar het bed en haalde de geelbruine envelop uit zijn rugzak. Terwijl hij haar het pakje aangaf, zei hij: 'Dit is wat je zoekt, denk ik.'
Ze bleven bijna twee uur praten. Hij eerst. Hij vertelde haar alles wat er sinds Florence was voorgevallen. De waanzin in het Instituut, de krankzinnige gebeurtenissen bij Ganz thuis, de dood van Feric. Om het haar zo goed mogelijk te laten begrijpen, vertelde hij haar dat allemaal tot in de kleinste details, en al die tijd sprak hij met een vreemd soort objectiviteit, alsof hij het over een lang vergeten geschiedenis had, waarvan hij nooit met eigen ogen iets had gezien. Aan zijn stem was duidelijk te horen hoe afstandelijk zijn houding nu was en Sarah merkte dat ook op, maar ze zei er niets over. Slecht één keer zag ze de pijn achter die afstandelijkheid. Slechts één keer liet hij haar toe.

'Weet je, hij leek zo licht in mijn armen... Ik weet niet waarom. Dat slaat nergens op, maar ik weet nog dat de zon heel heet aanvoelde. Ik voelde de stralen op mijn wangen branden... Het vroor, het was vroeg in de ochtend en de zon was nog maar nauwelijks boven de bomen uit en toch was dat zo'n beetje het enige dat ik kon voelen, hoe warm de zon was en hoe licht het lichaam van Feric aanvoelde in mijn armen.' Hij schudde zijn hoofd. 'Ik heb hem van de trein gesmeten, weet je. Gewoon... van de trein gegooid. Hij had zelf gezegd dat ik dat moest doen. Het is raar, maar toen ik hem niet meer hoefde te tillen, merkte ik het verschil eigenlijk nauwelijks op.' Zijn stem leek langzaam weg te sterven. 'Ik denk niet dat ik me daarna nog heb bewogen. Ik ben daar, geloof ik, blijven staan tot aan Frankfurt.' Hij keek haar eens aan. 'Maar misschien ook wel niet. Eigenlijk weet ik het niet goed meer.'
Daarna had ze weinig gevoel meer in zijn stem gehoord. Hij had de rest van het verhaal verteld en zich daarbij geconcentreerd op de laatste twee dagen, de uren die hij had doorgebracht met de boeken, de stukjes van de legpuzzel die langzaam op hun plaats waren beginnen te vallen. Pas toen hij over het tijdschema begon, leek hij weer een beetje bij zijn positieven te komen.
'Dus jij denkt dat ze volgens een tijdschema werken?'
'Dat lijkt me wel. Als ze Eisenreichs handleiding tot op dit punt gevolgd hebben, hebben ze waarschijnlijk ook een document opgesteld waarin keurig staat beschreven hoe ze na de eerste proefneming gaan proberen chaos te scheppen, compleet met data, locaties en te gebruiken methodes. Als we dat schema in handen weten te krijgen, vegen we de vloer met ze aan.'
'Je bedoelt dat we ze dan in het openbaar in verband kunnen brengen met Rosenberg en de andere nazi's?'
'Vertrouw me nou maar. De media zijn de media. Die maken gehakt van ze.'
'Als ze daar de tijd voor krijgen.'
Xander keek haar even aan. 'Dat snap ik niet.'
'Deze week,' zei ze.
'Wat?'
'Het begint binnen zeven dagen,' herhaalde ze. 'Als ze de kans krijgen. Dat is wat Tieg heeft gezegd.'
'Wát?' Hij zette grote ogen op. 'Binnen een wéék? Dat slaat toch nergens op? Het manuscript heeft het over máánden. Dat zou betekenen dat...'
'Ja,' zei ze. 'Dat zou betekenen dat alles gereed is en iedereen klaarstaat.'
'Het wordt verondersteld maanden te duren. Ze...' Hij stopte en keek haar eens aan. 'O, god! Hoe kan ik zo stom zijn geweest? We doen tegen-

woordig in een paar uur dingen die in Eisenreichs tijd weken of maanden in beslag zouden hebben genomen...' Hij plukte haar de envelop uit handen en trok er de vellen schrijfpapier uit die hij die middag had volgeschreven. 'Als het zo snel gaat, weet ik niet of we hier nog iets aan hebben.'

'Dit?' zei ze. 'Is dit het manuscript dan niet?'

'Het is iets wat een heel stuk verder gaat.'

Hij begon het haar uit te leggen en terwijl ze zat te luisteren, bladerde ze de tekst door om passages te vinden waar ze hem van de benodigde details zou kunnen voorzien. Al snel was zij degene die hém van informatie voorzag. Ze herinnerde zich de documenten die ze van het Ministerie van Justitie had meegenomen, de gewelddadige geschiedenis van het Learning Center, en de hooggeachte oud-leerlingen daarvan: Pembroke, Grant en Eggart. De laatste twee, zo hielp ze hem herinneren, waren betrokken geweest bij de moord op die Nederlandse diplomaten. Hij zat met grote ogen te luisteren, vol verbazing over alle namen en gebeurtenissen die ze onder één noemer wist te brengen. Ze vertelde hem over haar eerste ontmoeting met Alison, de angstige vrouw die de enige verbinding vormde met een uiterst gewelddadig verleden, maar die zich haar aandeel in de dood van die twee jongetjes net zomin kon herinneren als ze in staat was zich te bevrijden van een diep in haar innerlijk verborgen schuldgevoel daarover. Daarna vertelde ze hem over haar bezoek aan Votapek, waar ze de eerste hint had gekregen dat de mensen van Eisenreich ook hun kwetsbare punten hadden, over het diner bij Tieg thuis en over de woeste tirades over verovering, rassenverbetering en macht die ze daar had moeten aanhoren. Om aan te tonen hoe ver de tentakels van Eisenreich konden reiken, vertelde ze hem zelfs over Pritchard en het Comité, en, zij het dan in vage bewoordingen, over haar eigen betrokkenheid bij die geheime organisatie. En als laatste vertelde ze hem over Schenten.

'Dat is de reden dat ik hier weer terug ben gekomen,' zei ze. 'Dit is de plek waar ik dit ten einde kan brengen.'

'Ten einde brengen? Hoe dan?' Toen ze geen antwoord gaf, knikte hij even: 'Duidelijk.'

'Duidelijk,' zei ze. 'Maar is het je nou ook echt duidelijk?' Ze stond op en liep een eindje van hem weg. 'Wat wil je dat ik zeg? Ik heb de spin in het web gevonden. Je hoeft helemaal geen verband te leggen met die Rosenberg. Hak de kop eraf en die hele organisatie is zo dood als een pier.' Hij zei niets. Ze draaide zich om. 'Verbaast dat je? Is het misschien niet erudiet genoeg, geen voetnoten of kruisverwijzingen? Nou, het spijt me, maar nu weet ik waarom ze mij voor deze opdracht hebben uitgeko-

zen.' En na een korte stilte: 'Ik ruim mensen uit de weg. Dat is mijn werk. Jij doet iets anders.'
'Dat is níet de reden dat ze je hebben uitgekozen.' Xander stond op en liep naar haar toe. 'Die Pritchard, die wilde iets van je. Dat heb je zelf gezegd. Hij dacht niet dat je...'
'Pritchard? Pritchard had niets...'
'Natuurlijk wel. Waarom denk je dat Tieg hem dood wilde hebben?'
'Pritchard is niet belangrijk.'
'Hij wilde iets van je. Iets wat hij voor de anderen verborgen heeft gehouden.'
'Ik zei toch dat het niet belangrijk was?'
'Waarom? Waarom wil je niet toegeven dat er nog iets is?'
Ze draaide zich om en keek hem aan. 'Waarom zeur je hier zo over door?'
'Heeft dit soms iets te maken met die tunnel in Florence?' vroeg hij zonder antwoord te geven op haar vraag.
'Zullen we hier nou maar over ophouden?'
'Nee.' En terwijl ze langs hem heen probeerde te lopen, greep hij haar bij de arm. Ze keken elkaar recht in de ogen. 'Weet je hoezeer ik onder druk sta? Heb je jezelf toegestaan om dat ook maar enigszins op te merken? Jij staat hier te praten over het uit de weg ruimen van mensen en ik... ik heb me voor de werkelijkheid afgesloten om nog iets van mijn geestelijke gezondheid intact te kunnen houden. Het probleem is alleen dat dat me niet lukt. Volgens mij ben ik gewoon niet sterk genoeg om zo'n last met me mee te torsen. En ik denk niet dat ik de enige ben. Misschien ben jij hierop getraind, misschien heb jij een absolute zelfbeheersing, maar ik denk niet dat dat veel verschil maakt. Ik vraag je wat er met jou is gebeurd, omdat ík die hulp nodig heb! Begrijp je dat? Toen alles in Duitsland overging in waanzin, had ik niemand anders om aan te denken dan jou. Zorg dat je Sarah vindt. Dat was de opdracht die ik kreeg... nee, dat was wat ik móest doen, wat ik nodig had. Ik heb jóu nodig, niet de huurmoordenaar die je denkt te zijn. Want dat ben je niet. Dat kún je niet zijn. Ik wil dat jij net zo bang bent als ik, dat je net als ik bijna onder de druk bezwijkt, dat je sterker bent en meer greep op je omgeving hebt, en Fi... Ik weet het niet.' Hij liet haar arm los. 'Ik wil dat je mij nodig hebt.' Hij liep naar het bed, ging liggen en tuurde naar het plafond. 'Sorry, Feric, maar dat lesje heb ik kennelijk niet goed geleerd.'
Sarah bleef bij het raam staan en kreeg het ineens koud. Ze keek naar zijn lange lichaam dat nu op de dekens lag en zag hoe hij zijn ogen dichtkneep om zich af te sluiten voor zijn verdriet. Ze liep langzaam naar het bed, ging zitten en legde haar hand op zijn borst. Terwijl ze

zachtjes over zijn haar streek, druppelden de tranen over haar wangen. 'Neem me niet kwalijk,' fluisterde ze. 'Neem me alsjeblieft niet kwalijk.'
Kort daarna zaten ze naast elkaar, hij met zijn gezicht in haar nek. En met hun lichamen dicht tegen elkaar aan gedrukt wiegden ze zachtjes heen en weer. Door haar eigen tranen heen probeerde ze hem tot bedaren te brengen. 'Ik héb je ook nodig, veel meer dan je zelf beseft.'
'Waarom?' fluisterde hij.
'Omdat...' Ze hield hem nog wat steviger tegen zich aan, zodat haar tranen op zijn wang terechtkwamen en met een plotseling kwetsbare stem fluisterde ze: 'Omdat ik ooit iemand heb laten sterven. Iemand zoals jij. En daar kan ik niet nog eens mee leven. Dat kan ik gewoon niet. Dat kán ik niet...'
Hij sloot haar in zijn armen en wiegde haar zachtjes heen en weer.
Met hun armen om elkaar heen vielen ze in slaap.

Een uur later werden ze wakker, eerst zij en toen hij, maar geen van beiden waren ze al bereid om de confrontatie met de harde buitenwereld weer aan te gaan. Samen waren ze veilig en beschermd. Er gingen vele minuten voorbij voordat ze de energie wist op te brengen om steunend op één elleboog half overeind te gaan zitten. Ze keek hem in zijn ogen en zonder erbij na te denken, bracht ze haar lippen naar de zijne. Zacht en simpel, de tederheid van een eerste kus, haar fluweelzachte tong zacht spelend met de zijne. Ze bracht haar hoofd weer omhoog en keek hem eens aan. Hij wilde iets zeggen, maar ze boog zich weer over hem heen. Daarna ging ze zitten en rekte zich eens uit. 'Ik weet. Dat had ik ook niet verwacht.' Ze draaide zich om en streelde hem liefkozend over zijn wang.
'Het lag niet aan jou, Sarah. Amman... dat was jouw fout niet.'
Ze keek hem diep in zijn ogen en streek met haar vingers over zijn wang. Nog een kus en toen stond ze op en liep naar de badkamer. Bij de deur vroeg ze: 'Denk je dat Schenten over dat schema beschikt?'
Het duurde even voordat Xander zich realiseerde waarover ze het had. 'Schenten?' vroeg hij terwijl hij zijn benen over de rand van het bed zwaaide en rechtop ging zitten. 'Ja, als de Curator is hij waarschijnlijk degene die het heeft geschreven.'
Sarah stak haar hoofd om de deur van de badkamer. Haar wenkbrauwen zaten vol zeep. 'De Curator?'
'Zo noemde Eisenreich de man achter de schermen. Je zou hem ook de Topman kunnen noemen.' Ze knikte en liep weer naar de wastafel. Xander klemde zijn handen om zijn dijbenen. 'Denk je dat je hem zult moeten vermoorden?'
De kraan werd dichtgedraaid en een ogenblik later kwam Sarah weer in

de deuropening staan. Deze keer met een handdoek.
'Waarom vraag je dat?' Xander zei niets. 'Als we het schema zonder hem weten te vinden, nee. Dan hoeft er niemand te sterven.' Ze legde de handdoek in de vensterbank. 'Is dat wat je wilde horen?'
'Ik weet het niet.' Hij liet zijn dijbenen los en pakte de envelop. 'Er zijn al een heleboel mensen gedood. Een paar meer of minder maakt dan ook niet veel meer uit.' Hij bladerde de losse vellen door en keek haar eens aan. 'Dat is niet de reden dat ze jou hebben uitgekozen. Dat geloof ik niet.'
'Fijn dat je zoveel vertrouwen in me hebt.'
'Dat moet ik wel. Je hebt me weinig keus gelaten.'
Ze permitteerde zich een glimlach en ging naast hem op het bed zitten. Ze nam zijn kin tussen duim en wijsvinger en trok hem naar zich toe. Deze keer echter geen kus, maar alleen zijn indringende blik. Ze liet hem weer los. 'We moeten daar vannacht zien binnen te dringen,' zei ze terwijl ze haar tas pakte. 'Zijn huis is twintig minuten rijden hiervandaan. De laatste drie kilometer zullen we moeten lopen.'
'En het meisje?'
'Die blijft wel slapen. Ze is veilig.' Ze overhandigde hem een zwarte broek en een donkere sweater. 'Neem haar pistool maar.'
Xander pakte de rugzak. 'Was het geladen?'
'Nee.'
'Dan moet ik een paar kogels hebben.'

Het maanlicht scheen door de kale takken, en hulde de grond in een bleek wit licht vol grillige schaduwen. Sarah ging vóór en Xander hield zijn ogen strak op haar gericht. In haar donkere kleding was haar silhouet nauwelijks van de omgeving te onderscheiden. Snel maar behoedzaam slopen ze door het bos.
Twee kilometer achter hen waren ze van de weg af gereden en ze hadden de auto overdekt met losse takken. Ze had al die tijd geen woord gezegd en zelfs toen hij was komen vast te zitten in een braamstruik was ze gewoon doorgelopen. Wat ze daarmee wilde zeggen, was wel duidelijk: je bent hier alleen maar om me te helpen bij het vinden van het schema. Als het er niet is, vermoord ik hem. Als je achterblijft, vermoord ik hem ook. Terwijl ze zich een weg door de struiken baande, was ze het pistool aanvankelijk in haar hand blijven houden, zodat het een paar keer weerspiegeld werd in het maanlicht. Uiteindelijk had ze zich echter genoodzaakt gezien om het achter haar rug achter haar broekband te steken en hij had hetzelfde gedaan.
Na de volgende bocht kwamen ze bij een open plek met een hoog prik-

keldraadhek. Daarachter zagen ze het donkere silhouet van Schentens huis opdoemen. Alles was donker, met uitzondering van één verlicht raam op de tweede verdieping. De oude man was kennelijk wakker, dus ze zouden voorzichtig moeten zijn. Gelukkig ging de maan nu schuil achter een wolk, zodat het donker was op de open plek. Sarah bleef stilstaan en liet zich op haar hurken zakken. Xander kwam naast haar staan en deed hetzelfde, zodat ze naast elkaar verscholen zaten in het struikgewas. Ze tuurde naar de westelijke kant van het hek en tikte langzaam met haar duim op haar dijbeen. Een minuut later kwam er een gedaante in zicht die langzaam en ontspannen langs het hek liep. Sarah hield haar ogen strak op de man gericht tot hij aan de oostkant van het hek weer uit het zicht verdween en bleef daarna wachten tot hij weer langskwam. Toen de man voor de tweede keer uit het zicht was verdwenen, kroop ze zonder een woord te zeggen het struikgewas uit en Xander ging snel achter haar aan.

Een ogenblik later kroop ze naar het hek toe. Terwijl Xander zo snel als hij maar kon door het natte gras achter haar aan kroop, voelde hij hoe de spieren in zijn schouders en bovenarmen pijn begonnen te doen, zodat hij onwillekeurig zijn borstkas over de grond liet slepen. Hij besteedde er echter geen aandacht aan en kroop verder tot hij bij het hek was. Hij trok zich omhoog aan het prikkeldraad, haalde zo diep mogelijk adem en verbeet de pijn. Toen keek hij toe hoe ze een draadschaar op het gaas zette en begon te knippen. De opening die ze maakte, was net voldoende om iemand door te laten. Een minuut later waren ze al drie meter verder en slopen ze naar een raam op de begane grond.

Binnen dertig seconden stonden ze allebei met hun rug tegen de muur van het huis. Nadat Sarah voorzichtig met haar vingers over het kozijn had gestreken, speurde ze aandachtig de zijkanten en bovenkant van de sponning af tot ze een draadje zag zitten. Het alarmsysteem. Snel bevestigde ze een lange kabel op twee punten aan het draad en toen knipte ze dat door, zodat ze nu het raam kon openen zonder het circuit te onderbreken. Het slot zelf kostte veel minder moeite en al snel stonden ze in een ruimte die kennelijk een zitkamer was. Een tweezitsbankje, een paar schemerlampen en luie stoelen in een halve cirkel om een kleine bakstenen open haard. Ze draaide zich om en deed het raam dicht.

Hier zou het niet liggen. Dat was hun allebei wel duidelijk. Ze moesten de studeerkamer zien te vinden, de plek waar Schenten zijn waardevolle en belangrijke documenten bewaarde. Sarah liep naar de schuifdeuren, trok er stil een open en stapte de hal binnen. De groene marmeren vloer glom zo hevig dat hij zelfs in de betrekkelijke duisternis nog goed te zien was. Recht tegenover hen zag ze een tweede stel schuifdeuren – die halfopen stonden – en een snelle blik in het vertrek daarachter onthulde de eetkamer. De andere deuren leverden al even weinig op. Ze kwamen uit op de muziekkamer en de woonkamer, maar niet op de studeerkamer. Xander wees omhoog en liep naar de trap. Sarah schuifelde snel langs hem heen en ging hem voor naar een tweede hal met vier deuren. Drie daarvan gingen zonder veel moeite open, maar de schuifdeuren aan de tegenovergelegen zijde zaten kennelijk op slot. Nadat Sarah echter even wat met het slot had geknoeid, lieten de deuren zich zonder moeite openen en liepen ze de studeerkamer binnen. Het was een sober ingericht vertrek dat zelfs in het donker iets van het karakter van de eigenaar verried. Er lagen hoge stapels kranten en boeken op de stoelen, en op een van de bijzettafeltjes stond een half leeggedronken kop thee. Terwijl Xander naar het bureau toe liep, voelde Sarah even aan de thee: die was ijskoud. Het bureau was gemaakt van stevig eikenhout en vormde een eiland van orde in de rommelige kamer. Ze haalde twee zaklantaarns uit haar rugzak en gaf hem er één van. De lichtbundel was minder dan een centimeter breed, wat voldoende was om binnen een straal van drie meter voorwerpen te kunnen herkennen, maar niet genoeg om buiten het vertrek te worden opgemerkt.

Tien minuten lang doorzochten ze alle plekken waar het schema te vinden zou kunnen zijn. Deze keer was er echter geen boek van Augustinus om het in verborgen te houden, en ook geen handige codes die ze konden gebruiken om hen op een idee te brengen. Ze moesten zich verlaten op hun intuïtie, die hun zei dat het hier ergens te vinden moest zijn. Nog eens twee minuten later ontdekte Sarah achter een van de schilderijen een kluis. Haar primitieve instrumenten waren echter niet opgewassen tegen het slot, dat geactiveerd werd door stemgeluid.

'Uitstekend, mevrouw Trent.' Het licht ging aan en ze zagen Schenten in de deuropening staan, met een badjas en pantoffels aan. 'Dat is waar ik het bewaar.' Hij had een klein zwart boekje in zijn hand. 'Vannacht had ik het echter op mijn nachtkastje liggen. Voordat ik ging slapen, wilde ik nog wat lezen.'

9

Als inventiviteit en vernuft eenmaal zijn uitgebannen uit de harten en geesten der mensen, kan het volk geen bedreiging meer vormen voor de stabiliteit.

***Over de heerschappij*, hoofdstuk XVIII**

Sarah trok haar pistool en richtte dat op Schenten. Die had zijn blik inmiddels echter op Xander gericht.

'U verbaast me, doctor Jaspers. Ik wist niet dat u zo snel was met een pistool. Zo te zien, bent u zelfs nog sneller dan onze jonge vriendin hier.'

Sarah keek om en zag dat Xander zijn pistool met beide handen stevig om de kolf op Schentens borst gericht hield. De senator had inmiddels spottend zijn armen opgestoken, alsof hij zich overgaf. 'Ik ben alleen, ziet u. Buiten dit boek heb ik niets bij me en ik ben niet van plan om u... aanleiding te geven, zullen we maar zeggen.' Hij deed een paar stappen naar voren en bleef toen staan. 'Mag ik mijn studeerkamer binnenkomen?'

Sarah gebaarde dat Schenten in de stoel tegenover het bureau kon gaan zitten. Daarna ging ze bij het raam staan en tuurde naar buiten.

'Als u zich zorgen maakt over de bewakers, dan zou ik dat maar niet doen als ik u was. Ik heb ze gezegd dat ik naar de bibliotheek ging, en trouwens, ze staan daar niet vanwege u.'

'Vanwege wie dan wel?' vroeg Xander.

'Tja, wat zal ik daar nou op zeggen?' zei de senator. En na een korte stilte: 'Het antwoord zou u misschien verbazen.'

'Probeert u het maar eens.'

Opnieuw aarzelde Schenten even. 'Wat als ik zou zeggen dat dat precies dezelfde mensen zijn die zoveel belangstelling voor u aan de dag hebben gelegd?'

'Dat zou ik dan niet geloven,' zei Xander.

'Zou u me wel geloven, mevrouw Trent?' Schenten bleef zijn ogen echter op Xander gericht houden. 'Nee, ik neem aan van niet.' Hij boog zich voorover naar het bureau. Snel bracht Xander het pistool in de aanslag, zodat de loop zich nu ter hoogte van Schentens ogen bevond. De senator verstarde even, wees toen op een gouden doosje en zei: 'Het zijn sigaretten. Als u wilt, kunt u even kijken.'

Xander trok het doosje naar zich toe, maakte het open en zag een keurige rij Rothmans liggen. Terwijl hij de senator het doosje weer toeschoof, vroeg hij: 'U wilt toch niet beweren dat u bang bent voor uw eigen mensen?'
Schenten lachte en haalde een aansteker uit de zak van zijn badjas. 'Natuurlijk niet.' Een ogenblik later ging hij weer achteroverzitten en blies de rook door zijn neusgaten uit. 'Ziet u die inscriptie, doctor Jaspers? Hij staat op de binnenkant van het deksel... Nee, kijkt u zelf maar even.' Hij wachtte tot Xander het kleine handschrift had gelezen en vroeg toen: 'Als u het even hardop wilt voorlezen, dan kan mevrouw Trent het ook horen. Ik weet zeker dat uw Frans goed genoeg is om te begrijpen wat er staat.'
Xander keek de man in diens verweerde gezicht. 'Ik denk niet...'
'Alstublieft, doctor Jaspers,' zei Schenten. 'Doet u het nou maar.'
Xander keek Sarah eens aan, trok het doosje naar zich toe en las voor, terwijl hij het vertaalde: 'Met een liefde die van ons alleen is, zal ik altijd bij je zijn... Jean.' Hij tuurde een ogenblik naar de woorden voordat hij opkeek naar Schenten. 'Prachtig, hoor. Ik weet zeker dat uw vrouw en u...'
'Die tekst is niet van mijn vrouw,' viel de senator hem in de rede.
'Nou,' zei Xander. 'U en uw maîtresse dan...'
'Weer mis,' zei de senator.
Xander deed het doosje dicht. 'Wie ze ook zijn mag...'
'Drie keer mis,' zei Schenten terwijl hij Xander recht in de ogen keek. Hij bracht de sigaret naar zijn lippen en inhaleerde. 'Het is Frans, doctor.' De rook kwam nu uit zijn mond wolken. 'Frans, en daar is Jean een hij. De vrouwelijke vorm is *Jeanne*, zoals in Jeanne d'Arc, en mijn Jean was geen heilige, neemt u dat maar van mij aan.'
'Wat wilt u daarmee zeggen?'
Schenten leunde achterover en glimlachte. 'Is dat dan zo moeilijk te geloven?' Hij keek om en zei tegen Sarah: 'Kunt u het nog volgen, mevrouw Trent?'
'Hij was uw minnaar,' zei ze kil.
'Uitstekend. En?'
'En,' ze richtte haar blik weer op Xander, 'Amerikaanse senatoren worden niet verondersteld dit soort geheimen te hebben.'
'Inderdaad, daar komt het op neer.' Hij keek Xander eens aan. 'Ze is heel intuïtief. Op dit gebied is ze veel beter dan u.' Hij bleef haar aanstaren. 'En dus, mevrouw Trent?'
'En dus,' zei Xander, met een cynische klank in zijn stem, 'hebt u besloten om terug te slaan en de boze wereld die u nooit heeft willen begrijpen eens een lesje te leren.'

'Dat zou belachelijk zijn.' Schenten bleef hem glimlachend aankijken. 'Denkt u ook niet, mevrouw Trent?'
'Hoor eens,' zei Xander, 'uw seksleven is fascinerend, maar daarvoor zijn we hier niet...'
'Zoals mevrouw Trent net heeft opgemerkt, is dit iets wat iemand als ik in een kwetsbare positie kan brengen.' De glimlach was nu verdwenen. 'Informatie is een krachtig wapen. Als je het op een goede manier weet te gebruiken, kun je er zelfs heel machtige mensen mee tot marionetten maken. Je kunt ze dingen laten doen die ze anders nooit gedaan zouden hebben.' Hij leunde achterover en opnieuw kringelde er rook door zijn neusgaten. 'Ik neem aan dat u nu wel begrijpt wat ik bedoel?'
Langzaam boog Xander zich voorover. 'U gaat ons toch niet vertellen dat...'
'Ik denk dat u heel goed weet wat ik u zojuist heb verteld.' Hij blies een kruimeltje tabak van zijn lippen. 'Zou het niet prettig zijn als iedereen zo'n open geest had als u? Dan zou deze wereld een heel wat prettiger oord zijn. Maar helaas worden ouwe buldoggen als ik niet verondersteld de grenzen tussen fatsoen en vies gedoe te overschrijden. Het is niet de bedoeling dat we bij onze kiezers ongemakkelijke vragen oproepen. We moeten glimlachen en een imago creëren dat ervoor zorgt dat ze op zijn minst respect voor ons hebben, en ons als het even kan innig bewonderen.' Weer een lange haal aan zijn sigaret, nog meer rook. 'Zoals u weet, zijn aanhangers van populistisch-rechts meestal niet erg genegen tot introspectie, maar wat moet je anders? Juist daarom laten die types zich als hersenloze idioten manipuleren. Maar al zijn ze dan niet erg snugger, je kunt nou ook weer niet alles met ze doen. Als je gedrag afwijkt van het imago dat je hebt opgebouwd, is je invloed zo verdwenen. Dus u begrijpt dat mijn seksuele leven heel veel gewicht in de schaal kan leggen, doctor, zeker als het wordt gebruikt om mij onder druk te zetten.'
'En Eisenreich heeft u onder druk gezet,' fluisterde Xander.
'Dat,' zei de senator, 'is de reden dat we hier zitten.'
'Dat is ongelooflijk.'
'Hoe lang al?' vroeg Sarah terwijl ze naar het bureau liep.
'Ongeveer tweeënhalf jaar,' zei de senator. 'Dit is zeker een hele verrassing voor u?'
'Waarom?'
'Waarom?' Het woord werd uitgesproken vol spottend ongeloof. 'Omdat ze daartoe in de gelegenheid waren. Welke andere reden zouden ze nodig hebben?' Hij schudde zijn hoofd. 'U bent werkelijk volkomen overrompeld, hè?' Geen van beiden gaf antwoord. 'Dat verbaast me. Aanvankelijk was ik trouwens niet geïnteresseerd.' Hij zoog de rook diep

in zijn longen. 'In reactie op mijn weigering werden er drie weken later fotokopieën van een paar brieven naar mijn kantoor gestuurd, en die brieven waren heel wat gedetailleerder dan de inscriptie die u zojuist hebt gelezen.'

'Dus zij hebben ú benaderd?' zei Sarah. 'Hoe?'

'Maakt dat nou werkelijk iets uit?' Terwijl hij zijn peuk uitdrukte, nam hij rustig de tijd om wat met de as te spelen. 'Een paar besprekingen. Zoiets.'

'En hebt u verslagen of opnamen van die gesprekken?' vroeg Sarah.

'Van sommige wel, maar op de een of andere manier zijn die "verdwenen" toen ik de eerste fotokopieën met belastend materiaal opgestuurd kreeg.' Hij stak er nog een op. 'Vreemd, hè?'

'En u hebt geen idee wie die fotokopieën heeft gestuurd,' zei Sarah, 'of wie er toegang had tot uw dossiers?'

'Ik werk voor de Amerikaanse overheid, mevrouw Trent, en in een grote bureaucratie is het vaak heel moeilijk om erachter te komen wie waarvoor verantwoordelijk is.'

'Maar wáárom?' vroeg Xander niet overtuigd. 'Waarom zouden ze u ook maar iets verteld hebben als u niet geïnteresseerd was?'

'Ah, maar ik was wel degelijk geïnteresseerd... in het begin in elk geval. Het was heel leerzaam. Ze hebben me passages uit het manuscript laten lezen. Ik heb gesprekken met de heren Votapek, Tieg en Sedgewick gevoerd. Neemt u maar van mij aan dat ik aanvankelijk uiterst enthousiast was. Ik was oprecht van mening dat ze iets hadden ontdekt waarmee we – hoe zal ik het zeggen? – de kiezers zouden kunnen manipuleren zonder de burgerrechten geweld aan te doen? Ja, dat is het wel zo ongeveer. Iets wat ons in de gelegenheid zou stellen om een effectief beleid te voeren zonder de hele tijd rekening te hoeven houden met de publieke tribune. Dat is per slot van rekening de enige manier om iets gedaan te krijgen.' Hij zweeg even. 'Ik zie dat u het niet met me eens bent, doctor.' Terwijl hij de sigaret tussen zijn lippen klemde, kneep hij zijn ogen halfdicht. 'Daar zal ik me niet voor verontschuldigen. Het is de simpelste politieke waarheid die er bestaat, al zal je hem niet in de boeken vinden.' Hij blies wat rook uit en legde zijn sigaret in de asbak. 'Dus toen ze mij benaderden met hun plannen, heb ik niet heel geschrokken gereageerd. Ik was bepaald niet van mijn stuk gebracht door de manier waarop ze het volk wilden misleiden. Integendeel, ik was daar zeer van onder de indruk.' Hij glimlachte. 'Denkt u nou wérkelijk dat we u alles vertellen wat er in Washington gebeurt? Denkt u nou werkelijk dat u zou begrijpen waarom er bepaalde compromissen gesloten dienen te worden? Het vólk, die mythe waaraan u zo gehecht bent, is

over het algemeen onverschillig, onwetend en bovendien dom. Dus waarom zouden we het bij de besluitvorming betrekken? Denkt u nou werkelijk dat het de bedoeling van de grondleggers van deze staat was dat hij een democratie zou worden? Dat is belachelijk! Onze staat is ontworpen als republiek, als een systeem waarin de meest capabelen bepalen wat goed is voor de rest van de bevolking, en of die het daar nou wel of niet mee eens is, doet niet terzake. Zonder een beetje kiezersbedrog ben je gedoemd tot middelmatigheid...'
'Het is duidelijk,' viel Sarah hem in de rede, 'dat Votapek en u dezelfde schriftelijke cursus hebben gevolgd.'
'U mag het misschien niet met me eens zijn, mevrouw Trent, maar ik weet dat ik gelijk heb.'
'Uw politiek,' zei Xander, 'is toch juist dat u de centrale overheid wilt ontmantelen om het volk de macht zelf weer in handen te geven? Of heb ik het nou verkeerd begrepen? Ik krijg de indruk dat rechtse politici de mensen tegenwoordig juist níet willen voorschrijven hoe ze hun leven moeten inrichten, zelfs als ze zelf niet weten wat goed voor ze is.'
'Een mooie tactiek, hè?' knikte Schenten terwijl hij een nieuwe sigaret pakte. 'Maar denkt u nou heus dat we daardoor ook maar iets van onze macht prijsgeven? We laten de alledaagse machtsstrijd gewoon over aan de lagere overheden. Zorg dat de regering zich niet met uw tuintje bemoeit. Best een slimme slogan, vindt u niet? Door allerlei zaken plaatselijk of op het niveau van de afzonderlijke Amerikaanse staten te laten regelen, weten we de aandacht van het volk af te leiden van de activiteiten van de federale overheid, zodat wij ons met de belangrijke zaken kunnen bezighouden.'
'Zoals?'
'Laat de overheid doen waarvoor die is ontworpen: het behalen van een zo groot mogelijke winst zonder zich te bekommeren over de paar sukkels die het niet in hun eentje weten te redden. Des te meer we erin slagen om de aandacht van de mensen te richten op kwesties van lokaal belang, des te minder ze zich bezighouden met kwesties die van landsbelang zijn. En als je eenmaal een grondig versplinterd electoraat hebt weten te vormen, een groep mensen die alleen maar geïnteresseerd is in het eigen achtertuintje, kun je grote dingen bereiken.'
'Waarom wilt u dat dan niet?' vroeg Xander. 'Eisenreich heeft dat allemaal mogelijk gemaakt.'
'Tot op zekere hoogte. Het verschil is dat ik geloof in de Amerikaanse Republiek.'
'Dat vind ik moeilijk te geloven.'
'Waarom? Ik ben van mening dat de macht voorbehouden dient te zijn

aan een kleine elite en ik wil ook wel beweren dat het nuttig kan zijn om het volk niet altijd de waarheid te vertellen, maar ik geloof wél in een scheiding der machten: een écht machtsevenwicht tussen degenen die werkelijk begrijpen wat er op het spel staat. Dat wil natuurlijk niet zeggen dat het publiek voortdurend overal zijn grote neus in kan steken, maar wél dat degenen die werkelijk de macht hebben, die gebruiken om een eerlijk doel na te streven. Een republiek moet garant staan voor stabiliteit, permanentie en vooruitgang, en zich niet bekommeren om de nukken en grillen van laagopgeleide mensen. Eisenreich zet het volk volledig buitenspel, maar jammer genoeg elimineert hij daarmee ook het machtsevenwicht. Daarvoor in de plaats biedt hij een vernis van republikeinse vormen met daaronder een regime dat naar believen kan beschikken over leven en dood. Misleiding is één ding, doctor, maar tirannie door middel van opzettelijk gecultiveerde onverdraagzaamheid is iets heel anders. Daar wilde ik niets mee te maken hebben.'

'Een scheut John Stuart Mill met een vleugje Machiavelli,' knikte Xander. 'Een vreemd koppel om als hoeksteen van de moderne conservatieve beweging te dienen.'

'U kunt ervan denken wat u wilt,' zei hij. 'Dit is wat het beste is voor het land.'

'Dus ze zijn u gaan chanteren,' zei Sarah. 'Waarom? Waarom hebben ze u niet gewoon uit de weg geruimd?'

'Omdat ik ze op dat moment helemaal niets kon maken, mevrouw Trent. Ik ben nooit alleen geweest met het manuscript, heb nooit de tijd gekregen om er een kopie van te maken en nooit enig bewijsmateriaal kunnen vinden dat hen daarmee in verband zou kunnen brengen. En bovendien... ze hadden me nodig, of liever gezegd, ze hebben een paar slimme manieren gevonden om gebruik van me te maken. Zo gebruiken ze mijn zomerhuis in Montana tegenwoordig vaak voor besprekingen, bijeenkomsten en weet ik wat nog meer.'

'Weet ik wat nog meer?'

'Ik heb het idee dat ze daar hun machtsgreep organiseren. Ze hebben er een of ander kamp ingericht, een nieuwe school voor degenen die klaarstaan om het visioen te realiseren. Ik heb al een jaar lang geen toestemming meer gehad om er te komen. Maar wat ze daar ook uitspoken, het is duidelijk dat ik een heel handige dekmantel ben geworden voor het geval iemand ooit op het spoor van Tieg, Sedgewick en Votapek zou komen. Zelfs de locatie van dit huis brengt me al in verband met de Tempsten-school. Soms heb ik me wel eens afgevraagd of dit vanaf het begin al zo gepland was, dat ze mij er alleen maar bij betrokken hebben om mensen als u op een dwaalspoor te brengen. En kennelijk heeft dat

gewerkt.' Na een korte stilte voegde hij daaraan toe: 'Dat lijkt me echter nogal oneerlijk.' Hij legde een klein zwart boek op tafel. 'Dus heb ik iets van hen meegenomen.'
'Het schema,' zei Xander. 'Hoe? Wanneer?'
'Heel slim, doctor.' Schenten schoof het over het bureau. 'Een maand geleden heb ik dat in handen gekregen. Het hoe... tja, dat is eigenlijk niet zo belangrijk, hè?' Hij keek toe terwijl Xander het boek begon door te bladeren. 'Op grond van de data die hier gegeven worden, begint het vuurwerk over drie dagen pas echt. Ik ben er zeker van dat u wel weet dat de gebeurtenissen in Washington en de chaos op de graantermijnmarkt alleen maar bedoeld waren als proefneming. New Orleans was volgens mij een vergissing. Dat had pas over drie dagen moeten gebeuren, als onderdeel van een veel grotere actie.'
'Waarom hebt u niets gedaan om ze tegen te houden?' vroeg Sarah. 'Als u wist dat we bezig waren, waarom hebt u dan geen contact met ons opgenomen? Drie dagen is niet...'
'Als ik dat geprobeerd had, mevrouw Trent, – als ik zelfs maar de indruk had gewekt dat ik iets dergelijks van plan zou zijn – dan was ik dood geweest. Contact met ú opnemen? Wat een belachelijk idee! En trouwens, waar had ik u dan moeten vinden? Ik wist dat u hierbij betrokken was, maar verder... Nee, het initiatief moest van u uitgaan. Zoals u wel zult zien, is het allemaal te veelomvattend, veel te ingewikkeld om er met succes iets tegen te ondernemen als je niet meteen de kern weet te raken. Ik zou er nooit dichtbij genoeg zijn gekomen om een kans van slagen te hebben.' Hij trok het stoelkussen iets hoger in zijn rug. 'Op de een of andere manier bent u tweeën erin geslaagd aan hem te ontsnappen. Ik reken er eenvoudigweg op dat u dat zal blijven lukken. U bent hier heel voorzichtig binnengedrongen. Niemand heeft het opgemerkt. Als u straks weer weggaat, zult u even voorzichtig zijn. Daarom geef ik u het schema mee en wens ik u verder veel voorspoed en succes.'
'De kern?' drong Xander aan. 'U bedoelt dat er inderdaad een topman is die achter de schermen werkt?'
'Natuurlijk,' zei Schenten. 'Dat is ongetwijfeld ook de reden dat u bent uitgekozen, doctor. De reden dat u...'
Het licht werd uit geschoten door een regen van kogels en overal om hen heen kletterden glasscherven neer. Xander dook over het bureau op Schenten af, maar werd beetgegrepen en op de vloer tussen het bureau en de muur gesmeten. Toen de stilte was weergekeerd, hurkte Sarah naast hem neer, met haar pistool vlak voor haar gezicht. Het duurde enkele seconden voordat ze het hoorden. Eerst van veraf, maar daarna snel dichterbij, tot het hele vertrek ineens daverde van het oorverdoven-

de geluid van een helikopter. Een lichtbundel zocht tussen de flapperende gordijnen door en scheen vol op Schenten, die met zijn armen langs zijn zij op de grond lag. Zijn borstkas zat onder het bloed en hij hapte met wijd opengesperde mond naar adem. Een ogenblik later verdween het licht weer en het geklepper van de rotoren nam af. Het was duidelijk dat de helikopter aan het landen was. Sarah trok Xander overeind en rende naar de deur.
Hij had geen tijd om na te denken, geen tijd om tot zich door te laten dringen wat de man had gezegd – dat is ongetwijfeld ook de reden dat u bent uitgekozen, doctor – , hij had alleen maar tijd om achter haar aan te rennen, eerst naar de trap en daarna de zitkamer door. Toen ze door het raam op het grasveld sprongen, hoorden ze geweerschoten. Schentens bewakers hielden de mensen van Eisenreich op een afstand en gaven hun leven voor een man die zelf nog slechts enkele minuten te leven had. Zonder dat ze dat wisten, zou hun opoffering anderen echter een kans geven om te ontsnappen. Ze renden naar de bosrand toe, zo snel dat het wel leek alsof ze ernaartoe werden gezogen. Sarah rende voor Xander uit en pas toen hij haar op de grond zag duiken, herinnerde hij zich de afrastering weer. Hij tuimelde voorover en viel tegen haar aan, zodat ze allebei de venijnige ijzeren stekels ternauwernood wisten te ontwijken. Ze duwde hem opzij en trok de draadschaar uit haar zak. Hij keek met een ruk om naar het huis en tuurde naar de donkere voorgevel, die het geweld daarbinnen aan het oog onttrok. Dat is waarom u bent uitgekozen. Die woorden beukten op hem in.
Plotseling zag hij elk venster oplichten en tegelijkertijd greep Sarah hem bij zijn nek en trok hem naar de afrastering toe. Ze had een opening gemaakt.
De daaropvolgende minuten gingen zonder nadenken voorbij. Hij rende achter haar aan tussen de bomen door, over een pad dat eigenlijk geen pad was, in een richting die hij niet kon onderscheiden. De wereld achter hen verdween, de vragen verflauwden, het enige dat overbleef, was duisternis – een eindeloze en onophoudelijke duisternis – tot ze in de verte de weg zagen liggen. Nog even rennen naar de auto, de takken eraf, snel de portieren open en dicht en toen verbrak het loeien van de motor de stilte.
'Rijden.' Het gras maakte plaats voor de weg en de auto schoot de donkere nacht in.

O'Connell sprong op uit zijn schuilplaats, en terwijl zijn voeten behendig over de boomwortels dansten, baande hij zich met zijn pistool in de hand een weg door het struikgewas. Voor zo'n forse man bewoog hij zich opmerkelijk soepel.

Het was allemaal heel snel gegaan, precies zoals hij had verwacht. Sarah en Jaspers waren naar de afrastering gerend, zonder de twee mannen op te merken die van achter het huis waren komen aanrennen. Binnen vijf seconden hadden de mannen hun doelwitten opgemerkt en nog geen drie seconden later hadden ze zich op één knie laten zakken en hun geweer in de aanslag gebracht. Maar O'Connell was degene geweest die de eerste schoten had gelost, twee zorgvuldig gemikte schoten waarmee hij de beide mannen binnen drie seconden had uitgeschakeld. De geluiddemper had de knallen gereduceerd tot een zacht *twit-twit* en de lijken waren over elkaar gevallen, zodat ze nu een eigenaardige driehoek vormden, midden op het open veld.
Nu rende hij zelf ook weg. Hij was zich ervan bewust dat de anderen achter hem aan zouden komen, maar bekommerde zich nu in de eerste plaats om de twee mensen die hij moest beschermen. Twéé mensen. Jaspers had het overleefd. Die man had inderdaad talent. Stein had gelijk gehad.
Ergens vóór hem hoorde hij een dieselmotor aanslaan en O'Connell ging nog wat harder lopen. Twee minuten later rende hij de weg op, hij holde over het aangewalste gravel en trok een kleine motorfiets uit de slordige hoop dennenschors en takken die hij een uur of vijf geleden had aangelegd. Het geluid van de motor kwam nu van links, en nog geen vijftien seconden later begon zijn eigen tweehonderdvijftig cc te grommen. Hij stak het pistool in zijn jaszak, sprong op zijn motor en liet de koppeling opkomen. De wind waaide hard in zijn gezicht terwijl hij in het duister naar twee achterlichten zocht.

Sarah leunde uit het raam en luisterde aandachtig naar andere geluiden dan het amechtige geloei van de tot het uiterste beproefde motor van de oude Golf. Tegelijkertijd speurde ze de hemel af. De helikopter kon nu elk ogenblik tevoorschijn komen, daar was ze zeker van, en dan zou het niet lang duren voordat het zoeklicht de auto wist te vinden. Er gebeurde echter niets, geen plotseling klepperend geluid, alleen maar het holle fluiten van de wind die haar nu in het gezicht waaide terwijl ze naar de hemel bleef turen. Die stilte maakte haar nerveus. Pas toen ze ver achter zich een sirene hoorde, richtte ze haar aandacht weer op de weg. Ze trok haar hoofd naar binnen, wierp een snelle blik op de snelheidsmeter en zag dat die op honderddertig stond. Xander hield zijn handen zo stevig om het stuurwiel geklemd dat zijn knokkels wit zagen.
'Langzamer!' brulde ze boven het loeien van de wind uit. 'Probeer een afslag te vinden!'
Xander deed wat hem was gezegd en minderde snelheid. Beiden zochten ze nu aandachtig naar een opening in de bosrand. Het geluid van de

sirene zwol aan en aan de andere kant van de voor hen liggende heuvel was al vaag een zwaailicht te zien toen Sarah naar een vrijwel onzichtbare inham in de muur van bomen rechts van hen wees. De sirene klonk nu steeds luider en luider. Xander schakelde terug naar zijn twee, zodat de wagen hevig begon te schudden, en gaf toen een harde ruk aan het stuurwiel, zodat de Golf hortend en stotend de steile helling af reed. Na dertig meter bonken over de keiharde grond deed hij de koplampen uit en zette de motor af. Boven hen werd het geloei van de sirenes steeds luider en ze zagen nu al een roodwitte gloed over de stammen van enkele ver verwijderde bomen dansen. Het licht kwam steeds dichterbij tot het in een bijna oogverblindend felle gloed over hen heen schoot en zich weer van hen verwijderde. Xander pakte de sleutels, maar Sarah hield hem snel tegen toen ze een tweede sirene hoorde, en even later zagen ze opnieuw een roodwit schijnsel over de boomstammen flitsen. Nadat ze hadden gewacht tot het weer voorbij was, liet ze haar hand zakken en knikte. Terwijl de wielen door de rulle aarde maalden, reed de wagen met zwoegende motor langzaam terug naar de weg. Ook nu ze langzaam reden, deed de hobbelige bosgrond de auto nog steeds wild schokken. Binnen een halve minuut reden ze echter weer met honderddertig per uur over de weg.

'Blijf in de auto wachten terwijl ik haar ophaal,' zei Sarah terwijl ze opnieuw de hemel afspeurde. Xander stuurde de wagen een bocht in en hield zijn ogen strak op de weg vóór hen gericht. 'Heb je me gehoord?'

'Ik wacht, jij gaat haar halen.' Het kwam er vlak en monotoon uit. 'Ja.'

De volgende kilometer reden ze zwijgend voort.

'Ze kan achterin verder slapen,' zei Sarah. 'Ik denk niet dat we veel last van haar zullen hebben.'

'Mooi.' Opnieuw stilte.

Sarah keek hem zijdelings aan. 'Wat is er?'

Hij bleef naar de weg turen.

'Gaat het om het schema, om Schenten of ergens anders om?' Ze keek hem aandachtig aan en zag de spanning in zijn kaak. 'Heeft dit iets te maken met wat er in het hotel is gebeurd?'

'Vind je het niet vreemd,' vroeg hij, 'dat ik dit allemaal heb overleefd?' Hij had duidelijk niet naar haar geluisterd.

Het duurde even voordat ze antwoord gaf. 'Ik heb er eigenlijk niet over nagedacht. Ik was gewoon blij.'

Hij keek haar eens aan, en voerde hun snelheid op tot honderdveertig.

Een minuut later zei ze: 'Wat is er daar in Duitsland gebeurd?'

Hij liet een ongelovig lachje horen. 'Er is iemand vermoord. Dat is er gebeurd. Net zo iemand als Carlo, Emil en Feric. Schenten was gewoon

het zoveelste slachtoffer.' Er klonk een beheerste woede door in zijn stem. 'Maar al die tijd ben ik volkomen ongedeerd gebleven. Dat is toch vréémd? Hoe kunnen we dat verklaren?'
Ze probeerde te begrijpen wat hij bedoelde. 'Wat is je vraag nou eigenlijk?'
'Jou vraag ik niks. Ik stel gewoon een vraag in het algemeen. Gisteren, of zelfs nog maar een uur geleden, was ik te angstig en te opgelucht om aan iets anders dan mijn eigen overleven te denken. Maar toch...' De zelfspot in zijn stem was nu duidelijk merkbaar. '... heb ik wel een keurig memo geschreven en dat geeft me natuurlijk toch een functie in dit geheel, hè? Het probleem is alleen dat dat memo niet werkelijk van belang is. Met politieke theorie kan ik niet verklaren waarom ik tot op heden ongedeerd ben gebleven.'
'Waar héb je het over?'
'Als jij wilt geloven dat je een killer bent: prima. Als je wilt geloven dat dát je functie is en dat dát de reden is dat je bent gekozen...'
'Langzamer,' zei ze. De toon in zijn stem beviel haar niet.
'Dat is waarom u gekozen bent,' blafte hij. 'Heb je niet gehoord wat Schenten heeft gezegd, wat hij over mij heeft gezegd?' Hij keek haar eens aan. 'Snap je het dan niet? Jij bent niet de enige die speciaal voor deze actie is uitgekozen.'
'Denk je...'
'Ik dénk het niet,' viel hij haar in de rede. 'Ik heb het gehóórd, en gezien aan de blik in zijn ogen. Het leek zelfs hém te verbazen dat ik geen idee had.'
'Geen idee waarvan?' vroeg ze.
'Dat wéét ik niet. Wat ik hiermee te maken heb, de reden dat ik ben uitgekozen. Mijn dóel in dit alles.'
'Waarvoor uitgekozen?' vroeg ze. 'En door wie dan?' Ze wilde haar hand op zijn schouder leggen, maar hield zich toen in, en deinsde zelfs een beetje terug. 'Bedoel je mij soms?'
Snel keek hij even opzij. 'Wát?!'
'Je zei dat je was uitgekozen, maar ik ben degene die contact met je heeft opgenomen. Dus daarmee bedoel je...'
'Wát?' Even was alle woede en verwarring uit zijn ogen verdwenen. 'Dat bedoelde ik helemaal niet. Jij bent de enige reden dat ik dit nog steeds volhoud. Dat heb ik je al gezegd.'
'Wat bedoel je dan wél?' vroeg ze. Ze voelde zich duidelijk in de verdediging gedrongen.
Hij richtte zijn blik weer op de weg. 'Dat weet ik niet.' Links van hen kwam het naambord van het hotel in zicht. Xander minderde vaart en

stuurde de wagen de oprit op. 'Ik blijf hier. Jij haalt haar op.' Zijn stem klonk weer afstandelijk. Ze keek hem even verbluft aan en deed toen het portier open.

O'Connell zette de motor af en nadat hij de motorfiets in zijn vrij over de top van de heuvel had laten uitrijden, stuurde hij hem de berm in. De bosrand zou hem enige dekking bieden. Honderd meter onder hem, op de oprit van een motel, stond de Golf met draaiende motor en open portier te wachten. Hij duwde de motor nog iets verder tussen de bomen, bleef staan toen hij rechts van hem een helikopter hoorde naderen en trok een verrekijker uit zijn zak. Toen werd zijn aandacht echter in beslag genomen door Sarah, die nu samen met een in een paar dekens gehulde gestalte een van de motelkamers uit kwam lopen. Terwijl hij stond te kijken, bukten ze zich en stapten in de Volkswagen, die al wegreed terwijl Sarah het portier dichttrok. Een ogenblik later kwam er een grote helikopter aanvliegen, vlak boven de boomtoppen. Het ding maakte een schuine bocht naar rechts en terwijl het een lage duikvlucht inzette, vielen de felle bundels van de zoeklichten op de achterkant van de nu snel optrekkende Golf, die daarop van de ene rijbaan naar de andere begon te zwenken.

O'Connell trapte de motor aan en reed met een schuine bocht de weg op. Met zijn rechterhand trok hij een pistool uit zijn jas: een wapen van een heel wat zwaarder kaliber dan het kleine precisiewerktuig waarmee hij de twee mannen op het grasveld had uitgeschakeld. Hij gaf vol gas, zodat hij nu twintig meter achter de laaghangende heli kwam te rijden, die met zijn neus steeds dichter op zijn prooi kwam te hangen. De achterste rotor kwam daardoor hoog te hangen, zodat hij voor iemand die daarop getraind was, een uitstekend doelwit was. O'Connell leunde voorover, bracht zijn pistool in de aanslag en loste een schot.

De terugslag was zo hevig dat hij een schuine bocht maakte en met zijn voorwiel ternauwernood de berm wist te ontwijken voordat hij de machine rechtop wist te krijgen en weer naar de middenlijn toe stuurde. Intussen was de helikopter een stuk hoger gaan vliegen. Kennelijk had de kogel zijn doel gemist. Nu floepte er een tweede zoeklicht aan en al snel wist de verblindend felle lichtbundel hem te vinden. Er klonk een reeks schoten en toen hij merkte dat kogels zich overal rondom hem in het wegdek boorden, zag hij zich genoodzaakt om wild van de ene kant van de weg naar de andere te gaan slingeren, zodat hij allebei zijn handen aan het stuur moest houden. Hij gaf opnieuw gas en kwam recht onder de machine te rijden, maar om er recht onder te blijven, moest hij blijven zigzaggen. Het grote ding wist hem niet af te schudden.

Opnieuw trok hij zijn pistool en opnieuw loste hij een schot. Deze keer was het wel raak. Er vlogen rookwolken uit de romp en de achterste rotor begon wild heen en weer te zwaaien. Hij minderde vaart en loste nog een paar schoten. De helikopter schudde nu heen en weer alsof hij plotseling in een hevige opwaartse luchtstroom was terechtgekomen en begon daarna wild te zwalken, als een draaitol die uit zijn evenwicht is geraakt. Het ding zou snel een noodlanding moeten maken.
Hij reed weer naar het midden van de smalle weg en om de dalende helikopter in te halen gaf hij vol gas. Toen hij er eenmaal voorbij was, probeerde hij zijn ogen weer te laten wennen aan de donkere weg vóór hem, maar van de twee rode stippen die hij het afgelopen uur had achtervolgd, was geen spoor meer te bekennen. Toen hij over zijn schouder keek, zag hij het resultaat van zijn noeste arbeid: vier man sprongen de helikopter uit en om een ontploffing te voorkomen, begonnen twee van hen onmiddellijk met brandblussers te spuiten. Van de Golf ontbrak nog steeds elk spoor. Toen hij zich iets vooroverboog, merkte hij tussen de bomen rechts van de weg echter een lichte flikkering op, die ongeveer dezelfde snelheid leek te hebben als hijzelf. Vrijwel ogenblikkelijk zag hij wat het was. Daar, diep in het bos, hobbelde de VW manhaftig tussen de bomen door. Op de een of andere manier had de bestuurder kennelijk een zijweggetje gevonden. Briljant, verdomme nog aan toe!
O'Connell minderde vaart en gaf de auto een kleine voorsprong. Daarna reden ze bijna anderhalve kilometer gelijk op, tot de weg een bocht maakte en hij de achterlichten van de auto steeds zwakker zag worden. Hij reed het bos in en zocht moeizaam een weg tussen de bomen en overhangende takken. Een aantal jonge takken werd vermalen tussen de spaken, maar zijn gezicht en handen kregen het zwaar te verduren, en terwijl hij de motor door het bos stuurde, werd hij een paar keer zo hard geraakt door een zwiepende tak dat hij toen hij eenmaal het pad had bereikt het bloed van zijn gezicht moest vegen. De wagen was toen al uit het zicht verdwenen.

'Ik wéét het niet!' riep Sarah. 'Ik heb niets gezien. Je zult hem wel afgeschud hebben.'
'Waar kwam die nou ineens vandaan?' Xander deed zijn uiterste best om de macht over het stuur niet te verliezen. 'Alles was veilig, en toen ineens... *whámmm*!... hing er een helikopter boven ons en bleek er een of andere stuntman achter ons te rijden...'
'Hij probeerde ons te helpen, dat was wel duidelijk.'
'Helpen,' riep Xander, 'of alleen maar in leven te houden?'
'Wat maakt dat nou uit?'

'Het gaat om wat Schenten heeft gezégd. Heb je me daarnet soms niet gehoord? Ze hebben me opzettelijk in leven gelaten...'

'Ik had niet het idee dat de jongens in die helikopter dat van plan waren,' viel ze hem in de rede. 'Die schoten gericht, hoor. Dat waren geen waarschuwingsschoten.'

Xander zag een opening links, trapte hard op de rem, zodat ze alle drie opvlogen uit hun stoel, en liet de auto een scherpe bocht maken. 'Je hebt gelijk. Ze deden inderdaad hun best om ons te vermoorden, maar dat hoeft niet per se te betekenen dat die vent op die motor ons goedgezind was.'

'Dat weet ik zo net nog niet,' zei ze nijdig. 'Iedereen die zijn best doet om ervoor te zorgen dat ik niet word doodgeschoten, zou ik toch wel als goedgezind willen beschouwen.'

De auto reed het bos uit, en nadat de wielen even hun grip dreigden te verliezen op het natte gras, kwamen ze weer op de weg. Xander stuurde naar rechts, zette de versnelling in zijn drie en trok zo snel op naar negentig kilometer per uur dat de wagen bijna met vier wielen los van de grond kwam. 'De versnelling houdt zich beter dan ik had verwacht,' zei hij op dezelfde boze toon als daarnet.

Sarah gaf geen antwoord meer en tuurde met een strak gezicht naar de weg.

'Misschien halen we er Montana wel mee,' zei hij.

Toen ze hem aankeek, was de uitdrukking op haar gezicht nog onveranderd.

Toen het ochtend werd, zat Sarah achter het stuur en zat Xander met zijn kin op zijn borst tegen de zijruit geleund. Aan het gelijkmatige ritme waarmee zijn hoofd op en neer ging, was duidelijk te zien dat hij sliep. Hij was een uur geleden in slaap gevallen: met tegenzin, want hij had niet willen toegeven aan zijn gevoel van uitputting, maar Sarah had erop gestaan. Dat was het enige geweest waar ze het sinds Tempsten over gehad hadden. Aan Schenten of de onbekende motorrijder hadden ze geen woord meer gewijd en terwijl de kilometers voorbijgleden, was het stil gebleven in de auto, op een korte wisseling van plaats na, ergens op een verlaten stuk weg vlak voor de grens van Pennsylvania. Xander had gelijk gehad. Montana was de enige keuze. Alles wat de senator had beweerd, stemde overeen met de gegevens in de COS-dossiers die Stein haar had laten zien. Het trainingskamp. Wolf Point, Montana.

Het zou gemakkelijker en sneller zijn geweest om via Canada te rijden, maar ook een stuk gevaarlijker, want de grens werd bewaakt. In plaats daarvan was ze naar Route 90 gereden, en terwijl ze daar met een kruissnelheid van honderd kilometer per uur overheen was gereden, had ze Cleveland, Lakewood en een hele reeks onbekende steden en stadjes langs zien glijden onder de stille ochtendhemel. Nu, een halfuur van Indiana, zag ze aan de brandstofmeter dat de tank bijna leeg was. Dat was een hele opluchting. Ze had behoefte aan een kop koffie, en aan een kort dutje. *Slaap – dat is een machtig wapen. Slaapgebrek maakt al je andere wapens waardeloos.*

Op een bord langs de weg zag ze dat het nog maar zestienhonderd meter rijden was naar het volgende benzinestation. Ze gaf gas en ging naar de rechterrijstrook. Toen ze snel even omkeek naar Alison, zag ze haar glimlachen in haar slaap.

Bob Stein lag met zijn hoofd tegen de stenen wand, maar hij had zo'n pijn in zijn rug dat dat kleine ongemak hem onverschillig liet. Het was pikdonker. Zijn handen waren vastgeketend aan de beide zijden van een bed, en hij kon alleen maar raden hoeveel uren of dagen hij hier al zo lag. Hij was nog steeds wat beneveld van het verdovende middel dat ze hem hadden toegediend. De nawerking was veel erger dan de verdoving zelf. Toen was hij buiten bewustzijn geweest, maar nu moest hij elk ogenblik van zijn herstel bewust doormaken.

Om zijn pijn en misselijkheid wat te verlichten was hij de gebeurtenissen die tot zijn huidige toestand hadden geleid op een rijtje gaan zetten. De laatste die hij had gezien, was de bewaker op het Ministerie van Buitenlandse Zaken, met wie hij een kort gesprekje had gevoerd. Het enige dat hij zich nog kon herinneren van de gebeurtenissen daarna, was een scherpe prik in zijn nek, gevolgd door eenzelfde prikkend gevoel in zijn bil, wat rondtollende lichten, een sirene en de duisternis waarin hij was ontwaakt. Het was niet moeilijk de eerste lacunes op te vullen. De bewaker had iemand gewaarschuwd. Daarna een injectie, een ritje in een ambulance, waarschijnlijk een valse, en dan dit. Het waren de latere witte plekken – of liever gezegd: die ene grote witte plek – die hem verontrustte. Hoeveel had hij ze verteld? En waarom was hij eigenlijk nog in leven?

Plotseling werd er een luikje in de deur opengeschoven. Het felle licht dat nu naar binnen viel, deed pijn aan zijn ogen en daarom verborg hij snel zijn gezicht achter zijn bovenarm. Hij hoorde een paar woorden en toen werd het slot opengedraaid en de deur geopend, zodat er een vloedgolf van fel wit licht de kamer binnenstroomde. Knipperend met zijn ogen probeerde Stein door de stof van zijn mouw heen te zien wie er in de deuropening stond, maar hij was volkomen verblind. Hij probeerde iets te zeggen, maar wist niet meer dan een zacht gepiep uit te brengen.

Zijn lippen en tong waren kennelijk nog steeds verdoofd. Plotseling verdween het weer, net zo onverwacht als het was gekomen. De deur stond echter nog steeds open en toen hij opkeek, zag Bob iemand in de deuropening staan. Terwijl hij naar links en naar rechts keek, namen ook de contouren van de kamer duidelijker vorm aan. Voorzover hij kon zien, was het een hokje van ongeveer drie bij drie meter, met een hoog plafond en zonder enig raam of wandversiering. Er was voor hem geen enkele manier om te bepalen of het dag of nacht was.

'Mijn excuses voor de boeien,' zei de man in de deuropening. Het was de stem van een oude man en hij had een Europees accent. 'Die zijn voor uw eigen bestwil. Naar ik heb vernomen, kan het middel dat u is toegediend mensen tamelijk gewelddadig maken. Ik neem aan dat u daar wel begrip voor hebt.'

Bob probeerde iets te zeggen, maar wist niet veel meer uit te brengen dan een dierlijk gekreun.

'Ach, ja. Dat is een andere bijwerking. Zeer betreurenswaardig, maar helaas onvermijdelijk. Wederom mijn oprechte verontschuldigingen. Binnen een uur hebt u uw stem weer terug. Voorlopig hoeft u echter alleen maar te luisteren.' Een vrouw kwam binnenlopen met een stoel en zette die naast het bed, zodat de bedompte lucht in de cel even bezwangerd werd met de geur van parfum. De man ging zitten. 'U hebt ons een heleboel verteld. Ik heb geen erg hoge dunk van dergelijke methoden, maar soms kunnen ze zeer nuttig zijn en nu de heer O'Connell weer actief is... Tja, we moesten dringend antwoord hebben op bepaalde vragen.' Hij zweeg even. 'Misschien is het wel interessant voor u om te horen dat uw herstel voorspoediger zal verlopen dan dat van de meeste anderen. U hebt namelijk slechts zeer weinig weerstand geboden. Ik hoop dat dat een troost voor u zal zijn.' Hij fluisterde iets tegen de vrouw, die daarop snel het vertrek verliet. 'De informatie die u ons hebt verschaft zónder dat we erom vroegen, was echter nog veel interessanter. Ik was me er niet van bewust dat iets dergelijks ook met medicijnen te bewerkstelligen viel, maar ik ben natuurlijk geen deskundige. Dat was een meevaller... voor ons allemaal.' Hij hoestte even en ging toen verder: 'Ik moet zeggen dat u een hoogst opmerkelijk mens bent, meneer Stein. Daar had ik werkelijk geen idee van.' Hij was wat kortademig en zijn woorden werden regelmatig onderbroken door een licht gehijg. 'En neemt u maar van mij aan dat ik een uitstekende kijk op mensen heb, en op hun... mogelijkheden, zullen we maar zeggen. U hebt echt karakter getoond, en dat was een aangename verrassing, een héél aangename verrassing, mag ik wel zeggen.' Hij schraapte zijn keel. 'Eerlijk gezegd zou u waarschijnlijk niet meer in leven zijn als dat niet het geval was geweest.

Maar laten we daar maar niet te lang over doorgaan. Ik ben hier om u een nieuwe kans te bieden.' Hoewel het gezicht van de man nog steeds schuilging in de schaduw, begon Bob nu het haar op diens hoofd te onderscheiden.
'Ik denk dat ik wel kan stellen dat u beseft wie wij zijn en wat ons doel is. Als de medicijnen correct hebben gewerkt, beschikt u op zijn minst over een rudimentair inzicht in wat er op komst is.' Opnieuw een korte hoestbui, maar deze klonk heel wat gedempter dan de eerste. 'U beschikt over een soepele en wendbare geest en u hebt gevoel voor epiek, voor grootschalige historische gebeurtenissen. Dat bevalt me zeer. En daarbij komt dan nog dat u, hoe zal ik het zeggen... in een positie verkeert waarin u over een brede linie uw invloed kunt aanwenden. Zoals u zich wel kunt voorstellen, beschikken we over een heleboel mensen in overheidsdienst. Slechts weinigen van hen zijn echter zo talentvol als u. Een man met uw vaardigheden en connecties kan voor ons van groot nut zijn. Geketend aan een bed bent u echter niemand van nut. Begrijpt u wat ik daarmee wil zeggen?'
Bob knikte, al was het maar om het de man naar de zin te maken.
'Uitstekend, want over niet meer dan een week zou dit gesprek al volstrekt betekenisloos zijn geweest.' De man ging verzitten en even later voelde Bob een ijskoude hand op zijn knie. 'Ze zeggen wel eens dat de tijd voor niemand stilstaat, meneer Stein, en ik zou daaraan willen toevoegen dat de chaos al even onbarmhartig is. Vandaag hebt u de tijd om na te denken. Die tijd verstrijkt echter snel.' Hij kreeg weer een hoestbui en trok snel zijn hand weg. 'Nooit tevoren,' vervolgde hij, 'nooit tevoren zijn de omstandigheden voor een verandering in de wijze waarop de macht wordt uitgeoefend, zó gunstig geweest. Nooit eerder. Dat zijn opmerkelijke woorden, hè? Meer dan vierhonderd jaar geleden geschreven door een al even opmerkelijk man. En ze zijn heden ten dage al even waar als toen.' De klank van zijn stem werd iets minder levendig, maar hij sprak nog steeds met grote nadruk. 'Helaas heeft niemand deze man destijds serieus genomen. Dat is erg jammer. Over acht dagen zal iedereen hem echter wel serieus móeten nemen.' Hij wachtte even en vervolgde toen: 'Ik geef u een keuze die ik slechts weinigen gegeven heb, en ik reken erop dat u geen domme dingen zult doen.' De oude man stond op. 'Acht dagen, meneer Stein. Daarna...' Hij schudde zijn hoofd, draaide zich om en liep langzaam naar de deur. Een ogenblik later werd het weer pikdonker in het vertrek en hoorde Stein hoe de deur weer op slot werd gedaan.

Nadat hij met een draai aan de dimknop het licht van de bureaulamp wat zachter had gemaakt, bleef Jonas Tieg een paar minuten zitten. Toen hij voetstappen op de trap hoorde, legde hij de telefoonhoorn op zijn borstkas. Zoals hij al had verwacht, stak zijn vrouw even later haar hoofd om de deur. Ze had een slaperige blik in haar ogen. 'Je hebt rust nodig, lieverd. Kom mee naar boven. Hoe laat is het?'

'Laat,' zei hij. 'Ga jij maar vast. Ik kom zo wel. Eerlijk. Maar eerst moet ik dit nog even afhandelen.'

'O, Jonas,' zei ze met een blik op haar horloge. 'Het is kwart voor vijf 's ochtends. Dit is belachelijk.'

'Dat weet ik, schat. Ga jij maar vast. Over twee minuten kom ik achter je aan.' Hij gaf een kus in de lucht, glimlachte en knikte toen ze gapend een kusbeweging maakte en de deur weer dichttrok. Toen hij de derde trede hoorde kraken – die kraakte altijd – zette hij de hoorn weer tegen zijn oor en zei: 'Herhaal dat even... Nee, het kan me niet schelen wat je sindsdien te horen hebt gekregen. Het gaat erom wat ik nú tegen je zeg. Het was géén vergissing. Jullie hadden opdracht om ze dood te schieten... Já, allebei, ook Jaspers. Heb je me soms niet verstaan? Dan geef je hun kenteken door op de politieband... Waarom? Om ervoor te zorgen dat de politie in het hele land, van Ohio tot Californië, straks naar ze op zoek is... Dat gaat je niet aan. Wát? Is de helikopter uitgeschakeld? Hoe kan dat... Hoe bedoel je dat je geen idee hebt wie het was? Er is gewoon iemand uit het niets komen opduiken?' Tieg luisterde aandachtig. 'Juist.' Hij wachtte even en zei toen afgemeten: 'Iedereen die je voor de voeten loopt, ruim je uit de weg. Begrepen? Goed... Ja, ik weet zeker dat het zo zal gaan.'

Hij legde de hoorn neer, deed het licht uit en bleef even zwijgend voor zich uit staren. Hij was zich maar al te zeer bewust van de pijn in zijn schouders en hij besefte dat hij haar zou moeten wekken: zoals altijd. Dan zou ze haar sterke handen over zijn rug laten glijden, en over zijn dijbenen, tot hij klaarkwam, en daarna zou hij langzaam in slaap vallen in haar armen. Dertig jaar lang had hij geen ander begeerd, bij niemand anders troost en redding gevonden. Ze had hem altijd begrepen. Ze zou hem ook nu weer begrijpen.

Laurence Sedgewick zat in zijn limousine en hield zijn ogen strak op het beeldscherm vóór hem gericht. Het hoornconcert van Mozart waar hij naar zat te luisteren, vormde een vreemd contrast met de beelden. Lijken die op draagbaren waren gebonden, andere lijken die languit in het gras of de modder lagen, met open ogen, dodelijk stil, terwijl het rondom het huis op de achtergrond een drukte van belang was. Overal was politie. Agenten vormden een kordon rondom het huis en rondom de

verzameling wapens die ze tussen twee surveillancewagens hadden neergelegd. Bovendien liepen er overal camerateams rond die hun beelden doorstuurden naar ochtendnieuwsprogramma's in het hele land. Een cameraman die zijn beelden doorseinde naar de auto van een particulier, trok geen speciale aandacht.
Senator George Maxwell Schenten was doodgeschoten in zijn huis op het platteland, duidelijk na een lang vuurgevecht. De journalisten vroegen zich al af of het buitenland hier iets mee te maken had. Was dit misschien een reactie op senator Schentens beleid ten aanzien van een Verenigd Europa? Waren het soms extremisten die genoeg hadden van Schentens openlijke kritiek op het islamitische fundamentalisme? Of zou het iets te maken hebben gehad met de andere gruwelijke gebeurtenissen die zich kortgeleden hadden afgespeeld? De politie weigerde daarover te speculeren. De telefoon ging.
'Sedgewick,' zei hij, zonder zijn ogen van het scherm af te wenden.
'Ze zijn net begonnen met de vingerafdrukken. Over een minuut of vijf zullen ze Jaspers en Trent wel gevonden hebben.'
'En de politiearchieven?'
'Die hebben we bijgewerkt, zodat ze nu ook in verband gebracht worden met de moorden in Duitsland en Italië. We staan op het punt om ook iets over de gebeurtenissen in Jordanië te laten uitlekken.'
'Goed. Wel kalm aan, hè?'
'Een ambtenaar die onbekend wil blijven, een paar passages uit een vertrouwelijk dossier. Is dat aanvaardbaar?'
'Is daar moeilijk aan te komen?'
'Moeilijk, maar niet onmogelijk. Die ene verwijzing lijkt me wel voldoende.'
'Dat ben ik met je eens. Natuurlijk zul je de jongens uit Washington zelf de stukjes aan elkaar moeten laten passen. We willen niet dat ze gaan denken dat hun verdachten ze op een presenteerblaadje zijn aangeboden.'
'Natuurlijk niet. Houden we ons hier verder nog mee bezig?'
'Alleen als we jullie dat vragen,' zei Sedgewick. 'Jullie horen nog wel van ons.'

Anton Votapek sjouwde over het open veld. De paar bruine graspollen onder zijn voeten vormden de laatste droeve restanten van wat ooit een sappig groen voetbalveld was geweest. De rest was een massa hard geworden modder, waarin de noppen van twee hordes enthousiaste voetballers hun afdrukken hadden achtergelaten en die daarna in de koude winternachten van Montana stijf bevroren was. Een eindje achter de doelpaal stond één enkel gebouw. Votapek liep drie traptreden op en deed de deur open. De open haard aan de tegenovergelegen kant van het vertrek wenkte hem uitnodigend toe, net als de twee bruinleren fauteuils die behaaglijk voor het haardvuur stonden. Hij ging zitten en pakte de telefoon van het bijzettafeltje.

'Hallo.'

'Anton?' De stem klonk vermoeid maar alert. Hij hield er niet van om te moeten wachten. 'De vorige keer dat je belde, zei je dat het dringend was.'

'Ja,' zei Votapek. 'Ik hoopte dat ik u niet uit uw slaap zou halen, maar ik vond niet dat dit kon wachten.'

'Daar zal je vast wel gelijk in hebben, vooral vanwege de recente gebeurtenissen.'

Votapek wachtte nog even en zei toen: 'Alison wordt vermist.' Hij bleef strak naar de vlammen turen.

'Juist.'

'Wanneer ze is verdwenen, is moeilijk te zeggen. Ergens in de afgelopen drie dagen.'

Het bleef even stil. 'Heb je dat van Laurence gehoord?'

'Ja.'

'En maakt hij zich zorgen?'

'Ja.'

'Hoe heeft dit kunnen gebeuren?'

'We kunnen er alleen maar van uitgaan...'

'Die Trent,' viel de oude man hem met nog steeds even krachtige stem in de rede.

'Ja.'

'Ik vind het moeilijk te begrijpen waarom dat mens zo moeilijk uit te schakelen is. Ze heeft samen met Pritchard in die trein gezeten: dat hebben we van die jongen van de NSC gehoord. Je gaat me nu toch niet vertellen dat niemand haar heeft herkend en dat niemand zich heeft gerealiseerd dat er maar één reden kon zijn waarom Arthur in die trein zat?'

'Het was niet hun hoogste prioriteit...'

'Hun hoogste prioriteit? Wat kan nou dringender zijn dan een vrouw die vastbesloten is om alles ten val te brengen waar we voor hebben gewerkt? Ik heb heel duidelijk gemaakt dat zij in haar eentje voor ons geen bedreiging vormt, maar samen met Alison... Het valt onmogelijk te voorspellen wie er dan zal worden geloofd.'

'Dat ben ik met u eens. Alison is van het hoogste belang...'

'We hebben het hier al zo vaak over gehad, Anton. Persoonlijke gevoe-

lens kunnen onze kijk op de zaken alleen maar vertroebelen. Jouw gevoelens voor dat meisje, hoe sterk die ook mogen zijn...'
'Waarom blijft u Jaspers dan beschermen?' Er viel een houtblok om en de vlammen laaiden hoog op in de bakstenen haard.
Een ogenblik deed de oude man er het zwijgen toe, en toen hij weer het woord nam, waren zijn woorden eenvoudig en duidelijk. 'Met gevoel heeft dit niets te maken.'
'Denkt u dat nou echt?'
'Denk je dat je het begrijpt, Anton? Jij begrijpt helemaal niets.' Hij had weinig geduld met Antons steken onder water. 'Was Jaspers bij Schenten thuis?'
'Ja.'
'En staat het gesprek op de band?'
'Ja. Ze wisten al over het schema voordat Schenten het ter sprake bracht.'
'En ze wilden het graag in handen krijgen?'
'Heel graag.' Er hing een draadje aan de armleuning van de stoel en Votapek begon er wat mee te spelen. Terwijl hij zijn best deed om achteloos te klinken, voegde hij eraan toe: 'Schenten heeft hem ook gezegd dat hij was gekozen. Dat de Topman, ik neem aan dat hij u daarmee bedoelde, hém ergens voor had uitgekozen. We begrepen niet wat hij daarmee bedoelde.'
'Heeft de senator me bij naam genoemd?'
Votapek wachtte even voordat hij daar antwoord op gaf. 'Onze mensen waren ter plekke voordat hij daar iets over heeft gezegd.' Hij liet het draadje vallen. 'Als hij uw naam wel had genoemd, zou dat...'
'Van geen enkel belang zijn geweest.'
'Laurence en Jonas denken er anders over.'
Votapek hoorde hem diep ademhalen. 'En wat wil dat zeggen, Anton?'
'Dat wil zeggen,' zijn stem trilde even '... dat ze die opmerking van Schenten een beetje eigenaardig vinden. We verkeerden allemaal in de veronderstelling dat het puur toeval was dat Jaspers dit allemaal heeft ontdekt. Als dat niet het geval blijkt te zijn...'
'Jáá, Anton.' Zijn ongeduld was nu omgeslagen in irritatie. 'Wat zou dát dan betekend hebben? Wat zouden Laurence en Jonas dáár dan over te zeggen hebben gehad?'
'Ik... Ik weet het niet.' Stilte.
'Natuurlijk weet je dat niet, want je flapt er iets uit zonder er eerst over nagedacht te hebben. Jonas is de ergste van jullie, die is er werkelijk van overtuigd dat hij slimmer is dan de rest. Misschien is dat wel de reden waarom het ook toen hij nog heel jong was al zo duidelijk was dat hij de

politiek in moest. Maar jij, Anton, jij was toch een beetje te intelligent voor zoiets. Ik heb altijd gehoopt dat het vanzelf zou overgaan en dat Laurence door zou krijgen dat Jonas maar wat kletst.'

'Hij zei dat we het probleem dienden te elimineren.'

'Mevrouw Trent is het probleem, Anton.'

Votapek verzamelde al zijn moed, en zei: 'Dat is niet wat Jonas heeft gezegd.'

Het bleef even stil. Toen zei de oude man: 'Juist. En wat heeft hij precies gezegd?'

Votapek deed er het zwijgen toe.

'Wat hebben jullie gedaan, Anton?' De stem fluisterde nu bijna. 'Mijn god, wat hebben jullie drieën gedáán?'

Sarah zat tegenover Xander. Haar kop was al twee keer bijgevuld, maar ze had haar koffie bijna weer op. De serveerster was echter te druk bezig om dat op te merken. Ze was druk in gesprek met een vrachtwagenchauffeur, een jongeman die hier duidelijk niet alleen kwam voor de koffie en de pannenkoeken. In een poging om er wat netter uit te zien, had hij zelfs zijn honkbalpetje afgezet en zijn vettige blonde krullen met zijn handen wat in model gebracht. Dat had zijn uitwerking niet gemist. De jonge vrouw had haar lippen zo hoog opgetrokken dat haar tandvlees zichtbaar was en ze liet een brede glimlach zien. Sarah kon haar ogen niet van die grote gele tanden afhouden. Ze was gewoon te moe om zich nog ergens anders op te kunnen concentreren. Het enige dat ze kon bevatten waren die glimlach, die tanden, dat tandvlees. Zelfs Xander was nu volkomen uit haar aandacht verdwenen, zodat ze niet opmerkte hoe verdiept hij was in zijn boek. Pas toen hij een bladzijde omsloeg, dacht ze weer aan hem.

Ze nam hem eens op, zoals hij daar zat, met zijn ellebogen op tafel en zijn rechterhand in zijn dikke haar, terwijl zijn ogen snel over de bedrukte pagina's gingen. Als hij moe was, dan deed hij zijn best om daar niet aan toe te geven. Ze zag zijn knie trillen van de nerveuze spanning. Het was duidelijk dat hij alle gedachten aan Schenten van zich af had gezet. Voorlopig was de wetenschapper weer aan het werk. Sarah nam een slok van haar koffie en bleef toekijken. Het was goed om hem weer zo dicht bij haar te hebben.

'Ze moeten wel een heel leger tot hun beschikking hebben,' zei Xander zonder op te kijken. 'De ene aanslag na de andere, een hele reeks fasen die door allerlei verschillende groepen ten uitvoer gebracht dienen te worden: één om de plaats te bepalen waar de explosieven aangebracht dienen te worden, een andere om ze daar te verbergen en een derde groep om ze tot ontploffing te brengen. Eisenreich nam weken de tijd om zijn chaos te ontketenen, maar zij niet meer dan een paar dagen en soms zelfs niet meer dan een paar uur. Bovendien hebben ze alle acties in het hele land tot op de minuut op elkaar afgestemd.'

'Hoe lang gaan die acties duren?' vroeg Sarah.

'Acht dagen. Acht dagen vol terreuraanslagen. Het wrange is dat maar heel weinig van die aanslagen op zich werkelijk catastrofale gevolgen zouden hebben.' Hij bladerde even terug. 'De eerste is over twee dagen.' Hij keek op. 'Dus we hebben in elk geval nog even de tijd voordat ze een aanslag op het Capitol Building plegen.'

'Is dat dan geen catastrofe?'

'Symbolisch gezien wel, ja, maar in sociaal opzicht, nee. Kijk maar eens naar die aanslag in Oklahoma, drie jaar geleden. Dat was afschuwelijk, tragisch, of hoe je het verder ook maar wilt noemen, en twee weken lang werd er in alle actualiteitenrubrieken uitgebreid aandacht besteed aan zo'n beetje elke gewapende militie in het hele land. Maar daar is het ook bij gebleven. We waren allemaal diep verontwaardigd en vol afschuw, maar daarna zijn we het snel weer vergeten. Die bomaanslag op zich heeft niet tot het soort paniek geleid waar onze vrienden op uit zijn.' Hij sloeg een paar bladzijden om.

'En dat is?'

'Stel je eens voor dat er op diezelfde dag nog iets zou gebeuren... dat het hele computernetwerk van Southwestern Bell uitvalt, bijvoorbeeld, of dat elke tunnel en elke brug naar Manhattan ineens onbegaanbaar blijkt te zijn. Dat zou heel wat angstaanjagender zijn.'

'Zijn ze dat soms van plan?'

'Stel het Capitol Building in de plaats van die kantoorflat in Oklahoma en dan heb je drie van de items van hun lijst: nummer één, acht en zeventien om precies te zijn. Nummer één roept vragen op over de nationale veiligheid, en wekt misschien zelfs de suggestie dat er buitenlanders bij betrokken zijn. De andere aanslagen bevestigen die angsten en leiden tot nog meer paniek. Het is wat ze in Washington en Chicago hebben geprobeerd, maar dan op een wat grotere schaal. Als je al die gebeurtenissen samenvoegt, en ervoor zorgt dat ze goed getimed zijn, kun je daarmee een chaos scheppen die de feitelijke gebeurtenissen nog veel belangrijker doet lijken dan ze werkelijk zijn. Dat staat allemaal letterlijk zo in Eisenreichs manuscript.'

De een na de ander, Tieg had het zelf gezegd. 'Hoeveel?'

'Achtenveertig. De grote klapper is een moordaanslag op de president.'

'Wat origineel,' zei Sarah hoofdschuddend.

'De moord zelf is niet zo belangrijk voor ze.'

'Dat is een hele geruststelling.'
'Het gaat om de manier waarop de mensen ertegenaan zullen kijken.'
'Ik kan je niet volgen.'
'Denk eens na. Toen president Kennedy werd neergeschoten, werd er veel gemompeld over een samenzwering, maar de meeste mensen zagen het als een wanhoopsdaad van een geïsoleerde gek. Verdriet, woede, een gevoel van verraden te zijn, dát waren de overheersende gevoelens.'
'Geen massahysterie.'
'Precies. Als ze Wainwright uit de weg ruimen, zal zijn dood geen losstaand incident zijn, maar de laatste en ernstigste van een hele reeks aanslagen op de republiek, een signaal dat het land te zwak of te corrupt is om de orde te kunnen bewaren. Of dat als een samenzwering gezien zal worden of niet, doet dan eigenlijk niet meer terzake. Het enige dat de mensen zullen voelen is wanhoop, een gevoel dat alles in elkaar stort.'
'En dan verschijnt Pembroke ten tonele,' knikte Sarah. 'En die heeft een geneesmiddel.'
'Zo te zien, zijn ze van plan om alle grote angsten die er maar zijn flink aan te wakkeren: scherpe koersdalingen op de effectenmarkt, buitenlandse terroristen, misdaad in de grote steden. Op zich is dat allemaal niets nieuws of verbazingwekkends, maar deze keer gebeurt het allemaal binnen acht dagen.'
'Tieg zal wel het hoogste woord voeren.'
'Natuurlijk.'
'Over hoeveel groepen hebben we het nu?' vroeg ze terwijl ze het boek over tafel naar zich toe trok en een snelle blik wierp op het schema dat op de binnenkant van de achterflap was geplakt.
'Een stuk of dertig. Elke taak is opgedeeld in vier afzonderlijke fasen. Eén cel of team per...'
'Per fase,' viel ze hem in de rede. Het leek wel of ze in zichzelf sprak, en intussen tuurde ze met nog meer aandacht naar het schema.
'Precies,' zei hij, en toen hij zag hoe anders ze nu keek: 'Wat is er?'
Ze gaf geen antwoord en bleef doorlezen. 'Sprong-rotaties, overbodige cellen,' zei ze met een knikje, 'en natuurlijk een aantal afzonderlijke basisteams voor het eerste werk...'
'Hoezo "natuurlijk"? Waar heb je het over?'
Ze keek op. 'Dit is... ik ken dit soort schema's. Het is een...'
'Pritchard-matrix,' zei een stem achter haar. Ze schrokken allebei zo dat ze meteen hun mond hielden. 'Het aantal cellen en opdrachten, de overlappingen. De ene klus afmaken en daarna wachten op instructies voor de volgende.' De stem zweeg even. 'Maar het zijn die basisteams die de doorslag geven, hè, Sarah?'

Die lijzige Ierse tongval, die afgebeten manier waarop de woorden werden uitgesproken. Ze draaide zich om en keek de man eens aan. Hij zat aan het uiteinde van de bank achter hen, en keek haar nu recht in het gezicht.
'O'Connell?'
'Gaelin Patrick, om u te dienen, mevrouw.' Hij glimlachte en keek Xander eens aan. 'De goede doctor, neem ik aan?' Xander kon alleen maar knikken. 'U hebt een nare tijd achter de rug, maar zo te zien bent u er heelhuids uit gekomen. En wat jou betreft, Sarah, je ziet er opmerkelijk blond uit. Ik vond dat roodbruine haar mooier, maar je kent mijn smaak.'
'Hoe heb je...'
'De dame wil me gaan vragen hoe ik jullie heb gevonden,' zei hij met een knipoog naar Xander. 'En dan ga ik haar vertellen dat een andere vriend van ons het beter vond om een oogje op jullie tweeën te houden. Een man met een afschrikwekkende voorkeur voor kaaskoekjes.'
Toen ze iemand geschrokken naar adem hoorden happen, keken ze alle drie om; een vrouw tuurde met een strak gezicht naar de televisie die aan de tegenovergelegen muur was bevestigd. Op het scherm stond een verslaggever voor een vlammenzee.
'In iets wat kennelijk een reprise is van de waanzin van vorige week, is er vanochtend kort na zes uur een bom ontploft op Capitol Hill, zodat de westelijke vleugel van het Capitol Building in vlammen is opgegaan. Terwijl Washington zich verbijsterd de slaap uit de ogen wrijft, is de brandweer druk in de weer om...'

'Het verandert niets,' zei O'Connell. Ze stonden nu bij de VW. Alison zat op de rechtervoorstoel. 'Of ze hebben het schema een paar dagen vervroegd óf er is iets misgegaan. Hoe lang duurt het voor de volgende actie zou moeten beginnen?'
Xander keek even op het schema. 'Veertien uur. Dan wordt de Engelse ambassadeur gekidnapt en geëxecuteerd. De eerste zes acties zijn verspreid over een periode van tweeënhalve dag. Daarna gaat het ineens een stuk sneller en komt er om de vier, vijf uur een nieuwe actie.'
'Typisch Pritchard,' zei O'Connell met een knikje. 'Eerst even kijken of er zich geen onvoorziene problemen voordoen, een oefening als het ware, en daarna een snelle reeks acties. Dat geeft ons wat tijd, niet veel, maar wel wat. En trouwens,' voegde hij daaraan toe, 'ik had twee mensen verwacht. Jullie hebben me nog niet voorgesteld aan deze roodharige schoonheid.' Sarah knielde neer naast Alison en nam haar bij de hand. 'Dit is een vriend, Alison. Hij heet Gael.'

Een nietszeggende blik, gevolgd door een glimlach. 'Hallo, Gael,' zei ze. 'Je hebt een mooie naam.'
De Ier leek even van zijn stuk gebracht door die opmerking. Hij keek even naar Sarah en daarna weer naar Alison. 'Dank je. Ik ben er... eh, zelf ook nogal aan gehecht.'
Sarah, die aan de andere kant van de wagen stond, wenkte hem dat hij even bij haar moest komen. Met gedempte stem zei hij: 'Wie was dát nou? Dat moet je me wel even vertellen.'
Vijftien minuten later zat O'Connell met zijn armen over elkaar op de motorkap. Hij wist nu voldoende. 'Dat is heel wat meer dan ik van Bob had gehoord. Die weet niet eens van het bestaan van dat meisje.' Hij keek even achterom naar Alison, die nog steeds in de auto zat. 'Jezus, geen wonder dat ze...' Hij schudde zijn hoofd.
'Het zal snel moeten zijn,' zei Sarah. 'Een kleine aanslag. We moeten het van binnenuit zien te saboteren. Ze zullen waarschijnlijk wel een noodbeveiliging op de computers hebben. Als er iets gebeurt, wordt het sein dat het snelle deel van het schema van start kan gaan waarschijnlijk automatisch gegeven. We moeten het systeem van binnenuit zien te ontmantelen.'
'Dat ben ik met je eens,' zei hij. 'Waarschijnlijk zullen ze zes tot acht man nodig hebben om door de afrastering heen te komen.'
'En we zullen een paar foto's moeten hebben van het huis... de indeling en de afmetingen.'
'De details zijn geen probleem.'
'Details?' kwam Xander tussenbeide. Hun snelle korte zinnetjes hadden hem kennelijk geërgerd. 'Hoezo ontmantelen? We weten waar ze op uit zijn. Dat staat allemaal in het schema. We hoeven die informatie, en Alison, alleen maar over te dragen aan iemand die ze kan tegenhouden. Een sterk kordon om de verschillende doelwitten...'
'Zodat ze snel in de gaten krijgen wat er aan de hand is, en de acties afblazen?' zei Sarah hoofdschuddend. 'Ze hebben nu al dertig jaar gewacht. Als ze ook maar iets ongebruikelijks opmerken, trekken ze zich terug en stellen ze een ander schema op. Nee, we moeten nú gaan. Als we dat niet doen, kan ik je verzekeren dat niemand van ons, inclusief Alison, de volgende keer dat ze het proberen nog in leven is.'
'Wacht 's even,' zei Xander dringend. 'Wil je nou werkelijk beweren dat geen enkele van al die almachtige overheidsorganisaties zou kunnen ingrijpen om die staatsgreep te verijdelen...'
'Zodat ze daarmee precies de paniek ontketenen die we proberen te vermijden?' Opnieuw schudde Sarah haar hoofd. 'Als je zo'n alarmsignaal geeft en de Nationale Garde doet invallen op Joost mag weten hoeveel

verschillende locaties... dan gaan de mensen zich heel erg druk maken. Weet je nog wat er destijds na die inval in Waco is gebeurd? Alle mensen die dan door de politie worden neergeschoten, zijn ineens martelaars. Want reken maar dat Tieg de mensen de stuipen op het lijf zal jagen. "Machtsmisbruik", zal hij roepen. "De overheid is paranoïde geworden." En over zes maanden gaan ze opnieuw van start.'

'Met een ander schema,' vulde de Ier aan. 'Helaas hebben jullie die mogelijkheid ook niet meer.'

Xander draaide zich om en keek hem aan. 'Hoezo?'

'Was dat het eerste nieuwsbericht dat jullie vandaag hebben gezien?' Ze knikten. 'Dat dacht ik wel. Sinds een uur of zes hebben ze het eigenlijk alleen nog maar over de moord op Schenten gehad. Jullie worden allebei verdacht.'

'Wát!'

'En het wordt nog mooier.' Hij wachtte even en liet zijn handen in zijn schoot rusten. 'Het schijnt, doctor, dat u ook wordt gezocht in verband met de dood van een man in Italië, een man in Duitsland en een vrouw in New York... een zekere mevrouw Huber.'

'O, mijn god!'

'Ze is dood aangetroffen in uw kantoor. Jullie staan er allebei niet fraai op, moet ik zeggen: de dolgeworden geleerde en de voormalige huurmoordenares.' Hij richtte zijn blik op Sarah en na een korte aarzeling ging hij verder: 'Ze hebben informatie laten uitlekken over Amman. Ze beweren dat je... verantwoordelijk bent voor de dood van de dochter van de ambassadeur. Ik weet niet hoe ze aan die informatie zijn gekomen, maar zo staan de zaken ervoor.' Aan de blik in Sarahs ogen zag hij hoe diep dat nieuws haar had geraakt. 'Jullie signalement is in het hele land verspreid, samen met een beschrijving van jullie auto. Dat is de reden dat ik wel contact met jullie moest opnemen.'

Xander ging op de motorkap zitten met zijn hoofd achterover. 'Heb je ook gehoord hoe ze om het leven is gekomen?'

O'Connell wachtte even voor hij antwoord gaf. 'Daar kun je je maar beter geen zorgen over maken, jongen. Dat kun je je niet permitteren.'

'Ik heb haar Carlo's aantekeningen gestuurd, alles. Ik had nooit gedacht...'

'Dat kon je ook helemaal niet weten,' zei Sarah, die de onthullingen over haar verleden even van zich af had gezet. 'En Gael heeft gelijk. Dat kun je je niet permitteren. Je moet denken aan de mensen die haar hebben vermoord, en die nu kennelijk zo wanhopig zijn dat ze zelfs de politie erbij halen om je tegen te houden.' Ze pakte zijn bovenarmen vast. 'En ze proberen écht om je van kant te maken, wat die Schenten ook gezegd mag hebben.'

Xander bracht zijn hoofd weer omlaag, keek haar aan, en knikte langzaam.
Tegen O'Connell zei ze: 'Dat wil zeggen dat vliegen te riskant is. En deze auto kunnen we ook niet meer gebruiken. Ik zet hem wel ergens in het bos, met wat takken eroverheen.'
'Ik ben je één stap voor. Geef me een uur de tijd.' Hij liet zich van de motorkap af glijden en legde een hand op Xanders knie. 'Je bent in goede handen, jong. Je moet me ooit eens vertellen hoe je Duitsland uit hebt weten te komen.'
'Ooit,' zei de academicus, 'zal ik je dat wel eens willen vertellen.'
O'Connell knipoogde en liep naar zijn motor. Een minuut later zaten Xander en Sarah in de VW, die nu een luid, dieselig geronk voortbracht.
'Het is een aardige man.' Dat was Alison en terwijl ze dat zei, tuurde ze door het raampje naar de rug van de Ier. 'Een heel aardige man.'

'Beseffen jullie wel hoe moeilijk het wordt om weer ongedaan te maken wat jullie hebben aangericht!' In drie verschillende staten krompen mannen ineen toen ze die schreeuwende stem uit de telefoonhoorn hoorden komen. En toen de tirade overging in een hevige hoestbui, zagen ze alle drie een ander beeld van de oude man voor zich. Hij begon steeds vaker zo te hoesten, dacht Tieg. Het zou nu niet lang meer duren. Maar toch, tot nu toe had hij het allemaal weten te overleven. 'Na vijftig jaar, vijftig jáár, denk je dat je wel weet wat je kunt verwachten, je denkt dat ze boven zichzelf uit zullen weten te stijgen en zullen handelen zoals ze geléérd is. Maar telkens en telkens weer kom je tot het besef dat je het mis hebt, dat het kinderen blijven, dat je de verkeerden hebt uitgekozen en dat ze nu nog steeds niet méér zijn dan toen je ze voor het eerst aantrof.' Hij zweeg even, zodat zijn moeizame ademhaling het enige was dat er te horen viel. '*Het zal zijn taak zijn zijn pupillen met zorg te kiezen.* Misschien is die taak mij te zwaar geweest.' Opnieuw die zware ademhaling. 'Kan een van jullie mij verklaren waarom jullie Jaspers tot een paria hebben gemaakt... tot een gevaarlijke gek?'
Het werd stil op de lijn. Tieg was de eerste die iets zei: 'Omdat we geen alternatief hadden.'
'De stem van de rede.' De oude man nam niet de moeite om zijn minachting te verhullen. 'Jullie waren het dus allemaal met elkaar eens dat dit de manier was om Jaspers aan te pakken?'
'We hebben het er uitgebreid over gehad...'
'Jou heb ik niets gevraagd, Jonas,' viel de oude man hem in de rede. 'Ik vraag het aan Laurence en Anton. Of hebben ze jou nu ook al tot woordvoerder benoemd?'

Opnieuw een korte stilte. Toen zei Sedgewick: 'De opname van het gesprek in Schentens huis maakte ons allemaal heel duidelijk dat zowel Jaspers als Trent nu in het bezit is van een document waarmee ze ons aanzienlijke schade kunnen berokkenen.'
'En wat jou betreft, is er geen enkel verschil tussen Jaspers en die moordenares?'
'Op dit moment niet meer, nee. Het is best mogelijk dat we er niet in slagen om ze in handen te krijgen voordat ze die informatie doorgeven.'
'Denk je dan dat ze naar de politie zouden zijn gegaan? Denk je dat ze hem serieus genomen zouden hebben?' De oude man wachtte even. 'Was jij het met ze eens, Anton?'
'Ik... Ja. Hij vormt een... risicofactor voor ons. Er moest iets... aan hem gedaan worden.'
'Je zou een slecht toneelspeler zijn, Anton. De volgende keer moet je hem zijn tekst wat beter laten instuderen, Jonas.'
'Hij is een volwassen vent,' zei Tieg. 'Hij neemt zijn eigen beslissingen. We nemen allemaal onze eigen beslissingen.'
'Ah,' zei de vermoeide stem, 'eindelijk komt de aap uit de mouw. Nu krijgen we te zien waarom al die kleine samenzwerinkjes zo belangrijk zijn geworden de afgelopen tijd. Het heeft niets te maken met Jaspers, of Alison, en zelfs niet met mevrouw Trent, hè, Jonas? Het heeft te maken met wie de beslissingen neemt, wie de macht heeft.' Hij wachtte even. Kennelijk hoopte hij dat iemand hem zou tegenspreken. Toen dat uitbleef, schreeuwde hij: 'Rund! Idioot dat je bent! Jij praat over beslissingen, jij denkt dat je het grote geheel overziet, maar jij begrijpt helemaal níets! Denk je soms dat ik je niet dóórheb, Jonas? Denk je soms dat ik zo oud en dwaas ben om niet gemerkt te hebben waar je altijd al op uit bent geweest? Chaos, natuurlijk. Dat willen we allemaal. Maar daarna scheiden zich onze wegen. Zo is het toch? Chaos, dat is het enige waar jij op uit bent. Orde vind je maar een saaie boel. Stabiliteit en duurzaamheid zijn voor iemand als jij niet zo heel belangrijk. Je geeft de voorkeur aan de vrijheid van de chaos, de onbeperkte mogelijkheden die die met zich mee brengt.' De minachting droop nu van zijn woorden af.
'Denk je dat ik dat niet in de gaten had? Jongen, dat is vanaf het eerste begin toch al overduidelijk geweest! Dat was precies de reden dat ik je heb uitgekozen. Dat egoïsme van jou was van vitaal belang voor de taak die je te vervullen had. Waarom denk je dat ik je de afgelopen jaren zo strak aan de lijn heb gehouden? Misschien was het dom van me om te verwachten dat je er dan niet aan zou gaan trekken. Dat is een vergissing van me geweest, maar die zal ik niet nog eens maken.'
Het bleef even stil aan de andere kant van de lijn. Toen zei Tieg, mét een

afgemeten en beheerste stem die duidelijk bedoeld was om zijn razende woede te maskeren: 'Hebt u Jaspers uitgekozen?'
'Je vraagt iets wat je niet aangaat.'
'Het gaat me wél aan, ouwe zak dat je bent! Heb je hem uitgekozen of niet!'
'Jij slaat níet zo'n toon tegen mij aan! Begrepen?' Hij wachtte even. 'Ik zei: heb je dat begrepen, Jonas?'
Er lag een lang vergeten vuur in die woorden, een venijn dat hen alle vier leek terug te voeren naar een hutje aan het Italiaanse strand, en naar de drie jonge jongens die daar doodsbang in een hoekje hadden gezeten terwijl de meester zijn oudste leerling stevig onder handen nam.
'Vertel op, Jonas! Waarom lieg je tegen me? Waarom zeg je niet eerlijk dat jij degene bent die Anton in het water heeft geduwd?' Hij sloeg de jongen met zijn vlakke hand in het gezicht, hard genoeg om het jonge lijf op de vloer te laten vallen. Zonder er echter ook maar een traan om te laten, krabbelde Jonas overeind. Hij schudde alleen even zijn hoofd. Opnieuw sloeg de man hem recht in zijn gezicht, en opnieuw viel de jongen op de grond, maar deze keer druppelde er bloed uit zijn lip. 'Waarom bedrieg je me?'
'Ik heb u niet...'
'Sla niet zo'n toon tegen me aan!' brulde de man en hij gaf de jongen een harde stomp tussen zijn ogen, zodat hij met zijn achterhoofd tegen de houten muur sloeg en onbedaarlijk begon te huilen. 'Jij bent niets, Níets! Maar ik zal een groot veroveraar van je maken. Jullie worden alle drie grote veroveraars. Snap je dat?'
De jongen stond nu met gebogen hoofd en trilde over zijn hele lijf. 'Ja,' snikte hij, 'ik heb u bedrogen.'
De man stak zijn hand uit en streelde de jongen over zijn haar.
'Je bent een goeie jongen, Jonas,' zei hij terwijl hij naar de andere twee keek. 'Nou, ga je maar wassen.'
'Ja,' zei Tieg. Aan zijn stem viel duidelijk te horen dat hij nog steeds gevangenzat in de herinnering.
'Prima... Anton, morgen geef je al je studenten krokusvakantie en daarna ga je zelf op vakantie in het Caribische gebied. Zorg ervoor dat de staf is voorbereid op mijn komst. Ik kom voor twaalven aan. Laurence blijft in New Orleans. En Jonas...' hij zweeg even, maar het was duidelijk dat hij geen antwoord verwachtte, 'jij blijft in San Francisco. Is dat duidelijk?'
Als één man zeiden ze: 'Ja.'
'Juist. Ik zal jullie fout herstellen. Plaats me niet nog eens in deze positie. Ik ben veel te oud aan het worden om jullie rotzooi achter jullie op te ruimen.'

O'Connell stapte uit de auto, die heel wat anders was dan Sarah had verwacht. Hij had duidelijk betere dagen gekend en de carrosserie was ingelegd met een strook hout, die een bizar contrast vormde met de donkergroene lak. Het achterraam zat vol stickers van allerlei middelbare scholen en universiteiten en de bumper bevatte een verzameling vreemde waarschuwingen, nog vreemdere boodschappen, en soms zelfs combinaties van beide, zoals: Pas op voor de Heer, die heeft geen zwaailicht nodig. Alison stond er als betoverd naar te kijken en las ze met een eerbiedig gezicht door, alsof ze er een subtiele verborgen betekenis in had ontdekt. O'Connell gooide de sleutels naar Xander toe en kwam naast haar staan.

'De motor staat een kwartiertje hiervandaan,' zei hij. 'Je geeft me wel even een lift, hè?' Hij ging naast Alison staan en las met haar mee. 'Een vreemd mengelmoesje, dat is een ding wat zeker is.' Ze bleef ernaar staan turen. 'Een beetje van dit, een beetje van dat, en het heeft allemaal niet veel met elkaar te maken. Maar het is prettig lezen.'

Ze keek hem glimlachend aan. Toen hij naar het open portier wilde lopen, pakte ze hem echter snel bij de arm. Haar glimlach was nog steeds even oprecht als daarnet, en de blik in haar ogen even zachtaardig. Een ogenblik stond O'Connell haar wat onzeker aan te kijken en wist hij niet goed hoe hij moest reageren. Toen legde hij, heel langzaam, zijn hand op de hare en zei: 'Waarom kom je niet naast me zitten? Dan rijden we er samen naartoe. Wat dacht je daarvan?'

Haar glimlach werd nog breder, haar ogen straalden nu.

Twintig minuten later bracht Xander op aanwijzing van de op de achterbank gezeten O'Connell de wagen tot stilstand langs een afgelegen weggetje naar het dorpje Bryan. De motorfiets stond ergens in het bos, O'Connell zou het verder zelf wel weten te vinden.

'Gebruik het nummer dat ik je heb gegeven als contactpunt,' voegde hij eraan toe. 'Waarschijnlijk kan ik de manschappen binnen achttien uur bij elkaar krijgen. Het is open terrein, dus je moet een plek zien te vinden binnen een straal van honderd kilometer van...'

'Ik weet hoe het werkt,' zei Sarah. 'We mogen van geluk spreken als we daar morgenochtend aankomen. We zullen voorzichtig moeten zijn, zeker nu we Alison bij ons hebben...'

'Ik wil met hem mee,' zei het meisje, zachtjes maar duidelijk. Ze draaiden zich alle drie met een ruk om. Sarah was de eerste die antwoord gaf. 'Dat zou een beetje moeilijk kunnen zijn, Alison.' Ze deed haar best om haar stem geruststellend te laten klinken. 'Gael heeft alleen maar een motorfiets...'

'Dat weet ik.' Haar stem klonk nog steeds even helder en openhartig. 'Ik

wil toch graag gewoon met hém mee.'
Sarah keek haar voormalige collega eens aan. De uitdrukking op zijn gezicht was een heel andere dan ze had verwacht. Hij zat te grinniken.
'Misschien is dat helemaal zo'n slecht idee nog niet,' zei de Ier. 'Dat ik haar meeneem, bedoel ik.' Het idee leek hem steeds beter te bevallen, want zijn grijns werd breder en breder. 'Het zou zelfs wel eens de beste mogelijkheid kunnen zijn. Voor het geval dat...' Hij keek Sarah eens aan. 'Jij hebt al iemand op wie je moet letten... Neem me niet kwalijk, doctor.'
'Nee, hoor,' zei Xander.
'En nu heb ik ook iemand. Dat zal het een stuk gemakkelijker maken om ervoor te zorgen dat ze hier allebei heelhuids uit komen.'
Sarah was nog niet overtuigd. 'We zitten hier meer dan tweeduizend kilometer van het kamp, Gael. En je...'
'Het zou een beetje koud kunnen worden,' zei hij tegen Alison. 'En je zult geen tijd krijgen om te slapen.' Alison bleef hem aanstaren. 'Nou...' zei hij met een wat verstrooid knikje. 'Dat is dan geregeld.' Hij maakte het portier open, stapte uit en reikte Alison de hand. Een paar seconden later stak hij zijn hoofd weer naar binnen, pakte Alisons zware overjas van de bank en zei: 'Tot in Wolf Point dan. Goede reis.' Daarna sloeg hij het portier dicht en liep naar de bosrand.
Sarah keek Xander stomverbaasd aan en zag dat hij stond te glimlachen.
'Wat?' vroeg ze.
Hij schudde zijn hoofd.
'Dat is wel in orde,' zei hij. 'Waarschijnlijk is het heel goed voor haar.'
'Om háár maak ik me geen zorgen.'

Boven het afgelegen vliegveldje zette de tweemotorige Packer een rustige landing in. De rode lampen langs de landingsbaan schoten onder hen langs. Hier en daar was nog wat sneeuw te zien, maar niet op de dwars over het grillige terrein lopende zwarte rechte lijn, een strook asfalt in een bleekgekleurde zee van rotsblokken en aarde. De oude man die naast de piloot in de cockpit zat, greep de armleuning stevig vast. Het vliegtuig hing nu al een stuk lager. Terwijl de grond snel naderbij kwam, liet hij zijn gedachten even de vrije loop.
Stein, die nu rustig achterin lag te slapen, had verder niets gezegd wat erop wees dat hij tot de juiste beslissing was gekomen. Op zich kon dat de oude man niet veel schelen, maar hij begon nu pas goed te beseffen van hoeveel nut zijn 'gast' hem zou kunnen zijn in deze toestand met Jaspers. Een paar woorden tegen de juiste mensen en die hele toestand in Europa zou uit de wereld zijn, en dat gold ook voor dat gedoe met

Schenten. Helaas had de jongeman zich heel wat minder inschikkelijk getoond dan zijn voorganger. Zijn voorganger, dacht hij. Pritchard. Die had staan te popelen om zich bij Eisenreich aan te sluiten. Wat was die enthousiast geweest! En ook zo zeker van zijn zaak! Stein toonde echter helemaal geen enthousiasme. Vastgebonden liggen had kennelijk weinig allure. Hij was echter een slimme jongen. Hij zou wel inzien dat Eisenreichs overwinning onontkoombaar was en terwijl hij onder verdoving was, had hij een verbazingwekkende bezorgdheid over het lot van de jonge geleerde aan de dag gelegd. Dat was in elk geval hoopgevend.
Binnen twintig minuten hadden ze de afslag naar het kamp bereikt: een halve kilometer omgeploegd gravel. Deze verleende aan de omgeving een landelijk, boers en misschien zelfs wat vervallen aanzicht. Deze indruk zou iedereen krijgen die zich langs de bordjes met VERBODEN TOEGANG waagde die aan weerszijden van de weg aan de bomen waren gespijkerd. De houten poort aan het eind van het bochtige weggetje leek er alleen maar voor de sier te staan, een pittoreske herinnering aan het feit dat het groepje blokhutten op het terrein particulier eigendom was. Schentens voormalige toevluchtsoord. Wat was er in die paar korte jaren toch veel veranderd, dacht hij.
Toen de wagen bij de poort tot stilstand kwam, rende er een eekhoorn over het pad. Het diertje bleef even staan om aan een van de palen te snuffelen en dat was een vergissing die het nog lang zou heugen, want zijn kleine lijfje begon ineens hevig te stuiptrekken. De schok duurde niet langer dan een paar seconden, maar dat was ruim voldoende om duidelijk te maken dat niet alles hier was wat het leek. De mannen in de auto keken toe hoe het diertje op zijn zij viel en daar bleef liggen terwijl de stuiptrekkingen langzaam minder werden, tot het moeizaam overeind krabbelde en langzaam het bos in hinkte. Het systeem was zo ontworpen dat de kracht van de schok evenredig was aan de grootte van het dier.
Een ogenblik later ging de poort open en reed de grote Mercedes het terrein op, langs een rij blokhutten en naar een gebouw in ranch-stijl een eindje daarvandaan. Er stond een lange, kale man bij de deur.
'Met zijn hoevelen zijn we, Paolo?' De oude man boog zich voorover en stapte de wagen uit zonder zelfs maar even dankjewel te knikken tegen de man die hem de helpende hand had toegestoken.
'Twaalf. Degenen die dienst hebben in het huis en het lab niet meegerekend.'
'Uitstekend. Ik ga een dutje doen, en na de lunch inspecteer ik de vorderingen. Jij loopt met me mee.' De man knikte. 'Ik vertrouw erop dat je over Wolfenbüttel heen bent.'

Hij wachtte niet op een antwoord.
Boven aan de trap stond een aantrekkelijke vrouw in een lange rok en een witte blouse. Ze stak hem haar arm toe, maar de oude man weigerde en liep langs haar heen. 'Fijn dat u weer terug bent, meneer.'
'Komt u maar mee naar mijn kamer, mevrouw Palmerston.'
Hij was al halverwege de gang voordat ze zich omdraaide om hem te volgen.

Om halfvijf was hij gereed om de satellietverbindingen te inspecteren. Twee deskundigen op het gebied van satellietcommunicatie waren tijdens de lunch even langsgekomen om hem te verzekeren dat alles in orde was: de codes, de volgorde van de transmissies – alles waar deskundigheid op het gebied van software voor nodig was. Nadat ze weer naar het lab waren teruggekeerd, had hij zijn drie Prefecten gebeld om nog wat laatste instructies door te geven en daarna was hij naar zijn slaapkamer gegaan om mevrouw Palmerston nogmaals met een bezoek te vereren. Op ogenblikken van hevige intellectuele opwinding had hij daar altijd grote behoefte aan en gelukkig werd zijn voor een man van zijn leeftijd opmerkelijk grote wellust geëvenaard door een al even opmerkelijk uithoudingsvermogen.
Toen hij de kamer uit liep, lag ze te slapen, met haar benen dwars over het bed en het witte laken zedig over haar welgevormde romp getrokken. Hij bleef even in de deuropening staan en nadat hij de deur achter zich had gesloten, liep hij door de gang naar de gereedstaande lift.
Het duurde bijna vier minuten voordat de lift het ondergrondse laboratorium had bereikt. De lift was traag en het lab lag bijna dertig meter onder de grond. De lift werd voortdurend in de gaten gehouden door hittegevoelige sensoren en werd automatisch geblokkeerd als de temperatuur in het lifthokje zonder voorafgaande toestemming zou stijgen tot boven een bepaald niveau. Het uiterst trage tempo was een extra voorzorgsmaatregel om de mensen in het lab wat tijd te geven als er toch iemand door het veiligheidssysteem heen zou weten te breken. De deuren schoven open en hij stapte een helverlichte gang binnen. Sinds zijn vorige bezoek was er kennelijk nieuw tapijt gelegd. Paolo stond recht vóór hem, met een glas water in zijn ene hand en een paar pillen in de andere. De oude man glimlachte en schudde zijn hoofd.
'Je bent vastbesloten me gezond te houden,' zei hij terwijl hij de pillen en het water aannam en ze met een wat overdreven hoofdbeweging in één teug achteroversloeg. Daarna gaf hij het glas terug en liep verder de gang in. Toen kwam hij bij een boogvormige opening in de muur waarvan de rand was afgezet met glanzend roestvrij staal en hij voelde de

temperatuur een paar graden dalen. Achter de opening lag een vierenhalve meter breed balkon dat uitzicht bood op een grote open ruimte vol computerapparatuur. Niets overdrevens: toetsenborden, beeldschermen en één wandvullend beeldscherm aan de tegenovergelegen muur. Alles werkte vrijwel geruisloos. Het enige dat de stilte verstoorde, was het zoemen van verschillende witte dozen. Hij had zich daar nooit zo mee bemoeid. Van dergelijke dingen begreep hij niets. Dat was een keuze die hij al lang geleden had gemaakt. Anderen begrepen ze wél, en dat was voldoende. Hij nam rustig de tijd om de trap af te lopen, en toen hij in de zaal stond, stelde Paolo hem voor.

'Dit is Angela Duciens,' zei hij over zijn schouder. 'Ze is...'

'Een geweldige veldhockeyspeelster,' viel hij hem in de rede. 'Ja, natuurlijk. Op de school in Californië. Ik meen me te herinneren dat je ooit eens, wat was het ook alweer... zes of zeven goals hebt gescoord. Hartstikke goed.'

De jonge vrouw begon te blozen. 'Het waren er acht.'

'Natuurlijk,' glimlachte hij, en hij stak vol verrukking zijn handen op. 'Acht. Hoe had ik dat ooit kunnen vergeten? Acht. Tjongejonge. En tegen een heel sterke verdediging nog wel, als ik me niet vergis?' De vrouw gaf een bescheiden knikje. 'Maar toch, dat had ik me nog moeten herinneren. Je zult het een oude man wel vergeven, hè?'

De andere gesprekjes verliepen min of meer hetzelfde. Dat was vooral te danken aan de aantekeningen die Paolo hem nog geen uur geleden had overhandigd, maar al was het dan een doorzichtige tactiek, het miste zijn uitwerking niet. Terwijl hij stond te praten, zag hij ook kans om op het grote beeldscherm aan de tegenovergelegen muur te kijken. Er stond een kaart van de Verenigde Staten op afgebeeld, die was bezaaid met blauwe stippen. Het laatste stadium.

De chaos kon nu elk ogenblik losbarsten.

Aanvankelijk had ze er weinig zin in. Stoppen zou gevaarlijk kunnen zijn. Hoe sneller ze in Montana waren, des te beter. Maar daar stond weer tegenover dat ze een heel goede reis hadden gehad. Twaalf uur met hoge snelheid, zonder enige onderbreking. Een korte vertraging in de omgeving van Chicago, waar ze in de late ochtendspits waren terechtgekomen, en daarna bijna duizend kilometer open weg. Misschien had Xander wel gelijk. Misschien konden ze nu wel even stoppen. *Slaap, dat is een machtig wapen.* Net voorbij de laatste bordjes die de toeristen de weg naar de Bald Hill Dam wezen, reed ze de snelweg af. Xander zei dat het lot hen toelachte, maar zij wist wel beter.

Tien kilometer van de snelweg sloeg zijn stemming echter ineens radicaal om. De betrekkelijke kalmte van de rit was verdwenen toen ze de motelkamer binnenstapten. Het was een vrijwel identieke kopie van de motelkamer in Tempsten. Een klein bankje en een bed, plus een schemerlamp waarvan de kap betere tijden had gekend. Het kostte Sarah weinig moeite om te raden waarom hij ineens zo nerveus was.

'Nee, nee, nee,' zei hij snel. 'Ga jij eerst maar even naar de wc. Jij hebt gereden, dus dat is niet meer dan eerlijk.'

Ze keek hem eens aan. 'Best, hoor,' zei ze met een pretlichtje in haar ogen. 'Dat is alleen maar eerlijk.' Ze wrong zich langs hem heen en liep de badkamer binnen. Toen ze een halve minuut later weer tevoorschijn kwam, was er een kussen onder de sprei vandaan getrokken en lag hij languit op de bank, met zijn rug naar haar toe.

Terwijl ze naar dat lange lijf onder de deken stond te kijken, moest ze onwillekeurig even glimlachen. Stilletjes liet ze haar spijkerbroek op de vloer zakken, zodat haar T-shirt nu los over haar dijen hing. Daarna deed ze het licht uit, liep naar de bank en kroop zonder iets te zeggen tegen hem aan.

Hij sprong bijna een meter in de lucht, ging met zijn rug tegen de muur liggen en trok de deken om zich heen. 'Wat doe je nou?'

'Het is een beetje krap, maar wel....'

'Nee, ik bedoel: wat doe je nou...' Hij deed zijn best om niet naar haar benen te kijken. 'Ik... Ik heb het bed voor jou vrijgelaten.' Hij trok de deken over haar heen. 'Ik dacht... Ik dacht dat jij wel op het bed zou willen liggen.'

'Ik neem aan dat dat wel wat comfortabeler zou zijn geweest, ja.' Hun gezichten waren nu niet meer dan een centimeter of vijftien van elkaar verwijderd. 'Maar jij wilde hier liggen,' zei ze vrolijk. 'Dus gaan we hier liggen.'

Hij wilde opstaan, maar bedacht zich toen hij zich realiseerde dat hij dan eerst over haar heen zou moeten klimmen. 'Dit... dit wordt niets.'

'Het was jouw keuze.'

'Nee, nee, je snapt het niet...' Zijn gestotter sloeg nu om in oprechte bezorgdheid. 'Hoor eens, ik denk niet dat dit...'

'Wat?' Voor het eerst begon Sarah zich slecht op haar gemak te voelen.

'Ik denk niet dat we dit horen te doen.'

Ze keek hem een ogenblik strak aan. 'Juist.' Ze ging langzaam rechtop zitten, met haar rug naar hem toe. 'Wát moeten we dan eigenlijk niet doen?' En na een korte stilte: 'Ik heb je niet gevraagd om met me te vrijen, Xander, als je je dáár soms bezorgd over maakt. '

'Nee,' zei hij, in het nauw gedrongen. 'Dat dacht ik helemaal niet. Ik... ik wéét het gewoon niet...'

'Wát weet je niet?'
Het duurde even voordat hij daar antwoord op gaf. 'Ik weet niet of... ik dit wel kán.'
Over haar schouder keek ze hem aan. 'Wat dan?' Ze keek weer voor zich uit. 'Ik dacht dat we bij elkaar konden zijn, dat we elkaar een tijdje konden vasthouden. Meer niet.' Er klonk zorg en liefde door in haar stem. 'Wat ik gisteren heb gezegd, was gemeend.'
'Ik meende het ook.'
'Waarom doe je dan ineens zo moeilijk?'
Een paar seconden zeiden ze allebei geen woord. Plotseling bevond zijn wang zich wat dichter bij haar nek, en hij was zich er ineens scherp van bewust dat ze met haar rug tegen zijn borst lag. 'Het is nu...' Het kostte hem moeite om de juiste woorden te vinden. 'Zes jaar geleden is mijn vrouw gestorven. Ze was... zij maakte alles goed. En toen was ze ineens weg.' Zijn stem werd nu half verstikt door tranen. 'En gisteravond hield ik jou in mijn armen.' Ze voelde zijn adem in haar nek. 'Dat was héél bijzonder.'
'Voor mij ook,' fluisterde ze.
Opnieuw een stilte. 'Sarah... het is al zo lang geleden sinds ik me heb laten...'
Het bleef even stil. Toen fluisterde ze: 'Ik begrijp het. Echt.' Ze wilde opstaan.
'Nee,' zei hij en hij pakte haar bij de arm, zodat ze wel moest blijven liggen. 'Ik wil niet dat er voor jou iets te begrijpen valt. Jou in mijn armen houden was zo... Ik had nooit gedacht dat ik ooit in staat zou zijn zoiets ooit weer te doen. Misschien is het vanwege de recente gebeurtenissen. Ik heb me in tijden niet zo gevoeld.'
Zijn lippen zweefden vlak boven haar nek, en plotseling voelde haar lichaam klein en kwetsbaar aan. Ze merkte hoe zijn arm zich langzaam om haar middel boog en haar naar zich toe trok, steeds dichter tegen hem aan. 'Hoe?' fluisterde ze.
Zijn arm begon te trillen; zijn lippen streken over haar nek en alleen dat gevoel was al voldoende om haar de adem te benemen. 'Om zo vastgehouden te worden.' Ze draaide zich om. Plotseling was al het andere verdwenen, en terwijl ze elkaar sprakeloos in de ogen keken, voelden ze zich volkomen verloren raken. Toen tilde hij haar op, droeg haar in zijn armen naar het bed en legde haar met haar hoofd op het kussen. Zijn adem vermengde zich met de hare en zijn tong smaakte zoet. Ze kusten, eerst teder, een stille verkenning waarin onschuldige begeerte zich vermengde met de intensiteit van een eerste aanraking. Al snel leek de hitte van zijn lijf haar volkomen te omhullen, zijn handen zochten een weg

naar haar billen, zijn mond streek over haar hals en toen omlaag... naar haar borsten... de binnenkant van haar dijen. Er lag inmiddels geen laken of deken meer op het bed. En ook zij liet zich gaan en gaf zich volkomen aan hem over. Nadat ze even met haar vingers door zijn haar had gewoeld, dwong ze hem op zijn rug en ging schrijlings boven op hem zitten. Met haar tong likte ze over zijn sleutelbeen en haar lippen baadden hem in haar ontketende begeerte.
Ze trok hem in haar binnen, sloeg haar dijen om zijn middel en trok hem zo bij elke stoot nog wat verder omhoog. Hij klemde zijn armen om haar heen, en terwijl ze daar lagen, trok hij haar stevig tegen zich aan, zodat haar borsten hard tegen zijn brede borstkas werden geperst. Buiten hun luide gehijg klonk er geen enkel geluid. Plotseling lag ze op haar rug. Hij hield haar nóg steviger vast en terwijl hij zijn lust steeds verder en verder voelde opzwellen, boorden haar nagels zich in zijn rug en zijn dijen en trokken hem zo steeds dieper in haar binnen, tot ze elkaar zo stevig omklemd hielden dat ze nauwelijks meer konden ademen en in een martelende extase hun hoogtepunt beleefden.
Niet in staat om elkaar los te laten, vielen ze in slaap. Naakt in elkaars armen.

Bij de eerste ontploffing zaten ze ineens rechtop in bed; de tweede dwong haar naar de rand van het bed. Door de dunne jaloezieën heen zag ze de vlammen hoog oprijzen en daarna neervallen. Woordeloos keek ze om naar het bed. Ook hij bleef zwijgen. Hun korte rust was voorbij. De buitenwereld had hen weer gevonden.
Ze stond op en griste haar kleren bij elkaar. Hij bleef strak voor zich uit zitten staren, met zijn rug tegen de muur. Ze trok haar broek aan, liep naar het raam en trok een van de jaloezieën een eindje opzij. Buiten roffelde de regen op het glas, maar dat was niet voldoende om de bron van de ontploffing aan het oog te onttrekken. Daar, in wat van hieruit gezien de verst verwijderde hoek van het parkeerterrein was, zag ze de motor van een kleine vrachtwagen in brand staan. De betekenis van dat tafereel was duidelijk. Het was een uitnodiging. Een uitnodiging aan háár. Sarah trok haar blouse aan, pakte haar pistool en keek opnieuw naar buiten. Daarna keek ze om naar Xander, die zijn ogen niet van haar had afgewend. Langzaam deed ze de deur open en stapte de neergutsende regen in. Het water was ijskoud, wat onprettig aanvoelde maar haar wel op slag wakker maakte. Enkele andere motelgasten waren inmiddels ook voorzichtig naar buiten gekomen. Het was onmiddellijk duidelijk wie de eigenaar van de vrachtwagen was, want de man ijsbeerde met een uitdrukking van volslagen ongeloof op zijn gezicht heen en weer voor de

vlammen. Een paar anderen waren druk in de weer met brandblussers om de ergste brand te blussen, maar dat alles was alleen maar bijzaak, zo realiseerde ze zich, een middel om haar de kamer uit te lokken. Wat voor andere reden zou er kunnen zijn? Ergens in dat groepje mensen stond iemand naar haar te kijken, te wachten tot ze tevoorschijn zou komen. Ze kon het voelen, ze voelde die blik op haar rusten.
Deze keer had Eisenreich het sluw aangepakt. Deze keer hadden ze haar gedwongen om zich te laten zien. De kamers doorzoeken zou te riskant zijn geweest. Er waren te veel onbekende factoren in het spel. Als ze een verkeerde keuze maakten, zouden ze ineens heel kwetsbaar zijn. Het was beter om haar naar buiten te lokken.
Toen zag ze hem. Hij deed geen moeite om niet op te vallen tussen de andere aanwezigen. In plaats daarvan stond hij een paar meter rechts van hen met een strakke blik naar haar te staren. Hij had zijn arm om de schouders van een dikke vrouw geslagen, wier gezicht pure doodsangst uitstraalde. Sarah begreep het. Hij ging iemand vermoorden en wie dat zou zijn, was aan haar. Maar hoe dan ook, hier zou het niet gebeuren. Het zou dwaasheid zijn om zo openlijk een moord te plegen. Er waren te veel getuigen. Hij speelde het slim.
Toen hij er zeker van was dat ze hem had gezien, liep de man naar de bomen tegenover het hotel. Hij hield zijn arm nog steeds stevig om zijn lokaas geklemd. Sarah keek toe hoe ze uit het gezicht verdwenen en fluisterde toen door de open deur tegen Xander.
'Trek je kleren aan, pak je pistool en je rugzak en ga naar buiten. Meng je tussen die mensen bij het vuur.' Hij wilde antwoord geven. 'Doe het nou maar!' Voordat hij verder nog iets kon zeggen, was ze al verdwenen.

Xander duwde de deken weg en graaide naar zijn overhemd en zijn broek. Even later liep hij de kamer uit, de gutsende regen in. Hij keek speurend om zich heen of hij haar ergens zag. Er had iets doorgeklonken in haar stem wat hij daar nooit eerder had gehoord. Zo snel weer terug naar dít. Hij wilde het uitschreeuwen en haar dicht tegen zich aan drukken, maar voor zulke gedachten was er nu geen plaats en geen tijd. Ze hadden een paar uur respijt gekregen, meer niet.
Hij keek naar links... naar de brand. Hij tuurde door de regen... en zag daar iemand snel de weg oversteken. En toen hoorde hij de sirenes. Politie. Die zou vragen gaan stellen. Hij deed de deur dicht en rende naar het bos.

Met haar pistool in de hand sloop Sarah tussen de bomen door. Het regende nu verschrikkelijk, en het regenwater beukte van alle kanten op

haar in, zodat ze steeds vaker de regen van haar gezicht moest vegen. Ze kon vrijwel geen hand voor ogen zien, en het geruis waarmee de regen op de bevroren grond terechtkwam, maakte het onmogelijk om de man en de vrouw te horen. Maar ze waren daar ergens vóór haar, dat wist ze zeker. Hij had een valstrik gezet en nu lag hij op de loer.
Nog geen drie meter vóór haar schoot er een schaduw langs, toen kwam de vrouw ineens krijsend en maaiend met haar armen aanrennen vanuit de duisternis, een nutteloos stuk ballast waarvan de man zich voor de aanval had ontdaan. Sarah zette zich schrap voor de botsing, en verwachtte dat de forsgebouwde vrouw haar huilend in de armen zou vallen. Het liep echter anders. De vrouw bleef plotseling stilstaan en even, heel even maar, staarden ze elkaar aan. Op dat ogenblik zag Sarah echter ineens de waarheid. Ze zag het aan de gelaatsuitdrukking van de vrouw en aan haar lichaamshouding. Er was nooit een lokaas geweest, en al evenmin doodsangst. Maar het was al te laat. De vrouw bracht haar arm naar beneden en pakte het pistool beet. Tegelijkertijd zette ze haar voet tegen Sarahs borst en smeet haar tegen een laaghangende tak. Terwijl ze viel, probeerde Sarah haar evenwicht nog te hervinden, maar de grond was te glibberig. Vrijwel ogenblikkelijk sprong de bijna honderd kilo zware vrouw boven op haar, zodat ze allebei op de grond vielen. Met haar enorme armen en dijen hield ze Sarah in een bankschroefachtige greep geklemd.
Nog voordat het pijn begon te doen, voelde ze iets breken, en vrijwel onmiddellijk daarna trok er een scherpe pijnscheut door haar borstkas. Haar ribben. Hoeveel ze er had gebroken, kon ze alleen maar raden. Dikke vingers klauwden naar haar nek, knokkels begroeven zich in haar luchtpijp, en twee duimen zochten het zachte vlees onder haar kin. Terwijl ze hoestend naar adem hapte, voelde Sarah zich licht in haar hoofd worden. Het werd donker om haar heen en haar bewustzijn begon langzaam weg te sterven. Alleen de pijn in haar borst hield haar nu nog wakker, maar dat was voldoende. Ze bracht haar been met een ruk omhoog en stootte ermee in de buik van de vrouw. De dikke lagen vlees dempten de kracht van de stoot en de aanval leidde er alleen maar toe dat de vrouw nog woedender in Sarahs nek begon te knijpen.
Maar de vrouw was te begerig. Haar hevige moordlust bracht haar ertoe om haar gewicht iets te verplaatsen, zodat ze wat beter houvast zou krijgen, en dat was alles wat Sarah nodig had. Toen ze voelde hoe het gewicht van haar onderarm werd getild, rukte Sarah haar hand los en klauwde met haar vingers naar het hoofd van haar belaagster. Vol wanhoop liet ze haar nagels diep in de hoofdhuid van de vrouw zinken en gaf een harde ruk aan de haarwortels en het vlees daaronder. De vrouw

viel achterover en liet Sarahs nek los. Onmiddellijk werd het minder donker voor haar ogen. De lucht stroomde weer haar longen binnen. Binnen een seconde boog de vrouw haar logge bovenlijf weer over haar heen, maar deze keer was Sarah erop voorbereid, en toen de vrouw zich vooroverboog, bracht Sarah haar beide knieën omhoog en trok haar aanvalster eroverheen. De vrouw had nu zo'n vaart dat ze haar snelheid niet meer in wist te houden en met haar armen áchter Sarahs hoofd terechtkwam, zodat ze zich genoodzaakt zag haar dijen wat minder stevig om Sarahs middel geklemd te houden. Zo snel als ze kon, greep ze de vrouw in haar kruis en toen trok ze zich met een venijnige, draaiende ruk aan de zachte schaamlippen overeind. De vrouw gaf een harde gil toen Sarah haar vingers diep in het harige vlees duwde en begon te trekken. Ze liet zich op de grond vallen en probeerde weg te rollen, maar Sarah greep haar bij de arm en draaide die met een harde ruk uit de kom. Daarna duwde ze haar nagels in de nek van de vrouw, tilde het bovenlijf een paar centimeter van de grond en ramde haar knie keihard in de onderrug van de vrouw. Toen ze een knappend geluid hoorde, wist ze dat het afgelopen was.

De massa vlees maakte één enkele stuiptrekking. De pijn in haar borst was nu zo hevig dat Sarah dubbelsloeg. Elke keer dat ze moeizaam naar adem hapte, voelde ze een hevige pijnscheut door haar lichaam gaan. Haar geest was de afgelopen minuten volkomen leeg geweest en pas nu keerden haar gedachten terug. De man, het vuur... Xander. Toen ze plotseling besefte wat er was gebeurd, ging ze met een ruk rechtop zitten. Nu wist ze waarom ze het bos in was gelokt. Hoe heb ik zo stom kunnen zijn! Ze begon te hollen, haar hele lichaam naar één kant gebogen en, om de pijn wat te verminderen, haar arm stevig tegen haar borstkas gedrukt. Xander. Het was ze om hém begonnen. De rest was alleen maar een afleidingsmanoeuvre geweest. Er kwamen beelden uit Amman in haar op. Levend en in veiligheid, zo had ze hem nodig. Niet wéér! Alsjeblieft, zorg dat je bij die brand bent blijven staan. Alsjeblieft!

'Sarah!'

Het gedempte gefluister verscheurde de stilte. Het kwam van ergens vóór haar.

Xander sloop tussen de bomen door, met beide handen om de kolf van zijn pistool. Links van hem had hij iets gehoord, maar het hevige geruis van de regen maakte het onmogelijk om te horen wáár. Hij bleef staan, wachtte even, en fluisterde toen: 'Sarah!'

Opnieuw dat geluid. Hij draaide zich om en bracht zijn pistool in de aanslag.

Sarah trok zichzelf tegen een boom aan. Vierenhalve meter vóór haar stond een duistere gedaante. Aan het silhouet was echter duidelijk te zien dat het Xander was. Hij had zijn pistool in de aanslag, maar de man die nu achter hem opdook, had hij niet in de gaten.

'Xander!' gilde ze.

Maar het was al te laat. De man liet de kolf van zijn pistool hard neerkomen in Xanders nek. Even later hees hij het bewusteloze lichaam over zijn schouder en zocht zich een weg tussen de bomen. Sarah liep achter hem aan, maar bij elke stap werd haar achterstand groter. Ze had niets om hem mee tegen te houden, geen mes, geen pistool, alleen maar haar wilskracht. De pijn begon nu echter onverdraaglijk te worden.

Terwijl ze er goed op lette dat ze zich verborg in de schaduw, sloeg ze linksaf en ze zag dat de man dertig meter vóór haar liep. Gezien het feit dat hij Xander met zich mee torste, liep hij opmerkelijk snel. Ook hij bleef in de schaduw. Sarah probeerde het op een hollen te zetten, maar de pijn in haar borstkas was nu zo hevig dat dat niet ging en dus moest ze machteloos toezien hoe de man door een bocht in de weg uit het zicht verdween. Enkele seconden later zag ze een paar achterlichten wegsterven in het donker. Ze strompelde verder, en was nog net op tijd bij de bocht in de weg om de wagen uit het zicht te zien verdwijnen. Haar gezicht was nat van de tranen.

Ze wist niet of ze huilde om zichzelf of om hém.

10

Slechts weinigen hebben de moed op dergelijke ogenblikken handelend op te treden (...) om daardoor zelfs de naam van de Opperheerschappij te veranderen.

***Over de heerschappij*, inleidende brief**

Ze had de hele nacht doorgereden. Met een aan stroken gescheurd laken strak om haar borstkas geklemd had ze haar gebroken ribben enige steun gegeven. Maar dit maakte haar het ademen wel heel moeilijk. Ze wist dat het geen zin had om de achtervolging in te zetten. Het had haar te veel tijd gekost om terug te komen naar het hotel en daar was ze veel te lang bezig geweest om zich uit te kleden. Om zich onnodige pijn te besparen had ze haar blouse opengesneden. Er waren twee of drie ribben gebroken. Eén zou al erg genoeg zijn geweest. Ze had de doornatte kleren midden in de kamer laten liggen en zich snel in een stomend heet bad laten zakken. Terwijl ze in de donkere badkamer lag, had ze alles wat er was voorgevallen nog eens de revue laten passeren. Meng je tussen die mensen bij het vuur! Ze had hem alleen maar willen beschermen. Dit was haar kans geweest om alles weer goed te maken.

De minutenlange stilte had haar echter genoodzaakt een al even ernstige waarheid onder ogen te zien. Ze had iemand van het leven beroofd, en wel opzettelijk. Deze keer was er geen manier geweest om het lemmet op het laatste ogenblik iets te laten afwijken, geen keuze, bewust of onbewust, om buiten gevecht te stellen in plaats van te doden. Met stille vastberadenheid had ze een vrouw de rug gebroken. Huurmoordenares. 'Dat is niet de reden dat ze je hebben gekozen.' Wat had ze toen toch weinig begrepen. Ze had hem echt bijna geloofd.

Ze had O'Connell gebeld, die nu net de grens van Montana was overgestoken.

'We hebben zitten wachten tot je zou bellen.' Zijn stem klonk vermoeid.

'We?' vroeg ze.

'Het ging allemaal wat sneller dan ik oorspronkelijk had verwacht. De meeste jongens staan al opgesteld. We hebben een kamp opgeslagen...'

'Ik ben Jaspers kwijt.'

'Wát?'

'Ze... ze hebben hem ontvoerd. Ik heb het laten gebeuren.'
Hij had die toon in haar stem maar één keer eerder gehoord. In Amman.
'Rustig aan, Sarah. Wat is er gebeurd?' Hij wachtte op antwoord. Toen dat uitbleef, ging hij aarzelend verder: 'Is hij...'
'Hij wordt vermist, maar ik denk niet dat hij al dood is.'
'Maakt dit de zaak erg veel ingewikkelder?' Met die vraag probeerde O'Connell te bereiken dat ze haar aandacht weer op het hier en nu zou richten.
'Ik weet het niet.'
Hij wachtte even. 'Wat is het probleem dan?'
Het bleef even stil aan de andere kant van de lijn, toen zei ze: 'Waarom hébben ze hem niet vermoord?'
'Wát?'
'Ze hadden hem vóór zich, op open terrein. Dichtbij genoeg om hem snel overhoop te steken. Eenvoudig, stil en veilig. Waarom hebben ze hem dan meegenomen?'
'Ik volg het even niet.'
'Als gijzelaar is hij niets waard. Christus, als we ze kunnen uitschakelen, zullen we dat heus niet laten om Jaspers het leven te redden. Dus waarom hebben ze hem dan meegenomen?'
O'Connell haalde eens diep adem voor hij antwoord gaf. 'Dat zijn geen vragen die me op dit moment van erg groot belang lijken.'
'Xan... Jaspers was ervan overtuigd dat hij was uitgekozen.'
'Hoe bedoel je?'
'Hij dacht dat hij hier niet zomaar bij betrokken was geraakt. Voor hij stierf, heeft Schenten ook iets gezegd wat daarop wees. Ik hoop dat je het allemaal niet al te onzinnig vindt klinken?'
'Uítgekozen? Maar waarvoor dan?'
'Dat weet ik niet. Ik wéét het gewoon niet. Maar ze hebben wel degelijk geprobeerd mij uit de weg te ruimen, en daar hebben ze ook geen enkele aarzeling bij getoond, dus waarom hebben ze hém dan niet gewoon van kant gemaakt?' Ze hoorde Xander diezelfde vraag weer stellen, ze zág gewoon voor zich hoe hij met zijn vuist op het stuurwiel sloeg toen ze over de snelweg reden. Er had woede in zijn stem geklonken, woede en onzekerheid, en zij had beloofd hem te beschermen...
'Dus jij denkt dat hij gelijk heeft?' O'Connells stem was van toon veranderd.
'Ik weet het niet.'
'Juist.' Hij zweeg even. 'De vraag is: maakt het iets uit? Ik neem aan dat het schema samen met de goede doctor verdwenen is?' De stilte aan de andere kant van de lijn was antwoord genoeg. 'Nou, ze houden zich er

wel aan. Alle nieuwsuitzendingen gaan over de Engelse ambassadeur.'
Twee uur geleden had ze dat gesprek beëindigd. Vlak voor zonsopgang.
Terwijl ze de wagen tot stilstand bracht, braken er vlijmscherpe stroken bloedrood koper door de ochtendhemel. Naast de kleine blokhut, nog onbereikbaar voor de eerste aarzelende zonnestralen, stond een motorfiets. Sarah keek toe hoe het licht over de rand van de canyon kroop; als een golf stroomde het voort, en terwijl O'Connell naar haar toe kwam lopen, werd zijn gestalte even aan het oog onttrokken door de felle gloed.

Langzaam deed Xander zijn ogen open. Hij had een dof kloppend gevoel in zijn hoofd en proefde braaksel in zijn keel. Alleen de geur ervan was al voldoende om hem weer misselijk te maken. Niet dat hij zich nog kon herinneren dat hij had overgegeven. In feite stond hem van de recente gebeurtenissen helemaal niets meer bij. Niets. Alleen maar schaduwen, beelden die door zijn hoofd spookten als de lange stroken zonlicht die hij ergens achter zich zag. Hij probeerde zich te herinneren wat er was gebeurd voordat hij het bewustzijn had verloren, maar hij zag alleen maar losse beelden uit de afgelopen week, die in volstrekte wanorde over elkaar heen tuimelden, zonder enig onderling verband. In de hoop dat dat hem zou bevrijden uit zijn verwarring probeerde hij de bron van het licht te vinden, maar de mist bleef hangen: geweld en doodsangst vermengden zich met de zachte streling van een vrouwenhand.
Hij slikte – een brandend gevoel in zijn keel – en knipperde een paar keer met zijn ogen. De pijn maakte hem echter wel wat helderder van geest en hij zag hoe de dingen langzaam vorm aannamen, en ook zijn reuk- en tastzin begonnen weer te werken. Hij snoof de geur van fris linnen op en voelde de strak over hem heen getrokken lakens. Dat bracht hem nog meer bij zijn positieven. Hij kon zijn hoofd echter niet bewegen. Het leek wel of het in het kussen werd gedrukt, alsof er een zwaar gewicht op rustte, zodat hij al zijn kracht nodig had om zich ook maar een klein beetje naar het licht toe te draaien. Nu begon hij patronen te zien, bloemen op een wand, en al snel zag hij daaronder de vorm van een bureau, met een klein houten stoeltje ernaast. In een poging om echt wakker te worden, dwong hij zich om zich te concentreren op de dingen om hem heen.
Het licht bleek afkomstig te zijn uit een venster. Hij zag de katoenen gordijnen opbollen in de wind. Op een ovalen kleedje naast het bed na was de rest van het vertrek leeg. Alles was netjes en eenvoudig.
Hij bleef een paar minuten stilliggen en toen hij een zekere rust voelde terugkeren, wist hij ook weer wat orde te scheppen in zijn herinnerin-

gen. Al snel kwamen er echter andere, veel akeligere herinneringen in hem op. Hij hoorde gesprekken, maar gedempt, als door een dikke laag mist. Een stem, zijn stem, maar toch ook weer niet. Het was allemaal net een droom, maar toch ook werkelijkheid. Er stonden gestalten over hem heen gebogen, dikke vingers voelden aan zijn gezicht, er trokken pijnscheuten door zijn hele lichaam en daarna was er misselijkheid en duisternis. Hij probeerde die herinneringen vast te houden, maar hoe meer hij zijn best deed, hoe sneller ze vervaagden.

De geur van koffie leidde hem even af en hij wilde rechtop gaan zitten. Vrijwel onmiddellijk bracht een hevige pijnscheut in zijn schouder hem echter op andere gedachten en hij viel weer terug op bed. Met veel moeite bracht hij zijn hand naar zijn nek. Het vlees was behoorlijk opgezwollen en zijn huid voelde pijnlijk aan. Verrassender was het verband om zijn onderarm, een vierkant stuk gaas dat op zijn plaats werd gehouden door een smalle strook pleister. Hij liet zijn nek los en strekte zijn arm. De huid rondom het verband was akelig bont en blauw. Hij streek met zijn vingers over de rand van de blauwe plek en merkte dat die heel gevoelig was.

Met een snelle beweging trok hij de pleister los en hij keek naar het kleine gaatje in zijn arm, de rode punt waar de naald in zijn arm was gestoken. Een naald? Dat kleine geheugensteuntje deed de herinneringen weer in hem opkomen: de kamer, het bed, de stem die wel *zíjn* stem was, maar toch ook weer niet, en een oogverblindend fel licht.

Ze hadden hem onder verdoving gebracht. Ze hadden zijn geest geschonden en hem beroofd van de wil om weerstand te bieden.

Maar waarom? Wat zouden ze daar nou mee zijn opgeschoten? Moeizaam probeerde hij daar een antwoord op te bedenken. Ze hadden de diskette in hun bezit; ze beschikten over de tekst die hij had opgesteld en over het schema. Dat hadden ze nu zeker gevonden. Dus wat konden ze verder nog van hem willen?

Zijn gedachten werden onderbroken toen hij voetstappen hoorde aan de andere kant van de deur. Xander stak zijn armen weer onder de deken en wachtte enkele seconden tot de deur knarsend openging. Behoedzaam stak iemand zijn hoofd eromheen, en twee bruine ogen tuurden naar hem. Toen ze zagen dat hij wakker was, verdwenen de ogen snel weer uit het zicht en werd de deur dichtgetrokken. Xander verwachtte dat er een sleutel in het sleutelgat zou worden gestoken, maar in plaats daarvan hoorde hij zich snel verwijderende voetstappen. Hij keek naar het raam en zag dat er geen tralies voor zaten en dat hij het zo kón openmaken. Nu viel hem ook op dat zijn kleren netjes over een stoel waren gehangen en dat zijn schoenen onder het bureau waren gezet. Alles lag voor hem

klaar. Wat hij ze ook verteld mocht hebben, ze hadden het kennelijk niet nodig geacht om hem hier vast te houden.
Hij had geen zin om langer te wachten en daarom ging hij overeind zitten en zette zijn voeten op de vloer. Zijn schouder was nog even stijf en pijnlijk als daarnet en terwijl hij naar het raam schuifelde, merkte hij dat de ruwzijden pyjamabroek hem te wijd was. Toen hij vlak bij de gordijnen stond, voelde hij een zachte windvlaag over zijn borstkas strijken. Het buitenlicht dwong hem om zijn hand voor zijn ogen te houden, maar toch was het een opluchting om het zonlicht weer te voelen. Na een paar minuten waren zijn ogen gewend aan het licht en hoewel hij het nu koud begon te krijgen, was hij wel een heel stuk opgeknapt. Toen de deur openging, draaide hij zich om.
Daar, zijn magere lichaam gehuld in een ruimvallend, beige wollen vest en een ribfluwelen broek, stond Herman Lundsdorf. In zijn ene hand hield hij Xanders manuscript, in de andere een mok. De geur van koffie verspreidde zich door de hele ruimte.
'Goeie help,' zei Lundsdorf terwijl hij naar Xander toe liep. 'Voor een open raam, en dat zonder hemd aan. Jongen toch!' De oude man boog zich langs hem heen en trok moeizaam het raam dicht. 'Ben je nou helemaal!' Hij draaide zich om en keek zijn pupil recht in de ogen. 'Ik heb een heleboel moeite gedaan om je in leven te houden. Als je nu een longontsteking oploopt, zou ik me belachelijk gemaakt hebben. Heel belachelijk.' Hij glimlachte.
Xander had er geen woord van opgevangen.

'Wát heeft hij hem gevraagd?' Met een afwezige blik in zijn ogen stond Tieg naar de baai te staren. Hij hield de mobiele telefoon tegen zijn oor gedrukt.
'Het waren niet zozeer vragen,' zei de Italiaan, 'als wel... suggesties. Het leek wel of de doctor hem iets wilde uitleggen in plaats van hem te ondervragen. Onder verdoving waren zijn antwoorden trouwens heel verward.'
'Wát probeerde hij dan uit te leggen? Details, Paolo, die moet ik hebben.'
'Er wáren helemaal geen details. Het was meer een soort hoorcollege. Doctor Lundsdorf gebruikte heel abstracte begrippen... "De essentie van het gezag, de rol van de Topman." Die laatste twee heeft hij meerdere malen gebruikt.'
'En?'
'Soms was Jaspers het met hem eens, soms ook weer niet, en zo gingen ze een tijdlang door. Op een gegeven moment gingen ze ineens over op

Duits en toen kon ik het niet meer volgen.'
'En hij heeft hem niets gevraagd over Sarah Trent? Niets over de mensen met wie die contact heeft opgenomen?'
'We vermoeden dat ze dood is.'
'Zo. Vermoeden we dat? Dat is een hele geruststelling. Dus je beweert dat hij Jaspers iets heeft ingespoten en hem daarna niets heeft gevraagd?'
'Niets wat me ook maar enigszins terzake leek te doen. Beter kan ik het niet uitleggen.'
'En was hij overtuigd?'
'Ik denk... Ik zou het niet weten. Ik heb geprobeerd te doen wat u me hebt gevraagd...'
'En je hebt goed werk geleverd,' zei Tieg. 'Zoals gewoonlijk. Daar gaat het niet om. Waar is hij nu?'
'Jaspers? Die ligt te slapen in een van de logeerkamers.'
'En je hebt geen idee wat de ouwe met hem van plan is voordat hij het volgende stadium in gang zet?'
'Hij heeft er niets over gezegd.'
'Natuurlijk.' Tieg besefte dat hij maar één mogelijkheid had. 'Ik kom over een paar uur zelf. Ik neem het vliegtuig.'
'Het vliegtuig...? Ik dacht...'
'De situatie is veranderd. Haal me op van het vliegveld. Om twee uur.'
'Ik snap het niet. We hebben uitdrukkelijk opdracht gekregen om het terrein niet te verlaten.'
'Zorg dan dat niemand je ziet.' En na een korte stilte voegde hij daaraan toe: 'Heb je dat begrepen?'
Het antwoord kwam zonder aarzelen. 'Volkomen.'
Twintig minuten later zat Tieg op de achterbank van zijn auto, opnieuw met de telefoon aan zijn oor.
'En als je niet terug bent?' Het was de stem van Amy Chandler. 'Jonas, je bent veel te populair geworden om er zomaar vandoor te gaan. Als we nu een oud programma moeten herhalen, kunnen onze goede kijkcijfers een knauw krijgen.'
'Zoals ik al zei, ik ben heus wel op tijd terug. En anders...'
'Niks ervan. Gisteravond hebben we maar liefst twaalfduizend faxen en e-mailtjes binnengekregen, en de website is zo druk bezocht dat hij bijna verstopt raakte. Jonas, je zit er nu heel dichtbij.'
'Dat weet ik ook wel. Er ligt een videoband op mijn bureau met iets wat ik vorige week heb opgenomen. Gewoon zelf, met mijn eigen camera. Het duurt ongeveer drie kwartier...'
'Wát? Heb je zélf iets opgenomen? Hallo, Jonas, ken je me nog. Ik ben Amy, weet je wel, je producent.'

'Lieve Amy, ik was van plan om je het vanmiddag te laten zien. Ik had het voor volgende week willen bewaren, maar het zal ook nu zijn uitwerking niet missen. Of zend je soms liever iets ouds uit?'
Ze wachtte even en vroeg toen: 'Wat staat erop?'
'Kijk zelf maar.'
Opnieuw een korte stilte. 'Dit bevalt me niet, Jonas.'
'Ik kom weer terug. Dat heb ik toch gezegd?'
'Ik heb eigenlijk geen keus, hè?'
'Nee, eigenlijk niet.'
'Dat dacht ik al. Ik neem aan dat je wel hebt gehoord dat er een gerucht de ronde doet dat je van plan bent ons in de steek te laten. Dat je de politiek in gaat. Dat is toch niet waar, hè, Jonas? Dat is toch niet wat er op dat bandje staat?'
'Ach kom, Amy, denk je nou heus dat ik nu alles in de waagschaal ga stellen?'
Terwijl de auto tot stilstand kwam voor de vertrekhal, verbrak hij de verbinding.

'Mooi werk. Gezien de omstandigheden waaronder je het hebt gedaan, is het zelfs opmerkelijk goed.' Lundsdorf was op het bed gaan zitten. Het document lag naast hem. 'Hier en daar zitten er een paar witte plekken in, maar de theorie op zich is heel deugdelijk.' Er werd op de deur geklopt. 'Binnen.'
Er kwam een vrouw naar binnen. Ze had een glas donkerpaarse vloeistof in haar hand en dat hield ze Xander voor.
'Neem het maar aan,' zei Lundsdorf. 'Naar ik heb vernomen zal dat je maag wat uit de knoop halen en je wat minder misselijk maken. Het is voornamelijk bietensap, met een paar wortelen en wat koolraap erbij. Niks geheimzinnigs.' Xander pakte het glas aan en nam aarzelend een slokje. Tegen de tijd dat hij het glas leeg had, was de vrouw de kamer al weer uit gelopen. 'Gisteravond moet ongetwijfeld heel... onplezierig zijn geweest,' vervolgde Lundsdorf. 'Het spijt me.'
'Waarom?' fluisterde Xander.
'We moesten er zeker van zijn dat de informatie...'
'Nee,' viel hij de oude man in de rede. 'Waarom ú?' Hij keek Lundsdorf nu strak aan.
De oude geleerde keek zijn pupil eens aan, en zei toen: 'Omdat ik wist wat dat manuscript te bieden had en omdat ik het tot leven kon wekken.'
'Duidelijk.'
'Is het je ook werkelijk duidelijk?' Hij wachtte even voordat hij verder-

ging. 'Snap je werkelijk wat een verantwoordelijkheid je daarmee op je neemt? Wat een last zo'n ontdekking kan zijn? Lang geleden heb ik achter de theorie gekeken en de werkelijkheid waargenomen: orde, stabiliteit en een einde aan de middelmatigheid. In zulke gevallen is er geen keuze.'

'Werkelijk.' Xander knikte, meer tegen zichzelf dan tegen Lundsdorf. 'Wat onverschrokken van u.' Hij zette het lege glas weer op het bureau. 'Nu weet ik in elk geval waarom ik het er levend af heb gebracht.'

'Dat was een misverstand, meer niet.'

'Die mannen in Salzgitter en in de trein? Ik had het idee dat die lui heel goed wisten waar ze op uit waren.'

'Zoals ik al zei, was het allemaal een misverstand. Maar gelukkig ben je er heelhuids uit gekomen.'

Xander liet zijn blik afdwalen naar het venster.

'Is dat alles wat je nu weet?'

Xander kon niet goed bepalen of het de nawerking van het verdovende middel was of de schok van de afgelopen twee minuten, maar plotseling voelde hij zijn knieën knikken. Hij schoof zijn kleren van de stoel en ging zitten. 'Ik had altijd gedacht dat u geestelijk gezond was.'

'En nu heb je daar je twijfels over.' De oude man zette de mok op het nachtkastje en pakte het document op. 'Je hebt het manuscript gelezen?'

'Natuurlijk.'

'Een derde exemplaar,' knikte Lundsdorf. 'Dat was een verrassing. Maar dat maakt niet uit. Ik neem aan dat je het hebt begrepen.'

'Als u bedoelt dat ik de waanzin ervan heb doorgrond, ja...'

'Waanzin? Wat weet jij nou van waanzin?' Lundsdorf hield het document in zijn gestrekte arm. 'Dit?' Hij schudde zijn hoofd. 'Je bent een week bezig geweest met iets waar ik mijn halve leven aan heb gewijd en je gaat me vertellen dat het waanzin is? Dat, mijn jonge collega, is of ongelooflijk aanmatigend of geesteloos dom.'

'Bedankt,' zei Xander. 'Fijn om te horen dat ik zoveel keuze heb.'

'Met keuze heeft het niets te maken.' Lundsdorf zweeg even. 'Je hebt de afgelopen week een heleboel doorgemaakt en die ervaringen hebben je waarneming gekleurd.' Hij bladerde het document even door. 'Maar toch, zelfs in deze paar bladzijden zie ik al dat je in staat bent om aan het geweld voorbij te zien.' Lundsdorf wachtte tot Xander hem in de ogen keek. 'Ja, er is inderdaad sprake van geweld, misleiding en misschien zelfs van een gebrek aan mededogen, maar we weten allebei dat dat niet meer dan bijproducten zijn van iets veel wezenlijkers, iets wat van veel meer inzicht getuigt. Onze monnik is veel slimmer geweest dan dit. Onze monnik was veel intelligenter. De methoden waarvan hij zich

bedient, zijn soms wat onfatsoenlijk, maar het gaat om het resultaat.'
'Bijproducten?' Voor het eerst klonk er weer wat energie in Xanders woorden. 'Hoe kunt u nou verwachten dat ik dat aanvaard? Uitgerekend u?'
'Omdat het waar is, en omdat je dat werkelijk gelooft.'
'Mijn god. En u durft het woord aanmatigend te gebruiken! Is dat wat u uit dat boek hebt gehaald... een manier om de dood van Carlo, Ganz en wie weet hoeveel anderen te rechtvaardigen? Hebt u uw beste leerling uit Tempsten de afgelopen tijd nog wel eens gezien? Is die soms ook een bijproduct?'
'Die twee mannen waren een onfortuinlijk incident, dat zal ik niet tegenspreken, en het meisje was slecht gekozen. Dat valt mij ook aan te rekenen. Maar als we daarmee iets weten te bereiken wat groter is dan onszelf, ben ik graag bereid om de schuld op me te nemen.'
'En wat bedoelt u daar precies mee?' Xander stond op en greep zich vast aan het bureau. '"Orde, stabiliteit en een einde aan de middelmatigheid." Hoe kunt u zoiets nou zeggen? U weet net zo goed als ik dat dergelijke termen volstrekt betekenisloos zijn als ze niet nauw omschreven worden, en dat ze des te gevaarlijker worden zodra ze dat eenmaal zijn. Mag ik vragen wie er gaat bepalen wat die "orde" precies is? En wie er bepaalt welke offers aanvaardbaar zijn en welke niet? Het is ongetwijfeld allemaal omwille van een loffelijk ideaal. Hebt u soms een Waarheid met een hoofdletter W ontdekt waarvoor de rest van ons nog blind is? Nee, dat zou wel erg onbescheiden zijn, hè? Daarom hebt u die rol maar aan onze vriend Eisenreich toegewezen. U hebt de verantwoordelijkheid afgeschoven op iemand die geen flauw benul had van vrijheid of menselijke waardigheid, en die ook al zo'n diep inzicht had in het hogere belang van de maatschappij, als iets dergelijks al bestaat.'
'O, reken maar dat dat bestaat,' zei Lundsdorf. 'Dat staat buiten kijf. En we weten allebei dat Eisenreich dat heel duidelijk heeft gezien. Je gaat me nou toch niet vertellen dat we beperkt zijn tot een wereld van betrekkelijke keuzen waarin we nooit iets zouden kunnen bereiken wat van blijvende waarde is. Dan moeten mensen met visie voor jou wel heel angstaanjagend zijn.'
'Mensen met visie?' Xander begon zijn hoofd te schudden, maar was niet in staat om de woorden te vinden. Daarna keek hij naar Lundsdorf. 'Zoals de mensen voor wie u in 1936 bent gevlucht?'
'Alsjeblieft, zeg,' zei Lundsdorf. 'Het is kinderachtig om de nazi's erbij te halen. Als je het over macht hebt, denkt iedereen meteen aan Hitler, en als je de term "duurzaam staatsbestel" laat vallen, beginnen ze over fascisme. Dat is toch simplistisch, Xander? Ik had wel wat meer van je ver-

wacht. Moet elk grandioos visioen nou besmet raken door de herinnering aan die twaalf jaar? De nazi's waren idioten. Als je dat graag wilt horen, wil ik ook nog wel zeggen dat ze slecht waren, maar ik ben alleen maar voor ze gevlucht vanwege hun domheid. Ik was op zoek naar een manier om aan dergelijke middelmatigheid te ontkomen.'
'Juist. Dus u hebt Votapek, Sedgewick en Tieg uitgekozen. Stuk voor stuk genieën.'
De oude man keek Xander even aan en begon toen volkomen onverwacht te lachen. 'Die zit,' zei hij. 'Ik moet toegeven dat ze op intellectueel gebied bepaald te wensen overlaten, maar we weten allebei ook best dat ze nou ook weer niet op hun achterhoofd zijn gevallen. Verre van dat zelfs. Ze hebben gewoon wat sturing nodig. Ze laten zich te veel in beslag nemen door onbenullige details.'
'En u beschikt natuurlijk over de visie om hun die leiding te geven.'
'Wat zeg je dat cynisch.' Lundsdorf bleef staan en keek zijn voormalige student eens aan. 'Heel anders dan gisteravond.'
'Gisteravond?'
'Toen we zaten te praten.' Lundsdorfs stem klonk nu een stuk hartelijker.
'Gisteravond,' zei Xander, 'zat ik onder de medicijnen.'
'Precies, maar dat is toch juist een uitstekend moment om de waarheid te spreken?'
'De waarheid? Waarover?'
'Chaos, macht, de kracht van de misleiding. Je was heel uitgesproken en je was het roerend met me eens.'
De uitwerking van die woorden liet niet op zich wachten. 'Dat geloof ik niet.'
'Wat geloof je niet?' vroeg Lundsdorf achteloos. 'Ik heb helemaal niets gezegd. Ik herinner me alleen maar wat je gisteravond hebt gezegd. Misschien ben jijzelf wel degene die heel goed beseft dat onze gedachtewerelden niet zover uit elkaar liggen.'
Xander draaide zich om en keek uit het raam. 'Ik zou nooit zo kunnen denken als u. Neemt u dat maar van me aan.'
'Werkelijk?' Lundsdorf stak zijn hand in de zak van zijn vest, trok er een kleine cassetterecorder uit en legde die op het nachtkastje. 'Wil je iets horen van gisteravond?' Zonder op antwoord te wachten drukte hij op de PLAY-knop en leunde achterover. Een ogenblik later hoorde Xander zijn eigen stem.
Hij sprak langzaam en onduidelijk, maar het was wel degelijk zijn stem. Een tweede stem begon vragen te stellen. Lundsdorf. Aanvankelijk ging het alleen maar over koetjes en kalfjes, maar toen kwamen ze bij de theo-

rie, en bij elke nieuwe vraag hoorde Xander hoe hij – aanvankelijk met tegenzin – Lundsdorf gelijk gaf en instemde met dienst gedachtespinsels over orde, gezag en opoffering.

Lundsdorf: 'Dus je bent het met me eens dat er een select groepje mensen is dat beschikt over de waakzaamheid, de integriteit en de wijsheid om te regeren? Maar als dat zo is, dan is het toch zeker ook hun verantwoording om dat te doen?'

'Als ze...'

'Ja of nee? Dienen we die verantwoordelijkheid aan hen over te laten?'

'Ja, als...'

'Dus het zou het beste zijn om de toestemming te geven om de rest van ons te leiden, zodat er een evenwicht bewaard blijft.'

'Ja, maar u gaat ervan uit dat...'

'Ik ga alleen maar uit van wat je me zelf hebt verteld. Ze beschikken over waakzaamheid en integriteit, ze zetten zich in voor de primaire taken van de staat, ze zullen de middelmatigen naar een hoger niveau tillen.'

'Ja... maar ik...'

'Hun doel is een maatschappelijk evenwicht, een duurzaam staatsbestel en voorspoed en vooruitgang voor het volk. Ben je het met me eens dat dat doel de middelen heiligt waarvan ze zich bedienen?'

'Ja... maar ze...'

'Ze weten het toch beter dan de anderen?'

'Ja! Ja! Ja!'

Xander was verbaasd. Naarmate de minuten verstreken en hij hoorde hoe hij zich door de stem van Lundsdorf steeds verder liet meevoeren, begon zijn geloof in zichzelf steeds minder en minder te worden. Hij herinnerde zich discussies van lang geleden, gesprekken tussen meester en leerling... Hoe jonger je bent, des te meer je je best doet om bij anderen in de smaak te vallen. Al snel hoorde hij hoe zijn eigen stem enthousiast begon te klinken.

'Zet uit,' zei hij.

'Maar het boeiendste deel komt nog,' zei Lundsdorf. 'Je...'

'Zet uit dat ding!'

Glimlachend pakte de oude man de cassetterecorder en drukte op de knop. Xander bleef bij het raam staan. 'Ben je verbaasd?'

'Waarover?'

'Kom nou. Je hebt net gehoord dat je toegaf dat er geboren leiders bestaan, mensen die over visie beschikken...'

'Dat zijn úw woorden, niet de mijne.'

'Dat is gezeur.'

'Ik weet niet hoe erg ik eraan toe was, door uw toedoen, maar dat was

allemaal puur theoretisch, niet praktisch. U legde me de woorden in mijn mond. Niets daarvan had ook maar iets te maken met Eisenreich.'
'Het had álles te maken met Eisenreich.' Lundsdorf liet even een korte stilte vallen. 'Als het allemaal alleen maar theorie is, waarom was je aanvankelijk dan zo terughoudend?'
'Ik was gedesoriënteerd...'
'Werkelijk? Waarom wil je dan nu ineens niet meer luisteren? Het was allemaal niet meer dan een academische oefening. Dat kan toch geen kwaad?'
'Ik heb geen belangstelling voor...'
'Zal ik het stuk afdraaien waar we het over de rol van de Topman hebben? Je weet wel, waar je me uitlegt wat precies het verband is tussen kennis en misleiding. Of misschien die passage waar je mogelijke interpretaties aandraagt voor een paar van de wat problematische delen van het manuscript? Je opmerkingen waren heel overtuigend.'
'Waarom doet u dit?' vroeg Xander. Lundsdorf zei niets. 'Hebt u soms last van uw geweten? Gaat het u daar soms om? Wilt u van mij horen dat alles wat u hebt gedaan aanvaardbaar is, nobel zelfs, en dat we u allemaal dankbaar moeten zijn omdat u de verantwoording op u hebt genomen? Sorry, maar u zult heus geen geruststelling loskrijgen uit de ivoren toren...'
'Ik heb jouw goedkeuring niet nodig.'
'Waarom dan?'
Lundsdorf stopte de cassetterecorder weer in zijn zak. 'Zoals je zelf al hebt gezegd: iedereen is feilbaar.'
'Dat is geen antwoord.'
'Ik maak me ook wat zorgen over mijn drie genieën. Op een gegeven moment zullen ze natuurlijk vervangen dienen te worden, en misschien is dat ogenblik wel niet zo ver weg meer. Daarom zullen er drie anderen worden uitgekozen en opgeleid.'
'Ik weet zeker dat u het volgende drietal al hebt uitgekozen.'
'Nee,' zei Lundsdorf met een weemoedig gezicht. 'Ik heb mijn aandeel geleverd.' Hij keek Xander eens aan. 'Nu moet iemand anders de teugels maar van me overnemen.' De twee mannen keken elkaar strak aan. 'Hoe heeft Eisenreich het ook alweer geformuleerd? Een man met het inzicht van een Aurelius en de zelfbeheersing van een Cincinnatus.' Lundsdorf pakte de papieren weer op. 'Een man die beschikt over de wijsheid en integriteit om het visioen intact te houden.' Hij richtte zijn blik weer op Xander. 'Ik ken er maar één.'
Ineens viel er niets meer te horen. Xander stond doodstil. Plotseling voelde hij zelfs de kille wind op zijn rug niet meer.

Votapek reed terug. Het was achthonderd meter naar de afslag en daarna nog eens achthonderd meter naar de poort. Hij was voorzichtig geweest, voorzichtiger dan anders. Een valse naam op het vliegticket, een paar keer overstappen en daarna tijdens de rit hierheen twee keer van auto wisselen. Hij had erover gedacht om vooruit te bellen dat hij zou komen, maar hij wist dat de ouwe hem dat dan weer uit het hoofd zou praten. De ouwe. Het deed een beetje vreemd aan, maar ze waren nu allemaal oud. Ze hadden hun hele leven gewijd aan... tja, waaraan eigenlijk? De afgelopen tijd was hij het een stuk moeilijker gaan vinden om dat zichzelf uit te leggen. Misschien had Jonas wel gelijk. Misschien hadden ze nu wel lang genoeg gezucht onder het juk van Lundsdorf.
Votapek was hier echter niet heen gekomen vanwege de toekomst, maar omwille van haar. En daarover was geen discussie mogelijk.

Het was tien over drie toen de laatste van het stel ter plekke was. Hij was een kleine man met een scherp gezicht en een smal baardje. Hij leek niet meer dan een jaar of twintig te zijn. Hij had zijn handen diep in de zakken van een jas gestoken die hem minstens twee maten te groot was. Hij bleef in de deuropening staan terwijl O'Connell tevoorschijn kwam van achter de tafel om hem te begroeten. Hij werd kort voorgesteld: zijn naam was Thomas Pierson en hij wist heel veel van computers. Te oordelen naar zijn uiterlijk hoorde hij absoluut niet thuis in het gezelschap van vijf mannen en twee vrouwen die hem nu met een knikje welkom heetten.
'Dit,' zei O'Connell, 'is de speciale verrassing die we mee het terrein op nemen. Als het een toetsenbord heeft, kan Thomas ermee overweg. Hij is een virtuoos.'
Pierson wipte heen en weer op zijn hielen, maar zei niets. De anderen richtten hun blik weer op de kaarten. O'Connell ging aan het hoofd van de tafel zitten. Alleen Sarah bleef naar de eigenaardig onopvallende specialist staan kijken. Zijn manier van doen vormde een volslagen verrassing voor haar. Hij was zo rustig dat het bijna overdreven was en terwijl hij de kamer rondkeek, was het maar al te duidelijk dat hij niet onder de indruk was. De groep aan tafel interesseerde hem zo te zien al helemaal niet. Toen hij de ijskast zag, trok hij echter even een wenkbrauw op en binnen enkele seconden stond hij aandachtig te kijken wat erin zat. Aan de uitdrukking op zijn gezicht was duidelijk te zien dat hij niet tevreden was. Nadat hij een paar keer aarzelend zijn hand had uitgestoken, haalde hij er een blikje uit.
'Hebben jullie helemaal niets wat niet *light* is?' vroeg hij. Het was duidelijk dat hij verwachtte dat iemand aan tafel daar antwoord op zou

geven, en toen niemand dat deed, haalde hij zijn schouders op. Pas toen merkte hij dat Sarah nog naar hem zat te kijken. 'Ik hou niet van light,' zei hij. 'Het heeft zo'n grijze smaak, weet je wel. Net een uitgewassen kleedje.'

Sarah keek hem even strak aan en knikte toen. Wat kon ze anders? Het was duidelijk dat hun computerdeskundige in zijn eigen kleine wereldje leefde en dat hij daar maar beter niet gestoord kon worden. Wat dat betrof, paste hij eigenlijk heel goed bij de andere aanwezigen hier. Drie van de vijf waren mensen die ze kende en dat waren alle drie mannen die deel uitmaakten van een select groepje Pritchard-agenten die om onbekende redenen uit de gratie waren geraakt. Hun geschiedenissen leken sterk op elkaar. De organisatie had alle banden met hen verbroken en een tijdlang was er jacht op hen gemaakt door de mensen die hen destijds hadden opgeleid. Alle drie waren ze erin geslaagd om dat te overleven en voor zichzelf te beginnen. Ze waren aan niemand loyaal en de boosaardigheid allang voorbij. Het enige waar het hen om ging, was de prijs. Sarah wist dat O'Connell er goed aan had gedaan om hen uit te kiezen. Het COS was geïnfiltreerd en dus waren alleen degenen die buiten de organisatie stonden te vertrouwen. Dat waren mensen die zich thuis voelden in hun eigen kleine wereldje. Om de een of andere reden zag ze ineens Xanders gezicht even voor zich.

'Dit,' begon O'Connell, 'zijn de oorspronkelijke bouwtekeningen van het complex. De indeling van het terrein binnen de omheining is precies zoals hier staat afgebeeld. Er is maar één probleem en dat is dat er anderhalf jaar geleden iets aan het huis is verbouwd, maar dat we niet weten wát. Er is een hoop materiaal aangevoerd, maar aan het aanzien van het gebouw is niets veranderd: geen extra kamers of verdiepingen. Dat laat maar één mogelijkheid over. Al die uitbreidingen hebben ondergronds plaatsgevonden. Dus, heren, daar binnenkomen is nog maar het halve werk. We zullen erop moeten letten dat de toegang tot het ondergrondse gedeelte open blijft. Met andere woorden: we zullen héél stilletjes te werk moeten gaan. Het goede nieuws is dat er nergens dieren te bekennen zijn; het slechte nieuws... tja, dat hebben jullie al gehoord. Overal zijn struikeldraden aangebracht en wat we daar in huis zullen tegenkomen, moeten we maar afwachten.' Hij zweeg even en keek op naar Sarah. 'Onze vrouwelijke collega hier zal Thomas onder haar vleugels nemen.'

Terwijl hij nog steeds in de ijskast stond te rommelen, keek Thomas even op en zei: 'Als ze dat op de terugweg maar doet.'

'Om zeven uur gaan we eropaf,' zei O'Connell, die zijn aandacht weer op de groep had gericht. 'Jullie hebben allemaal een exemplaar van de

uitdraai.' Hij keek even over zijn schouder naar Pierson. 'Jij ook.' Daarna keek hij even op zijn horloge. 'Over een uur, dus. Kijk hem door en zorg dat jullie allemaal op de hoogte zijn van alle mogelijkheden.' De groep ging uit elkaar en terwijl hij naar de deur liep, gaf O'Connell even een knikje naar Sarah. Een minuut later stonden ze buiten.
'Hoe gaat het met je ribben?' vroeg hij.
'Nog behoorlijk stijf, maar ik overleef het wel.'
'Je bent er wel eens erger aan toe geweest.' Hij ging op de rand van de veranda zitten. 'Je hoeft dit niet te doen, weet je. Je kunt het ook van hieruit volgen.' Haar zwijgen was afdoende antwoord. 'Het is een samengeraapt zootje,' ging hij verder, 'maar ze zijn elke cent waard. Met hen komen we daar niet alleen binnen, maar er ook heelhuids weer uit.'
'Als we wat suikerhoudende frisdrank weten te vinden,' zei Sarah. Ze ging zitten.
'Ach, ja. Thomas. Ik heb hem ontmoet in Benghazi. Hij is een goeie jongen. Ik snapte niet waarom hij rondhing in een stad waar nauwelijks voldoende elektriciteit te vinden was om een ketel water aan de kook te brengen, maar toen kwam ik erachter dat hij iemand had ontmoet die belangstelling had voor een raketsignaleringssysteem van de Mossad. Een zekere kolonel.' Met half dichtgeknepen ogen probeerde O'Connell het zich weer voor de geest te halen. 'Volgens mij had hij Thomas benoemd tot luitenant, maar het kan ook majoor zijn geweest. Het ging Thomas echter alleen maar om de mooie pet.'
Sarah moest lachen, maar hield toen abrupt op.
'Maak je om hem nou maar geen zorgen,' voegde de Ier eraan toe.
'Ik maak me heus geen zorgen om ons computervriendje.'
'Dat weet ik,' zei hij. 'Ze hebben de kans gehad om Jaspers te vermoorden en dat hebben ze niet gedaan, dus het zou best kunnen dat hij nog in leven is.'
'Maar hoe lang nog?' vroeg ze.
'Daarom gaan we er stilletjes op af,' zei O'Connell. En na een korte stilte voegde hij daaraan toe: 'Je denkt toch niet dat ik die lui daarbinnen hierover zou vertellen, hè? Jij past op Thomas, ik zorg wel voor de doctor.'
Sarah glimlachte. 'Alison had gelijk. Je bent een aardige man, Gaelin. Een heel aardige man.'

De twee academici waren hun gesprek nog maar net begonnen toen er een vrouw in de deuropening was verschenen.
'Wát?' had Lundsdorf haar toegeblaft. Hij was duidelijk geïrriteerd.
'Neem me niet kwalijk dat ik u stoor.'

'Ja, ja. Wat is er?'
'Meneer Tieg is zojuist gearriveerd.'
Xander had even een verraste blik in Lundsdorfs ogen gezien, maar de oude geleerde wist zich snel te herstellen. 'Dank u wel, juffrouw Palmerston. Zeg hem maar dat ik zo kom.' En met een blik op Xander: 'Niets waar jij je om hoeft te bekommeren. In feite is het misschien wel goed voor je om even rustig te kunnen nadenken over je... positie.'
Dat was nu bijna twee uur geleden. In de tussentijd had Xander zich geschoren, een douche genomen en zich aangekleed, en om vertrouwd te raken met de indeling van het huis was hij daarna een wandeling gaan maken door de doolhof van gangen. Hij had Lundsdorfs woorden echter geen ogenblik van zich af kunnen zetten. 'Ik wist het al meteen toen je met je dissertatie bezig was.' Er had een absolute zekerheid in Lundsdorfs stem doorgeklonken. 'Hier was de geest op wie ik had gewacht. Hier was de bezieling die het visioen levend kon houden. Het was alleen nog maar de vraag wanneer ik je zou inwijden.' Xander had hem vol ongeloof staan aanstaren. 'Jij bent mijn opvolger. Jij bent degene die de teugels van me over moet nemen.' Hij was een kleine eetkamer binnengeleid en zat nu achter een bord met gestoofde heilbot. Maar het kostte Xander ondanks het knagende gevoel in zijn maag moeite om ook maar een hap naar binnen te krijgen.
Alsof hij op dit moment had gewacht, kwam Lundsdorf de kamer binnen, met een tweede man in zijn kielzog. 'Zo, ze hebben je iets te eten gegeven. Geweldig. Heb je al trek?'
'Nee, dat kan ik niet zeggen.'
'Heel begrijpelijk,' zei Lundsdorf terwijl hij tegenover Xander ging zitten. 'Maar je kunt toch maar beter een paar hapjes nemen. Zo kom je weer op krachten.' De tweede man bleef bij de deur staan.
'Ik heb gehoord dat Votapek ook is aangekomen,' zei Xander. 'Een tweede onverwachte gast?'
Lundsdorf glimlachte. 'Probeer de sauce Hollandaise maar eens. Die is echt heel smakelijk.'
Xander keek hem indringend aan. 'Hebt u het ze al verteld?'
'Verteld... Ah, je doelt op ons gesprek.'
'Ik zal u de moeite besparen. Ik heb mijn positie overdacht en ik sla uw aanbod af.'
Een ogenblik keek Lundsdorf hem zwijgend aan. Toen zei hij met zijn meest geruststellende stem: 'Je moet de afgelopen week echt onder enorme druk hebben gestaan. Ik heb aanvankelijk ook geaarzeld, maar zoals ik al zei: in dergelijke zaken hebben we geen keuze. Zulke dingen vergen soms meer van ons dan we ons bewust zijn. Als je weer wat minder

gedesoriënteerd bent, zul je er vast heel anders tegenaan kijken.'

'Juist. Ik lees het manuscript en word een discipel?' Xander schoof zijn bord naar het midden van de tafel. 'U schijnt te vergeten dat ik het al heb gelezen en dat ik niet bekeerd ben. Ik weet heel zeker dat u binnen uw organisatie iemand kunt vinden die over net zoveel bezieling beschikt als ik. Daar waren die scholen toch juist voor bedoeld?'

'Wat je hebt gelezen, was een politieke theorie die meer dan vierhonderd jaar geleden is opgesteld. En zoals we allebei weten, was je niet bepaald in een positie om de inhoud daarvan goed tot je te laten doordringen. Je hebt het gelezen terwijl je angstig en onzeker was. Dat is niet de beste positie om een oordeel te vormen, en dat is nog zwak uitgedrukt.'

'Mijn oordeelsvermogen...'

'En wat iemand uit onze eigen gelederen betreft,' vervolgde Lundsdorf, 'dat is nooit een optie geweest. Na Tempsten zagen we ons genoodzaakt het lesplan te herzien en ons op de snelst haalbare doeleinden te richten. Onze scholen zijn erop ingesteld om soldaten op te leiden, mensen die doen wat hun wordt gezegd.'

'Geestloze automaten.'

'Nee, dat is niet eerlijk. Ieder van hen heeft een besef van ons hogere doel, al is het dan op een tamelijk elementair niveau. Maar al gaat er zeker nog een generatie overheen voordat we het type leiders kunnen voortbrengen uit wie we een Topman kunnen kiezen, het nieuwe lesplan levert ook nu al opmerkelijke resultaten op. Dat hebben we de afgelopen achttien uur goed kunnen merken.'

'Dat is een hele geruststelling.'

'Xander,' zei hij vaderlijk, 'je hebt zóveel te bieden. Niet alleen je geest, maar ook je mededogen, je vermogen om mensen boven zichzelf uit te laten stijgen en ze te dwingen hun eigen talenten te onderkennen. Dat heb ik je al zo vaak zien doen met studenten en het is echt heel opmerkelijk. Dat zal jouw bijdrage aan onze theorie worden. Jij zult de gelegenheid krijgen om de hardvochtigheid van Eisenreich wat te temperen. Jij zult de kans krijgen om verder te werken met wat er is en het zelfs nog beter te maken.' Lundsdorf wachtte even. 'Ik geef je de kans om te verbeteren wat ík heb opgebouwd.'

Xander keek even voor zich uit. 'Moet ik u nu soms dankbaar zijn?'

'Omdat ik je de kans geef om onze organisatie te leiden tijdens de belangrijkste fase van het hele proces? Ja.'

'Juist.' Xander leek instemmend te knikken. 'Als ik dan zo belangrijk ben, waarom hebt u het dan niet nodig gevonden om me dit van tevoren even uit te leggen? Waar was u bang voor... dat ik het ten uitvoer brengen van die theorie krankzinnig zou vinden... zelfs als ik er niet per

ongeluk zelf al was achter gekomen dat u daarmee bezig was? Of heb ik nu weer het idee dat ik een kéuze had?'
'Ik was helemaal nérgens bang voor. Als je wat helderder van geest zou zijn, zou je dat ook wel beseffen.'
'Wanneer wilde u me dat manuscript eigenlijk laten zien? U hebt die "buitengewone gaven" van mij al vijftien jaar geleden ontdekt. Dus waarom hebt u dan zo lang gewacht?'
'Eigenlijk had ik je het zes jaar geleden al willen laten lezen.' Lundsdorf boog zich over tafel en pakte een stukje asperge van het bord. 'Toen je voor het eerst wat belangstelling voor dit onderwerp toonde. Dat artikel van je over de Eisenreich-"mythe" was heel inventief, zeker als je je beperkte hulpmiddelen in ogenschouw neemt. Maar toen Fiona ziek werd, vond ik het niet het juiste moment om erover te beginnen. Alles wat met Eisenreich te maken had, riep bij jou de herinnering aan Fiona weer wakker. Heel begrijpelijk, hoor, maar het was wel heel moeilijk.'
Xander zweeg even en zei toen: 'Jammer dat de dood van Fiona u zoveel ongemak heeft bezorgd.'
Na een lange stilte zei Lundsdorf: 'Ik kan begrijpen dat...'
'Nee, dat kunt u niet.' Er klonk nu geen enkele emotie in zijn stem. 'Noemt u haar naam verder alstublieft niet meer.'
Zwijgend keken ze elkaar aan. Xander was degene die de stilte verbrak. 'Wanneer had u me dan bij de club willen halen?'
'Tja, dat was tamelijk wrang.' Lundsdorf stak een vinger in de sauce Hollandaise en proefde even. 'Mevrouw Trent heeft je ongetwijfeld verteld over Arthur Pritchard.'
'Ja.'
'Helaas had ik zijn nieuwsgierigheid onderschat, of misschien is "ambitie" een beter woord. Hij was niet tevreden met de rol die ik hem had toebedeeld en daarom heeft hij mevrouw Trent op ons afgestuurd. Hij dacht dat zij het manuscript wel voor hem zou kunnen vinden en dat hij er op die manier achter zou kunnen komen wat zijn toekomstige rol zou zijn. Toen ze dat niet wilde, heeft hij haar op ons bestaan gewezen. Gezien haar achtergrond had hij ongetwijfeld verwacht dat ze zou proberen mij te elimineren, zodat hijzelf de kans zou krijgen om Topman te worden. Als ze niet bij jou had aangeklopt, zouden jij en ik na je terugkeer uit Milaan met het manuscript om de tafel zijn gaan zitten. Vrouwe Fortuna had echter anders beschikt. Wat dat betreft zou signore Machiavelli wel eens gelijk kunnen hebben.'
'Vier dagen geleden. Zou u het me toen pas verteld hebben?'
'O, misschien had ik het je wel helemaal niet verteld... Maar toen Pesca-

tore zijn artikelen begon te publiceren, werd het van groot belang dat jij en ik eens met elkaar praatten. Ik wist dat je hem in Florence zou gaan opzoeken. Dat had hij me zelf verteld. Het leek me een toepasselijk moment.' Hij pakte nog een stuk asperge. 'We hadden er nog ruim de tijd voor gehad.'

'Waarom Carlo?'

'Wéér die Pescatore?' Het leek Lundsdorf oprecht te verbazen. 'Was dat zo'n goede vriend van je dat je het nodig vindt om daar zo over door te zeuren?'

'Het gaat om een mensenleven,' zei Xander. 'Meer niet.'

'Ach, zo,' knikte Lundsdorf. 'En het leven dat jij hebt genomen? Was dat dan wel gerechtvaardigd?'

'Als u dat verschil niet kunt zien... Dat was zelfverdediging.'

'En ik beschermde iets wat veel groter was dan één enkel leven. Wat neem jij ineens makkelijk de rol van moralist op je. Ik vind niet dat die erg goed bij je past.'

'Misschien omdat die niet zo bij uw gebruikelijke gezelschap past.'

De glimlach verdween en Lundsdorf richtte zijn aandacht weer op de asperges.

'En datzelfde gold voor Ganz en Clara?'

'Tegen die tijd was de zaak in handen van onze veiligheidsdienst, maar ja, ik moest weten wat je had gevonden en mevrouw Huber was de meest voor de hand liggende mogelijkheid. Ik wist dat je het materiaal aan haar zou sturen. Haar dood was... een vergissing. Misschien is het een troost voor je dat de vrouw die ervoor verantwoordelijk was, nu niet langer in staat is om dergelijke vergissingen te maken.'

'Nee.'

'Jammer.'

Xander wachtte even voordat hij weer het woord nam. 'Dus opnieuw moest alles aan allerlei voorwaarden voldoen, zodat ik in staat zou zijn om het manuscript op waarde te schatten? Als u het nodig vond om mijn hand vast te houden terwijl ik het doorlas, kan ik toch niet zo'n genie zijn geweest?'

'Xander, ik ken je nu al vijftien jaar en in die tijd heb ik je geestelijke ontwikkeling niet alleen gevolgd, maar je ook geholpen om die in goede banen te leiden. Je kunt ervan verzekerd zijn dat ik precies weet wat jou drijft...'

'U hebt altijd al gedacht dat u wist wat ik wilde. Dát is het probleem.'

Lundsdorf trok zijn Machiavelli uit zijn zak en legde die op tafel. 'Ik ben ook altijd nogal gehecht geweest aan onze Italiaanse vriend. De banden van gisteravond vormden alleen maar een bevestiging van wat ik toch al

wist. Zelfs nu begon je al geïntrigeerd te raken...'
'Ik heb mijn mening over dat visioen van u allang gevormd, ongeacht wat er op die bandjes staat, en daar zal een intellectueel steekspel echt niets aan veranderen.'
'Xander,' Lundsdorf probeerde het nu weer op vriendelijke toon, 'als de chaos zijn beloop heeft gehad, zal je wel begrijpen waarom het manuscript onze enige hoop voor de toekomst is. Je zult het vooruitzicht van een duurzame stabiliteit maar al te aantrekkelijk vinden.'
'En dat geldt zeker ook voor het vooruitzicht van manipulatie, geweld en haat?'
'Tém de theorie dan, Xander. Verzacht hem. Jij bent de enige die dat kan doen. We weten allebei dat de mens zich nooit van zijn agressie zal kunnen bevrijden, en al evenmin van zijn neiging tot haat, dus als we een manier kunnen vinden om die driften voor positieve doeleinden te benutten, is het onze verantwoordelijkheid om dat ook werkelijk te doen. Daar kunnen we ons niet aan onttrekken. Je hebt het over keuzes gehad... en ik ben het met je eens. De chaos is echter onvermijdelijk, neem dat nou maar van mij aan. De enige vraag is: als wij niet degenen zijn die hierin stappen, wie dan wél? De militairen? Dat is het waarschijnlijkst, en dat weet je best. Als je een volk in de chaos stort, heb je maar kort de tijd voordat het bescherming zoekt bij zijn generaals. Zou je dat soms liever willen?' En na een korte stilte: 'Denk eens aan Cincinnatus. Die was niet op macht uit en had geen wens om te regeren, maar Rome deed een beroep op hem en hij gehoorzaamde. Helaas verliet hij zijn post te snel, zodat de generaals weer konden terugkeren. Jíj zal dan de macht hebben, Xander. Jíj zal in je eentje vorm kunnen geven aan het proces waarin we het slechtste in de mens kunnen temmen. De nobelheid van dat doel onderken je toch zeker wel?'
'Op dezelfde manier als Votapek, Tieg en Sedgewick?' Xander zag hoe de vriendelijkheid uit Lundsdorfs ogen verdween. 'Goh, wat stom toch. Ik dacht dat ze op mácht uit waren, maar het ging ze dus om een nobel doel.' Plotseling kreeg hij een inval. 'Daarom zijn ze zeker hier? Daarom komen ze ineens allemaal onverwacht langs. Het is tijd om te kijken wie werkelijk de macht heeft.'
'Zoals ik al zei, hoef jij je daar niet mee bezig te houden.'
'Vinden zij het net zo'n goed idee om mij de teugels in handen te geven als u?'
'Dat doet niet terzake.'
Xander glimlachte voor het eerst sinds dagen. 'U denkt werkelijk dat u dit allemaal nog in de hand hebt, hè? Ik, Votapek, Tieg... Het manuscript zegt dat het zo zal zijn en daarom is het ook zo. Eén deugdzaam

man om de wereld weer heel te maken. Eén man om van geweld en bedrog een deugd te maken.'
'Je denkt niet helder...'
'Ik heb nog nooit helderder gedacht dan nu.' Xander zweeg even. 'Theorie. Meer is het niet.' Hij pakte het boek van Machiavelli op. 'Alleen maar theorie, meer kán het niet zijn.'
'Nee, Xander. Je weet best dat...'
'Wat ik wéét, wat u me hebt geléérd, is dat het waanzin is om op een andere manier tegen de dingen aan te kijken, hoe verleidelijk dat ook mag zijn. En ik wil hier niets mee te maken hebben.'
'Jij wilt...'
'Dan zult u me moeten vermoorden. Dat beseft u toch, he?' Lundsdorf gaf geen antwoord. 'Tieg? Votapek? Hebben die u ook al teleurgesteld? O, maar wie zal ons dan uit de chaos moeten redden? Dat is nou eens een praktisch dilemma.'
'Je hebt gewoon wat tijd nodig...'
'Er is helemaal geen tijd meer. Daar hebt u zelf de afgelopen achttien uur voor gezorgd.'
'Néé!' blafte Lundsdorf, en voor het eerst klonk er iets van machteloze woede in zijn stem door. 'Dat zal ik niet toelaten. Als de tijd dáár is, neem jij gewoon de je toegewezen plaats in. Je moet de tijd nemen om er goed over na te denken.'
Rustig schoof Xander zijn stoel naar achteren en stond op. 'Nee. Dat doe ik niet.' Hij smeet het boek op tafel en liep naar de deur.
'Je zúlt erover nadenken,' zei Lundsdorf, die zijn zelfbeheersing nu weer had hervonden. En terwijl hij een stukje asperge wegslikte, voegde hij daaraan toe: 'O, dat had ik je trouwens nog willen zeggen. Reken er maar niet op dat iemand je op de valreep nog komt redden. Mevrouw Trent is dood.'
Xander bleef even staan, met zijn rug naar Lundsdorf toe. Hij wilde niet dat Lundsdorf iets aan hem zou merken. Dat genoegen gunde hij de man niet. Toen hij langzaam langs de bewaker heen was gestapt, zag hij in de schaduw nog een tweede man staan, een magere man, zo mager dat hij bijna vel over been was, met een paar nerveuze ogen die zijn blik probeerden te ontwijken. Xander herkende hem onmiddellijk. Anton Votapek. En hij wist dat de man alles had gehoord. Zonder te groeten liep Xander verder de gang in.

De eerste wagen reed weg om zeven over zeven, de tweede acht minuten later. Alleen Alison was in de blokhut achtergebleven. O'Connell had iets gezegd over een andere vrouw, iemand die voor haar zou zorgen. Hij

had het verder niet uitgelegd en Sarah had er niet naar gevraagd.
Elke agent had een zwarte trui met col aan en een zwarte wollen muts op. De col was hoog opgetrokken, zodat er zo weinig mogelijk blote huid zichtbaar was, en iedereen had een holster aan zijn riem met een revolver met geluiddemper. Verder hingen er ook messen aan de riem, en een paar onschuldig uitziende lusjes wurgkoord. Het was de gebruikelijke uitmonstering voor dergelijke expedities en ze droegen die met zich mee als mensen die grondig geschoold waren in de kunst van de infiltratie. Hoewel ze vanwege haar gebroken ribben geen gewicht op haar schouders kon hebben, voelde Sarah zich vreemd op haar gemak met al die wapens aan haar riem. Thomas had er zonder al te moeilijk te doen in toegestemd om haar rugzak te dragen.
Het was drie voor acht toen de eerste wagen tot stilstand kwam langs een stuk weg achthonderd meter van de afrastering. De drie mannen en Sarah stapten uit en bleven staan wachten terwijl O'Connell de wagen de greppel tussen de weg en het bos in reed. Vijf minuten later was de auto bedolven onder een dikke laag takken en bladeren. De reflectoren van de achterlichten waren eraf getrokken en ergens tussen de bomen neergesmeten. Achter elkaar liepen ze het bos in.

Toen Jonas Tieg de studeerkamer binnenliep, voelde hij zijn maag samentrekken. Het was een vertrouwd gevoel. De pijn was in de loop der jaren minder scherp geworden, maar bleef een essentieel onderdeel van het ritueel, een band met een verleden waar hij nooit helemaal overheen was gekomen. Of hij dat nou wilde of niet, telkens als hij hier binnenkwam, werd hij weer een bange jongen van twaalf en nooit had de oude man aan het bureau zijn pupil op die ogenblikken ook maar een blik waardig gekeurd. Vandaag zou dat echter veranderen. Zonder van zijn boek op te kijken, zei Lundsdorf: 'Ik dacht dat je zou vertrekken, Jonas. Je hoort de komende dagen in Californië te zijn. Of kan dat televisieprogrammaatje van je het ook zonder jou wel af?'
'Ik ga morgenochtend wel,' zei Tieg terwijl hij tegenover Lundsdorf ging zitten.
'Ik heb liever dat je vanavond al vertrekt.' Pas nu keek de oude man op. 'Binnen een uur sluit ik de toegangswegen naar het laboratorium af, en zoals ik al eerder heb gezegd, is het beter als je hier uit de buurt bent als het zover is.'
'Ik hoopte dat ik...'
'Ik heb je wel gehoord, en ik reken erop dat je mijn antwoord hebt begrepen. Ben ik voldoende duidelijk geweest?'
'Absoluut,' zei Tieg. 'U bent alleen vergeten te vertellen hoe belangrijk

die Jaspers voor ons gaat worden.' Hij zei het met weinig emotie. 'Het is duidelijk dat die onzekerheid van mij niet zo vergezocht was als u me wilde doen geloven.'
Lundsdorf legde het boek op zijn bureau en nadat hij zich weer achterover in zijn stoel had laten zakken, vouwde hij zijn handen en legde ze in zijn schoot. 'Je hebt zitten luisteren naar dingen die je niet aangaan.'
'Ik heb er genoeg van om als een kind behandeld te worden.'
'Ik heb er ook schoon genoeg van om je als een kind te moeten behandelen, maar meestal laat je me weinig keus. Deze aangelegenheid met Jaspers...'
'Is niet aanvaardbaar,' viel Tieg hem in de rede. 'Hij moet uit de weg geruimd worden.'
'Werkelijk? Om je eigen ego te strelen?'
'Om er zeker van te zijn dat de fantasie van een oude man niet veertig jaar werken bederft.'
'Fantasie?' zei Lundsdorf glimlachend. 'Zeg eens, Jonas. Als ik er niet meer ben, weet jij dan hoe je de drie domeinen met elkaar in evenwicht...'
Tieg begon te lachen. Voor Lundsdorf kwam die reactie zo onverwacht dat hij zijn zin niet afmaakte. 'De drie domeinen?' vervolgde Tieg zonder enige humor in zijn stem. Om de een of andere reden was de kramp in zijn maag ineens verdwenen. 'Ik bén ons drieën al aan het coördineren, of had u dat soms niet door? Larry doet niets zonder eerst met mij overlegd te hebben, en Anton... tja, zoals u weet, doet Anton gewoon wat hem gezegd wordt. Dus er is werkelijk geen behoefte aan doctor Jaspers, hè? En voorzover ik heb begrepen, snapt hij dat zelf ook wel, wat de reden voor zijn weigering om op dat royale aanbod van u in te gaan ook mag zijn. Jammer genoeg is het niet langer aan u om zo'n aanbod te doen.'
'Juist,' zei Lundsdorf . 'Je was dit zeker al een tijdje van plan?'
'Nee, eigenlijk niet. In tegenstelling tot u erken ik dat het lot soms onberekenbaar kan zijn. Er zijn dingen die we in onze macht hebben en dingen die we niet zelf kunnen beïnvloeden. Op factoren die we niet kunnen beïnvloeden, zoals doctor Jaspers, kunnen we alleen maar reageren, en dat is waar ik nu mee bezig ben.'
'En als Jaspers niet ten tonele was verschenen?'
'Wie weet? Misschien dat ik dan nooit... hoe zegt u dat toch altijd... vragen zou hebben gesteld over mijn rol? Vreemd dat u altijd alles in de hand wilt houden, zelfs na uw dood, en dat juist dát hetgeen is waardoor u nu niet de gelegenheid zult krijgen om te zien hoe het allemaal werkelijkheid wordt.'

'Jouw rol is niet veranderd.'
'O, ik denk van wel.' Tieg haalde een pistool uit zijn zak en richtte dat op Lundsdorf. 'U beschikt over de codes waarmee het laatste stadium in gang kan worden gezet. Die moet ik hebben.'
'En jij denkt dat ik je die zal geven, zodat je me daarna kunt vermoorden.'
'Ik denk dat uw eigendunk zo groot is dat u niet kunt verdragen dat u er zo dichtbij bent gekomen zonder de kans te krijgen die knoppen in te drukken, zelfs als u nooit zult weten hoe het afloopt.'
'Waarom heb je niet gewoon gewacht tot ik die codes had ingevoerd en me daarna vermoord? Dat zou toch zeker makkelijker zijn geweest?'
'We weten allebei dat u me nooit het lab binnen zou hebben gelaten. En gezien mijn mening over Jaspers weten we allebei ook dat de kans dat ik de komende acht dagen overleef maar heel klein is. Met Pembroke als politiek prefect zou u heel tevreden zijn. Dus ik sterf en word een martelaar, de zoveelste tragedie tijdens de periode van chaos, een feit dat het leger van mijn toeschouwers alleen maar des te williger zal maken om te doen wat u van hen verlangt. Nee, ik moet die codes nú hebben. En u gaat ze me geven.'
Er klonk een gedempt schot onder het bureau en Tieg zakte achterover in zijn stoel. Een ogenblik wist hij niet wat hem was overkomen, maar toen keek hij naar zijn maag en daar zag hij een steeds groter wordende rode vlek op zijn overhemd. Er klonk een tweede schot en terwijl zijn pistool op de vloer viel, werd hij hard naar achteren geduwd. Hij begon bloed op te hoesten en in een reflex probeerde hij op te staan. Zijn benen wilden hem echter niet langer gehoorzamen. Nu stapte Paolo weg uit de schaduw waarin hij verborgen had gestaan.
'Ik had gehoopt dat het niet zover zou komen, Jonas,' zei Lundsdorf terwijl hij rustig zijn hand omhoogbracht en het pistool op tafel legde. 'Ik had gehoopt dat je boven jezelf uit zou kunnen stijgen en je op de toekomst had kunnen richten, maar helaas, zo is het niet gegaan.' Hij keek toe hoe Tieg bloed ophoestte. 'Je hebt trouwens volkomen gelijk. De vice-president, ik kan eigenlijk beter de president zeggen, zal een heel goede prefect zijn, en, we zullen er inderdaad voor zorgen dat je dood de juiste reacties oproept bij al je toegewijde volgelingen. Wat Anton betreft, ook dat heb je heel goed gezien. Die doet wat hem gezegd wordt, vooral als hem wordt beloofd dat Alison geen haar gekrenkt zal worden. Dat laatste is natuurlijk niet waar, maar als het om die jonge vrouw gaat, is hij iets te goed van vertrouwen. Desalniettemin had hij geen enkele twijfel over wat jij van plan was.' Tieg probeerde het bureau vast te pakken, maar Paolo greep hem bij de schouder en duwde hem weer achter-

over in zijn stoel. 'En dan is Paolo er natuurlijk ook nog,' knikte Lundsdorf. 'Zijn boetedoening voor Wolfenbüttel kwam heel goed van pas.' Lundsdorf schoof zijn stoel naar achteren en stond op. 'Weet je, ik had dit niet verwacht. Dus, je ziet het, ook ik weet wanneer het nodig is om gewoon te... reageren.' Hij stapte om het bureau heen en met een eigenaardig vriendelijk aandoend gebaar streek hij even over Tiegs wang. 'Je hebt je rol zo goed gespeeld als je maar kon, Jonas. Laat dat een troost zijn.'

Een minuut later rolde Tiegs hoofd opzij. Zijn dode ogen staarden star voor zich uit.

O'Connell had het grootste deel van de weg vooropgelopen en had het vijftal over een kronkelige route tussen de bomen door geleid. Achter hem liepen de twee mannen en daarna kwamen Thomas en Sarah. Twintig meter van de toegangspoort stak hij zijn hand op en daarna liet hij zich op zijn knieën zakken. De anderen deden hetzelfde, op de langste van de twee huurlingen na, die zich plat op de grond liet vallen en door struikgewas verderkroop.

Ze keken toe hoe hij ging staan en positie innam tussen de hoekstijl van de poort en de eerste paal van de afrastering, zo'n tweeënhalve meter verderop. Tussen de palen waren twee ruwhouten planken bevestigd. Het was typisch een plattelandshek dat alleen maar bedoeld was om grote dieren buiten te houden. Voor de vijf mensen die nu in het bos verscholen zaten, was het echter helemaal niet zo'n eenvoudige hindernis. Ze bleven toekijken terwijl de man een doosje uit zijn rugzak haalde en dat ongeveer vijftig centimeter van het hek op een driepoot zette. De eerste doos werd gevolgd door een tweede en een derde, die in een driehoeksformatie tussen de twee palen werden opgesteld. Daarna ging de man binnen in de driehoek zitten, haalde een apparaatje niet groter dan zijn handpalm uit zijn rugzak en richtte dat op de eerste van de drie doosjes. Zodra hij dat had gedaan, leek er een smalle lichtstraal van de poort naar de eerste doos te schieten, daarna naar nummer twee en drie, en uiteindelijk naar de andere paal. De straal was zo dun als een scheermes en hing een halve meter boven de grond. Daarna stopte de man het apparaatje dat hij in zijn hand hield onder zijn muts en kroop tussen de twee dwarsbalken door. Hij was binnen. Het alarm was niet afgegaan en hij had geen stroomstoot gekregen. Hij haalde het apparaatje uit zijn muts, zette de straal uit en wenkte naar O'Connell dat die zijn positie kon innemen. Een voor een liepen ze de driehoek binnen en telkens wachtten ze even op de straal voordat ze door het hek kropen. Hoewel het technisch heel wat geavanceerder was, was het in wezen niets anders dan een stroomomleiding van hetzelfde soort als de lus waarmee Sarah bij Schenten had ingebroken. Nog geen drie minuten later lagen ze allemaal plat op de grond binnen de omheining.

Recht vóór hen lag een met gras begroeide helling die naar een vlak stuk open terrein leidde; aan het andere uiteinde daarvan stonden vijf blokhutten waarvan het silhouet vreemd afstak tegen de pikzwarte hemel. Het hoofdgebouw stond wat meer naar links, op een andere met gras begroeide helling, en was dichterbij dan de blokhutten. Het licht dat door de ramen op het gras viel, hulde het gebouw in een zachte gloed. Daar op die helling waren de struikeldraden gespannen.

O'Connell keek op zijn horloge en knikte naar nummer twee, die onmiddellijk de helling op rende. Toen hij boven was, ging hij op zijn hurken zitten, trok een brilletje uit zijn rugzak en begon het terrein af te speuren. Nog voordat hij halverwege was, trok hij snel het brilletje af en terwijl hij zijn hand naar de holster bracht, gebaarde hij met zijn andere hand naar de groep dat ze plat op de grond moesten gaan liggen. Terwijl ze op het koude gras lag, hoorde Sarah een zacht, fluitend geluid. *Twit!* In de doodse stilte was het luid en duidelijk te horen. Een ogenblik later keek ze op. De man was weggelopen. O'Connell knikte naar de anderen dat ze hem moesten volgen. Toen ze voorovergebogen de heuvel op liep, voelde Sarah voor het eerst een scheut in haar ribben. Tot dan toe was ze erin geslaagd om de pijn van zich af te zetten, maar nu lukte het niet meer. Boven aan de helling nam ze even de tijd om het verband dat O'Connell strak om haar borstkas had gewonden recht te trekken en terwijl ze daarmee bezig was, zag ze nog geen zes meter verderop de eenzame bewaker liggen. Hij lag op zijn rug, met zijn geweer nog in de hand en er droop bloed uit een gat in zijn nek. Een nauwkeurig gericht schot had ervoor gezorgd dat hij zonder lawaai was gestorven. Vrijwel onmiddellijk daarna hoorde ze links van haar drie nieuwe *twit*-geluidjes. Met haar revolver in de hand kroop Sarah achter de anderen aan. De pijn in haar ribben was nu even vergeten. Toen ze vlak achter Thomas stopte, zag ze het tweede en derde slachtoffer liggen, een meter of zestig van elkaar vandaan, aan weerszijden van de voet van de helling naar het hoofdgebouw. Ze hadden de pech gehad dat ze precies op hetzelfde moment waren komen opdagen. Het slachtoffer van het vierde schot was echter nergens te bekennen.

'Verspreiden!' fluisterde O'Connell. Dat was het teken dat de kust veilig was. O'Connell en de twee huurlingen renden snel de helling op, waar ze werden opgewacht door het andere drietal, de mannen uit de eerste wagen, die de helling aan de achterkant hadden uitgekamd. Ze verspreidden zich over de heuvel en toen ze alle zes naast elkaar stonden, met telkens een paar meter tussenruimte, haalden ze hun infraroodbril uit hun rugzak en begonnen naar de top van de helling te kruipen. Sarah zag dat de elektronicaspecialist een reeks doosjes in zijn kielzog achterliet. Het ging allemaal tergend langzaam en naast haar begon Thomas nerveus te draaien. 'Geduld,' fluisterde ze, net zozeer tegen zichzelf als tegen hem. Anderhalve minuut later bevond het zestal zich op tien meter van het huis. Ze letten er echter goed op dat ze buiten de lichtkring bleven. De elektronicaspecialist haalde het apparaatje weer onder zijn muts vandaan en richtte het. Deze keer leken twee lichtstralen een smal pad de heuvel op te vormen dat breed genoeg was voor één persoon. Ze hadden het hier van tevoren over gehad. Noch Thomas, noch Sarah met haar gebroken ribben, zou zich onder de struikeldraden door kunnen wurmen. Dat was te riskant. In plaats daarvan zouden ze over het elektronische pad naar boven kruipen terwijl de anderen zich opsplitsten in drie teams van twee die elk naar een raam aan een andere kant van het huis toe slopen. Tegen de tijd dat Thomas en Sarah de top hadden bereikt, waren de mannen al uit het zicht verdwenen. Ze pakte het apparaatje, zette de richtlijnen uit en knielde neer in het gras.

'Maak het slot open, Paolo.' De Italiaan deed wat hem gezegd was en hield de deur open voor Lundsdorf. Xander lag op zijn bed, met zijn arm over zijn ogen alsof hij sliep. Paolo bleef bij de deur staan wachten terwijl de oude man naar binnen liep.
'Ik hoop dat je wat tot rust bent gekomen,' zei Lundsdorf. 'Dat zul je nodig hebben. Trek je schoenen aan en kom mee.'
Nog geen minuut later liepen ze met zijn drieën door de gang. Eerst Lundsdorf, dan Xander, en een paar stappen achter hen Paolo. Xander had diens kale kop onmiddellijk herkend. 'Heb je het leuk gehad in Duitsland?' vroeg hij. 'Of is Londen je beter bevallen?' De man had geen antwoord gegeven, maar wel zijn hand even iets steviger om de kolf van zijn pistool geklemd. Wat hij daarmee bedoelde was duidelijk. Hoeveel vertrouwen Lundsdorf ook in zijn vroegere beschermeling mocht stellen, Paolo maakte zich duidelijk geen illusies. Bij het eerste teken van onraad zou hij Xander neerschieten, misschien niet om te doden, maar wel om hem buiten gevecht te stellen. Xander wist dat dat echter alleen maar uitstel van executie zou zijn. De oude man zou de waarheid nu snel genoeg onderkennen. Op een vreemde manier had dit doodsgevaar echter een rustgevende uitwerking op hem. Net als toen met dat meisje in Frankfurt voelde Xander zich nu volkomen op zijn gemak. Op de een of andere manier wist hij dat het komende geweld daardoor wat minder schokkend voor hem zou zijn.

Ze kwamen bij de lift en bleven staan wachten tot de deuren opengingen. Lundsdorf gebaarde naar Xander dat hij de lift in moest stappen en knikte toen naar Paolo. Pas nadat die ook in de lift was gaan staan, stapte de oude man zelf ook de liftkooi binnen en drukte op de knop, zodat ze alle drie in de stille duisternis stonden terwijl de lift naar beneden zakte. Heel voorzichtig schoof Paolo zijn hand onder Xanders elleboog, iets wat Lundsdorf niet opmerkte. De twee mannen keken elkaar eens aan. Opnieuw een subtiele herinnering.

'We hebben alle stadia vanuit deze kelder gecoördineerd,' begon Lundsdorf. 'De eerste proefneming in Washington en Chicago, de... hoe noemde Arthur dat gedoe met het Capitol Building en die ambassadeur ook alweer, Paolo?'

'De droogoefening,' zei Paolo.

'Ja, precies, de droogoefening. En nu het derde stadium: het opvoeren van de snelheid. Zoals alle grote ondernemingen verloopt deze in drie stadia. Jammer dat hij niet meer in staat is om het mooiste deel ervan te zien.' Hij richtte zijn blik op Xander. 'Maar jij krijgt dat wel te zien. Je zult zien hoe het moet zijn, hoe jij je plaats moet innemen en hoe het lot zijn beloop moet krijgen.'

Het lot. Terwijl hij op bed had liggen piekeren, had Xander de dwingende logica van het manuscript niet volledig weten te ontkrachten. Misschien zou de toepassing van die theorie inderdaad wel tot iets zinvols leiden: tot orde, sociale rechtvaardigheid, stabiliteit en duurzaamheid. De bandopnamen van de afgelopen nacht hadden hem dat maar al te duidelijk gemaakt. De vraag bleef echter: als er chaos op komst was, zou hij dan nog steeds de kracht en de wil weten op te brengen om de theorie te verwerpen? Of zou hij er net zo door verblind raken als Lundsdorf? Xander tuurde naar de kleine gestalte die nu voor hem stond, en hij besefte dat één van hen beiden moest sterven om te verhinderen dat de chaos zou worden ontketend. Een uur geleden had hij dat besluit voor zichzelf gerechtvaardigd als een vergelding voor de dood van Sarah. Toen had hij zich laten leiden door pure woede, nu werden zijn gedachten geleid door een kille rationaliteit. Op de een of andere manier waren de grenzen wat vervaagd. Misschien had Lundsdorf wel gelijk gehad toen hij Xanders morele bezwaren als overdreven fijngevoelig had weggewuifd. 'Ik maak mensen dood. Dat is mijn werk.' Hij hoorde haar woorden weer voor zich. Het was alleen nog maar de vraag hóe.

De deuren schoven open en zonder een woord te zeggen stapte de oude man de lift uit. Net toen Paolo knikte dat Xander Lundsdorf moest volgen, gingen de tl-buizen uit en terwijl de blauwe noodverlichting aansprong, begon er een alarmsignaal te loeien. Lundsdorf bleef onmiddel-

lijk staan en keek om naar Paolo. Voordat Xander van zijn kans gebruik wist te maken, voelde hij al hoe de Italiaan zijn vingers om zijn arm klemde. Het was alsof er een reeks spijkers in zijn vlees werd gedreven. Ook dit leek Lundsdorf echter niet op te vallen. Er kwam een vrouw aangelopen. Achter Paolo bleef ze staan.
'Schakel de lift uit!' blafte Lundsdorf tegen niemand in het bijzonder.
Paolo draaide zich om naar de vrouw en zei, zonder zijn greep op Xanders arm te laten verslappen: 'Sluit het huis af en vergeet vooral niet de secundaire ventilatieschachten naar het lab open te zetten.' Xander bleef zwijgend staan terwijl er verschillende anderen in de hal verschenen. Snel riep Paolo wat bevelen. Lundsdorf was inmiddels onverstoorbaar doorgelopen naar het lab. Het alarm sloeg af en de lampen floepten weer aan.
Lundsdorf stond op de begane grond met een technicus te praten toen Paolo met Xander in zijn kielzog op het balkon verscheen. 'Waar moet Jaspers naartoe?'
Lundsdorf, die met zijn aandacht nog grotendeels bij het andere gesprek was, zei verstrooid: 'Dat hangt ervan af of hij zich gaat gedragen of niet.' Met een vreemde glimlach keek hij op. 'Het is hier beneden echt heel opwindend, vind je ook niet? Nog even en dan gaat alles van start. Ik kan me niet voorstellen dat je dat wilt missen, maar de beslissing is aan jou. Voorlopig, dan.'
Xander zei niets. 'Ik kan hem bij de ander stoppen,' zei Paolo behulpzaam. 'Laat hem er daar maar even over nadenken.'
Lundsdorf knikte traag. 'Ja, uitstekend.' Hij wilde weglopen, maar draaide zich toen weer om en zei tegen Xander: 'Gebruik je tijd goed.'
Nadat ze even door een wirwar van gangen waren gelopen, leidde Paolo hem een kamer binnen. Er was net voldoende licht om te zien dat er iemand in de andere hoek zat.
Stilte. Toen een stem. 'U bent zeker Jaspers.'
'Ja,' zei hij, terwijl hij nog steeds zijn best deed om in de donkere ruimte iets te zien. 'Wie...'
'Stein. Bob Stein. Vandaag hebben ze zeker open huis.'
Nu zag Xander links van hem een bed staan. 'Wat bedoelt u?'
Stein liep naar het bed en sloeg het laken op. 'Deze is hier een halfuur geleden binnengebracht.'
Langzaam liep Xander naar het bed toe en daar zag hij het levenloze gezicht van Jonas Tieg.

Het werd donker in het huis. Thomas keek naar Sarah, maar die sloop al naar de dichtstbijzijnde muur en gebaarde dat hij moest blijven zitten waar hij zat. Ze wisten allebei dat dit geen deel had uitgemaakt van het plan. Zwijgend, met haar rug plat tegen de muur, schuifelde ze naar het raam toe, bracht langzaam haar hoofd omhoog en tuurde naar binnen. Niets. Plotseling stond Thomas naast haar.

'Wat is er aan de hand, verdomme!' fluisterde hij.

'Stil!' zei ze, zonder de moeite te nemen om het uit te leggen. In plaats daarvan keek ze toe hoe zich een mist van duizenden grijze druppeltjes op de binnenkant van de ruit vormde. Binnen een seconde had ze al begrepen wat er aan de hand was. Gas. Sarah greep naar haar revolver en wilde de ruit inslaan, maar hield zich in toen de stilte werd verbroken door het geluid van een motor. Voordat ze kon reageren, begon er een stalen plaat voor het raam te schuiven, en pas toen merkte ze de smalle geleiders op waar die overheen schoof. Ze draaide zich om naar Thomas, greep de rugzak vast en begon koortsachtig te zoeken naar de blikken vloeibaar traangas die ze daar nog geen twee uur geleden in had gestopt. Ze waren net zo groot als een bierblikje, maar stonden onder hoge druk en waren van roestvrij staal dat stevig genoeg was om het luik een tijdje tegen te houden. Ze viste de drie blikjes uit de rugzak en legde ze met de uiteinden tegen elkaar op de rail. Daarna haalde ze twee gasmaskers uit de rugzak.

'Zet op!' zei ze. Ze had het hare al op toen het schuifluik het eerste blik raakte en de aandrijfmotor nijdig begon te loeien. Met haar revolver sloeg ze de ruit in en terwijl er een golf grijze damp naar buiten kolkte, trok ze zich de vensterbank op en wrong zich tussen de glassplinters door het huis binnen. Daarna stak ze haar hand uit, en terwijl het eerste blik een hoog geknars voortbracht, het eerste teken van een naderende explosie, trok ze Thomas de vensterbank op. Zonder verdere aansporing smeet hij de rugzak naar binnen en dook er snel achteraan, waarbij hij zijn broekspijp openhaalde aan een glasscherf. Net toen de druk op het blikje te groot werd, trok Sarah hem los en vlak voor de klap vielen ze de kamer in. Een ogenblik later rolden de twee andere blikken zonder schade aan te richten van de vensterbank en raakte het luik de muur.

Er hing nog wat gas in de lucht. Het scherpe, gemene spul beet in hun onbeschermde huid en ze trokken snel de col van hun trui naar boven. Sarah pakte een zaklantaarn uit haar rugzak en knipte die aan, zodat er een dunne lichtbundel door de vol stofdeeltjes hangende lucht sneed. De lucht in het vertrek leek te trillen en vanaf het plafond zweefden kleine deeltjes damp in spiralen naar de vloer. Ze gaf de rugzak weer aan Thomas en nadat ze haar revolver had getrokken, duwde ze zonder geluid te maken de deur open. De gang was leeg en donker. Vlak boven de vloer hing een dichte laag damp. Sarah rende de kamer uit, bleef een meter of zes verderop voor een tweede deur staan en wenkte Thomas dat hij moest blijven waar hij was. Ze bracht haar hand naar de deurkruk. Een hand verscheen uit het niets, klemde zich om haar revolver en gaf er zo'n harde ruk aan dat ze de kamer binnen werd getrokken. Het licht uit haar zaklantaarn streek over de wand, maar op de een of andere manier slaagde ze erin om haar wapen vast te blijven houden en twee schoten af te vuren op haar belager. Terwijl de schoten doel misten, zag ze een gedaante opdoemen uit het donker. Een vreemde gloed zorgde ervoor dat het silhouet duidelijk te onderscheiden was.

'Niet schieten, Thomas!' Ze riep het hard, maar haar woorden werden gedempt door haar gasmasker. Het was O'Connell. Sarah keek achter de Ier en zag Thomas op zijn knieën in de deuropening zitten, met zijn revolver in de aanslag. De twee andere teamleden kwamen nu ook aanhollen. Een van hen pakte snel de revolver en schoof die weer in Thomas' holster. De andere gebaarde dat alles veilig was. Binnen een minuut liepen ze alle vijf door de gang. De voorste stak zijn hand op toen ze bij een doorgang in de muur kwamen die toegang gaf tot de woonkamer. Binnen zaten de drie anderen op hen te wachten. Het gas, zo realiseerde Sarah zich, had eigenlijk alleen maar in hun voordeel gewerkt. Het had Eisenreich gedwongen zich in de kelder terug te trekken.

'Kijk even of je iets in de gangen ziet liggen waarmee we beneden kunnen komen. En een beetje snel, jongens.' O'Connell draaide zich om naar Sarah en voegde daaraan toe: 'Thomas en jij blijven hier.' Sarah keek toe hoe de zes mannen door verschillende deuropeningen uit het zicht verdwenen. Drie minuten later werd de stilte verbroken door een stem.

'We hebben een lift gevonden in de oostelijke gang. Een stalen deur. We hebben ook zes mensen gevonden die niet op tijd voor het gas hebben kunnen vluchten.'

'Leg ze maar opzij,' zei O'Connell. 'Maar zorg dat je van de lift zelf afblijft. We komen eraan.'

Lundsdorf zat aan een bureau dat op een laag, door dikke glasplaten omgeven plateau stond, onder het overhangende balkon. Hij had zijn ogen dicht en zijn handen lagen ontspannen in zijn schoot. Er flitste een bericht over het hoofdbeeldscherm. Nog vijf minuten voordat de initiatiecodes moesten worden ingevoerd. Votapek zat aan een kleiner bureau links van Lundsdorf en leek zich te midden van alle drukte heel wat minder op zijn gemak te voelen.

'En als ze nou wel een manier vinden om naar beneden te komen?'

'Dat lukt ze niet,' zei Lundsdorf. 'Er zijn geen andere manieren om hier

te komen. Je kunt alleen maar met de lift en die is uitgeschakeld en afgesloten.'
'Ja, maar...'
'Zelfs áls ze hier weten binnen te dringen, is het toch al te laat.' Er lag een vreemde glimlach op zijn lippen toen hij zijn ogen opende. 'Het is heel goed mogelijk dat jij en ik dan gedood worden. Jazeker, als het tot gewelddadige mensen doordringt dat ze verslagen zijn, gaan ze vaak wild om zich heen meppen.' Hij keek Votapek eens aan. 'Maar Xander raken ze niet aan. Hém zullen ze willen redden.' Zijn glimlach werd breder. 'En zo zullen ze hem dus wel dwingen om getuige te zijn van de komende chaos. Pas dan zal hij werkelijk voor de keus komen te staan: toezien hoe de wereld zichzelf te gronde richt of gebruikmaken van de structuur die ik heb opgebouwd. Ironisch, hè? Door hem te redden, zijn zij degenen die de keus voor hem maken, want uiteindelijk zal hij zich niet aan de kracht van het manuscript weten te onttrekken. Dat wéét ik, Anton. En ik ben bereid daarvoor te sterven.' Votapek kon het alleen maar sprakeloos knikkend aanhoren. Met een snelle blik op de klok aan de wand zei Lundsdorf: 'Nog vier minuten en dan voer ik de laatste codes in.' Hij keek weer even naar Votapek. 'Let op mijn woorden. Xander zal me dankbaar zijn. Op een goede dag zal hij me dankbaar zijn.'

De kleinste van de vijf mannen zat op zijn hurken naast de lift, perste zijn duimen in een dikke, kleiachtige substantie en smeerde die toen zorgvuldig uit over de rechterbenedenhoek van de liftdeur. Daarna haalde hij een smalle strook metaal, niet groter dan een plakje kauwgom, uit zijn zak, vormde een klein heuveltje in de klei en stak het metaal erin. 'Achteruit,' zei hij.
Sarah keek toe hoe het bergje warm begon te worden. Al snel was het roodgloeiend en danste er een flakkerend vlammetje op. Met een plotseling lichtflits schoot de vlam langs de liftdeur omhoog alsof hij zich langs een lont een weg zocht naar een springlading. Halverwege de deur schoot de vlam echter opzij, verdween uit het zicht en werd even later zichtbaar als een flakkerend stipje onder het pleisterwerk.
'Het zoekt de krachtbron,' zei O'Connell. 'Dit is allemaal nog heel experimenteel.'
Ongeveer een meter van de deur lichtte het flakkerende puntje even fel op en verdween toen uit het zicht. Onmiddellijk liep de man met een beitel naar het punt van de implosie en begon daar op de muur in te hakken tot de beitel staal raakte. Hij duwde een tweede prop klei tegen het metaal; deze keer was de prop echter veel dikker en ging hij veel voorzichtiger te werk. Ook lette hij er nu goed op dat hij een dunne

rand staal onbedekt liet. Daarna pakte hij verschillende dunne stroken van een materiaal dat nog het meest op gedroogde modder leek uit zijn rugzak en drukte die in het bergje, zodat ze daar een rechthoek vormden. Daarna pakte hij weer een strook metaal, en nadat hij die in de klei had geduwd, deed hij een stap naar achteren. Deze keer waren er geen vonken, maar wel een intense hitte, een blauwe vlam die het staal letterlijk wegvrat. Binnen enkele seconden had het de open lucht daarachter bereikt en vrijwel onmiddellijk daarna stierf de vlam weg. Om de een of andere reden had die kennelijk geen belangstelling voor de draden die hij zojuist aan het licht had gebracht. Terwijl de man met zijn mes de ongebruikte grijze substantie wegschraapte, zei hij: 'Het tast alleen metaal aan.'

De elektronica-expert nam zijn plaats in en schraapte het omhulsel van de draden. Daarna trok hij iets wat op een voltmeter leek uit zijn rugzak en testte alle draden afzonderlijk. Vervolgens haalde hij opnieuw een doosje uit zijn rugzak, bevestigde twee van de draden eraan en zette een schakelaar aan de zijkant om. Een ogenblik later schoof de liftdeur vijf centimeter open en toen bleef hij stilstaan. 'Ik heb het magnetische veld omgepoold,' zei hij. De man met de klei schoof onmiddellijk twee cilinders in de opening, op een centimeter of tien van het plafond en de vloer. Heel langzaam begonnen de twee cilinders uit te zetten, zodat de deur steeds verder en verder open werd geduwd, tot er net voldoende ruimte was om je er zijdelings doorheen te kunnen wurmen. O'Connell tuurde naar binnen.

'Een meter of dertig diep,' zei hij terwijl hij de lichtbundel uit zijn zaklantaarn zoekend over de randen van de liftkoker liet strijken. 'Het slechte nieuws is dat de kabels zijn doorgesneden.'

Hij deed een stap opzij toen de twee anderen dikke rollen nylontouw tevoorschijn haalden, die ze met één uiteinde aan de bovenste cilinder bevestigden en daarna in de liftkoker lieten vallen. Terwijl ze zich om de beurt een stuk lieten *abseilen*, keken de achterblijvende vijf toe hoe de beide touwen beurtelings begonnen te trillen en schokken en dan weer stilhingen. Een halve minuut later klonk er een stem uit de liftkoker.

'Overal massief staal, jongens.' Het was een nasale, zuidelijke stem. 'Die liftkooi komen we niet in. We zullen naar holle plekken moeten zoeken.'

Met een vragende blik in haar ogen keek Sarah om naar O'Connell.

'Kabelbuizen en luchtkokers die naast de liftkoker lopen,' zei hij. 'Daar hebben we tegenwoordig ook weer een leuk speeltje voor. Een apparaat dat een hoge fluittoon uitzendt en daarna de resonans controleert. Daarmee kunnen we de locatie en de afmetingen bepalen. Laten we maar eens kijken of we geluk hebben.'

Twee minuten nadat ze met zoeken waren begonnen, wist hij het antwoord al. 'We hebben er een gevonden op zes meter van de bodem,' riep iemand naar boven. 'Zo te horen zou hij zelfs voor jou wel eens wijd genoeg kunnen zijn, O'Connell.' Hij had het nog niet gezegd of de man met de klei had al een lijn vastgegrepen en zich naar beneden laten zakken. Binnen een minuut lichtte de donkere liftkoker blauw op.
Het duurde niet lang voordat de zuiderling opnieuw de stilte verbrak. 'We hebben een opening, mensen. Tijd om de jacht te beginnen.'

'Voer de laatste twee nu nog eens in in omgekeerde volgorde,' zei Lundsdorf terwijl hij de drie beeldschermen aandachtig in de gaten hield. Hij tilde zijn vinger van de knop van de intercom en liet zich weer achteroverzakken in zijn stoel. 'Zie je hoe eenvoudig het is, Anton? Hoe simpel het is het begrip opperheerschappij een volkomen nieuwe inhoud te geven?'
'Ja, ik... ik zie het,' zei Votapek. De afgelopen vier minuten was hij zich steeds minder op zijn gemak gaan voelen. 'Ik dacht dat Jonas zich bij ons zou voegen. En Alison. Dat alles... opgehelderd zou worden.'
'Denk je dat Jaspers erbij moet zijn als de chaos losbarst?' Votapek gaf geen antwoord. 'Weet je, Anton, daar schiet me ineens iets te binnen. Xander heeft de drie manuscripten nooit samen gezien.' Met een liefkozend gebaar liet Lundsdorf zijn hand over de drie oude boeken gaan die nu op het bureau lagen. 'Dat zal hij echt leuk vinden.' Hij drukte de knop van de intercom weer in. 'Paolo, zou je zo vriendelijk willen zijn om doctor Jaspers even hierheen te brengen?'
Na een korte stilte zei de Italiaan: 'Denkt u nou werkelijk dat het... verstandig zou zijn om hem hier te laten rondlopen terwijl...'
'Twijfel je aan mijn oordeelsvermogen, Paolo?' Lundsdorf wachtte even. 'Mooi zo. Breng hem dan maar hierheen.' Met een wat verwonderde glimlach in zijn ogen richtte hij zijn aandacht weer op Votapek. 'Wat kijk je somber, Anton? Ik krijg de indruk dat je hier liever niet zou willen zijn. Vind je de dood dan zo angstaanjagend?' Votapek bleef zwijgen. Lundsdorf knikte. 'Misschien heb je wel gelijk. Misschien kun je maar beter gaan.' Lundsdorf voelde even onder zijn bureau en voordat Votapek kon reageren, ging er achter de oude man een deur open en kwam er een golf koude lucht het lab binnenstromen. 'Er is nog een uitgang. Een idee van Paolo. Ik heb nooit begrepen waarom, maar nu komt het wel goed van pas.' Votapek aarzelde even en stond toen op. 'Ga niet al te ver weg, Anton. De komende weken zal ik je nog nodig hebben.' Votapek liep naar de deur. 'Toch is het jammer. Je bent helemaal hierheen gekomen en nou mis je het hoogtepunt.'

Sarah was de laatste die zich de liftkoker in liet zakken. De liftkoker was zo smal dat ze aan beide zijden niet meer dan een centimeter of tien ruimte had. Om het haar wat makkelijker te maken had de eerste man terwijl hij zich liet zakken de wanden wat ingevet, maar terwijl ze zich langzaam en met een kloppende pijn in haar ribben liet zakken, kon ze elke naad in de wand maar al te goed voelen. Het vet was dan ook eigenlijk meer voor O'Connell bedoeld geweest. Pas na een paar keer proberen was de Ier erin geslaagd om zich naar binnen te wurmen. Thomas had dat kennelijk wel leuk gevonden en was uitgerekend toen gaan vertellen dat hij absoluut niet tegen kleine ruimtes kon, waarop O'Connell iets over een andere nare aandoening had gezegd, en dat hij hoopte dat die de jonge computerdeskundige bespaard zou blijven. Daarna had Thomas snel de lijn vastgegrepen, en hij had zich zonder ook maar een kik te geven de liftkoker in laten zakken.
Nadat ze tien meter de gang in waren gelopen, bleef het kleine groepje staan. 'Een splitsing,' zei de voorste. 'Zo te zien zijn het zes afzonderlijke tunnels.'
'Snij een stuk weg, zodat we een kijkje kunnen nemen,' zei O'Connell, die na deze korte kruiptocht al in ademnood verkeerde. Sarah drukte haar vingers tegen de dunne metalen wand en begreep wat hij daarmee bedoelde. Met een scherp mes zou de man daar wel doorheen kunnen komen, zodat hij kon zien wat eronder lag.
'Isolatiemateriaal en een hoop kabels,' luidde het antwoord. 'Het grootste deel loopt langs een van de tunnels links, de richting van waaruit we net gekomen zijn...'
'Zit er groen spiraaldraad bij?' Het was Thomas en zijn stem klonk heel wat ernstiger dan Sarah had verwacht. 'Iets wat eruitziet als... een strakke jurk.'
Stilte. 'Ja, er zit een soort doorzichtig plasticfolie omheen. Het zit niet in dezelfde kabelgoot als de andere kabels, maar het loopt dezelfde kant uit.'
'Dat is het,' zei Thomas. 'Dat is de draad die ze gebruiken voor satellietverbindingen. Je hoeft hem alleen maar te volgen, dan kom je vanzelf bij het commandocentrum.'
'Dan gaan wij de andere kant op,' kwam O'Connell tussenbeide. 'Naar een rustig en stil plekje waar we uit deze luchtkokers kunnen komen. Kies een andere tunnel.'

Terwijl ze door de gang liepen, hield Paolo Xanders arm stevig vast. Ze deden er allebei het zwijgen toe. Geen verklaring over de aanwezigheid van Stein en Tieg. Het commando was kortaf geweest, het getrokken pistool een onnodige aansporing. Nu, vlak bij de lift, bleef de Italiaan plotseling staan en terwijl hij zonder voorafgaande waarschuwing zijn hand nog steviger om Xanders arm klemde, tuurde hij een ogenblik in de verte, hield toen zijn hoofd scheef naar links en bleef aandachtig staan luisteren tot hij ineens een snelle draai naar rechts maakte en met een nu veel levendiger blik in zijn ogen de lucht op begon te snuiven. Een ogenblik later had hij de radiozender naar zijn lippen gebracht. 'Professor... Ja, ik heb hem... Nee, maar er is wat gas door de ventilatiekokers naar binnen gedrongen.' Terwijl de Italiaan dat zei, keek hij aandachtig naar zijn gevangene. 'Precies... Ik stel voor... Ja, natuurlijk.' Paolo liet de radio zakken, zette een schakelaar om en zei: 'Sluit de luchtkokers af... Prima, zet vervolgens de noodventilatie aan. Ik zal ook wat mensen nodig hebben... Nee, die kunnen overal uithangen... Begin over een breed front en werk dan naar het centrum toe... En sluit het lab af. Ik ben bij de doctor.' Paolo hing de radio weer aan zijn gordelriem en duwde Xander verder de gang in. Een ogenblik later gingen de tl-buizen weer uit en sprong de blauwe noodverlichting aan. Paolo hield zijn arm nu nog een stuk steviger vast. 'Uw vrienden maken dit heel wat opwindender dan ik verwacht had. Maar maakt u zich vooral geen zorgen. De pret is nu bijna voorbij.'

Sarah was de laatste die uit de luchtkoker op de betonnen vloer sprong. Ze stonden nu in een opslagruimte, tussen de hoog opgestapelde dozen. 'Gasmaskers af,' zei O'Connell terwijl hij voor de deur neerknielde en zijn revolver trok. Hij probeerde de deurkruk: geen geluk. Hij stond op en knikte naar de man met de klei dat die het slot maar even onder handen moest nemen. Een minuut later trok O'Connell de deur open en schoof zijn hoofd langzaam om de deurpost heen, het blauwe licht in. Onmiddellijk daarna bracht hij zijn revolver in de aanslag en loste een schot.

De aanvoerder sprong snel de gang in, maar kwam even later weer terug met een dode vrouw in zijn armen. Hij legde haar op een van de kisten, trok zijn revolver en knikte naar de anderen dat ze hem moesten volgen. Vijf seconden later liepen O'Connell en de elektronica-expert de kamer uit, daarna nog twee anderen en Thomas en Sarah sloten de rij.

Sarah merkte dat ze nu door een open ruimte holden van ongeveer zeven bij negen meter met aan weerszijden zes genummerde deuren. De enige uitgang bevond zich in het midden van de andere wand. De aanvoerder rende ernaartoe. Volgens de theorie van Thomas zou het commandocentrum zich ergens daarachter bevinden. Terwijl ze zich een weg zocht tussen de tafels en stoelen door, zag Sarah een keukentje, een poolbiljart en een televisie: precies wat je zou verwachten in de woonvertrekken van mensen die van plan waren lange tijd ondergronds te verblijven. Een bunker, dacht ze. Wat toepasselijk. Bij de uitgang hoorde ze een klikkend geluid en net als alle anderen bleef ze abrupt staan. De aanvoerder schuifelde nu voorzichtig om de hoek en knipte even later opnieuw met zijn vingers om aan te geven dat alles veilig was. Opnieuw renden ze paarsgewijs verder. Sarah hield gelijke tred met Thomas tot de volgende vingerknip en de volgende kruisende gang en bleef daar staan wachten terwijl de aanvoerder en O'Connell een paar woorden wisselden en even knikten. Toen keek de Ier om naar het team en zette een tweede bril op. Ze hadden allemaal zo'n bril bij zich en hoewel Sarah niet goed begreep waarom dat nodig was, zetten ze die allemaal eveneens snel op. Daarna rende O'Connell de hoek om. Sarah was de laatste die hem volgde.

Onmiddellijk besefte ze dat ze een vergissing hadden gemaakt. De gang was te lang en te smal, en er was nergens gelegenheid om dekking te zoeken. Haar intuïtie schreeuwde haar toe dat ze Thomas met zich mee naar achteren moest trekken, maar voordat ze zich kon omdraaien, stonden er aan beide uiteinden van de gang ineens mannen met pistolen. Als verstijfd bleef ze staan wachten tot de kogels zich in haar lijf zouden boren: het waren de langste seconden die ze ooit had meegemaakt. In plaats daarvan zag ze echter plotseling een fel licht, zodat ze even verblind werd, en toen er overal schoten opklonken, had ze geen tijd om zich af te vragen waarom ze nog in leven was. Met haar revolver naar achteren gericht stapte ze wild schietend naar links en toen ze weer iets kon zien, zag ze de Eisenreich-manschappen in grote verwarring uit elkaar stuiven. Ze zag hen tastend naar de muren zoeken, en naar elkaar, naar een weg uit deze duisternis... en ze begreep het.

De lichtflits had ze verblind.

O'Connell had geweten dat hun tegenstanders hen zouden staan op te wachten. Hij had ze uit de tent gelokt en ze waren erin getrapt. Binnen vijftien seconden werd het stil in de gang.

Er lagen zeven doden in de gang, en één gewonde. Alle teamleden waren echter ongedeerd gebleven. Terwijl iedereen zijn bril afzette, liep O'Connell naar de gewonde, hees hem overeind en liet zijn vingers in het zachte vlees van diens keel zinken.

'Heb jij even mazzel,' fluisterde hij. 'Ik vraag het je één keer en niet meer. Het is antwoord geven of sterven.' Hij zette kracht. 'Waar zijn de computers en hoe zijn die beveiligd?'

De man schudde zijn hoofd.

Zonder aarzelen richtte O'Connell de geluiddemper en terwijl hij de keel van de man stevig dichtgeknepen hield, zodat hij geen kik kon

geven, schoot hij diens knieschijf kapot. De man begon over zijn hele lijf te trillen en er droop kwijl uit zijn mond. 'Ik heb niet gezegd hóe ik je zou afmaken,' zei de Ier. 'Dat mag ik helemaal zelf bepalen.'
'Derde gang... links,' klonk het gesmoord. 'Deur... Tien technici... ongewapend...'
Met de kolf van zijn pistool gaf O'Connell de man een harde klap op zijn kin en toen liet hij hem op de grond zakken. Twee minuten later kwamen ze langs de lift. Drie meter voor de stalen deur die de toegang tot het laboratorium versperde, bleven ze staan.
'Ik denk niet dat onze achtergebleven vriend te vertrouwen viel,' zei O'Connell terwijl de springstoffenman al bij de deur stond. 'Ze zullen waarschijnlijk wél gewapend zijn. Zet allemaal jullie brilletje weer op, en zorg dat Thomas in de achterhoede blijft.' Hij keek de techneut even aan. 'In dit stadium kunnen we je niet missen, Thomas.'
Dertig seconden later sprong het luchtdichte schot voor de deur een eindje open, zodat er ruimte kwam voor weer twee kleine cilinders, die echter vele malen krachtiger waren dan hun voorgangers. Het geluid van stemmen en hollende voeten dat nu uit het lab klonk, vormde een fel contrast met de ontspannen houding van de man bij de deur, die rustig twee blikjes uit zijn rugzak haalde, een draai gaf aan de bovenkant en ze door de gestaag breder wordende kier het lab in gooide. Daarna draaide hij zich snel om en kneep zijn ogen dicht om zich te beschermen tegen de twee felle lichtflitsen aan de andere kant van de deur. Toen stormde hij gebukt het lab binnen. Vier andere teamleden renden snel achter hem aan. Ook O'Connell holde nu naar binnen. Sarah bleef staan tot haar oude vriend uit het zicht verdwenen was en sloop toen met Thomas vlak achter zich ook de grote ruimte binnen.
Vanaf het balkon bood het tafereel in de zaal onder hen een onwerkelijke aanblik. Overal kropen mannen en vrouwen blindelings om zich heen tastend rond, anderen voelden aan de wand en probeerden zo met hun handen de informatie te bemachtigen die hun ogen hun niet meer konden verschaffen. Weer anderen zaten aan hun computers en tuurden doelloos naar beeldschermen die voor hen niet langer zichtbaar waren. Her en der lagen vuurwapens op de grond, op dezelfde plek waar ze gevallen waren toen de oogverblindende granaten tot ontploffing waren gekomen, zodat ze geen bedreiging meer vormden voor de mannen die behoedzaam de trap af kwamen lopen. O'Connell trok een pak springstof uit zijn rugzak. Toen ze de onderste traptrede had bereikt, besefte Sarah met een hol gevoel in haar maag dat het allemaal te gemakkelijk was gegaan. En van Xander was nog steeds geen spoor te bekennen.

'Welkom,' zei een dreunende stem. Hij kwam uit een van de luidsprekers. Vrijwel onmiddellijk daarna klapte een verticale stalen luxaflex onder het balkon open, zodat er een hokje van kogelvrij glas zichtbaar werd. In het midden daarvan stond Xander. Zijn arm werd vastgehouden door een tweede man en links van hem, aan een bureau, zat weer een ander. Het duurde even voordat Sarah zijn gezicht herkende. 'Ah, daar hebben we mevrouw Trent,' vervolgde Lundsdorf. 'U leeft dus nog. Wat interessant. En ongetwijfeld is een van de andere aanwezigen hier onze onbekende motorrijder... misschien die grote vent daar met die springstof in zijn hand?' Sarah hield haar ogen strak gericht op de drie mannen achter het glas. 'Het maakt ook niet uit,' zei Lundsdorf, 'want zoals u ziet, is doctor Jaspers hier bij mij en samen hebben we zojuist geschiedenis geschreven. U kunt zeker wel raden wat, hè, mevrouw Trent?' Hij wachtte even. 'Inderdaad. De codes zijn nu allemaal uitgezonden. Uw vrienden en u mogen de staf best vastbinden, hoor, maar u bent net iets te laat. De laatste fase is in gang gezet en is nu niet meer te stoppen.'

Sarah keek eens naar Xander. Zijn gezicht verried geen enkele emotie, geen enkele reactie op Lundsdorfs woorden, hij staarde met een lege blik in zijn ogen voor zich uit. Een paar seconden lang leek alles tot stilstand te zijn gekomen, tot Xander zijn blik weer op het glas richtte en haar strak aankeek. De uitdrukking op zijn gezicht was echter nog niets veranderd. 'Blaas het allemaal op,' zei hij met toonloze stem. 'Ik ben toch al dood.'

'Dat maakt niets uit,' viel Lundsdorf hem in de rede. 'Wat doctor Jaspers niet beseft, is dat elke poging om zoiets te doen alleen maar een... automatische piloot noemde Arthur het geloof ik... in werking zou stellen. Het heeft iets te maken met satellieten en opgeslagen informatie. U weet wel. U kunt natuurlijk zelf beslissen wat u allemaal gaat doen met die apparatuur van u, maar u dient wel te beseffen dat een ontploffing hier in het lab weinig invloed zal hebben. We zouden dan de komende dagen inderdaad niet goed meer in staat zijn om de activiteiten van onze teams te volgen, maar het eindresultaat zal daar niet ingrijpend door beïnvloed worden. Het zal me wat minder greep op de gebeurtenissen geven, maar naarmate je ouder wordt, leer je je aan te passen.' Hij glimlachte weer en keek Jaspers eens aan. 'Verbaast je dat, Xander?'

Xander deed er het zwijgen toe. 'Is dat waar?' vroeg O'Connell aan Thomas.

'Ik... weet het niet,' zei deze. 'Dan moet ik eerst even...' Hij zweeg en keek naar het glazen hokje.

'Ga je gang, jongeman,' zei Lundsdorf. 'Kom zelf maar kijken.'

Thomas liep naar het dichtstbijzijnde beeldscherm en tikte een paar woorden in. 'Ik weet het niet. Dit zijn substations, secondaire terminals. Ze verwerken alleen maar informatie als ze on-line zijn met het mainframe, anders doen ze niets. Op dit moment zijn ze off-line. Tot ik de grote computer zelf te zien krijg, kan ik er geen zinnig woord over zeggen.'

'O, reken er maar op dat het zo is, jonge vriend,' zei Lundsdorf.

Tijdens dit gesprek had Sarah haar ogen geen ogenblik van Xander afgewend. Die vreemde onthechting in zijn blik had ze maar één keer eerder gezien: in het hotel, toen hij terugdacht aan de dood van Feric. Nu voelde ze echter dat er achter die blik iets anders aanwezig was, een kracht die steeds groter leek te worden, tot de jonge geleerde ineens in beweging kwam en over het bureau heen op Lundsdorf af dook.

Onmiddellijk zat Paolo boven op hem en hij drukte het pistool in zijn nek. Daarna trok de Italiaan hem overeind en porde hem met het pistool in zijn ribben.

De verrassing in Lundsdorfs ogen was maar al te duidelijk zichtbaar. Xanders gezicht verried echter nog steeds geen enkele emotie. 'Leg dat ding weg, Paolo,' zei Lundsdorf terwijl hij weer rechtop ging zitten.

'Waarom?' vroeg Xander met zachte stem. 'Waarom wacht u nog? U hebt Tieg vermoord. U gaat mij vermoorden. Dus waarom handelt u dit nu niet meteen af?'

'Leg weg dat ding.'

'U hebt zelfs publiek,' ging hij verder. 'Vindt u dat niet opwindend?'

'Genoeg,' zei Lundsdorf. Het was duidelijk dat hij nu erg kwaad was.

'Paolo weet dat ik gelijk heb, hè, Paolo?'

De Italiaan keek Lundsdorf eens aan. 'Leg neer,' zei de oude man.

Paolo aarzelde. 'Hij doet nooit wat u hem hebt gevraagd.'

'Lég néér, Paolo! Je begrijpt het niet. Ik wil hier geen tweede Wolfenbüttel.' Lundsdorf keek Xander eens aan. 'Hou op met dit domme gedoe! Onmiddellijk!'

'Wat vind je ervan, Paolo?' drong Xander aan. 'Begrijp jij het?'

'Laat me nou even met hem afrekenen,' zei de Italiaan. 'Hij is al die eer niet waard.'

'Heeft niemand me gehóórd!' brulde Lundsdorf. 'Denk je soms dat ik je niet dóórheb, doctor Jaspers? Denk je dat ik die list van je niet doorzie? Dit is een heel gevaarlijke gok.'

Xander keek de Italiaan recht in de ogen. 'Schiet op, Paolo. Bespaar ons allemaal wat tijd en haal de trekker over.'

De Italiaan keek nog eens naar Lundsdorf en toen weer naar Xander. Hij spande zijn kaakspieren en een ogenblik later klonk er een enkel schot in het glazen hokje. Een paar seconden lang leek niemand te bewegen,

maar toen zakte Paolo heel langzaam door zijn knieën. Zijn ogen waren groot en rond van ongeloof en toen hij viel, sloeg zijn hoofd met een harde klap tegen de vloer. 'Hij zou gedaan hebben wat je hem vroeg,' zei Lundsdorf. Hij had zijn stem nu weer in bedwang en hield een klein pistool in de hand. 'Dat kon ik niet toelaten.'
Sarah en de anderen keken toe hoe de bizarre scène werd uitgespeeld. Xander liep nu naar het bureau en plukte de oude man het pistool uit handen.
'Maar dat wist je,' zei Lundsdorf. De uitdrukking op zijn gezicht was bijna kinderlijk. 'En nu ga je me doodschieten. Wat heb je de situatie toch goed in de hand.'
Xander was nog steeds eigenaardig kalm. Hij hield de oude man nu onder schot. 'Nee,' zei hij. 'U gaat me nu vertellen hoe ik dit alles tot staan kan brengen. Om de een of andere reden geloof ik niet dat dit hele proces zo onomkeerbaar is als u zegt.'
'Je kunt echt niets meer uitrichten,' zei Lundsdorf. 'Neem dat nou maar van mij aan.'
'Werkelijk?' Xander richtte het pistool op zijn eigen borst. 'Wat gebeurt er als ik dit gebruik om mezelf neer te schieten?' En na een korte stilte: 'Wat blijft er dan van u over, en van die lotsbestemming van u?'
Langzaam zag hij het gezicht van de oude man betrekken. 'Dat doe je niet.'
Xander keek hem indringend aan. 'Denkt u dat nou heus?'
Bijna een halve minuut bleven ze allebei onbeweeglijk staan. Toen boog Lundsdorf zich heel langzaam voorover, alsof hij iets wilde zeggen. Heel even werd Xander wat minder waakzaam, en van dat ogenblik maakte de oude man gebruik door hem het pistool uit handen te rukken, het op zijn eigen borst te richten en de trekker over te halen. Er ging een trilling door zijn schouders en terwijl hij onderuit in zijn stoel zakte, keek hij met een flauwe glimlach op naar Xander.
'De vraag blijkt dus te zijn,' zo fluisterde hij, 'wat jij nu gaat doen.'
Hij hoestte even. 'De generaals of het manuscript? Geweld of orde? Chaos of duurzaamheid?' Er zat nu bloed op zijn lippen. 'Je hebt geen keus, zie je? Je hebt nooit een keus gehad.' Lundsdorfs hoofd zakte opzij, nog steeds met die glimlach op zijn gezicht.
Xander stond hulpeloos naar het ontzielde lichaam te staren. Toen draaide hij zich om naar de glazen wand en keek naar Sarah: 'Zorg dat ik een keuze heb! Zorg dat die verdomde computerfreak van jullie hier binnenkomt en dat ik een keuze krijg!' Hij drukte op een knop op het bureau en onder de trap sprong een deur open.
Thomas was de eerste die naar binnen rende. Snel ging hij achter een

van de toetsenborden zitten en toen O'Connell enkele seconden later binnenkwam, vulde zijn ratelende getyp al de hele ruimte. Xander leunde met zijn rug tegen de glazen wand en stond met zijn armen over elkaar naar de grond te turen. Er was niets wat hij nu kon doen. Toen het typen ophield, keek hij op en zag dat O'Connell naast Thomas was komen staan en dat de twee mannen nu aandachtig de verschillende beeldschermen afspeurden om te zien hoe ze de programmatuur konden uitschakelen. Pas daarna merkte hij dat Sarah bij de deur stond. Hun blikken kruisten elkaar, maar geen van beiden zei iets. Toen het typen weer begon, kwam ze naar hem toe gelopen.

'Ik had gehoord dat je dood was,' zei hij terwijl hij zijn armen om zijn borstkas geklemd hield.

'Een paar gebroken ribben. Ik overleef het wel.'

Hij knikte. Juist op dat ogenblik vond Thomas' machteloze woede een mikpunt.

'Jezus, wat hebben we hier nou weer?' Terwijl Xander en Sarah hem aankeken, bleef hij naar de beeldschermen staren. 'Die ouwe vent zat niet te liegen. Er is geen enkele manier om weer ongedaan te maken wat ze zojuist hebben uitgezonden. Als ik ook maar één van die codes probeer in te trekken, sluit het systeem me gewoon buiten. Alles wordt dan ontoegankelijk en het hele proces wordt dan verder volautomatisch aangestuurd. Ik kan niet eens de computer binnenkomen om het in binaire code te proberen.'

'Dus je kunt niets uitrichten,' zei Sarah, die inmiddels bij het bureau was gaan staan.

'Dat zei ik niet.' Hij begon op zijn duimnagel te bijten. 'Maar het kan wel even gaan duren.'

'Hoe zit het met de namen?' vroeg O'Connell. 'Er moet toch een lijst bij zitten met de namen van hun veldagenten? Als we die in handen krijgen, kunnen we ze tegenhouden voordat ze hun opdrachten krijgen doorgestuurd.'

'Heb ik al geprobeerd,' zei Thomas. 'De computer sloeg bijna op tilt. Het is die lui menens en ze weten precies wat ze doen.'

Het werd heel stil in het glazen hokje.

'Hoe zit het met Pritchard?' De drie aan het bureau keken op. Het was Xander.

'Pardon?' zei Thomas, zonder zijn ergernis te verbergen.

'Je zei toch dat het wel een Pritchard-matrix leek?' vervolgde Xander. 'Dat zal jullie toch wel een idee geven van...'

'Pritchard,' knikte O'Connell. 'Heel scherp, doctor. Dan zal daar wel iets over in de computer staan, hè?'

'Hallo!' Thomas was nu over zijn woede heen. 'Waar hebben jullie het over?'
O'Connell sloeg geen acht op hem en keek eens naar Sarah. 'Wat denk jij?'
'Ik weet het niet.' Ze keek even de zaal rond. 'Het kan van alles zijn...'
'Zou Stein het weten?'
Nu werden er drie paar ogen op Jaspers gericht. 'Bob Stein?' zei O'Connell.
'Hij is hier. Zou hij ons hiermee kunnen helpen?'
O'Connell bleef Jaspers indringend aankijken. Toen knikte hij langzaam. 'Als het om computers gaat en Arthur hier...'
Twee minuten later liet de licht gedesoriënteerde Stein zich in de stoel naast Thomas zakken. Sarah en O'Connell legden hem snel uit wat er aan de hand was.
'Een vertragend voorrangscommando,' zei Bob zachtjes. Ze zwegen allen en keken hem aan. Niemand zei meer iets. 'Weten jullie nog wel?'
Sarah schudde van nee. 'De vertragingscommando's in Amman?' Hij liet een korte stilte vallen. 'Arthur had een zwak voor vertragingscommando's.'
Langzaam werden Sarahs ogen groot van verbazing. 'Die vertragingen zijn veroorzaakt door Pritchard?'
'Ja.'
Die bevestiging leek haar verwarring er alleen maar groter op te maken. 'Wacht 's even. Dat wil dus zeggen dat...'
'Ja,' zei hij. 'Daarom had je haar toch nooit gered kunnen hebben.' Hij keek Sarah nu recht in de ogen. 'Ik ben teruggegaan en heb het even nagekeken. Pritchard heeft die vertraging veroorzaakt omdat hij dat meisje nodig had als lokaas. Hoe langer hij haar als doelwit gebruikte, hoe makkelijker het voor jou zou zijn om Safad te grazen te nemen. Hij heeft je helemaal geen keus geboden.' Bob liet zijn woorden even bezinken en richtte zich toen tot O'Connell. 'Arthur had iets met timing. Hij moest alle fasen van een operatie altijd volledig in de hand hebben. Daarom heeft hij zeker iets dergelijks in het systeem laten inbouwen, iets waarmee hij de blokkades kon opheffen.'
'Zou iemand me misschien willen vertellen waar jullie het over hebben?' kwam Thomas tussenbeide. 'Of hoeft de computerman dat soms niet te weten?'
'Een vertragingscommando,' zei Stein. 'Je kunt eenmaal gegeven commando's daar niet mee annuleren, maar je kunt ze wel vertragen... voor onbepaalde tijd.'
'Een vertragingscommando?' zei Thomas. 'Dus...?'

'Arthur wilde altijd dat de timing perfect was,' zei Stein. 'Als er iets niet helemaal synchroon liep, gaf hij gewoon een vertragingscommando en dat hief hij pas op als hij alles weer op orde had. Waarschijnlijk heeft hij ergens in het programma wel iets dergelijks laten inbouwen.'
'Dus dan zou jij op de volgende reeks commando's zitten wachten?' vroeg Thomas weer aan Sarah. 'Maar wat als die niet kwamen?'
'Dan kwamen ze niet,' zei ze, meer in zichzelf dan tegen hem. Terwijl ze wezenloos voor zich uit staarde, werd de herinnering steeds duidelijker.
'Je zat te wachten op contact,' voegde Stein eraan toe, 'en áls dat dan kwam, moest je eerst een tweede reeks codes invoeren.'
'Dus we hebben het over een vertragingscommando met wisselende bevestigingscodes,' zei Thomas.
Hij begon opnieuw te typen en terwijl zijn vingers over het toetsenbord schoten, verschenen er telkens nieuwe pagina's vol vreemde symbolen op het scherm.
Voor het eerst in de afgelopen minuut keek Sarah weer op en ze richtte haar blik op Xander. Woordeloos keken ze elkaar aan.
Drie lange minuten later hield Thomas op met typen en leunde achterover in zijn stoel.
'Zo.' Hij knikte naar het beeldscherm. 'Dit is de achterdeur. Een eenvoudig vertragingscommando. Er zijn echter twee problemen. Op dit moment kunnen we er niet meer zeker van zijn dat het commando om de actie uit te stellen alle teams ook werkelijk zal bereiken.'
'Dus?' Dat was O'Connell.
'Dus zullen jullie misschien niet in staat zijn de eerste paar acties te verijdelen.'
'Hoeveel?' vroeg Sarah, die nu weer helemaal met haar aandacht erbij was.
'Ik weet het niet.'
'Sla er dan maar een slag naar,' drong O'Connell aan.
'Alles wat plaats zou vinden in, tja, zeg maar de komende zes uur.'
'Dat is op zijn hoogst drie acties,' zei hij. 'Daar kan ik mee leven. En probleem nummer twee?'
'Volgens deze toelichting wordt alles gewist zodra ik het vertragingscommando geef.'
'Correct,' zei Bob instemmend. 'Daarom waren de codes in Amman allemaal anders.'
'En dus zou hij zich gedwongen zien om het systeem opnieuw op te starten om de nieuwe commando's te kunnen uitsturen,' zei Thomas glimlachend. Hij was nu volkomen verdiept in het gesprek. 'Een nieuwe operationele interface: nieuwe commando's, die opnieuw verzonden worden.'

'Laten we de software even de software laten,' zei O'Connell. 'Wat bedoel je met gewist?'
'Ik bedoel dat alles tot op de laatste byte van de schijf gewist wordt. Er blijft helemaal niets over.'
'En daar kun je helemaal niets aan doen?' zei Stein.
'Degene die dit systeem heeft opgezet,' zei Thomas, 'wilde niet dat iemand een vertragingscommando zou geven tenzij hij daar een heel goede reden voor had. Het wil ook zeggen dat het systeem zo is ontworpen dat iemand die het achterdeurtje weet te vinden, zoals wij dus, nadat hij ingebroken heeft niet de kans krijgt om uitgebreid rond te neuzen.'
'We raken alles kwijt?' vroeg Sarah.
'Dat had ik toch al gezegd?' zei Thomas. '*Nada.* Niets, zelfs geen cursor. Je hebt dan geen explosieven meer nodig, want er valt niets meer op te blazen.' Niemand zei iets. 'Wat zal het zijn, mensen? Vertraging of niet?'
Een paar seconden lang bleef het stil.
'Er zullen dan een hoop mensen zitten te wachten op een commando van Eisenreich,' zei Sarah. 'En we komen er dan nooit meer achter wie het zijn.' Ze keek eens naar O'Connell. 'We komen er dan ook niet achter op hoeveel scholen ze nu druk bezig zijn met het opleiden van de volgende generatie toegewijde volgelingen.'
'Maar wat is het alternatief?' viel Xander haar in de rede. 'Als we het commando niet versturen, weten we straks precies wie die mensen zijn: degenen die de komende acht dagen het hele land op zijn kop gaan zetten.'
'Dus we laten ze gewoon weer wegkruipen in hun holen?' vroeg O'Connell.
'Ze staan al klaar,' zei Xander. 'Ze staan te wachten. Dus we laten ze weten dat ze iets langer moeten wachten. Laten we niet vergeten hoe Eisenreich is georganiseerd. Het manuscript legt er grote nadruk op dat iedereen zich aan de hem toegewezen rol dient te houden. Wie zal de nieuwe bevelen geven nu Lundsdorf dood is? Wie zal de nieuwe codes versturen? Votapek? Sedgewick? Ik weet zeker dat die nou het soort losse eindjes vormen dat een van de nationale veiligheidsorganisaties wel kan wegwerken.' Xander keek eens naar O'Connell en toen naar Sarah. 'Het beste wat we kunnen doen is de jongens en meisjes van Eisenreich laten wachten op een opdracht die nooit komt.'
'En als ze eenmaal groot zijn?' vroeg ze.
'Zonder het manuscript en zonder iemand die ze voortdurend voorleest uit de heilige schrift van Eisenreich, doen die helemaal niets. Ze hebben iemand nodig die ze vertelt wat ze moeten doen, en zo iemand is er dan niet meer.'

O'Connell haalde eens diep adem. 'U stelt wel heel veel vertrouwen in een vijfhonderd jaar oude theorie, doctor.'
'Nee, ik baseer mijn vertrouwen op de manier van werken van de mensen die die theorie woord voor woord hebben nagevolgd. Ze wilden volgelingen kweken, geen leiders. We kunnen alleen maar hopen dat ze in hun opzet zijn geslaagd.' Hij richtte zich tot Thomas. 'Stuur dat commando maar uit. Zeg ze maar... dat ze geduld moeten hebben.'
Thomas keek eens naar O'Connell, die weer naar Sarah keek. Ze gaf een knikje. Een ogenblik later werden alle schermen in het lab zwart.

Thomas had gelijk gehad, tot op de minuut. Bijna zes uur lang beleefde het land een reeks incidenten die bijna op een tragedie was uitgelopen. Eerst was er de mislukte moordaanslag op Lung Tse Pao, een hooggeplaatst lid van de Chinese handelsdelegatie. Een paar minuten voordat ze met haar toespraak voor de televisie zou beginnen, werden beide aanslagplegers betrapt en gedood. Vele vragen bleven echter onbeantwoord. Waarom waren ze niet eerder betrapt door de beveiligingsdienst? Had dit soms iets te maken met de recente gebeurtenissen in Washington en New Orleans? Of met de moord op de ambassadeur? Twee uur later werden die speculaties nog aangewakkerd door een reeks computerstoringen op LAX, het internationale vliegveld van Los Angeles. Hoewel men ook daar met heldhaftige acties op het laatste moment een ramp wist te voorkomen, begon er toch iets van ongeloof en paniek door te klinken in de nieuwsberichten op de radio en televisie. Stonden de politie en de veiligheidsdiensten soms machteloos? Was Amerika nu toch ten prooi gevallen aan het wereldwijde terrorisme? Voortdurend kwamen er nieuwe en al even verontrustende berichten binnen. De ernstigste daarvan was de op het nippertje voorkomen catastrofe bij Southwestern Bell: alle catastrofes waren net op tijd voorkomen, maar elk van die berichten wakkerde de angst verder aan. Zoveel bedreigingen in zo'n korte tijd. Liepen de zaken uit de hand?
Net toen de avondnieuwsprogramma's begonnen, kwam er echter bericht van een werkelijke tragedie. Het ontzielde lichaam van vice-president Pembroke was aangetroffen in zijn kantoor. Hij was overleden aan een hartaanval. In een toespraak tot het hele land sprak president Wainright over de grote droefenis waaraan de natie ten prooi was gevallen na de dood van zijn goede vriend Pembroke. De drieënveertig jaar oude vice-president, die een paar maanden eerder nog in blakende gezondheid had verkeerd, was het slachtoffer geworden van een onbekend virus waarmee hij kennelijk geïnfecteerd was tijdens een recent bezoek aan Maleisië. Veel meer wisten de artsen van het Hopkins Center

for Viral Disease er niet over te zeggen.

Daarna sneed de president een ander onderwerp aan: de verontrustende recente gebeurtenissen. Hij sprak met de ontspannen vertrouwelijkheid die hem al lang geleden zo geliefd had gemaakt bij zijn kiezers.

'De afgelopen week zijn we getuige geweest van een reeks weerzinwekkende aanslagen, die er stuk voor stuk op gericht waren om ons zelfvertrouwen te ondermijnen. En toch hebben we telkens weer gezegevierd. Telkens en telkens weer zijn we erin geslaagd om degenen die onze gemoedsrust en de levenswijze die ons dierbaar is wensen te ondermijnen, de voet dwars te zetten. En hoewel er, zonder enige twijfel, bange momenten zijn geweest, misschien zelfs ogenblikken van paniek, zijn we geen moment voor die dreiging gezwicht. Nee, we hebben de ware aard daarvan onderkend: die dreiging was een middel waarmee we de hele wereld konden laten zien hoe groot de moed en taaiheid van het Amerikaanse volk wel zijn. De aanslagen van vandaag waren krankzinnig en bizar, maar we moeten de ernst ervan niet overdrijven en dienen te beseffen dat ze verbleken bij het werkelijke verlies dat we vandaag hebben geleden: de dood van Walter Pembroke.

We lijden onder dit verlies, maar we aanvaarden de waarheid ervan en we kunnen er ook iets van leren. De dood van de vice-president helpt ons om de bizarre gebeurtenissen van de afgelopen week weer in het juiste perspectief te zien. Die hebben ons níet geschokt. Ze hebben ons zelfvertrouwen níet ondermijnd. Het land is krachtig en veilig, zodat we de gelegenheid hebben om te rouwen om de enige werkelijke tragedie van deze dag. We moeten onze aandacht nu op onszelf richten en onze angsten van ons afzetten. Zo zou Walter Pembroke het gewild hebben.'

Aan het eind van de week werd de juistheid van de wijze raad van de president door slechts weinigen in twijfel getrokken.

Helaas deed zich twee dagen later weer een tragedie voor, toen de Tieg Broadcasting Service de dood van zijn grote leider en inspirator Jonas Tieg bekendmaakte. Ook hij was bezweken aan een hartaanval en hoewel zijn trouwe kijkers zeker treurden om zijn dood – en Amy Chandler om zijn kijkcijfers – werd iedereen veel te veel in beslag genomen door de nasleep van de recente gebeurtenissen om er lang bij stil te staan. Er werden een paar vragen gesteld over het eigenaardig profetische programma dat op de nacht voor zijn dood was uitgezonden, het bandje waarop Tieg leek te anticiperen op een aantal van de ternauwernood voorkomen rampen van de volgende dag. Te midden van alle verwarring werd het programma echter al snel vergeten. Er werden een paar artikelen geschreven, en er werd een speciaal programma over zijn leven en werken uitgezonden, maar binnen een paar weken kwam een andere zender met een nieuwe ster – nog onbehouwener en onbeschofter dan Tieg ooit was geweest – en zo verdween het fenomeen Jonas Tieg al snel in de nevelen van het verleden.

Diezelfde week verschenen er op de middenpagina's van verschillende kranten berichten over de mysterieuze verdwijning van Laurence Sedgewick. Er was niets opgenomen van zijn bankrekeningen, en de dossiers in zijn kantoor in New Orleans waren nog volledig intact. Het zag ernaar uit dat hij nogmaals op heterdaad was betrapt.

Minder aandacht werd er besteed aan de dood van een tamelijk gerespecteerde, zij het nogal obscure politicoloog. Alleen *The New York Times* wijdde er een paar regeltjes aan. Herman Lundsdorf (68) was overleden in zijn slaap. Hij was vrijgezel, en het enige dat hij naliet, waren zijn boeken.

Aan slechts weinig van die artikelen werd meer dan voorbijgaande aandacht besteed door de bewoners van een kleine boerderij in Maryland. Ze hadden het te druk met andere dingen. De eigenaar, een Ier die bij de plaatselijke inwoners voornamelijk bekendstond om zijn teruggetrokken bestaan, was meer in de openbaarheid getreden. Op de markt liep hij tegenwoordig druk te praten met andere klanten en een of twee van hen had hij zelfs op de koffie gevraagd. De meeste mensen schreven die plotselinge omslag toe aan de jonge vrouw die tegenwoordig niet van zijn zijde leek te wijken. Ook die was helemaal opgebloeid en leek zich met de week beter op haar gemak te gaan voelen. Haiden Dalgliesh, de rentmeester van de boerderij, was al een weddenschap begonnen over de vraag wanneer de Ier met Alison zou trouwen en hoewel Gaelin meestal niet aan weddenschappen deed, had hij vijf dollar ingezet op een datum eind september.

Epiloog

Hier en daar smolten nog wat laatste witte spikkels sneeuw op het keurig gemaaide gazon. De weerberichten hadden voorspeld dat dit de laatste sneeuw van de winter zou zijn en de heldere hemel leek erop te wijzen dat ze het bij het rechte eind hadden.

Een eindje van het graf gingen Xander en Sarah op een bank zitten. Ze waren geen van beiden erg geïnteresseerd in de inscriptie op de zerk en wisten niet goed wat ze hier eigenlijk te zoeken hadden. Hij had gebeld en haar gevraagd om te komen. Het was de eerste keer in een aantal weken dat ze elkaar weer hadden gesproken en het leven zonder haar, het vreemde afscheid en de plotselinge doelloosheid die daarop gevolgd was, waren hem zwaar gevallen. Hij had echter wel begrepen dat het beter was zo. Ze had gezegd dat ze tijd nodig had, tijd om zichzelf terug te vinden en een nieuw begin te maken, en hij had beseft dat hij dat zelf ook moest proberen. Die week op Hydra had echter niet geholpen. Het had alleen de herinnering aan Fiona weer in hem wakker geroepen. Maar toch, hij was er in elk geval even uit geweest.

Nu zaten ze naast elkaar en keken naar de naam op de grafsteen. Lundsdorf. Misschien hadden ze het alleen maar eens met eigen ogen willen zien. Samen. Voor de laatste keer.

Ze hadden allebei de begrafenis gemist. Dat weekeinde waren ze niet beschikbaar geweest. Ze hadden ergens in een klein boerderijtje in Virginia gezeten. Tot hun ongenoegen hadden de debriefing-specialisten moeten vaststellen dat er geen namen of bestanden waren die ze als houvast konden gebruiken. Manuscripten en oude documenten stelden ze kennelijk minder op prijs. Xander had hun met nadruk verzocht alles te vernietigen, maar ze hadden hem verzekerd dat ze 'zeer zorgvuldig met het materiaal zouden omgaan'. Dat was niet voldoende, had hij gezegd, en daarop hadden zij weer gezegd dat hij zich daar geen zorgen om hoefde te maken. Pas toen de president had gebeld en hem zijn persoonlijke verzekering had gegeven dat 'alles volledig beveiligd zou worden', had Xander toegegeven. Wat kon hij anders? Er liep nog steeds een aanklacht tegen hem en Sarah in verband met de moord op Schenten, de dood van mevrouw Huber en wat er verder nog was voorgevallen. 'Ach, maakt u zich daar maar geen zorgen over, doctor,' had de president gezegd. 'Dat handelen wij wel af. Verder nog iets van uw dienst?'

Bob Stein was wat behulpzamer geweest, maar zelfs hij had moeten toegeven dat de mensen in Langley het niet leuk vonden om te moeten delen, zelfs niet met de mensen die deze hele zaak in beweging hadden gezet. Pritchards verraad had het COS in een netelig parket gebracht en ze zouden wat tijd nodig hebben om de sceptici weer op hun hand te krijgen. Tot dan toe zou iedereen er maar op moeten vertrouwen dat het manuscript in goede handen was of in elk geval ergens veilig weggeborgen lag. Voorlopig zou Stein echter wel bezig zijn met een grote schoonmaak. Na een welverdiende vakantie op de Bahama's, natuurlijk. Die twee dagen dat hij op een bed vastgebonden had gelegen, hadden wel een paar geestelijke littekens achtergelaten. De Bahama's, zo had Bob gehoord, waren in deze tijd van het jaar op hun best. Hij zou wel weer contact opnemen.
Dat was nu twee weken geleden.
'Waar denk je aan?' vroeg Sarah terwijl ze haar rug kromde om de druk op haar pijnlijke ribben wat te verminderen.
'Ik weet het niet. Votapek, Sedgewick. Ik zou graag weten of ze inderdaad met de "grootst mogelijke zorgvuldigheid" zijn afgehandeld.' Hij bleef naar de rijen zerken zitten turen. 'Eric...' Hij keek haar eens aan. 'Maar goed. Hoe gaat het met je ribben?'
'Heel goed,' zei ze met een glimlach. 'Zolang ik maar uit de buurt blijf van luchtkokers en computerlabs. Dan komt dat wel weer in orde. Net als de rest.' Ze keek hem eens aan en pakte zijn hand vast. 'Xander, ik ben hiernaartoe gekomen omdat ik je dat wilde laten weten. Op een gegeven moment wordt alles weer normaal. Zo gaat het altijd.'
Hij knikte. 'Dus ook nu moet ik je maar weer vertrouwen, hè? Ik heb geen keus.'
'Je moet het loslaten. Het zal nooit uit zichzelf overgaan. Je moet het zélf loslaten.'
'Hoe dan?' Hij haalde eens diep adem. 'De universiteit is op dit ogenblik eigenlijk geen plek die me nou erg trekt. Niet dat die me terug wil, trouwens. Zelfs vrijgesproken moordenaars passen niet echt in het team.'
'Dan moet je iets zoeken wat je kent.'
Na een korte stilte keek hij haar aan. 'Op dit moment ben jij dat, Sarah.'
Ze gaf hem een teder kneepje in zijn hand. 'Was het maar zo eenvoudig.'
'Ja,' knikte hij. 'Was het maar zo eenvoudig, hè?'

Ze wachtte even, haalde toen een envelop uit haar tas en legde die op zijn schoot.
'Wat is dat?'
'Aantekeningen. Een manuscript.' Ze keek hem aan. 'Dit heb ik meegenomen uit Lundsdorfs bunker. Voordat we werden opgehaald, heb ik het ergens begraven. Misschien kun je daar beginnen. Ik vond dat ik dit maar beter aan iemand kon geven die er iets van begrijpt.'
Langzaam trok Xander de klep open en hij keek naar het papier dat erin zat. De Italiaanse versie. Daarna keek hij haar eens aan. 'Dit had je moeten verbranden.'
Glimlachend schudde ze van nee. 'Dat laat ik aan jou over.' Daarna slaakte ze een diepe zucht en stond op. 'Hebben we gezien waarvoor we hier kwamen?'
'Ik denk van wel.' Hij maakte de envelop weer dicht. 'Ik weet nog steeds niet zeker wat dat precies was.'
'Een beginnetje.' Ze keek even naar de weidse vlakte en daarna weer naar hem. 'Om acht uur vertrekt er een toestel van Kennedy Airport en dat wil ik graag halen.'
Hij keek naar haar op en knikte. 'Ik begrijp het. Ik geef je wel even een lift.' Hij stond op.
Heel voorzichtig gaf ze hem een arm. 'Ben je wel eens in het begin van de lente in Florence geweest, doctor? Ik heb gehoord dat het daar dan heel mooi kan zijn.'
'Dat zeggen ze, ja.'
'Ik ben er maar één keer geweest. Ik had toen echter veel geluk. Ik had een heel charmante gids. Ik liep te denken... dat het leuk zou zijn om die weer terug te vinden.'
Xander bleef staan. Hij draaide zich om en keek haar diep in de ogen. 'Vraag je of ik mee wil, Sarah?'
Ze glimlachte. 'Daar lijkt het wel op, hè?'
'Heeft de dokter je dat aangeraden?'
'Nee, mijn intuïtie.' Ze gaf hem een hand. 'Laten we het maar een begin noemen. Op dit moment is dat, denk ik, voor ons allebei het beste wat we maar kunnen doen.'
Het begon te motregenen. Ze trok hem tegen zich aan en samen liepen ze weer verder.

Over de heerschappij

Met een brief aan Zijne Heiligheid paus Clemens VII (1531)

door Eusebius Iacobus Eisenreich

Vertaald door Alexander Jaspers
Institute of Cultural Research
Columbia University

Van Eusebius Iacobus Eisenreich aan Zijne Heiligheid de Allerheiligste Vader, paus Clemens VII

Voor degenen die zich een mecenas zoeken, is het tegenwoordig de gewoonte een machtig heer een geschenk te bieden dat voor hem van onschatbare waarde is, een geschenk waarmee hij zijn eerbied en ambitie tot uiting brengt. Mensen schenken landerijen, juwelen en zelfs dochters in de hoop daarmee de gunst te winnen van een hooggeplaatst weldoener. Dergelijke geschenken zijn echter niet van blijvende waarde en dienen maar al te vaak slechts voor het bevredigen van een kortstondig verlangen. Een werkelijk waardevol geschenk dient bestand te zijn tegen het verstrijken der tijd.

Helaas kunnen landerijen verdorren, edelstenen hun glans verliezen en jonge meisjes echtgenotes worden. Maar staatsmanschap, het op de juiste wijze uitoefenen van de soevereine macht, dat blijft altijd van groot belang. Het nobelste geschenk dient daarom in de eerste plaats gericht te zijn op de stabiliteit en langdurige bestendigheid van het staatsbestel en dient de methoden te beschrijven die de heerser het best kan aanwenden om zijn macht te behouden en te vergroten.

Ik zal geen woorden verspillen om de lof te zingen van het kleine boekje dat ik hierbij aan Uwe Heiligheid toestuur, noch zal ik me verlagen tot de vleierijen waarvan nederige lieden die zich tot een zo hooggeplaatst iemand als u richten zich tegenwoordig menen te moeten bedienen. Als bewijs van mijn verdienste heb ik u niet meer te bieden dan mijn ervaring als beoefenaar van de politiek en observator van het politieke leven, plus mijn begrip van het subtiele sociale verkeer en mijn inzichten in de aard der mensen en de manier waarop ze zich binnen een gegeven maatschappelijk bestel zullen gedragen.

Dit boek bevat geen hoge idealen en al evenmin elegante krullen en tierlantijnen. Het is een eenvoudige en eerlijke verhandeling van een soort dat vrijwel niemand ooit heeft durven schrijven. Opdat u kennis kunt nemen van de ware aard van de macht en haar vermogens, worden de beperkingen van de heer Machiavelli's traktaat hierin onthuld. Laat u niet afschrikken, Uwe Heiligheid, door de rauwe waarheden die u in deze luttele bladzijden worden onthuld. Wees niet als Plato's grotbewoners die zo bang waren voor het licht van buiten dat ze terugkeerden naar de duisternis waarin ze zich konden verschuilen voor een macht die hun bevattingsvermogen te boven ging.

In uw wijsheid zult u hier de middelen vinden waarmee u de grootheid kunt bereiken die Fortuna en uw genie vrijwel zeker maken. Slechts weinigen zijn in de gelegenheid de loop der geschiedenis ingrijpend te beïnvloeden. Slechts weinigen hebben de moed op dergelijke ogenblikken handelend op te treden. Een dergelijk ogenblik is nu aangebroken. Het is mijn grootste wens dat u, meest toegewijde godsdienaar en mens, dit ogenblik grijpt om daardoor zelfs de naam van de Opperheerschappij te veranderen.

Inhoud

Over de heerschappij

I De opperheerschappij is een veelkoppig monster

Voor de meeste staatkundigen schijnen er slechts twee soorten soevereiniteit te bestaan. Of één mens regeert, of de macht is verdeeld over velen. In het eerste geval ontleent de leider zijn macht aan geboorte, een overwinning op het slagveld of een machtsgreep. In het tweede geval wordt er bij wet een soeverein lichaam ingesteld dat optreedt als een collectief. Het Romeinse keizerrijk en de Romeinse republiek zijn goede voorbeelden van beide vormen.

Mensen die slechts weten te kiezen uit de zaken die hun geboden worden, zijn echter dwazen. In werkelijkheid is soevereiniteit niet meer dan het woord dat hovelingen gebruiken als ze het over macht hebben, en degenen die de macht bezitten, begaan een grote dwaasheid als ze beweren dat ze weten hoe ze die macht in toom kunnen houden. Soevereiniteit is noch de dienstmaagd van de deugdzame of arglistige leider, noch iets wat een op rechtmatige wijze totstandgekomen wetgevende vergadering rechtens toekomt. Het is een rijdier dat men buit maakt op anderen en dat zich alleen laat berijden door iemand die op het ene ogenblik een vorstelijke onafhankelijkheid kan opbrengen en zich een ogenblik later weet voor te doen als een toonbeeld van republikeinse rechtzinnigheid. De keuze voor slechts één soevereiniteitsmodel betekent dat men de willekeur van de soevereiniteit, haar grilligheid, uit het oog verliest. De macht zoekt niet degenen die haar hopen te temmen. De macht dringt zich op aan degenen die haar vermogen tot het zaaien van tweespalt onderkennen en die tweespalt ten eigen voordele weten te benutten.

II De werkelijke aard van de soevereiniteit blijft onbekend

Indien de werkelijke aard van de soevereiniteit is zoals ik die beschrijf, zal het mij niet licht vallen voorbeelden te geven van het juiste gebruik daarvan. Want ik verstout mij te beweren dat niemand in de lange geschiedenis der mensheid ooit eerder de werkelijke aard van deze macht heeft durven onderkennen. Daaruit volgt dat niemand ooit werkelijke macht heeft uitgeoefend. Ik heb geen boeiend relaas van misleiding en sluwheid te bieden, geen moraliteiten vol compassie die de aard van deze eenmaal ontketende en veranderlijke macht aanschouwelijk kunnen maken. In dat opzicht toont de heer Messer Niccolò in zijn *Prince* meer eerbied voor het verleden dan ik in deze luttele bladzijden kan doen.

De geschiedenis heeft echter weinig geduld getoond met mannen met visie. Dat er staten zijn opgekomen en ondergegaan en dat die zowel grote leiders als wrede tirannen hebben voortgebracht, wil niet zeggen dat het verleden een leidraad moet zijn voor de hedendaagse politiek. Ongetwijfeld zullen sommige geleerden mij uitmaken voor een dwaas, en beweren dat zij die geen lering uit de geschiedenis weten te trekken, de rampspoed die zij over zich afroepen slechts aan zichzelf te wijten hebben. Wie weet? Ik zou daarop echter antwoorden dat deze zogenaamde geleerden niet veel meer doen dan troost zoeken in een klein aantal verouderde strategieën waarmee ze hopen orde te kunnen scheppen in het cyclische proces van het politieke leven. Polybius, in dit verband de meest geciteerde auteur, stelt dat de aristocratie voortkomt uit het koningschap en op haar beurt weer tot de oligarchie leidt. De oligarchie zou dan weer tot de democratie leiden, de democratie tot de tirannie en de tirannie weer tot het koningschap.

Was het politieke leven maar zo eenvoudig, zo scherp omlijnd en zo gemakkelijk te beïnvloeden als deze grote geleerden ons willen doen geloven! Dan zouden uit het verleden inderdaad alle mogelijke voorvallen kunnen worden afgeleid die te maken hebben met het regeren van mensen en staten. Maar dat is niet het geval en het zal waarschijnlijk ook nooit het geval zijn. De macht is als een rusteloos kind dat zich niet op zijn gemak voelt in de kledij van de democratie of de oligarchie. Het trekt aan de mouwen, rukt de manchetten stuk en doet verwoede pogingen om de stof aan te passen aan zijn maten. Noch zal dit kind zich gemakkelijk neerleggen bij de beperkingen van een eenduidige koers. In plaats daarvan zal het 's ochtends handelen als democraat, 's middags als regent en 's avonds als tiran. Eenduidigheid is geen vriend van de macht. (Hoewel de schijn van eenduidigheid ongetwijfeld essentieel is voor het uitoefenen daarvan.) De macht kiest haar eigen weg en trekt de kleren aan die haar op dat moment bevallen.

Daaruit volgt dus dat de macht zich niet tevreden kan stellen met de verovering van slechts één stad, gebied of land. De historie bevat menig tragisch relaas van mannen die hun eigen vermogens te laag inschatten. Te veel vorsten, tirannen en zelfs religieuze leiders hebben hun dorst gelest met een dronk uit een kleine vijver, terwijl er hele oceanen leeg te drinken vielen. Zekerheid en veiligheid – de macht over kleine stukjes grondgebied, de strijd om de heerschappij van een keizer, een Florentijn, ja, zelfs een paus – zijn van weinig belang vergeleken met het grotere doel van dit slechtgeklede, slechtgehumeurde kind. Het neemt alle steden, alle gebieden, alle landen als haar domein, als haar geboorterecht. En de mannen die het rijdier dat we macht noemen, met eerbied en stoutmoedigheid berijden, begrijpen dat dit de enige weg is naar werkelijke stabiliteit.

Ik schrijf niet voor degenen die zijn verzonken in de valse droom van een klassiek ideaal en die zich er tevreden mee stellen in cirkels rond te lopen in plaats van op te stijgen naar de bergtoppen. Voor hen geldt: ga heen en verspil uw tijd niet langer met dit boek. Er zijn meer dan genoeg kleine vijvertjes. Drink daarvan in rust en veiligheid tot het wassende water van de diepe zee u wegspoelt. Omdat zij uw gemoedsrust verstoort, zal de raad die ik hier neerschrijf, in u

slechts woede en tegenspraak opwekken. Ik bid u: leg dit boek neer voordat het u te zwaar wordt.
Voor degenen die durf genoeg hebben om verder te lezen, zal ik dit thema nu verder uitdiepen. Wees gewaarschuwd. Eenmaal onderweg is er geen terugkeer mogelijk.

III Hoe stabiliteit te bereiken

Op de onkundigen na, wil iedere leider dat zijn rijk een lang leven beschoren zal zijn: de stabiliteit van de staat is dus het doel van elke leider. Er zijn drie wijzen waarop langdurige stabiliteit kan worden bereikt. Ten eerste: door rigoureuze isolatie, ten tweede: door het aangaan van zoveel mogelijk allianties en vriendschappen en ten derde: door voortdurende gebiedsuitbreiding met behulp van de kunsten der agressie en misleiding.
De eerste wijze kan nuttig blijken bij het vestigen van kortstondige stabiliteit, maar biedt op de langere duur geen waarborg voor het staatswelzijn. De reden hiervoor is drieledig: ten eerste, staten die zich isoleren, zijn gegrondvest op angst, angst voor een andere macht en voor inmenging van buitenaf. Geen regering die gegrondvest is op angst kan een lang leven beschoren zijn. Ten tweede: de landerijen en natuurlijke hulpbronnen van één enkele staat zijn altijd beperkt. Zonder handel kan een staat niet overleven en handel is hun die de isolatie begeren een gruwel. Ten derde, slechts de ellendige staat, die wegrot onder zijn eigen corruptie en die de agressie van zijn buren uit de weg gaat, kan aan de aanvallen van andere staten ontkomen.
Zelfs als die in afzondering is opgebouwd, wordt de welvarende staat al snel het doelwit van zijn hongerige buurstaten. Dan moet een dergelijke staat zich buigen voor zijn veroveraar of zich in het strijdgewoel mengen. Omdat de meeste mensen oorlogszuchtig zijn, zal geen welvarende staat zich lang aan deze keuze kunnen onttrekken.
Melos is een fraai voorbeeld van een staat die zich wilde afzonderen en die vanwege die kortzichtigheid ten prooi viel aan een Atheense leviathan. Melos, zowel voor Sparta als voor Athene van groot belang, wist de eerste vijftien jaar van de Peloponesische oorlog neutraal te blijven en dat legde hem geen windeieren. Maar geen welvarende stad kan lang onopgemerkt blijven. (Alleen als dat kleine eilandje de armoede had gecultiveerd, zouden de hebzuchtige Atheners het wellicht niet opgemerkt hebben!) Athene eiste een financiële bijdrage, de inwoners van Melos probeerden een compromis te vinden en al snel werd het ooit zo trotse eiland verwoest en de bewoners ervan gedood of weggevoerd in slavernij. Geen enkele staat is een eiland, of hij nou wel of niet wordt omsloten door water, en geen enkel volk kan zich voor zijn behoud uitsluitend verlaten op de

zoetgevooisde woorden van politici. Kort gezegd: isolatie is niet meer dan een uitnodiging tot slavernij.

Het tweede pad naar de stabiliteit rust op de goede intenties van alle staten en de verwachting dat ze alle hun beloften gestand zullen doen en zich zullen houden aan afspraken die zijn vastgelegd op een paar stukjes papier. Waarom beweer ik dat alle staten in zo'n geval deugdzaam dienen te zijn? Omdat zelfs één enkele staat die verkiest zich niet aan zijn beloften te houden, alle andere in gevaar brengt. Want omdat het moeilijk of zelfs onmogelijk te bepalen valt hoe een staat zich in de toekomst zal gedragen, is het al even moeilijk gedurende langere tijd vertrouwen in een staat te stellen. Een groep staten zou een pact kunnen sluiten om zich te beschermen tegen die ene staat die de algehele vrede bedreigt. Het krachtigste pact in de recente geschiedenis was dat van de vijf Italiaanse staten. Uit begeerte naar de voordelen die het verdrag van Lodi hun kon brengen, legden ze alle hun onderlinge geschillen bij. Al snel zag Lodovico Sforza echter dat hij zijn eigen Milaan kon bevoordelen door de Franse koning Karel naar Italië te halen. En zo eindigden de tijdelijke vriendschappen, waarmee bewezen is dat dergelijke allianties langdurige stabiliteit nauwelijks bevorderen. Het kortstondige succes van het verdrag was meer te danken aan het toevallige parallel lopen van de belangen van de vijf staten dan aan de aard van het verdrag zelf. Uiteindelijk worden dergelijke verdragen altijd verbroken door het nastreven van eigenbelang. Zo dienen wij dus vast te stellen dat hoewel vriendschappen en allianties plezierig zijn, ze geen weerspiegeling vormen van de diepere roerselen der mensen.

IV De derde weg naar een stabiele regering

Angst noch vriendschap kan tot langdurige stabiliteit leiden. Mensen zijn schepselen vol begeerte en onrust, net zo hongerig naar verandering en uitdagingen als naar brood. Ze berusten er niet in te arbeiden voor het behoud van het bestaande. Isolatie en alliantie zijn echter wel op een dergelijke deemoed gestoeld. Het enige alternatief is het voeden van de menselijke behoefte aan voorwaartse beweging. De bestendigheid van een staat rust op zijn vermogen om te voldoen aan de agressieve behoeften van zijn bevolking. Stabiliteit en rust gaan niet hand in hand. Iedereen die een studie heeft gemaakt van de menselijke aard, zal in het voorafgaande een recept zien voor een vorm van zelfverwennerij die tot op zekere hoogte tot welbevinden kan leiden. De schrandere toeschouwer zal zich echter afvragen hoe een dergelijke praktijk tot stabiliteit binnen een staatsbestel kan leiden. Een beleid dat de massa de gelegenheid geeft haar nukken en grillen uit te leven, is zeker de snelste weg naar de anarchie. We zien ons dan ook genoodzaakt toe te geven dat agressie weliswaar van vitaal belang is voor de langdurige bestendigheid van het staatsbestel, maar dat de meeste staatslieden niet in staat zijn deze menselijke aandrift op de juiste wijze te benutten. Mensen zijn zwakbegaafde, goedgelovige schepselen die net zo makkelijk een heilige zullen volgen als een slang. Ongeacht of men hen vertroetelt en vleit of koeioneert en slaag geeft, een tijdlang zullen ze doen wat hun gezegd wordt.

Maar niet voor altijd. Op een gegeven moment zullen ze bezwijken voor de verlokkingen van de verandering en de behoefte om hun eigen wil te doen gelden. Om hun agressie te kunnen botvieren, zullen ze alles vernietigen dat door geleerden voor hen is opgebouwd. Dat is de tragedie van de geschiedenis. Dat is wat de mensen doen in de politiek.

Dat is de centrale les die te vele lieden die heden ten dage in het politieke leven actief zijn niet begrijpen. Het is niet voldoende het gevaar uit de weg te ruimen en het te vervangen door het bestuur van een enkeling of van velen. Ook hier wil de heer Machiavelli ons doen geloven dat zijn vorst een sterk gezag zal opbouwen uit de chaos en dat zijn krachtige leider daarna zijn macht zal afstaan aan een republikeins lichaam dat de eeuwen zal trotseren.* Toegegeven, in den beginne zal het volk veel ontzag koesteren voor een machtige krijger die trots, moed en dergelijke in hen wakker roept, en zolang hij in het volle bezit van zijn kracht is, zal het volk hem volgen. De vorst is waarlijk iemand om rekening mee te houden. Zijn vermogen om vooruit te denken over zijn eigen toekomst, de kracht en de moed waarmee hij de wisselvalligheid van Fortuna, die almachtige godin, weet te trotseren en zijn bereidheid om in zaken van politiek zowel demon als engel te zijn, vormen alle kwaliteiten die hoogachting en navolging verdienen. De meeste mensen zijn echter niet in staat dergelijke kwaliteiten in zichzelf te vinden. Nadat deze quasi-god zijn doel heeft gediend en een sterke basis heeft gelegd waarop het politieke gezag kan worden gegrondvest, wordt hij overbodig (en wellicht zelfs gevaarlijk), en op dit punt, zo vernemen wij van de heer Machiavelli, zal het volk de teugels van hem overnemen met een wijsheid en een begrip van staatkunde die tot een langdurige en stabiele regering zullen leiden.

Maar zijn de harten der mensen niet wispelturig? Vervagen hun verlangens omdat ze onder een zo formidabel vorst hebben geleefd? Leert het volk hoe het met macht moet omgaan omdat het dergelijke macht gegund is? En, wat het belangrijkste is, zal het volk ooit iets anders zoeken dan afleiding en verandering? Zeker niet. Net als kinderen heeft de massa voortdurend afleiding nodig, en moeten de mensen voortdurend worden beziggehouden. Als een bepaalde regeringsvorm te lang blijft bestaan, raakt het volk rusteloos en verveeld. Daarom zal

* Hoewel Machiavelli deze overgang niet in detail beschrijft, concludeert Eisenreich terecht dat een dergelijk argument wellicht de beste manier is om de verschillen tussen Machiavelli's *Discorsi* en zijn *Il Principe* te overbruggen.

het volk vorsten nooit lang dulden, al zijn hun verdiensten van onschatbare waarde.
Ongeacht de kracht waarmee het gezag door de vorst wordt gevestigd, tegen de agressie van het volk is het niet bestand.
Tenzij het volk natuurlijk anders onderwezen wordt. Dat wil zeggen, tot de leiders het onderwijs tot een vitaal bestanddeel van hun politiek maken en het gebruiken om de zielen der mensen voortdurend te kneden in de vorm die het politieke en commerciële leven vereisen. Het is niet voldoende voor een leider om politieke macht uit te oefenen. Noch is het voldoende om zeggenschap te hebben over de handel. Zelfs de macht over die twee domeinen is niet voldoende. Zij dient vergezeld te gaan van macht over een derde, niet minder belangrijk domein: de mensen moeten hun leiders uit vrije wil volgen op hun gedurfde pad, het pad dat agressie tot de basis van alle stabiliteit maakt, en dat niet slechts gewillig, maar met enthousiasme. Het volk dient dus geleid te worden, maar zonder te beseffen dat het aan de leiband loopt. Door middel van onderwijs kunnen deze beide doelen worden verwezenlijkt en tegelijkertijd kan zo ook enthousiasme voor het gekozen pad worden gekweekt. Onderwijs kan agressie tot bevlogenheid maken, koppigheid tot inzet en trouw en lichtgeraaktheid tot hartstocht. Een goed opgezet onderwijsprogramma kan het volk leren in vrijheid te kiezen en het ervan overtuigen dat het ook werkelijk een vrije keuze heeft gehad. Het spreekt vanzelf dat dat laatste echter te allen tijde dient te worden vermeden.
Plato doorgrondde het doorslaggevende belang van het onderwijs en grondvestte zijn ideale republiek op scholing. Had hij ook maar onderkend dat de lessen veranderen en dat wijzen van denken een weerspiegeling vormen van de omstandigheden van degene die denken, dan zou hij ons wellicht een document hebben nagelaten dat de eeuwen zou kunnen trotseren. Plato dacht echter slechts aan een enkele Waarheid, die voor hem de begrenzing vormde van alle kennis: Rechtvaardigheid. Een zoet woord, maar niet veel meer dan dat. Door de Rechtvaardigheid tot zijn banier te maken, veranderde Plato een praktisch idee in een ideaal. Hij die de menselijke aard doorgrondt, beseft dat er geen Waarheid is, en dat de mensen zich noch in hun daden noch in hun zelfkennis laten leiden door een allesoverkoepelend Goed, of dat ze in elk geval niet over voldoende wijsheid en inzicht beschikken om dat Goede altijd na te volgen. Daarom zijn het Goede en het Ware van geen belang in zaken van handel en politiek.
Dat wil niet zeggen dat leiders een volk niet kunnen leiden met behulp van scholing die zich duidelijke doelen stelt. Dat kunnen ze echter slechts zolang die doelen de algehele stabiliteit bevorderen. Als het onderwijs individuen gaat vormen die verder kijken dan het politieke en commerciële leven, heeft het zichzelf overleefd. Een gegeven benadering kan eeuwenlang standhouden, zoals in het oude Sparta, maar dat had net zoveel te maken met de hardvochtigheid der Spartanen

als met het nut dat die benadering voor hen had. Laat mij ermee volstaan te zeggen dat degenen die hopen de macht te bewaren het onderwijs altijd goed in de gaten dienen te houden, zodat de lessen altijd voldoen aan de politieke en commerciële behoeften van de dag. Onderwijzen is intrigeren in het verborgene. Dat dient de leidraad te zijn van alle leiderschap.

Bovendien kan de agressieve behoefte aan verandering die de meeste mensen koesteren, door middel van het onderwijs goed in de gaten worden gehouden. De ene keer zal die behoefte wat bevorderd moeten worden, de andere keer wat afgeremd, maar zij dient nooit gefnuikt te worden. Dat laatste is een eeuwige en onveranderlijke waarheid, want zodra het volk merkt dat er grenzen worden gesteld aan de agressie, zal het het weefsel van het bestuur aan flarden rijten op dezelfde manier waarop een wild beest aan de tralies van zijn kooi rukt. Het volk moet de gelegenheid krijgen om zijn nukken en grillen uit te leven, maar wél binnen de perken van de sociale stabiliteit. Het volk dient de muren die het in toom houden echter nooit te zien te krijgen. Het is de taak van de overheid en het onderwijs om dit makkelijk verstoorde evenwicht te bewaren.

En toch zouden we kunnen vragen: is agressie niet het zaad van de onrust? Hoe kan het feit dat we de leerling in onze macht hebben ons helpen bij het voorkomen van rebellie bij zijn vader? Voor degenen die de aard van de revolte doorgronden, is die vraag gemakkelijk te beantwoorden. Ten eerste: onrust wordt gevormd van geslacht op geslacht. Als het kind goed wordt onderwezen, laat dat geen ruimte voor twijfel. Daar komt bij dat onrust het product is van een verborgen ressentiment dat opborrelt om de vrede te vernietigen. En ten derde: de schreeuw van de ontevredene is gericht tegen uitsluiting, mishandeling en onrecht. Het duurt jaren voordat onvrede zo groot wordt dat men zich van dergelijke termen gaat bedienen en daarom is het mogelijk om die onvrede bij de jongeren te bedwingen lang voordat die gevaarlijke vormen aanneemt. Dat is alles wat ik te zeggen heb over de veronderstelde gevaren van de rebellie.

V Waarom de aard van de mens en de aard van de macht zo goed bij elkaar passen

Ook subtiele veranderingen in houding die een aanwijzing kunnen vormen voor het bestaan van onvrede, dienen door de leiders nauwlettend in het oog te worden gehouden. En om die reden dient een regering bereid te zijn in de loop der tijd verschillende rollen te spelen. Als de rusteloosheid van een volk zich manifesteert, dient de overheid over voldoende behendigheid te beschikken om de licht ontvlambare massa tevreden te stellen en af te leiden. De verandering kan slechts oppervlakkig van aard zijn (men is vaak beter gediend met misleiding), maar de effecten ervan kunnen ingrijpend zijn. Waren er maar voorbeelden van een dergelijk beleid te vinden in het verleden! Helaas heeft niemand die over de benodigde vermogens beschikte, het ooit gewaagd een dergelijk beleid te voeren.

Een van de redenen dat een regering niet bereid is om een dergelijke vaardigheid onder de knie te krijgen, is dat regeringen altijd in de onjuiste veronderstelling hebben verkeerd dat alle volkeren voortdurend vrijheid nastreven en dat het grauw het meest tevreden is onder een republiek of een democratie. Maar waarom zouden de mensen verkiezen te leven onder een constante vorm van soevereiniteit als zij zelf in hun hart niet standvastig zijn? Als alle mensen te allen tijde doordrongen zouden zijn van de republikeinse geest, zou een republiek inderdaad de beste staatsvorm zijn. Maar zo zijn de mensen niet, en zo moeten ze ook niet pogen te zijn. Het is geen geheim dat er ogenblikken zijn waarop het volk, openlijk of in het verborgene, de tirannie begeert en hij die beweert dat dat niet zo is, is óf een leugenaar óf een dwaas. De enige reden dat de wereld zovele tirannen heeft gezien, is dat iedereen heimelijk tiran wil zijn, waarmee ik bedoel dat iedereen macht wil hebben over alle anderen. En omdat iedereen dergelijke macht begeert, zal ook iedereen veel ontzag koesteren voor degene die over dergelijke macht beschikt. De behoefte die mensen voelen aan macht of zelfs tirannie over hun omgeving, kan ook gestild worden door getuige te zijn van de macht die anderen uitoefenen en door te leven onder een tirannie die een keizerrijk aan het vormen is.

Zoals ik al eerder heb gezegd, zijn mensen kinderen, en het is niet ongebruikelijk voor kinderen om de sterke hand van de ouder op te zoeken. Zoals met alle hartstochten wordt het kind na verloop van tijd ook deze hartstocht moe. Maar een wijze vader, en een wijze overheid, weet wanneer hij de bullebak moet spelen en wanneer hij moet vertroetelen. De macht weerspiegelt de verlangens van de mensen en de mensen zijn het meest tevreden als ze dansen naar de pijpen van de macht. Tirannie, die vaak niet meer is dan een impopulaire monarchie, weet soms werkelijk een menselijke hartstocht te bevredigen.

Dit is dus het moment waarop de aard van de mens en de aard van de macht de handen ineenslaan. Macht schikt zich niet licht in een opgelegde stilte, noch doen mensen dat. Macht volgt willekeur, en dat doen mensen ook. Macht lest haar dorst door verreikende, zo niet grenzeloze veroveringen, en mensen vinden verstrooiing en afleiding in politieke expansie. Zo passen de macht en de mensen perfect bij elkaar.

VI De onderdelen waaruit de staat is opgebouwd

Tot dusverre heb ik in algemene termen gesproken. Ik heb uitgelegd dat mensen vrijgelaten dienen te worden om te handelen zoals hun wordt ingegeven door hun agressieve aandriften (die ze zich tot op zekere hoogte volstrekt niet bewust zijn), dat de macht een onstuimige en grillige kracht is die zich ver uitstrekt voorbij de beperkingen die haar worden opgelegd door de democratie, de oligarchie en dergelijke, en dat als het om regeren gaat, het volk en de macht eendere doeleinden nastreven. Nu rest ons nog de centrale vraag: hoe bereiken we die doeleinden?

Vanaf hier zal ik mijn opmerkingen beperken tot degenen die over de macht beschikken. Over het volk heb ik al voldoende gezegd. Het blijft van belang, maar alleen in zoverre het gehoorzaam is aan de weinige leiders. Het doorgronden van de agressieve verlangens van het grauw is een noodzakelijk onderdeel van het leiderschap. Het door middel van heimelijke intriges bewerkstelligen van een verandering in de verlangens van het grauw, opdat de staat kan floreren, is een zwaardere taak.

Succes bij dergelijke ondernemingen vereist een scherp inzicht in de aard van het staatsbestel. Het getuigt niet langer van wijsheid om de staat te omschrijven als een enkelvoudig domein, een ondeelbare eenheid. Ik wil daar niet mee beweren dat de soevereiniteit ondeelbaar is. De Romeinse republiek met haar senaat, consuls en volkstribunen heeft ons getoond dat soevereiniteit wel degelijk deelbaar is en dat een dergelijke deling wellicht zelfs bevorderlijk kan zijn voor de stabiliteit. Nee, ik wil beweren dat staten bestaan uit drie afzonderlijke domeinen die ieder hun eigen rol spelen in de relaties tussen de leiders en het volk. Deze domeinen zijn het politieke, het economische en het sociale.*

Het eerste is het makkelijkst te definiëren en het meest tastbaar, al was het maar omdat er zoveel inkt is gebruikt om het te verkennen. Het tweede is, als ik zo vrij mag zijn dat op te merken, een term die van mijzelf afkomstig is en waarmee ik alle activiteiten wil omschrijven die te maken hebben met de handel binnen en

* Dit was veruit de moeilijkst vertaalbare term in deze tekst. Als hij dit laatste domein beschrijft, maakt Eisenreich gebruik van de woorden *communitas* en *humanitas*. Soms gebruikt hij die naast elkaar, maar vaak lijken ze voor hem precies dezelfde betekenis te hebben. Het is moeilijk te geloven dat hij werkelijk het bestaan van een 'sociaal domein' in de moderne zin des woords heeft gepostuleerd, maar het is zeker dat hij niet ver van een dergelijke begripsvorming verwijderd is. Ik heb het woord 'sociaal' gekozen omdat dat mij de beste weergave leek te vormen van de brede zin des woords waarin Eisenreich zich van de oorspronkelijke termen bedient. Bovendien past het gebruik van deze term bij het domein dat hij beschrijft: dat van de educatieve en culturele manipulatie. Dat de term zoals wij die kennen pas tweehonderdvijftig jaar ná Eisenreich opduikt in de politieke filosofie, vormt niet meer dan een bevestiging van Eisenreichs buitengewone inzicht in de aard van het staatsmanschap.

buiten de staat. In de *Politeia* en de *Ethica Nicomacheia* verwijst Aristoteles vele malen naar het begrip 'economie'. Eeuwenlang is deze term gebruikt voor het instandhouden van een huishouding, maar is de staat zelf niet ook een soort huishouding? Het is daarom niet meer dan logisch dat we het instandhouden van staten niet anders tegemoet treden dan het instandhouden van een huishouding en dat we daardoor een ruimere invulling geven aan het begrip economie. Wat het derde betreft, dat is de meest abstracte van de drie. Voorlopig wil ik ermee volstaan de lezer eraan te herinneren dat het onderwijs aan de basis ligt van het sociale domein, maar met een gedetailleerdere beschrijving zal ik wachten tot later.

Tot nu toe hebben theoretici, zowel de praktische als de onpraktische, deze drie domeinen altijd als één gezien, en in de meeste gevallen zijn ze er daarbij van uitgegaan dat het politieke de centrale sturende kracht is. Economie en maatschappij worden doorgaans slechts gezien als weinig meer dan echo's van de politiek. Hoewel deze benadering zeker vruchten heeft afgeworpen, doet zij geen recht aan de waarlijk uiterst complexe aard van het staatsbestel. Degenen die deze weg kiezen, zijn als de eenvoudige eter die nadat hij een hap van de stoofpot heeft genomen, verklaart dat het vlees van goede kwaliteit is en dat het gerecht dus aan de eisen voldoet. Het is echter de epicurist, degene die de subtiele smaken van de aardappelen, de prei, de wortelen en het stoofvocht opmerkt, die het gerecht werkelijk op waarde weet te schatten. Als het gerecht hem niet bevalt, zal de eenvoudige eter de volgende keer het vlees als bron van zijn misnoegen beschouwen. De epicurist heeft een subtielere smaak, merkt de verschillende afzonderlijke ingrediënten beter op en weet waarop hij zijn aandacht dient te richten als de stoofpot hem niet langer smaakt. Zo is het ook met staten gesteld. Om stabiliteit te verzekeren dienen de leiders de afzonderlijke ingrediënten van het politieke, economische en sociale domein te onderkennen en met elkaar in evenwicht te houden.

Evenals er verschillende koks zijn voor het bereiden van verschillende gerechten, zo dienen er afzonderlijke Prefecten te zijn voor het besturen van de afzonderlijke domeinen binnen het staatsbestel: één man die begrip heeft van het politieke leven, een ander die het economische domein bestiert en een derde die op sociaal gebied de teugels in handen heeft. En omdat elk van hen slechts in zijn eigen domein de scepter zwaait, dient hij geen rekening te houden met de handelingen van zijn in gezag aan hem gelijken uit de andere twee domeinen. De eisen die elk domein stelt, zijn zo zwaar dat er voor de leiders geen tijd overblijft om zich met de taken van hun gelijkgestelden te bemoeien.

Hoe kunnen zij dan hun inspanningen met die van de anderen in overeenstemming brengen? Als elk van hen zich slechts om zijn eigen domein bekommert, zullen hun plannen dan wel in het belang zijn van de staat als geheel? Zonder iemand die alle handelingen binnen elk van de drie domeinen overziet, zal er anarchie zijn. Daarom dient er achter de drie Prefecten één man te staan die hen kan leiden met wijze raad en subtiele suggestie. Dit ene individu hoeft niet goed doorkneed te zijn in de zaken van de afzonderlijke drie domeinen, maar dient te beschikken over een breder overzicht: met het inzicht van een Aurelius en de zelfbeheersing van een Cincinnatus. Hij dient te beschikken over het vermogen om de onderlinge rivaliteit tussen de domeinen te benutten en om de banden tussen hen te verstevigen. Hij is geen vorst, geen soeverein heerser wiens woord wet is voor de hele staat. Slechts op bepaalde momenten oefent hij dergelijke macht uit. Op alle andere ogenblikken zit hij stil en kijkt toe, en houdt hij zich verre van het gewoel van alledag. Hij begeert de macht niet, maar weet die te gebruiken als dat nodig is. Voor hem vormt de opperheerschappij niet meer dan een weerspiegeling van de stabiliteit, en hij beseft dat dergelijke stabiliteit dient te rusten op de onderlinge wedijver van de drie domeinen waarop hij het toezicht heeft.

Hier is een korte uitweiding vereist over het karakter van de man die ik hierna de Topman of Curator zal noemen. Slechts één man uit het verleden heeft ooit getoond over de instelling te beschikken die voor een dergelijke taak noodzakelijk is. Cincinnatus, die tijdens het consulaat van Minucianus van achter zijn ploeg werd weggeroepen om de Aequi terug te dringen, aanvaardde de post van Romeins dictator met als enige doel het herstellen van de orde binnen het rijk. Nadat hij dat had gedaan, keerde hij zes maanden later weer terug naar zijn ploeg. Zijn enige ambitie was het brengen van stabiliteit, niet het vestigen van zijn eigen gezag. Onze Curator is geen ploegende boer en zal de wandelgangen van de macht ook nooit kunnen verlaten, maar het gebruik dat hij van zijn macht maakt, dient al even belangeloos en strak toegespitst te zijn als dat van Cincinnatus.

De relaties tussen de drie Prefecten en de Curator zal van doorslaggevend belang zijn voor het staatswelzijn en voor het beheersen van het volk. Elk domein dient zijn autonomie te bewaren, of in het oog van het volk in elk geval de schijn van een dergelijke autonomie zien op te houden. Dat wil zeggen dat het niet vaak zal voorkomen dat het volk weet hoeft te hebben van het bestaan van de Curator die er zorg voor draagt dat de drie domeinen met elkaar in harmonie blijven. In de ogen van het volk zal de leiding over het politieke, het economische en het sociale domein in drie paar afzonderlijke handen zijn, zodat zij alle drie in staat zijn op enigerlei wijze de ambities van de andere twee in toom te houden. Omdat de macht verdeeld zal zijn over velen, zal de hele overheid op deze wijze gekleed gaan in een gewaad van republikeinse deugdzaamheid. De keurige aanblik van alle middelen voor het bewaren van het evenwicht tussen de verschillende domeinen zal voor het wispelturige volk een geruststelling vormen.

Het zal er ook van overtuigd zijn dat de vorm van de staat te allen tijde aan zijn wensen voldoet. Om een voorbeeld te noemen: als de menigte roept om een aristocraat, zal het sociale domein het heft in handen hebben. Als diezelfde stemmen om een oligarchie roepen, zal het economische domein de overhand hebben en als het wispelturige volk om een vorst begint te schreeuwen, zal de leider van het politieke domein voor het voetlicht treden. Zo zal het gezicht van de overheid mee veranderen met het wisselende enthousiasme en belang van het volk, en dus zal het weefsel van een staat die tegemoetkomt aan de dorst van de mensen naar verandering, nooit scheuren oplopen.

Het zal duidelijk zijn dat deze veranderingen meer voortkomen uit misleiding dan uit werkelijkheid. Want als een staat werkelijk de ene dag alle kenmerken van een democratie zou aannemen en een dag later alle kenmerken van een tirannie, dan zou dat helemaal geen staat meer zijn. De leiders dienen altijd een consequent beleid te voeren. Zoals velen reeds voor mij hebben opgemerkt, is een staat als een schip. Deze metafoor heeft weinig te maken met een kapitein en zijn schepelingen, en nog minder met de moeilijke vraag wie er aan het roer dient te staan. De gelijkenis ligt meer in het ontwerp van het geheel. Om te blijven drijven, ook op woelige zeeën, en stabiel te blijven tijdens een zeeslag of muiterij, vertrouwt een schip op één enkel onderdeel van zijn bouw, dat aan het zicht van alle beschouwers onttrokken is: de kiel. De kiel blijft altijd hetzelfde. Misschien dat het schip van nieuwe zeilen wordt voorzien, of van een hogere mast of een grotere bemanning: dergelijke veranderingen lijken de vorm ervan te veranderen, maar fundamenteel blijft het hetzelfde. Dat wat het stabiel houdt, verandert nooit. Zo is het ook met de staat.

VII Waarom het van vitaal belang is de schijn van een scheiding der drie machten in stand te houden

Uit het bovenstaande valt dus af te leiden dat de verhouding tussen de drie Prefecten en de Curator altijd de basis van de regering dient te blijven. Hoewel hun verhouding tot het volk en tot andere staten aan voortdurende verandering onderhevig is, zijn hun onderlinge verhoudingen onveranderlijk. Dat wil zeggen dat de schijnbare superioriteit van het ene domein over het andere op elk willekeurig moment afhankelijk is van de omstandigheden en van de vraag of de staat politiek dominant, economisch krachtig enzovoorts dient te blijven. Het is dit ongeziene element, de Topman, dat alle veranderingen van vorm die een staat zal doormaken, ook werkelijk mogelijk maakt. Het is deze verborgen relatie met de Prefecten van de drie domeinen die de staat zijn zo hoog geschatte stabiliteit verleent.

Dat wil niet zeggen dat de vier altijd samenwerken en dat ze alle vier tot in details op de hoogte zijn van wat er nodig is om hun doeleinden binnen een bepaald domein te verwezenlijken. Nee. Slechts op bepaalde momenten werken zij samen. De werkelijke macht van de Prefecten is gestoeld op hun niet-aflaten-

de toewijding aan hun eigen domein, gekoppeld aan hun kennis van de eenheid die ze moeten bewaren onder toezicht van de Curator, een eenheid die voor niemand anders waarneembaar is. Een tweede maxime van het leiderschap luidt daarom: om effectief te regeren dient ieder zich aan zijn eigen taak te wijden. Van buitenaf gezien staan ze alleen, maar zijzelf kunnen handelen in een besef van verbondenheid met de andere drie. Hun geveinsde onverschilligheid jegens elkaar zorgt ervoor dat de werkelijke omvang van hun macht verborgen blijft. De opperheerschappij is gegrondvest op een verborgen bondgenootschap.
Als dit niet meer dan een boek over politieke ideeën was, zou ik nu tevreden kunnen zijn omdat ik de essentie van de opperheerschappij en de aard van de stabiliteit heb uiteengezet. Maar wat zou het een holle overwinning zijn als ik zelfs geen enkel woord zou wijden aan de middelen waarmee schrandere leiders dit doel zouden kunnen bereiken. Dus rest mij nu het geven van een beschrijving van de wijze waarop een staat van het soort dat ik zojuist heb beschreven in het leven geroepen en tot volle wasdom gebracht zou kunnen worden.
Velen vóór mij hebben al over dit onderwerp geschreven, maar de meesten hebben dat gedaan met de fantasievolle opzet om staten te beschrijven zoals die zouden moeten zijn en niet zoals ze werkelijk zijn. En dientengevolge hebben ze zich voor het bewaren van de stabiliteit in deze denkbeeldige landen verlaten op al even wonderbaarlijke toonbeelden van deugd, kracht en moed. Zelfs de heer Machiavelli, met zijn verlangen om de werkelijkheid te beschrijven, heeft ons een vorst getoond die lijkt op te doemen uit de nevelen der voorzienigheid, en wiens grote moed en sluwheid al lang voordat wij hem leren kennen, zijn ontwikkeld. Fortuna is deze vorst welgevallig geweest door chaos te scheppen binnen het staatsbestel, zodat hij zijn *virtù* kan tonen. Zoals de heer Machiavelli zelf aangeeft, ontvallen zijn helden uit heden en verleden ons al doorgaans snel, zelfs iemand die zo vereerd werd als Cesare Borgia. Hun positie vereist zo'n standvastigheid, verreikende blik en zelfverzekerde houding dat ze niet in staat zijn om zich lang te handhaven. Is deze vorst voor de geleerde die het leven van staten bestudeert dan van praktischer nut dan Plato's filosoof-koning of de deugdzame vorsten die we tegenkomen in de geschriften van Salutati, Guarino of Poggio? Nee. Ze zijn ontsproten aan de fantasie en mijn kleine boekje zou niet nuttiger zijn dan het hunne als ik het op dit punt zou beëindigen. Op de hiernavolgende bladzijden zal ik mij daarom uitsluitend richten op praktische zaken. En om vast te stellen hoe we een staat kunnen bouwen die de eeuwen zal trotseren, moeten we met een schone lei beginnen.

VIII Hoe een staat geschikt kan worden gemaakt voor de ware heerschappij

De mensen worden geregeerd door hun eigen wil en door de wil van Fortuna, en het is de strijd tussen deze twee die bepalend is voor het welzijn van staten. Centraal staat hier de vraag naar de mate waarin een van deze willen de overhand weet te verkrijgen. De heer Machiavelli wil ons doen geloven dat deze twee een gelijke strijd voeren, en om eerlijk te zijn, hij is de eerste die de mensen een eerlijke kans wenst toe te kennen in deze strijd, zelfs al toont hij met de voorbeelden die hij zelf verschaft maar al te overtuigend aan dat Fortuna de werkelijke winnares is. Zelfs hij dient echter toe te geven dat de mensen niet kunnen winnen, omdat ze niet in staat zijn zich snel genoeg aan te passen aan de eisen van de tijd. Langdurige stabiliteit (de kern van de ware opperheerschappij) blijft een gouden droom.

Maar bepaalde mensen zijn capabeler dan we misschien wensen te geloven, zelfs nog capabeler dan de vorst van de heer Machiavelli. Hun vermogen ligt niet in hun virtù of Theseïsche sluwheid. In tegenstelling tot de vorst van de heer Machiavelli beschikken deze mannen niet over bovenmenselijke kwaliteiten, noch is het noodlot hun enige vijand. Hun kracht ligt in hun vertrouwen in de staat zelf en in zijn vermogen om zich langdurig te handhaven in weerwil van de nukken en grillen van het noodlot. Onder al zijn veranderingen van uiterlijke vorm blijft de staat in wezen zichzelf gelijk en is dus onsterfelijk. De meeste mensen zijn zich deze duurzaamheid echter niet bewust en daarom zien ze ertegen op om de ondeugdelijke structuren waarop de staat is gegrondvest neer te halen. Ze vrezen dan geconfronteerd te worden met niets dan anarchie. Zo groot is hun angst dat zij ervoor kiezen om de gebrekkige structuur wat aan te passen waardoor ze telkens en telkens weer dezelfde fouten maken, in plaats van een poging te doen iets van waarde op te richten. Wat ze niet begrijpen, is dat slechts de chaos van de vernietiging ruimte biedt voor het leggen van sterke fundamenten en dat alleen zij die hun vertrouwen vestigen in het vermogen van staten (en niet van mensen) kunnen doorgronden hoe permanente stabiliteit kan worden bereikt.

Daaruit volgt dus dat de leider die een stabiele en lang standhoudende staat wenst te grondvesten, eerst bereid dient te zijn om de huidige staat onder te dompelen in chaos. Kort gezegd: er dient altijd ruimte te zijn voor opoffering. Het is hier niet mijn bedoeling om de lezer te doen schrikken, maar om de naakte waarheid te onthullen. De heer Machiavelli heeft deze waarheid zeker goed begrepen, al heeft zijn begrip wellicht niet de hele waarheid omvat. Zijn vorst bereikte het toppunt van zijn macht omdat hij zijn voordeel wist te doen met een chaotische situatie. Zijn vorst had echter geen reden om te weten hoe hij dergelijke chaos zelf kon stichten. Die taak werd overgelaten aan de grillen van het

Noodlot. Op die wijze kende de heer Machiavelli grotere macht toe aan Fortuna dan aan de mensen, maar zij die bereid zijn om een stap verder te gaan en de staat in de afgrond te storten, weten de wispelturige godin dergelijke macht te ontfutselen en zo vorm te geven aan hun eigen noodlot.
De keuze is niet zo drastisch als zij misschien lijkt. Neem bijvoorbeeld de wiskundige die worstelt om een onweerlegbaar bewijs te vinden. Hij schrijft zijn lei vol met theorieën en axioma's, maar het is om niet. Zijn berekeningen verschaffen hem geen zekerheid. En dus veegt hij de lei schoon. Het enige dat hij laat staan, zijn een of twee verklaringen die hij als absoluut noodzakelijk beschouwt voor het ultieme bewijs. En toch, telkens komt hij weer oog in oog te staan met onzekerheid. Wat kan hij doen? Zijn broeders in de wetenschap zijn van mening dat de weinige verklaringen die hij heeft bewaard onmisbaar zijn voor het ultieme bewijs. Zonder deze verklaringen, zo beweren ze, zou hij niet weten waar hij moest beginnen. Maar hij is wijzer dan zij en met een verziende blik veegt hij zijn lei helemaal schoon en begint opnieuw, niet gehinderd door hun verouderde wijsheden. Hij vertrouwt op de wetenschap en niet op de meningen der mensen, en brengt de moed op om af te dalen in diepten die anderen niet eens durven te peilen.
Zo gaat het ook met staten. Om werkelijke veranderingen op te wekken, moeten de leiders bereid zijn alles neer te halen wat gegrondvest is op ondeugdelijke funderingen. Tweeduizend jaar lang hebben de mensen steden opgebouwd en vernietigd, en niet alleen steden, maar zelfs staten en zelfs hele beschavingen, en dat allemaal in de hoop om ooit de perfecte samenleving te kunnen vormen. Helaas zijn hun pogingen altijd tevergeefs gebleken, en wel om de simpele reden dat het hun altijd heeft ontbroken aan de moed en het inzicht om met niets te beginnen. Om de nieuwe staat te vrijwaren van de wildgroei en ziekten van het vorige regime, dient hij met een geheel schone lei te kunnen beginnen. Het is niet voldoende om een tiran te vervangen door een wetgever, een menigte door een koning. De façade mag dan wel anders zijn, maar de kern blijft onveranderd. Een soepele overgang van de ene regeringsvorm naar de andere zal alleen maar het onderliggende bederf aan het licht brengen, of, om een andere omschrijving te gebruiken: dat is alleen maar uitstel van executie. Datgene wat het eerste regime heeft ondermijnd, blijft bestaan en krijgt zo de kans om ook het volgende bestel te vernietigen, en het daaropvolgende, ad infinitum.
Het probleem ligt in het tekortschieten van de menselijke verbeeldingskracht. De blik van de mensen wordt beperkt door de muren van het verleden, en dus kunnen ze uitsluitend veiligheid vinden in wat vóór hen is gekomen. Maar werkelijke moed bewijst zich pas oog in oog met een mogelijk falen. Het onbekende vormt een dergelijke beproeving. Terugkeren naar een onvolkomen maar beproefde structuur is een blijk van wilszwakte en berusting in mediocriteit.
De staatsvorm die ik hier heb beschreven, is niet eenvoudig te bereiken. Ik heb

de leiders namelijk gevraagd om niet alleen zichzelf maar ook de staat die ze besturen in een heel nieuw licht te zien. De hele menselijke geschiedenis biedt geen enkel aanknopingspunt om die verandering wat aanvaardbaarder te maken. Noch is er in het verleden iets te vinden wat kan verklaren hoe ze de drie domeinen en de Topman zouden kunnen installeren. Zoals met alle nieuwe dingen is de aanval het beste. Daaruit volgt dat degenen die hopen te regeren, bereid moeten zijn om de huidige orde volkomen te vernietigen.

Maar slecht op één bepaald moment. Het zou dwaasheid zijn om de chaos te ontketenen als die leiders niet bereid waren om nieuwe structuren op te bouwen om de oude te vervangen en zo de leegte te vullen die ze zelf geschapen hebben. Ik hoef niet lang stil te staan bij het nut van een dergelijke tactiek. Het is moeilijk, zo niet onmogelijk, om ingrijpende veranderingen door te voeren in een staatsbestel dat de mensen nog enigszins vertrouwen en dat hun nog enige bescherming biedt, een staatsbestel dus dat al tientallen jaren dezelfde walm van mediocriteit uitwasemt. Zorg ervoor dat de rust en zelfgenoegzaamheid grondig verstoord worden en de spoken van onzekerheid en wanorde zullen de mensen al snel in de armen van de nieuwe leiders drijven. Op die wijze zullen de vermetelen, zelfs als zij met weinigen zijn, een leegte scheppen die ze kunnen vullen met hun eigen opperheerschappij.

De taak is niet zo herculisch als hij misschien lijkt, want een groot deel van de voorbereidingen kan worden afgehandeld door slechts vier mensen: een die boven alle anderen staat en die over de wijsheid beschikt om zijn drie aanhangers te kiezen en hen zo op te leiden dat ze zich toegang weten te verschaffen tot de drie domeinen. Ik zal niet verhelen dat dit het moeilijkste en meest tijdrovende deel van het hele proces is: de drie mannen moeten reeds op jeugdige leeftijd geplukt worden, zodat hun geest nog openstaat voor vernieuwingen en ze nog niet terugdeinzen voor het schier onmogelijke. De wijze waarop Aristoteles Alexander heeft onderwezen, toont aan dat de pupil kan uitgroeien tot een groot veroveraar, mits hij vanaf jonge leeftijd voldoende leiding heeft gekregen en er een passie voor vernieuwing in hem is opgewekt. Sinds Alexander heeft de wereld zijns gelijke niet meer aanschouwd, nog zijn er sindsdien ooit leraren geweest als Aristoteles, leraren die de koers wisten uit te zetten voor een zo opmerkelijk avontuur. Maar als een select gezelschap een glimp zou kunnen opvangen van wat mogelijk is, een glimp van de onbeperkte macht die er te winnen valt bij een strikte scheiding van de drie machten, zal het een Curator niet zwaar vallen om hun eeuwige trouw te verwerven. Het zal zijn taak zijn om zijn pupillen met zorg te kiezen.

De Curator hoeft niet bang te zijn dat die jongens zullen bezwijken onder de druk van de enorme taak die voor hen ligt, want elk van hen zal zich slechts met één van de drie domeinen hoeven bezig te houden, het domein waarover hij het beheer zal voeren als de nieuwe staat eenmaal gevestigd is. Tegelijkertijd zal elk van hen echter wel weet hebben van het hogere doel en erop vertrouwen dat de twee andere Prefecten zich evenzeer inspannen als hijzelf. De nadere details van dit eerste stadium worden bepaald door de manier waarop de Curator de weinige woorden die ik hier heb neergeschreven, zal interpreteren en om die reden zal ik hier niet nader ingaan op de verdere opleiding van de Prefecten. Ik kan de omstandigheden niet voorzien, noch de eisen die de afzonderlijke domeinen zullen stellen. Ik zal het erbij laten dat elk van de drie een deskundige dient te worden op zijn eigen terrein, en wel in die mate dat hij op het ogenblik dat de chaos dient uit te breken over aanzienlijke invloed beschikt. Dat de Curator lieden moet kiezen die in staat zijn om een dergelijke positie te bereiken, ligt voor de hand. Naarmate ik de volgende stadia van deze onderneming beschrijf, zullen bepaalde aspecten van de opleiding die de Prefecten dienen te krijgen, wat duidelijker worden.

IX Wegen naar de chaos

Elk van deze domeinen op zich kan een staat in de afgrond van de chaos storten. Politieke onrust ten gevolge van rebellie of een moordaanslag en economische rampspoed kunnen worden veroorzaakt door mislukte zakelijke ondernemingen of een tekort aan goederen, en in het sociale domein kan wanorde worden gesticht door een epidemie, hongersnood of elke andere ontwrichtende rampspoed. De gebeurtenissen in het Engeland van de afgelopen tachtig jaar hebben aangetoond hoe politieke intriges een staat op zijn grondvesten kunnen doen schudden. De verschillende moorden en complotten vóór de troonsbestijging van Hendrik Tudor hebben Engeland meerdere malen aan de rand van de chaos gebracht, vooral na de troonsbestijging van Richard Plantagenet. Het land verkeerde in een staat van burgeroorlog en heeft uiteindelijk zijn toevlucht gezocht tot een veroveraar. Maar hebben de Engelsen die chaos weten te benutten? Hebben ze een poging gedaan om de staat te zuiveren van de smetten die dergelijke verwoestingen mogelijk hadden gemaakt? Waarschijnlijk niet. De Tudors hebben vrede weten te stichten, maar men vraagt zich af voor hoelang, want de huidige koning Hendrik heeft geen mannelijke troonopvolger. Zullen de murw gebeukte Engelsen zich genoodzaakt zien om dezelfde krijg opnieuw te voeren?

Wat economische ineenstorting betreft, u zult zich nog herinneren dat de Romeinse republiek na haar oorlog tegen de Numantijnen in grote moeilijkheden geraakte vanwege de duizenden boeren die landloos waren achtergebleven. Voedsel begon schaars te worden, er was alleen nog graan dat van buiten de Republiek werd geïmporteerd. De nood werd zo hoog dat de tribunen het volk opzweepten tegen de consuls en de Senaat. De onrust verbreidde zich ook onder

de soldaten totdat de hele staat op instorten leek te staan. Het was alleen aan de buitengewoon talentvolle Tiberius en Gaius Gracchus te danken dat de orde op economisch gebied weer werd hersteld.
Wat sociale rampspoed betreft, hoef ik de lezer alleen maar de pestepidemie in Athene in herinnering te brengen. Die vormt een goed bewijs van de verwoestende uitwerking van dergelijke dingen.
In al deze gevallen was het bijna uitbreken van de chaos niet voldoende reden om de mensen af te houden van het hernieuwd oprichten van dezelfde oude instellingen die het staatsbestel zo ernstig hadden ondermijnd. Ergo: om ervoor te zorgen dat de chaos zijn doel kan dienen, moeten alle drie de domeinen tegelijkertijd in wanorde verkeren. De vraag is natuurlijk: hoe? In de voorbeelden die we hebben geciteerd, waren de catastrofes niet gewenst en al evenmin het resultaat van opzettelijk handelen. Wellicht heeft Richard Plantagenet het nut van de chaos waartoe zijn optreden aanleiding gaf wel onderkend, maar het zou onzinnig zijn om de economische misère in Rome als opzet te beschouwen en godslasterlijk om dat te doen in het geval van de pest. Om een stabiele staat te kunnen grondvesten dient een select gezelschap het op zich te nemen de chaos te ontketenen, men moet alle macht vernietigen om nieuwe macht te vestigen.

X De weg naar politieke chaos

Elk domein heeft zijn eigen rol en elk van de drie kan de andere voorgaan op de weg naar de chaos. Het zou echter van wijsheid getuigen om hier eerst uiteen te zetten wat de meest waarschijnlijke wijze is waarop in elk van de drie domeinen problemen zouden kunnen ontstaan alvorens hun gezamenlijke krachtsinspanning te bestuderen. Voor het domein der politiek zijn er drie wegen naar de chaos: ten eerste de aanslag, ten tweede een militaire of buitenlandse dreiging en ten derde een populaire demagoog. De geschiedenis biedt te veel voorbeelden van de eerste mogelijkheid om er hier uitgebreid op in te gaan, maar enkele verdienen het afzonderlijk genoemd te worden. De meest voor de hand liggende is de moord op Caesar door de bekende tweeëntwintig, waardoor Rome werd uitgeleverd aan een bloedige burgeroorlog. De jaren vol verwarring en onzekerheid waarin Brutus en Octavianus elkaar de macht betwistten, waren rechtstreeks het gevolg van die moordaanslag. Een minder duidelijk voorbeeld, maar wel een dat onze vaderen zich nog weten te herinneren, was de gedeeltelijk gelukte aanslag op de levens van Guiliano en Lorenzo de Medici. De Pazzi hadden in het geheim besloten de stad te beroven van twee van zijn leidende burgers en tijdens de paasmis gingen ze de gebroeders te lijf, waarbij de eerste de dood vond, maar de tweede wist te ontsnappen. Toen het nieuws van Lorenzo's behoud de ronde deed, raakte de hele stad in paniek en als de jonge Lorenzo niet op de trappen van de kathedraal een paar geruststellende woorden had gesproken, zou Florence wel eens in volstrekte wanorde ten onder hebben kunnen gaan. De sluwe Lorenzo was echter een waardig lid van zijn illustere familie en hij wist de mislukte aanslag ten eigen bate aan te wenden door een aantal veranderingen in het stadsbestuur door te voeren waarmee hij zijn greep op de macht nog verder verstevigde. Een dergelijke gang van zaken is echter zeer ongebruikelijk en kwam meer voort uit Lorenzo's buitengewone talenten als staatsman dan uit de omstandigheden na de mislukte aanslag.

Zelfs als hij succesvol is, leidt een moordaanslag doorgaans echter slechts tot een korte periode van grote onrust, waarna een andere, maar nog even zwakke, heerser opstaat. Degenen die de macht in handen weten te krijgen door middel van samenzwering en moord, hebben weinig anders om naar uit te zien dan angst, afgunst en de afschrikwekkende mogelijkheid van wraak. Vorsten die in het zadel zijn gekomen door middel van een moordaanslag, brengen anderen op het idee om dat ook te proberen en worden dus doorgaans al snel het slachtoffer van hetzelfde middel waarmee ze zelf de macht hebben gegrepen. Het grondvesten van een regering op een dergelijk fundament leidt tot een staat die voortdurend te lijden zal hebben van wraak en wederwraak. Hoewel dergelijke gebeurtenissen een stad natuurlijk wel in een voortdurende staat van chaos kunnen onderdompelen, is dit niet het soort chaos waarop de ware opperheerschappij kan worden gegrondvest.

De tweede weg leidt naar een stabieler leiderschap dan de eerste, maar is al even suspect en heel wat moeilijker te volgen. Want de soldaten (over wie ik het naderhand nog uitvoerig zal hebben) vallen niet makkelijk te beheersen en als ze zelf eenmaal de zoete vruchten van de macht hebben gesmaakt, zullen ze de heerschappij niet licht afstaan aan iemand anders. De trouw van legers aan hun generaals en degenen die die generaals leidinggeven, is vaak overdreven. In een tijdperk van waarlijk heroïsme bestond een dergelijke trouw misschien werkelijk, maar wij leven in een tijd van huurlingen die vechten voor een dagloon en die het niet uitmaakt wie hen betaalt. Als ze daar goed geld voor krijgen, lopen huursoldaten onmiddellijk over naar de vijand, zelfs in de hitte van de strijd. Het vertrouwen op de soldaten – zelfs als die deel uitmaken van de burgerwacht van de eigen stad (opnieuw geeft de heer Machiavelli hier blijk van een onverwachte naïveteit) – wil zeggen dat men de macht in handen geeft van een wispelturige menigte. Trouw is niet opgewassen tegen de subtiele verlokkingen van de macht. Het scheppen van politieke chaos met behulp van militaire macht leidt er derhalve toe dat men de stad onder een staat van beleg laat brengen. Het laat zich niet ontkennen dat een militair regime een bepaalde stabiliteit biedt, maar ook die stabiliteit is niet van blijvende aard. Alle militairen worden gedreven door ambitie en te veel van hen beschikken over de middelen (een regiment hier, een garnizoen daar) om de macht te grijpen. Een staat die voortdurend te lijden

heeft onder de militaire intriges, is geen lang leven beschoren.
Buitenlandse dreiging valt nog moeilijker te voorspellen en is vrijwel onmogelijk te beheersen. Bovendien zijn de enigen die ooit macht hebben verworven door de veroveringen van anderen altijd spionnen en verraders. Dit zijn de allerergsten en zij verdienen alle wraakzuchtige vergeldingsmaatregelen waarvan ze het slachtoffer zullen worden. Over de mogelijkheden die buitenlandse dreiging kan bieden, is hiermee alles gezegd.
De eerste twee wegen naar politieke opschudding delen een essentiële tekortkoming: geen van beide gaat serieus in op de behoefte om de mening van het volk in het verborgene te sturen. Het plegen van aanslagen is voorbehouden aan een klein groepje mensen of een geïsoleerde krankzinnige. Militaire onrust beïnvloedt slechts een klein deel van het staatsbestel. Degenen die een van beide wegen volgen, onderkennen niet dat het volk weliswaar niet in staat is om zichzelf te regeren, maar desalniettemin de machtigste groep binnen de staat vormt, zodat elke machtswisseling in overeenstemming met gevoelens van het volk moet zijn. Het volk zal de staat niet uit vrije wil in de chaos storten, maar dient daartoe aangezet te worden. Er is maar één manier om dat te doen: er dient een demagoog op te staan die zich weet te verzekeren van zijn toewijding en die zich bewust is van de noodzaak om de chaos te ontketenen, zodat hij (en anderen) op de puinhopen een nieuwe stabiliteit kunnen grondvesten.
Opnieuw biedt Florence ons een passend voorbeeld in de persoon van Savonarola, die in de laatste dagen van de eerste republiek leidend burger van deze stadstaat werd. Vorig jaar nog heeft de heer Michelangelo Buonarotti me verteld dat hij zich de stem van de prekende Savonarola nog levendig voor de geest kon halen, en dat was dertig jaar nadien. Gedreven door zijn behoefte aan ingrijpende veranderingen, zowel binnen de kerk als bij zijn medeburgers, vulde Savonarola zijn preken met profetieën over de zuiverende gesel die elk ogenblik op Italië kon neerdalen. Toen zijn voorspelling bewaarheid werd door de invasie van de Fransen in het jaar onzes heren 1494, wist hij de macht over de stad in handen te krijgen, wat hem de gelegenheid gaf om zijn heilige staat op te richten op de puinhopen. Hij was echter een man met een beperkt blikveld, die weinig meer wenste dan een krachtige republiek die zich zou laten leiden door het motto 'Christus Koning in Florence' en al snel lag zijn lichaam op een brandstapel op de Piazza della Signoria, een treffend blijk van zijn invloed en zijn beperkingen.
Onder de vele demagogen die in de loop der eeuwen zijn opgestaan, hebben slechts weinigen deze rol gespeeld met het soort vooruitziende blik dat noodzakelijk is om de voorbereidingen te kunnen treffen voor het type staat dat ik voor ogen heb. De demagoog dient erop voorbereid te zijn om de teugels van het politieke domein stevig beet te grijpen zodra de chaos ontketend is. Daarom dient hij zich goed bewust te zijn van het bestaan van de andere domeinen en in staat te zijn om te onderkennen dat zijn eigen rol slechts beperkt is. Het is van doorslag-

gevend belang dat hij de rol van demagoog speelt zonder er ook werkelijk een te zijn, want als hij werkelijk alle eigenschappen van een dergelijk leider zou hebben, zou zijn eigen dorst naar macht zeker nog niet gelest zijn op het ogenblik dat de eerste fundamenten van de nieuwe staat zijn gelegd. Hij moet niet bij toeval, dat wil zeggen na een paar welluidende toespraken, in de politieke arena opduiken, nee, hij dient de stemming van het volk zorgvuldig te peilen om erachter te komen wat het verlangt van of juist afkeurt in het huidige staatsbestel, en daarna dient hij zijn kennis aan te wenden om aan de wensen van het volk tegemoet te komen. Hij dient te spreken alsof hij voor allen spreekt. Hij dient een scherp waarnemer te zijn en moet weten wanneer hij zich in de strijd dient te mengen. Hij hoeft niet met een harde klap toe te slaan, maar kan het beste klein beginnen en langzaam verdergaan. Laat de mare van zijn daden en zijn meningen de ronde doen en hem zo geliefd maken. Zorg dat het volk een beroep op hem doet, en niet hij een beroep op het volk. Dan, als de tijd dáár is, als de Curator een plotselinge actie vanuit alle domeinen aanraadt, laat hem dan zijn volgelingen de chaos binnenleiden. Ze zullen niet terugdeinzen. Ze hebben hem hun vertrouwen en toewijding geschonken. Het zal tijd kosten om dergelijke trouw op te wekken en de omstandigheden zullen bepalen hoe snel die trouw groeit. Zowel de demagoog (de politieke Prefect) als de Curator hoeft echter alleen maar in staat te zijn om in de harten der mensen te schouwen, een vaardigheid die hij door jaren studie tot op grote hoogte dient te ontwikkelen.

XI De weg naar economische chaos

Dit zijn de wegen die leiden naar onrust in het politieke domein. Binnen het economische domein zijn er eveneens drie van dergelijke wegen: de eerste is die van het natuurlijk verval, de tweede is een blokkade door buitenlandse troepen en de derde is opzettelijk misbruik. Bij de eerste methode is de kans op wrijvingen tussen de verschillende groeperingen binnen een staat het grootst, want daarbij worden de rijke landbezitters opgehitst tegen zowel de ambachts- en handelslieden als de boeren en de armen. Als er onvoldoende goederen beschikbaar zijn om te voorzien in de behoeften van alle rangen en standen, zullen de hongerigen daardoor tot een revolte worden gedreven en zo de staat ten onder doen gaan. Vaak ligt de fout bij de boerenstand omdat de boeren niet in staat zijn eb en vloed van handel en nijverheid te doorgronden. Als voedsel of andere levensbehoeften schaars zijn, geven ze daar de grondbezitters de schuld van, al kunnen die daar net zomin iets aan doen als de boeren zelf, want het is de natuur en niet de menselijke hebzucht die tekorten aan graan, hout, metaal en dergelijke veroorzaakt.

Nergens is deze farce vaker opgevoerd dan in de Duitse staten van de afgelopen honderd jaar. De gilden trokken ten strijde tegen de handelslieden, de boeren tegen de heren, de wevers en de mijnwerkers tegen de kooplieden, tot plotseling de Boerenoorlogen uitbraken, die in hun kielzog overal in de Duitse landen alleenheersers aan de macht hebben gebracht. Uiteindelijk heeft de chaos die door deze economische onvrede was ontketend, er alleen maar toe geleid dat de oude heersers weer in het zadel werden geholpen en hun greep op de macht nog wisten te verstevigen. Natuurlijk verval bleek dus ongeschikt om de staat een nieuwe richting in te sturen.

Net als buitenlandse militaire dreiging is een economische blokkade moeilijk in de hand te houden, en bovendien is het lastig om iets dergelijks op te roepen. Als iemand ooit dom genoeg is geweest om zich moedwillig de vijandschap van het buitenland op de hals te halen in de hoop van de daaropvolgende chaos te profiteren, is hij een dwaas van de allerergste soort, want als de blokkade eenmaal is ingesteld, is er nauwelijks ruimte meer voor verreikende veranderingen. Het gebeurt maar al te vaak dat de belegerden zich met ingevallen wangen uitleveren aan de genade van de vijand en blij zijn met elk regime dat hun iets te eten belooft. De weinigen die de hongerige menigte aanvoeren, kunnen hun volgelingen ertoe ophitsen om de dood te verkiezen boven de onderwerping, maar de mens wordt meer geregeerd door zijn maag dan door zijn noties van eer en trouw. De enige verandering die een dergelijke onderneming tot gevolg zal hebben, is dat buitenlanders de macht in handen krijgen. En degenen die denken gemene zaak te maken met deze veroveraars, hoeven alleen maar de geschiedenis te bestuderen om te zien dat het dergelijke lieden doorgaans slecht vergaat.

Er rest ons dus slechts één keuze: opzettelijk machtsmisbruik. Leiders kunnen niet wachten tot de handel uit eigen beweging zodanig afneemt dat er paniek ontstaat, noch dienen zij hun lot in handen van een buitenlander of een vijand te leggen. In plaats daarvan dienen zij een terrein in het domein van koop en verkoop te kiezen dat vatbaar is voor ernstige verstoringen. Denk niet dat deze verstoring er een van de meest drastische soort dient te zijn. Zij die onrust willen veroorzaken, hoeven niet al het graan te verbranden, noch al het land te verwoesten. Men hoeft slechts één keer iets dergelijks te doen, maar dan wel op zodanige wijze dat het zelfvertrouwen van het volk erdoor wordt ondermijnd en dus dient men zich te richten op plotselinge veranderingen die de massa zullen doen twijfelen aan de veiligheid van allen. In de loop der geschiedenis zijn dergelijke gebeurtenissen meestal het gevolg geweest van een ernstige vergissing en niet van opzettelijk handelen, maar de lering die eruit te trekken valt, blijft onveranderd.

Laat ons Milaan aanschouwen. Een zekere hertog van deze fraaie stad, een toegewijde Welf (om zijn nagedachtenis te sparen, zal zijn naam hier niet genoemd worden), liet in het geheim een van zijn schepen tot zinken brengen uit angst dat zowel zijn vrienden als zijn vijanden zouden ontdekken dat zijn Ghibellijnse

minnares daar aan boord was. Het schip bleek echter ook reusachtige hoeveelheden wol en zijde aan boord te hebben. Met zijn optreden mocht de hertog dan wel een hevig conflict tussen de twee partijen hebben voorkomen, maar de woede van de handelaren en wevers bereidde hem veel grotere moeilijkheden. De handelaren in zijden en laken vreesden dat het verlies van deze scheepslading tot hun ondergang zou leiden. Hoe konden ze hun negotie voortzetten zonder dergelijke goederen of de middelen om die opnieuw in te kopen? Om hun verliezen te beperken, besloten ze bijna de helft van alle winkels in de stad te sluiten. Het volk raakte bevreesd dat de neergang zich zou verbreiden naar alle andere markten en toen er daarop algemene paniek uitbrak, zag de hertog zich genoodzaakt alle leden van alle gilden aanzienlijke privileges te verlenen, wat de bodem van zijn schatkist in zicht bracht en zijn positie tegenover de Ghibellijnen aanzienlijk verzwakte. En dat allemaal vanwege één scheepje met zijde en wol!
De hertog was niet van plan dergelijke opschudding te veroorzaken, maar de les is duidelijk: degenen die met opzet onrust stoken, kunnen het meeste resultaat verwachten, want zij bepalen wanneer dergelijke uitbarstingen van onrust zich voordoen en zijn daarom goed voorbereid op de reactie van het volk. De Curator en de Prefect van het economische domein dienen daarom een enkel terrein te kiezen waarop hun ingrijpen eenzelfde reactie kan veroorzaken als bij de laken- en zijdehandel in Milaan. Zoals de demagoog in de harten der mensen dient te schouwen, zo dient deze Prefect een goed begrip te hebben van het wel en wee van de economie en die kennis te gebruiken om dit ene kleine handelsterrein goed te leren kennen. En evenals de demagoog zal deze Prefect over een jarenlange ervaring en opleiding dienen te beschikken om die beslissing te nemen. Terwijl de demagoog zijn volgelingen om zich heen verzamelt, dient de econoom (nogmaals, dit is een woord dat ik zelf heb geïntroduceerd) zich te vestigen in de machtigste handelskringen. Sla toe als het moment daar is, dat wil zeggen als de andere domeinen gereed zijn, dan zal het u licht vallen om een economische paniek op te wekken.

XII De weg naar sociale chaos

Maar hoe zit het met het sociale bereik? Hoe zou een Prefect daar een chaos kunnen veroorzaken? De weinige voorbeelden die ik in de geschiedenis heb weten te vinden, liggen alle geheel aan de zijde van Fortuna (of de wil van God) en hebben niets van doen met de plannen der mensen. Zeker, buiten de Almachtige kan niemand pest en andere ziekten op de mensheid doen neerdalen, en hoe slim en wijs de mensheid ook mag worden in zaken van ziekte en dood, het is niet aannemelijk dat men ooit dergelijke geselingen met opzet zal oproepen. Er is echter een subtielere manier om de vestiging

van een nieuw bestel voor te bereiden, een manier die aanzet tot drastische veranderingen en die dus als een soort van chaos kan worden beschouwd.
Ik heb al uiteengezet dat dit domein is gegrondvest op het onderwijs: degene die het onderwijs beheerst, heeft daarmee het hele sociale domein in zijn macht. De verandering dient dus tot stand te worden gebracht in de scholen. Daaruit volgt dat de scholen om aan te kunnen zetten tot deze verandering een groot deel van de bevolking dienen te bereiken, en dat laatste is helaas heden ten dage niet het geval.
Tenzij we onze blik richten op de allerheiligste katholieke Kerk, dat baken van kennis. Binnen de heilige muren van de kerk kunnen de harten der mensen worden gevormd en kan hun de juiste richting worden gewezen, waarna zij kunnen worden aangespoord om zelf de wereld weer om te vormen. Als dit machtige instituut in Rome er niet zou zijn, zou het tientallen jaren duren, zo niet eeuwen, om een schoolsysteem op te bouwen dat zovele mensen zou kunnen overtuigen en bezielen. Binnen dit machtige instituut dient echter eerst een omwenteling plaats te vinden. De Kerk dient haar visie te verbreden, zodat ze de mensen niet alleen naar de eeuwige redding kan leiden, maar ook naar een permanente en duurzame staat hier in dit ondermaanse. Ik zou niet zo onbevangen zijn, noch een brandmerk wegens heiligschennis riskeren, als er enig ander instituut bestond dat zo geschikt was voor langdurige stabiliteit. Misschien zal er ooit een dag komen waarop er een dergelijk onderwijsinstituut ontstaat, zodat de Kerk ontslagen zal zijn van deze zware last, maar tot die dag zal Rome de teugels in handen dienen te nemen en met ijzeren vuist moeten regeren. De kracht van de gelovigen dient benut te worden om de ketters terug te dringen, en om dat doel te verwezenlijken dient de Kerk haar middelen om het volk te leiden nieuw leven in te blazen en een manier zien te vinden om hartstocht en toewijding te koppelen aan goedgeleide stabiliteit.
Ik beweer dit niet zonder gerechte aanleiding. We hoeven alleen maar een aantal Duitse staten in ogenschouw te nemen om het naderend onheil te onderkennen. Nu reeds is er een groot gevaar verschenen, in de vorm van een rebellerende priester, een man wiens streven het is om het gezag los te rukken uit de handen van degenen die het toekomt. Als een enkel man zovelen kan aanzetten tot ketterij, hoeveel invloed zal de Kerk dan niet hebben op de daden van de mensen?
Het is duidelijk dat de wijze waarop men in de hemel komt en de wijze waarop men een stabiele staat grondvest afzonderlijk onderricht vergen. Rome dient echter te onderkennen dat een dergelijk onderricht wel uit dezelfde bron afkomstig kan zijn. Het zou godslastering zijn om te stellen dat het de taak van de Kerk is zich met wereldlijke aangelegenheden bezig te houden, maar dat wil ik dan ook niet beweren. Ik geloof veeleer dat het doel van een stabiele staat op geen enkele wijze indruist tegen het hogere doel van de eeuwige genade en dat de

Kerk zich beide ten doel kan stellen zonder met zichzelf in strijd te komen. De woorden van Thomas van Aquinas, Willem van Ockham, Duns Scotus, Petrus Lombardus en de andere scholastici hebben deze doelstellingen eeuwen geleden vormgegeven. Volgens hen zijn de rede en het geloof verwikkeld in een eeuwige strijd en dientengevolge hebben de kloosters en universiteiten zich gericht op zaken die van doen hebben met die worsteling, een worsteling die tot de dag van vandaag voortduurt en die een blijvende beproeving vormt van 's mensen toewijding aan de Heilige Geest.

Nu is er echter een nieuw onderwerp van dispuut ter tafel gebracht, een onderwerp dat al evenveel aandacht vereist. Dit is de strijd om de macht, die de vastberadenheid der mensen beproeft binnen het politieke en economische domein. Daarom dient een leraar zich op dit nieuwe lesgebied te richten en daartoe enkele veranderingen door te voeren binnen zekere kerkelijke instituties. De zielzorg dient in handen te blijven van de Kerk in ruimere zin, maar dit nieuwe lesgebied dient zich te richten op datgene wat politiek en economisch gezien van nut kan zijn. Het is niet moeilijk te begrijpen hoe de lesgever de Kerk in brede zin kan dienen zonder een gevaar voor haar te worden, want juist als de mens in een veilige, stabiele en duurzame wereldlijke vrede leeft, zal hij hartstochtelijk zijn eeuwige redding gaan nastreven.

Is dit dus een oproep tot het ontketenen van de chaos binnen het sociale domein? Zal er een tijd komen dat de Curator aanzet tot een plotselinge manoeuvre, een bliksemsnelle actie om de bestaande gevestigde orde omver te werpen? Nee, de veranderingen binnen het sociale domein zijn moeilijk te vergelijken met de veranderingen die vereist zijn binnen het politieke en economische domein. Het ogenblik dat een dergelijke onrust gewenst is, komt hier veel eerder, precies op het moment dat één man besluit in de naam van de opperheerschappij de macht te grijpen over het onderwijs. Omdat ze er ook weinig kwaad in zien, zullen de weinigen die het opmerken aanvankelijk van mening zijn dat deze nieuwe onderneming een dwaalweg is. Ze zullen daar echter achteloos hun schouders over ophalen. De invloed van een dergelijke onderneming zal dan namelijk nog slechts zeer beperkt lijken. Evenals de ketterse sekten die van tijd tot tijd de kop opsteken, zullen de nieuwe scholen aanvankelijk geen bedreiging lijken. Bedenkt u zich echter eens hoe groot de verrassing van het volk zal zijn als het politieke en economische domein volledig aan de chaos ten prooi zijn gevallen en er plotseling een legertje goedopgeleide jongemannen opduikt om het staatsbestel een geheel nieuwe richting in te sturen. Dan zullen deze onwetenden de nieuwe orde wel dienen te aanvaarden, zoals een drenkeling naar een stuk drijfhout grijpt om zich uit de klauwen van de dood te redden. Er rest hun geen enkele andere keus.

XIII Hoe de drie domeinen samen de chaos kunnen ontketenen

Voordat ik zal beschrijven hoe de drie domeinen kunnen samenwerken om de chaos te ontketenen, wil ik met nadruk stellen dat het niet per se noodzakelijk hoeft te zijn dat dergelijke woelingen zich tegelijkertijd voordoen. Ik heb reeds opgemerkt dat paniek in één domein niet snel zal leiden tot omstandigheden waaronder een stabiel staatsbestel gegrondvest kan worden. Zo nu en dan zullen er zich echter gelegenheden voordoen waarbij een leider zich voor een buitengewone mogelijkheid geplaatst ziet. Evenals de vorst van de heer Machiavelli zullen deze leiders dat aan het noodlot te danken hebben. De gunstelingen van het lot (en degenen die zich in alle drie de domeinen goed voorbereid hebben) hoeven nu alleen nog maar de hiernavolgende bladzijden door te bladeren, want zij staan klaar om te bouwen.

Ten behoeve van de minder fortuinlijken dienen we ons te herinneren dat één of twee domeinen de leiding kunnen nemen bij het ontketenen van de chaos. Het sociale domein wordt doorgaans benut om te stabiliseren en niet om chaos te ontketenen, maar alle drie dienen ze hun krachten te bundelen, want één afzonderlijke daad in één enkel domein zal geen blijvende invloed hebben op het wedervaren van de staat. Voordat er ook maar enige actie kan worden ondernomen, dienen alle drie de Prefecten in een positie te verkeren waarin ze een beslissende invloed kunnen uitoefenen op de loop der gebeurtenissen binnen hun eigen domein. Een groot deel van de benodigde handelingen zullen deze mannen al eerder hebben verricht, tijdens een lange periode van voorbereiding, maar hoe dichter zij het ogenblik van de uitbarsting naderen, des te meer ze met elkaar dienen samen te werken.

Op dat ogenblik is het het beste om te beginnen met economische opschudding, want ieder is zichzelf het naast en mensen raken vaak buiten zinnen als hun eigendom op het spel staat. Ik herhaal: de opschudding hoeft niet van reusachtige omvang te zijn. Het is voldoende als er bij de eenvoudige lieden vragen worden opgeroepen. Als de twijfel eenmaal is gezaaid, zal het de demagoog weinig moeite kosten die onzekerheid te voeden en zijn volgelingen een verontwaardigde paniek te laten zaaien. Waarom verontwaardigde paniek? Omdat de demagoog zijn pupillen geleerd zal hebben slecht te denken over het huidige regime, zelfs als het betrekkelijk rustig is. De staat heeft verschillende groeperingen niet tevredengesteld, de staat is er niet in geslaagd winstgevende handelsrelaties met andere staten aan te knopen, de staat heeft onvoldoende mogelijkheden geboden voor economische expansie en voorspoed, en dat zijn nog maar enkele van de tekortkomingen die de demagoog onder de aandacht van het volk gebracht zal hebben en die nu de hartstochten hoog doen oplaaien. Als de mensen getuige zijn van de economische onrust, zullen ze zichzelf en anderen ervan overtuigen dat ze goede redenen hebben om het regime omver te werpen.

Deze mislukkingen zullen er op zich echter niet toe leiden dat het tot dan toe gevoerde beleid volkomen in de steek wordt gelaten. Er dient sprake te zijn van een onderliggende ziekte waarvan dergelijke tekortkomingen dan slechts de uiterlijk waarneembare tekenen zouden vormen, en rond dit gezwel dient de demagoog zijn troepen op te stellen. Moreel verval is de beste keuze. Niets is bevredigender voor de mens dan vrome verontwaardiging. Laat de demagoog alle kwalen van de gemeenschap afschilderen als de gevolgen van slechte morele leiding door een regime dat niet in staat is het volk op de juiste koers te houden. Op deze wijze zal het volk de economische opschudding waarnemen als de laatste misdaad van een staat die toch al diep is weggezonken in het drijfzand van de immoraliteit. Hoe kan men een morrende menigte er beter van overtuigen dat er hoognodig met een schone lei begonnen dient te worden dan door een beroep te doen op intolerante eigendunk? De mensen zijn er altijd als de kippen bij om hun eigen goedheid te prediken. Laat ze maar geloven dat het schoonspoelen van de staat de beste manier is om zichzelf te reinigen van zonden. De chaos zal hun dan een welkome verlossing lijken uit de algehele onrechtvaardigheid.

XIV Hoe te bouwen op de chaos

En waar kan men beter naar een dergelijke verlossing zoeken dan in het domein van het onderwijs, waar de waarde van stabiliteit duidelijk wordt onderkend? Waar kan men de rottenis beter van zich afspoelen dan in een school die geleid wordt door de Kerk? Als deze school goed geleid wordt, zal het volk met graagte alles in de steek laten dat het herinnert aan zijn rampspoed, alles wat op ondeugdelijke fundamenten is gebouwd, en niet aarzelen om zijn gemeenschappelijke lot in handen van de drie Prefecten te leggen. Op deze wijze zal het zich willig het onbekende in laten voeren. Deze onbekende toekomst zal echter grondig geworteld lijken te zijn in het toegewijde nastreven van het ideaal van een deugdzame en duurzame regeringsvorm. Het is daarom van vitaal belang dat de scholingsinstituten gereed zijn, of als ze nog niet volkomen gereed zijn, toch in elk geval zover zijn opgebouwd dat het de wraakzuchtige menigte zal opwinden en geruststellen. Want het volk heeft een veilige plek nodig om toe te kijken hoe zijn kampioenen de oude instituties aan stukken rijten.

Als het onderwijskundige domein eenmaal hervormd is, zal het de eerste taak van de nieuwe staat zijn om zich te ontdoen van de meest standvastige aanhangers van het oude regime. Omdat ze nog niet bekomen zullen zijn van de chaos, zullen deze staatsvijandige elementen zich al in een kwetsbare positie bevinden, maar het is aan de nieuwe leiders om hun lot tot een voorbeeld te maken. Toon ze aan het volk als degenen die de verantwoording dragen voor het verval van

normen en waarden en laat ze, net als bokken in de woestijn, alle zonden van het verleden mee ten grave dragen. Deze reiniging dient met veel ophef en schouwspel te worden omgeven, zodat eenieder het gevoel krijgt dat hij betrokken is geweest bij het zuiveren van het staatsbestel. Verder zullen dergelijke rituele handelingen het volk als geheel een zekere mate van zelfbeheersing en terughoudendheid bijbrengen.
Zeker, het is een nobel doel om de angst te laten nestelen in de harten der mensen, maar wees niet onachtzaam. Overdreven veel geweld zal de angst opvoeren tot een gevaarlijk niveau. Angst is een elixer dat als het in de juiste dosering wordt toegediend, veel enthousiasme kan oproepen, maar als het in te hoge doses wordt gegeven, kan het juist tot angst aanzetten. Die angst zal dan weer tot woede leiden, en die woede tot haat. Zoals de heer Machiavelli zo wijs heeft gezegd, dergelijke haat is een beest zonder meester. De macht zit niet stevig in het zadel als de haat de straten afschuimt. Daarom dienen de Prefecten er goed op te letten dat het zuiveringsproces past bij de omstandigheden en dat de woede van het vulgus slechts gedeeltelijk bevredigd wordt. De bloeddorst van het grauw is groot. Maar wees gewaarschuwd en geef daar niet aan toe. Zorg dat het volk altijd blijft verlangen naar méér, want dat is de manier om angst te doen verkeren in opwinding en agressie in toewijding.
De geschiedenis van Rafael Ormetti vormt hiervan een goede illustratie. Friedrich von Keslau, een man met een buitengewoon talent voor het vormen van nieuwe staten, wist de macht over Hamburg te krijgen en zich te ontdoen van een groot aantal van zijn vijanden daar. Hun lichamen hingen op het hoofdplein, waar ze onder het volk zowel tot angst als verrukking leidden. Von Keslau had niet kunnen weten dat zijn daden bij het grauw een wilde hartstocht zouden oproepen, maar dat gebeurde en het volk begon te roepen om nog meer bloed, zodat er al snel grote moordbeluste bendes door de stad zwierven. Om deze waanzinnigen weer in bedwang te krijgen zond Von Keslau Ormetti naar de stad met de opdracht die met alle benodigde middelen te pacificeren. Deze Rafael was een man in wie wreedheid samenging met een zucht naar doelmatigheid en binnen korte tijd had hij het grauw op de knieën weten te brengen. Zoals Von Keslau echter heel goed wist, valt met wreedheid niet alles te bereiken en omdat hij zich niet de haat van zijn nieuwe onderdanen op de hals wilde halen, stuurde Von Keslau een tweede afgezant om met Ormetti af te rekenen, wiens in stukken gehakte lijk op een ochtend werd aangetroffen voor het kasteel van Adolf III. Elk van de stukken was aan een afzonderlijke paal gespietst. Met deze daad verwierf Von Keslau zich een reputatie als redder van zijn volk en wist hij zich tegelijkertijd bij zijn onderdanen gevreesd te maken. Toen Lübeck een paar maanden later de macht over de stad weer in handen kreeg, trof Von Keslau helaas hetzelfde lot als de gewelddadige en onfortuinlijke Ormetti.
Toch hoeft het zuiveren van de staat geen opzichzelfstaande daad te zijn. Van tijd

tot tijd, naar de omstandigheden vereisen, dient de politieke Prefect een aanleiding te vinden om zich te ontdoen van andere vijanden die een bedreiging vormen voor de stabiele kern van uitbreiding en gehoorzaamheid die door de drie domeinen worden bevorderd. Er zijn verschillende wijzen om te bepalen wie zal leven en wie zal sterven, maar het is altijd het beste om de keuze van de slachtoffers op de een of andere aannemelijke wijze te motiveren. Willekeurig geweld dient geen enkel nuttig doel. De politieke Prefect dient zijn aandacht dus te richten op een afzonderlijke groep die een bedreiging voor de staat lijkt te vormen. Het maakt daarbij niet uit of die dreiging ook werkelijk bestaat, maar het volk dient wel te geloven dat deze ene groep de perfecte stabiliteit in de weg staat, en het grauw dient deze uitgestotenen te haten en verachten. De beste keus vormen waarschijnlijk de leden van bepaalde religieuze sekten of buitenlandse onderdanen die zich in de nieuwe staat gevestigd hebben.

XV Waarom het van belang is de haat te bevorderen

Ook hier slaat de heer Machiavelli te weinig acht op de dierlijke aandriften die de zielen der mensen voortdrijven. Zeker, leiders dienen te vermijden dat ze door hun volk gehaat worden, maar welgerichte haat kan een krachtig middel zijn om een volk te beheersen. De Romeinen hebben de christenen met veel succes vervolgd, de Grieken perkten de vrijheden van alle niet-burgers in en velen hebben zich op de joden geworpen. Zorg dat het volk zijn aandacht op een gemeenschappelijke vijand gericht houdt en de woede van het grauw zal de samenhang van het staatsbestel alleen maar versterken. De demagoog dient de boosaardige aandriften van het volk dus te bevorderen en daarbij niet uit het oog te verliezen dat de sociale stabiliteit het best gediend is als een dergelijke boosaardigheid een weerspiegeling vormt van de morele zelfvoldaanheid die tot de eerste woelingen heeft geleid.

Om uit de chaos iets nieuws te kunnen bouwen is het dus van vitaal belang om openbare vergaderingen te houden, en spelen waarbij degenen die daarvoor zijn uitgekozen, belachelijk gemaakt en mishandeld worden. Dergelijke gelegenheden zijn de aard van de mens niet vreemd. De aanblik van leeuwen die ongewapende christenen verscheuren, het vertoon waarmee openbare terechtstellingen gemeenlijk plaatsvinden, ja, zelfs de poppenkastvoorstelling waarin een oude jood wordt doodgeslagen omdat hij zich heeft schuldig gemaakt aan woekerij, vervullen een basisbehoefte van de mens. Verder presenteren zij ons de wraak in haar meest elementaire gedaante. Dergelijke spektakels zijn nooit meer dan ze lijken te zijn. Onder de oppervlakte ligt geen verborgen betekenis, geen complexiteiten die een volk kunnen verwarren of onrustig kunnen maken. Kortom, dergelijke bijeenkomsten en openbare terechtstellingen spelen in op een diepge-

voeld verlangen naar eenvoudige antwoorden, en dat verlangen maakt op zijn beurt het volk weer gezeglijk en fantasieloos.
De voordelen van een dergelijk beleid zijn legio. Ten eerste is het altijd beter om een volk te mobiliseren tegen een gedeelde afkeer dan voor een gedeelde liefde. De mens zoekt broederschap met degenen die zijn agressieve aandriften delen, en niets vormt een betere vervulling van een dergelijke wens dan één enkele vijand. Niemand zou zo dwaas zijn om te beweren dat de Florentijnse stedenbond wordt bijeengehouden door meer dan een gedeelde afkeer van de Franse en Spaanse invallers. Als een buitenlandse dreiging deze twistzieke volkeren kan verenigen, hoe goed zou een staat dan zijn eenheid niet kunnen bewaren als er een gemeenschappelijke vijand binnen de staat zelf zou zijn? Ten tweede, zolang het volk zijn woede op een kleine groep richt, zal het geen reden hebben om zijn woede te koelen op de leiders van de afzonderlijke domeinen. Angst voor een opstand, of zelfs voor grote onvrede, zal dan iets uit het verleden zijn. Zorg dat het volk bezig blijft en het zal weinig oog hebben voor de macht die het zou kunnen uitoefenen. En ten derde, elke onruststoker kan aangewezen worden als lid van de groep die als zondebok dient, ongeacht of hij daar werkelijk deel van uitmaakt of niet. Zolang het volk gelooft dat hij een bedreiging vormt voor de staatsveiligheid, zal het niet moeilijk zijn hem uit de weg te ruimen.
Maar wat wellicht het belangrijkste is: boosaardigheid kent geen grenzen en kan een volk uiteindelijk dus ook buiten zijn eigen grenzen doen treden. Er zal een tijd komen dat er binnen de staat niet veel te haten meer over is omdat alle kwalijke sekten al zijn uitgeroeid. Op dat ogenblik dient de demagoog (met behulp van pamfletten, agitatoren en dergelijke) een nieuwe dreiging te formuleren. Hij kan dan natuurlijk een nieuwe groep slachtoffers kiezen, maar het is wellicht verstandiger om te verklaren dat de dreiging zich heeft verplaatst naar een andere staat en dat die daarom dringend een zuivering behoeft.
Deze tactiek past uitstekend bij de menselijke aard. Mensen zijn ellendige schepselen. Ze zijn dikdoenerig, zwak en hebzuchtig en laten zich in hun verdoolde bestaan doorgaans meer leiden door hun brute aandriften dan door de rede. Sta ze toe om hun agressie uit te leven en ze zullen weinig schade aanrichten. Als het bereik van hun klauwen echter wordt ingeperkt, zullen ze alles om zich heen te gronde richten. De demagoog dient er dus voor te zorgen dat deze agressie op een plek buiten de staat wordt gericht. Daardoor zal hij dan de staat zelf verstevigen. Expansie, gedreven door haat, is de beste garantie voor de staatsveiligheid.
Het dient duidelijk te zijn dat de groep die wordt beschuldigd van het ondermijnen van de staatsveiligheid, niet meer is dan een bedenksel van de Curator en de Prefecten. Geen enkele sekte kan ooit beslissende invloed uitoefenen op het overleven van een staat. Voor degenen die een geordende maatschappij willen vestigen, is de werkelijkheid echter van geen belang. Het enige waar het om gaat is dat men het volk ervan weet te overtuigen dat het gevaar reëel is. En waar kan

men het volk beter leren waarop het zijn haat dient te richten dan op een school die beweert zich teweer te stellen tegen het verval van de zeden?
Welke lering kunnen wij uit dit alles nu trekken? Bevorder het wantrouwen en het volk zal iedereen te lijf gaan die ook maar de kleinste bedreiging voor de staatsveiligheid vormt. Bevorder de morele zelfvoldaanheid en het volk zal zich enthousiast teweerstellen tegen alle vijanden. Bevorder het geven van simpele antwoorden en agressie en het volk zal het kwaad zelfs buiten de eigen muren verdelgen, en daarmee onder het mom van de deugdzaamheid zijn lust tot veroveren bevredigen. Op deze wijze zal onderwijs dat gepaard gaat met agressie de stabiliteit verzekeren.

XVI Waarom de staat de enige mededinger dient te zijn

Voor wie in het economische domein wenst te bouwen op de chaos, is contact met het volk vrijwel overbodig. In plaats daarvan dient deze Prefect, tijdelijk, het hele economische leven te bestieren, zowel handel en nijverheid als het wisselverkeer. Het volk zal daar weinig weerstand tegen bieden. Door de plotselinge wanorde zal het zich niet erg op zijn gemak voelen en doordat de demagoog het de juiste weg heeft gewezen, zal men onderkennen dat drastische maatregelen noodzakelijk zijn. De econoom zal voor het volk de enige rots in de branding zijn. Zolang het maar te eten heeft, zal het volk bovendien instemmen met alle maatregelen om het land te bevrijden van corruptie. Het hele land komt onder de zeggenschap van de staat. Alle gilden dragen hun bevoegdheden over aan de staat. Degenen die zich daartegen verzetten, worden vijanden genoemd, een benaming die het volk zeker tegen hen zal ophitsen.
Als er iemand is die betwijfelt dat één man met goedvinden van het volk grote economische macht naar zich toe kan trekken binnen één enkel economisch gebied, wil ik Hendrik van Engeland in herinnering brengen. Het is geen geheim dat hij van plan is alle kerkelijke landen binnen zijn koninkrijk te vorderen als Rome inzake zijn scheiding van Catharina anders beslist dan hij wenst. Deze koning beseft maar al te goed dat het volk zijn wensen geen strobreed in de weg zal leggen, want hij heeft het ervan weten te overtuigen dat hij Engeland zal bevrijden van een corrupt instituut, waarmee hij de allerheiligste moederkerk zelf bedoelt! Zelfs de dreiging met excommunicatie is niet opgewassen tegen zijn ketterse plannen en de trotse schijnheiligheid van zijn volk.
Algehele macht is dus van vitaal belang als de econoom de instituties van handel en nijverheid ten dienste wil stellen van de andere twee domeinen. Van al even groot belang is het dat, nadat alle handel en nijverheid onder het gezag van de Prefect zijn gesteld, de staat ook werkelijk als één enkele koopman optreedt en

zich dus tijdens zijn onderhandelingen met andere staten verzekerd kan weten van de volle economische kracht van de hele gemeenschap. Dan zal het de staat licht vallen een expansief beleid te voeren. Te zijner tijd kan de econoom het beheer van het domein overlaten aan kleine handelaren, eigenaren van manufacturen en dergelijke, maar als hij in de toekomst ooit weer zijn macht wenst uit te breiden, hoeft hij alleen maar wat geruchten te doen rondgaan over corruptie door de groepering die als zondebok fungeert om snel de macht weer volledig in handen te krijgen. Zo zullen expansie en stabiliteit goed zijn afgestemd op het natuurlijke verloop van handel en nijverheid.

Kortom: teneinde te kunnen bouwen op de chaos dienen de Prefecten in elk der domeinen de teugels stevig in handen te hebben. Het politieke domein kan worden beheerst door vijanden uit de weg te ruimen en een gerichte haat te bevorderen. Het economische domein kan worden beheerst door alle mededinging binnen de staat uit te schakelen, zodat de staat in de mededinging met andere staten de sterkste zal zijn. Het sociale domein kan worden beheerst door het bevorderen van agressie en morele zelfgenoegzaamheid. Van een dergelijke machtsconcentratie zal expansiezucht het natuurlijke gevolg zijn en dat zal de stabiliteit van de staat ook op lange termijn garanderen.

XVII De krijgsmacht

Ik zou de bedoelingen van dit boek geen geweld aandoen als ik nu met tevredenheid zou concluderen dat ik zowel in theorie als in de praktijk heb laten zien met welke middelen een stabiele staat te vestigen valt. Er resten mij echter nog twee onderwerpen die meer inkt vereisen. De eerste is de krijgsmacht, waaraan meneer Machiavelli bijna de helft van zijn boekje heeft gewijd. Zowel wanneer hij de inzet van huurlingen veroordeelt als wanneer hij de lof zingt van de virtù van een van zijn vele helden, beschrijft de heer Machiavelli het staatsmanschap als een zaak van sluwheid en gereed zijn voor het gebruik van geweld. Hij gaat zelfs zover te beweren dat een staat om stabiliteit te bereiken niet meer nodig heeft dan goede wetten en goede wapens. Dit kan inderdaad waar zijn. Hij geeft ontelbare voorbeelden van het gebruik en misbruik van de krijgsmacht bij het veiligstellen van de grenzen, het vestigen van keizerrijken enzovoorts. Hij beweert daarom met grote stelligheid dat de kunst van het oorlogvoeren (en dus van het beheer van de krijgsmacht) stevig in handen van de vorst ligt.

Vreemd genoeg lijkt de heer Machiavelli zich er echter nauwelijks van bewust dat legers zonder een inspirerende en sluwe vorst al snel verworden tot rondzwervende benden halsafsnijders en dronkelappen, die zich net zo lief vergrijpen aan de dochter van een bondgenoot als aan die van een vijand. Hij schijnt bovendien niet te willen onderkennen dat soldaten meestal een broertje dood hebben aan gezond verstand en eerder geneigd zijn een ijdele snoever te volgen dan een sluwe tacticus. Het is met name deze laatste eigenschap die hen gevaarlijk maakt. Want zodra er zich ook maar een enkeling in hun midden bevindt die over een natuurlijk vermogen tot leiderschap beschikt, zullen ze diens ambitie volgen tot alles in puin ligt. En erger nog, als er zich twee van dergelijke lieden in het leger bevinden, zal de staat langzaam verscheurd worden door een burgeroorlog. Kortom, krijgslieden verschillen niet van andere mensen, behalve dan in één opzicht: ze beschikken over dodelijke wapens en vanwege hun trots en ijdelheid vormen ze daarmee een bedreiging voor iedereen.

Daarom een goede raad. Pas op voor soldaten. Gebruik hen alleen als middelen tot een doel, want ze beschikken noch over het benul noch over het doorzettingsvermogen dat vereist is voor het opbouwen van een staat. Als ze eenmaal denken de macht te hebben, is er weinig dat hen ervan zal weerhouden de staat te vernietigen. Het leger dient daarom niets meer te zijn dan de dienstmaagd van degenen die de domeinen bestieren. Vrees niet om leiders binnen de krijgsmacht uit te schakelen zodra ze zich te veel aanhangers verwerven of tekenen van ambitie gaan vertonen.

XVIII De wet

Ons laatste onderwerp is meneer Machiavelli's tweede steunpilaar van de stabiele staat: de wet. Ik heb deze tot het laatst bewaard omdat ik niet van mening ben dat deze in zo grote mate bijdraagt aan het welzijn van staten als mijn voorgangers beweren. Het grootste deel van hen beweert dat de wet het volk beschermt en de vrijheid vergroot. Maar in handen van het gepeupel is de vrijheid een gevaar. Het gepeupel is niet bij machte om het verschil te onderkennen tussen vrijheid en losbandigheid en zal het eerste maar al te vaak aanzien voor het tweede, en zo de staat ten onder doen gaan in anarchie. Daarom dient de wet paal en perk te stellen aan de vrijheid. Zodra de scholen jongemannen afleveren die de visie van de Curator delen en die een hartstochtelijk verlangen naar stabiliteit inspirerender achten dan de dorst naar een holle vrijheid, zal het het volk weinig moeite kosten om te aanvaarden dat stabiliteit het werkelijke doel van de wet is. In de eerste stadia van de opbouw van een nieuwe staat zal het niet zo makkelijk zijn om het doel van de wet en het karakter van de mens te laten samengaan. De problemen zullen ontstaan omdat de mensen geloven dat stabiliteit voortvloeit uit de wet. Zo is het hun onderwezen. Dit geloof is echter een dwaling en de staat zal het snel moeten uitroeien.

De wet vormt een weerspiegeling van de wil van de mensen, en niet meer dan dat. Er is in deze wereld geen hoogste maatstaf waaraan we de juistheid of

onjuistheid van welke daad dan ook kunnen afmeten. Gerechtvaardigd is dat wat niet bestraft wordt. Zowel wet als straf is dus arbitrair. Ze zijn geschapen om op sociaal, politiek of economisch terrein een behoefte te vervullen. De wetten zijn niet betrouwbaarder dan de mensen die ze hebben opgesteld en op menselijke grilligheid kan stabiliteit niet rusten.
Neem het volk echter zijn wetten niet af. De wetten zijn als een versleten, dierbaar dekentje waarin het volk zich wikkelt. Gun het grauw deze kinderlijke toevlucht, prijs de wet en vaardig van tijd tot tijd eens een nieuwe uit, of trek er eens een in, maar laat het volk altijd geloven dat het welzijn van de staat te danken is aan de wetten. Verder is het het beste om de wetten zo eenvoudig mogelijk te houden. Wat wél mag en wat niet mag, meer niet. Wat de straf is en wat de beloning. Laat de mensen zien dat ze zonder wetten zelf genoodzaakt zouden zijn orde te scheppen en hun medemensen grenzen te stellen. Om hun eigen leven zo eenvoudig mogelijk te houden, zal het volk die verantwoordelijkheid met graagte afschuiven op de wetten, en door de wetgeving met gezag te bekleden, staat het gepeupel alle macht af aan de Curator en zijn Prefecten. De mens probeert waar mogelijk het ingewikkelde te vermijden. Gebruik de wet om aan die behoefte te voldoen.
Dit laatste is een les die zich niet beperkt tot de wet. In alle dingen dient een staat te simplificeren en daardoor de mensen gezeglijker te maken. Naarmate alles minder ingewikkeld wordt, zullen de mensen dat ook worden. De verbeelding, die altijd subversief is, zal haar vermogen verliezen om te prikkelen en uit te dagen. Laat hartstochtelijk gevoelde emotie (die is bedacht en wordt bevorderd door de Curator en de Prefecten) de mensen dom en saai maken, zodat ze al hun verlangen verliezen om het gezag aan te vechten. Onderwijs de mensen zó dat ze eenvoudig van geest worden, belast hun gedachten met rudimenten (waarvan haat de meest afleidende is), zodat ze niet de gelegenheid zullen krijgen om hun eigen ideeën te ontwikkelen. Als inventiviteit en vernuft eenmaal zijn uitgebannen uit de harten en geesten der mensen, kan het volk geen bedreiging meer zijn voor de stabiliteit.

XIX De ideale regeringsvorm

Tot dusverre heb ik mijn uiterste best gedaan om het soort fantasievolle adviezen te vermijden dat door al mijn voorgangers wél wordt geboden. Nergens heb ik verklaard hoe staten zichzelf dienen te regeren, noch hoe de mens dient te handelen. Ik heb een eerlijker, maar ook minder boeiend pad gekozen, opdat mijn woorden van nut kunnen zijn voor mensen die de opperheerschappij wensen te verwerven in de werkelijkheid en niet in de een of andere schijnwereld.

Waarom beweer ik nu dan dat ik de ideale regeringsvorm kan beschrijven? Dergelijke zaken zijn niet bestemd voor mensen met praktische doelstellingen.

De reden is eenvoudig. Voor degenen die nog steeds twijfelen aan het nut van de drie domeinen, die niet onderkennen waarom chaos van essentieel belang is bij het creëren van een stabiele regering en die ontkennen dat het noodzakelijk is om met behulp van agressie en intrige de heerschappij uit te breiden, zullen mijn doelstellingen onhaalbaar lijken. De regeringsvorm waarover ik schrijf, kan alleen bestaan als de drie domeinen in volledige eendracht samenwerken. Dan, en alleen dán, zal de werkelijke opperheerschappij een regering opleveren die lijkt in te spelen op de grillige begeerten van het vulgus zonder ook maar iets van zijn macht prijs te geven. Republiek, tirannie, democratie: het zijn alle slechts holle woorden. Hun enige nut is dat ze de harten der mensen wat verwarmen.

Er is echter nog een reden dat ik hier het woord ideaal gebruik. Nergens op deze bladzijden heb ik beschreven hoe een staat deze richtlijnen in praktijk zou kunnen brengen. Nergens geef ik aan hoe lang de periode dient te zijn waarin een Prefect zijn vaardigheden ontwikkelt. Nergens noem ik het precieze deelgebied van de handel of de politieke misrekening die het oude regime tot de ondergang zal veroordelen, en nergens beschrijf ik het lesprogramma van de scholen die ik wil laten stichten. De woorden haat, uitbreiding van de heerschappij, agressie en intrige zijn de enige aanwijzingen die ik heb gegeven. Maar waarom? Omdat de omstandigheden het beleid dienen te bepalen, omdat elke staat een ander mikpunt voor zijn haat dient te kiezen, omdat de deelgebieden van handel en nijverheid die het meest gevoelig zijn voor beïnvloeding van staat tot staat verschillen, omdat de uitbreiding van de heerschappij zelf zijn eigen richting kiest en de macht zo haar eigen grillen heeft.

Het is een ideaal omdat niemand, ook ik niet, kan voorzien welke eisen de drie domeinen in de toekomst zullen stellen. Maar let op: ik gebruik het woord ideaal niet omdat de opperheerschappij die ik heb beschreven niet te verwezenlijken valt. Wat ik heb geschreven, kan mensen en staten naar stabiliteit voeren. Of de mensen die na ons komen over de moed en de vaardigheid beschikken om de omstandigheden van hun tijd met een heldere blik te aanschouwen en dienovereenkomstig te handelen, is het enige dat zal bepalen of het ideaal wordt verwezenlijkt of niet.

XX Een aansporing tot handelen

En toch vraag ik me af of de tijd niet rijp is om een nieuwe staat te creëren en of een handvol mensen het zou aandurven een zo geweldige omwenteling te bewerkstelligen. Het is maar al te waar dat de bereidheid om in actie te komen, is aangetast door de angst, dat het leiden vervangen is door verdraagzaamheid, en dat empathie alles heeft verzwakt. En toch ben ik er nog steeds van overtuigd dat het antwoord bevestigend is. Nooit tevoren zijn de omstandigheden voor een verandering in de wijze waarop de macht wordt uitgeoefend zó gunstig geweest. De aanwezigheid van deze Luther wijst uit hoe makkelijk het is om de mensen ertoe te brengen alles wat hun dierbaar is in de steek te laten in de naam van een onbekende en onbeproefde autoriteit. Heilige Vader, gebruik deze afvallige Duitser als een symbool van rottenis, beschrijf hem als het gezwel dat heel Europa te gronde zal richten. Vernietig hem en zijn volgelingen en ontketen daarmee de macht, zodat die kan veroveren naar haar eigen aard en behoefte.

De vernietiging van deze Luther dient de bekroning van de hele onderneming te zijn, het laatste moment voordat de chaos wordt ontketend. Laat andere, kleinere voorbeelden van vernietiging de weg bereiden, zodat zijn dood de klaroenstoot zal zijn voor allen die klaarstaan om een stap buiten de zondige wereld te doen waartoe deze afvallige monnik de inspiratie heeft gegeven. Laat de chaos steeds groter worden, de ene gebeurtenis na de andere, tot alles samenkomt om de mensen angstig en onzeker te maken. Eén kleine uitbarsting legt slechts weinig gewicht in de schaal, maar de ene uitbarsting na de andere: dat is iets van werkelijke waarde, dat in een paar maanden zeker tot chaos zal leiden. Vergeet niet, Heilige Vader, dat deze woelingen niet werkelijk ernstig hoeven te zijn. Hun reële uitwerking doet niet zo terzake; het gaat erom dat de dreiging als groot wordt ervaren.

Ik kan niet met stelligheid verzekeren dat mijn plan onfeilbaar is, maar het korte schema hieronder is een manier om de chaos teweeg te brengen die van vitaal belang is voor het veroveren van de werkelijke opperheerschappij. Ik vraag u niet meer dan dat u het leest en hoop dat het u moge aansporen tot uw meest grootse daden.

I. Aarzel niet datgene te vernietigen wat u het meest dierbaar is. De kathedraal van Santa Maria dei Fiore zal het eerste slachtoffer dienen te zijn. Het gebouw is een symbool van uw kracht en van de wil van onze Heilige Vader Christus, en vormt dus een bolwerk van ons geloof. Laat de mensen denken dat Luther hiervoor verantwoordelijk is en dat hij de dreiging vormt. Een reactie zal niet uitblijven.

II. Daarna komt de Spaanse ambassadeur. Karel V zal dit als een intrige beschouwen en het zal tot oorlogsdreiging leiden. Een volk dat vreest voor zijn overleven, zal alles wat veiligheid lijkt te bieden onmiddellijk aangrijpen.

III. In de havens van Civitavecchia en Portopisano dient een ramp te geschieden. Pas dán zal de koophandel op zijn knieën worden gedwongen. Tegelijkertijd dient de Pazzi Bank ten onder te gaan. De beste wijze om dit te bewerkstelligen is wanbeheer en ik heb ervoor gezorgd dat er binnen de familie Pazzi enkele lieden tot uw beschikking staan die u daarbij met graagte ter wille zullen zijn. U hoeft slechts contact met hen op te nemen.

IV. U dient de joden te dreigen met een tweede verbanning uit Rome. Maak hen tot paria's op wie allen hun haat kunnen richten. Verban hen echter niet. Laat hen blijven, zodat de haat van het volk kan voortwoekeren. Als de tijd daar is, kunt u hen tijdens openbare feestelijkheden ten voorbeeld stellen.

V. Zorg ervoor dat verschillende waterbronnen in Rome en Florence worden besmet met de pest. Deze besmettingshaard dient na korte tijd weer verwijderd te worden, maar is van essentieel belang om de dreiging maar al te werkelijk te maken. Slechte gezondheid en chaos gaan hand in hand.

Dit is echter nog maar het begin, Allerheiligste Vader. Het is het beste om van tevoren een eerste proefneming te doen waarbij wordt gekeken of de theoretische voorspelling overeenkomt met de praktische ervaring, een paar incidenten in een belangrijke stad – wellicht is Venetië de beste keuze – om te zien of het klimaat werkelijk rijp is voor de chaos. Als dat eenmaal is uitgeprobeerd, kunt u de teugels laten vieren en de chaos zijn gang laten gaan.

Ik heb de andere gebeurtenissen op het schema nog voor me gehouden, zodat we samen dit uiterst gedurfde plan verder kunnen uitwerken. Straf mij niet omdat ik die niet in dit werkje heb opgenomen. Een arme man dient altijd iets achter te houden. Ik wil u echter nogmaals in herinnering brengen dat dit proces zal worden afgesloten met de dood van Luther, deze duivel in eigen persoon die een hinderpaal vormt tussen de mensheid en haar verlossing. Het schema dat ik heb opgesteld, zal dit mogelijk maken.

Er zijn lieden die gereedstaan om de drie domeinen te bestieren. Ik heb hen zodanig opgeleid dat ieder van hen de subtiliteiten van het hem toegewezen domein goed doorgrondt en dat ze u in de dagen die komen gaan alle drie als hun gids, hun heerser, hun Curator en hoogste leider zullen beschouwen. Laat hen uw dienaren zijn. Laat hen er zorg voor dragen dat deze pest wordt uitgeroeid en dat deze Luther als voorbeeld zal dienen om de aard van de opperheerschappij zelf ingrijpend te veranderen. Deze mannen, die ooit jongens waren zonder visie en hartstocht, beseffen nu dat de domeinen overal hetzelfde zijn: in elke stad en elke natie. Laat hen u de heerschappij geven over dit alles.

God heeft u de gelegenheid geboden in de gedaante van een godsdienstig monstrum. Hij biedt u dit offer om u uw wil te kunnen laten gelden en te delen in zijn glorie. Als u nu optreedt, snel, en met de doortastende gestrengheid die tegenover een dergelijk kwaad geboden is, zal niemand u dat euvel duiden. De macht schraapt met haar klauwen langs de deur en staat gereed om op deze demon af te springen en hem te verslinden. God zelve biedt u de sleutel van de macht. Neem hem aan, mijnheer, en schep voor onze verlosser een wereld vol orde en stabiliteit hier op aarde.

Lees ook van A.W. Bruna Uitgevers B.V.

Jonathan Rabb

De uitverkorene

Bosnië, 1992. Te midden van het oorlogsgeweld heeft de jonge priesterstudent Ian Pearse de grootste moeite zijn geloof te behouden. Wanneer een aantal kinderen op een zinloze manier om het leven komt, geeft hij zijn strijd op en geeft hij toe aan zijn verlangen naar Petra, zijn Kroatische vriendin. Maar in de nacht dringt een vreemde man hun schuilplaats binnen en laat een pakje met onontcijferbare perkamenten geschriften achter.

Rome, nu. Ian Pearse, inmiddels een hooggeplaatste geestelijke, verricht wetenschappelijk onderzoek in de bibliotheek van het Vaticaan. Door een samenloop van omstandigheden ziet hij zich ineens opnieuw geconfronteerd met het raadsel van het pakje. En met een geheimzinnige organisatie die de katholieke kerk bedreigt en geen rivalen duldt…

In een wanhopige tocht die hem door Italië en Griekenland en uiteindelijk zelfs weer naar Bosnië voert, moet Pearse zien uit te vinden wat voor vernietigende gevolgen hun acties zullen hebben. En waarom juist hij de 'uitverkorene' is…

ISBN 90 461 1013 3

Lees ook van A.W. Bruna Uitgevers B.V.

Ken Follett

De vlam van de vrijheid

Mack McAsh lijkt veroordeeld tot een ellendig leven in de mijnen van Schotland. In dienst van de familie Jamisson wordt hij vernederd en zelfs geketend. Hij verlangt naar zijn vrijheid. Met hulp van de mooie, adellijke Lizzie Hallim weet hij uiteindelijk te ontsnappen en vlucht hij naar Londen.
Daar blijkt de vrijheid van korte duur te zijn en belandt Mack opnieuw geketend op een schip richting Amerika. Zou daar voor Mack alsnog het geluk en de vrijheid te vinden zijn?

ISBN 90 461 1001 X

Lees ook van A.W. Bruna Uitgevers B.V.

Clive Cussler

Dodelijk tij

Wanneer beroepsavonturier Dirk Pitt hoort over een ongeïdentificeerd gezonken schip dat gif lekt, denk hij in eerste instantie aan een monsterlijk plan van een Aziatische familie van scheepsmagnaten. Maar dan ontdekt hij dat het gaat om een nauwkeurig voorbereid, levensgevaarlijk sovjetcomplot.
Het gif dat uit het schip lekt en in de oceaan terechtkomt is dodelijk, zodat er snel gehandeld moet worden. Dirk Pitt, kenner van de mysteriën van de zee, werpt zich op deze zaak en belandt in een ware slangenkuil.

ISBN 90 449 2446 X